Jan Guillou

Im Interesse der Nation

Roman

Aus dem Schwedischen von
Hans-Joachim Maass

Piper
München Zürich

SERIE PIPER
SPANNUNG
Herausgegeben von Friedrich Kur

Von Jan Guillou liegen in der Serie Piper
außerdem vor:
Coq Rouge (5578)
Der demokratische Terrorist (5592)
Feind des Feindes (5632)

Die Originalausgabe erschien 1988 unter dem Titel
»I nationens intresse«
im Norstedts Förlag, Stockholm.

ISBN 3-492-15634-7
Neuausgabe 1994
2. Auflage, 11.–20. Tausend Mai 1994
(1.–10. Tausend dieser Ausgabe 1994)

Umschlag: Federico Luci
Photo Umschlagrückseite: Michael Normann
Satz: Mohndruck, Gütersloh
Druck und Bindung: Clausen & Bosse, Leck
Printed in Germany

I

Maria Szepelinska-Adamsson hatte noch neunzig Sekunden zu leben. Dabei hatte der Mann, der ihr den Rücken zuwandte – demonstrativ, wie sie meinte –, keinerlei Absicht, ihr weh zu tun.

Er blickte aus dem Fenster, obwohl es dort nichts geben konnte, was ihn interessierte; da waren nur der schwarze Fluß, ein verlassener Park in winterlicher Dunkelheit auf der anderen Seite und fünf Weiden, deren niedrigste Äste fast bis zum Wasser reichten. Im Sommer war es anders, aber jetzt war es Winter und Nacht.

Von seinem Gesicht konnte sie nur sehen, wie die Kiefermuskeln sich bewegten, als würde er bei jedem Wort die Zähne zusammenbeißen. Er hatte ihr mehr als deutlich zu verstehen gegeben, daß er ihr nicht mehr antworten würde. Er weigerte sich zu reagieren, was immer sie sagte.

Hätte sie mehr von ihm gewußt, hätte sie nur etwas davon geahnt, was bei den künftigen Ermittlungen der Polizei im Mittelpunkt stehen würde, hätte sie ihren plötzlichen Impuls ganz sicher unterdrückt. Aber jetzt war es, als wollte sie ihn zu einer Reaktion zwingen. Vermutlich war es nur das.

Auf dem Glastisch neben ihr lagen ein Holzbrett mit den Überresten einer ungarischen Salami und das japanische Küchenmesser aus spezialgehärtetem Molybdänstahl, das er ihr bei seinem letzten Besuch mitgebracht hatte. Sie nahm das Messer an sich und hielt es in der Hand, während sie ihn von neuem zu einer Antwort zu zwingen versuchte. Doch er kehrte ihr nur den Rücken zu, eine undurchdringliche Mauer aus Schweigen. Als sie das Messer hob und mit ein paar eiligen Schritten auf ihn zuging, ließ sie einen kurzen Schrei der Wut oder der Verzweiflung hören, damit er sich umdrehte.

Maria Szepelinska-Adamsson, die 34 Jahre alt wurde, hatte keine Zeit mehr zu begreifen, was geschah. Es ist zweifelhaft, ob sie überhaupt noch Schmerz spürte. Sie war jedoch schon bewußtlos, bevor sie auf dem Fußboden landete. Und dort, auf dem weißen, handgewebten Teppich, strömte das Leben jetzt schnell und unwiderruflich aus ihr heraus. Etwa ein halber Liter pro Pulsschlag.

Die Schnittwunde an ihrem Hals reichte bis zum Nackenwirbel.

Er stand lange über sie gebeugt und hielt das Messer fest umfaßt. Er hatte das Gefühl, als wären große Teile des Gehirns in einem plötzlichen Kurzschluß ausgeschaltet worden; er begriff, was rein äußerlich geschehen war, verstand jedoch nicht den Zusammenhang.

Schließlich riß er sich aus seiner Lähmung, ging drei Meter weiter und ließ sich schwer in einen der weißen Ledersessel fallen. Neben ihm stand ein Telefon, und er streckte zunächst die Hand aus, um anzurufen, entschied sich jedoch mitten in der Bewegung anders, als er entdeckte, daß er das Messer noch immer in der Hand hielt.

Er legte das Messer auf den Glastisch und blieb dann mehr als eine Stunde regungslos sitzen, während sein Blick von der toten Frau zum Telefon und weiter zu dem Messer auf dem Glastisch wanderte. Neben dem Messer sah er einen kleinen Blutfleck, der schon geronnen war, als er endlich einen Entschluß faßte.

Er stand hastig auf und ging in die Küche. Am besten mit dem Abwasch beginnen. Im nachhinein würde niemand entscheiden können, ob vor oder nach dem Mord abgewaschen worden war, und jetzt verschwanden seine sämtlichen Fingerabdrücke von Porzellan, Gläsern und Besteck. Als er mit dem Abwasch fertig war, wischte er systematisch alle Flächen ab, mit denen er hätte in Berührung kommen können, als sie gemeinsam den Tisch gedeckt hatten. Dann nahm er ein paar Teller und einige Bestecke vom Trockengestell, wickelte sie in ein Handtuch, trug sie zu der toten Frau ins Wohnzimmer und stempelte die Gegenstände abwechselnd mit ihren linken und rechten Fingerspitzen.

Als er Teller und Bestecke in das Trockengestell zurückgelegt hatte, nahm er einen feuchten Lappen und ging wieder ins Wohnzimmer. Er brauchte gut eine halbe Stunde, um alle Flächen abzuwischen, in deren Nähe er sich hätte befinden können. Diesmal hatte er das Schlafzimmer nicht betreten, was die Arbeit erleichterte. Als er auch Flur und Badezimmer von Spuren gereinigt hatte, begann die nächste Phase.

Es war wichtig, daß er nichts übereilte, daß er sich Zeit nahm und nachdachte, was das weitere Vorgehen betraf.

Es war zu spät, ein Sexualverbrechen zu arrangieren. Die gerichtsmedizinische Untersuchung würde ohne Zweifel alles ans Licht bringen, was nach dem Eintritt des Todes mit dem Körper geschehen war, und außerdem wollte er sie nicht so erniedrigend behandeln, wie es dafür nötig gewesen wäre.

Sie war tot, ermordet von einem Experten in Sachen Gewalt, ohne jede Spur eines Kampfes. Das war der Eindruck, den der Tatort im Augenblick machte. Alles sprach dafür, daß der Mörder ein Mann war, und zwar ein Mann seiner Sorte. Beruflich war es nie seine Aufgabe gewesen, doch wußte er genug über die Methoden der Kollegen, einen Tatort zu untersuchen, um sich in groben Zügen für eine Verbrechensform zu entscheiden.

Er setzte sich eine Weile in den weißen Ledersessel und betrachtete die Szene, während er sich andere Möglichkeiten als die des irren Sexualmörders durch den Kopf gehen ließ. Dann entschied er sich, ging langsam in die Küche und nahm das Messer, das er auf die Spüle gelegt hatte, hüllte es in paar Blätter Küchenkrepp, nahm es mit in den Flur und steckte es in die Außentasche seines Mantels. Dann zog er ein paar Lederhandschuhe an, die für den schwedischen Winter eigentlich zu dünn, für sein Vorhaben jedoch bestens geeignet waren.

Langsam, still und systematisch stellte er das Wohnzimmer auf den Kopf. Die beiden Stehlampen legte er hin, als wären sie umgestoßen worden, die eine zertrat er behutsam und die andere ließ er brennend liegen, als wäre sie umgefallen, ohne beschädigt zu werden. Behutsam kippte er einen der Sessel um, zertrat mit dem Fuß einen kleineren Tisch, setzte sich dann in den weißen Ledersessel und betrachtete die Szene erneut. Noch blieb einiges zu tun.

Er schaute seine Schuhsohlen an. Nein, da war kein Blut, er hatte es sorgfältig vermieden, in den etwa einen Quadratmeter großen Blutfleck zu treten, der jetzt auf dem weißen Teppich einzutrocknen begann. Blieb noch der eigentliche Kampf.

Er ging wieder in den Flur und zog das Messer aus der Manteltasche. Es war abgewaschen und abgetrocknet, und das Blut, das möglicherweise noch an der Klinge klebte, würde nur unterm Mikroskop zum Vorschein kommen. Von den Tatortspezialisten, die sich bald einfinden würden, würde keiner auf die Idee kommen, in dem neuen Schnitt, den der Mörder zu tun gedachte, nach Blutspuren zu suchen. Der Täter ging ins Wohnzimmer zurück und stellte sich mit dem Rücken vor den umgekippten Sessel. Dann beugte er sich nach hinten, als wollte er zu einem Messerstich ausholen, und hielt mitten in der Bewegung inne, um einen langen Schlitz in das Leder des Sessels zu schneiden. Dann schob er mit dem Fuß den großen pakistanischen Teppich zusammen; nach einigem Experimentieren sah es aus, als hätte sich jemand auf dem Teppich abstützen wollen, um dann in einer hastigen Bewegung auszurutschen. Der Täter kam zu dem Schluß, daß er jetzt mit dem Wohnzimmer und der Küche fertig war.

Das Schlafzimmer befand sich in perfekter Ordnung, und das sollte auch so bleiben. Er hatte reichlich Zeit, mehr als zehn Stunden, bis er sich wieder zum Dienst einfinden mußte. Durch die Schlafzimmerwand hörte er, wie in der Nachbarwohnung das letzte Fernsehprogramm des Abends lief.

Er brauchte nicht mehr als eine halbe Stunde, um festzustellen, daß sich im Schlafzimmer nichts von Interesse befand. Blieb noch die unangenehmste Arbeit, das letzte Zimmer der Wohnung, ein kombiniertes Bibliotheks- und Arbeitszimmer.

Eine Längswand war voller Bücher. Die meisten in polnischer oder russischer Sprache, und überdies war es Fachliteratur auf Gebieten, die der Täter kaum beherrschte.

Die Tote war Elektronikingenieurin gewesen. Sie hatte ihre Ausbildung zunächst an der Universität Krakau und dann als Stipendiatin an der Universität Leningrad erhalten. Diese letzte Angabe hatte sie den Kollegen von der Sicherheitspolizei natürlich verschwiegen, als es um ihre Aufenthaltsgenehmigung für Schweden ging. Das war vermutlich richtig gewesen, denn sonst hätte sie nur schlafende Hunde geweckt.

Auf dem Schreibtisch lagen einige Arbeitsaufzeichnungen, die sie offenbar von ihrem Job bei Ericsson mit nach Hause genommen hatte. Die Gleichungen und Berechnungen sagten dem Täter nichts. Die Schreibtischschubladen waren abgeschlossen.

Die Schlösser sahen unkompliziert und nicht sonderlich stabil aus. Dennoch hielt er es für besser, die Schubladen aufzubrechen.

Er ging in die Küche und holte sich ein Hackmesser. Ein paar Minuten später hatte er die Schubladen aufgebrochen. Er entleerte sie in drei verschiedene Haufen auf dem Teppichboden und warf das Hackmesser daneben.

Dann sortierte er die Gegenstände. Drei Dinge kamen ihm besonders interessant vor: eine Schmuckschatulle in rotem Leder, ein in polnischer Sprache geschriebenes Tagebuch und ein Fotoalbum.

Er legte das Tagebuch beiseite, nachdem er besorgt festgestellt hatte, daß es, was ihn betraf, aktuell genug war. Dann blätterte er eine Zeitlang in dem Fotoalbum. Er sah lauter unbekannte Menschen und wußte, daß von ihm kein Bild dabeisein konnte. Einer der lächelnden Männer konnte ihr früherer Mann sein. Sie stand auf einem Segelboot. Der Hintergrund erinnerte an die Stockholmer Schären, ja, tatsächlich, das Großsegel trug schwedische Bezeichnungen. Und neben ihr stand ein Mann, der eher schwedisch als polnisch aussah. Vermutlich war es Adamsson.

Andere Bilder der Toten hatten mit ihrer Vergangenheit in Polen zu tun. Der Täter riß vier Fotos mit polnischen Motiven heraus und hinterließ einige Spuren, die sichtbar machen sollten, daß die Bilder herausgerissen worden waren. Er legte die Fotos neben das Tagebuch, das er mitzunehmen gedachte, und leerte dann die Schmuckschatulle aus. Er rührte jedoch nichts an. Den Wert ihres Schmucks schätzte er auf mindestens 50 000 Kronen, doch wahrscheinlich lag er höher.

Sonst schien in dem streng und geschmackvoll möblierten Arbeitszimmer nichts von Interesse zu sein, obwohl er noch eine weitere Stunde dem Legen falscher Spuren widmete. Als er das Arbeitszimmer mit dem Tagebuch und den Fotos verließ, machte er das Licht nicht aus. Dann ließ er sich erneut in den weißen Ledersessel fallen und ging im Kopf noch einmal alles durch.

Jetzt führten die Spuren nach Polen, in die Vergangenheit der Toten. Das einzige Motiv, das sich ausschließen ließ, war ein Raubüberfall. Das entsprach nicht seiner Absicht. Der Täter überlegte zwar, ob er ihren gesamten Schmuck vielleicht mit Ausnahme eines vergessenen Rings an sich nehmen und ihn in das schwarze Flüßchen vor dem Haus werfen sollte. Es widerstrebte ihm jedoch. Die Tote hatte einen Sohn, der bei seinem Vater in der Nachbarstadt lebte und sie eines Tages beerben würde. Teile des Schmucks waren offenkundig ältere polnische oder deutsche Arbeiten, die Erbstücke sein mußten. Sie hatte das einmal beiläufig erwähnt. Nein, so wollte er sich nicht verhalten.

Also kein Raubmord und kein Sexualverbrechen. Blieben noch Möglichkeiten, die mit ihrer polnischen Vergangenheit zu tun hatten. Das Morddezernat und vermutlich auch die Beamten des Reichskriminalamts würden eine ungeheuer komplizierte Arbeit darauf verwenden, herauszufinden, welche Fotos in solcher Hast herausgerissen worden waren, als er das Gesuchte gefunden hatte.

Sie hatte also ihren Mörder gekannt und ihn deshalb in die Wohnung gelassen, denn im Wohnzimmer standen zwei Weingläser und eine ausgetrunkene Flasche, die auf den Fußboden gefallen war. Auf der Weinflasche und dem einen Weinglas, das jemand sorgfältig abgewischt hatte, gab es keine Fingerabdrücke. Auf dem anderen Glas nur die Fingerabdrücke der Toten.

Der Täter stand auf und ging zu der umgestoßenen Stehlampe, der einzigen Beleuchtung des Raums, setzte den Fuß auf den Schirm und zertrat ihn. Dann blieb er lange in der Dunkelheit sitzen und versuchte, an nichts zu denken. In der Dunkelheit fühlte er sich geborgener.

Nachdem im Haus kein Geräusch mehr zu hören war, ging er in den Flur, zog sich den Mantel an und vergewisserte sich, daß er das Messer zusammen mit dem Tagebuch und den Fotos in die Manteltasche gesteckt hatte. Nein, er hatte nichts vergessen.

Bevor er die Wohnungstür öffnete, rieb er den Türgriff mit seiner behandschuhten Hand ab und ging dann in die Dunkelheit hinaus. Er schaltete die Treppenhausbeleuchtung nicht ein und wiederholte im Dunkeln die gleiche Prozedur am Außengriff der Wohnungstür. Er drückte leise die Tür zu, ließ das Sicherheitsschloß einschnappen, ging dann langsam und vollkommen leise die Treppe hinunter und trat durch die Tür auf die Straße. Es schneite.

Seine Fußspuren würden in einer halben Stunde nicht mehr zu sehen sein, und den Wagen hatte er mehrere hundert Meter entfernt auf der anderen Seite der Brücke geparkt. In den Fassaden auf der anderen Seite waren immer noch einzelne Fenster erleuchtet. Es war jedoch so gut wie ausgeschlossen, daß jemand ihn zufällig sehen würde, und selbst wenn es wider Erwarten geschähe, würde dieser Jemand nur einen etwas mehr als mittelgroßen Mann in einem dunklen Mantel und ohne Kopfbedeckung sehen, der ohne sonderliche Eile seiner Wege ging. Zudem würden mehrere Tage vergehen, bevor die Beamten des Morddezernats nach Hinweisen dieser Art suchen würden. Als er um die Ecke bog, blickte er zum Straßenschild hinauf, obwohl er sehr gut wußte, daß er von der Garvaregatan in die Sandgatan einbog. Kein Mensch war zu sehen, und auf der anderen Seite leuchtete ein einziges Schild – Schwedischer Gewerkschaftsbund, Bezirk Östergötland.

Er ging langsam die Straße hinunter in Richtung Brücke und las an dem hohen Rathausturm die Uhrzeit ab. Es war halb zwei Uhr nachts.

Er blieb kurz vor der Brücke stehen und blickte zu dem Fuß- und Radweg hinunter, der am Ufer entlang und unter der Brücke hindurchführte. Noch immer kein Mensch in der Nähe. An einer Hauswand entdeckte der Täter ein Messingschild mit schwarzem Text. Es verriet, daß Norrköpings Baumwollweberei von 1853–1964 hier Fabrik und Verwaltung gehabt hatte. Das Werk war 1964 stillgelegt worden. 1969 hatte man die Fabrikhallen abgerissen. Warenzeichen des Unternehmens war ein Hahn gewesen.

Damals war dies ein Arbeiterviertel. Jetzt lagen einige der teuersten Wohnungen der Stadt hier, und eine davon hatte er gerade verlassen.

Wenn er sich entschloß, sich nicht erwischen zu lassen, würde ihm das auch gelingen. In seinem Beruf geriet man nicht so leicht in Mordverdacht. Aber die Entscheidung konnte warten, bis er Zeit gefunden hatte, die Angelegenheit zu durchdenken. Bis auf weiteres handelte er nur methodisch und mechanisch wie ein Polizist. Ohne seine Mitwirkung würden sie ihn nie festnageln können. Die Entscheidung lag völlig in seiner Hand.

So dachte er. Dann hörte er auf zu denken und schlenderte langsam über die Brücke. Die schwarze Wasserfläche war spiegelglatt und völlig leer, und am fünften Weidenbaum ein Stück weiter ragte ein Bootssteg ins Wasser. Noch immer kein Mensch zu sehen.

Er hatte nur noch fünfundsiebzig Meter bis zu seinem Parkplatz. Er war nach 18 Uhr gekommen, als das Parken kostenlos war, so daß seine Anwesenheit nicht einmal von dem Parkautomaten registriert worden war.

In dem Moment, in dem er am Lenkrad saß, den Zündschlüssel drehte und den Defroster einschaltete, wurde über die künftige Mordermittlung entschieden. Jedoch nicht hier, sondern an einem ganz anderen Ort, in einem anderen Land, in einem anderen Teil der Welt.

Und da es somit im Interesse der Nation liegen würde, daß die Ermittlungen im Fall Maria Szepelinska-Adamsson nicht zu Ende geführt wurden, würde man sie auch nicht zu Ende führen.

Doch das hatte sehr wenig mit der kriminalistischen Erfahrung des Mörders zu tun, auch nicht mit seinem Geschick, falsche Fährten zu legen.

Die schwedische Botschaft in Kairo ist zwar ein relativ neuer Bau in hellgelbem Klinker, doch wenn man von den drei großen, verrußten Kronen an der Außenwand absieht, erinnert das Gebäude eher an eine arabische Festung des Mittelalters oder an eine Burg aus der Zeit der Kreuzfahrer. In diplomatischen Kreisen Kairos ist dieser festungsähnliche Botschaftsbau ein ständiger Anlaß zu Scherzen; die Pointen leben meist davon, daß gerade die schwedische Botschaft kaum je von schiitischen Fanatikern gestürmt oder angegriffen werden dürfte. In der Politik des Nahen Ostens spielt Schweden nur eine untergeordnete Rolle, und zudem hat das Land kaum Feinde, die diese Bezeichnung verdienen. Und dennoch dieser Botschaftsbau, der den Eindruck erweckt, als wäre er uneinnehmbar.

Der Schein trügt jedoch. Nur von der Straße aus erweckt die Botschaft den Eindruck einer Festung: durch das schwarze, schmiedeeiserne Tor, das Schilderhäuschen und die kleinen, wie Schießscharten wirkenden Fenster, hinter denen man Armbrustschützen des Mittelalters auf der Lauer zu liegen glaubt.

Die Straße heißt Muhammed Mahzar und liegt auf der Ostseite der Insel Gezira. Die Insel wird auf beiden Seiten vom Nil umschlossen und hat die gleiche soziale Bedeutung wie etwa Djurgården in Stockholm; es ist eine Oase inmitten der Großstadt mit Parks und Sportklubs. Am bekanntesten ist der *Gezira Sporting Club.* Dort Mitglied zu werden ist schwieriger, als mit dem *Order of the British Empire* ausgezeichnet zu werden. Und natürlich ist der Stadtteil Zamalek auf Gezira die Adresse, die man haben sollte, wenn man sich der ersten Gesellschaft Kairos zurechnen will.

Die Lage der schwedischen Botschaft ist also allein schon durch die Adresse in Zamalek ausgezeichnet. Überdies ist die Straße Muhammed Mahzar die letzte richtige Straße am Ostufer der Insel. Das Botschaftsgrundstück reicht fast bis zum Nilufer hinunter. Man kann sich mit den Ellbogen auf eine niedrige Steinmauer stützen und in den schwarzen, träge dahinfließenden Strom blicken. Von der Steinmauer, die das Botschaftsgrundstück abgrenzt, verläuft noch ein drei bis vier Meter breiter Uferstreifen, auf dem Unbekannte Bananen und Gemüse anbauen, bis zum Wasser, wo das Papyrusschilf beginnt. Dieser Gemüseanbau ist vermutlich illegal, aber kaum eine Angelegenheit für schwedische Behörden.

Von der Muhammed Mahzar aus verläuft an der hohen, unüberwindlichen Mauer auf der Nordseite des Botschaftsgeländes entlang eine schmale Gasse. In dieser Gasse halten ein oder zwei bewaffnete Posten der ägyptischen Sicherheitskräfte Wache, die sämtliche Botschaften der Hauptstadt bewachen.

Wohn- und Repräsentationsräume des Botschafters liegen in einer Villa auf dem Botschaftsgelände, durch einen Rasen vom eigentlichen Botschaftsgebäude getrennt und mit Aussicht auf den Fluß. Im Erdgeschoß hat der Botschafter ein privates kleines Arbeitszimmer, in das er sich am Abend gewöhnlich zurückzieht.

Dort saß er jetzt. Er war allein, da seine Familie sich in Schweden aufhielt. Er hatte drei Gin-Tonic getrunken und war leicht beschwipst. Die französischen Türen zum Garten standen offen. Von Zeit zu Zeit ließ die sanfte Brise das Laub der großen Mangobäume an der Mauer rascheln. Auf der anderen Seite des Nils glitzerte es in den neuen Hochhäusern, die seine Aussicht so radikal verändert hatten. Die schwierige Arbeit dieses Abends verursachte ihm Unbehagen. In drei Monaten würde das Schwedische Kulturinstitut in Kairo eine Schwedische Woche abhalten. Seine Majestät der König und Königin Silvia hatten ihr Erscheinen zugesagt, wogegen nicht viel zu sagen war. Das war wohl in Ordnung. Das Programm sollte jedoch hauptsächlich mit schwedischem Volkstanz, Ballett und einigen postmodernen Schriftstellern gefüllt werden, was immer darunter zu verstehen war. Ein Pianist sollte Chopin und Peterson-Berger spielen.

Gegen Volkstanz, das Königspaar und Peterson-Berger war kaum etwas einzuwenden, aber Ballett und Chopin hatten erstens sehr wenig mit Schweden zu tun, zweitens fiel den meisten europäischen Nationen bei ihren Kulturwochen nichts Besseres ein, und drittens verabscheuen Araber Ballett oder finden es bestenfalls komisch, um nicht zu sagen lächerlich. Es wäre besser, ein paar schwedische Lyriker einzuladen, wobei es keinerlei Rolle spielte, wenn sie auf schwedisch lasen. Derlei begriff man zu Hause einfach nicht. Das Ballett ist in der arabischen Welt eine verlachte Kunstform, während Poesie in höchster Achtung steht. Die Frage war jetzt, wie er das in dem Bericht darstellen sollte, den er in den nächsten Tagen absenden mußte.

Er meinte, hinten an der Mauer zum Fluß ein scharrendes Geräusch zu hören, aber er war zu sehr mit der Ballett-Frage beschäftigt, um sich auf das Geräusch zu konzentrieren. Statt dessen ging er zu seiner kleinen Hausbar und goß sich einen weiteren Gin-Tonic ein, jedoch ohne Eis. Das Eis war geschmolzen. Für Kairoer Verhältnisse war es ein ungewöhnlich warmer Winter.

Als er sich umdrehte, stand ein Mann mittleren Alters mit europäischem Aussehen und einem schlammverschmierten, zu kleinen Mantel zwischen den französischen Fenstern im Raum.

»Guten Abend, Herr Botschafter. Sie sind doch der Botschafter des Königreichs Schweden, hoffe ich?« sagte der Unbekannte in mühsam erkämpftem Englisch mit kräftigem slawischem Akzent.

Die meisten Männer hätten an Erland Rickfors' Stelle die so plötzlich entstandene Situation als unbehaglich oder bedrohlich empfunden. Ein kräftiger Mann mit grauen, kurzgeschorenen Haaren hatte sich an den Wachposten der Botschaft vorbeigeschlichen, war über die Mauer geklettert und in das private Arbeitszimmer des Botschafters eingedrungen, noch dazu nach Mitternacht. Möglicherweise wurde die Furcht des Botschafters durch die drei Gin-Tonic betäubt, doch was am Ende sein Verhalten bestimmte, war eher die absurd komische Situation, die sich – wie immer die Fortsetzung geraten mochte – gutartig zu entwickeln schien. Erland Rickfors liebte es, auf neue, am liebsten komische Geschichten zu stoßen, die er weitererzählen konnte.

»O ja, ich bin der schwedische Botschafter«, lächelte er. »Was darf ich Ihnen anbieten? Whisky, Gin oder vielleicht Wodka? Das Eis ist mir leider ausgegangen.«

Wenn der Mann tatsächlich ein Verrückter war, war es am besten, das Problem in aller Ruhe zu lösen.

»Wodka ist ausgezeichnet. Bitte kein Wasser und kein Eis«, erwiderte der andere, ohne sich zu bewegen.

»Na bitte. Dann setzen Sie sich doch erst mal«, sagte der Botschafter und drehte sich zu seiner Hausbar um. Er holte eine Flasche russischen Wodka hervor und goß ein Wasserglas voll ein, da er die Nationalität seines unbekannten Gastes schon erraten hatte.

Dennoch fiel es ihm schwer, sein Erstaunen zu verbergen, als er mit den Gläsern in der Hand zu seinem Arbeitsplatz zurückkehrte. Der andere hatte den lehmverschmierten Mantel ausgezogen und sich auf einen Stuhl direkt vor dem Schreibtisch gesetzt. Der Botschafter war zwar kein Uniform-Experte, aber zwei Dinge offenbarten sich ihm sofort. Der Mann trug die Uniform der sowjetischen Marine und mußte ein sehr hoher Offizier sein. Auf der linken Brustseite der Uniformjacke waren Auszeichnungen in verschiedenen Farben befestigt, die eine Fläche von fast hundert Quadratzentimetern bedeckten.

»Bitte sehr, *skål*, und seien Sie willkommen. So heißt das in unserem Land«, sagte der Botschafter und reichte dem Fremden das Wodkaglas, während er sich setzte. Die beiden sahen sich in die Augen und tranken.

»Ich bin Vizeadmiral Gennadij Alexandrowitsch Koskow und hergekommen, um in Ihrem Land um politisches Asyl nachzusuchen«, sagte der Russe ohne Umschweife und stellte sein geleertes Wodkaglas vor seinem sprachlosen Gastgeber mit einem Knall auf den Tisch.

Der Botschafter ertappte sich dabei, daß er mit offenem Mund dasaß und vor sich hin starrte. Er erhob sich ohne ein Wort, nahm das Glas des Russen, wanderte zur Hausbar, füllte es von neuem und brachte es seinem ungebetenen Gast zurück. Es war eine dieser Situationen im Leben, die man hinterher mit Worten wie »tausend Dinge schossen mir durch den Kopf« zu beschreiben pflegt.

»Ich muß Ihnen natürlich eine Reihe von Fragen stellen, Herr Vizeadmiral. Lassen Sie mich gleich darauf hinweisen, daß Sie sich zwar auf schwedischem Territorium befinden, doch das bedeutet für Sie keinerlei Garantie. Ich habe das uneingeschränkte Recht, Sie aus dem Haus zu weisen und den ägyptischen Behörden zu übergeben. Ich wünsche, daß Sie sich dessen bewußt sind, bevor ich mir Ihre Gründe anhöre. Ich möchte auch betonen, daß mir sowohl Zeitpunkt als auch Ort für einen solchen Schritt schlecht gewählt zu sein scheinen.«

Er machte eine Pause, um die Wirkung seiner Worte zu beurteilen. Doch der Vizeadmiral lächelte nur, durch die versteckte Drohung anscheinend unberührt, und wartete offenbar darauf, daß der Botschafter seinen Gedankengang zu Ende brachte.

»Na also«, fuhr der Botschafter fort, »weshalb hier und jetzt, und was bringt Sie zu der Annahme, wir würden Ihrem Antrag entsprechen?«

Der Vizeadmiral gab ein kurzes und konzentriertes Bild der Lage. Als ein Teil des Bemühens, die Beziehungen der Sowjetunion zu Ägypten zu verbessern, finde im Augenblick ein Flottenbesuch in Alexandria statt. Er, Koskow, habe sich vor zehn Stunden abgesetzt. Er habe sich einfach ein Taxi genommen und sei die zweihundert Kilometer nach Kairo gefahren. Der Taxifahrer habe sich angesichts einer Anzahl amerikanischer Geldscheine sehr entgegenkommend gezeigt. Unter anderem habe er den zivilen Mantel besorgt und sei dann ein paar Stunden in Kairo an verschiedenen Botschaftsgebäuden vorbeigefahren, bis es dunkel wurde. Dann hätten sie sich vor der amerikanischen Botschaft getrennt. Der Taxifahrer sollte glauben, daß er, Koskow, die amerikanische Botschaft aufsuchen wolle, denn es werde natürlich zu einigen Nachforschungen kommen, wenn sich herausstelle, daß einer der Befehlshaber der sowjetischen Marineeinheit vermißt werde. Man könne ja die Möglichkeit nicht ausschließen, daß die Behörden des Taxifahrers habhaft würden und aus dessen Angaben den naheliegenden Schluß zögen, daß sich der verschwundene Vizeadmiral bei den Amerikanern aufhalte.

Der Vizeadmiral machte eine Pause und fuhr fort: »Im Augenblick weiß in Kairo außer uns beiden also niemand, was geschehen ist. Wenn die schwedischen Behörden sich dafür entscheiden, mein Asylgesuch abzulehnen und mich an die ägyptischen Behörden auszuliefern, wären die Folgen für mich Rücktransport in die Sowjetunion und vermutlich die Todesstrafe, doch ich sage das nur für den Fall, daß dieser Umstand für die Entscheidung Schwedens von Bedeutung sein sollte.« Ein feines Lächeln umspielte die Lippen des Russen. »Es gibt jedoch noch weitere Gründe, die bedeutend schwerer wiegen als die humanitären, falls man die Angelegenheit mit schwedischen Augen betrachtet.«

Der Russe verstummte erneut und wartete auf die Frage, die sich aus dem Gesagten ergab.

»Und was sollten das für Gründe sein, wenn ich fragen darf?« wollte der Botschafter wissen. Der Russe wartete einen Moment, bevor er antwortete.

»Ich bin stellvertretender Oberbefehlshaber der Marine und Chef des Zweiten Direktorats in Kaliningrad. Verstehen Sie, was das bedeutet, Herr Botschafter?«

»Aufrichtig gesagt, nein. Nun ja, das sagt mir nur, daß Sie folglich in der größten und von unserem Land aus gesehen nächstgelegenen sowjetischen Marinebasis eine wichtige Funktion haben. Sie sind ein hohes Tier in der sowjetischen Marine, was sich übrigens auch aus Ihrer Uniform ergibt. Na und?«

»Als Chef des Zweiten Direktorats bin ich für sämtliche Diversionsverbände der Marine und der Marineinfanterie verantwortlich. Verstehen Sie jetzt?«

»Nein, ich bin leider ein sehr zivil veranlagter Mensch. Wie heißen diese Verbände noch, wie sagten Sie?«

»Diversionsverbände. Lassen Sie es mich etwas ziviler ausdrücken. Es handelt sich um Sabotage- und Störaktionen der Verbände, die Sie nicht ganz korrekt als ›Spetsnaz‹ bezeichnen. Es handelt sich um taktische Unterwasseroperationen, und zwar von Mini-U-Booten, wie Sie sie nennen. Kurz, ich bin für alle Operationen dieser Art auf dem Territorium Ihres Landes verantwortlich, oder vielmehr, ich war es, bis ich durch diese Tür trat. Verstehen Sie jetzt, wovon wir sprechen?«

Der Botschafter blieb zunächst stumm. Er fühlte sich plötzlich unfaßbar betrunken, war sich aber sicher, richtig gehört zu haben. Ihm war klar, daß die Worte, die er soeben vernommen hatte, bedeuteten, daß er nicht einmal unter Aufbietung seiner ganzen Phantasie die Konsequenzen der Tatsache beurteilen konnte, daß der Mann in dem lehmverschmierten Regenmantel vor kurzem sein Zimmer betreten hatte. Vorausgesetzt, daß alles den Tatsachen entsprach.

»Woher soll ich wissen, daß Sie die Wahrheit sagen?« fragte er so beherrscht wie möglich.

»Das können Sie nicht wissen. Auf Grund Ihrer Stellung können Sie das auch gar nicht beurteilen.«

»Was sollen wir tun? Was schlagen Sie vor?«

»Sehr einfach. Nur Sie und ich wissen, daß ich hier sitze. Lassen Sie uns als ersten Schritt versuchen, den Kreis, der hier in Ägypten Bescheid weiß, auf uns zwei zu beschränken. Als nächsten Schritt nehmen Sie mit den entsprechenden Behörden in Ihrem Land Kontakt auf, warten deren

Anweisungen ab, und dann wird sich das Ganze schon lösen lassen, denke ich. Ist dies Ihre Privatwohnung?«

»Ja.«

»Haben Sie Gästezimmer?«

»Ja, im Obergeschoß. Aber was soll ich denn nach Stockholm melden? Was meinen Sie? Namen, Dienstnummer und Dienstgrad, oder was?«

»Lassen Sie mich einen Brief an Ihre militärische Führung schreiben. Schicken Sie ihn mit der Diplomatenpost nach Hause. Wenn man in Stockholm den Brief gelesen haben wird, wird es keine Zweifel geben. Meine Informationen sind für Ihre Nation von allergrößter Bedeutung. Das wird aus meinem Schreiben hervorgehen.«

»Es dauert noch drei Tage, bis wir unsere Diplomatenpost abschicken können, ich meine, ohne unnötiges Aufsehen zu erregen. Verschlüsselt und per Funk könnte ich das Ganze schon morgen früh senden.«

»Davon möchte ich ganz entschieden abraten. Wir hören Ihren Funkverkehr routinemäßig ab. Das eine oder andere bleibt zwar nicht im Netz hängen, aber im Moment wäre es ein wenig leichtsinnig, dieses Risiko einzugehen. Warten Sie lieber noch ein paar Tage. Bedienen Sie sich der Diplomatenpost. Sie müssen nämlich verstehen, Herr Botschafter, daß die Regierung meines Landes mich hier herausholen wird, wenn sie erfährt, wo ich mich aufhalte, und zwar ohne Rücksicht auf diplomatische oder sonstige Konsequenzen. Überdies unabhängig davon, ob dabei mehrere Menschen, Sie selbst eingeschlossen, sagen wir ... zu Schaden kommen. Habe ich mich klar ausgedrückt?«

»Um so dringender, keine Zeit zu vergeuden. Wir verwenden bei unserem Funkverkehr Computercodes, die ...«

Der Botschafter blieb mitten im Satz stecken. Er hatte geantwortet, ohne zu Ende zu denken, was die versteckte Drohung des Russen bedeutete. Er wohnte momentan allein in der Dienstvilla, da seine Frau in Schweden war, um bei ihrer Mutter zu sein, die im Sterben lag. Doch der Russe hatte sein Zögern offenbar mißverstanden.

»Sie müssen verstehen, Herr Botschafter, ja, entschuldigen Sie, wenn ich sage, wie es ist, aber es hat zu meinen dienstlichen Obliegenheiten gehört, Teile Ihres militärischen und diplomatischen Funkverkehrs abzuhören, zu entschlüsseln und zu ordnen. Und im Hinblick auf die jetzige Situation ... tja, selbst wenn meine Landsleute jetzt glauben, was ich sehr hoffe, daß ich mich bei den Amerikanern aufhalte, wird in der nächsten Zeit der gesamte diplomatische Funk- und sonstige Verkehr von Kairo von allergrößtem Interesse sein. Im übrigen spielt es keine Rolle, ob Sie Ihre Meldungen per Telex oder Kurzwelle übermitteln. Können wir uns nicht lieber auf Diplomatenpost einigen? Und zwar an dem gewohnten Tag?«

Der Botschafter nickte. Er fühlte sich matt und ganz leer im Kopf. Plötzlich erstaunte er seinen Gast, weil er schrill auflachte und dabei den Kopf schüttelte. Sein großes Problem hatte an diesem Abend bis vor kurzem darin bestanden, wie man ein paar postmoderne Romanautoren durch einige herkömmliche Lyriker ersetzen sollte, und wie er seinen Vorgesetzten beibringen sollte, daß man bei der kommenden Kulturwoche in Kairo lieber auf Ballett verzichten solle. Was sich jetzt abzeichnete, war so weit von der gewohnten diplomatischen Routine entfernt, daß er es am liebsten mit einer Art Naturkatastrophe verglichen hätte. Er zweifelte nicht im mindesten mehr daran, daß der grauhaarige, kurzgeschorene russische Seebär tatsächlich der war, für den er sich ausgab.

Der Botschafter traf im stillen schnell drei Entscheidungen. Zwei davon waren klug, eine katastrophal. Erstens würde er den Gast in einem der jederzeit beziehbaren Gästezimmer unterbringen, die am selben Flur im Obergeschoß lagen, wo er und seine Frau ihr Schlafzimmer hatten. Zweitens würde er, wie sein Gast vorgeschlagen hatte, auf jeden Funkverkehr mit Stockholm verzichten und statt dessen sowohl seinen eigenen Bericht als auch den Brief des Vizeadmirals an die militärische Führung Schwedens per Diplomatenpost nach Hause schicken.

Drittens würde er schon am nächsten Tag erste Verbindung mit seinem gewohnten Kontaktmann beim ägyptischen Sicherheitsdienst aufnehmen, der für die Wünsche ausländischer Botschaften zuständig war. Der Botschafter hegte keinerlei Zweifel, daß die Ägypter bereit sein würden, den Russen so schnell wie möglich außer Landes zu expedieren. Das Problem duldete keinen Aufschub, und je eher man es in Angriff nahm, um so besser: Der Russe mußte Ägypten verlassen und auf dem schnellsten Weg nach Schweden gebracht werden.

Überdies wäre diese Lösung in diplomatischer Hinsicht das korrekteste Vorgehen. So würde Schweden nicht hinter dem Rücken der Ägypter handeln, was zur Beeinträchtigung der Beziehungen führen konnte.

Der Botschafter teilte dem Russen seine ersten beiden Entscheidungen mit, und dann gingen sie gemeinsam ins Obergeschoß. Zum Erstaunen des Botschafters bat der Gast, die mehr als halbvolle Flasche mit russischem Wodka mitnehmen zu dürfen.

»Sie müssen verstehen, Herr Botschafter, ich bin sehr traurig und habe vor, genau das zu tun, was ich schon als junger Mann tat, wenn ich traurig war, nämlich saufen. Wenn Sie jemanden singen hören, machen Sie sich keine Sorgen, das bin nur ich.«

Es war fast zwei Uhr am Freitagmorgen ägyptischer Zeit, als sich die beiden Männer oben im Schlafzimmerflur trennten. Zu Hause in Schweden war es eine Stunde nach Mitternacht.

Auf dem Fußboden ihres Wohnzimmers in Norrköping lag Maria Szepelinska-Adamsson. Der größte Teil ihres Bluts lag in einem erstarrten Kuchen vor ihrem Gesicht.

Im obersten Stockwerk eines vierstöckigen Hauses an der Kommendörsgatan in Stockholm war das vor kurzem gegründete Unternehmen Hamilton Data System AB dabei, sich zu installieren. Das blankpolierte Firmenschild aus rostfreiem Stahl mit schwarzem Relieftext war unten an der Haustür soeben angebracht worden.

Für einen außenstehenden Besucher – und zu gegebener Zeit würden sie sich in großer Zahl einfinden – gab es an den hell eingerichteten Räumen mit italienischem Design, dem der Außenwelt zugewandten Gesicht des Unternehmens, nichts Ungewöhnliches oder Merkwürdiges zu sehen. Nicht einmal die Teile des Büros, zu denen Außenstehende keinen Zutritt erhalten würden, zeigten etwas anderes als ein soeben gegründetes EDV-Unternehmen. Ein Computerexperte wäre möglicherweise zu dem Schluß gekommen, daß die Geräte, ausschließlich der Marke IBM, für ein auf einfachere Buchhaltungsprogramme und Beratungsaufträge spezialisiertes Unternehmen reichlich teuer und kompliziert waren.

Es war Carl Gustav Gilbert Hamiltons neuer Arbeitsplatz. Man hatte ihn vor kurzem zum Korvettenkapitän befördert, aber er trug niemals Uniform. Das tat auch keiner seiner Kollegen beim SSI, dem geheimsten Teil des militärischen Nachrichtendienstes Schwedens.

Nach außen war er Chef des Unternehmens, was auch kein Wunder war, da er juristisch dessen Eigentümer war und die Firma seinen Namen trug. Das Arrangement war außerordentlich praktisch. Er hatte persönlich etwa sechs Millionen Kronen investiert, die von den Streitkräften dann mit entsprechender Genehmigung der sogenannten »Nachrichtendienst-Revision« an ihn zurückgezahlt worden waren. Hingegen gab es nichts, was die Streitkräfte des Landes sichtbar mit dem Unternehmen in Verbindung brachte. Es erschien vielmehr als eine völlig logische Konsequenz aus Carls ziviler Ausbildung an der University of California in San Diego sowie seinen guten finanziellen Verhältnissen.

Die möglichen Verluste des Unternehmens auf dem kommerziellen Markt sowie Carls persönliches Gehalt wurden auf dem gleichen Weg erstattet wie die Investitionskosten. Dabei war beabsichtigt, daß das Unternehmen sich zu gegebener Zeit selbst tragen sollte. Über die Verwendung eines eventuellen Gewinns hatte man noch nicht entschieden, und Carls Vorschlag, ihn als Gratifikation an die Angestellten auszuzahlen – sowohl an die Zivilangestellten als auch an das rein militärische Personal –, war auf grundsätzliche Einwände gewerkschaftlicher Art gestoßen. Andererseits war diese Frage nicht sonderlich dringend, da ein Gewinn im Lauf der nächsten Jahre undenkbar erschien.

Man hatte zivile Bürozeiten eingeführt. Die Arbeit begann folglich um Punkt 9 Uhr. Carl fand sich regelmäßig um 8.55 Uhr ein, so auch an diesem Freitagmorgen, als er in seiner Eigenschaft als Chef durch die äußeren Teile des Büros spazierte, um in dem Moment zum Untergebenen zu werden, in dem er durch die codegesicherte und getarnte Tür trat, die zu seinem eigentlichen Arbeitsplatz führte. Sein Chef war Kapitän zur See; in dieser neuen Sektion des schwedischen Nachrichtendienstes hatten Marineoffiziere ein deutliches Übergewicht.

Bei oberflächlicher Betrachtung schien Carl sich in seiner neuen Arbeit wohl zu fühlen, und seine periodisch auftretenden Depressionen kämpfte er mit hartem Willen und noch mehr Arbeit nieder. Seinem Chef, dem Kapitän zur See, war es nicht entgangen, daß Carl von Zeit zu Zeit mehrere Tage hintereinander stumm dasaß, in seine Arbeit versunken. Jedoch erschien es nicht unnatürlich, daß ein Mann, dessen Ausbildung sich hauptsächlich auf die Feldarbeit konzentriert hatte, Datenanalyse und -verarbeitung langweilig fand. Das war jedoch ein Mißverständnis, das auf völliger Verkennung von Carls Gefühlen beruhte. Carl hatte unangenehme Erinnerungen an seine Feldarbeit, und das, womit er sich jetzt beschäftigte, erschien sowohl ihm selbst als auch seinem speziell abkommandierten Psychiater als Balsam für die Seele.

Jedenfalls war er jetzt zu Hause. Er war dem Irrenhaus oben auf Kungsholmen entronnen, der Sicherheitspolizei, für die er aus mancherlei Gründen drei Jahre hatte arbeiten müssen. Jetzt war er das, was er von Anfang an hätte sein sollen, von dem Moment an, als der Alte ihn während der Marinetaucherausbildung in Karlskrona buchstäblich aus dem Wasser gefischt hatte. Jetzt war er Offizier beim militärischen Nachrichtendienst und der künftige Chef der besonderen Operationsabteilung. In einigen Jahren würde diese Operationsabteilung mit ihrer Arbeit beginnen können. Dann würde er vermutlich zum Fregattenkapitän befördert werden. So schien alles aufs beste geordnet zu sein.

Als der Alte zum erstenmal vorgeschlagen hatte, man solle Carl einen Psychiater besorgen, hatte sich Carl heftig gewehrt. Doch der Alte nahm sich einen Abend lang Zeit, und am Ende gelang es ihm, Carl zu überzeugen.

Sie saßen auf der Apfelplantage in Kivik am Kamin; es war Carls dritter Besuch innerhalb kurzer Zeit. Beiden fiel es leicht zu verstehen, warum ihr Verhältnis einer Vater-Sohn-Beziehung immer ähnlicher geworden war. Denn erstens war Carl sozusagen die Schöpfung des Alten, die Umsetzung einer Idee, die der frühere Chef schon zu einer Zeit gehegt hatte, in der das SSI noch IB geheißen hatte. Denn die Stärke des schwedischen Nachrichtendienstes – Auswertung offener Quellen sowie Nachrichtenspionage – war genauso leicht zu erkennen wie dessen Schwäche. Schweden fehlten kompetente *field operators,* Personal, das dem Feind draußen auf dem Feld die Stirn bieten konnte. Die Sicherheitspolizei oder *die Polizei,* wie der Alte sie abfällig nannte, hatte für mehr als den einen oder anderen politischen Flüchtling oder ein Gejammer in der Presse über die Hinterhältigkeit der Russen weder Zeit noch Interesse übrig. Im übrigen widmete man sich hauptsächlich der Aufgabe, linksorientierte Ausländer zu jagen; und das mit ganz besonderem Nachdruck, seitdem ein Polizeipräsident, ein meschugger Polizeipräsident, wie der Alte ihn nannte, sich in den Kopf gesetzt hatte, hinter dem Mord an Olof Palme stecke eine Verschwörung politischer Flüchtlinge kurdischer Nationalität.

Damals, vor zehn Jahren, als sie sich zum erstenmal auf der Apfelplantage in Kivik getroffen hatten, war es leicht gewesen, Carl zu überreden. Der Staat würde eine fünfjährige Universitätsausbildung in San Diego bezahlen, Hauptfach elektronische Datenverarbeitung, während Carl gleichzeitig unter Wahrung vollständigen Stillschweigens verpflichtet wurde, sich auf der *Sunset Farm* ausbilden zu lassen; das ist ein sehr schöner Name für eine der grausamsten Ausbildungsanstalten der Welt, an der die amerikanische Bundespolizei und die US Navy eine sehr kleine und handverlesene Elite von *field operators* in Dingen ausbildete, die sich ein normaler schwedischer Nachrichtenmann nie vorstellen könnte.

Carl war der Prototyp, das erste Exemplar dieser neuen schwedischen Waffengattung, und als Waffe war er ein sehr überzeugender Erfolg geworden. Und das wiederum hatte aus dem Blickwinkel des Alten den Vorzug, daß der Widerstand aus der konservativen Ecke in der militärischen Führung verstummt war. Zwei von Carls Nachfolgern, die der gleichen Operationsabteilung angehören sollten wie er selbst, befanden sich schon seit drei Jahren in Kalifornien.

Soweit war alles gut. Es war ein Triumph für die Theorie des Alten, daß der Feind am Boden kontrolliert und bekämpft werden müsse, auch auf dessen eigenem Territorium, und nicht von den genormten Büroräumen des gewöhnlich nur zeitunglesenden offenen Nachrichtendienstes aus.

Doch der operative Triumph hatte auch eine schwer zu bewältigende menschliche Seite. Carls Kampferfahrung hatte starke Spuren hinterlassen, nicht nur auf seinem Körper, dessen Wunden normal verheilt waren, sondern auch in seiner Seele. Und das war ihm anzusehen.

Seine Schwierigkeiten hingen nicht greifbar mit dem *etwas gewalttätigen Ende* der ersten Operation zusammen, wie der Alte mit betonter Untertreibung die Konfrontation Carls mit vier israelischen Spezialisten in einer Villa in Täby beschrieb, die Carl bei einem Schußwechsel getötet hatte. Carls Selbstanklagen in dieser Hinsicht hatten vor allem damit zu tun, daß er zu spät gekommen war – denn die Israelis hatten zu diesem Zeitpunkt schon die meisten ihrer Opfer liquidiert.

Hingegen kehrte Carl immer wieder von neuem auf das Ende des deutschen Unternehmens zurück. Er hatte – im Rahmen der gegenseitigen Amtshilfe von schwedischem und bundesdeutschem Sicherheitsdienst – ein halbes Jahr mit einer falschen Identität in der Bundesrepublik gelebt, und es war ihm gelungen, bis ins Zentrum der Terroristenorganisation RAF vorzudringen. Dann hatte er, wie beabsichtigt, die Männer der GSG 9 zum richtigen Zeitpunkt an den richtigen Ort geführt. Insoweit war alles in Ordnung gewesen.

Nicht in Ordnung war gewesen, daß Carl sich einerseits hereingelegt fühlte, und andererseits, daß er sich selbst die Schuld an dem gab, was dann geschah. Die Deutschen hatten nicht geplant, wie er sich als Schwede ein wenig naiv vorgestellt hatte, die Terroristen einzufangen, um sie dann nach gut demokratischer Verfahrensweise vor Gericht zu stellen. Der deutsche Plan lief auf eine Art Endlösung hinaus, darauf, die Terroristen auszulöschen. Was auch geschehen war. In Anwesenheit Carls.

Eine der RAF-Terroristen hieß Monika, und Carl behauptete, sie hätten einander nahegestanden, was vielleicht sogar den Tatsachen entsprach. Aufgrund einer *bestimmten Mechanik des Handlungsablaufs* hatte es der Zufall gewollt, daß ausgerechnet Carl sie erschossen hatte. Es war zwar in der denkbar besten Absicht geschehen, nämlich um einen französischen Kollegen zu schützen. Doch Carl hatte dieses Ereignis, wie es schien, nie überwunden. Immer wieder sprach er von ihren letzten gemeinsamen Augenblicken, erzählte, wie er Monika in die Augen geblickt habe, als das Projektil sie durchschlug, wie er den Schuß sorgfältig gezielt abgegeben habe, um sie nicht zu töten, wie aber diese verfluchte GSG 9 dann ... Ja, und so weiter. Der Alte hatte die Geschichte schon hundertmal gehört, jedenfalls kam es ihm so vor.

Das Problem war für den Alten nicht neu. Zwar war der schwedische Nachrichtendienst in seinem Ehrgeiz recht erfolgreich gewesen, sich von spektakulären Zusammenstößen dieser Art fernzuhalten. Es war zwar zu gelegentlichen Feuergefechten gekommen, doch beschränkten sich die eigenen Verluste auf einen einzigen Mann. Doch mit Personal, das mit streng geheimem Material befaßt war, durfte niemand sprechen. Carl war nicht verheiratet und lebte als Millionär und Geschäftsmann in der EDV- und Immobilienbranche. Da an seiner Professionalität nicht zu zweifeln war – in dieser Hinsicht hegte der Alte keinerlei Verdacht –, sprach er mit keinem Menschen über seine Funktion in der Landesverteidigung oder über seine erschütternden Erfahrungen.

In einem früheren Fall hatte der Alte den Einsatz eines vertrauenswürdigen Psychiaters empfohlen, da selbst ein medizinischer Laie sich leicht ausrechnen konnte, daß ein innerer Druck dieser Art ungesund war. Ein derart belasteter Mann brauchte einen Menschen, mit dem er sprechen konnte. Überdies wohnte der Alte neuerdings überwiegend unten in Kivik in Schonen, und Carl konnte nicht jederzeit zu ihm kommen, um offen zu reden.

»Versuch doch mal, die Sache praktisch zu sehen«, hatte der Alte gesagt. »Es geht doch nicht darum, daß du einen Seelenklempner brauchst. Du brauchst einen Menschen, mit dem du reden kannst, jemanden, mit dem du sprechen darfst, das ist alles. Na ja, du brauchst ja nicht unbedingt auf operative und organisatorische Details einzugehen, aber du verstehst doch, was ich meine?«

Das hatte geholfen. Diese Möglichkeit, sich einmal auszusprechen, eine Art Gesprächstherapie, hatte Carl sicher gutgetan. Sie hatte ihm einigen Druck von der Seele genommen. Im Falle Monikas hatte sie wohl auch die Schuldgefühle verringert und es ihm erleichtert, das schwer erträgliche äußere Bild von sich selbst auszuhalten, das er aus dienstlichen Gründen allen Menschen in seiner Nähe vermitteln mußte: daß er ein Mann war, der zu der Zeit, in der man es zu sein hatte, ein Oberschicht-Radikaler gewesen war, der aber jetzt den Übergang zu Aktien, Immobilien, Steuerplanung und Computern geschafft hatte und sich so kleidete und so wohnte, wie es einem Mann mit derart zeitgemäßen Interessen zusteht. Diese Entwicklung erstaunte jeden ehemaligen Freund, dem er zufällig begegnete, wenn sie ihn nicht anekelte. Für alte Clartéisten und Palästina-Aktivisten mußte all das schwer erträglich sein. Carl vermittelte den Eindruck, daß er jetzt einer anderen Welt angehörte, was ja auch der Fall war.

Sein Problem jedoch, ein Problem, das größer war als der Tod Monikas, saß noch tiefer. Es gab schwarze Löcher in ihm, die ihn erschreckten, Fallen, denen er mit dem Selbstvertrauen des geschickten Jägers ausweichen zu können glaubte. Er hatte eigentümliche nächtliche Phantasien, die er seinem Psychiater nie verriet; die er mit dem ganzen Geschick seiner Ausbildung verbarg, die ihn darauf getrimmt hatte, nichts von sich preiszugeben, was er nicht preisgeben wollte. Doch da war etwas in ihm, was Alpträume hervorzwingen konnte. Er war einmal sogar in die Nähe des Gedankens geraten, daß eine kleine, ständig wachsende Geschwulst von Irrsinn in ihm wucherte, doch den Gedanken hatte er schnell in das schwarze Loch zurückgeprügelt.

Er war sich sehr wohl der Tatsache bewußt, daß er ein Mann von ungewöhnlicher Selbstbeherrschung war, und in diese Selbstkontrolle setzte er sein ganzes Zutrauen.

Jetzt beschäftigte er sich also mit nachrichtendienstlicher Tätigkeit beim Sicherheitsdienst. Er näherte sich dem Ende seines Arbeitstages, zu dem er seinem nächsthöheren Vorgesetzten seine zusammenfassende Analyse und einen eigenen operativen Vorschlag vorlegen mußte.

Nachrichtendienstliche Tätigkeit beim Sicherheitsdienst ist als Begriff fast ein Paradox und als Funktion eine Umschreibung dessen, wie ein Nachrichtendienst in den Tätigkeitsbereich des Sicherheitsdienstes eindringt. In diesem Fall jedoch war Carls Tätigkeit nach allen Regeln und Vorschriften des Dienstes berechtigt und sanktioniert.

Der Sicherheitsdienst, das heißt die Sicherheitsabteilung der Reichspolizeiführung, jammerte schon seit mehreren Jahren über die Fahrten sowjetischer Fernlaster im Land. Diese LKWs traten auf sehr rätselhafte Weise in Erscheinung, hielten sich unangenehm oft auf kleinen Nebenstraßen auf, weit weg von den großen Überlandstraßen, in einigen Fällen sogar in der Nähe hochgesicherter militärischer Anlagen, und die allgemeine Hypothese lief darauf hinaus, daß hier militärische Spionage betrieben werde. Und diese zu bekämpfen, so wurde argumentiert, sei Sache der Polizei.

Dieselbe Polizei hatte sich, von dem Gejammere in der Presse einmal abgesehen, jedoch nicht in der Lage gesehen, Fernlaster nach Belieben zu verfolgen. In dieser Hinsicht hatten sich sowohl knappe Haushaltsmittel als auch gewerkschaftliche Einwände gegen allzu viele Überstunden als entscheidend erwiesen. Vereinzelt, etwa bei Verkehrsunfällen, hatte die Polizei die Gelegenheit genutzt, einen der mit einem TIR-Schild versehenen Fernlaster zu öffnen, weil sie hoffte, beispielsweise funktechnische Anlagen zu finden. Es war jedoch nie gelungen, etwas Ungewöhnliches zu entdecken. Einigen ausländischen Quellen ließ sich entnehmen, daß man einige Fahrer auf frischer Tat ertappt hatte; sie hätten Brückenhöhen und ähnliches gemessen, was man im Zusammenhang mit Aufmarschplänen für Panzertruppen und motorisierte Infanterie sehen konnte. Jedoch fehlten Beweise jeder Art, und in einem demokratischen

Land dürfen sogar Lastwagen mit der Aufschrift SOVTRANSAVTO in kyrillischer Schrift herumfahren, wo es ihnen beliebt.

Als EDV-Mann verstand sich Carl besser auf die Software, das heißt auf die Kunst, Programme zu entwickeln und Programme zu deuten, als auf die Hardware, die Geräte. So konnte er etwa seine Stereoanlage nur mit Mühe selbst reparieren.

Jedoch war es ihm relativ leicht gelungen, und zwar mit Hilfe von Zoll und Grenzpolizei, ein Programm zu erstellen, mit dessen Hilfe die sowjetischen Fernlaster ein Jahr lang beobachtet wurden, ihr Zeitplan, ihre verschiedenen Fahrer, ihr Gewicht bei Ein- und Ausreise und ihre ungefähren Fahrtrouten.

Die Schlußfolgerungen waren noch etwas unsicher und überdies wenig sensationell, da sie mit einer der üblichen Arbeitshypothesen übereinstimmten: Wie gewohnt mißtrauten die Russen offen zugänglichen Quellen. Wie gewohnt verwandten sie eine erstaunliche Mühe darauf, sich Informationen zu verschaffen, die sie in jeder normalen Buchhandlung hätten kaufen können, am leichtesten durch das Studium einer Straßenkarte des Königlichen Automobilklubs. Sie machten Belastungsproben, fuhren probeweise alternative Strecken ab, kontrollierten mit großem Einsatz sowohl die Telefonbücher wie die topografischen Karten des Generalstabs. Bei einem Vergleich – falls sie sich diese Mühe machten – würden sie herausfinden, daß diese öffentlich zugänglichen Angaben mehr als ausreichend waren. Sogar die Flugplätze des Landes finden sich auf Karten, die man in jeder Buchhandlung erstehen kann.

Vermutlich hatte jeder Fahrer bei jeder Reise einen so begrenzten Aufgabenbereich, daß er für den Fall der Festnahme ohne schriftliche Notizen auskommen konnte, die nur unnötiges Aufsehen erregen würden. Auffallend war, daß etliche Fernlaster nach der Fahrt durch Schweden den Heimweg über die DDR wählten.

Wenn man etwa Fernlaster von der Sowjetunion in die DDR fahren lassen will, darf man davon ausgehen, daß das schwedische Straßennetz besser ist als das polnische. Der Umweg über die Nordroute jedoch ist in jeder Hinsicht unwirtschaftlich, und überdies treiben die Devisenkurse die Kosten für diesen Umweg in astronomische Höhen.

Carls Programm ergab die Tendenz, daß die Eindrücke einer halbjährigen Beobachtung sich bei fortgesetzter Ausspähung bestätigen würden.

Damit ergab sich die entscheidende Frage, ob man mit Phase zwei beginnen sollte, was Carl empfahl.

Phase zwei bedeutete, daß einzelne Fernlaster bei ihrem ersten Grenzübertritt nach Schweden mit einem Funksender versehen werden sollten. Soweit gab es keine Probleme.

In technischer Hinsicht gab es jedoch zwei total verschiedene Möglichkeiten. Manche Funksignale lassen sich dazu verwenden, von verfolgenden Wagen und einigen vorherbestimmten Stationen aus die exakte Reiseroute diskret zu ermitteln. Ein anderer Typ von Funksender, der zwar sperriger war, jedoch ein Funksignal senden konnte, das sich nur wesentlich schwerer auffangen und deuten ließ, konnte an ein Satelliten-Überwachungssystem angeschlossen und so vom Weltraum aus überwacht werden. Das bedeutete aber, daß man die amerikanischen Kollegen um Amtshilfe bitten mußte. Und das war keine operative Frage, sondern eher eine diplomatische, möglicherweise sogar eine Regierungsangelegenheit.

Die zweite Variante bot eine interessante Möglichkeit. Mit einem an ein Satellitensystem angeschlossenen Sender konnte man die Fernlaster selbst auf sowjetischem Territorium weiterverfolgen. Immerhin machte es einen Unterschied, ob deren Endstation eine Obstzentrale in Leningrad war oder ein Panzerregiment auf der Halbinsel Kola.

Ein mögliches Verfahren, das Carl andeutete, sah so aus: In einem ersten Stadium die Sender zu entfernen, wenn der betreffende Fernlaster das Land verließ. Erst später würde man sich auf den Versuch einlassen können, die Lastwagen mit den versteckten Sendern in die Sowjetunion fahren zu lassen. Dieser zweite Vorschlag, so stand zu erwarten, würde bei den Amerikanern keine große Begeisterung erwecken. Immerhin bestand das Risiko, daß die so exportierten Sender nicht in den Westen zurückkehrten. In diesem Fall wären die Erkenntnisse teuer erkauft, vor allem dann, wenn die Arbeitshypothese – daß die Russen sich nämlich mit nichts anderem beschäftigten als der Kontrolle der Angaben in Telefonbüchern und in Straßenkarten des Königlichen Automobilclubs – sich als die undramatische Wahrheit erweisen sollte.

Wie auch immer: Eine Fortführung der Arbeit auf dem gegenwärtigen Programmniveau würde vermutlich keine weiteren Erkenntnisse ergeben als die, die man schon besaß.

Zwanzig Minuten vor Dienstschluß hatte Carl sein zusammenfassendes Memorandum von sieben Seiten fertiggestellt. Er legte hundert Blatt Daten-Analysen dazu, die seinem Chef rein gar nichts sagten.

Kapitän zur See Johan F:son Lallerstedt hatte einen großen Teil seines Berufslebens der Zusammenarbeit mit Nachrichtenleuten gewidmet. Das war jedoch meist auf See gewesen, wo er Halbzivilisten der militärischen Funkanstalt kreuz und quer über die Ostsee geschippert hatte. Er hatte nie mehr als vage Erkenntnisse davon gewonnen, wonach diese Techniker im sowjetischen Funkverkehr schnüffelten, und hatte sich ernsthaft auch nie darum gekümmert. Er hatte diese Leute als etwas durchgedrehte Akademiker angesehen, und für ihn waren sie eher Passagiere als Kollegen gewesen. Einmal war es auf See zu einem Zwischenfall gekommen: Er war Kommandant eines Funkspionageschiffs gewesen, das mit einem sowjetischen Minenleger kollidiert war. Die Kollision hatte dazu geführt, daß man ihn zu einem nicht genau definierten Bürojob innerhalb des OP 5 abkommandiert hatte, was sowohl er selbst als auch seine Kollegen zur See als Rüge oder vielmehr Strafe verstanden hatte. Obwohl völlig unklar war, welcher der beiden Kapitäne, der schwedische oder der sowjetische, die Kollision verschuldet hatte. Der Chef der Marine hatte als Grund für die Versetzung angegeben, Lallerstedt sei im Zusammenhang mit dem Zwischenfall in der Presse zu stark in Erscheinung getreten.

Die Voraussetzungen für einen munteren und ungezwungenen Umgang des Seebären Johan F:son Lallerstedt mit den jungen Technikern der Analyse- und künftigen Operationsabteilung des Nachrichtendienstes waren zunächst also nicht die besten gewesen. Er mochte keine Schreibtischmilitärs.

Und dem etwas zu höflichen und etwas zu kenntnisreichen Carl Hamilton gegenüber war er ebenso mißtrauisch gewesen, bis er Carls Hintergrund kennengelernt hatte. Und der stand jetzt vor ihm, dieser Mann, der eine breitere und dramatischere Kampferfahrung besaß als irgendein anderer schwedischer Soldat seit dem letzten Krieg gegen die Russen zu Anfang des 19. Jahrhunderts, und legte ihm die Schlußfolgerungen eines EDV-Programms dar. Hamilton hatte sich nicht einmal gesetzt; es wurde zwar nicht darüber gesprochen, doch es hatte sich so ergeben, daß in den inneren Büroräumen militärische Umgangsformen herrschten. Und obwohl keiner von ihnen eine Uniform trug, blieb für beide entscheidend, daß ein Kapitän zur See am Jackenärmel einen breiteren Goldrand hat als ein Korvettenkapitän. Mag der Korvettenkapitän auch mit dem Bundesverdienstkreuz Erster Klasse und der Tapferkeitsmedaille Gustavs III. ausgezeichnet sein, so hat er doch zu stehen, wenn der Kapitän zur See sitzt, sogar beim Nachrichtendienst.

»Setz dich, Carl, entschuldige, ich habe nicht daran gedacht, setz dich doch«, sagte Kapitän zur See Johan F:son Lallerstedt.

Es war Carls letzter Vortrag für einige Zeit, da ihm eine Dienstreise nach Kalifornien bevorstand. 001 sollte sich 002 und 003 ansehen, um sich ein Bild davon zu beschaffen, wie deren Ausbildung fortschritt. Diese Bezeichnungen waren ein höchst scherzhafter, höchst persönlicher und höchst inoffizieller Einfall Johan F:son Lallerstedts. In Schweden gibt es keine Doppel-Nullen.

Beim schwedischen Nachrichtendienst gibt es keinen Agenten, dem man das Recht einräumt, andere Menschen zu töten. Das darf auf keinen Fall geschehen.

Es sei denn, es geschieht in Notwehr oder es liegt im Interesse der Nation.

Erland Rickfors, Schwedens Botschafter in Kairo, spazierte am Nil entlang. Er hatte seine Wohnung vor etwa zwanzig Minuten verlassen und ging gerade unter der Brücke des 26. Juli hindurch. Es war ein angenehmer Nachmittag, warm wie ein normaler schwedischer Sommertag mit einem für Kairoer Verhältnisse ungewöhnlich klaren Himmel. Er erreichte die Gezira-Straße, blieb eine Weile mit dem Mantel über dem Arm stehen und sah auf den Fluß. Auf dem anderen Ufer erhob sich das große Fernsehgebäude. Der Verkehr war schwach, und an diesem Nachmittag spazierten Hunderttausende von Menschen wie er um die Insel Gezira herum. Es war Freitag, in Schweden ein Arbeitstag, aber hier ein arabischer Feiertag.

Er war sich nicht sicher, richtig zu handeln. Doch einerseits hatte er schon A gesagt, indem er um ein möglichst kurzfristiges Zusammentreffen gebeten hatte, obwohl es Freitag war. Zum anderen war es aus Formgründen durchaus in Ordnung, der diplomatischen Routine zu folgen. Sein Auftrag als Sendbote Schwedens bestand darin, Schwedens gute Beziehungen zu Ägypten aufrechtzuerhalten und möglichst zu verbessern, nicht hinter dem Rücken ägyptischer Behörden zu operieren und gar diplomatische Verwicklungen auszulösen.

Die verabredete Zeit war schon um fünf Minuten überschritten. Araber sind jedoch nie pünktlich. Rickfors ging auf das Marriott-Hotel zu, das schönste Hotel Kairos und vielleicht des ganzen Nahen Ostens.

Vor nicht allzulanger Zeit war das Gebäude noch ein verfallener Palast aus dem 19. Jahrhundert gewesen, für den irgendein Pascha so große Geldmittel aufgewendet hatte, daß die Wirtschaft des Landes stark in Mitleidenschaft gezogen wurde. Man konnte sich das gut vorstellen, wenn man das Ergebnis der Restaurierungsarbeiten für fünfzig Millionen Dollar in Gold, Rot und Grün ansah. Im Park zwischen dem alten Palast und den neuen Hotelbauten und dem Swimmingpool liegen mehrere Gartenrestaurants, deren Tische zwischen Palmen, Hecken und riesigen Rhododendronbüschen eingebettet sind. Ein ausgezeichneter, diskreter Treffpunkt. Hier kann an einem Freitagnachmittag jeder sitzen, auch ein Botschafter, und wie zufällig jeden X-Beliebigen treffen, auch einen Obersten des ägyptischen Sicherheitsdienstes.

Zu seiner Verblüffung mußte Erland Rickfors sehen, daß Oberst Muhammed ibn Salaar schon an Ort und Stelle saß und sogar Zeit gefunden hatte, zwei Tassen Kaffee zu trinken. Erland Rickfors erschien zum erstenmal später als der Ägypter zu einem solchen Treffen. Aus reiner Verblüffung entschuldigte er sich für sein spätes Erscheinen, was jedoch ziemlich überflüssig war, da es sich nur um zehn Minuten handelte. In Kairo gilt jede Verspätung unter einer halben Stunde als pünktliches Erscheinen. Der Oberst streckte die Arme zu einer weit ausholenden Geste aus, die etwa bedeuten sollte, Allah werde schon alles richten.

»Ich hoffe, es kommt Ihnen nicht allzu ungelegen, daß ich an einem Freitag um diese Zusammenkunft gebeten habe«, sagte der Botschafter, als er sich setzte und einen Tee mit Zitrone bestellte. Er hielt es für unpassend, jetzt etwas anderes zu trinken.

»Durchaus nicht, lieber Freund, ich bin für Sie da, und das wissen Sie«, erwiderte der zivil gekleidete Oberst ohne jedes Anzeichen von Neugier oder Eile. »Ein herrlicher Winter, finden Sie nicht auch? Im letzten Jahr hat es ja fast die ganze Zeit geregnet«, fuhr der Oberst nach britischer Manier fort. Obwohl die ägyptischen Militärs seit ein paar Generationen von den Russen ausgebildet werden, steckt noch immer viel britisches

Verhalten im Offizierskorps, zumindest im Umgang mit Leuten aus dem Westen.

»Ja, ein so schöner Tag wie dieser ist etwa so wie ein schwedischer Sommertag«, setzte der Botschafter das britische *small talk* fort, entschloß sich aber dennoch, gleich zur Sache zu kommen. »Sie müssen entschuldigen, Oberst. Ich habe um dieses Treffen ersucht, weil ich ein delikates Problem am Hals habe.«

»Dagegen werden wir gewiß etwas unternehmen können. Das hört sich übrigens angenehm an, ein delikates schwedisches Problem. Sonst sind es ja meist Ihre französischen Kollegen, die sich derlei zuziehen«, erwiderte der Oberst lächelnd. Er hatte das Wort »delikat« klingen lassen, als ginge es um ein amouröses Abenteuer und nicht um eine politisch kitzlige Situation.

»In unserer Botschaft, also auf unserem Territorium, befindet sich ein sowjetischer Staatsbürger. Er hat um politisches Asyl nachgesucht, kann allerdings nicht in der Botschaft wohnen bleiben, wie Sie verstehen werden, und ...«

Der Botschafter verstummte mitten im Satz, als er den blitzschnell veränderten Gesichtsausdruck des ägyptischen Sicherheitsmannes sah. Beide starrten sich kurz verblüfft an. Der Oberst hatte sich als erster wieder in der Gewalt.

»Dieses Problem ist offenkundig mehr als delikat, Herr Botschafter. Es geht also um einen bestimmten Admiral?«

»Ja, Vizeadmiral, um genau zu sein.«

Der Oberst blickte demonstrativ lange in seine Kaffeetasse, bevor er antwortete.

»Und wir glaubten, er befände sich in der amerikanischen Botschaft. Das hätte uns die Angelegenheit auf gewisse Weise leichter gemacht. Nun, Herr Botschafter, was genau sollen wir bei diesem Problem unternehmen? Was meinen Sie? Hat Ihre Regierung schon Stellung genommen?«

»Nein, ich erwarte erst in drei oder vier Tagen Anweisungen. Ich könnte mir aber vorstellen, daß sie ihn nach Stockholm bringen wollen. Hier kann er ja nicht bleiben?«

»Und Sie werden ihm Asyl gewähren?«

»Das weiß ich nicht, aber ich gehe davon aus.«

»Und wenn unsere Regierung die Auslieferung des Mannes verlangt?«

»Dazu kann ich im Moment nicht Stellung nehmen. Warum sollte Ihre Regierung das übrigens wollen?«

»Weil die Russen über das, was geschehen ist, gelinde gesagt empört sind. Ich kenne die näheren Details nicht, aber sie betrachten den Vorfall als äußerst ernste Angelegenheit. Wir sitzen also in der Tinte, um einen englischen Ausdruck zu gebrauchen. Ich glaube jedenfalls, daß er englisch ist. Also, was werden Sie vorschlagen?«

Der Botschafter dachte nach. Die Sache hatte eine unerwartete Wendung genommen. Natürlich war es zu spät, diese Initiative zu bedauern, und im übrigen wäre es wohl ohnehin früher oder später nötig gewesen, die Ägypter zu verständigen. Bis auf weiteres war es wohl am klügsten, mehrere Möglichkeiten offen zu lassen.

»Für den Moment kann ich nichts Genaues vorschlagen«, begann der Botschafter zögernd. »Ganz allgemein jedoch ist unsere Gesetzgebung so, daß wir niemanden ausliefern, der etwa mit der Todesstrafe rechnen muß. Und in dieser Hinsicht ist hier wohl unzweifelhaft eine gewisse Gefahr gegeben. Sind Sie nicht meiner Meinung, Oberst?«

Seitdem das Gespräch ernst geworden war, ließ der Oberst zum erstenmal ein feines Lächeln sehen.

»Unzweifelhaft. Und wie soll der nächste Schritt aussehen?«

»Vorausgesetzt, daß die Regierung meines Landes dem Mann politisches Asyl gewährt, was vorauszusetzen ich bis auf weiteres für am klügsten halte, haben wir also ein gemeinsames Problem.«

»Ohne jeden Zweifel. Und?«

»Dann sollte es wohl sowohl im ägyptischen wie im schwedischen Interesse liegen, den Burschen vom ägyptischen Territorium zu entfernen. Teilen Sie diese Meinung?«

»Ja, das ist eine denkbare Schlußfolgerung. Und wie sollte das geschehen, wenn ich fragen darf?«

»Dazu habe ich noch nicht Stellung nehmen können. Ich gehe davon aus, daß wir Sie um Hilfe bitten werden.«

»Die kann ich im Augenblick nicht garantieren. Wir stehen genau zwischen Ihnen und den Russen, und wie ich schon sagte, machen die den Eindruck, äh, als sei ihnen an einer Lösung dringend gelegen.«

»Wenn wir Ihnen den Mann ausliefern und Sie ihn an die Russen weitergeben, landen wir in einer ziemlich peinlichen Situation, wenn die Sache herauskommt. In diesem Fall müssen wir uns auf Ihre Diskretion verlassen können.«

»Das ist eins der wenigen Dinge, die ich Ihnen schon jetzt zusagen kann. Aber wenn nicht, was passiert dann?«

»Das weiß ich erst, wenn ich Anweisungen meiner Regierung erhalten habe. Wenn wir aber für den Moment davon ausgehen, daß der Mann in Schweden Asyl erhält, werde ich gezwungen sein, bei Ihnen in aller Form darum nachzusuchen, daß Sie, tja, daß Sie uns dabei helfen, ihn ohne Störungen nach Hause zu bekommen.«

»Das wird vielleicht nicht leicht. Die Russen scheinen, wie ich schon sagte, sehr darauf bedacht zu sein, eine solche Entwicklung zu stören, und dann lande ich in den Krallen meiner Regierung, was Ihnen übrigens auch blüht. Wann kann ich mit einem definitiven Bescheid rechnen?«

»Frühestens in fünf Tagen. Ich wäre Ihnen übrigens sehr verbunden, wenn Sie diese Information als vertraulich behandeln könnten.«

»Sie meinen, wir sollen bei den Russen nicht petzen?«

»Hm.«

»Und wenn er nun Asyl erhält – ich teile Ihre Auffassung, daß dies am wahrscheinlichsten ist –, wir Ihnen aber beim Transport des Mannes nicht helfen wollen?«

»Dann dürften wir in einer unangenehmen Klemme sitzen. Die Botschaft ist, wie Sie wissen, schwedisches Territorium. Solche Geschichten hat es ja früher auch schon gegeben. Sie können sich ziemlich in die Länge ziehen. Die Sache wird bekannt, es gibt eine Menge unguter Publizität, es wird eine Prestigeangelegenheit, und sämtliche Parteien werden handlungsunfähig. Soweit ich es sehe, wäre das sowohl aus ägyptischer wie auch schwedischer Sicht die schlechteste Alternative.«

»Und die beste Alternative wäre, den Mann ohne Krach und öffentliches Aufsehen nach Schweden zu bekommen?«

»Ja, dann sind wir beide jedenfalls das Problem los.«

Beide schwiegen eine Weile. Beiden war klar, daß alles, was im Moment gesagt werden konnte, gesagt worden war. Ebenso deutlich war, daß das Problem sehr viel größer war, als beide vor dem Treffen vermutet hatten.

Sie verabredeten, sofort Kontakt aufzunehmen, sobald die schwedische Regierung zu einem Entschluß gekommen war. Das war alles, worüber sie sich im Moment einigen konnten. Beide hatten jetzt einen außerordentlich unangenehmen Bericht zu Papier zu bringen, und keinem ihrer Vorgesetzten würde es gefallen, ihn auf den Tisch zu bekommen.

Sie gaben sich die Hand und trennten sich. Der Oberst ging, ohne zu bezahlen, was völlig in Ordnung war, da er damit nicht an der Reihe war. Der Botschafter blieb noch lange sitzen, ohne seinen Tee anzurühren.

Am Horizont ging gerade die Sonne unter, und von den Minaretts ertönte in der Abenddämmerung der klagende Singsang der Freitagsgebete. Die Fledermäuse begannen, zwischen den Palmen im Garten des Marriott-Hotels herumzuflattern. Doch der Botschafter blieb regungslos sitzen.

Maria Szepelinska-Adamsson war seit fast genau zwölf Stunden tot, als die Polizei sie fand.

Wie gewohnt war die normale Polizei als erste am Tatort, fast gleichzeitig mit der Lokalpresse, da die Anweisung über Polizeifunk ergangen war, aus der hervorging, es handle sich vermutlich um Mord. Kriminalreporter hören in Norrköping wie überall in der Welt den Polizeifunk ab und wittern schnell Blut.

Es hatte seinen Grund, daß sie so schnell gefunden wurde: Sie hatte wichtige und vertrauliche Unternehmensakten in der Wohnung und hätte bei einer Konferenz am Freitagmorgen um 10 Uhr einen technischen Vortrag halten sollen. Als sie nicht auftauchte und sich auch am Telefon nicht meldete, hatten ihre engsten Kollegen sich in ein Taxi gesetzt und einen Hausmeister mit dem Hauptschlüssel herausgeklingelt.

Die Polizei hatte kaum mehr zu tun, als den Tatort abzusperren und die Beamten von der Mordkommission in Norrköping anzurufen. Einer der Polizeibeamten stand gerade vor der Haustür und übergab sich, als der erste Reporter vom *Folkbladet Östgöten* erschien.

Der Polizeibeamte murmelte etwas von einem typischen Hurenmord, und es sei der widerlichste Anblick, den er in seinem ganzen Leben erlebt habe. »Entweder hat hier so etwas wie ein Jack the Ripper zugeschlagen«, sagte er zu dem Reporter, während er sich gleichzeitig den Mund abwischte und sich wieder in die Gewalt zu bekommen suchte, »oder es läuft hier in Norrköping ein Werwolf frei herum.«

Das waren Worte, die er später tief bereuen würde.

Ein Fotograf des *Östgöta-Correspondenten* hatte sie ebenfalls gehört, und solche Worte sind für Journalisten eine unwiderstehliche Versuchung. Ausdrücke wie WERWOLFMORD und RITUALMORD machen sich in Schlagzeilen hervorragend. Es sind nur wenige Buchstaben, die man leicht erfaßt und die sich in sehr großem Schriftgrad setzen lassen.

Als die Männer der Mordkommission da waren und den Fall übernommen hatten, war es mit Äußerungen von seiten der Polizei vorbei. Doch das unglückselige Mißverständnis vom »typischen Hurenmord« tauchte in den Pressemeldungen des nächsten Tages trotzdem auf. Es blieb unklar, aus welchem Grund der geschockte Polizeibeamte dieses Wort gewählt hatte. Vermutlich war die Erklärung so einfach wie peinlich: Eine Polin, die einen Schweden heiratete und eine zu gute Wohnung hat und sich dann von dem Freier trennt, der sie nach Schweden gebracht hat – na ja, jeder weiß ja, was das für Weiber sind. Etwa so verhielt es sich, als die Diplomingenieurin Maria Szepelinska-Adamsson in der schwedischen Presse ihren ersten entsetzlichen Nachruf erhielt.

Noch schwebte Kriminalinspektor Rune Jansson von der Mordkommission der Polizei in Norrköping in glücklicher Unwissenheit über das, was die Zeitungen von morgen bringen würden. Und so bekümmerte es ihn nicht. Sein Problem war ernster. Es ging nämlich um einen ungewöhnlich unschönen Mord mit einem unbekannten Täter, der seine Absicht, sich nicht erwischen zu lassen, deutlich zu erkennen gegeben hatte, und der zudem nicht der frühere Mann der Toten war.

Ingenieur Michael Adamsson, der bei der Flugzeugabteilung von Saab in Linköping einen Job der höchsten Sicherheitsstufe hatte, war den Abend zuvor, an dem der Mord vermutlich stattgefunden hatte, mit seiner Mutter, seiner neuen Verlobten und seinem sechsjährigen Sohn zusammengewesen, den er am Freitagabend zu seiner früheren Frau nach Norrköping hätte zurückbringen sollen. Das Paar hatte gemeinsames Sorgerecht. Das Verlobungsessen, zu dem sie sich die Ringe angesteckt hatten, war ein überzeugendes Alibi.

Sowohl Adamsson als auch seine frühere Frau hatten den ganzen Tag an ihren jeweiligen Arbeitsplätzen in Linköping und Norrköping zugebracht. Diese Angaben waren schon geprüft worden.

Es handelte sich also nicht um den altgewohnten Mörder aus der Familie. Bei der Mordkommission hatte man schnell die lokale Sicherheitsabteilung verständigt, da Einwanderer aus Polen erst dann eine Aufenthaltserlaubnis für Schweden erhalten, wenn die Sicherheitspolizei den Antrag untersucht und gebilligt hat. Folglich lag bei der Säpo, der Sicherheitspolizei, eine vollständige Akte über das Opfer und dessen Hintergrund. – Bei der Säpo wurde gerade überlegt, ob man die Akte an die »offene Abteilung« weiterbefördern könne, wie bei der Sicherheitspolizei die normale Polizei genannt wird. Aus unbekanntem Grund hatte man die Entscheidung verzögert. Statt dessen hatte man die Zentrale in Stockholm verständigt. Und das war besorgniserregend.

Die Techniker hatten vier Stunden am Tatort zugebracht und waren schon jetzt zu dem Schluß gekommen, daß das Ergebnis niederschmetternd sein würde. Der Mörder hatte perfekt hinter sich aufgeräumt. Sämtliche Flächen, auf denen man Fingerabdrücke hätte vermuten können, waren sorgfältig abgewischt, vermutlich vom Mörder selbst. Kühlschranktür, Glastisch, Spüle, Türpfosten, Porzellan und sogar Badezimmerspiegel und Klobrille.

Dieser letzte Umstand war bemerkenswert. Ein normaler schwedischer Mörder legt bei seiner Arbeit kein solches Wissen um kriminaltechnische Untersuchungsmethoden an den Tag.

Das Opfer hatte mit dem Mörder Wein getrunken, was die beiden Gläser vermuten ließen. Das eine war von Fingerabdrücken gesäubert worden, und das zweite würde kaum andere als die des Opfers aufweisen.

Das Opfer hatte den Mörder vermutlich gekannt. Das Motiv ließ sich weder mit Raubmord noch mit Diebstahl in Verbindung bringen, da zahlreiche Wertgegenstände, die sich leicht hätten verkaufen lassen, noch am Tatort herumlagen. So hatte der Mörder etwa den Schmuck des Opfers auf den Fußboden gekippt und liegen lassen. Das einzige, was bislang zu fehlen schien, waren Fotos, die aus dem privaten Fotoalbum des Opfers herausgerissen worden waren.

Der Mörder war ein Bekannter der Toten, der ruhig, methodisch und kaltblütig vorgegangen war und über Tatortuntersuchungen bemerkenswert gut Bescheid wußte. Täter und Opfer hatten gemeinsam Wein getrunken, dann mußte es zum Streit gekommen sein. Die Mordwaffe war mit an Sicherheit grenzender Wahrscheinlichkeit ein Messer, doch dieses Messer war am Tatort nicht zu finden.

Bis auf weiteres wirkte das Vorgehen des Mörders entschlossen, kaltblütig und in technischer Hinsicht geschickt. Der tiefe Messerschnitt am Hals ließ keinerlei Zögern erkennen, das hatte man schon am Tatort klären können.

Kriminalinspektor Rune Jansson wurde durch das Läuten des Telefons in seinen Überlegungen unterbrochen. Es war der Gerichtsarzt in Linköping. Er erklärte, mit seinen Untersuchungen noch längst nicht fertig zu sein, aber die eiligsten Schlußfolgerungen könne man mit einiger Sicherheit schon jetzt äußern.

Das Opfer schien sich nicht gewehrt zu haben – Kampfspuren fehlten völlig. Bei Messerstechereien und Kämpfen finden sich meist Wunden, die auf eine Gegenwehr des Opfers hindeuten, etwa tiefe Schnitte in den Handflächen des Opfers oder zwischen Daumen und Zeigefinger. Hier war nichts davon zu sehen.

Hingegen schien das Opfer zwei tödliche Verwundungen zu haben. Außer der bereits bekannten, dem Messerschnitt am Hals, war der linke Brustkorb kräftig eingedrückt; eine oberflächliche Quetschung, drei gebrochene Rippen sowie starke innere Blutungen, die jedoch vermutlich schnell aufgehört hatten – der Gerichtsarzt drückte sich so aus –, weil die Herztätigkeit schnell ausgesetzt hatte, was wiederum auf den schnellen und großen Blutverlust infolge des Durchschneidens der großen Halsarterien zurückzuführen war.

Was den Zeitpunkt des Verbrechens betraf, war eine klare Aussage noch nicht möglich.

Erst nach dem Wochenende würde man im Labor feststellen können, was das Opfer gegessen hatte, wie lange der Verdauungsvorgang gedauert hatte und wie fortgeschritten die Leichenstarre war, und so weiter. Was die sichtbare Verletzung anging, war jetzt kaum mehr zu sagen, als daß die Waffe vermutlich ein Messer war, daß die Schnittflächen erstaunlich gleichmäßig waren, was den Schluß erlaubte, daß es sich um einen schnellen und präzisen Schnitt mit einem vermutlich sehr scharfen Messer gehandelt hatte.

Rune Jansson grübelte eine Weile, während der Gerichtsarzt stumm am Telefon wartete.

»Das hört sich an, als hätten wir es mit irgendeinem verfluchten Zirkusartisten zu tun. Aber warum zum Teufel hat sie *zwei* tödliche Verletzungen? Hätte sie weiterkämpfen oder den Versuch machen können, dem Täter zu entkommen, wenn wir annehmen, daß die Verletzung des Brustkorbs als erste erfolgte?«

»Nein, das kommt mir nicht wahrscheinlich vor«, erwiderte der Gerichtsarzt. »Es ist zwar schwer zu sagen, aber der Umfang der Verletzung läßt eher auf sofortige Bewußtlosigkeit schließen als auf einen weiteren Kampf. Doch sicher kann man nicht sein.«

»Es ist also sehr starke Gewalt angewendet worden?«

»Ja, ohne Zweifel.«

»Kann es sein, daß er sie getreten hat, nachdem er ihr den Hals durchschnitten hatte?«

»Schwer zu sagen. Es sieht jedoch nicht nach einem Fußtritt aus. Ein derart kräftiger Tritt hätte fast Schuhgröße und Muster der Schuhsohle auf der Haut zurücklassen müssen.«

»Schuhgröße?«

»Nein, entschuldige. Ich meine nur, daß ein normaler Fußtritt anders aussehen würde. Wenn man davon ausgeht, daß der Täter Schuhe an den Füßen hatte.«

»Kann es ein Faustschlag gewesen sein?«

»Ja, wenn der Täter ein Mike Tyson oder so was war.«

»Tyson?«

»Ja, dieser Neger. Der Schwergewichtsboxer. Ein normaler Mensch kann einen Menschen nicht mit einem einzigen Faustschlag töten. Mit dem Knie geht es möglicherweise, aber darüber können wir uns jetzt noch keine Meinung bilden.«

»Irgendeine Waffe, ein harter Gegenstand?«

»Ja, aber dann ohne scharfe oder harte Kanten. Ein stumpfer Gegenstand hat sozusagen eine zu große Aufprallfläche. Es kann sehr wohl ein Knie gewesen sein, aber ich bezweifle, daß wir es mit Sicherheit feststellen können. Und auf den Rest werdet ihr wohl noch eine Weile warten müssen.«

»Was glaubst du von dem Täter? Es dürfte doch ein Mann gewesen sein?«

»Ja, das ist ohne Zweifel die nächstliegende Vermutung. Es erfordert erhebliche Kraft, um zumindest eine der beiden Verletzungen zu verursachen.«

»Den eingedrückten Brustkorb.«

»Ja, das meine ich. Genau das. Aber zwing mich jetzt nicht zu weiteren Spekulationen. Es ist ein interessanter Fall. Wir werden tun, was wir können. Sagen wir Montagnachmittag?«

»Was macht die Geschichte so interessant? Was meinst du?«

»Zwei tödliche Verletzungen, das ist recht ungewöhnlich. Bis jetzt haben wir noch keine weiteren Spuren von Gewaltanwendung gefunden, nur diese beiden Verletzungen, die jede für sich tödlich ist. Eins ist jedoch klar: Wir haben es hier nicht mit einem gewöhnlichen Karnickelmörder zu tun.«

Rune Jansson malte Kreise auf den Notizblock auf dem Schreibtisch.

Erst trinken sie Wein. Dann kommt es unter vermutlich höchst ungleichen Bedingungen zu einem Kampf. Der Täter fügt der Frau im Verlauf des Kampfs eine Verletzung zu, von der er weiß, daß sie zum Tode führt. Und deshalb schneidet er ihr den Hals durch, um den Vorgang zu beenden, etwa als eine Art Gnadenstoß? Dann stiehlt er ein paar Fotos und räumt den Tatort mit einer Präzision auf, als wäre er Polizeibeamter?

Nein, die Gleichung enthielt zu viele unbekannte Faktoren. Ein unangenehmer Entschluß war jetzt jedoch unvermeidlich.

Rune Jansson warf den Kugelschreiber auf den Notizblock, erhob sich schwer, murrte über seinen Silvester-Vorsatz, mindestens fünf Kilo Übergewicht durch Joggen abzuspecken, und begab sich zum Zimmer des Polizeidirektors.

Es konnte keinen Zweifel geben: Dies war ein Mord, der umfangreiche Nachforschungen erforderte. Der Polizeidirektor kam zu dem gleichen Urteil.

Aus diesem Grund forderte die Polizei von Norrköping bei der Reichspolizeiführung in Stockholm Hilfe an, genauer von der Einheit, die bei Polizisten immer noch hartnäckig Reichsmordkommission genannt wird. Dort wollte man schon am selben Abend vier Mann nach Norrköping schicken.

Die Beamten aus Stockholm würden sich wohl wie üblich im Hotel Standard einquartieren, in dem es an drei Abenden der Woche Tanz gab.

2

Es war 12 Uhr mittags Ortszeit, als Carls Maschine auf dem San Francisco International Airport landete. Der Zeitunterschied zwischen Schweden und Kalifornien beträgt neun Stunden; in Carls Körper war es also 9 Uhr abends. Es war ihm aber gelungen, während des Fluges relativ lange zu schlafen. Es fiel ihm leicht, bei Flügen zu schlafen, vielleicht deshalb, weil er sich Flugreisen unbewußt als sowohl ereignis- wie risikolos vorstellte, als kurze Momentaufnahmen, oder weil ihm Flugzeuge als geschützte Räume erschienen.

Die Paß- und Zollformalitäten hatte er schon in New York hinter sich gebracht. Es war erstaunlich schnell und reibungslos gegangen, was höchstwahrscheinlich daran lag, daß sein Dauervisum für die USA eine Codebezeichnung enthielt, die ihn als qualifizierten Militärexperten eines verbündeten Landes auswies. Rein formal war das kaum eine korrekte Beschreibung des neutralen Schweden, doch in rein praktischer Hinsicht war es eine durchaus zutreffende Beschreibung des Verhältnisses zwischen schwedischem und amerikanischem Nachrichtendienst.

Kaum hatte er seine Reisetasche bei der Gepäckausgabe vom Rollband genommen, ging er zur Hertz-Autovermietung und quittierte den Schlüssel seines im voraus bestellten Wagens. Dann ging er zu einer Telefonkabine und rief San Diego an, eine Nummer, die er nie vergessen hatte.

Er hatte das Gespräch sorgfältig geplant und damit gerechnet, daß ihr Vater am Samstag um diese Zeit abnehmen und vermutlich betrunken sein würde. Insofern hatte er richtig geraten: Der Mann schien kein bißchen erstaunt zu sein, daß er anrief. Die nächste Vermutung galt ihrer neuen Adresse, nämlich daß sie wahrscheinlich in Santa Barbara wohnte. Folglich behauptete er, er habe ihre Adresse in Santa Barbara verloren.

Auch da hatte Carl ins Schwarze getroffen, obwohl seine Vermutung nur auf einen mehrere Jahre alten Poststempel auf einer Ansichtskarte zurückging. Er bekam ihre Adresse, bedankte sich, legte auf und wagte die Prophezeiung, daß ihr Vater vermutlich vergessen würde, daß das Telefonat überhaupt stattgefunden hatte, wenn er in den nächsten Stunden in seinen Wochenendrausch versank. Man konnte getrost davon ausgehen, daß sein Alkoholismus in den letzten fünf Jahren zugenommen hatte. Jetzt wußte Carl also, wo sie wohnte. Es waren höchstens sieben Stunden Fahrt in gemächlichem amerikanischem Highway-Tempo.

Der Wagen war ein dunkelblauer Ford Thunderbird, ein recht häßliches und klobiges Gefährt, schwankend, amerikanisch und mit einem zu schwachen Motor. Zumindest hatte er diesen Eindruck, als er auf den Freeway 101 einbog. Aber das spielte jetzt keine Rolle, denn jetzt war er zu Hause in den USA, und er paßte sich fast sofort dem amerikanischen Verkehrsrhythmus an, der manche deutsche Kollegen schon nach wenigen Minuten zum Wahnsinn treiben würde. Lausiges Tempo, kein Halten der Fahrspur, kein Überholen, hier ging es anders zu. Carl fuhr eine Weile mit Gedanken an Deutschland und eine bestimmte nächtliche Fahrt im Regen nach Hamburg, bei der der westdeutsche Kollege nur ein paarmal 200 Stundenkilometer unterschritten hatte.

Carl entdeckte, daß er die falsche Richtung erwischt hatte, so daß er auf dem Weg nach Norden und in die Stadt war, statt nach Süden in Richtung Monterey zu fahren. Er bog jedoch noch nicht ab, um umzukehren, da er sich unentschlossen fühlte.

Es war viel schneller und leichter gewesen, sie aufzuspüren, als er erwartet hatte. Und sie an einem Samstag um 7 Uhr abends in Santa Barbara zu besuchen, schien kaum ein idealer Zeitpunkt zu sein. Sie hatte vielleicht Gäste zu Hause, und dann würde er gelinde gesagt unpassend aufkreuzen. Oder sie war vielleicht selbst eingeladen. Die Alternative, bei ihr einzubrechen und dort auf sie zu warten, schlug er sich schnell aus dem Kopf. Solange er nicht wußte, wie es in der Umgebung ihrer Wohnung aussah, konnte er auch nicht damit rechnen, im Freien einigermaßen diskret auf sie warten zu können.

Er ließ sich eine Zeitlang planlos vom Verkehr mittragen und näherte sich bald der Innenstadt. Es war ein klarer Tag ohne Nebel, jedenfalls bis jetzt. Er warf einen Seitenblick auf die Straßenkarte, die auf dem Beifahrersitz lag, und beschloß, an der Uferstraße um die Innenstadt herum nach Fisherman's Wharf zu fahren, wo er bisher nur einmal gewesen war. Er versuchte, eine Zeitlang nach Gefühl zu fahren, verhedderte sich aber schon bald in dem fast undurchdringlichen Netz der Einbahnstraßen San Franciscos. Plötzlich fand er sich in den engen Straßen von Chinatown wieder, das bei hellem Tageslicht und ohne Neonreklame düster und schäbig aussah.

Einige Zeit später hatte er jede Orientierung verloren, fuhr aber zum Spaß bergauf, sobald er einen Abhang entdeckte. Gelegentlich schnaufte der große schwache Motor vor Anstrengung. Es war unbegreiflich, daß die meisten Bewohner San Franciscos bei diesen steilen Straßen amerikanischen Wagen den Vorzug gaben.

Nach kurzer Zeit befand er sich so hoch oben, daß er die ganze San Francisco Bay überblicken konnte. Unten im Osten lagen die Wolkenkratzer der Downtown, im Norden sah er die Golden Gate Bridge, die zum Teil in eine Nebelwolke gehüllt war. Wenn er sich etwa in der Mitte hielt, würde er irgendwann in Fisherman's Wharf ankommen.

Er beeilte sich nicht, während er seine Irrfahrt fortsetzte. San Francisco war eine gute Stadt, irgendwie eine Mischung aus Europa und den USA; niedrige kleine Holzhäuser mit Schnitzereien, und gleichzeitig schnurgerade, unendliche Straßen. Und dann die plötzlich auftauchenden, manchmal verblüffend steilen Steigungen.

Als er schließlich Fisherman's Wharf erreichte, erlebte er eine Enttäuschung. Es war zwar Samstagnachmittag, aber mitten im Winter, und es herrschte kein so reges Treiben, wie er erwartet hatte. Mehrere Restaurants waren geschlossen, auf Straßen und Bürgersteigen gab es nur wenige Verkaufsstände, und sogar an Parkplätzen herrschte kein Mangel.

Er stellte den Wagen ab und betrat das erstbeste Restaurant. Er bestellte Austern mit Meerrettich-Chili und ein Glas kalifornischen Chablis. Mit den wohlbekannten Geschmacksnuancen kamen die Erinnerungen.

Er aß langsam und begann allmählich das Gefühl zu genießen, ein ganz normaler Mensch zu sein, anonym und unverstellt. Die Rolle als Schicki-Micki-EDV-Unternehmer zu Hause war ihm offenbar stärker auf die Nerven gegangen, als er sich hatte eingestehen wollen.

Einige Zeit später setzte er seine Fahrt ins Blaue fort und erreichte den Highway in Richtung Golden Gate. Nur wenige Wagen fuhren stadtauswärts, während der Gegenverkehr stark war, wie er erwartet hatte.

Als er sich den mennigeroten Stützpfeilern der Brücke näherte und seinen Quarter-Dollar bezahlt hatte, waberten erste durchsichtige Nebelschwaden heran. Oben auf der Brücke wurde die Sichtweite schnell immer geringer, und so kroch er eine Weile langsam weiter, den Blick starr auf den vorausfahrenden Wagen mit einem grün-weißen Nummernschild aus Nevada gerichtet. Doch oben auf dem höchsten Punkt der Brücke lichtete sich plötzlich der Nebel, und er erhielt einen schnellen, überraschenden Ausblick auf den gesamten inneren, den östlichen Teil der San Francisco Bay.

Gleichsam unbewußt ließ er seinen Blick eine Weile schweifen, bis er die kleine Insel inmitten der blauen Wasserfläche entdeckte.

Alcatraz.

Neuerdings war das berüchtigte, ausbruchsichere Hochsicherheitsgefängnis geschlossen. Es war zur Touristenattraktion geworden; unten in Fisherman's Wharf hatte er einen Stand mit Sweatshirts gesehen. Die grauen Sweatshirts hatten ein schwarzes, kreisförmiges Symbol mit der Aufschrift *Alcatraz Swimming Team.* Wer aus Alcatraz ausbrechen wollte, hatte sich darauf einstellen müssen, zehn Kilometer in der kalten Strömung zu schwimmen.

Alcatraz.

Ein Ort, an dem man zum Beispiel besonders gefährliche Mörder lebenslänglich verwahrte. Wenn man nur um Nuancen anders beurteilte, was erlaubt und verboten ist, hätte Carl viel eher als die meisten anderen Häftlinge nach Alcatraz gepaßt. Doch für manche Morde gibt es Alcatraz, während man für andere beispielsweise das Bundesverdienstkreuz Erster Klasse zusammen mit einer Urkunde erhält, die der Bundespräsident unterzeichnet hat.

Die Urkunde war zwei Monate nach Carls Rückkehr aus der Bundesrepublik per Post beim Generalstab angekommen. Den roten Orden in der blauen Schachtel hatte er auf dem Rückflug in der Jackentasche mitgebracht.

Der Wagen steuerte wie ein kleineres Schiff erneut in den Nebel, während Carl sich gleichzeitig zwang, zu vergessen. Er war ein anonymer Amerikaner Anfang dreißig mit einem Examen der UCSD, Master of Science, Hauptfach EDV. Das war völlig normal, er war ein vollkommen normaler Mensch. Möglicherweise eher wie ein Mann von der Ostküste gekleidet als ein typischer Kalifornier, aber dagegen ließ sich schnell und leicht etwas unternehmen.

Kurze Zeit, nachdem er die Brücke verlassen hatte, fuhr er über einen Viadukt wieder auf die Brücke zurück und überquerte sie in der Gegenrichtung. Allmählich hatte er sich entschieden.

Er wählte die kleinere Küstenstraße nach Monterey, den Cabrillo Highway. Er schaltete das Radio ein und probierte es mit rund dreißig Stationen, bis er das fand, was man mit etwas Beharrlichkeit immer finden konnte, die Station irgendeines *Public Radio* oder einer Universität, die statt der ewigen, mit Werbeschnipseln gewürzten Rock- oder Country-Musik klassische Musik ohne jeder Werbung brachte. In mancherlei Hinsicht war Carl nie ganz Amerikaner geworden.

Er landete mitten im zweiten Satz eines Violinkonzerts. Er tippte auf Brahms. Carl fuhr langsam und mit mühsam abgeschalteter Gehirntätigkeit, eingehüllt von der Musik und dem leisen Rauschen der Klimaanlage, bis er nach Santa Cruz kam und anhielt. Er blickte kurz auf die Karte, bog zum Meer hin ab und fand ein kurzes, verlassenes Stück Sandstrand, wo um diese Jahreszeit kein Mensch badete. Er ging eine Weile allein am Strand entlang, gerade außer Reichweite der weichen Dünung. Trotz des klaren Himmels war es kühl, und das Meer war eher graugrün als blau.

Santa Barbara kam unerbittlich näher. Es war Samstagnachmittag, und er sollte sich erst am Montagmorgen um 8 Uhr draußen in der Mojave-Wüste einfinden. Seine Expedition nach Santa Barbara lag vollkommen außerhalb des offiziellen Programms. Er überlegte kurz, daß er auf diesen Besuch verzichten sollte, daß er letztlich sinnlos sei, daß sich die Vergangenheit nicht wiederholen lasse.

Carl blieb eine Zeitlang am Wasser stehen und warf Steine in die Dünung. Soviel er wußte, hatten sie seit einiger Zeit die Footballmannschaft der USCD aufgelöst. Er hatte Quarterback gespielt und war einer der zwei Werfer der Mannschaft gewesen. Sie hatten zwar meist verloren, aber einmal war ihm ganz am Ende eines Spiels ein 55-Yards-Paß gelungen, den ein Stürmer weniger als zwei Yards vor der Ziellinie erwischt hatte, was zu einem sofortigen Touch-down und damit zum Sieg geführt hatte.

Doch mit dem Sport war es in seinem Leben zu Ende. Er war über dreißig. Vermutlich würde er mit einiger Erfolgsaussicht bei den schwedischen Meisterschaften in schwerer Pistole oder im Schnellschießen antreten können, aber derlei Indiskretionen eines Mannes, der Manager in der EDV-Branche zu sein vorgab, kamen natürlich überhaupt nicht in Frage. Die Vergangenheit war mit den Gezeiten unerbittlich fortgespült worden.

Das Steinewerfen verursachte ihm Schmerzen im Arm. Nein, mit all dem war es zu Ende. Warum wollte er unbedingt nach Santa Barbara?

Er ging zum Wagen zurück, schaltete das Radio ein und fuhr an Monterey vorbei weiter nach Süden. Die unbekannte Radiostation brachte jetzt Cembalomusik, vermutlich etwas von Bach.

Bei der Einfahrt nach Monterey zögerte er, ob er den landeinwärts gelegenen schnelleren Freeway 101 wählen oder lieber weiter an der Küste entlangfahren sollte. Er hatte es ja nicht eilig, nach Santa Barbara zu kommen. An diesem Abend konnte er unmöglich dort aufkreuzen. Folglich entschied er sich, weiter an der Küste entlangzufahren und der Straße zu folgen, die man Big Sur nennt. Er hatte sie noch nie gesehen, aber schon viel davon gehört.

Von Zeit zu Zeit begann sich in seinem Kopf alles zu drehen, eine typische Folge der Zeitverschiebung. Er beschloß, irgendwo in der Nähe zu übernachten. Er bog von der Straße ab und fuhr in Richtung Carmel By The Sea. Dieser kleine Ort war vor allem dadurch bekannt geworden, daß der Schauspieler Clint Eastwood dort Bürgermeister geworden war. Carl hatte nur einen von Eastwoods Filmen gesehen, einen Streifen mit einem Polizisten namens Dirty Harry, der mit einem Smith & Wesson .44 Magnum herumfuchtelte, als wäre er eine leichte kleine .22er. Carl hatte sich nach dem Kinobesuch auf die Zunge beißen müssen, um seinen Begleitern nicht den Unterschied zwischen den beiden Waffen zu erklären, und seitdem auf weitere Filme mit Clint Eastwood verzichtet.

Carmel ist eine kleine Gemeinde von kleinen Villen auf einem sandigen Hügel nahe am Meer mit einem dichten Wald niedriger, langnadeliger kalifornischer Kiefern. Das Städtchen wirkte jetzt im Winter hübsch und idyllisch und eher wie ein Refugium für Pensionäre als ein Touristenziel.

Carl fuhr eine Zeitlang zwischen den niedrigen Holzhäusern hin und her. Er hatte die Klimaanlage ausgeschaltet und die Seitenscheiben heruntergekurbelt, um den Duft von Kiefernnadeln und Meer atmen zu können. Er fühlte sich immer noch unentschlossen, als er ein Stück weiter ein Dala-Pferd mit blauem Muster entdeckte.

Als er das vor einer Tür hängende Dala-Pferd erreicht hatte, verstand er den Zusammenhang. Auf dem Holzschild unter dem Pferd stand in geschnitzten Goldbuchstaben: *Bergstroem's Swedish Inn.*

Neben dem kleinen Hoteleingang lag ein Ladengeschäft mit einer roten Flagge mit einem weißen, diagonalen Streifen im Schaufenster. Das gab den Ausschlag. Carl fuhr zwischen den niedrigen Holzhäusern in blaugrauer, vielleicht *dala-blauer* Farbe auf den Hof, parkte, nahm seine Reisetasche aus dem Kofferraum und ging hinein. Santa Barbara mußte bis zum nächsten Tag warten.

Zimmer gab es natürlich reichlich, und die Dame mit dem rosa getönten Haar, die ihn am Empfang begrüßte, sprach wie Carl selbst ein Amerikanisch ohne jeden schwedischen Akzent. Er trug sich als Amerikaner ein.

Sein Zimmer wirkte wohnlich und war in typisch amerikanischem Farmerstil eingerichtet; die Textilien changierten in hellblauen Nuancen, für amerikanische Verhältnisse waren sie ungewöhnlich geschmackvoll. Das einzig Schwedische im Raum war ein kleines blaues Dala-Pferd aus Holz, das auf dem Schreibtisch vor dem Fenster stand.

Carl schaltete die brummende Klimaanlage aus, öffnete das Fenster, stützte beide Hände auf den Fensterrahmen und kramte in Kindheitserinnerungen. Blaue Dala-Pferde hatten etwas an sich, und ihm fiel ein Exemplar ein, das inmitten einer ganzen Schar von Pferden in der üblichen braunroten, leicht ins Orange changierenden Farbe gestanden hatte. Er hatte gequengelt, um es zu bekommen, gerade dieses Pferd, doch der Wunsch wurde ihm nicht erfüllt. Vermutlich war es auf irgendeiner Autofahrt mit der Familie in Schweden gewesen. In seiner Kindheit waren sie oft mit dem Wagen gereist.

Er zog sich um, wählte Jeans und Flanellhemd, warf sich eine Wildlederjacke über die Schulter und ging zu dem Laden mit der Taucherflagge im Schaufenster hinunter: Frank Barry & Mike McGuire Scubaventures. Er legte seine Kreditkarte und sein kalifornisches Taucherzertifikat auf den Tresen und bat um Preßluftflaschen für zwei bis drei Stunden und eine komplette Ausrüstung für eine Tagesmiete. Es gab Schwierigkeiten.

»Sir, Ihr Zertifikat ist vor zwei Monaten abgelaufen, und nach kalifornischem Gesetz müssen wir das nachprüfen, bevor wir etwas verleihen.

Ich bedaure, aber Vorschrift ist Vorschrift«, sagte der kleinwüchsige, athletische Geschäftsführer, der eher McGuire als Barry zu heißen schien.

»Ich bitte Sie, ich bin gerade aus Europa zurück. Ich tauche schon mein halbes Leben, und ein Monat mehr oder weniger auf einem Stück Papier, damit müssen wir es doch nicht so genau nehmen.«

Der Vermieter zögerte. Es war Vorsaison, und hundert Dollar mehr oder weniger machten für ihn wohl einen größeren Unterschied aus als ein Monat mehr oder weniger auf einem Stück Papier.

»Sir, Sie müssen verstehen ... wir können unsere Lizenz verlieren. Sind Sie Profi oder so was?«

»Ja, das kann man sagen. Ich bin Marineoffizier und Taucher.«

»Können Sie sich irgendwie ausweisen, Sir?«

Carl seufzte und wühlte in der Brieftasche, bis er eine kleine weiße Plastikkarte mit einem seltsam nichtssagenden Text fand. Sie war von der US Navy ausgestellt, und der Text erklärte kurz, offizielle Anfragen wegen Mr. Hamilton seien an das US Naval Weapon Center zu richten, Ridgecrest, California, unter der angegebenen Telefonnummer.

»US Naval Weapon Center ... nie davon gehört. Was ist das?« wollte der verwirrte Vermieter wissen.

»Ein geheimes Testgebiet in der Mojave-Wüste, und es ist wohl nicht beabsichtigt, daß jeder davon weiß. Es gehört aber zur US Navy.«

»Die US Navy in der Wüste?«

»Hm.«

»Na gut, Sir, ich nehme an, daß ich dann wohl keine weiteren Fragen stellen darf?«

»Stimmt, das dürfen Sie nicht. Aber wie steht's: Haben wir jetzt einen Deal?«

»Yepp. Abgemacht.«

Carl warf die Ausrüstung in den Kofferraum und fuhr zum Carmel Beach hinunter, der wie erwartet völlig verlassen dalag. Er blieb eine Weile auf dem Fahrersitz und studierte die Taucherkarte, die er von dem Vermieter erhalten hatte, und memorierte schnell und systematisch, was er sah. Dann legte er die Karte auf den Beifahrersitz, stieg aus und zog sich den Taucheranzug aus Gummi an.

Er schleppte die beiden Preßluftflaschen zum Wasser hinunter, nahm die eine in die Hand und zwang sich, möglichst schnell das erste Unbehagen bei der Berührung des winterlich kalten Wassers zu überwinden. Dann streifte er sich mit gewohnt schnellen Griffen die Ausrüstung über.

Als er das Tauchermesser an der Wade befestigen wollte, durchfuhr ein Unbehagen seinen Körper. Er zog die Klinge heraus und starrte auf das blanke weiße Metall. Es war ein gewöhnliches Tauchermesser mit einem dicken schwarzen Kunststoffgriff und stumpfer Klinge, eher ein Gartenwerkzeug als eine Waffe. Er sah sein verzerrtes Gesicht mit der in die Stirn geschobenen Taucherbrille. In seinem Unterbewußtsein regte sich etwas Fremdes, und er bemerkte plötzlich, daß er das unförmige Messer so fest in der Hand hielt, daß er fast einen Krampf bekam. Die blanke Messerklinge übte einen seltsamen Sog aus, der ihn festhielt, so daß er sich mit einer Art innerer Gewalt losreißen mußte.

Lächerlich. Ein normales Tauchermesser, etwa wie ein Schraubenzieher, was ist eigentlich mit dir los? dachte er.

Dann schob er das Messer entschlossen in die Scheide an der Wade und tauchte.

Die Sicht war gut, nicht so wie damals im Roten Meer, als ...

Er verscheuchte die Erinnerung.

Das Wasser war klar und durchsichtig, nicht wie damals im Roten Meer, aber doch besser, als er es aus den Küstengewässern San Diegos in Erinnerung hatte.

Der Karte zufolge würde es fast dreißig Meter weit uninteressanten Sandboden geben, bevor er die Seegras- und Tangregion erreichte. Es stimmte. Er näherte sich einem Wald aus wogendem Birntang, einer dunkelgrünen Pflanze, die sich in fast dreißig Meter langen Lianen zur Oberfläche emporschlängeln kann. Er warf einen Blick auf den Tiefenmesser am Handgelenk. Zwanzig Fuß. Hier wollte er sich nach einer charakteristischen Formation aus Steinblöcken umsehen, um einen Anhaltspunkt zu haben und nicht die Orientierung zu verlieren.

Er schwamm fast direkt auf die Steinblöcke zu, und jetzt endlich wurde die Unterwasserwelt allmählich lebendig. Das erste, was er sah, waren einige *Kelp Greenlings,* dann begegnete er einem ganzen Schwarm von Hechtdorschen, einem Verwandten des atlantischen Dorschs im Stillen Ozean.

Carl tauchte tiefer in die Dämmerung. Dann fielen ihm ein paar kalifornische Froschfische auf und ein ein Meter langer kalifornischer Heilbutt. Er ertappte sich dabei, daß er auf englisch zu denken begann und für das, was er sah, keine schwedischen Wörter mehr besaß, zumindest kannte er sie nicht. Ein *Starfish* war auf jeden Fall ein Seestern, und *Brittle Star* bedeutete vermutlich Schlangenstern. Und *Barnacles* waren Rankenfußkrebse. Alles andere jedoch war ihm in seiner eigenen Sprache so fremd, als befände er sich auf einem anderen Planeten.

Dennoch war er zu Hause. Alles war ihm bekannt. Er sah auf die Uhr und den Luftmesser und machte eine schnelle Berechnung. Sein Luftverbrauch war normal, folglich war er ruhig und gefaßt und in ausgezeichneter Form. Alles unter Kontrolle.

Sechzig Fuß Tiefe. Der Meeresgrund fiel steil ab, und es wurde dunkel. Als *sightseeing* wäre es sinnlos, noch tiefer zu tauchen, aber Carl begab sich trotzdem in die Tiefe, um sich ein wenig unter Druck zu setzen, um die Einsamkeit besser zu fühlen und um die zunehmende Dunkelheit zu genießen. Bis auf den zischenden Laut des Ausatmungsventils war es jetzt völlig still. Die Dünung schaffte es nicht mehr, Kies und kleinere Steine durcheinanderzuwirbeln, und die Strömung war nur mäßig.

Er schwebte über einem schwarzen Abgrund, streckte Arme und Beine aus und ließ sich vom Druck immer tiefer pressen, hinunter in die Dunkelheit. 120 Fuß, 130 Fuß, 140 Fuß, 150 Fuß, langsam tiefer, 160 Fuß, dann immer schneller wegen des Drucks, 170 Fuß, 180 Fuß. Noch immer kein Grund, und wenn er weitermachte, würde er bald eine kritische Grenze passieren. Plötzlich hatte er die Idee, sich nicht mehr zu bewegen, nur die Naturgesetze wirken zu lassen.

Doch als er diesen Gedanken zu Ende gedacht hatte, wurde er plötzlich hellwach, als hätten irgendwo im Organismus Alarmglocken geschrillt. Seltsame Phantasien sind beim Tauchen ein Warnsignal. Außerdem wurde es allmählich kalt, da der hohe Druck immer mehr von der schützenden Wasserschicht zwischen ihm selbst und dem Gummi des Taucheranzugs hinauspreßte.

Carl füllte seine Schwimmweste schnell mit genügend Luft, um nicht noch tiefer zu sinken. Er berechnete kurz die Zeit des Aufstiegs und füllte dann weitere Luft nach, so daß er ohne eine Bewegung sacht nach oben zu schweben begann.

Als er wieder eine Tiefe von 120 Fuß erreicht hatte, ließ er etwas Luft entweichen, hielt inne und stellte eine neue Berechnung an, wartete die notwendige Zeit ab, kontrollierte die Luftmenge und entdeckte, daß er mehr verbraucht haben mußte als normal. Das kam ihm merkwürdig vor. Es gab keine natürliche Erklärung dafür. Durch den stärkeren Druck spürte er ganz deutlich seinen Herzschlag. Er maß seinen Puls, fünfzig Schläge pro Minute, praktisch Ruhepuls. Dort unten mußte ihn unbewußt etwas erregt haben.

Er füllte erneut etwas Luft in die Schwimmweste und stieg zu einer Tiefe von 60 Fuß auf, wo es schon heller wurde, so daß er seitlich mindestens fünf bis sechs Meter sehen konnte.

Er machte eine neue Berechnung und wartete die geforderte Zeit ab, bis er in eine ungefährliche Tiefe aufstieg.

Den Rest seiner Zeit widmete er dem Studium des Tierlebens. Dort unten in der Dunkelheit mußte etwas Unerklärliches mit ihm passiert sein, denn jetzt verbrauchte er seine Luft in normalem und vorausberechnetem Umfang. Der Puls war noch immer völlig normal.

In Kairo – Zeitunterschied gegenüber Kalifornien zehn Stunden – war es nach Mitternacht, als sich die schwarzen, schmiedeeisernen Tore der schwedischen Botschaft öffneten und der Wagen des Botschafters auf den Hof fuhr.

Botschafter Erland Rickfors hatte einen Empfang in der holländischen Botschaft besucht und dort aus Prinzip den ganzen Abend abwechselnd Apfelsinen- und den besonderen ägyptischen Limonensaft getrunken. Er fühlte sich im ganzen Körper sauer – wie eine wandelnde Zitrusplantage, dachte er mit einem schmalen Lächeln.

Als er seine Dienstwohnung im Erdgeschoß betrat, steuerte er folglich ohne Umwege die Hausbar in seinem privaten Arbeitszimmer an. Als er eine Whiskyflasche entkorkte, glaubte er ein unbekanntes Geräusch zu hören. Er blieb kurz mit der Flasche in der Hand stehen. Ja, es stimmte.

Aus dem Obergeschoß war Gesang zu hören. Leiser, aber unverkennbarer russischer Gesang.

Er hatte das ganze Problem verdrängt, ebenso die Probleme seines Lebens im Dienst, um wenigstens am Abend den Grübeleien zu entgehen, die ihn schon den ganzen Tag heimgesucht hatten. Doch hier fing alles wieder von vorn an. Das Problem saß dort oben und sang.

Er nahm zwei Gläser in die eine Hand und eine Wodka- und eine

Whiskyflasche in die andere und ging ins Obergeschoß hinauf. Im Korridor hörte er den Gesang ganz deutlich. Ein melodischer, schöner Bariton, und das Lied klang so russisch, daß es fast wie eine Parodie wirkte. Er klopfte an und trat gleichzeitig ein, während der Vizeadmiral schnell aus dem Bett sprang. Er hatte auf dem Rücken gelegen und gesungen.

»Verzeihung, falls ich Sie störe, Herr Vizeadmiral, aber ich dachte mir ...«

Er vollendete den Satz nicht, einmal weil es leichter war, mit einer Handbewegung die Flaschen sprechen zu lassen, zum andern, weil er zu seinem Erstaunen entdeckte, daß der Russe geweint haben mußte.

»Selbstverständlich. Ich danke Ihnen für Ihre Liebenswürdigkeit. Bitte, setzen Sie sich, Herr Botschafter«, erwiderte der Russe, während er sich sichtlich wieder in die Gewalt zu bekommen versuchte und sich schnell über die Augen wischte.

Der Botschafter setzte sich auf eins der beiden Betten und goß ein Glas Wodka ein, das er ohne ein Wort über den Nachttisch schob. Dann goß er sich selbst einen Whisky ein, hob das Glas und nickte. Sie tranken, ohne etwas zu sagen.

»Sie wirken traurig, Herr Vizeadmiral. kann ich etwas für Sie tun?«

Der kräftig gebaute grauhaarige Russe dachte eine Weile nach, bevor er antwortete. Es sah aus, als hätte er zwischen völlig verschiedenen Alternativen gewählt, bevor er sich entschloß zu reden.

»Ja, ich bin ein sehr trauriger Mann, das stimmt. Kennen Sie denn keine Vaterlandsliebe, Herr Botschafter? Ich liebe mein Land und habe für meine Heimat gekämpft, seit ich als junger Kadett den Beginn des Großen Vaterländischen Krieges miterlebte. Verstehen Sie?«

Sein Englisch hört sich an, als spräche er russisch, dachte der Botschafter.

»Und doch haben Sie sich entschieden, Ihr Vaterland zu verlassen. Ich nehme also an, daß Sie Ihre Gründe haben«, sagte er, während er seinem Gast ein neues Glas Moskovskaja eingoß.

»Ja, auch das ist wahr. Leider stimmt das ebenfalls, und es gibt sehr ... wie sagt man, es gibt für einen Mann wie mich sehr häßliche Worte.«

»Das hängt davon ab, von welcher Seite man es betrachtet.«

»Wenn man es von der einen Seite sieht, der des Vaterlands, gibt es überhaupt kein Wenn und Aber. Dann gibt es nur eine Wahrheit.«

»Für eine Umkehr ist es noch nicht zu spät. Wenn Sie es wünschen, kann ich Ihnen dabei helfen, äh, Kontakt mit Ihren Landsleuten aufzunehmen.«

»Njet! Es ist zu spät. Es ist alles zu spät. Das ist wahr.«

Der Russe starrte nachdenklich in sein Glas. Dem Botschafter fiel ein, daß er dem Russen vielleicht zuprosten sollte, und so hob er sein noch mehr als halbvolles Whiskyglas. Der Russe leerte sein Glas erneut in einem Zug.

Diese Russen sind ja schlimmer als die Finnen. Sie sind einfach nicht fähig, ein halbvolles Glas stehen zu lassen, dachte der Botschafter. Und dann schwiegen beide erneut eine Weile.

»Sie verstehen, Herr Botschafter, wenn ich in Ihrem Land bin, muß ich doch auf alle Fragen antworten. Auf alle Fragen, die Sie sich nur vorstellen können, und noch viele weitere, die Ihnen nie einfallen würden.«

Der Russe schob ihm sein Glas hin, und Erland Rickfors füllte es erneut. Sich selbst bedachte er mit einem neuen Whisky.

»Können Sie Ihre Gründe wenigstens andeuten, Herr Vizeadmiral? Morgen früh muß ich schließlich den Bericht zu Papier bringen, den wir mit unserem Kurier nach Hause schicken. Wenigstens etwas mehr als Ihren Namen, Ihren Dienstgrad und die Tatsache, daß Sie sich absetzen ... daß Sie Schweden um politisches Asyl ersuchen?«

»Es ist eine sehr komplizierte Geschichte. Sehr kompliziert ...«, begann der Russe langsam. Dann hielt er inne und trank erneut aus seinem Glas, das er diesmal jedoch nur zur Hälfte leerte, bis er sich räusperte und zu erzählen begann.

Der Botschafter saß still da und lauschte, ohne den Russen durch Fragen zu unterbrechen. Es hatte den Anschein, als quälte es sein Gegenüber sehr, sich zu äußern.

Der Botschafter merkte sich im stillen einige Punkte, die er in seinem Bericht erwähnen mußte. Die Motive schienen hauptsächlich privater Natur zu sein.

Vizeadmiral Gennadij Alexandrowitsch Koskow war Patriot. In dieser Hinsicht waren trotz der äußeren Umstände Zweifel kaum angebracht.

Seine Familie jedoch war offenkundig weniger patriotisch. Der Bruder seiner Frau war als eine Art Dissident offenbar mit Verbannung bestraft worden. Bemerkenswert bei der Verwandtschaft mit einem Vizeadmiral, aber doch durchaus möglich. Seine Frau sei in diesem Punkt lange »hartnäckig« geblieben, wobei dem Botschafter unklar blieb, was er unter »hartnäckig« verstehen sollte.

Sohn und Schwiegertochter des Russen waren gleichfalls »hartnäckig« geblieben, was mit einer gescheiterten Karriere zusammenhing. Vor allem die Schwiegertochter habe, so Koskow, lange von Emigration gesprochen, im Hinblick auf die Stellung der Familie sei das sowohl praktisch wie theoretisch aber unmöglich gewesen.

Dann hatte die ganze Familie einen Winterurlaub an der Zlatni Piasatzi gebucht, dem Goldenen Strand in Bulgarien. Und es habe sich so ergeben, nun ja, nicht gerade ergeben, denn das habe seine Frau so arrangiert, daß die Familie etwa zu dem Zeitpunkt in Bulgarien war, als er, Koskow, mit dem sowjetischen Geschwader Alexandria anlief.

Sie hätten ihn vor eine klare Entscheidung gestellt.

Von Bulgarien wollten sie per Schiff über die Grenze in die Türkei – das war durchaus nicht unmöglich, wenn man genügend West-Devisen besaß, mit denen man jeden x-beliebigen Fischer bezahlen konnte.

Damit habe er die Wahl gehabt, fuhr der Russe fort, zu bleiben, zu einem sicheren Abschied vom Militär zurückzukehren oder zu vielleicht noch schlimmeren Folgen, oder aber die Situation zu nutzen, solange er noch in Ägypten war, das heute ja praktisch ein westlicher Staat sei. Sie hätten in der Angelegenheit gestritten, doch die Familie habe nicht nachgegeben, zum Teil aus Gründen, die er jetzt nicht darlegen könne.

Seine Familie habe ihm eine Telefonnummer in der Türkei gegeben, die er vom Sheraton-Hotel in Alexandria zur Kontrolle angerufen habe. Er habe mit allen dreien gesprochen. Sie hielten sich nachweislich in der Türkei auf, und das führte sie garantiert weiter zu ihrem Endziel USA.

Und jetzt wolle er ihnen also nachfolgen, nachdem er einige Zeit bei seinen schwedischen Kollegen zugebracht habe.

Der Botschafter schwieg zunächst, als der andere geendet hatte. Erland Rickfors hatte das Gefühl, daß der Bericht sowohl über eine gewisse Logik verfügte als auch große Lücken aufwies. Der Botschafter war noch nie in einem Ostblockland stationiert gewesen und war sich nicht sicher, ob Verbrechen in der Familie sogar einen hochrangigen Soldaten treffen konnten. Unglaubhaft klang es jedoch nicht.

Aber konnte es denn ein so totaler Verrat sein, nur sein Land verlassen zu wollen? War der Verrat am »Vaterland« nicht erst dann vollendet, wenn man militärische Geheimnisse preisgab?

Außerdem war es möglich, daß bloße Desertion aus dem Militärdienst nicht unbedingt als ein Verbrechen galt, das zu einem politischen Asyl berechtigte. Selbst ein westdeutscher Admiral hätte in vergleichbarer Situation unzweifelhaft bestimmte Folgen zu tragen – ohne daß man ihm deswegen in Schweden politisches Asyl gewähren könnte. Auf Botschafterebene war das zwar nicht zu entscheiden, aber hatte der Russe wirklich begriffen, daß der eigentliche Verrat eine Notwendigkeit war, ein Preis, den er bezahlen mußte?

»Aber Herr Vizeadmiral, habe ich Sie recht verstanden, wenn ich sage, daß Sie die Absicht haben, den schwedischen Streitkräften militärisch wertvolle Informationen zu liefern?«

»Ja, leider ist es so.«

»Warum? Ich meine, wenn Sie nun aus den von Ihnen angegebenen Gründen mit Ihrer Familie zusammengeführt werden wollen, könnte man das Ganze doch als eine humanitäre Frage sehen und nicht unbedingt als, sagen wir, Informationsaustausch?«

»Nein, Herr Botschafter, so einfach ist es nicht. Ich muß bezahlen. Ich muß bezahlen ...«

Er machte eine Grimasse des Abscheus, bevor er fortfuhr.

»Einmal muß ich für die Zukunft meiner Familie in den USA bezahlen. Zum andern werden meine Kollegen in Ihrem Land mich zwingen, zu bezahlen. So ist das nun mal in dieser Welt.«

»Ich weiß zwar nicht, was für Vorstellungen Sie von meinem Land haben, Herr Vizeadmiral, aber rein gesetzlich können wir Sie zu gar nichts zwingen. Wir können Ihnen zwar Asyl gewähren, Sie jedoch nicht zwingen, uns militärische Informationen zu liefern. Der eine oder andere Ihrer schwedischen Kollegen würde es vielleicht mißbilligen, daß ich Ihnen so etwas sage, aber so ist es jedenfalls. Sie können aus freiem Willen tun und sagen, was Sie wollen, wenn Sie erst mal in Schweden sind. Unabhängig davon, wie Sie dort hinkommen. Ich möchte, daß Sie mich in diesem Punkt ganz klar verstehen, und ...«

Der Botschafter verstummte, als er den Russen lachen sah. Koskow machte eine abwehrende Geste, um der Beschreibung der westlichen Demokratie ein Ende zu machen.

»Nein, Herr Botschafter, so verhält es sich nicht. Das ist nicht wahr. Ich zweifle nicht an Ihrer Aufrichtigkeit, aber Sie scheinen mich nicht zu verstehen«, entgegnete der Russe und streckte sich nach der Wodkaflasche, während er gleichzeitig fragend die Augenbrauen hob.

Der Botschafter nickte zustimmend, als der Russe sich Wodka eingoß, und versank dann in Grübeleien, während er an seinem Whisky nippte. Die Situation war vollkommen absurd. Hier saß er mitten in Kairo in einem kleinen schwedischen Zimmer mit Carl-Malmsten-Möbeln mit einem hochrangigen sowjetischen Überläufer und versuchte diesen zu überzeugen, er solle dem schwedischen Militär für die Fahrkarte in die USA nichts bezahlen. Möglicherweise war dies eine etwas übertriebene Freundlichkeit. Der Botschafter bereute schon sein Entgegenkommen, doch er fand bald heraus, daß der Russe sich keineswegs hatte überzeugen lassen.

»Sie verstehen, Herr Botschafter, wir haben es doch mit bestimmten militärischen Realitäten zu tun. Der Wert meines Wissens ist zu groß, als daß solche Gesetze irgendwelche Bedeutung haben könnten. Entweder ich kooperiere und werde zum Verräter, um dann für den Rest meines Lebens irgendwo in den USA zu leben, oder man schickt mich in mein Vaterland zurück, wo man mich erschießt. So sieht's aus.«

»Haben Sie noch andere Motive als die rein privaten, von denen Sie erzählten?«

»Ja. Aber über die kann ich nicht mit Ihnen sprechen.«

»Mit wem können Sie es?«

»Mit Vertretern der militärischen Führung Schwedens.«

»Weshalb nicht mit amerikanischen Militärs?«

»Die werden mich wohl auch noch in die Klauen kriegen. Das, was ich zu sagen habe, meine Fahrkarte also, geht jedoch Schweden mehr an als die Yankees. Das ist für mich nicht nur ein gefühlsmäßiger Unterschied, falls Sie verstehen?«

»Doch, ich glaube, ich verstehe. Sie wollen aber von Schweden aus in die USA weiterreisen?«

»Ja, das trifft zu.«

»Warum denn? Weil Ihre Familie unbedingt in die USA will?«

»Nein, nicht allein deswegen. Aber Schweden liegt zu nahe an der Sowjetunion.«

»Sie meinen, das Heimweh wäre aus der Nähe schwerer zu ertragen?«

Der Russe ließ ein überraschendes, polterndes Gelächter hören, und dem Botschafter ging auf, daß er etwas Dummes gesagt haben mußte.

»Nein«, erwiderte der Russe, nachdem er sich von seinem Lachen erholt hatte, »die Sehnsucht nach dem Vaterland ist in Vermont, wo dieser Solschenizyn wohnt, vermutlich genauso groß wie in Stockholm oder auf Gåtland. Das ist nicht das Problem.«

»Gåtland?«

»Ja, diese große Insel in der Ostsee zwischen Kaliningrad und Ihrem Festland.«

»Ach so, Gotland, ja, Verzeihung. Aber was meinen Sie?«

»Daß wir das Vaterland nicht verlassen wollen, um gleich darauf zu sterben. Dann hätte das Ganze ja kaum Sinn, oder? In den USA kann man uns schützen, in Schweden würden uns KGB oder GRU in ein paar Wochen oder schlimmstenfalls schon nach ein paar Tagen finden. Verstehen Sie jetzt?«

»Ja, ich glaube schon. Wann wollen Sie Ihren Brief an das schwedische Militär zu Papier bringen?«

»Das ist schon geschehen. Er liegt hier.«

Koskow zog die Schublade auf und überreichte Rickfors einen versiegelten Umschlag.

»Hier steht, was Sie sagen wollen? In russischer Sprache?«

»Ja, hier steht, was ich zu sagen habe, damit sich Ihre Regierung schnell entschließt, unser Problem zu lösen. Ich möchte Sie bitten, den Brief nicht zu öffnen und nicht zu lesen, da er große militärische Geheimnisse enthält. Verstehen Sie?«

»Ja, das möchte ich mir gern ersparen. Außerdem bin ich nicht sicher, ob ich alles verstehen würde. Was glauben Sie?«

»Nun ja, einen Teil würden Sie wohl nicht verstehen. Doch anderes würden Sie dafür um so besser verstehen, Herr Botschafter. Es würde Ihnen jedoch den Nachtschlaf rauben.«

Bei dieser letzten Äußerung leuchtete das Gesicht des Russen plötzlich in einem breiten Wolfsgrinsen auf. Botschafter Erland Rickfors nahm den Umschlag, entschuldigte sich und ging in sein Schlafzimmer, in dem ein Panzerschrank stand. Die Flaschen ließ er bewußt bei seinem Gast stehen.

Bevor Rickfors den Umschlag in den Panzerschrank legte, wog er ihn in der Hand. Dem Gewicht nach zu schließen waren es etwa zehn Blatt vom Briefpapier der Botschaft. Zehn Blatt, die von mäßigem Interesse sein mochten, von mittlerem Wert oder schlimmstenfalls von unendlich großer Bedeutung.

Zum Glück ist das nicht mein Problem, dachte der Botschafter, als er den Brief einschloß.

Carl war drei Stunden lang die Big Sur hinuntergefahren, die Küstenstraße in südlicher Richtung nach Santa Barbara. Hier und da lag dichter Nebel über der heideähnlichen Landschaft mit ihren in roten Farben wechselnden Abhängen zum Meer. Das Rote war eine Art Heidekraut. Das Meer war grau und stürmisch, und es herrschte kaum Verkehr.

Nach und nach hatte Carl die Geschwindigkeit gesteigert, da in der baumlosen, flachen und unbewohnten Landschaft kaum die Gefahr bestand, daß er einen Streifenwagen übersah. Außerdem war er kein Universitätsstudent mehr, bei dem zwanzig oder fünfzig Dollar mehr oder weniger eine Rolle spielten. Er hielt das Lenkrad fest umklammert. Von Zeit zu Zeit blinkte am Armaturenbrett ein Warnsignal auf, vermutlich meist in moralisierender Absicht, und besonders auf den Geraden, auf denen er den Wagen zur Höchstleistung trieb. Die nicht sehr eindrucksvoll war. Sein alter kalifornischer Wagen, der Pontiac, hatte erheblich mehr geleistet.

Bei Santa Maria fuhr er auf den Highway, wo er sich bald wieder dem normalen amerikanischen Verkehrsrhythmus anpassen mußte. Ohnedies hatte er nur noch einige Meilen bis Santa Barbara.

Kurze Zeit später glitt der Wagen auf der langen Uferstraße von Santa Barbara dahin, an der die hohen, schmalen Palmen, deren Namen Carl vergessen hatte, sich sacht im Wind wiegten. In der Mitte des verlassenen Uferstreifens ragte eine lange Pier ins Meer, an der in großen Abständen Sportboote vertäut lagen, und die Badestrände waren leer. Carl fuhr fast bis an den Stadtrand, zu dem niedrigen Sheraton-Hotel in mexikanischem Stil. Dort parkte er, betrat den Souvenirladen und kaufte einen Stadtplan von Santa Barbara, den er ins Straßencafé auf der anderen Seite mitnahm.

Er fand schnell ihre Adresse, und während er Rühreier mit Schinken und in Sirup gebratene Toastscheiben aß und eine Diät-Cola trank, prägte er sich den Plan ein.

Dann faltete er ihn zusammen, steckte ihn in die Innentasche der Wildlederjacke, zahlte und ging zum Wagen zurück. Zur Probe fuhr er eine kurze Strecke aus der Stadt in Richtung Los Angeles. Mit dem Wagen würde er schnell außer Sichtweite geraten und in einer langen Allee mit geneigten Palmen verschwinden, die unmittelbar vor den Auffahrten zum Highway-System vor einem kurzen Tunnel zu Ende war. Carl wendete und fuhr direkt zu ihrem Haus, ohne die Karte auseinanderfalten zu müssen.

Es war ein großes Haus aus Kalkstein und weißem Klinker. Die Dachziegel waren hellrot, und auf der Krone der weißen Mauer, die das Grundstück umgab, entdeckte Carl ein dünnes, fast unsichtbares Alarmkabel. Das Haus sah nach mehr Geld aus, als er erwartet hatte. Das ummauerte Grundstück war das größte des Viertels, das im übrigen nur aus den Villen wohlhabender Familien bestand.

Sie hatte also reich geheiratet.

Über dem Einfahrtstor war eine Fernsehkamera angebracht, aber das Tor war geöffnet, und Carl entdeckte einen weitläufigen, leeren Rasen, einen Swimmingpool und einen Parkplatz, auf dem ein einziger Wagen stand, ein rotes Mercedes-Cabriolet mit hochgeklapptem Verdeck. Carl wertete das als wichtigen Hinweis und parkte den Wagen einen Straßenblock weiter vor einer geschlossenen Eisdiele und ging zu Fuß zum Eingang zurück.

Als er ruhig, scheinbar ruhig, zum Haus hinaufschlenderte, sah er keinerlei Lebenszeichen. Als er den Klingelknopf drückte, merkte er, daß er feuchte Hände hatte. Er fuhr heftig zusammen, als die unerwartet laute Big-Ben-Glocke im Haus widerhallte.

Er wartete eine Weile, ohne im Haus einen Laut zu hören, und drückte dann erneut auf den Knopf. Unmittelbar darauf hörte er schnelle Schritte auf Steinfliesen. Jemand rief: »Ich mache auf.«

Es war ihre Stimme.

Einen Augenblick später öffnete sie die Tür.

Verblüfft, beinahe erschrocken, starrten sie sich an. Sie sah aus, als wäre sie unschlüssig, wie sie reagieren sollte. Doch dann entschied sie sich für ein großes amerikanisches Lächeln.

»Du lieber Himmel! Carl! Was machst du hier?«

Er versuchte einen Schritt vorzugehen, um sie zu umarmen, doch als sie zurückwich, hielt er in der Bewegung inne.

»Bin zufällig vorbeigekommen«, log er mit flackerndem Blick.

»Great! Bist du wieder da? Ich meine auf Dauer oder nur vorübergehend?«

»Nur vorübergehend.«

»Was hast du denn da mit der Wange gemacht?«

»Von einem Gewehrkolben eingeschlagen.«

»Ach, du blöder Kerl. Derselbe alte Carl, der sich nie an die Wahrheit halten kann.«

Ihr Lächeln erstarrte, da sie plötzlich etwas gesagt hatte, was beide an einer empfindlichen Stelle traf.

»Doch, es stimmt. Es war ein Gewehrkolben in Syrien. Darf ich reinkommen, oder ... Ich steh ja nicht hier, um dir einen Staubsauger aufzuschwatzen.«

»Das ist eine Replik von Bogart. So was liegt dir nicht, Carl.«

»Wieso Bogart?«

»Ja, in ›Dschungel der Großstadt‹. Als seine Frau zögerte, ob sie ihn reinlassen soll ...«

Sie sahen sich einen sehr langen Moment an.

»Komm rein«, sagte sie schließlich. »Möchtest du einen Drink, bevor du weiterfährst? Das gleiche wie immer, nehme ich an?«

Er folgte ihr durch einen langen, mit Fliesen belegten Korridor zu einem riesengroßen Wohnzimmer mit einem tiefen, rosafarbenen Teppichboden aus flauschiger Wolle. Er betrachtete sie von hinten, als sie zu dem Barschrank aus schwarzer Eiche ging, dessen Inhalt ausgereicht hätte, ein ganzes Bataillon von Marinesoldaten zum letzten Ausgang vor der Schlacht mit Alkohol zu versorgen. Sie war ein wenig fülliger geworden. Mehr hatte sie sich jedoch nicht verändert; sie trug Jeans, eine weiße Hemdbluse, und das lange schwarze Haar hing ihr lose um die Schultern.

Er sank in einen riesigen weißen Ledersessel, in dem er eher lag als saß. Sie kam wie gewohnt mit einem Jack Daniel's ohne Eis auf ihn zu.

»Nun sag mal«, sagte sie, als sie sich mehrere Meter entfernt in den zweiten Sessel setzte, »wie hat dich das Leben seither behandelt?«

»Ich bin reich geworden, aber sonst nicht sehr gut. Und du? Bist du jetzt Anwältin?«

»Hm.«

»Eigene Kanzlei?«

»Nein, ich … im Augenblick nicht. Burt, mein Mann also, wünscht, daß ich zu Hause bleibe und mich um Stan kümmere.«

»Stan?«

»Ja, unseren Sohn. Er wird morgen ein Jahr alt. Und du? Bist du verheiratet?«

»Nein, ganz und gar nicht.«

Das Gespräch erstarb. Sie versuchten, sich anzusehen und es gleichzeitig zu vermeiden, und sie kannten sich beide zu gut, um einander nicht zu durchschauen. Carl leckte sich nervös die Lippen und räusperte sich.

»Nun ja. Es gibt ein paar Dinge, die ich dir nicht erzählt habe, und das bereue ich seitdem jeden Tag.«

»Das solltest du auch.«

»Ja, das sollte ich wirklich.«

»Nun, worum geht es denn? Warst du insgeheim verheiratet oder verlobt?«

»Nichts davon. Ich habe dir ja feierlich versprochen, daß es nicht so war.«

»Nun?«

»Nun ja … es war so. Während ich an der UCSD studierte, wurde ich gleichzeitig oben in der Mojava-Wüste von der US Navy ausgebildet, überwiegend oben in der Mojave, und zwar war das eine Ausbildung, die auch fünf Jahre dauerte. Mein Problem lag darin, daß ich mich durch Eid verpflichtet hatte, keinem Menschen, egal unter welchen Umständen, zu verraten, worum es ging, denn diese Ausbildung war streng geheim.«

»Ist sie das nicht mehr?«

»Doch.«

»Aber?«

»Aber, wie ich schon sagte, habe ich das so ungeheuer bereut, weil ich dich so verdammt liebte und dich immer noch so verdammt liebe und mich so verdammt dumm fühle, wenn ich hier sitze. Ich habe mir aber schon lange vorgenommen, dir alles zu erzählen. Also. Ich wurde im Nachrichtendienst meines Landes zum Offizier ausgebildet, ja, das ist so eine Art Austausch zwischen den USA und Schweden, könnte man sagen, und dieses Universitätsstudium war größtenteils ein reines *cover*, und ich war damals zu jung oder zu dumm oder zu naiv, um zu begreifen, daß das Schweigegebot für dich nicht gelten durfte. So war's.«

Er bremste sich, als ihm aufging, daß er sich fast schon hysterisch anhörte. Jetzt hatte er es immerhin herausgebracht, jetzt hatte er ihr die beiden Dinge gesagt, die er sich zu sagen geschworen hatte. Sie saß still da und rührte mit einem Kunststoffstäbchen in ihrem alkoholfreien Getränk herum. Sie verabscheute Alkohol, wegen ihres Vaters.

»Du bist ein Idiot, Carl.«

Sie sagte es so zärtlich, daß es etwas anderes bedeutete.

»Ja, ich weiß«, erwiderte er und blickte eine Zeitlang zu Boden, bis sein Blick unerbittlich wieder zu ihr hingezogen wurde. Er suchte verzweifelt nach einer Möglichkeit, das Gespräch fortzusetzen, aber es kam ihm vor, als wäre sein Kopf nur noch mit einer Kunststoffmasse gefüllt, einer amerikanischen Kunststoffmasse, die alles verklebte.

»Habt ihr denn keine Dienstboten, die sich um das Haus kümmern?« fragte er schließlich, nach dem langen Schweigen fast schon desperat.

»Doch, natürlich. Aber keine mexikanischen, falls es das ist, was du wissen willst.«

»Was ist aus deiner Arbeit für die illegalen Einwanderer geworden?« Im selben Moment bedauerte er die taktlose Frage. Sie hatte sich stark für diese Arbeit engagiert, sie hatte an der katholischen University of San Diego Jura studiert, um für die Rechte der Illegalen eintreten zu können. Sie war selbst zur Hälfte Mexikanerin. Jetzt wohnte sie in einer Millionärsvilla in mexikanisch-amerikanischem Stil, ausgerechnet in Santa Barbara, und war ausgerechnet Hausfrau. Sie zögerte mit der Antwort.

»Nein«, sagte sie schließlich, »mit der Arbeit ist es seit einiger Zeit nicht weit her.«

»Du scheinst darüber nicht sehr glücklich zu sein?«

»Natürlich bin ich das nicht. Aber wie du weißt, besteht das Leben aus lauter Wahlmöglichkeiten.«

»Du hast also gewählt, Hausfrau in Santa Barbara zu sein, Hausfrau mit einem roten Mercedes-Cabrio, statt diesen gottverlassenen illegalen Einwanderern zu helfen, wovon du immer geträumt hattest?«

»Bitte, Lieber, mach es nicht noch schwerer, als es schon ist.«

»Nein, Verzeihung. Ist dein Mann Katholik?«

»Nein, wieso? Das genaue Gegenteil, würde ich sagen, aber warum fragst du?«

»Reine Neugier. Muß eine tolle Hochzeit gewesen sein.«

»Durchaus. Wir haben in Vegas geheiratet. *Caesar's Palace* in Las Vegas, und wenn du wissen willst, warum, kann ich dir nur sagen, daß sämtliche anderen Pläne daran scheiterten, daß es nicht leicht gewesen wäre, Papa auf einer Hochzeitsparty in der Stadt auftreten zu lassen.«

»Nein, ich kann mir vorstellen, daß er für diese Kreise nicht repräsentativ genug ist.«

Carl bereute wieder, daß er so unbeherrscht gewesen war, und versuchte den Schaden gutzumachen, obwohl es offenkundig zu spät war.

»Wie geht es ihm denn jetzt, deinem Vater?«

»Du weißt, wie es ist.«

»Ja, ich habe gestern mit ihm telefoniert.«

»Wirklich? Weshalb denn?«

»Wollte ihm einfach nur guten Tag sagen. Außerdem wollte ich deine Adresse haben, um dich hier zufällig besuchen zu können. Ich bin nach Frisco geflogen, um Kalifornien von oben nach unten zu durchfahren.«

»Nur um herzukommen und mir weh zu tun?«

»Nein, ich bin ein dummer Tölpel, weil es so schwer gewesen ist, so lange ohne dich auszukommen, und weil mich die Aussicht auf ein Wiedersehen mit dir so nervös gemacht hat.«

Endlich zeigte sie wieder ihr Lächeln. Wenn er die Augen schloß, sah er jederzeit ihr Lächeln vor sich, und jetzt saß sie leibhaftig vor ihm und lächelte.

»Gosh, Carl! Ich dachte, ich kippe aus den Pantinen, als ich die Tür aufmachte und dich sah.«

»Dafür hast du dich aber gut beherrscht.«

»Du bist ein Idiot, weißt du das? Du hättest es mir sagen müssen.«

»Ja, das bin ich wirklich. Was hast du damals eigentlich geglaubt?«

»Das da eine andere war, natürlich. Ich dachte, du betrügst mich und sie vielleicht auch. Verstehst du, drei Jahre mit ständigen unerklärten Reisen von drei bis vier Tagen pro Mal, das ist ziemlich hart zu schlukken, kapierst du das denn nicht?«

»Yep. Kapiere. Es war aber noch schwieriger, drei Jahre lang zu lügen.

Aber jetzt weißt du Bescheid, Frau Anwältin. Und das, was ich dir gesagt habe, darfst du als vertrauliche Information werten, die der Schweigepflicht unterliegt, wie es bei euch Anwälten heißt.«

»Nope. Die gilt nur für meine Klienten und bestimmte Behörden. Du bist zum Glück nicht mein Klient. Und als Behördenvertreter möchte ich dich auch nicht gern sehen.«

»Dann betrachte es doch als ein zu spätes Vertrauen zwischen dir und mir.«

»Ja, das verspreche ich, aber ...« Sie lauschte plötzlich, als ein Wagen auf dem Hof vorfuhr, blickte sich unruhig um und rückte mit einer unbewußten Bewegung ihre Bluse zurecht.

»Ich glaube, du mußt bald gehen, Carl«, sagte sie leise. Einen Moment lang glaubte er in ihren Augen so etwas wie Tränen entdeckt zu haben. Vielleicht war es jedoch nur Einbildung, denn sie hatte sich überraschend schnell wieder in der Gewalt. Sogar ihre Körpersprache war vollkommen anders als eben noch.

Im Korridor waren Schritte zu hören. »So ein gottverfluchtes säuisches Golfwetter, und dieser verfluchte Art schafft trotzdem zwei Birdies!« rief die sich nähernde Gefahr.

»Wenn du mich mal sprechen willst, weißt du, wo du mich erreichen kannst«, flüsterte Carl schnell, während er sich in Erwartung ihres Mannes erhob. Sie antwortete nicht.

»Burt, darf ich dich mit Carl bekannt machen? Carl, das ist mein Mann Burt«, spulte sie sehr förmlich ihre Litanei ab, als ihr Mann den Raum betrat.

Er war ein untersetzter, kräftiger Mann in den Vierzigern, einen halben Kopf kleiner als Carl und mit scharf blickenden hellblauen Augen, die sofort darüber Auskunft gaben, daß Carl eine bekannte Geschichte aus der unpassenden Vergangenheit war.

Die beiden Männer gaben sich steif die Hand. Es sah aus, als zögerte der andere, wie deutlich er seine üble Laune zeigen sollte, doch die Richtung war eindeutig.

»Aha«, sagte er schließlich, »da haben wir also Carl höchstpersönlich. Ich kann nicht behaupten, über Ihren unerwarteten, um nicht zu sagen ungebetenen Besuch entzückt zu sein, Mr. Hamilton.«

»Oh, ich bitte Sie, ich wollte sowieso gerade gehen. Ich bin nämlich nur zufällig vorbeigekommen, bin auf dem Weg nach L. A. Bitte um Entschuldigung, falls ich mich aufgedrängt haben sollte.«

Der andere sah aus, als wäre er dabei, sich in einen Wutanfall hineinzusteigern.

»Oh, das macht gar nichts, Mr. Hamilton, daß Sie es so eilig haben. Bei näherem Überlegen glaube ich, daß Sie es sogar so eilig haben, daß Sie wohl keine Zeit mehr haben, sich meinen Schnaps einzuverleiben, bevor Sie verduften, Mr. Hamilton. Ich hoffe, die Botschaft ist angekommen. Doch ich gehe davon aus, denn ich habe mir sagen lassen, daß Sie ein intelligenter Mann sind, Mr. Hamilton, obwohl Sie durchaus nicht den Eindruck machen.«

Carl stellte sein Glas behutsam auf den schwarzen Marmortisch neben dem Sessel. Er hielt das Glas auf die Marmorscheibe gepreßt und stand starr, mit gesenktem Kopf und brennender, wahnsinniger Wut in sich da.

»Sie scheinen schwer von Begriff zu sein, Mr. Hamilton. Wenn es Ihnen lieber ist, kann ich ein paar Hunde holen, die Ihnen auf die Sprünge helfen, aber so weit brauchen wir es vielleicht nicht kommen zu lassen, oder, Mr. Hamilton?«

»Nimm dich in acht, Burt, laß das ...«

Carl hörte die Fortsetzung von Tessies Einwurf nicht mehr, weil es ihm plötzlich in den Ohren dröhnte. Beherrscht langsam ließ er das Glas los, hob den Kopf und sah dem anderen in die Augen.

»Nein«, sagte er schließlich, nachdem er sich schon zwei- oder dreimal vorgestellt hatte, wie er den anderen tötete, »ich glaube, wir sollten den armen Hunden peinliche Überraschungen dieser Art ersparen. Leben Sie wohl, Mr. Wie-immer-Sie-auch-heißen-mögen, so long, Tessie.«

Als er durch den Korridor hinausging, hörte er noch, wie Tessie sagte, sie wolle den Gast zur Tür bringen, und wie ihr Mann sie anbrüllte, das solle sie gefälligst lassen. Carl schloß die Haustür, ohne sie zuzuknallen.

Er hatte es kaum geschafft, zur Strandpassage hinunterzufahren. Er hatte viel zu viele und viel zu handfeste Gewaltphantasien gehabt.

Jetzt stand er unten am Strand, gerade außer Reichweite der längsten Dünungswellen, blickte aufs Meer und versuchte zu verstehen, was in ihm geschehen war.

Vor langer Zeit einmal hatte er draußen in Mojave ein lebendes, betäubtes Schwein aufgeschlitzt. Das war eine der vielen eigentümlichen Übungen gewesen, die er bis jetzt vergessen zu haben glaubte.

Ein Schwein hat etwa die gleiche Anatomie wie ein Mensch. Der Trick besteht darin, nach dem Stoß gegen das Herz, schräg nach oben, dort, wo die Rippen sich teilen, die Messerklinge wippend so durch die Brustknorpel zu ziehen, daß der Schnitt bis zum Kinn geht; man kann sogar durch die Luftröhre und die Zunge weiterschneiden, bis man bei den Vorderzähnen des Unterkiefers angekommen ist.

Während der kurzen Fahrt von Tessies Villa zum Strand hatte er ihren Mann immer wieder dieser Prozedur ausgesetzt, und er hatte es mit Lust getan. Dann hatte er zwanghaft begonnen, sich Varianten auszudenken. Der Mann hatte, die Hände in die Hüften gestemmt, eineinhalb Meter vor ihm gestanden; Carl hatte ihn in Gedanken mindestens sechs- oder siebenmal auf die verschiedenste Weise getötet, bevor er gezwungen gewesen war, anzuhalten. Aus keinem anderen Grund als dem, daß er eine Gefahr für den Straßenverkehr darstellte.

Jetzt hatte er sich beruhigt. Sein Puls war normal. Er war ein normaler, eifersüchtiger Amerikaner, der düster aufs Meer blickte. Das ist alles, redete er sich ein. Welcher Mann hat denn nicht gelegentlich solche Anfälle von Eifersucht? Doch es *war* nicht alles.

Es war viel zu lustvoll gewesen, es in Gedanken zu tun, und um ein Haar wäre es vermutlich auch in der Realität geschehen.

Alcatraz, dachte er. Dann stand er still, bis er zu frieren begann. Er ging zum Wagen zurück.

Während er auf den Freeway 101 hinauffuhr, begann er die Informationen zu ordnen, die er beim Gespräch mit Tessie erhalten hatte. Er wurde in den gemächlichen amerikanischen Highway-Trott hineingesogen.

Sie war nicht katholisch verheiratet, hatte die Ehe überdies in Vegas geschlossen, wo man sich im übrigen genauso leicht und schnell scheiden lassen kann, wie man heiratet.

Sie war nicht glücklich. Sie hatte ein schlechtes Gewissen, weil sie als reiche Hausfrau lebte, statt sich als Anwältin den zahllosen Problemen der illegalen Einwanderer zu widmen. *Das* war der Grund dafür, daß sie einmal hatte Anwältin werden wollen. Es war gerade dieses tiefe Engagement für eine wichtige Aufgabe, das eine der stärksten Seiten ihrer Persönlichkeit gewesen war, einer der wichtigen Gründe dafür, daß sie zu der einzigen Frau geworden war, die er geliebt hatte (auf schwedisch machte ihn das Wort verlegen, aber jetzt, wo er auf englisch dachte, ging es besser), die er so geliebt hatte, daß er deswegen um ein Haar alles andere aufgegeben hätte.

Doch jetzt hatte er ihr immerhin gesagt, wie es um ihn stand. Hatte ihr die Gründe genannt, weshalb er mehrere Jahre lang den Eindruck erweckt hatte, als wäre er ihr untreu, und daß er immer noch ... ja, daß er sie noch immer liebte.

Sie war nicht glücklich verheiratet, hatte aber ein Kind mit diesem Schwein.

Er strich dieses Wort sofort und wiederholte: Sie hatte also ein Kind mit diesem Mann.

Es wäre dumm, sie zu Hause noch einmal erreichen zu wollen.

Aber in Schweden würde sie als amerikanische Anwältin auch nichts anderes sein können als eine Hausfrau, isoliert sowohl durch seinen Beruf als auch durch seinen begrenzten Bekanntenkreis.

Wenn er in den USA einen Job bei irgendeiner EDV-Firma annahm, brauchte er nicht sonderlich viel Geld zu verdienen, vorausgesetzt, er würde sein Vermögen in die USA mitnehmen können. Wenn man emigrierte, war es gesetzlich möglich.

Allerdings würde die militärische Führung in Schweden leicht verhindern können, daß er in den USA ein Einwanderungsvisum erhielt.

Er hatte sie eben zu kurz gesprochen, um ergründen zu können, was sie eigentlich fühlte, und es war undenkbar, aus dem Anflug von Tränen Schlußfolgerungen ziehen zu wollen; mochte die Beobachtung auch richtig gewesen sein, konnte eine Menge verschiedenster Gründe dahinterstecken.

Sie besuchte wohl von Zeit zu Zeit ihren Vater. Er konnte dort einen Brief hinterlegen, aber dann war sie am Zug. Also endlich ein konkreter Entschluß.

Er schaltete das Autoradio ein, den ersten besten Sender mit Werbe- und Wettergeplapper und Rockmusik, und versuchte sich dann eine Weile auf seinen eigentlichen Auftrag in Kalifornien zu konzentrieren.

Das waren die beiden neuen Operateure, Unterfeldwebel der Küstenwachschule, Marinetaucher, die jetzt im dritten Jahr zwischen San Diego und Ridgecrest oben in der Mojave-Wüste pendelten. Als man Carl losgeschickt hatte, ergaben sich mehrere Schwierigkeiten, die man unterschätzt hatte, unter anderem das hohe Studientempo. Es war nicht ungewöhnlich, daß ausländische Gaststudenten am Third College sich in San Diego Jobs suchten, um ihr Studium zu finanzieren, immerhin gab es in jedem Jahr dreimal längere Ferien. Doch war es eine Sache, von Zeit zu Zeit in einer Bar als Tellerwäscher zu arbeiten, und etwas völlig anderes, das Training in der *Sunset Farm* zu schaffen, das in bestimmten Momenten die Neigung hatte, den Studenten körperlich total zu erschöpfen. Das Ganze war so, als wollte man sich gleichzeitig auf zwei Examina vorbereiten und dabei körperlich so hart trainieren wie ein Spitzensportler. Wer das Studientempo an einer amerikanischen Universität nicht hält, fliegt unerbittlich raus, und möglicherweise würde nicht einmal sanfter Druck der US Navy oder des State Department helfen – was außerdem ebenso merkwürdig wie indiskret gewesen wäre. Zudem ging es darum, sich um jeden Preis vor Gerüchten zu schützen. Ein einziger Zeitungsartikel darüber, wie schwedische Spezialstudenten auf der *Sunset Farm* gedrillt würden, und alles wäre verloren. Und jemand oder manche würden alle Hände voll damit zu tun haben zu erklären, wie Personal aus dem neutralen Schweden an Informationen und einer Ausbildung teilhaben konnte, die man nicht einmal den NATO-Verbündeten der USA zugestand.

Carl hatte sich oft gefragt, was das Ganze kostete. Nicht in Geld, denn im Rahmen eines Militärhaushalts spielten die Kosten keine große Rolle. Doch was es in Form von Gegenleistungen kosten würde oder schon gekostet hatte, war die entscheidende Frage. So sind etwa die beiden schwedischen Spezialmaschinen zur Überwachung des sowjetischen Funkverkehrs, die beiden alten Caravelles, mit amerikanischer Elektronik ausgestattet. Sie patrouillieren jeden Tag im Ostseeraum und schnappen im militärischen Funkverkehr der Sowjets jede Woche etwas Interessantes oder Ungewöhnliches auf. Der Preis für die amerikanische Elektronik ist sehr konkret: Die USA erhalten sämtliche wichtigen Informationen mit einer Verzögerung von höchstens vierundzwanzig Stunden. Nun ja, nicht *alle* Informationen, aber die meisten. In geopolitischer Hinsicht mag Schweden so neutral sein, wie es ihm beliebt. In allen Fragen, die etwas mit nachrichtendienstlicher Tätigkeit zu tun haben, ist Schweden fest in der NATO verankert und ist es vermutlich immer gewesen. Gegen diese Tatsache hatte Carl im Grunde keine Einwände. Allerdings hätte es ihn unfaßbar aufgeregt, wenn er es zu der Zeit erfahren hätte, als er noch ein schwedischer Gymnasiast und Mitglied der Clarté war – zu der Zeit, in der die Clarté noch auf den Marxismus-Leninismus und die Gedanken Mao Tse-tungs baute.

Aber das war einmal. Inzwischen würde es ihm schwerfallen, in den USA etwas anderes als einen Verbündeten zu sehen. Die USA würde nach menschlichem Ermessen niemals ein militärischer Feind Schwedens werden; in dieser Hinsicht kam nur die Sowjetunion in Frage. Möglicherweise war er selbst in seinen fünf Jahren des Pendelns zwischen San Diego und Ridgecrest zu einem halben Amerikaner geworden.

Bei Santa Monica bog er in Richtung Pasadena und San Bernardino ab. Er hatte sich entschlossen, direkt nach Ridgecrest zu fahren. Sollte er wirklich Tessies Vater besuchen, dann bei einer anderen Gelegenheit.

Die Nachmittagssonne schien, es herrschte dichter Verkehr, und Carls Thunderbird glitt gleichsam von selbst durch den entgegenkommenden Strom von Touristen aus Los Angeles auf dem Rückweg von Vegas. Im Autoradio wurden unablässig Sonderangebote gebracht. Etwa ein Wochenende in Las Vegas im *Dunes* oder im *Flamingo Hilton* für weniger als sechzig Dollar pro Person, und der Aufenthalt dort könne zum entscheidenden Ereignis des Lebens werden, da jeden Abend ein Jackpot geknackt werde, jahraus, jahrein.

Carl warf einen letzten Blick auf die Hertz-Straßenkarte von Kalifornien. Von der nächsten Abzweigung an würde er wie im Schlaf fahren, wenn er auf die Straße 395 an der George Air Force Base einbog. Dann blieben noch 150 Kilometer schnurgerade Wüstenstraße bis Ridgecrest, unterbrochen nur durch einige kurze Passagen über niedrige Pässe. Er entdeckte, daß die George Air Force Base auf der Straßenkarte verzeichnet war. Damit nicht genug. Ein paar dutzend Kilometer weiter nördlich war die gesamte Edwards Air Force Base mit roten Strichen eingezeichnet, ebenso das hundert Quadratkilometer große Gebiet des US Naval Weapon Center, die Testgebiete von Camp Irwin und Randsburgh Wash, nicht zu vergessen die Twenty-Nine Palms Base des US Marine Corps sowie überhaupt alles, was in Kalifornien mit dem Militär zu tun hatte. Carl lachte auf, als er daran dachte, was Lastwagen mit der Aufschrift

SOVTRANSAVTO in Kalifornien wohl unternehmen würden. War es den Russen schon eingefallen, sich Karten von Hertz zu kaufen?

Das Licht fiel schräg in den Wagen ein, als er am Anfang der Mojave-Wüste die Straße 395 erreichte. Der Verkehr hatte schon erheblich nachgelassen. Die Landschaft war platt und rot, doch ob es rote Erde oder Sand war, konnte Carl nicht ausmachen. Hier und da bis zu sieben Meter hohe Kakteen sowie *tumbling weeds,* die vor dem Kühler über die Straße wirbelten; der Wind dort draußen außerhalb des klimatisierten Innenraums war vermutlich immer noch heiß.

Carl drehte einige Zeit am Autoradio herum, doch es schien unmöglich zu sein, etwas anderes hereinzubekommen als lokalen Werbefunk oder das öde Gerede von Glück des Lebens im *Dunes* oder im *Flamingo Hilton* von Las Vegas. Carl stellte das Radio ab und fuhr weiter, ohne an irgend etwas zu denken, während das Sonnenlicht immer röter wurde und immer schräger einfiel. Er verdrängte seine Erinnerungen.

Er erwachte aus seinen Träumereien, die keine Träume waren, als er Johannesburg erreichte. Bei diesem Namen war er schon früher immer zusammengezuckt, hatte aber nie dort angehalten. *Johannesburg, population 163,* stand wie gewohnt auf dem Schild an der Ortseinfahrt. Hatten die sich in den letzten vier Jahren überhaupt nicht vermehrt?

Nur noch eine halbe Stunde bis Ridgecrest.

Auch dieses Nest war total unverändert. Hier lag die Einwohnerzahl sicher bei etwa tausend Menschen, wenn man das mehr oder weniger seßhafte militärische Personal dazurechnete. Eine einzige Straße, vier Hamburger-Restaurants (alle großen Marken waren vertreten), drei Tankstellen, drei Motels, ein Immobilien-Makler, ein Anwaltsbüro, alles an der einen schnurgeraden Asphaltstraße direkt durch den Ort. Die Zeit stand vollkommen still.

Carl hielt nicht an, sondern fuhr direkt durch den Ort zu dem unauffälligen Kontrollzaun auf der anderen Seite. Er erkannte keinen der Wachtposten wieder, doch sie warfen nur einen kurzen Blick auf seinen Ausweis, bevor sie ihn durchwinkten. Auf der schmaler werdenden Straße kannte er jede Kurve.

Nachdem er das Haupttor passiert hatte, parkte er den Wagen, betrat das Torhaus und meldete sich beim wachhabenden Offizier. Seine Ankunft war erst für den nächsten Morgen angekündigt, aber das machte nichts. Er glaubte, den Wachhabenden wiederzuerkennen, konnte ihn aber nicht unterbringen.

Skip Harrier, Oberstleutnant Skip Harrier, den sie nur Skip genannt hatten, hatte den Stützpunkt vor einer Stunde verlassen. Folglich war er nicht nach L.A. gefahren. Vermutlich hatte er am nächsten Morgen Dienst, und so hielt er sich ohne Zweifel in seinem kleinen Schuppen am anderen Rand des Städtchens auf.

Der Wachhabende, der Carl ständig mit einer Betonung »Sir« nannte, die darauf hindeutete, daß Carls neuer Dienstgrad in den Papieren festgehalten war, erbot sich sofort, Skip anzurufen, aber dieser nahm nicht ab.

»Also schön«, sagte Carl, »ich glaube, ich fahre mal bei ihm vorbei. Wir haben uns ein paar Jahre nicht gesehen. Und wenn er nicht zu Hause ist, dürfte er wohl bei *McKenna's* zu finden sein. Oder hat sich in der Stadt was geändert?«

»Nein, Sir!« erwiderte der junge Hauptmann mit dem Bürstenhaarschnitt. »Sie haben ihn aber aus der Stadt gejagt. Es wurde behauptet, das Rowdytum habe überhand genommen, falls Sie verstehen, was ich meine. Das neue *McKenna's* liegt aber in Richtung L.A., fünf Meter vor der Stadtgrenze. Ich wünsche Ihnen einen angenehmen Abend, Sir.«

Carl fuhr zunächst zu Skips kleiner Hütte. Das Licht brannte, doch es schien niemand zu Hause zu sein. Auf der roten Erde vor der Hütte lagen achtlos verstreut Dutzende leerer Bierdosen. Die Dämmerung war schon recht fortgeschritten, und über der Bergkette im Osten waren die ersten Sterne der Nacht zu sehen. Skips Hütte lag fast völlig isoliert, und die anderen vier bis fünf Häuschen, die ein paar hundert Meter weiter lagen, waren dunkel und wirkten verlassen. Auf dem Parkplatz, auf dem Carl gehalten hatte, bemerkte er drei Wagen, als er das letzte Stück zu Fuß ging. Seine Schritte waren in der weichen roten Erde nicht zu hören, was natürlich weniger gut war. Skip war ein Mann, den man im Dunkeln nicht überraschen durfte. Es gab da eine Geschichte von einem jüngeren Kurskameraden, der es einmal getan hatte.

Carl blieb fünf Meter von der Tür entfernt in Moskitonetzen stehen, die sich in der Abendbrise leicht bewegten.

»Hallo, Skip! Charlie bittet um Erlaubnis einzutreten!« flüsterte er, erhielt aber keine Antwort.

Er ging zur Tür und schob sie vorsichtig auf. Ganz hinten in der Hütte saß Skip vor einem tragbaren kleinen Fernsehgerät, dessen Ton leise gestellt war. Es hatte den Anschein, als schliefe er. Auf dem Tisch vor ihm standen ein paar Bierdosen, daneben lag Skips alte Pistole des Kalibers .45; das war eins von den vielen Dingen, aus denen Carl bei Skip nie schlau geworden war, die Tatsache, daß er aus fast sentimentalen Gründen an seiner alten Dienstwaffe festhielt.

Carl zögerte. Es war nicht gut, sich Skip von hinten zu nähern, selbst wenn er schlief. Carl überlegte, ob er mit ein paar schnellen Schritten zum Tisch laufen und die Pistole an sich reißen sollte, bevor er Skip weckte. Aber er brauchte die Situation nicht besonders lange zu durchdenken, um einzusehen, daß dies etwa genauso dumm wäre wie der Versuch, sich unbemerkt an einen Dobermann heranzuschleichen, um einen Fleischknochen zu stehlen.

»Guten Morgen, Oberst! Korvettenkapitän Hamilton meldet sich zur Stelle!« rief Carl so laut er vermochte.

»Ach so, du bist es, Charlie. Hab mich gerade gefragt, was das für ein Idiot ist, der sich da anschleicht. Nie darf man seinen Spaß haben.«

Skip grinste über das ganze Gesicht, als er sich umdrehte. Er schien hellwach zu sein, nur mäßig betrunken und hellwach zugleich. Er trug eines seiner alten T-Shirts aus Vietnam. Carl glaubte in dem verwaschenen Text das Wort Pleiku erkennen zu können.

»Hast du mich da draußen nicht gehört? Ich hab doch geflüstert? Du lieber Himmel, Skip, um ein Haar hätte ich mich angeschlichen, um deine alte .45er an mich zu nehmen, bevor ich dich weckte.«

»Dann wärst du gestorben, mein Junge. Es war also sehr gut, darauf zu verzichten.«

»Ja, oder du wärst gestorben, Skip. Wie auch immer: Schön, dich zu sehen.«

»Geht mir genauso, Carl. Ich habe neulich einiges über dich gelesen. Du solltest doch erst morgen früh um acht Uhr hier sein, oder? Was zum Teufel hast du da übrigens auf der Wange gemacht?«

»Ein Gewehrkolben.«

»Wo denn?«

»Irgendwo außerhalb von Damaskus.«

»Oh, Teufel auch. Und der Kerl, der dir das verpaßt hat, wie geht's dem heute?«

»Gut, wie ich hoffe. Wir waren auf derselben Seite, aber das ist eine lange Geschichte.«

Skip erhob sich erstaunlich behende, steckte ein Messer weg, das er in der rechten Hand verborgen hatte, und öffnete eine Bierdose, die er Carl wortlos hinhielt. Sie betrachteten einander eine Weile, ohne etwas zu sagen.

Skips Haar war etwas grauer als bei der letzten Begegnung, sonst keine Veränderung. Auf einem Stuhl hinten am Bett hing seine Uniformjacke. Er war wahrscheinlich fast fünfzig, hatte einen athletischen Körperbau und einen leicht rollenden Gang. Er war einen halben Kopf kleiner als Carl, besaß aber eine Ausstrahlung, die ihn irgendwie bedeutend größer wirken ließ, als er tatsächlich war.

Skip Harrier, Oberstleutnant der US Marines. Zehn Jahre Kampferfahrung in einem Spezialverband in Vietnam, der Rambos Einheit als Sonntagsschule erscheinen ließ: Vermutlich war Skip Harrier der Mann, der Carl mehr imponierte als jeder andere. Wenn es um jemand anderen als Skip gegangen wäre, hätte Carl ohne jeden Zweifel versucht, die Pistole auf dem Tisch an sich zu nehmen, bevor er den anderen weckte.

Skip betrachtete ihn forschend. Carl hatte das Gefühl, von dem graublauen Blick durchbohrt zu werden, und ertappte sich dabei, unbewußt Haltung angenommen zu haben. Skip machte eine neue Dose Bier auf und hob sie hoch. Sie tranken schweigend ein paar Schlucke.

»Wie ich schon sagte«, sagte Skip, »hab ich einiges über dich gelesen. Du bist jetzt Major, oder?«

»Ja, auf schwedisch *Korvettenkapitän.*«

»Wie schön für dich. Bei unserer letzten Begegnung warst du noch Feldwebel, nicht wahr?«

»Ja, Sir, im entsprechenden Rang der Marine.«

»Hör doch auf mit diesem *Sir*, setz dich.«

Carl sank mit der Bierdose in der Hand aufs Bett. Er hatte das Gefühl, als wäre er nicht mehrere Jahre weg gewesen, als wäre alles wie früher. Skip war eisern, was militärische Disziplin in der Dienstzeit betraf. Privat trank er Bier und Whisky mit seinen Schülern und Untergebenen, jedoch nie mit seinen Vorgesetzten.

»Habe gestern also einen Bericht über dich gelesen, Carl. Wir haben ein paar Medaillen bekommen, was?«

»Yep. Wir haben ein paar Medaillen.«

Carl warf einen Seitenblick auf Skips Uniformjacke. Unter den Fallschirmjägerschwingen auf der linken Brustseite befanden sich vier Reihen mit bunten Ordensspangen. Skip folgte Carls Blick und gluckste vor Lachen.

»Bis dahin hast du noch ein Stück vor dir, nicht wahr, Kleiner?«

»Ja. Schweden führt ja keine Kolonialkriege, wie du weißt.«

»Immer noch so ein halber Kommunist?«

»Yep. Wenngleich neuerdings dekorierter Halbkommunist. Allmählich haben sie auch einen Menschen aus mir gemacht. Erinnerst du dich noch, daß du dauernd davon gequatscht hast?«

»Ob ich mich erinnere? Keiner hat mir so viele graue Haare gemacht wie du, Charlie.«

»Doch, du selbst. Man kann sich also noch immer nicht von hinten an dich ranschleichen, nicht mal wenn du schläfst?«

»Nein, du weißt, wie es ist. Aus diesem Grund bin ich an einem Sonntagabend übrigens auch hier.«

»Wieso?«

»Die Alte hat mich verlassen. Sie machte sich mal über mich her, als ich schlief, drehte mir den großen Zeh um und ... ja, du verstehst?«

»Wurde sie schwer verletzt?«

»Ja.«

»Tut mir leid, Skip. Aber hattest du ihr nichts erzählt?«

»Doch, aber das hat nichts gebracht. Du weißt doch, wie die Leute sind – sie glauben einem erst, wenn es ihnen selbst passiert.«

»Du fährst übers Wochenende also nicht mehr nach L.A.?«

»Doch, wenn ich saufen will. Die alte Adresse?«

»Wie ich hörte, hat man McKenna aus der Stadt gejagt. Aber es ist immer noch der Schuppen?«

»Ja, das ist der Laden, der hier in Ridgecrest dem Waldorf Astoria am nächsten kommt. Was hast du übrigens für Medaillen bekommen? Ist was dabei, was einen neidisch machen könnte?«

»Das nehme ich an. Eine schwedische Medaille für Tapferkeit im Felde und ein deutsches Halskreuz, von dem ich kaum mehr weiß, als daß es etwa dem entspricht, das diese Flieger damals bekamen.«

»Du läufst also mit so einem verfluchten Hakenkreuz am Hals rum? Das würde ich gern mal sehen!«

»Nja. Habe es nie getragen, aber es ist rot. Nach Hitler haben sie aus Schwarz Rot gemacht.«

»Jetzt hast du also Kampferfahrung. Hast es also mal richtig ausprobiert?«

»Stimmt. Es war echt.«

»Was war das für ein Gefühl?«

»Als ich drin steckte, wie bei einer Übung. Wie du es immer gesagt hattest, obwohl ich dir damals nicht glaubte. Hinterher allerdings fühlte ich mich etwas unwohl. Es war eine ziemlich blutige Angelegenheit.«

Skip änderte plötzlich die Haltung. Es war ihm anzumerken, daß er das Thema wechseln wollte, als er sich nach dem letzten Bier in der Sechserpackung streckte. Er strich sich ein paarmal über das kurzgeschnittene graue Haar, bevor er etwas sagte.

»Jemand, den du kanntest?« fragte er mit abgewandtem Gesicht, während er gleichzeitig das letzte Bier aufmachte.

»Ja. Eine Frau. Außerdem mochte ich sie.«

»War es hart?«

»Yep. Laß uns gehen. Ich lade dich ein.«

»Wollen wir uns richtig besaufen?«

»Hört sich gut an, aber dann nichts Schwarzgebranntes. Verkauft McKenna immer noch Schwarzgebrannten?«

»Ja. Weißt du noch damals, als du mit den Jungs gewettet hast?«

»Ja, du hast uns zu einem Acht-Stunden-Marsch mit schwerem Gepäck ins Gelände gejagt. Damals habe ich zum letztenmal Ridgecrest Moon Shine Special getrunken. *Zum letztenmal,* hörst du das, Sir?«

Sie lachten lange. Skip zog sich eine Baseball-Jacke über sein T-Shirt. Sie fuhren in Carls Mietwagen zu McKennas Kneipe, die keine Lizenz hatte und vermutlich eine der wenigen Kneipen dieser Art in der Welt war, deren Schild man schon von weitem erkennen konnte.

Im Lokal saßen nur wenige Gäste, da es noch früh am Abend war. Und wer von der US Navy Urlaub hatte, hatte sich vermutlich schon am Abend vorher betrunken oder war nach L.A. gefahren.

Sie bestellten Popcorn und eine Anderthalb-Liter-Flasche mit Whisky. Es sah ganz nach einem langen Abend aus.

»Also«, sagte Skip und zog den Korken mit den Zähnen aus der Flasche. Er zündete sich einen seiner gewohnten mexikanischen Zigarillos an. »Du willst wissen, wie sich die grünen Jungs machen. Darum geht's doch?«

»Nach drei Jahren dürften sie keine grünen Jungs mehr sein.«

»Was genau war ihre Grundausbildung in Schweden?«

»Küstenwache, Marinetaucher. Das Beste, was wir haben, grüne Baretts.«

»Nein, du machst Witze, *grüne* Baretts?«

»Hm. Grüne Baretts.«

»Teufel auch. Darauf trinken wir. *Skål.*« Skip Harrier trank wie ein Russe. Und wie Russen war er beleidigt, wenn man sein Tempo nicht mithielt. Carl ahnte das Schlimmste.

»Es hört sich an, als hättest du kein Vertrauen zu schwedischen grünen Baretts. Wo drückt der Schuh, Skip?« fragte Carl, während Skip sein Glas füllte. Es war ein ziemlich gemeiner Bourbon, aber kein Schwarzgebrannter.

»Nun ja. Ihr seid ein lustiges kleines Volk da drüben, Nachbarn des großen bösen Bären.«

»Was soll das? Schweden hat mit Rußland fünfmal Krieg geführt. Wir haben zweimal gewonnen, und einmal ging es unentschieden aus. Das ist jedenfalls ein besseres Ergebnis, als ihr es schaffen würdet.«

»Nein, ist es nicht. Ihr scheint gute Soldaten zu sein, ihr lernt schnell, seid groß und kräftig, raucht keinen *shit* und macht eure Schularbeiten. Aber ihr wirkt immer so gottverflucht *nett*. Und unser Job ist alles andere als nett, Carl.«

»Richtig, das habe ich inzwischen auch herausgefunden.«

»Ich frage mich manchmal nur, wie solche netten kleinen Jungs sich verhalten, wenn die Gooks kommen. Die Gooks sind verdammt böse, wenn du verstehst, was ich meine. *Skål.*«

»Skål. Diesen Spruch kannst du dir in den Arsch stecken. Erstens geht es in unserem Fall nicht um die gelbe Gefahr, sondern um weiße kaukasische Männer, die an und für sich zwar nicht sehr viel *netter* sind als deine Vietnamesen. Zweitens sollen diese Burschen in unserem Nachrichtendienst *field operators* werden ...«

»Ja, die halbe Zeit geht hier ja dafür drauf, daß sie auf so einer mutterfickenden Schulbank sitzen ...«

»Unterbrich mich nicht, Sir. Wir sind jetzt Offizierskameraden, erinnerst du dich noch? *Field operators* also, und es geht nicht um so einen verfluchten Dschungelkrieg. Und drittens, Skip, glaube ich, daß es nicht eine einzige menschliche Rasse gibt, aus der man nicht Mörder machen könnte. Du kannst sie dir in Harlem holen oder im House of Lords, das spielt keine Rolle.«

»Aber ja. Ich bitte um Nachsicht, Euer Gräfliche Gnaden.«

»Hör doch auf. Und dann ist da noch etwas. Diese verdammte Ausbildung ist vermutlich die beste der Welt. Es ist jedenfalls ein guter Anfang. Dann besorgt die menschliche Natur den Rest, und darum brauchst du dir keine Sorgen zu machen.«

»Sofern die Ausbildung der Russen nicht genauso gut ist. Hast du schon mal daran gedacht? Immerhin seid ihr Nachbarn.«

»Es fällt mir schwer, das zu glauben. Wer keine Autos bauen kann, kann auch keine guten Soldaten ausbilden.«

»Und was ist mit ihren verfluchten *schwarzen* Baretts?«

»Was sie Marineinfanterie oder sowas nennen, die Diversionsverbände?«

»Ja. Die sollen mit lebenden Zielscheiben üben. Mit Strafgefangenen aus ihren verdammten Lagern, mit Mördern, die lebenslänglich bekommen haben, und solchem Abschaum.«

»Das glaube ich nicht.«

»Immer noch so ein mutterfickender Halbkommunist?«

»Ja. Aber ich glaube es trotzdem nicht. Es scheint nicht logisch. Würdest du gern pro Woche eine Busladung Nigger holen und sie als Übungsobjekte benutzen?« – »Yep. Scheint 'ne prima Idee zu sein.« – »Sei nicht albern. Es würde nie funktionieren. Die Nigger würden ruckzuck gewinnen, weil wir selbst zögern würden. Richtig?«

»Richtig. Ich bin übrigens kein Rassist, und das weißt du.«

»Es sei denn bei Gooks.«

»Na ja, Gooks sind was besonderes. Immerhin verdammt gute Soldaten, das muß ich zugeben.«

»Das habe ich dich noch nie sagen hören. Es lag doch nur an den Schwuchteln und Politikern und den Studenten ...«

»An Leuten wie dir, genau!«

»An solchen wie mir, genau. Und dann an den Schwuchteln und Politikern und Journalistenschweinen, die den US Marines in den Rücken fielen, denn sonst hättet ihr jeden einzelnen gottverdammten Gook in Streifen geschnitten. Richtig?«

»Falsch. Die waren manchmal sogar verdammt gut. Hab ich dir schon mal erzählt, wie es war, als ich nach Da Nang kam? Ich war damals ein grüner Junge, dreißig, nein, erst achtundzwanzig.«

»Ja. Hundertmal. Die Gooks schwärmten aus. Es war am vietnamesischen Neujahr 1968, mitten in der Tet-Offensive. Überall schwärmten Gooks herum. Aber dann kamst du mit Rambo und John Wayne, und die Gooks brauchten mehrere Jahre, um sich davon zu erholen. Und so weiter. Obwohl man ja sagen muß, daß sie sich am Ende ganz gut erholt haben.«

»Yep. Einen Toast auf General Giap.«

»Wie?«

»Einen Toast auf General Giap, habe ich gesagt.«

»Na schön, *skål*. Aber woher dieser plötzliche Sinneswandel? Wir haben in Schweden ein Sprichwort: ›Wenn der Teufel alt wird, wird er fromm.‹«

»Steck es dir in den Arsch. Giap dürfte der beste Stratege der Welt gewesen sein. Ich will verdammt sein, wenn er nicht auch mit Alexander dem Großen fertig geworden wäre.«

»Ziemlich gut für einen mutterfickenden Gook.«

»Scher dich zum Teufel, Carl. Obwohl ich glaube, daß ich dir das gar nicht erzählt habe, wie ich damals ein grüner Junge war und zur Tet-Offensive nach Da Nang kam.«

»Wie immer Sie belieben, Sir. Ich habe die Geschichte nur hundertmal gehört, aber ich nehme an, daß ich sie nicht behalten habe. Kannst du nicht damit aufhören? Ihr habt die Sache vermasselt, das ist alles.«

»Bei mir ist gleich zu Anfang was schiefgelaufen.«

»Was?«

»Es ist schiefgelaufen, sagte ich. Total. Bis dahin war ich in meinem ganzen Leben als Soldat Ausbilder gewesen. Frischgebackener Offizier.«

»Ja. Und?«

»Wurde stellvertretender Kompanieführer. Obwohl jeder gottverdammte Sergeant am Ort mehr wußte als ich. Komm, laß uns noch einen zur Brust nehmen. Skål.«

»Skål. Und was lief dann schief?«

»Mir ging zu spät auf, daß es nicht der Vietcong war, der da angriff. Das war irgend so ein verdammter Eliteverband des 23. Nordvietnamesischen Regiments. Was weißt du von denen?«

»Absolut nichts.«

»Dieses gottverfluchte 23. Regiment bestand zur Hälfte aus Burschen, die mit dir und mir Remis spielen, und zur Hälfte aus Jungs, die uns beiden die Eier abreißen würden. Ich hatte so etwas noch nie erlebt, sie waren ganz einfach unglaublich.«

»Also haben sie euch die Eier abgerissen?«

»Worauf du einen lassen kannst. Meine halbe Kompanie ging drauf. Wir hielten die Verlustzahlen zwar geheim, aber wir selbst wußten ja Bescheid.«

»Und du wurdest zum erstenmal verwundet?«

»Ja, das ist gerade die Ironie. Denn ein großer Teil der Verantwortung für das, was geschehen ist, lag bei mir. Kapierst du, *bei mir!* Obwohl ich noch das Feingefühl besaß, selbst verwundet zu werden und ohne jede Verantwortung mit meiner ersten gottverdammten Medaille auf dem Verband aufzuwachen. Lungenschuß.«

»Okay, ich gebe auf. Das ist nicht gerade die Geschichte, die ich schon hundertmal gehört habe.«

»Nein, auch darauf kannst du einen lassen. Wie auch immer. Deshalb habe ich *Buße getan,* denn ich glaubte wirklich, Gott müsse mich strafen oder sowas.«

»Und dann hast du dich als Vorposten gemeldet?«

»Ja, ich bat um einen Einsatz als Vorposten. Zur Strafe. Dann habe ich einfach hundert Gooks den Hals durchgeschnitten und war der Meinung, wenn Gott mich hätte strafen wollen, hätte ich mich irgendwie geopfert. Aber er hat mich nicht gestraft, o nein, er gab mir noch mehr Medaillen, das ist ja die Scheiße.«

»Bist du noch einmal auf das 23. Regiment gestoßen?«

»Ja, einmal. Ein einziges Mal. Sie waren bei der Einnahme Saigons als erste da. Sie kamen so glatt durch, daß sie sich in der Zeit verschätzten und schneller siegten, als sie es sich vorgestellt hatten. Dann blieben sie einfach vor der Stadt stehen, um den Fall Saigons auf den 1. Mai fallen zu lassen. Sie hätten die Stadt schon zwei Tage früher einnehmen und uns die Hosen runterziehen können. Uns paar Männern, die noch da waren. Aber irgend so ein Politiker hat ihnen wohl befohlen, bis zum 1. Mai zu warten. Gut für uns.«

»Was hast du da getan?«

»Du meinst in Saigon?«

»Hm.«

»Hab die amerikanische Botschaft bewacht. Ich sortierte die Gooks in anerkannte und nicht anerkannte Gooks, die entweder berechtigt oder nicht berechtigt waren, mit Hubschraubern zu den Flugzeugträgern gebracht zu werden. Das war mein letzter heldenmütiger Kampfauftrag. Sogar dafür habe ich eine Medaille bekommen.«

»Das haben die Männer im 23. Regiment auch gekriegt. Weißt du, was ich an dem Tag gemacht habe?«

»Wahrscheinlich gevögelt und Shit geraucht.«

»Nix da. Ich habe auf den Straßen Stockholms demonstriert. Das war unsere beste Demo, und wir waren überglücklich.«

»Wollen wir vor die Tür gehen und uns schlagen?«

»Nein danke. Das wäre vielleicht ein Anblick.«

»Macht euch wegen der Formen keine Sorgen, Euer gräfliche Gnaden. Willst du eine Abreibung haben?«

»Nein, Sir.«

Carl bemühte sich, einen klaren Kopf zu bekommen. Er war schon betrunken. Der Pegelstand in der Whiskyflasche war bedenklich gefallen.

Skip Harrier besaß eine Fähigkeit, die Carl sich nicht zutraute. Skip fiel es nicht schwer, sich wie ein Bauernlümmel in eine alte ehrliche Prügelei zu stürzen. Das war etwa so, als würde sich die erste Geige eines Symphonieorchesters am Samstag umziehen, um in irgendein Kellerloch zu gehen und ohne jede Verlegenheit als Baßgitarrist in einer Punkband zu spielen. Skip liebte es, sich so zu prügeln, und hatte im alten *McKenna's* fast jede Gelegenheit dazu ergriffen, die sich ihm bot.

Was das betraf, zweifelte Carl an seinen eigenen Fähigkeiten. Er hatte immer befolgt, was ihm eingeschärft worden war, sich nie à la John Wayne zu prügeln.

Und eine richtige Schlägerei wäre für beide lebensgefährlich. Carl leckte sich die Lippen und dachte nach. Er versuchte sich einzureden, daß die Betrunkenheit ihn dumm machte. Doch jetzt war er immerhin Amerikaner. Ein Amerikaner läuft nicht weg. Wenn er sich doch dafür entschied, einfach wegzulaufen – er war vermutlich bedeutend schneller als Skip –, würde das jede weitere Zusammenarbeit unmöglich machen. In Skips Ausdrucksweise würde alles total in die Hose gehen.

»Nein, Skip«, sagte Carl nach einer quälend langen Pause langsam und deutlich, »ich will mich nie mit dir schlagen. Ich kann mich nicht prügeln wie ein John Wayne.«

Skip Harrier, Oberstleutnant der US Marines mit mehr als fünfhundert Kampfaufträgen als Vorposten, sah Carl eine Zeitlang mit glasigen Augen und ausdruckslosem Gesicht an. Dann leuchtete sein Gesicht plötzlich auf.

»Weißt du was, Carl? Ich mag dich. Ich mag dich wirklich. Du hast Mut, und du hast Grundsätze. Außerdem würdest du mich wohl krankenhausreif schlagen. Trotzdem hast du dich verändert, Carl, da ist *etwas* an dir, was ich nicht wiedererkenne.«

»Ich bin älter geworden und habe eine Narbe im Gesicht.«

»Ach was, versuch's nicht so. Da ist *etwas*, etwas Besonderes.«

»Gottes gutes altes Gewissen?«

»Ja, etwas in der Richtung. Gehst du in die Kirche?«

»Sei nicht albern. Du weißt genau, daß ich das nicht tue.«

»Aber die Menschen ändern sich. Würde dir vielleicht guttun.«

»Hör auf, ich bin ein Heide aus dem Norden.«

»Was frißt dann an dir?«

»Mord.«

»Im Geheimdienst Ihrer Majestät?«

»Nein. Im Geheimdienst *Seiner* Majestät. Wir haben nämlich einen König in Schweden, keine Königin.«

»Worum geht es also? Sie war schön wie ein Traum, und das Ganze war eine Art Unfall.«

»Woher weißt du, daß es eine Frau war?«

»Ja, woher wohl?«

»Es *war* eine Frau.«

»Aus nächster Nähe?«

»Ja.«

»Messer?«

»Nein. Pistole. Ein Schuß durch die Lunge.«

»Und?«

»Nun ja, es ist wohl ein Staatsgeheimnis oder sowas, aber das ist mir scheißegal. Es war jedenfalls so, daß ich den Auftrag hatte, eine deutsche Terroristengruppe zu unterwandern.«

»*Great!* Und es klappte?«

»Ja, ohne jeden Zweifel.«

»Und?«

»Sie war ein verdammt feines Mädchen. Ich sollte eine Bande von Terroristen aufspüren, sie an einem Ort versammeln und dann grünes Licht geben.«

»Was zum Teufel habt ihr eigentlich mit deutschen Terroristen zu schaffen?«

»Das ist eine lange Geschichte, aber lassen wir das. Auch in Europa gibt es so etwas wie gegenseitige Amtshilfe. Die Westdeutschen kraulen uns den Rücken und wir ihnen, und jetzt war also ich mit dem Kraulen dran, und alles war sauber und bestens geordnet, die Deutschen waren in Position und brauchten nur noch reinzustürmen und diese kleinen Ganoven zu holen.«

»Kleine Ganoven? Waren es keine richtigen Terroristen?«

»Doch, das waren sie schon. Aber die Deutschen hätten einfach reinspazieren und die ganze Bande schnappen und festnehmen können. Das war sozusagen der Plan gewesen. Aber die verdammten Arschlöcher haben sich nicht dran gehalten.«

»Statt dessen brachten sie die ganze Bande um. Ja? Und was ist dabei?«

»Sie zog eine Waffe und richtete sie auf einen Kollegen von mir, und da mußte ich sie natürlich außer Gefecht setzen.«

»Du hast nur einen Schuß abgegeben?«

»Ja.«

»Unüberlegt?«

»Ja.«

»Willst du noch einen Whisky?«

»Ja.«

»Du hast also nur einen Schuß abgegeben?«

»Stimmt.«

»Weil du sie gern hattest?«

»Stimmt.«

»Und dann stürmten all diese Krauts rein und führten den Job gründlich zu Ende?«

»Stimmt.«

»Und jetzt hast du ein schlechtes Gewissen, weil diese Terroristentante letztlich ein feiner Mensch war, der mit gesetzlichen Methoden hätte resozialisiert werden sollen, um in die demokratische Gesellschaft zu passen?«

»Das trifft es ziemlich genau.«

»Fick dich doch ins Knie.«

»Tu's doch selber.«

»Du warst also in sie verliebt?«

»Könnte man sagen.«

»Weil sie ein Teufel im Bett war?«

»Nein, *das* war eine andere. Aber scheißegal. Ich mochte sie jedenfalls. Außerdem bin ich zum Einsatz gegen diese schwarzen Baretts da, wie du weißt. Ich würde sie gern gegen zehn schwarze Baretts eintauschen.«

»Dann würdest du verlieren.«

»Hör mal zu, du Arschgeige. Ich bin nicht zum Verlierer geboren, genausowenig wie du. Wir nieten alles um, was sich uns in den Weg stellt, und das weißt du. Hast du noch etwas Whisky? Ich glaube, ich werde allmählich blau.«

»Ihr Schweden seid zu komisch. Verzeihung, hier kommt Nachschub.«

»Wieso komisch?«

»Ihr werdet so verdammt persönlich.«

»Ich kann auch genauso verdammt amerikanisch wie du oder *apple pie* sein.«

»Ja, schießen tust du jedenfalls wie Wyatt Earp. Trainierst du regelmäßig?«

»Ja, so gut wie jeden Tag. Schießen ist gut für die Seele.«

»Ganz meine Meinung. Skål.«

»Skål. Sind sie gut, unsere grünen Jungs?«

»Sie schießen nicht so gut wie du. Aber hüte dich davor, dich mit dem einen zu prügeln.«

»Mit welchem denn?«

»Sein Name bedeutet, glaube ich, ›Hand aus Stahl‹, etwa so wie Old Shatterhand.«

»Nein, nicht ganz. Er bedeutet Stahl-*Handschuh*. Aber scheiß drauf. Und wie sind sie in der Theorie?«

»Old Shatterhand ist eher so lala. Der Zweite soll aber gut sein, wie ich gehört habe.«

»Freut mich.«

»Du bist also ihr Chef?«

»Doch nicht mit mir, du Pfeife. Du fragst nach Staatsgeheimnissen, und so blau bin ich nicht, daß ich unsere größten Geheimnisse an eine imperialistische Macht verrate.«

Beide prusteten los und lachten hemmungslos. Während Skip zu zahlreichen Details aus seinen Erinnerungen zurückkehrte, tranken sie den restlichen Whisky aus. Carl hatte die meisten Geschichten schon gehört und konnte sie sich deutlich vorstellen, da sie auf mancherlei Weise recht gut mit der Darstellungsweise der amerikanischen Filmindustrie übereinstimmten.

Das einzig Neue war der Toast auf General Giap, den sie noch zweimal wiederholten. Der Rest waren Blutegel und dampfender Dschungel und das Geräusch, wenn eine Kehle durchschnitten wird, ein Geräusch, das Skip wohl bei mehr als hundert Gelegenheiten aus nächster Nähe gehört hatte, Carl jedoch nur zweimal. Aber eines dieser beiden Male quälte ihn unendlich mehr, als es hundert ermordete Russen getan hätten.

Inzwischen war das Lokal mehr als halbvoll. Die Gäste waren meist Zivilangestellte in karierten Hemden, die an den wackeligen Holztischen soffen. Der Lärmpegel der Countrymusik war unablässig gestiegen.

Es gelang den beiden, eine Schlägerei zu vermeiden, obwohl Skip zwei der karierten Hemden mit der Äußerung provozierte, wie man sich so eine gottverdammte mutterfickende *Schwulenmusik* anhören könne, was mindestens eine Spur schlimmer war, als *Niggermusik* zu sagen.

Es war jedoch nicht nur ihr Verdienst, daß sie trotz der Provokationen nicht in eine Schlägerei verwickelt wurden. In Ridgecrest liefen nämlich seltsame Gerüchte um, was die Tätigkeit der US Navy hinter dem Stacheldrahtzaun betraf. Eines wußte man in dem Dorf jedenfalls ganz sicher: Daß es ratsam war, sich auf keinen Fall mit diesen Typen einzulassen, was immer geschah. So schwankten die beiden schließlich grölend und eng umschlungen in die laue kalifornische Nacht hinaus. Sie pinkelten, torkelten in den roten Sand und betrachteten den ungewöhnlich klaren Sternenhimmel.

In Schweden war es schon Morgen und damit Bürozeit.

Kriminalinspektor Rune Jansson fühlte sich hundeelend. Erstens hatte er pochende Schmerzen in einem Wadenmuskel. Er hatte mit einem halbvergessenen Silvesterschwur ernst gemacht und war am Sonntagnachmittag sieben Kilometer im Schneematsch gejoggt. Er hatte dafür fast eine Dreiviertelstunde gebraucht, was natürlich viel zu viel war. Er konnte nicht beurteilen, ob es eine Zerrung, eine Überanstrengung oder schlimmstenfalls der Beginn einer Muskelentzündung war, aber weh tat es.

Zweitens hatte der Generalstaatsanwalt, der die Ermittlungen übernommen hatte, die frühe Morgenkonferenz mit eiserner Faust geleitet. Zwei- oder dreimal hatte der Generalstaatsanwalt die Rolle des Anklägers bei der Voruntersuchung betont, und gesagt, Voruntersuchungen würden vom Staatsanwalt und nicht von irgendeiner »Fahndungsleitung« geleitet. Keiner der anwesenden Polizeibeamten hatte auch nur eine Miene verzogen, aber Rune Jansson hatte die Vibrationen des Widerwillens im Raum deutlich gespürt. Die Botschaft des Staatsanwalts war klar: Einen Ermittlungs-Zirkus wie im Mordfall Palme sollte es nicht geben.

Außerdem war Rune Jansson eine Art Chef der »Fahndungsleitung«, da die Kollegen aus Stockholm keinen Kommissar in ihren Reihen hatten. Rune Jansson war also Chef, weil er der Dienstälteste war und überdies die lokale Polizei vertrat. Aber selbst beim besten Willen ließe sich nicht sagen, daß die Stockholmer Beamten dieser Funktion übertriebenen Respekt erwiesen. Hingegen legten sie etwas anderes an den Tag, eine irritierende Heiterkeit über Janssons Norrköpinger Dialekt. Sie hatten sogar begonnen, ihn nachzuäffen.

Zu allem Überfluß schienen es mühselige Ermittlungen zu werden. Nur fünf Prozent aller schwedischen Mordfälle bleiben unaufgeklärt, doch so, wie es bislang aussah, bestand die greifbare Gefahr, daß man auch in diesem Fall irgendwann würde aufgeben müssen.

Rune Jansson war in seinem Dienstzimmer gewesen, wo er telefonisch versucht hatte, so etwas wie polizeiliche Autorität über eine Kindergärtnerin auszuüben, da seine Frau ihn während der Konferenz angerufen und damit beauftragt hatte. Beider Tochter war erkältet, und es war ein glatter Verstoß gegen die Vorschriften des Kindertagesheims »Eichhörnchen«, allzu verschnupfte Kinder abzuliefern. Rune Jansson hatte unnachgiebig darauf beharrt, daß die Tochter nicht stärker verschnupft sei, als es die Regeln zuließen, dann einfach aufgelegt und der Telefonzentrale gegenüber erklärt, er befinde sich in einer Sitzung. So mußte sich seine Frau mit dem Kinderheim auseinandersetzen. Denn sie war an der Reihe, das Kind nach Dienstschluß abzuholen.

»Alle mal herhören«, sagte Rune Jansson, als er in das »Hurenzimmer« humpelte, wie es einer der Mordfahnder aus Stockholm in Anspielung auf ein Zimmer getauft hatte, das im Mordfall Olof Palme eine bestimmte Rolle gespielt hatte, »wir wollen mal sehen, ob wir alles zusammenfassen können, was wir wissen. Ich meine, jetzt, wo der Leiter der Voruntersuchung uns nicht hört.« Diese Bemerkung kam bei den versammelten Kollegen einigermaßen an. Rune Jansson sank mit einer nur mühsam verborgenen Grimasse des Schmerzes auf seinen Stuhl.

»Erstens«, fuhr er fort, »hat keiner der Nachbarn etwas gehört, und inzwischen haben wir sie alle vernommen.«

»Alle bis auf eine, aber das soll ein praktisch taubes altes Weib sein«, korrigierte einer der Kollegen aus Stockholm.

»Genau, alle außer der tauben Alten. Am Donnerstagabend, vermutlich irgendwann zwischen acht Uhr abends und, nun ja, kurz nach Mitternacht, ist es zu einem Kampf gekommen, von dem niemand etwas gehört hat. Der Täter hat dem Opfer dabei zwei Verletzungen beigebracht, von denen jede für sich tödlich war. Aus dem, was wir bisher wissen, ja, der Gerichtsquacksalber hat uns bis heute nachmittag so etwas wie einen vollständigen Bericht versprochen, also, nach dem, was wir bisher wissen oder zu wissen glauben, ist der Täter in technischer Hinsicht ein sehr kompetenter Mörder.«

»Ein Werwolf, natürlich«, kicherte einer der Stockholmer Kollegen unter Anspielung auf die phantasievollen Berichte in der Presse der letzten Tage. Beispielsweise: WERWOLFS-MORD NOCH IMMER NICHT AUFGEKLÄRT.

Rune Jansson ließ sich nicht stören. »Ein gefährlicher Bursche also.

Ihr Mann ist es jedenfalls nicht gewesen, soviel wissen wir doch?« Die anderen nickten.

»Dennoch ist vorstellbar, daß der Täter im Bekanntenkreis zu suchen ist, oder daß es zumindest jemand war, den sie gut genug kannte, um ihn hereinzulassen und dann mit ihm Wein zu trinken. Jemand, von dem sie nicht annahm, er würde sie ermorden oder mißhandeln. Also kein eifersüchtiger Hansel. Nun gut. Es kommt zum Kampf. Der Täter ist nicht hinter ihrer Habe her. Außerdem trinkt man mit Ganoven oder Zufallsbekanntschaften keinen Wein. Wissen wir übrigens, was für ein Wein es war?«

»Ein Gevrey-Chambertin, ein ziemlich teurer Burgunder. Sie hatte mehrere Weine zu Hause, etliche billigere, aber kaum einen teureren«, erwiderte der Stockholmer Kollege, der jetzt die Füße auf den Tisch gelegt hatte.

Das war keine unwichtige Beobachtung. Rune Jansson gab sich Mühe zu verbergen, daß er beeindruckt war.

»Also eher so etwas wie ein kleines Fest«, fuhr er fort. »Denn ich meine, wenn man von einem Mann Besuch bekommt, den man kennt und mit dem man sich unterhalten will, greift man ja nicht gleich zur besten Flasche Wein, oder?«

»Doch, wenn es so etwas wie ein Chef oder ein Vorgesetzter ist, dem man imponieren will«, sagte der Stockholmer Kollege mit den Füßen auf dem Tisch.

»Nun ja, vielleicht«, fuhr Rune Jansson fort. Seine psychologisch schwache Position quälte ihn immer mehr. »Aber trotzdem kann man doch verdammt noch mal nicht erwarten, daß man mit ihm kämpfen muß oder daß er einem den Hals durchschneidet. Und da es nicht zu sexuellen Handlungen gekommen zu sein scheint ...« Er machte eine kurze, besorgte Pause und sah sich prüfend im Raum um, doch es kamen keine Einwände. »Jedenfalls läßt sich kaum etwas anderes vermuten, als daß der Streit und der nachfolgende Kampf etwas anderem gegolten haben könnte als den Gegenständen, die der Täter mitgenommen hat. Meine Auffassung ist also folgende: Da das Anklopfen bei den Nachbarn nichts ergeben zu haben scheint – na ja, wir machen natürlich weiter –, aber wenn nichts dabei herauskommt, sollten wir uns wohl darauf konzentrieren, uns von ihrem Mann oder einem ihrer Bekannten erklären zu lassen, welche Fotos mitgenommen wurden und weshalb sie so wertvoll sind, daß sie zu einem Kampf mit tödlichem Ausgang führen konnten. Ist das auch die Meinung der Anwesenden?«

Der Stockholmer Kollege mit den Füßen auf dem Tisch reinigte sich mit einem aufgeklappten Taschenmesser die Fingernägel, aber da seine Kollegen ihn anblickten, war offensichtlich er derjenige, der sich äußern sollte.

»Nun ja«, sagte er bedächtig, nahm die Füße vom Tisch und klappte sein Messer zusammen, »natürlich ist es verdammt wichtig, daß wir das mit den Fotos klären. Aber dieser Kampf kommt mir auch so ein bißchen seltsam vor.«

»Inwiefern?« fragte Rune Jansson nervös. Den anderen Kollegen aus Stockholm war anzusehen, daß sie sich darüber schon unterhalten hatten.

»Nun ja: Erstens haben wir es mit einem Täter zu tun, dessen Verhalten gelinde gesagt ungewöhnlich ist. Seine Art, hinter sich aufzuräumen, ich meine die Tatsache, daß er sogar daran gedacht hat, die Klobrille zu säubern, vermittelt einen Eindruck von profihaftem Vorgehen. Aber dann haben wir es mit einem Kampf zu tun, der nach dem Aussehen des Tatorts zu urteilen ziemlich laut gewesen sein muß. Trotzdem hat keiner der Nachbarn was gehört, und an dem Abend hatte es zudem kein besonders lärmendes Fernsehprogramm gegeben. Wenn wir davon ausgehen, daß der Zeitpunkt des Verbrechens in dem angenommenen zeitlichen Rahmen liegt. Aber niemand hat etwas gehört. Und das Opfer hat keine Verletzungen, die auf eine Gegenwehr schließen lassen. Das ist ein bißchen seltsam, wenn ich daran denke, daß die Wohnung so aussieht, als hätte der Täter die Frau eine Weile von einer Ecke in die nächste gejagt, und das mit hocherhobenem Messer. Denkt doch beispielsweise an diesen aufgeschlitzten Sessel. Ich will verdammt sein, wenn er das nicht nachträglich gemacht hat.«

»Wie kommst du darauf? Es gibt doch keinen Grund?« fragte Rune Jansson mißtrauisch.

»Tja, das würde ich nicht sagen«, fuhr der Stockholmer Kollege fort. »Wir dürfen nicht vergessen, daß es sich um einen Typ handelt, der ungewöhnlich gut darüber Bescheid weiß, wie die Polizei arbeitet. Und solche Typen, jedenfalls sofern sie Schweden sind, sitzen in Kumla, Österåker oder Hall oder einem anderen Hochsicherheitsknast. Aber das beunruhigt mich noch nicht einmal am meisten, sondern vielmehr die Lampe.«

»Welche Lampe?« fragte Rune Jansson mit einem ausdruckslosen Gesicht, das ihn viel Mühe kostete.

»Na ja, beide Lampen lagen doch auf dem Fußboden, oder? Wenn man sich aber den ersten Lampenschirm näher ansieht, zeigt sich, daß er verbrannt ist, und das erweckt den Eindruck, daß die Lampe einige Zeit dort gelegen und gebrannt hat. Und dann hat der Täter, vermutlich der Täter, diese Lampe zertreten, *nachdem* der Kampf sozusagen zu Ende sein sollte. Kapierst du jetzt?«

Das tat Rune Jansson. Er verstand die Pointe sehr gut, was aber sein Unbehagen gleichwohl immer mehr steigerte, war das Gefühl, daß dieser Kollege mit seiner nachlässigen und betont langsamen Art fast so etwas wie ein Sherlock Holmes war.

»Ja, da hast du ohne Zweifel recht«, bemerkte Rune Jansson lahm.

»Im Ergebnis also«, fuhr der Stockholmer Kollege fort, »kann man sich sehr wohl vorstellen, daß der Mord ohne Kampf verübt worden ist. Die erste Verletzung ist irgendwie auf überraschende Weise entstanden. Sie machte die Frau bewußtlos, soviel wir wissen. Und dann hat der Typ ihr den Hals durchschnitten. Anschließend hat er in aller Ruhe, da er nämlich wußte, daß keiner der Nachbarn etwas gehört hatte, gründlich in der Wohnung aufgeräumt. Er hat sogar einen Kampf arrangiert und ihre Habseligkeiten durchwühlt. Dieses Arrangement, das uns darauf bringen sollte, es hätte ein Kampf stattgefunden, war in erster Linie dazu da, uns zu verwirren. Wie schon gesagt, dieser Typ weiß eine ganze Menge über Bullen. Das finde ich besorgniserregend. In Wahrheit sogar ziemlich besorgniserregend.«

»Du meinst, es könnte ein Kollege sein?« fragte Rune Jansson, ohne seine Bestürzung verbergen zu können. Er sah sich im Raum um. Die vier Kollegen vom Morddezernat in Norrköping blickten genauso bestürzt drein, und das gleiche war beim Verbindungsmann der Sicherheitsabteilung der Fall. Die vier Stockholmer Kollegen hingegen verzogen bedauerlicherweise keine Miene.

»Nun, ich will es mal so ausdrücken«, fuhr der Mann fort, der Rune Jansson jetzt als fast übermenschlich scharfer Denker erschien, »wenn es jetzt passieren sollte, daß in der Schar ihrer möglichen Liebhaber plötzlich ein Bulle vom Morddezernat 1 auftaucht, würde mir das verdammte Sorgen machen.«

»Also gut«, sagte Rune Jansson, »wenn es um die Klärung ihres Bekanntenkreises geht, werden wir wohl noch einen Zahn zulegen müssen. Aber da ist noch etwas. Wenn wir sagen, wir seien hinter einem Profi her, brauchen wir nicht gleich hinter Kollegen herzujagen, ich meine, jedenfalls nicht ohne andere Möglichkeiten auszuprobieren. Damit stellt sich unweigerlich die Frage, was ihr Jungs von der Sicherheit eigentlich über sie habt, ob vielleicht irgend so ein polnischer Agent oder ... so was meine ich.«

Die Blicke aller im Raum wandten sich jetzt dem Sicherheitsmann in der Fahndungsgruppe zu, der sich selbst »Beobachter« nannte. Es war ein recht junger Mann mit einer goldgeränderten Brille und dünnem Haar. Er räusperte sich nervös, bevor er antwortete.

»Nun, es ist unklar, was wir aus der Hand geben können. Das liegt gerade zur Prüfung beim Sektionschef in Stockholm. Ich kann nur soviel sagen, daß Maria Szepelinska die Tochter eines Luftwaffenobersten namens Vladimir Szepelinski ist. Das mit Vladimir halten wir für interessant, es ist nämlich ein russischer Name und kein polnischer. Sie ist also die Tochter eines Luftwaffenobersten und hat einen schwedischen Flugingenieur mit einem Job der höchsten Sicherheitsstufe bei Saab in Linköping geheiratet. Das eröffnet einige interessante Perspektiven, aber ich sehe mich bis auf weiteres leider außerstande, die näheren Umstände darzulegen.«

»Das nenne ich eine erschöpfende Auskunft. Was für ein Glück, daß wir eine Sicherheitspolizei im Lande haben«, schnaubte einer der Stockholmer Kollegen.

»Ja, wir werden da wohl ein wenig abwarten müssen«, sagte Rune Jansson begütigend, ohne sich auch nur einen Augenblick einzubilden, daß er die Äußerung des Säpo-Mannes vergessen machen könnte. Die Anwesenden waren hör- wie sichtbar stöhnend zusammengesunken, als sie die Bemerkung des Kollegen von der Sicherheitsabteilung hörten. So war das immer bei diesen Brüdern. Selbst wollten sie alle Informationen bekommen, aber nichts davon aus der Hand geben.

»Und die Mordwaffe?« wechselte Rune Jansson das Thema, »wissen wir etwas über die Mordwaffe?«

»Messer. War nicht mehr am Tatort. Außerdem gibt es Grund zu der Annahme, daß es ein verdammt scharfes Messer war, der tödlichen Wunde nach zu schließen«, erwiderte einer der Kollegen vom Morddezernat in Norrköping. Es war der erste Kollege aus Norrköping, der sich überhaupt äußerte.

»Nun, dann geht es um Arbeitskollegen und andere Bekannte«, stellte Rune Jansson mit einer schmerzerfüllten Grimasse fest. Das Bein hatte sich wieder in Erinnerung gebracht. »Damit machen wir weiter bis morgen nachmittag sechzehn Uhr, denn dann haben wir das Gutachten des Pathologen hier, und das gibt uns vielleicht neue Hinweise.«

»Ja, man kann nie wissen«, sagte der aufreizend smarte Stockholmer Kollege mit einem dünnen Lächeln, und damit erhoben sich alle. Jeder ging für ein paar Stunden an seine Arbeit.

Rune Jansson kehrte in sein Zimmer zurück. Dort lagen zwei rote Telefonzettel, beide mit der Nummer der Kindertagesstätte „Eichhörnchen«. Er zerknüllte die Zettel und warf sie in den Papierkorb.

Behutsam legte er das schmerzende Bein auf den Schreibtisch und versuchte eine Weile nachzudenken. Was hatte es für eine Bedeutung, daß der Vater des Opfers einen russischen Vornamen hatte? Natürlich konnte es wichtig sein, daß der Vater des Opfers Luftwaffenoberst war. Hatte sie diesen Adamsson vielleicht nur geheiratet, um an militärische Geheimnisse heranzukommen? Es wäre nicht das erstemal, daß so etwas passiert. Hatte sie die Zusammenarbeit beendet, war sie sozusagen Schwedin geworden, mit schwedischem Kind und allem, was dazugehört? Hatten sich ihre Auftraggeber mit ihr getroffen und sie liquidiert, damit sie ihren Verrat nicht noch weiter trieb? – Natürlich waren es solche Dinge, über die man in der Sicherheitsabteilung nachdachte. Das würde möglicherweise die erschreckende Kompetenz des Mörders erklären. Jedenfalls war es kein unmöglicher Gedankengang.

Das Schrillen des Telefons unterbrach seine Überlegungen. Das waren sicher diese Tanten vom »Eichhörnchen«, die seine Tochter nach Hause schicken wollten. Er nahm den Hörer nicht ab, obwohl es mehr als zwanzigmal läutete. Doch nach kurzer Zeit erschien eine Kollegin vom Empfang und teilte mit, er habe Besuch. Das war doch nicht möglich? Schreckten sie nicht einmal davor zurück, mit seiner Tochter im Polizeihaus zu erscheinen?

»Ist es weiblicher Besuch?« fragte er erschreckt.

»Ja, und ziemlich hübsch dazu«, kicherte die Kollegin vom Empfang.

»Hat sie ein kleines Kind bei sich?«

»Nein, wirklich nicht. Hast du Angst, du könntest in deinem Alter noch eine Vaterschaftsklage kriegen?«

»In Ordnung, ich komme runter.«

Mit einem Stöhnen hob er behutsam sein schmerzendes Bein vom Schreibtisch und humpelte zum Fahrstuhl. Einige Minuten später hatte er seine Besucherin nach oben geleitet, wobei er sich Mühe gegeben hatte, nicht zu humpeln.

Es war eine von Maria Szepelinskas Kolleginnen, offenbar ihre engste Freundin. Sie war wütend wie eine gereizte Wespe und hatte sich kaum hingesetzt, als sie schon zu schimpfen begann.

»Was beabsichtigen Sie damit eigentlich?« fauchte sie und knallte ein paar entsetzliche Zeitungsausschnitte vor Rune Jansson auf den Tisch. Die Schlagzeilen sprachen ihre düstere und doch deutliche Sprache von Werwölfen und Huren.

»Maria war wahrhaftig keine Prostituierte. Wissen Sie überhaupt, was für ein Gehalt sie bei uns hatte? Wissen Sie überhaupt etwas über sie?«

»Nun ja«, erwiderte Rune Jansson ausweichend, »bis auf weiteres stehen wir erst am Anfang einer sehr schwierigen Ermittlung. Übrigens sind wir für dieses Zeug nicht verantwortlich.«

»Aber hier steht's doch! ›Nach Angaben der Polizei ist der Mörder so etwas wie ein Werwolf oder Jack the Ripper‹, weiter: ›Möglicherweise ist die polnische Prostituierte einem Sexualverbrechen zum Opfer gefallen, was immer wieder gerade Prostituierte trifft‹, und so weiter. Warum um Himmels willen erfindet ihr so etwas? Daß die Skandalpresse Futter haben will, das verstehe ich schon, aber warum müßt ausgerechnet ihr ...«

»Nun, was hatte sie denn für ein Monatsgehalt?« unterbrach Rune Jansson kalt.

»28 500 Kronen im Monat. Sie gehörte zu den qualifiziertesten Leuten des Unternehmens.«

»Das ist eine sehr interessante Auskunft. Sie haben sie also gekannt? Haben Sie sich mit ihr getroffen?«

»Müssen Sie jetzt auch mich verhören?«

»Ja, wenn Sie nichts dagegen haben.«

»Dann werde ich in der Presse also auch bald als Prostituierte durch den Dreck gezogen?«

»Nein, auf keinen Fall, das kann ich Ihnen versichern. Wir arbeiten nicht so.«

»Das sehe ich. Man sieht es ja schon von weitem hier in den Zeitungen.«

»Nein, was in den Zeitungen zu sehen ist, ist nur, daß die Journalisten keine Ahnung von dem haben, was sie schreiben.«

»Aber hier steht doch dauernd, *nach Angaben* der Polizei oder *nach Auskunft* der Polizei.«

»Das schreiben die immer. Obwohl ich allerdings nicht ausschließen kann, daß irgendeiner von der normalen Polizei geplappert hat. Derlei kommt vor, und es ist immer wieder gleich bedauerlich.«

»Aber Sie gehen nicht an die Öffentlichkeit, um dies zu dementieren?«

»Doch, natürlich. Sobald wir genug wissen, werden wir der Presse ein paar Knochen hinwerfen. Doch kehren wir zu Ihren eventuellen Hinweisen zurück. Haben Sie jetzt Zeit?«

»Ja, wenn's denn sein muß.«

»Gut. Haben Sie etwas dagegen, daß ich ein Tonbandgerät mitlaufen lasse?«

»Ist das unbedingt notwendig?«

»Ja, sonst muß ich mir Notizen machen, und das kann zu Fehlern führen. Sie verstehen, wir werden eine Zeitlang ziemlich viele Vernehmungen haben.«

»Also gut, lassen Sie ein Tonband mitlaufen, wenn Sie wollen. Aber da ist noch etwas.«

»Ja?«

»Ich weiß ja nicht, ob es von Bedeutung ist ... vielleicht ist es unwichtig.«

»Nämlich?«

»Ja, als Maria zum letztenmal bei mir war, hat sie ein kleines Notizbuch mit Telefonnummern vergessen. Sie hatte nicht allzu viele Freunde, und ich will ja hier keine Gerüchte in die Welt setzen, ich meine, ich bin ziemlich sicher, daß keiner ihrer Freunde mit dieser Sache zu tun hat, aber ich habe mir gedacht ...«

»Da haben Sie völlig richtig gedacht. Haben Sie das Notizbuch bei sich?«

»Ja, hier in der Handtasche.«

»Kann ich es haben, bitte?«

»Bekomme ich auch eine Quittung?«

»Aber ja, das läßt sich machen.«

Sie zog das Notizbuch aus der Tasche und legte es vor Rune Jansson, der in der linken Wade plötzlich keinerlei Schmerzen mehr spürte, auf den Schreibtisch. Es war ein schmales kleines Buch aus rotem Kunstleder mit einem alphabetischen Register. Es enthielt rund vierzig Namen mit Telefonnummern und einige weitere Telefonnummern ohne Namen.

Carls Tag hatte langsam und quälend begonnen. Er duschte lange und kalt vor Skip Harriers Hütte; er hielt die Handdusche auf den schmerzenden Hinterkopf gerichtet und blickte starr auf den feinen roten Sand, in dem zwischen den Füßen das Wasser versickerte. Zum erstenmal in seinem Leben hatte er ernsthaft sein Altern erlebt; noch vor zehn Jahren waren gewisse abendliche Übungen mit Skip noch heftiger ausgefallen, ohne daß er deswegen so etwas wie körperlichen Verfall gespürt hätte. Er hatte ohne jeden Zweifel zum erstenmal in seinem Leben einen gewaltigen Kater.

Mit den Übungen dieses Vormittags hatte er jedoch Glück. Es stand nichts auf dem Programm, woran er selbst teilnehmen sollte.

Skip brachte ihn in die Kleiderkammer, in der er seine privaten Kleidungsstücke gegen eine Felduniform in Tarnfarben tauschte, die außer einer lose befestigten Dienstgradbezeichnung auf der linken Brusttasche keine weiteren Kennzeichen aufwies. Ein Captain war abkommandiert worden, ihn im Verlauf des Trainings, dem er beiwohnen sollte, mit den Testergebnissen der beiden Schweden zu versorgen. Während der ersten Morgenstunden ging es darum, verschiedene Arten von Sprengladungen unter Streßbedingungen anzubringen.

Die Gruppe umfaßte zwölf Männer. Außer den beiden Schweden waren alle Amerikaner. Ridgecrest hatte nicht sonderlich viele ausländische Studenten, und überdies wurde sorgfältig darauf geachtet, daß in jedem Kurs jeweils nur eine fremde Nation vertreten war.

Carl stand anderthalb Stunden hinter einer Glasscheibe, die im Saal, in dem die Studenten saßen und arbeiteten, wie ein Spiegel aussah. Vermutlich wußten sie, daß es ein Beobachtungsraum war, aber da sie nie sehen konnten, ob sich jemand auf der anderen Seite aufhielt, warfen sie nicht mal einen Seitenblick auf den Spiegel. Zudem waren gerade Streßübungen dieser Art auch so anstrengend genug. Sie erforderten höchste Konzentration.

An jedem Arbeitsplatz stand eine große tickende Uhr mit Sekundenzeiger. Die gleiche Art Uhr, vor der Carl auch fünf Jahre gesessen hatte. Während die Studenten mit ihren Sprengladungen arbeiteten, hallte der Saal von Geräuschen wider – von falsch klingender Musik bis hin zu Detonationen und Polizeisirenen war jede Art von Lärm vertreten.

Am Regietisch im eigentlichen Beobachtungsraum konnte man die Videokameras im Saal so steuern, daß sich jeder beliebige der gequälten Studenten aus der Nähe beobachten ließ.

Carl nahm sich mal den einen, mal den anderen seiner zwei Feldwebel vor, »John« und »Al«, wie sie hier genannt wurden. Im US Naval Weapon Center war man seit geraumer Zeit zu falschen Namen übergegangen. Während seiner fünfjährigen Ausbildung war Carl die ganze Zeit Carl Hamilton gewesen, was allerdings im Gegensatz zu Joar Lundwall und Åke Stålhandske durchaus als amerikanischer Name durchgehen konnte.

Beide lagen in der Gruppe über dem Durchschnitt, aber aus den Papieren ging hervor, daß ihre Talente etwas ungleich verteilt waren. Der Feldwebel Joar Lundwall hatte in allen Übungen, die technisch oder intellektuell ausgerichtet waren, die höchsten Punktwerte der Gruppe. Feldwebel Åke Stålhandske tendierte offenbar in die entgegengesetzte Richtung. Dort, wo sein Landsmann an der Spitze lag, lag er unter dem Durchschnitt, glich es jedoch dadurch aus, daß er bei Nahkampfübungen oder Waffentechnik an erster oder zweiter Stelle lag.

Die statistischen Unterlagen in den Personalakten der beiden Schüler wurden bestätigt durch das, was Carl bei der Streßübung sehen konnte. Während Joar Lundwall seine Probleme löste, als wäre er allein auf weiter Flur, als wären keinerlei Geräusche zu hören – sein Gesicht sah bei der Arbeit ruhig, fast friedlich aus –, machte Åke Stålhandske einen ziemlich gequälten Eindruck und hing zeitlich zudem so weit zurück, daß mehrere Übungen abgebrochen werden mußten, bevor er sie beendet hatte. Carl vermutete, daß er selbst zu der Zeit, in der er dort gegessen hatte, irgendwo zwischen den beiden gelegen hätte. Wie es ihm heute ergehen würde, konnte man nicht wissen, aber er war eher dankbar dafür, daß ihm die Probe aufs Exempel erspart blieb.

Er studierte die Gesichter der beiden und versuchte sich vorzustellen, was man von den beiden Männern denken würde, wenn man sie irgendwo in Zivilkleidung sähe. Was er sah, machte ihn nur halb zufrieden. Joar Lundwall war zwar Sportler und bis ins letzte durchtrainiert, sah jedoch eher wie ein Läufer aus, während Åke Stålhandske mit seinem weißblonden Haar und seinem verräterisch athletischen Körperbau wie ein deutscher oder russischer Spion aus einem Hollywoodfilm wirkte.

Die Studienergebnisse der beiden an der UCSD entsprachen dem sonstigen Bild. Während Joar Lundwall EDV studierte und dieses Fach offensichtlich problemlos bewältigte, widmete sich Åke Stålhandske der Staatswissenschaft und amerikanischer Literatur, ohne dabei besonders glänzende Ergebnisse zu erzielen.

Die letzte Mitteilung war für Carl eine Überraschung. Er war davon ausgegangen, daß beide sich nebenbei mit EDV beschäftigen und wie er selbst, nämlich mit einem *Master of Science* im Gepäck, nach Schweden zurückkehren würden. Wie der schwedische Nachrichtendienst aus amerikanischer Staatswissenschaft und Literatur direkten Nutzen ziehen sollte, war ihm mehr als rätselhaft.

Nach dem Lunch wollte Carl die beiden Schweden von der übrigen Gruppe getrennt beobachten. Sie sollten sich bei Skip Harrier in dem sogenannten *Hangar* einfinden.

Der Hangar war Skip Harriers Domäne oder vielmehr sein Königreich. Hier ging es laut Skips nicht sonderlich verfeinertem Vokabular vor allem darum, zu schießen und den Leuten eins aufs Maul zu geben. Hier handelte es sich nicht darum, an pfeifenden kleinen Knöpfen zu drehen oder an winzigen Schräubchen herumzufingern, hier ging es um *the real thing.* Zumindest in Skip Harriers Weltbild.

Wie vereinbart stellte Skip Harrier Carl als *lieutenant commander* Charlie vor, ohne auf Staatsangehörigkeit oder Nachnamen einzugehen, und erklärte, Charlie werde über seine Beobachtungen einen Bericht verfertigen. Harrier versäumte es allerdings zu sagen, für wen.

Da die Feldwebel Lundwall und Stålhandske noch nicht offiziell zum Personal des schwedischen Nachrichtendienstes gehörten, sollten sie dort bis auf weiteres auch keine Bekanntschaften schließen dürfen. Das war Carls Idee gewesen, und er war überzeugt, vor seinen Landsleuten ohne weiteres den Amerikaner spielen zu können.

Sie waren allein im Nahkampf-Übungsraum, und Skip Harrier gab den beiden Schweden erste Anweisungen, während Carl sich an einen kleinen Tisch setzte, um das zu notieren, was er zu sehen bekam.

Seine beiden Landsleute waren nicht gerade ebenbürtig. Beide beherrschten die Grundlagen, doch müßte die Schnelligkeit in den beiden abschließenden Ausbildungsjahren noch erheblich gesteigert werden. Beiden war anzusehen, daß sie beim Zuschlagen immer noch dachten. Ein Mann mit abgeschlossener Ausbildung wäre ihnen zeitlich vermutlich immer einen Schritt voraus, da sie ihre Attacken für ein geübtes Auge recht deutlich ankündigten.

Die mentalen Unterschiede der beiden entsprachen in etwa dem, was Carl nach der Lektüre ihrer Personalakten vermutet hatte. Åke Stålhandske kämpfte offensiv und brutal, versuchte seinen Gegner zu verletzen, indem er auf einen nichtgeschützten Körperteil zielte. Er trieb seinen Landsmann mit einer langen, intensiven Serie von Fußtritten und Schlägen vor sich her, die der andere ständig abwehren mußte, und ließ dann plötzlich und unerwartet ein hochgezogenes Knie gegen das Zwerchfell oder die Seite des Brustkorbs sausen. Das war einer der gewöhnlichsten und am besten trainierten Angriffe, die jeder beherrschte, der an der *Sunset Farm* ausgebildet worden war. Wenn ein solcher Angriff Erfolg hatte, wurde selbst ein durchtrainierter Gegner kampfunfähig gemacht. Ein ahnungsloser Zivilist würde gebrochene Rippen und innere Blutungen davontragen.

Joar Lundwall kämpfte ausschließlich defensiv. Er parierte ausgezeichnet, zeigte aber keinerlei Willen zum Gegenangriff. Carl vermutete, daß die Übung mit einem Knietreffer Stålhandskes enden würde, und so geschah es auch.

Während Feldwebel Lundwall gekrümmt und torkelnd die weiche Matte verließ, warf Skip Carl einen Haufen Schutzkleidung zu.

»Wollen Sie es nicht auch mal mit meinem Schützling probieren? Talentierter Junge, nicht wahr?« grinste Skip, während Carl die wattierte Schutzkleidung widerwillig an Unterarmen, Waden und Hals befestigte. Seine Kopfschmerzen waren zwar seit einer Stunde verschwunden, aber in der jetzigen Situation hatte er begründete Aussicht, sie auf diese oder jene Weise wiederzubekommen.

Er nahm sich demonstrativ die Rangbezeichnung ab, bevor er sich seinem Landsmann im Mittelkreis stellte.

Die Kraft der ersten Attacke verblüffte ihn. Und danach befand er sich in der gleichen Lage wie eben noch Joar Lundwall. Åke Stålhandske trieb Carl unerbittlich vor sich her, und dieser mußte seine gesamte Kraft und Konzentration darauf verwenden, den Angriffen zu widerstehen und Treffer zu vermeiden. Nach einiger Zeit begann er zu fürchten, er könnte resignieren und sich bei dem unablässigen Trommelfeuer eine Blöße geben. Aber dann biß er die Zähne zusammen und beschloß, auf einer Ebene, auf der diese beiden Jungs noch nicht ausgebildet worden waren, zum Gegenangriff überzugehen.

Die Gelegenheit dazu kam nach etwa einer Minute. Åke Stålhandske hatte ihn mit einer Serie von etwa zwanzig Fußtritten vor sich hergetrieben und wollte sich vor der nächsten Angriffswelle gerade kurz sammeln, als Carl einen schnellen Schritt nach vorn machte, wie ein Tänzer, der seiner Partnerin folgt, und seinem Gegner den wattierten rechten Ellbogen in dessen linke Gesichtshälfte stieß.

Das war ein Treffer, der bei der Bewertung mit entscheidenden Punkten zu Buche schlug. Normalerweise würde man jetzt abbrechen, um das Wie und Warum zu diskutieren, doch statt dessen geriet Stålhandske urplötzlich in Wut und begann, Carl erneut mit seinen unaufhaltsamen Attacken vor sich herzutreiben. Carl konnte gerade noch überlegen, wie absurd die Situation war. Ein Mann, der schon in einer Nahkampfübung die Beherrschung verlor, würde bei einer echten Konfrontation leicht zum Opfer werden. Die Kraft dieses Stålhandske war indessen so überlegen, daß Carl alle seine Stärke und all seine Konzentration aufbieten mußte, um außerhalb der geschützten Körperteile nicht getroffen zu werden.

Obwohl er das Knie hatte kommen sehen und darauf gefaßt gewesen war, und obwohl er den linken Unterarm gesenkt hatte, um den Kniestoß abzuwehren, durchschlug der Angriff direkt seine Deckung. Er wurde hart an der Brustseite getroffen, schnappte vergeblich nach Luft und ging keuchend zu Boden. Er machte ein Zeichen, daß er sich geschlagen gebe.

Ächzend blieb er eine Zeitlang auf allen vieren stehen und konnte gerade noch denken, daß dies in Wirklichkeit ein tödlicher Treffer gewesen wäre. Dann stand er auf.

»Gut, Sergeant. Sogar sehr gut«, sagte er so ruhig, wie er es in seiner Atemnot vermochte. – Skip Harrier lachte.

»Well, mein lieber Commander, man kann nicht jeden Kampf gewinnen.«

»Nein, zumindest nicht hier im Hangar«, keuchte Carl.

»Okay, würden Sie jetzt so freundlich sein, dem Sergeant diesen Treffer zu erklären, der eigentlich entscheidend gewesen wäre?«

Carl riß sich mit einem Stöhnen zusammen und betastete die Rippen. Nein, keine war gebrochen.

Er widmete die nächsten zehn Minuten der Einweisung des Sergeants Stålhandske, der schnell begriff, worum es ging.

»Du scheinst eine natürliche Begabung dafür zu haben, Leute totzuschlagen«, knurrte Carl zweideutig, als sie hinausgingen.

»Danke, Sir!« brüllte Stålhandske, der auch nicht die leiseste Ironie herausgehört hatte.

Skip Harrier führte sie zu den Schießständen am anderen Ende des Hangars. Er legte drei Pistolen an den Abschußplatz und befahl dann die gewöhnliche Streßübung. Fünfzig Liegestütze, Spurt zum Schießplatz und sechs Schüsse auf eine bewegliche Duell-Schießscheibe in etwa dreißig Meter Abstand, dann wieder zurück und das Ganze noch viermal von vorn.

Sie würden wie gewöhnlich gegeneinander antreten. Es gehörte zu den Voraussetzungen, daß niemand wußte, welche Waffen dort an den Schießständen warteten. Carl hatte jedoch eine Vorahnung. Skip Harrier hielt es für demoralisierend, wenn Offiziere gegen die jungen Schnösel verloren.

Bei der ersten Runde kam Carl als letzter beim Schießplatz an. Er konnte sich jedoch ein Lächeln nicht verkneifen, als er sah, welche Waffen Skip hingelegt hatte. Er sah ein Exemplar seiner eigenen Pistolenmarke, eine Beretta 92 SB, wie sie neuerdings in ihrer modifizierten Version hieß.

Als die Duell-Schießscheibe die ersten beiden Male auftauchte, gab Carl Doppelschüsse ab, da er sich seiner Treffer vollkommen sicher war.

Beim dritten und vierten Auftauchen der Schießscheibe feuerte er einen Einzelschuß ab und konnte dann ruhig zu fünfzig neuen Liegestützen zurückjoggen – und zwar vor den beiden anderen, die wiederum die Liegestützen und den Lauf schneller absolvierten als er selbst, so daß er erneut als letzter zum Schießen kam.

Was nicht sonderlich viel ausmachte, da Skip jetzt drei Revolver der Marke Smith & Wesson Combat Magnum bereitgelegt hatte, Carls andere Lieblingswaffe also.

Die Prozedur wiederholte sich, so daß Carl bei der letzten Runde als erster zum Schießen erschien. Jetzt lagen drei Kalaschnikow AK 47 da. Skip wußte, daß dieser automatische Karabiner aus der Sowjetunion ebenfalls zu Carls Favoriten gehörte. Carl machte sich den Spaß, sämtliche sechs Schuß beim ersten Auftauchen der Schießscheibe genau zu plazieren, und spazierte dann seelenruhig zum Startplatz zurück, wo er seine Zeit notieren ließ.

Anschließend wurden die Treffer gezählt. Carl hatte ausschließlich Treffer gelandet. Åke Stålhandske hatte die Zielscheibe einmal völlig verfehlt und einen Schuß außerhalb des Treffersektors gesetzt. Joar Lundwall hatte zweimal danebengeschossen und einen Treffer am Rand des äußeren Rings gelandet.

»Da seht ihr, Jungs, daß ihr noch nicht trocken hinter den Ohren seid. Zu der Zeit, als unser geschätzter Lieutenant Commander hier studierte, war er aber auch nur Mittelmaß. Oder was glaubt ihr wohl?« sagte Skip ernst, um dann in ein brüllendes Lachen auszubrechen. Die beiden Schweden lächelten zögernd. Carls Schießkünste hatten sie beeindruckt, wie nicht anders zu erwarten war. Allerdings wußten sie nicht, daß das Schießen Carls beste Disziplin überhaupt war und er überdies seine bevorzugten Waffen hatte benutzen können.

Sie verstauten die Waffen in der Waffenkammer und gingen in die Sauna. Carls Rippen schmerzten immer noch, er fühlte sich total zerschlagen.

Skip begann eine Geschichte zu erzählen, bei der Carl nicht zuhörte, da er sie schon auswendig kannte. Er setzte sich eine Weile mit auf die Knie gesenktem Kopf hin und versuchte, den Schmerz in der Seite nicht wahrzunehmen. So hart wie von diesem Stålhandske war er noch nie getroffen worden, und dabei hatte er den Treffer sogar zu parieren versucht.

Ihm war klar, daß er mit Skip darüber reden mußte. Es konnte nicht der Sinn der Ausbildung sein, daß Stålhandske bei den Übungen jemanden verletzte.

Carl erhob sich, streckte die Arme ein paarmal über den Kopf, dann rückwärts, hielt jedoch mitten in der Bewegung inne, als er die Blicke der anderen sah. Alle drei starrten das gleiche an.

Carl hatte fünf tiefe lange Narben auf dem Brustkorb. Die Verletzungen waren etwa anderthalb Jahre alt, doch hier und da waren die Narben immer noch rosa.

»Was ist das denn? Hast du versucht, ein Drachenweibchen zu vergewaltigen?« lachte Skip und machte ein paar Dosen Bier auf.

»Folter. Und es war keine Übung. Ich wiederhole, es war keine Übung«, erwiderte Carl in einem kalten Tonfall, der die scherzhafte Formulierung Lügen strafte.

»Wie nett, und ein paar Schüsse hast du auch noch abgekriegt«, fuhr Skip fort, während er den Blick vom Einschußloch unter Carls linker Schulter zum Einschußloch auf dem rechten Oberschenkel gleiten ließ.

»Ja«, sagte Carl, »es war dieselbe Veranstaltung. Eine verdammt gelungene Party.«

»Und wie sahen die anderen Burschen hinterher aus?« fragte Skip ihn herausfordernd.

»Einige starben, und einige überlebten, aber wie du weißt, darf ich solche Geschichten nicht erzählen«, erwiderte Carl übellaunig.

»Ja, es ist zum Kotzen«, seufzte Skip Harrier mit gespieltem Kummer, »hier tut man sein Bestes, um Menschen aus euch zu machen und euch das Siegen beizubringen, und dann geht ihr aufs Feld und laßt zu, daß alles in die Hose geht. Und ich rackere mich ab. Daß ihr euch nicht schämt.«

Die beiden schwedischen Sergeants betrachteten Carl mit aufgerissenen Augen. Er hätte viel darum gegeben zu erfahren, was sich in diesem Moment in ihren Köpfen tat.

Eins war jedoch völlig klar: Daß er ein Landsmann war, kam ihnen nicht eine Sekunde in den Sinn.

Am Lidingövägen in Stockholm lag das große Klinkergebäude des Generalstabs bis auf zwei Fenster völlig im Dunkeln. Unten in der Hauptwache saßen zwei einsame ABAB-Wachen und spielten Schach. Hoch oben im sechsten Stock brannte im östlichen Eckzimmer Licht. Der einsame Mann dort, der jetzt die einundfünfzigste Zigarette des Tages rauchte – Ultima Blend, um das Gesundheitsrisiko zu minimieren –, war dem Dienstrang nach Kapitän zur See. Die Abkürzung auf dem rostfreien kleinen Metallschild neben der Tür seines Vorzimmers ließ erkennen, daß er eine der Schlüsselfiguren der schwedischen Staatsmaschinerie war.

C OP 5 hieß es über seinem Namen. Samuel Ulfsson war also Chef der Operationsabteilung 5, was der Sammelbegriff für sämtliche Abteilungen des militärischen Sicherheits- und Nachrichtendienstes in Schweden ist.

Vor ihm auf dem blankpolierten, dunkelgebeizten Tisch aus Buche lagen fünf pedantisch geordnete Papierstapel. Es waren das russische Original und die vollständige Übersetzung, dazu die bislang bekannten Personendaten über einen bestimmten Vizeadmiral der sowjetischen Marine, eine Analyse der möglicherweise aus offen zugänglichen Quellen stammenden Angaben (dies war der schmalste Bericht), sowie eine entsprechende Analyse der Angaben, die als geheim einzustufen waren.

Samuel Ulfsson hörte Schritte auf dem Flur und ging davon aus, daß die letzte Analyse zu ihm unterwegs war. Er nahm an, daß sie das bereits gewonnene Bild nicht verändern, sondern höchstens verstärken würde. Ulfsson hatte schon versucht, den Generalstabschef anzurufen. Der Oberbefehlshaber war jedoch wegen irgendeiner Familienangelegenheit an diesem Abend nicht erreichbar.

Ulfsson nahm den Umschlag entgegen und schickte seinen Untergebenen dann nach Hause. In dieser letzten Analyse ging es um die Erklärung einer Reihe sehr exakter Positionsangaben. In einer Passage von Koskows Brief hatte es lakonisch geheißen:

56° 02,25′ N, 15° 43,20′ O
56° 05,10′ N, 15° 43,80′ O
56° 04,30′ N, 15° 44,60′ O
56° 03,90′ N, 15° 43,70′ O
56° 03,33′ N, 15° 43,55′ O
56° 03,60′ N, 15° 42,80′ O
56° 03,85′ N, 15° 43,20′ O

Die Antwort auf dieses Spiel mit Zahlen ließ für Zweifel keinerlei Raum mehr: Sämtliche Positionsangaben betrafen den Gåsefjärden in den Schären von Karlskrona. Die Orte hießen der Reihe nach: Bökeskärs Südspitze, Malkvarns Nordspitze, Hästholmens Südspitze, Flaggskärs Nordwestspitze, Hanskarnas stång, Danaflöts Südspitze und Bökeskärs Nordspitze.

Unten im Marinestab hatte man keinerlei Mühe gehabt, die Ortsangaben der genannten Positionen zu finden, da sie in den Verzeichnissen der Verteidigungsanlagen standen. In sämtlichen Fällen ging es um U-Boot-Bekämpfung, um feste Sprengladungen, Magnetschleifen und Abhöreinrichtungen. Die Angaben waren ausnahmslos streng geheim.

Jede Positionsangabe vor vollkommen exakt. Es schien unmöglich zu sein, diese Angaben aus offen zugänglichen Quellen zu erhalten.

Samuel Ulfsson zündete sich eine weitere Ultima Blend an.

Allein schon das Wort Gåsefjärden hatte auf jeden schwedischen Nachrichtenoffizier einen fast elektrisierenden Effekt. Dort war vor Jahren ein sowjetisches U-Boot der Whisky-Klasse, U 137, aus unklaren Gründen auf Grund gelaufen. (Ulfsson sah die damaligen Schlagzeilen wieder vor sich: »Whisky on the rocks.«) Manövrierfehler waren damals eine Theorie gewesen. Hilfeleistung für spionierende Mini-U-Bootverbände, die in Bedrängnis geraten waren, war eine andere Theorie, und zwischen diesen beiden Extremen hatte es damals noch zahllose weitere Denkmodelle gegeben.

Dabei hätte man damals die Möglichkeit gehabt, sich sichere Erkenntnisse zu verschaffen. Man hätte die Besatzung des U-Boots nur zu internieren brauchen, um das U-Boot dann zu untersuchen. Die Sowjetunion hätte nicht viel dagegen ausrichten können, und im übrigen war es wenig wahrscheinlich, daß ein schwedisches U-Boot in der gleichen Lage auf sowjetischem Territorium anders behandelt worden wäre. Doch die Politiker der damaligen Regierung, die zu allem Überfluß auch noch bürgerlich gewesen war, hatte nach den allgemeinen sowjetischen Drohungen klein beigegeben. Damit hatte das U-Boot ohne Untersuchung nach Hause fahren können. Folglich wußte man nichts.

Was die Russen jedoch auf keinen Fall haben durften, war dieses auf den Meter exakte Verzeichnis schwedischer Verteidigungsanlagen unter Wasser.

Vor Samuel Ulfssons Schreibtisch stand über Eck ein Konferenztisch aus der gleichen braun gebeizten Buche. Davor vier Sitzplätze: Holzstühle in passender Buche mit einem Bezug aus hellem, grobem Stoff. Sehr schwedisch und sehr zurückhaltend elegant, ohne protzig zu wirken.

In der geraden Verlängerung des Konferenztischs, an der Wand gegenüber dem Arbeitsplatz des Kapitäns zur See, hing eine Europakarte, die einen schmalen Streifen Nordafrikas und Teile des Nahen Ostens einschloß. Im Osten reichte die Karte etwa bis zum Ural. Die Karte vermittelte ein Bild von der maximalen Ausdehnung des Operations- und Interessengebiets des schwedischen Nachrichtendienstes.

Ganz unten in der rechten Ecke der Karte lag Kairo. Dort saß offenbar die Antwort auf eine große Zahl einzigartig interessanter Fragen, nämlich bei einem nach Aktenlage ziemlich versoffenen Diplomaten, der offenkundig keine Ahnung davon hatte, daß er in seiner Botschaft einen Gast von fast unschätzbarer Bedeutung beherbergte.

Samuel Ulfsson drückte seine Zigarette aus und entleerte den überquellenden Aschenbecher in den leeren Papierkorb, dessen Inhalt schon vor etlichen Stunden in den Reißwolf gewandert war, und fegte die restliche Asche mit der Hand von der Schreibtischplatte. Er bemerkte, daß er ganz gegen seine Gewohnheit leichten Handschweiß hatte, und durch die offene Tür des Vorzimmers hörte er, daß der Fahrstuhl auf dem Weg nach oben war. Es war zuvor nur einmal vorgekommen, daß er mitten in der Nacht einen der höchsten Militärs gebeten hatte zu kommen. Damals war es um die Frage gegangen, ob Schweden eine Teilmobilisierung anordnen solle, da ein Manöver der Warschauer-Pakt-Staaten äußerst seltsame Schlußfolgerungen erlaubt hatte. Man war zu dem Schluß gekommen, sozusagen auf gut Glück nicht zu mobilisieren. Was sich im nachhinein als richtig erwiesen hatte.

»Aha, du willst also wieder mobilisieren, Sam«, grüßte der Vizeadmiral mit gespielter Munterkeit, als er den Raum betrat. Er trug aus einem unerfindlichen Grund Uniform.

Samuel Ulfsson zögerte einen Augenblick. Normalerweise war er in diesem Raum der Vorgesetzte, daher die Plazierung der Konferenzstühle. Doch den Chef der Marine konnte er nicht auf einen der Vortragsstühle setzen.

Ulfssons Rettung waren die beiden zusätzlichen Stühle, die an der rechten Längswand standen, mit einem Tisch dazwischen und der Reproduktion eines Gemäldes darüber. Das Bild stellte die Zwangsanwerbung eines Bauern zur Armee zu Anfang des 19. Jahrhunderts dar; der Bauernknecht sah zögernd aus, der Feldwebel hingegen sehr entschlossen. Der Knecht trug Holzschuhe, der Feldwebel einen Karolinerhut und Degen.

»Setz dich doch. Ja, es war wichtig genug, um dich zu stören«, begrüßte Samuel Ulfsson seinen Vorgesetzten und zeigte auf einen der beiden Stühle unter dem Bild. Dann nahm er seine Zigarettenschachtel, einen Aschenbecher und sein Feuerzeug in die Hand und ließ sich dem uniformierten Vizeadmiral gegenüber nieder.

»Es geht um einen Überläufer, doch um keinen x-beliebigen. Das größte Ding, das wir je erlebt haben, aber mit etlichen Komplikationen«, begann er, während er unbeholfen eine neue Zigarette aus der Schachtel zog. Er bot seinem Gegenüber keine an, denn er wußte, daß der Marinechef wie so viele andere Marineoffiziere – unabhängig davon, ob sie sich das auf der Kommandobrücke angewöhnt hatten oder nicht – Pfeife rauchte.

»Es ist also ernst. Na, dann setz mich mal in groben Zügen ins Bild«, befahl der Vizeadmiral. Als der Chef von OP 5 sich erst einmal eine Zigarette anzündete und folglich stumm blieb, wurde er ungeduldig und verlieh seinem Befehl Nachdruck.

»Nun? Um wen geht es, was weiß er, und wo befindet er sich?«

»Es ist gewissermaßen ein Kollege von dir. Vizeadmiral Gennadij Alexandrowitsch Koskow, Stellvertretender Wehrbereichs-Kommandeur, oder wie wir das übersetzen sollen, in Kaliningrad. Er ist Chef der gesamten Nachrichten- und Diversionstätigkeit im Ostseeraum, mit Mini-U-Booten und allem, was dazugehört. Er befindet sich in der schwedischen Botschaft in Kairo. Er ist zu uns übergelaufen. Er will uns sein Wissen gegen die Erfüllung einer Reihe von Forderungen überlassen.«

»Teufel auch!«

»Ja, das kann man wirklich sagen.«

»Habt ihr die Identität des Mannes festgestellt?«

»Nein, aber die Kostproben der Ware, die er uns geliefert hat, sind … sagen wir, sehr imposant.«

»Echte Ware?« – »Ja, echte Ware. Kein Zweifel.« – »Warum zum Teufel will er denn ausgerechnet zu uns? Warum richtet er sich nicht an die gewohnte Adresse?«

»Keine Ahnung.«

»Wie viele Personen wissen von dieser Sache?«

»Unser Botschafter in Kairo und somit eine unbekannte Zahl von Personen in der dortigen Botschaft. Das Außenministerium, auch dort eine unbekannte Zahl von Personen. Ich selbst, zwei Übersetzer, vier oder fünf der Jungs in unserer Abteilung, die verschiedene Teile seiner schriftlichen Kostprobe analysiert haben. Die wiederum wissen aber nicht, um wen oder was es geht.«

»Kurz gesagt, wie viele Personen haben ein Gesamtbild von der Sache?«

»Ich selbst und demnächst auch du. Dann wissen noch etwa zehn Personen davon, daß ein Russe übergelaufen ist. Ungefähr so.«

»In Ordnung. Leg los!«

Dies war der Befehl, die Lage inhaltlich in einer längeren Analyse zusammenfassend darzustellen.

Samuel Ulfsson atmete durch. »Jemand, der sich zu Recht oder zu Unrecht als Gennadij Alexandrowitsch Koskow ausgibt, als hohes Tier der Marine in Kaliningrad, das es tatsächlich gibt – davon haben wir uns überzeugt –, befindet sich zur Zeit in der schwedischen Botschaft in Kairo. Der Betreffende ist de facto übergelaufen. Denn allein schon das Material, das er uns in einem versiegelten Brief mit Diplomatenpost übermittelt hat, läßt klar erkennen, daß er seinem Land gegenüber ein Verbrechen begangen hat. Sein Brief enthält 416 sachliche Angaben von unterschiedlicher Bedeutung zu mehreren Sachgebieten. Die heutige Analyse hat ergeben, daß etwa 350 bis 360 Angaben von uns verifiziert worden sind. Es handelt sich also um echte Ware. Doch geht es in diesen Kostproben so gut wie ausschließlich um *ihr Wissen über uns.* Der sowjetische Kollege, wenn man so sagen darf, hat nämlich zu verstehen gegeben, daß er seine wirklich interessanten Kenntnisse erst dann preisgibt, wenn er sich auf schwedischem Territorium befindet. In Hinblick auf seine Stellung in der sowjetischen Marine dürften diese Kenntnisse für die schwedische Verteidigung ohne jeden Zweifel von allergrößter Bedeutung sein. Wir haben es hier ganz einfach mit einem Überläufer von einem Kaliber zu tun, wie es selbst die Amerikaner noch nie erlebt haben.

Man kann die Bedeutung dieses Falls also gar nicht hoch genug einschätzen. Es liegt also ganz entschieden im Interesse der Nation, am Ball zu bleiben.«

Der Chef der Marine hatte seine Pfeife hervorgekramt und sie während des Vortrags angezündet. Obwohl die beiden Männer allein waren und zwei Türen zu dem leeren Korridor draußen offenstanden, war der Raum schon ziemlich verräuchert.

»Was verlangt er noch?« wollte der Marinechef wissen.

»Wenn wir es schaffen, ihn nach Schweden zu bringen, bekommen wir sein Wissen. In Kairo kommt es nicht zum Geschäft. Er will für einige Zeit in Schweden Schutz haben, in der Zeit, die für seine Vernehmung nötig ist, einen gewissen finanziellen Ausgleich, über den er sich noch nicht näher ausgelassen hat, und anschließend sollen wir ihn den Amerikanern übergeben.«

»Klingt vernünftig.«

»Ja, durchaus. Ich frage mich allerdings, warum er nicht gleich zu den Amis übergelaufen ist.«

»Irgendwelche Vermutungen?«

»Nein.«

»Will er mehr Geld verdienen?«

»Vermutlich nicht. Entschuldige bitte, aber ich glaube nicht, daß ein Vizeadmiral so dumm ist. Wenn er sich zunächst an uns verkauft, wird der Preis in den USA geringer.«

»Kann es ein falscher Überläufer sein, so etwas wie eine Falle?«

»Ja, natürlich. Dagegen spricht allerdings eine ganze Menge.«

»Was denn?«

»Die Qualität der Kostprobe. Obwohl man natürlich nie sicher sein kann.«

»Könnt ihr es schaffen, den Burschen hierher zu bekommen?«

»Wenn es sich diskret machen läßt, ja. Das heißt, wenn es nicht herauskommt, daß er bei uns in Kairo sitzt. Wenn das durchsickert, gibt es wohl ziemliche Aufregung. Doch sonst stehen uns mehrere Möglichkeiten zu Gebote.«

»Habt ihr schon mit der Vorbereitung dieser Operation begonnen?«

»Nein, weil die Entscheidung darüber nicht auf unserer Ebene getroffen werden kann.«

»Wenn ihr nun grünes Licht bekommt –, denn du gehst wohl davon aus, daß wir die Regierung verständigen müssen –, also ich meine, wenn wir grünes Licht bekommen – wann könnt ihr ihn hier haben?«

»Kommt ganz darauf an. Ein denkbarer Weg wäre, eine schwedische Reederei ins Vertrauen zu ziehen und ihn in Suez an Bord gehen zu lassen. In dem Fall dauert es zehn Tage, mindestens. Im übrigen scheint die Regierung schon beteiligt zu sein.«

»Inwiefern?«

»Dieser Botschafter wird sicher schon das Außenministerium und so weiter verständigt haben.«

»Aber die haben keine Vorstellung von der Größenordnung dieser Angelegenheit?«

»Nein. Aber sie wollen wohl schon morgen Bescheid haben. Ich glaube nicht, daß ihnen die Situation gefällt. Um mich mal vorsichtig auszudrücken.«

Das war ein vorsichtiger Hinweis darauf, daß den Politikern nicht zu trauen war. Ein neuer Fall Gåsefjärden war durchaus denkbar. Vielleicht hatte der Russe mit seinen Positionsangaben gerade darauf hinweisen wollen.

Nein, das war wohl zu weit hergeholt. Aber trotzdem war den Politikern einerseits nicht zu trauen, andererseits wußten sie noch nichts von der Dimension des Falls.

Vermutlich wollten die Politiker nicht allzu viele traurige Erkenntnisse über die benachbarte Supermacht gewinnen. Die würden sie nur zum Handeln zwingen, und das in einer Lage, in der sie nur Kritik auf sich ziehen konnten, wie immer sie agierten.

Doch jetzt hatte der Chef des Nachrichtendienstes seinem Vorgesetzten den Schwarzen Peter zugeschoben. Jetzt lag es am Chef der Marine oder dem Oberbefehlshaber, zur Regierung zu gehen und die Sache vorzutragen.

Die Alternative in rein technischer Hinsicht bestand darin, daß die militärische Führung den Nachrichtendienst anwies, den Mann nach Schweden zu verfrachten, bevor die Regierung Zeit hatte, eine Entscheidung zu treffen. Doch das war nur eine rein technische Möglichkeit. Die Politiker wußten ja schon, daß etwas im Busch war. Folglich würden sie einen Bericht verlangen.

Auf der Grundlage dieses Berichts würden sie dann entscheiden, ob dem Mann in Schweden überhaupt politisches Asyl gewährt oder ob er den ägyptischen Behörden übergeben werden sollte, wie dieser hirnamputierte Botschafter in Kairo vorgeschlagen hatte.

»Ich glaube«, sagte der Marinechef langsam, während er gleichzeitig nicht vorhandene Asche von seinem dunkelblauen Uniformärmel schnippte, »daß wir ihnen einen Vorschlag machen müssen, zu dem man nicht nein sagen kann. Das liegt tatsächlich im Interesse der ganzen Nation. Das ist ohne jeden Zweifel so.«

»Du verfolgst das weiter?«

»Ja, oder der Oberbefehlshaber persönlich.«

»Darf ich fragen, wie du dir das vorstellst?«

»Ich glaube, wir müssen betonen, wie groß das Risiko ist. Es darf nichts durchdringen. Ich meine, die Öffentlichkeit darf nicht erfahren, daß wir hier einen sowjetischen Vizeadmiral bei uns haben, der alles über Mini-U-Boote und den Teufel und dessen Schwiegermutter weiß, daß die Regierung aber beschlossen hat, ihn einfach wieder zurückzugeben.«

»Ein Angebot, das man nicht ablehnen kann?«

»Ja, etwa so.«

»Wann werden wir den Kerl herschaffen können? Was meinst du?«

»In spätestens vierundzwanzig Stunden müßte es losgehen. Du solltest aber mit den Vorbereitungen beginnen, sobald deine Leute auf den Beinen sind.«

Carl riß sich die Ohrenschützer vom Kopf und trank aus seiner Feldflasche. Nach anderthalb Stunden Warten draußen am *Test Range 4*, das fast zehn Kilometer vom Zentrum des Stützpunkts entfernt lag, da diese Anlage nur für schwerere Waffen gedacht war, fühlte er sich verschwitzt und gelangweilt. Die Gruppe der Schweden hatte mit Granatgewehren geübt und Munition in einem Tempo verpulvert, das pro Stunde gerechnet dem entsprach, was ein schwedischer Küstenjägerzug im Verlauf seiner gesamten Ausbildungszeit verschießen durfte.

Ironischerweise war die Hälfte der Zeit mit einem schwedischen Modell geübt worden. Inzwischen hatte Carl sein persönliches Gespräch mit »Al« beendet, wie Sergeant Åke Stålhandske hier genannt wurde, und Carls Notizen waren voller Ausrufe- und Fragezeichen. Jetzt wartete er auf Joar Lundwall, der gerade angelaufen kam, Haltung annahm und sich zur Stelle meldete.

»Rühren. Setz dich, ich habe einige Fragen persönlicher Natur«, knurrte Carl mit einer steilen Falte auf der Stirn.

Sein Landsmann setzte sich auf einen Felsblock ein paar Meter entfernt, so daß er die Sonne im Rücken hatte. Aus Carls Perspektive war er so kaum mehr als ein schwarzer Umriß in der grellen Wüstensonne.

»Nein, nicht da, du Tölpel. Setz dich hier vor mich, daß ich dich sehen kann«, brummelte Carl unnötig irritiert.

Joar Lundwall gehorchte blitzschnell. Carl holte Luft und erklärte kurz, daß er auch einige Fragen zu Dingen stellen müsse, die er hier auf dem Stützpunkt nicht beobachten könne, um den Ausbildungsstand insgesamt einzuschätzen. Aus der Akte Sergeant Lundwalls gehe hervor, daß auf der militärischen Seite alles gut oder gar bestens laufe. Also, um gleich zur Sache zu kommen: Wie gehe es an der Universität in San Diego? Freunde? Mädchen? Sonstige persönliche Verhältnisse? Kontakt zur Familie in Schweden? Irgendwelche Schlägereien?

Nein, erklärte Joar Lundwall, nie sei er in Schlägereien verwickelt gewesen, garantiert nicht. Er sei nicht der Typ, betonte er. Mit der Ausbildung gehe es gut, und er rechne damit, ein halbes Jahr früher als vorgesehen mit dem *Master of Science* fertig zu sein.

Er gehöre zur Leichtathletikmannschaft der Universität, Spezialität 400 Meter Hürden, und habe einige mehr oder weniger oberflächliche persönliche Kontakte in diesen Kreisen. Er korrespondiere ziemlich regelmäßig mit seiner Mutter – nein, der militärische Teil seiner Ausbildung sei ihr unbekannt –, doch sonst habe er keinerlei Kontakte mehr mit Schweden.

Carl fragte nach Freundinnen in Schweden – ob der Sergeant nicht ein Mädchen habe sitzenlassen, zum Beispiel? – oder an der UCSD.

Joar Lundwall zögerte mit der Antwort. Er schwitzte, und seine Stirn glänzte. Doch angesichts der Temperatur und der recht anstrengenden Übung, die er gerade hinter sich gebracht hatte, war das nicht weiter verwunderlich. Dennoch zögerte er mit der Antwort.

»Na los doch, mein Junge. Spuck's aus. Freundinnen? Intime Verhältnisse? Es ist wichtiger, daß du mir ein richtiges Bild gibst, statt irgendwelche Schweinereien zu verschweigen. Verstanden?«

»Ja, Sir!«

»Nun?«

»Ich habe überhaupt keine Freundin, Sir.«

»Wieso denn nicht? Mit dir scheint doch alles in Ordnung zu sein.«

»Das ist es auch, Sir.«

»Also?«

»Ich bin nun mal nicht so veranlagt, Sir.«

»Du lieber Himmel! Willst du etwa sagen, du bist schwul?«

»Ich verwende diesen Ausdruck nicht, Sir. Im übrigen ist die Antwort ja.«

»Wissen deine Vorgesetzten ... wissen die Leute, die dich hierher geschickt haben, von diesem Sachverhalt?«

»Nein, Sir.«

»Wie ist das denn möglich?«

»Sie haben mich nicht gefragt, Sir.«

»Und wie erklärst du dir das?«

»Keine Ahnung. Vermutlich werden persönliche Neigungen dieser Art in unserem Land nicht mehr als so entscheidend angesehen ... Sir.«

Diese letzte Replik enthielt die schwache Andeutung, daß man in Carls vermeintlicher Heimat USA möglicherweise eine andere Auffassung vertrat. Carl war sprachlos und mußte sich zusammennehmen, um das Gespräch in normalem amerikanischem Gesprächston fortzusetzen.

»Very well, Sergeant. Dann formuliere ich die Frage anders. Gibt es so etwas wie einen oder mehrere ... so etwas wie einen ständigen männlichen Begleiter?«

»Nein, Sir.«

»Gibt es feste Verbindungen, Sergeant ... oder sagen wir regelmäßige Verbindungen?« – »Ja, Sir. Die Verbindung ist jedoch nicht so, daß sie private oder berufliche Vertraulichkeiten einschließt.«

Carl bedauerte plötzlich, daß er ihre gemeinsame Muttersprache nicht verwenden konnte. In dem Moment fiel ihm ein, daß gerade das zu den Dingen gehörte, die ihn an dem athletischen Åke Stålhandske verblüfften, denn dieser sprach ein Englisch mit einem höchst ungewöhnlichen Akzent. Joar Lundwall hatte einen kaum wahrnehmbaren schwedischen Akzent, der möglicherweise nur für den erkennbar war, der um seine Herkunft wußte.

Carl wollte von dem Gesprächsthema, das ihn in Verlegenheit brachte, wegkommen.

»Bekommt ihr noch immer diese Geschichte von dem jungen japanischen Militärattaché in Moskau zu hören?« wollte er wissen.

Joar Lundwalls Gesicht leuchtete zum erstenmal während des Gesprächs auf. Die Geschichte, die jedenfalls in ihren Grundzügen den Tatsachen entsprach, betraf einen jungen japanischen Militärattaché, der Anfang der sechziger Jahre nach Moskau gekommen war.

Vom Standpunkt des GRU aus war interessant, daß die Ehefrau dieses Militärattachés in Tokio geblieben war. Folglich hatte man dem ahnungslosen Hauptmann eine ganze Horde von *Schwalben* auf den Hals geschickt. Schwalbe ist das interne Slangwort von GRU und KGB für Prostituierte oder Halbprostituierte im Mitarbeiterstab des Nachrichtendienstes. Während der Japaner nach Herzenslust kopulierte, manchmal mit mehreren Schwalben gleichzeitig, standen die Leute des GRU hinter Hotelspiegeln und ähnlichem und filmten, was das Zeug hielt. Am Ende kam dann natürlich der entscheidende Augenblick, in dem zwei GRU-Männer an ihr Opfer herantraten, als es einmal allein im Restaurant saß. Sie stellten sich ohne Umschweife als GRU-Angehörige vor und legten dem verblüfften jungen Soldaten ein Konvolut voll pornografischer Fotos vor. Dann kamen sie sofort zur Sache und deuteten an, sie sähen sich unter Umständen gezwungen, so undelikat zu sein, diese Bilder an die Ehefrau in Tokio zu schicken, es sei denn ...

Sie predigten jedoch, nun ja, wenn nicht tauben, so in diesem Zusammenhang doch unschuldsvollen Ohren. Der Japaner, der inzwischen eine Reihe von Bildern studiert hatte, war über alle Maßen entzückt und fragte aufgeräumt, ob er ein paar Kopien bekommen könnte. Um sie nämlich seiner Frau zu schicken:

»Damit sie nicht glaubt, ich wäle plötzlich impotent gewolden. Sie wild sehl stolz sein, wenn sie das hiel sieht.«

Die Moral von der Geschichte, jedenfalls aus dem Blickwinkel der Nachrichtendienste, bestand also darin, daß sexuell auffälliges Verhalten nicht immer als abweichend angesehen wurde und Erpressung nach alter russischer Art keine durchgängig sichere Methode mehr war.

»Und außerdem, Sir, möchte ich an den Zwischenfall neulich mit dem amerikanischen Botschafter in Bukarest erinnern.«

»Erzähl«, befahl Carl kurz, ohne zu verraten, daß er nichts von der Sache wußte.

»Well, Sir. Als die Frau des Botschafters mit Leuten des örtlichen Sicherheitsdienstes herumpimperte, wurde sie dabei natürlich fotografiert. Dann drohte man dem Botschafter, die Bilder ans State Department zu schicken, wenn er nicht ... Doch er weigerte sich. Sie schickten die Bilder ab. Er erklärte dem State Department, das sei auf seine Weigerung zurückzuführen, mit den Rumänen zusammenzuarbeiten. Anschließend wurde er befördert.«

»Der Mann hatte Mut. Und was hat er mit der Schlampe von Ehefrau gemacht?«

»Weiß nicht, Sir.«

»Na schön, lassen wir das Thema. Soweit ich es sehe, ist die Frage der Diskretion das Wesentliche. Das gilt selbstverständlich für männliche Liebespartner genauso wie für weibliche. Habe ich recht, Sergeant?«

»Ohne Zweifel, Sir.«

»Gut. Dann gehen wir weiter. Was hast du für Vorstellungen von deiner künftigen Verwendung im Nachrichtendienst deines Landes? Du bist Marinetaucher, nicht wahr?«

»Über künftige Vorhaben habe ich keine anderen Vorstellungen, als daß es kaum so zugehen dürfte wie hier im Wilden Westen. Schweden stürzt keine Regierungen, wir schicken wohl auch keine Operateure ins Ausland. Diese Ausbildung hier hat ja sozusagen eine lateinamerikanische Schlagseite, die für uns Schweden wohl ohne Bedeutng sein dürfte ... Sir.«

»Na ja, aber du bist Küstenjäger und Marinetaucher und wirst doch sicher den einen oder anderen Russen einfangen wollen, falls du das vorziehst.«

»Ich möchte mit allem Respekt daran erinnern, Sir, daß ich nicht befugt bin, über Taktik oder Strategie meiner Heimat in militärischer Hinsicht zu sprechen. Aus diesem Grund kann ich auf meine früheren oder möglichen späteren Aufgaben beim Militär nicht eingehen ... Sir.«

Lundwall hatte die Neigung, vor dem obligaten »Sir« eine ironische kleine Pause zu machen. Das amüsierte Carl. Es kam ihm vor, als wollte der andere damit einen leichten Protest zum Ausdruck bringen.

Carl hob einen spitzen kleinen Stein auf und beugte sich über den trokkenen Sandboden.

»Das hier«, sagte er und begann etwas in den Sand zu kritzeln, »ist die Struktur einer schwedischen Küstenjägerkompanie. Dem Kompaniechef untersteht ein Kompaniestab. Darunter haben wir fünf Abteilungen. Erst einen Zug Küstenjäger mit Marineinfanterie, dann einen Zug Granatwerfer, einen Zug Marinetaucher, zu dem du also auch gehörst, auf Korsö oder wie das heißt ausgebildet, dann einen Zug Seetransportsoldaten und einen Versorgungstrupp. Die Waffen, die ihr verwendet, sind Maschinenpistolen, Granatwerfer, Granatgewehre des Typs, an dem du gerade geübt hast, Maschinenpistolen Modell 45, ein altes Schätzchen, sowie automatische Karabiner des Typs AK 4 mit eurer eigenen Bezeichnung, die jetzt gerade gegen AK 5 ausgetauscht werden. Muß ich weitermachen?«

»Nein, Sir. Imponierende Kenntnisse, Sir.«

»Das hat eine natürliche Erklärung, mein Junge. Vergiß nicht, daß du dich jetzt unter Nachrichtenleuten bewegst. Nun beantworte mir die Frage, wie du deine künftige Aufgabe siehst. Die Frage ist persönlich, muß aber sein.«

Im Verlauf seines Vortrags wirkte Joar Lundwall immer weniger zugeknöpft und legte allmählich seine amerikanisierte, strikt gehorsame militärische Haltung ab, was Carl typisch schwedisch vorkam.

Joar Lundwall hatte einige Bedenken. Aus rein sportlicher Sicht sei seine amerikanische Ausbildung faszinierend, zugleich aber auch irgendwie erschreckend. Es falle ihm schwer, sie theoretisch mit einer schwedischen Realität zu verknüpfen. In theoretischer Hinsicht sei zwar alles okay, da ein Nachrichtendienst sich nun mal damit beschäftigte, Informationen zu sammeln und zu analysieren. Doch war es aus Joar Lundwalls Blickwinkel eher zweifelhaft, ob es nützlich sei, einen Mitmenschen ohne überflüssigen Lärm erdrosseln zu können. Und überhaupt sei hier alles etliche Nummern größer als die schwedische Küstenjägerausbildung, das müsse er ehrlicherweise auch zugeben. Aus schwedischer Perspektive jedoch komme es ihm nicht sehr sinnvoll vor.

Joar Lundwall hatte sich noch nicht entschieden, ob er nach der Zeit in den USA tatsächlich beim schwedischen Nachrichtendienst anheuern sollte. Er erklärte die Gründe: »Es wird nicht ganz leicht sein, sich in einer Situation, in der man fast erpreßbar ist, mit Anstand aus der Affäre zu ziehen. Immerhin komme ich als Reserveoffizier nach Hause, als Leutnant der Küstenartillerie, um genau zu sein. Die Marine hat alles bezahlt, die ganze Zeit in den USA, und den Abmachungen zufolge soll ich später aus eigenem und freiem Willen entscheiden, ob ich dann einfach nur danke schön sage für die fünf Jahre in den USA, danke schön für den *Master of Science* der UCSD, vielen Dank, aber ich mache trotzdem nicht mit. Es wird also nicht ganz leicht.

Es wird wohl darauf ankommen, wie das Angebot zu Hause in Schweden konkret aussieht. Jedenfalls dürfte es kaum darum gehen, in dunklen Ecken dauernd Russen zu strangulieren, trotz all der akrobatischen Übungen hier.«

Carl machte sich beim Zuhören gelegentlich Notizen und schob noch ein paar allgemeine Fragen nach. Er hatte sich schon entschieden.

Joar Lundwall erschien ihm für die beim SSI übliche Kombination aus Analyse- und Operations-Tätigkeit ein außerordentlich guter Neuzugang zu sein. Für sein Alter, vierundzwanzig Jahre, war er erstaunlich reif und argumentierte zudem auf eine seriöse, verantwortungsbewußte Weise, der Carl seinen Respekt nicht versagen konnte.

Bei Lundwalls Landsmann Åke Stålhandske verhielt es sich genau umgekehrt.

Stålhandske war angesichts der höchst theoretischen Möglichkeit, seine besonderen Fähigkeiten in die Tat umzusetzen, geradezu Feuer und Flamme gewesen. Stålhandske war bei mindestens zwei Anlässen in Schlägereien verwickelt gewesen, und in einem Fall hatte das zu polizeilichen Ermittlungen geführt. Er war zwar auf Grund besonderer kalifornischer Gesetze über das Recht auf Selbstverteidigung davongekommen (in Schweden hätte er wegen schwerer Körperverletzung vier oder fünf Monate Haft bekommen), und im Hinblick auf das, was Carl im Hangar erlebt hatte, schien es geradezu ein Wunder zu sein, daß es nicht zu einem Totschlag gekommen war. Schlimmstenfalls lag es daran, daß Stålhandske betrunken gewesen war, so daß er nicht mit voller Kraft hatte zuschlagen können.

Carl grübelte. Joar Lundwall, der vielleicht gar kein schwedischer Nachrichtenoffizier werden wollte, hatte alles, was man sich nur wünschen konnte. Möglicherweise mit einem kräftigen Vorbehalt in der Frage der Homosexualität. In Spionagekreisen war dies ein ewiger

Scherz, hauptsächlich vielleicht wegen der schrecklichen Geschichten aus Großbritannien, wo das halbe MI 6 aus homosexuellen Verrätern zu bestehen schien.

Aber wenn es nun um Schweden ging? Das zwar nicht Japan war, aber immerhin? In enger schwarzer Gummikleidung auf kleine Jungs einzuprügeln, was bei einem prominenten schwedischen Sicherheitsmann vor ein paar Jahren zu dessen Abschied geführt hatte, käme für Lundwall nicht in Frage.

Vielleicht war es kein Problem, und wenn man von dem absah, was vielleicht kein Problem war, machte Joar Lundwall einen ernsthaften, vertrauenerweckenden Eindruck. Er war intelligent und verantwortungsbewußt.

Dem vermeintlich amerikanischen Offizier gegenüber hatte er nicht einmal von seiner Ausbildung an der Küstenjägerschule sprechen wollen. Bei Stålhandske war es genau umgekehrt gewesen. Von ihm war die Küstenjägerschule fast zur Ausbildung bei den US Marines gemacht worden. Was man bei einem Mann von nur vierundzwanzig Jahren als erlaubte Kindlichkeit nachsichtig durchgehen lassen konnte.

Doch überdies hatte Joar Lundwall im Gegensatz zu Åke Stålhandske auch das Aussehen für sich. Joar Lundwall hatte einen weichen, intelligenten Blick, braune Augen, aschblondes Haar und sah aus wie ein gewöhnlicher Leichtathlet. Wenn man ihn in einen Anzug steckte und ihm eine Brille aufsetzte, würde er wie ein amerikanischer EDV-Techniker aussehen.

Auch hier war Åke Stålhandske das genaue Gegenteil. Sein athletischer Körper würde sich unter keinem Anzug verbergen lassen, und überdies war er etwa 1,95 Meter groß und wog sicher 105 bis 110 Kilo. Er würde Aufmerksamkeit erregen, wo immer er sich zeigte.

Die Frage war natürlich, was geschehen würde, wenn man den außerordentlich freiwilligen Stålhandske *nicht* akzeptierte. Dann würde er zu einem qualifizierten Sicherheitsrisiko werden, und jeder Tag ohne Berichte über die Mauscheleien des schwedischen Nachrichtendienstes in *Expressen* wäre eine Erleichterung. Andererseits: Was sollte man in der Analyseabteilung mit einem Mann ohne EDV-Kenntnisse anfangen, der dafür in amerikanischer Literatur Bescheid wußte?

In der Ferne sah Carl in einer Staubwolke einen Jeep näherkommen.

»Wovor hast du Angst?« fragte Carl plötzlich und lächelte verlegen über seine unerhört unamerikanische Frage.

»Vor großen Höhen, Sir.«

»Wie steht es mit der Dunkelheit, wenn du tauchst?«

»Zu Anfang ist es nicht ganz leicht. Doch einerseits ist das etwas, was man sich wie vieles andere durch Training abgewöhnen kann, dann glaube ich, daß ... Nein, Verzeihung, ich weiß nicht.«

»Doch, raus mit der Sprache. Aber du glaubst, daß was?«

»Ich glaube, daß es nicht so schwierig sein wird, seine Angst unter Kontrolle zu bringen, wenn es wirklich darauf ankommt.«

»Eine sehr interessante Antwort. Alle Militärpsychologie deutet auf das genaue Gegenteil hin. Du weißt, Leute, die sich in die Hosen scheißen.«

»Ich weiß. Das haben wir natürlich auch studiert. Ich habe aber das Gefühl, daß man sich zusammenreißen kann, wenn es wirklich sein muß.«

»Vielleicht. Was hältst du von deinem schwedischen Kollegen?«

»Muß ich das beantworten, Sir?«

»Ja. Und wie du sicher schon verstanden hast, geht es dabei nicht um seine Fähigkeit, uns windelweich zu prügeln.«

»Unter realen Bedingungen hätte er gegen Sie keine Chance.«

»Nein, möglicherweise. Aber beantworte die Frage, wenn ich bitten darf.«

»Sergeant Stålhandske und ich sind sehr verschieden und pflegen keinerlei Umgang.«

»Daß er heterosexuell ist, habe ich wahrhaftig schon kapiert. Aber sonst?«

Joar Lundwall schluckte die Beleidigung mit gewohnter, dennoch etwas bemühter amerikanischer Militärdisziplin, was Carl zu schätzen wußte; er zeigte, daß man ihn beleidigt hatte, behielt sich aber dennoch in der Gewalt.

»Also, Sir ... Sergeant Stålhandske ist ein impulsiver Mann mit für meinen Geschmack etwas zu ausholenden Gesten und begrenzten intellektuellen Fähigkeiten, doch mit einem unbegrenzten Ego. Wird ihm mein Urteil zur Kenntnis gelangen?«

»Nein, natürlich nicht. Hättest du Angst, er könnte dich verprügeln?«

»Nein, aber ich habe Angst davor, daß ich es ihm nicht erlauben könnte und folglich nicht unterlassen könnte, ihn zu töten.«

Carl war nahe daran, eine Alternative vorzuschlagen *(drück ihm lieber ein Auge aus, dann löst du viele Probleme auf einen Schlag)*, wurde aber unterbrochen, als eine Ordonnanz vom Base Center aus dem bremsenden, staubigen Jeep sprang.

Carl solle sich sofort bei der Leitung des Stützpunkts melden. Es sei eine Angelegenheit von höchster Priorität. Der Mann sagte, er habe Befehl, Carl sofort mitzunehmen.

Carl verabschiedete sich, gab Lundwall die Hand, salutierte und sprang in den Jeep.

Das war eine seltsame Nachricht. Laut Programm sollte er noch zwei weitere Tage bleiben, und seine Beobachtung der beiden schwedischen Soldaten ging die Amerikaner nichts an.

Die Begegnung mit dem Chef des Stützpunkts geriet sehr kurz. Carl wurde gebeten, sich mit einer eiskalten, beschlagenen Dose Coca-Cola in das klimatisierte Wartezimmer zu setzen, wo man ihn bereits nach zwei Minuten rief.

Vom *Supreme Commander in Sweden*, dem Oberbefehlshaber also, sei ein Telex sehr kurzen Wortlauts gekommen:

»Sofortige Rückkehr nach Schweden. Beobachtung einstellen. Ankunftszeit an OP 5 melden. Gezeichnet OB.«

Das war alles.

Das war ein Befehl, der sich nicht in Frage stellen ließ.

Eine halbe Stunde später fuhr Carl frisch geduscht und zivil gekleidet durch Ridgecrest. Ihm war unbehaglich zumute. Ein Telex vom Oberbefehlshaber persönlich konnte nichts anderes als Unannehmlichkeiten bedeuten. Ein Oberbefehlshaber läßt keinen Korvettenkapitän kommen, wenn es nicht um etwas ganz Besonderes geht. Vielleicht war damit das ganze Programm zu Ende. Vielleicht ging es um irgendein unmögliches bürokratisches Detail, um ein abgestürztes EDV-Programm, das unentbehrliche Angaben enthalten hatte, was Carl am wahrscheinlichsten vorkam. Aber nein, weshalb sollte dann der Oberbefehlshaber persönlich einen Befehl schicken?

In Norrköping – Zeitunterschied gegenüber Kalifornien gut neun Stunden – näherte sich die Uhr Mitternacht. Im vierten Stock des Polizeigebäudes brannte mit Ausnahme zweier Fenster an je einem Ende des Hauses kein Licht mehr.

Kriminalinspektor Rune Jansson fühlte sich müde, unrasiert, übelriechend, und vor Unbehagen war ihm fast schlecht. Der Täter konnte also ein Kollege sein. Ein Polizist. Die Schreibdamen hatten Überstunden gemacht und das Vernehmungsprotokoll fertiggeschrieben, bevor sie nach Hause gingen. Rune Jansson las langsam und zum drittenmal das Protokoll durch, das er zu diesem Zeitpunkt schon in jeder Einzelheit kannte. Er hatte überdies als Zeuge an der Vernehmung teilgenommen, als die Stockholmer Beamten einen Kollegen in die Mangel genommen hatten, und es war kein normales Verhör gewesen. Polizisten, die Polizisten verhören, neigen dazu, im Ton recht unangenehm zu werden.

Polizeiassistent Tore Hammar machte seinem leicht zu assoziierenden Spitznamen »Donnerkeil« alle Ehre. Er arbeitete bei der »normalen« Polizei, oft als beigeordneter Polizeiinspektor oder einfach nur Inspektor, wie es nach einer dieser ewigen kosmetischen Reformen hieß. Donnerkeil allein hatte rund fünfundzwanzig Prozent der bei der Norrköpinger Polizei eingegangenen Beschwerden wegen Gewalttätigkeit gegen festgenommene Personen zu verantworten. Rune Jansson hatte sämtliche Ermittlungen auf dem Tisch. Donnerkeil war in sämtlichen Fällen freigesprochen worden und hatte in den meisten Fällen Gegenanzeigen erstattet. Nach dem, was ein Kollege von der Disziplinarabteilung in Stockholm am Telefon erzählt hatte, war dies das übliche Verfahren.

In einem der Fälle war Donnerkeil vermutlich unschuldig. Das war diese Geschichte mit dem Neger. Immerhin verständlich, denn in Norrköping gibt es ja nicht allzu viele Neger.

Eine ältere Dame hatte den unter Donnerkeils Befehl stehenden Mannschaftswagen der Polizei in der Drottningsgatan angehalten und gemeldet, vor ein paar Minuten habe ihr ein Neger die Handtasche entrissen. Die Kollegen hatten, was vollkommen korrekt war, die Dame gebeten, mit ihnen herumzufahren, um zu sehen, ob der Täter noch irgendwo in der Nähe sei. Und nach fünf oder sechs Minuten hatten die Kollegen den fraglichen Neger glücklicherweise entdeckt. Zumindest hatte die ältere Dame behauptet, den Mann wiederzuerkennen.

Donnerkeil hatte die Festnahme des Verdächtigen persönlich besorgt. Der habe sich dann der Anzeige zufolge heftig zur Wehr gesetzt und behauptet, daß er unschuldig und die Polizei in Norrköping rassistisch und faschistisch sei. Die unvermeidliche Folge: Der verdächtige Neger hatte ein paar Schläge einstecken müssen und war in Handschellen zur Wache gebracht worden.

Nach kurzer Zeit hatte sich herausgestellt, daß es der falsche Neger war. Er hatte nichts von dem gestohlenen Gut bei sich, und überdies waren der alten Dame Zweifel gekommen.

Man hatte den Neger freigelassen, möglicherweise ohne die Erklärungen des Bedauerns, die in einer solchen Situation angemessen wären. Was wiederum vor dem Hintergrund seiner ziemlich oft wiederholten Ansichten über Faschismus und Rassismus der Polizei von Norrköping verständlich war, nicht zuletzt auch angesichts der Sprache, in die er diese Ansichten gekleidet hatte.

Der Neger war auf direktem Weg zu einer der lokalen Zeitungen gelaufen, wo irgendein Reporter die gegen Donnerkeil erstatteten Anzeigen der letzten beiden Jahre durchgesehen hatte, und am Ende war die gewohnte Geschichte dabei herausgekommen. Nichts scheint Journalisten mehr zu interessieren als die Balkenschlagzeile POLIZEI.

Doch von der Geschichte mit dem Neger ließ sich in diesem Zusammenhang absehen.

Die übrigen Anzeigen waren anderer Natur. Etwa die Hälfte betraf nicht vorbestrafte Autofahrer, die man wegen Trunkenheit am Steuer mehr oder weniger berechtigt festgenommen hatte. Normalerweise schickte man solche Leute schnell und allein nach Hause, was sie meist ohne Probleme schafften. Wenn es jedoch zu einem Eingreifen kam, gab es meist Krach. Wenn bei einem Herrn Svensson die Post abgeht, neigt er meist dazu, nicht nur seine Nüchternheit zu überschätzen, sondern auch dazu, bei Konfrontationen mit der Polizei lautstark zu erklären, was er von dieser hält, womit sie sich lieber beschäftigen sollte, wer die Gehälter der Polizei zahlte (Herr Svensson nämlich), und schließlich läßt er sich manchmal auch zu Äußerungen darüber hinreißen, wovor gewisse Polizisten, die noch nicht trocken hinter den Ohren seien, sich hüten sollten. Normalerweise bezog so ein Herr Svensson dann Prügel, wurde in Handschellen gelegt und in Polizeigewahrsam genommen.

Rune Jansson seufzte.

Der Aktenstapel auf dem Tisch ließ nur einen Schluß zu: Polizeiassistent Tore Hammar hatte eine so lange Liste von Vorfällen hinter sich, daß man schon mit einem Minimum an Mißtrauen davon ausgehen mußte, daß es ihm zur Gewohnheit geworden war, in Polizeigewahrsam genommene Personen zu mißhandeln. Daß man ihn bisher nicht hatte festnageln können, hatte auf diese Einschätzung keinen Einfluß. Seine Kollegen hatten bisher in allen Fällen seine Version bestätigt. Und gegen die Aussage von drei oder vier Polizeibeamten erhebt kein Staatsanwalt Anklage.

Rune Jansson verabscheute diese schwarzen Schafe im Polizeikorps. Der diensthabende Beamte bei der Ordnungspolizei hatte ihm gesagt, es gebe in Norrköping höchstens drei oder vier Leute von dieser Sorte. Das sei zwar schlimm genug, aber trotzdem nicht wie in manchen Bezirken Stockholms.

Tore Hammar war auch ein Karate-Narr. Er hatte einen Schwarzen Gürtel in irgendeinem Pyjama-Sport, bei dem alles darauf hinausläuft, Mitbürger zu Tode zu treten. Überdies war er fast zwei Meter groß und hatte seine Muskeln im Keller des Polizeihauses nach und nach ausgebaut.

Also ein Karate-Fußtritt?

Das war durchaus möglich. Die Gerichtsärzte in Linköping hielten das bei näherem Überlegen für die wahrscheinlichste Möglichkeit.

Und dabei wußten sie nicht, daß man einen Verdächtigen von der Polizei hatte.

Jedoch waren auch Tore Hammars Erklärungen für das eine oder andere durchaus glaubhaft. Und bisher war es nicht gelungen, ihm eine Lüge nachzuweisen.

Hammar kannte das Opfer recht gut. Sie hatten ein halbes Jahr lang ein Verhältnis gehabt, das jedoch Tore Hammar zufolge schon vor einem Jahr zu Ende gegangen sei, als er sich eine feste Freundin zugelegt habe – übrigens eine Kollegin vom Betrugsdezernat.

Das stimmte. Man hatte auch sie vernommen.

Wie es überhaupt zu einer Bekanntschaft mit einer so hochqualifizierten Frau wie Maria Szepelinska-Adamsson hatte kommen können, war schon einige Überlegungen wert. Sie stand intellektuell gelinde gesagt nicht nur erheblich höher als Kollege Hammar, sondern war auch noch fünf Jahre älter.

Hammars Erklärung lief unter Abzug aller Vulgaritäten darauf hinaus, die Bekanntschaft oder das Verhältnis habe ausschließlich auf der beiderseitigen Wertschätzung sexueller Fähigkeiten beruht. Hammar zufolge sei Frau Szepelinska-Adamsson ein erotisches Genie gewesen. (Wenn man seine Gedankengänge ein wenig modifizierte.)

Er sei nie bei ihr zu Hause gewesen, sondern sie sei immer zu ihm gekommen. Und das habe, so Hammar, daran gelegen, daß sie zu Hause einen Babysitter gehabt habe. Auch das konnte stimmen, da sich der Umgang der beiden auf die Wochenenden beschränkt hatte.

Folglich hatte die Beziehung ein Ende gefunden, als Tore Hammar sich mit der Kollegin vom Betrugsdezernat angefreundet hatte. Möglicherweise war es so gewesen.

Immerhin besaß er noch ihre Telefonnummer, die man in seinem Notizbuch gefunden hatte. Und sie hatte seine Nummer in ihrem roten kleinen Büchlein gehabt, und das war der Grund gewesen, weshalb man ihn vernommen hatte.

Er hätte sie an dem fraglichen Abend also anrufen und fragen können, ob die Luft rein sei. Was sie in diesem Fall auch gewesen wäre. Sein Dienst war an dem fraglichen Abend um 23 Uhr zu Ende gegangen, was mit dem gewöhnlichen Schichtwechsel nicht übereinstimmte. Seine Erklärung: Er sei noch auf der Wache geblieben und habe mit einigen überfälligen Berichten Überstunden geschoben.

Die Berichte waren vorhanden. Dafür stimmten die Zeitangaben in den Berichten nicht. Seine Erklärung: Er habe mit manchen Zeitangaben etwas geschummelt, um zu verbergen, daß er sich nicht unmittelbar im Anschluß an die jeweiligen Festnahmen an den Schreibtisch gesetzt habe.

Das war zwar möglich, aber nicht sonderlich glaubwürdig. In früheren Tagen hätte man ihn mit diesem Eingeständnis wegen eines Dienstvergehens belangt, aber derlei gab es nicht mehr. Heutzutage hieß das »Rüge«.

Die Tatsache blieb jedoch: Polizeiassistent Tore Hammar hatte das Polizeihaus an dem fraglichen Abend gegen 23 Uhr verlassen, um dann, so seine Angabe, in die Kneipe zu gehen statt zu seiner Verlobten. Das blieb also noch zu klären. Es war in jedem Fall ein seltsames Verhalten.

Hammar hatte also die Gelegenheit gehabt und auch über die Mittel verfügt, die Tat zu begehen, zumindest, was diesen Karate-Tritt betraf. Das Messer hätte er von zu Hause mitnehmen können. Er war zwar gewöhnlicher Polizist und nicht bei der Spurensicherung, aber auch so hätte er schon auf der Polizeischule genug Wissen erwerben können, um Spuren so zu zerstören oder falsche Fährten zu legen, wie es der Täter getan hatte.

Vor etwa einer Stunde hatte der Polizeidirektor angerufen und gefragt, ob man Polizeiassistent Tore Hammar vorläufig vom Dienst suspendieren solle. Rune Jansson hatte mit nein geantwortet. Gegen den Verdächtigen lag kein hinreichender Tatverdacht vor, und so hatte man ihn in Erwartung weiterer Verhöre bis auf weiteres laufen lassen. Und wenn kein Grund vorlag, ihn zu verhaften, ein Standpunkt des Staatsanwalts, den Rune Jansson teilte, so gab es auch keinen vernünftigen Grund, Hammar vom Dienst zu suspendieren. In Schweden gilt man als unschuldig, bis das Gegenteil bewiesen ist. Das gilt sogar für Polizisten, sollte es jedenfalls.

Im Lauf des morgigen Tages würde man wahrscheinlich das Alibi mit der Kneipe beurteilen können. Es gab drei namentlich benannte Zeugen, die zu diesem Punkt zu befragen waren. Sollten sie sich, was die Zeitangaben betraf, zögernd stellen oder sie gar bestreiten – einer der drei war überdies Polizeibeamter –, würde man sich fragen müssen, ob ein Haftbefehl zu beantragen sei. Die Entscheidung lag jedoch glücklicherweise beim Staatsanwalt. Obwohl die Stockholmer Kollegen natürlich eine eigene Meinung dazu hatten. Eine Verhaftung würde die Vernehmung des Verdächtigen effektiver machen, meinten sie.

Aber das Gegenteil war genauso denkbar. Verhaftete Polizeibeamte wissen über die Polizeiarbeit genauso gut Bescheid wie verhaftete Berufsverbrecher. Dieser Weg würde vielleicht nur dazu führen, daß der Verdächtige einen Staranwalt verlangte und sich im übrigen weigerte, weitere Aussagen zu machen.

Rune Jansson legte die Anzeigen und Ermittlungsakten, welche die gewalttätige Spur des Kollegen Hammar draußen in der Stadt betrafen, behutsam übereinander. Die Übelkeit war jetzt noch schlimmer als vorhin, und der Schmerz in der Wade machte sich wieder bemerkbar.

Er machte einen Satz, als plötzlich das Telefon läutete. Er ließ es dreimal klingeln, während er den grauen Apparat anstarrte. Es war entweder seine Frau oder der Polizeidirektor, der noch einmal über die Suspension Hammars sprechen wollte. Rune Jansson schlug sich den Gedanken aus dem Kopf, lieber nach Hause zu gehen, statt den Hörer abzunehmen. Er nahm ab und meldete sich neutral mit seinem Nachnamen, um für beide denkbaren Gesprächspartner gerüstet zu sein. Am anderen Ende meldete sich jedoch eine ganz andere Person.

»Spreche ich mit dem Fahndungsleiter, Kommissar Jansson?« wollte der Unbekannte wissen.

»Kriminalinspektor Jansson. Ja?«

»Ja, hallo, hier ist der *Östgöta-Correspondenten.* Entschuldigem Sie, daß wir so spät anrufen.«

»Ist schon in Ordnung. Ja?«

»Wir würden gern wissen, ob Sie bestätigen können, daß ein Polizist aus Norrköping wegen des Werwolf-Mordes an dieser polnischen Prostituierten verhaftet worden ist?«

Rune Jansson holte tief Luft, bevor er antwortete.

»Das ist völlig falsch. Die Ermordete war keine Prostituierte. Ich begreife nicht, woher Sie das haben. Ihre Angehörigen sind übrigens ziemlich wütend über dieses Geschreibsel, was ich gut verstehen kann.«

»Jaja. Aber Sie haben keinen verdächtigen Polizeibeamten verhaftet?«

»Nein, das haben wir nicht.«

»Haben Sie überhaupt jemanden verhaftet?«

»Nein, ebenfalls nicht. Wie war noch bitte Ihr Name?«

»Arne Lenström vom *Correspondenten*, wieso?«

»Ich möchte nur gern wissen, mit wem ich spreche.«

»Haben Sie irgendwelche Spuren?«

»Dazu möchte ich nichts sagen.«

»Sind Verdächtige verhört worden?«

»Wir haben eine Reihe von Verhören gehabt, ja. Und es werden wohl noch mehr werden.«

»Ist unter den Verdächtigen oder Vernommenen ein Polizeibeamter?«

Rune Jansson antwortete nicht. Statt dessen verfluchte er seinen Impuls, das Gespräch anzunehmen, statt nach Hause zu gehen.

»Hallo? Sind Sie noch da? Oder haben Sie den Hörer verloren?« Die heisere, aufdringliche Stimme klang beinahe triumphierend.

Rune Jansson holte erneut tief Luft, bevor er antwortete.

»Ich bin noch da.«

»Also noch mal von vorn. Ist unter den Verdächtigen oder Vernommenen ein Polizeibeamter?«

»Es versteht sich wohl von selbst, daß ich mich nicht dazu äußern kann, wer verdächtig ist oder nicht. Das müßte doch sogar ein Journalist verstehen?«

»Sie können also nicht dementieren, daß einer der Verdächtigen ein Polizeibeamter aus der Stadt ist?«

»Ich kann weder etwas bestätigen noch etwas dementieren, ich kann nur *eine* Antwort geben, und die lautet: kein Kommentar.«

»Herzlichen Dank«, sagte der Reporter fröhlich und legte auf.

Rune Jansson blieb eine Weile mit dem Hörer in der Hand sitzen und fragte sich, ob er richtig oder falsch geantwortet hatte. Er war der Meinung, keinen Fehler gemacht zu haben, und kam zu dem Schluß, sich anständig aus der Affäre gezogen zu haben.

Er würde sehr bald Anlaß bekommen, diese Meinung zu revidieren.

Er machte das Licht aus und ging nach Hause.

Man hatte in der Zwischenzeit Carls Wagen gewaschen. Das war offenbar ein Service, der im Stützpunkt nur Offizieren zustand; zuvor war er ja auch noch nie als Offizier dort gewesen. Es hatte zwar kaum eine Bedeutung, war aber eine Geste. Der Wüstenstaub stellte jedoch schnell das frühere Aussehen des Leihwagens wieder her.

Er kannte den Weg im Schlaf, und jetzt, wo er den Red Mountain überquert hatte, ging es hundert Kilometer mit geringem Verkehr geradeaus, bis zur Abzweigung nach Barstow und zur Edwards Air Force Base.

Er versuchte sich auf die Probleme mit seinen beiden Offiziersanwärtern zu konzentrieren, um nicht an anderes, Unangenehmes denken zu müssen.

Die beiden waren jetzt in ihrem dritten Jahr. Folglich hatten sie seit mehr als einem Jahr ihre persönlichen Handfeuerwaffen gewählt, eine Pistole und einen Revolver; die gleiche Prozedur hatte er vor sehr langer Zeit, die ihm eine Ewigkeit her vorkam, selbst durchlaufen.

Ihre Wahl sagte einiges über ihre Persönlichkeit aus. Zeige mir deine Pistole, und ich sage dir, wer du bist.

Åke Stålhandske war natürlich den gröbsten Kalibern auf den Leim gegangen. Sein Revolver war der monströse Smith & Wesson Model 29 des Kalibers .44 Magnum, eine Waffe, die ganze 47 Unzen wog und selbst einen Clint Eastwood ein wenig hätte zögern lassen. Zumindest bei dem Modell mit dem kurzen Lauf, dem Åke Stålhandske den Vorzug gab.

Bei Entfernungen über zehn Metern war an Präzision nicht zu denken, zumindest nicht unter realistischen Bedingungen. Schnelles Feuern war genauso ausgeschlossen, da die Waffe einen so starken Rückstoß hatte, daß man am besten nicht nur mit dem Zweihandgriff, sondern sogar mit einer Stütze schoß. Wenn man aber traf, tötete man alles, was in der Schußbahn stand, bis hinauf zum Grizzlybären.

Folglich hatte Stålhandske auch eine Pistole gewählt, deren Fabrikat Carl schon beim Anblick des Revolvers erraten hatte, einen Colt Combat Commander Automatic, selbstverständlich im Kaliber .45. Walnußkolben. Nur sieben Schuß im Magazin. Ach ja, natürlich: »Wer von einer .45er getroffen wird, wird nicht nur sauer«, wie Skip zu sagen pflegte. Skip litt an der überhitzten Wahnvorstellung, daß alles unter Kaliber .45 etwas für Weiber sei, zudem gefährlich für den Schützen, wenn er von seinen ersten beiden Schüssen nur einen ins Ziel brachte. Somit lief das gesamte Training darauf hinaus, mit den ersten beiden Schüssen zu treffen.

Wie Carl sich schon beim Anblick der beiden Offiziersanwärter während der Streß- und Sprengstoffübungen gedacht hatte, als er auf der anderen Seite des Einwegspiegels stand, besaß Joar Lundwall im Vergleich zu seinem schwedischen Kameraden einen erlesenen Geschmack.

Lundwalls Revolver war ein Combat Masterpiece, Smith & Wesson Model 15, in dem im Vergleich zu Stålhandskes Wahl mickrigen Kaliber .38 special. Und Lundwalls Pistole war interessanterweise die neue 9-Millimeter-Polizeipistole von Heckler & Koch, die eine raffinierte Einrichtung besaß: die Waffe wurde in dem Moment entsichert, in dem man den Kolben umfaßte. Carl hatte seit einem knappen Jahr auch mit dieser Waffe geschossen und erwogen, sie gegen seine Beretta einzutauschen. Neun Schuß im Magazin waren jedoch ein Nachteil im Vergleich zu den fünfzehn der Beretta, doch der Vorteil, in dem Moment, in dem man die

Pistole auf das Ziel richtete, eine entsicherte Waffe in der Hand zu halten, wog vielleicht schwerer.

Nein, er wollte jetzt an nichts anderes denken. Er verjagte den Gedanken an bestimmte deutsche Waffen, an seine Erinnerungen, und kehrte zu seinen beiden Offiziersanwärtern zurück.

Vielleicht sollte er Stålhandske nicht zu hart beurteilen. Die übliche amerikanische Vorstellung von der Wirksamkeit einer Waffe war auf fast sexuell intime Weise mit der Größe des Kalibers verknüpft. Männer wie Skip Harrier konnten in dieser Hinsicht verführerisch überzeugend wirken, und die beiden Schweden waren fast zehn Jahre jünger als Carl.

Oder war es einfach so, daß Joar Lundwall seine Schularbeiten besser gemacht hatte? Ein vollummanteltes 9-Millimeter-Parabellum-Geschoß durchdringt eine schußsichere Weste selbst dort, wo nicht einmal ein Bleiklumpen aus Stålhandskes .44er Magnum etwas ausrichtete. Ein Hohlspitzengeschoß des Kalibers 9 Millimeter der schwedischen Firma Norma hatte eine Wirkung, die vermutlich die des normalen amerikanischen Kalibers .45 übertraf. Überdies war die Waffe leichter zu handhaben, und im übrigen ging es darum, aus größerem Abstand zu treffen, und nicht nur dann, wenn man dem Gegner den Lauf in den Bauch drükken konnte.

Nein, es war absurd. Carl gelang es nicht, seinen Waffenfetischismus zu verdrängen. Er hatte nicht genügend Zeit gehabt, die beiden Offiziersanwärter zu beurteilen. Er durfte nicht jetzt schon in Erwartungen und möglichen Wahnvorstellungen hängenbleiben. Das hatte Zeit.

Er versuchte, eine Weile mit leerem Kopf zu fahren, drehte die Countrymusik aus dem Radio auf volle Lautstärke und gab sich seinem gewohnten Spiel hin, sich vorzustellen, was die Kakteen in der Wüste wohl darstellten. Es ging jedoch schlecht. Überdies kannte er die meisten auffälligen Kakteen am Straßenrand noch von früher. Seine Gedanken liefen Gefahr, dorthin zu enteilen, wo er sie nicht haben wollte.

Er drehte eine Weile am Senderknopf herum, um den einzigen Klassiksender der Region zu finden, jedoch ohne Erfolg.

Er kehrte wieder zur Countrymusik zurück. Er schaltete die Klimaanlage aus und kurbelte die Seitenscheiben herunter. Der Wind, der ins Wageninnere strömte, war für die Jahreszeit trocken und kühl.

Er sah den Wagen am Straßenrand schon aus mehreren Meilen Entfernung, und als er näher kam, zwei schwarze Männer, die an der hochgeklappten Motorhaube standen; ein in den USA nicht seltener Anblick. Amerikanische Wagen versagen schon bei der kleinsten Störung den Dienst, und meist dann, wenn man es am wenigsten gebrauchen kann. Kein vernünftiger Mensch hält jedoch an, wenn er draußen in der Wüste zwei Schwarze entdeckt, die neben einem Wagen mit hochgeklappter Motorhaube stehen. Entweder handelt es sich um eine Falle, oder man begibt sich aus Dummheit selbst erst in Gefahr, wenn man allein und unbewaffnet ist und anhält.

Carl hielt fünfundzwanzig Meter hinter den beiden Männern. Es dauerte eine Weile, bis sie begriffen, was sich da ereignet hatte. Sie gingen langsam und sehr zögernd auf ihn zu. Was natürlich gespielt sein konnte.

Zunächst verstand er selbst nicht, warum er angehalten hatte. Dann schnallte er den Sicherheitsgurt an, zog seine Imitation eines Schweizer Armeemessers aus der Tasche und klappte die kleine Klinge auf, die von einer weichen Kunststoffhülle umgeben war, damit die Schneide nicht beschädigt wurde. Die Klinge war zwar nur sechseinhalb Zentimeter lang, bestand aber aus japanischem Molybdänstahl und war so scharf wie ein Skalpell.

Carl steckte das Messer mit aufgeklappter Klinge in die Brusttasche.

Die beiden Männer blieben in fünf Meter Entfernung stehen. Carl stellte das Radio ab und kurbelte auf seiner Seite die Seitenscheibe halb nach oben.

»Habt ihr ein Problem, Jungs?«

»Diese Scheißkarre macht es nicht mehr«, erwiderte der längere der beiden.

»Ich soll euch also mitnehmen?« rief Carl.

»Ja, könnte man sagen«, rief der Längere zurück.

»Wohin wollt ihr?«

»San Bernardino, Sir!«

»Und woher soll ich wissen, daß ihr mich nicht ausrauben wollt?«

»Ich fürchte, das kann ich Ihnen nicht sagen, Sir. Aber wir sind unbewaffnet!«

»Okay. Klingt vernünftig genug. Holt eure Sachen, falls ihr welche habt, und zeigt sie mir, bevor ihr näherkommt!«

Die beiden berieten kurz. Dann ging einer von ihnen zu dem verrosteten Chevy Nova zurück, zog eine Reisetasche aus dem Kofferraum und trottete dann zum Ausgangspunkt zurück. Er hielt die Reisetasche hoch, die überwiegend schmutzige Wäsche zu enthalten schien. Der andere Schwarze hatte ein schmutziges T-Shirt, und die Jeans saßen bis zu den Knöcheln hauteng. Der Mann, der die Reisetasche geholt hatte, trug eine dünne Seidenjacke in Lila und Grün.

»Okay, du da mit der Jacke! Zieh sie aus und dreh dich um! Und du auch, du da im T-Shirt, dreh du dich auch um!«

Sie gehorchten zögernd.

»Ist in Ordnung, Jungs, ihr scheint sauber zu sein. Ihr wollt nach San Bernardino? Ich fahre dort vorbei!«

»Well, Sir, da ist noch ein kleines Problem, wenn Sie entschuldigen!«

Noch immer führte der hochgewachsene Mann im T-Shirt das Wort.

»Nämlich welches?« rief Carl zurück.

»Woher sollen wir wissen, daß *Sie* nicht bewaffnet sind?«

»Sei nicht albern, Kleiner! Okay, ihr wißt es nicht, aber ihr seht nicht gerade aus, als könnte man sich bei euch mit einem Überfall den Jackpot holen!«

»Da haben Sie nicht ganz unrecht, Sir!«

»Na ja, dann rein mit euch!« Während die beiden Schwarzen langsam näherkamen, ging Carl im Kopf noch schnell die Möglichkeiten durch. Jeder von ihnen konnte irgendwo ein Messer versteckt haben. Wahrscheinlich der, der sich auf den Rücksitz setzte; er würde versuchen, Carl das Messer an den Hals zu setzen.

Aber da saßen die beiden schon im Wagen. Wären es Straßenräuber gewesen, hätten sie die Sicherheitsgurte nicht angelegt, einmal, weil es schwarze Amerikaner waren, die einen uralten Chevy Nova fuhren, zum andern, weil sie bei einem Überfall Bewegungsfreiheit gebraucht hätten.

Folglich hätte Carl schnell beschleunigen können, bevor etwas geschehen konnte. Wenn er den Wagen herumriß und umstürzen ließ, würde der Sicherheitsgurt ihn retten.

Wenn man eine Klinge aus Molybdänstahl über den Hals eines Menschen führt, spürt man kaum den Widerstand von Fleisch, Sehnen, Kehle und Halsarterien. Der Schnitt geht wie durch Butter.

Der Lange saß auf den Beifahrersitz, der Kleine in der scheußlichen Seidenjacke auf den Rücksitz.

»Verdammt nett von Ihnen, Sir. Wir dachten schon, kein Mensch würde anhalten.«

Dies war das erste, was der Kleine in der Seidenjacke geäußert hatte. Carl ließ den Wagen an und beschleunigte schnell auf etwa sechzig Meilen pro Stunde.

Eine Zeitlang herrschte im Wagen unbehagliches Schweigen.

»Sind Sie Militär, Sir?« fragte schließlich der Lange.

»Ja, stimmt. Wie kommst du darauf?«

»Na ja, hier in der Gegend liegen ja verflucht viele Militärbasen.«

»Hm, stimmt. Übrigens, ich heiße George Clarence, und ihr?«

Sie stellten sich als Lafayette Winston III. und Lucas Base vor.

»Also nicht das dritte Base«, lachte Carl unter Anspielung auf einen Baseball-Begriff und das versnobte III im Nachnamen des anderen Mannes. »Was macht ihr übrigens selbst?«

Sie studierten an der UCLA. Der in der scheußlichen Seidenjacke studierte amerikanische Literatur und bereitete sich auf seine Examensarbeit vor. Der mit dem schmutzigen T-Shirt stand vor der Promotion in EDV-Software.

Das klang zu unwahrscheinlich, um eine Lüge zu sein. Carl richtete drei Fragen an Lucas Base, den Doktoranden in EDV-Technik. Die Antworten überzeugten Carl schnell davon, daß Mr. Base ein echter Doktorand war. Carl lachte laut auf. Er spürte, daß er seit langem nicht mehr so herzlich gelacht hatte.

»Verzeihen Sie die Frage, Sir, aber was kommt Ihnen so lustig vor?« wollte der Examenskandidat in amerikanischer Literatur wissen.

»Well«, erwiderte Carl, nachdem er sich von seinem Lachen erholt hatte, »nur, daß ich euch für Straßenräuber gehalten habe. Wer hätte das denn nicht angenommen?«

»Weil wir Schwarze sind, oder weswegen?« fragte der Doktorand.

»Nein, verdammt noch mal. Aber stellt euch mal vor, einer von euch wäre allein hier gefahren, und hätte zwei Burschen in einem heruntergekommenen Chevy Nova aufgelesen, von Rasse oder Religion mal abgesehen? Nebenbei bin ich kein Rassist.«

Die drei schwiegen eine Weile.

»Ihre Argumentation hat einen leichten logischen Fehler, Sir, wenn Sie erlauben«, sagte der Examenskandidat.

»Nämlich welchen?«

»Na ja, wenn Sie dachten, wir wären Straßenräuber, Verzeihung, wenn ich die Sache nicht so humoristisch sehen kann wie Sie, aber immerhin. Wenn Sie uns also für Straßenräuber hielten, weshalb haben Sie uns dann mitgenommen?«

»Weil ich euch dann beide in Notwehr getötet hätte«, lachte Carl und löste den Sicherheitsgurt.

Etwa eine Meile fuhr er schweigend weiter.

»Wenn du Software studierst, Kleiner, warum nicht an der UC San Diego statt in L. A.?« fragte Carl den Doktoranden.

Lucas Base erklärte, das Stipendium der Stadt Los Angeles, das er, Sohn einer Familie mit sieben Söhnen, erhalten habe, sei an L. A. gebunden.

Mit der Spezialisierung auf EDV wäre er in San Diego zwar besser aufgehoben gewesen, aber es sei eben nicht zu ändern.

Auf dem verbleibenden Weg nach San Bernardino unterhielten sie sich nur noch über allgemeine Dinge. Carl fuhr die beiden in die Innenstadt und setzte sie an der gewünschten Stelle ab. Nachdem er sich zweimal verfahren hatte, war er wieder draußen auf der Straße 215 in Richtung Perris Escondido und San Diego. Er war noch nie in San Bernardino gewesen, obwohl er schon Hunderte von Malen auf dem Highway an der Stadt vorbeigefahren war.

Zu spät fiel ihm ein, daß er nicht aus alter Gewohnheit in Richtung San Diego hätte fahren müssen, sondern nach L. A., zum Internationalen Flughafen.

Spielt keine Rolle, dachte er. Es gibt ja Anschlußflüge. Den Leihwagen kann ich auch in San Diego abgeben.

In Wahrheit jedoch wollte er sich verspäten. Das war so offenkundig, daß er sich nicht einmal selbst etwas vorlügen konnte. Es war bald vier Uhr nachmittags, als er zum Meer abbog, um die Interstate 5 zu suchen. Im Hinterkopf hatte er eine ungefähre Vorstellung davon, wann die SAS von L. A. nach Kopenhagen flog. Wenn er sich Mühe gab, würde er es immer noch schaffen.

Als er sich von Norden her San Diego näherte, war es noch immer nicht zu spät; vermutlich gab es genügend Anschlußmöglichkeiten vom Charles Lindbergh Airport nach L. A.

Als rechts die Universität auftauchte, verlangsamte er die Geschwindigkeit und fuhr zögernd an der ersten Ausfahrt vorbei. Bei der zweiten bog er jedoch entschlossen ab, fuhr den Village Drive entlang und glitt dann sacht auf das Universitätsgelände. Er fuhr langsam und wie in einem Traum. Hier hatte er fünf Jahre zugebracht, fünf Jahre, die sein Leben von Anfang an unausweichlich auf die Katastrophe hin gelenkt hatten, die er jetzt ahnte, aber nicht wahrhaben wollte.

Er drehte eine ganze Runde um die Universität, fuhr am Revelle College und am Muir College vorbei und dann auf den Parkplatz. Er stellte den Wagen ab, ohne ihn abzuschließen, und ging zu Fuß zu dem Gebäude mit den Instituten für Angewandte Physik und Mathematik. Er blieb zögernd vor dem Eingang stehen. Vermutlich arbeitete Sebastian Lee hier. Plötzlich kam Carl der Gedanke, daß Sebastian für einen Chinesen ein merkwürdiger Name war. Sebastian war als Stipendiat aus Hongkong hergekommen, und sie waren Studienfreunde gewesen. Sebastian hatte nie geplant, die USA zu verlassen und nach Hongkong zurückzukehren. Er hatte nur eine Sorge: Wenn er Amerikaner werden wollte, mußte er eine amerikanische Chinesin finden, die er heiraten konnte. Das hatte er inzwischen vermutlich geschafft und arbeitete wohl auch hier.

Carl erkannte plötzlich mit vernichtender Klarheit, daß er es wie Sebastian hätte machen sollen. Stipendiaten, die nie in ihre Heimatländer zurückkehrten, waren zwar mißlungene Investitionen, doch dafür erfolgreiche Menschen. Er hätte bleiben können, hätte Tessie gegenüber ehrlich sein können, hätte sie heiraten können, hätte als ein normaler Mensch ein normales Leben führen können.

Doch er wagte nicht, das Haus zu betreten. Statt dessen schlenderte er ziellos unter den Eukalyptusbäumen umher. Soweit er sich erinnerte, war der Eukalyptus mit dem Eisenbahnbau im 19. Jahrhundert nach Kalifornien gekommen. Man hatte aus den schnellwachsenden Bäumen Bahnschwellen hergestellt. Das gesamte Universitätsgelände lag in einem Eukalyptuswald. Aus diesem Grund hatte man mit einer Anspielung auf Australien die Universitäts-Football-Mannschaft zum schadenfrohen Entzücken der Gegner die »UCSD Koalas« genannt. Ein amerikanischer Footballspieler darf keinen komischen kleinen Teddy auf der Brust haben, wenn er aufs Spielfeld rennt. Football-Mannschaften müssen so etwas wie CHARGERS oder RAMS heißen, und auf die Spielertrikots gehören kraftvolle und keine goldigen Symbole. Inzwischen hatten sie jedoch, wie Carl erfahren hatte, die Football-Mannschaft aufgelöst, die meist Niederlagen eingefahren hatte, worauf Quarterback Hamilton weder in der einen noch der anderen Richtung großen Einfluß gehabt hatte.

Er ging an der futuristisch wirkenden Bibliothek vorbei, die wie eine Raumstation wirkte und diese tatsächlich auch einmal hatte darstellen dürfen, nämlich in der Fernsehserie »Raumschiff Enterprise«, in der dieser Wissenschaftler mit den spitzen Ohren vorkam.

Carl blieb eine Weile vor dem unsäglich dämlichen Symbol der Universität stehen, das wie eine Vergrößerung dessen wirkte, was schwedische Kinder im Tagesheim aus Knetmasse herstellen – eine Art mexikanischen Sonnengott mit einem Kamm oder Sonnenstrahlen in Gold und ausgebreiteten Schwingen in Blau, Gelb, Rot und Weiß. Und dazu noch ein großer roter Schnabel. Das Ganze sollte einen Vogel darstellen.

Carl ging an seiner alten Wohnung vorbei. Die Gardinen waren im selben dunklen Farbton gehalten wie früher, als wären es noch seine, als wohnte er noch immer dort. Er widerstand dem Impuls, ins Haus zu gehen.

Er sprach mit niemandem. Niemand erkannte ihn wieder. Er ging wieder zum Wagen zurück und fuhr über den Highway zum Flughafen.

Die SAS-Maschine ging wirklich um 17.45 Uhr von L. A. und würde am nächsten Tag in Kopenhagen landen. Doch jetzt würde er es nicht mehr schaffen. Er buchte einen Platz für den TWA-Flug 816 am nächsten Morgen um 9 Uhr. Die Maschine sollte um 11.25 Uhr Ortszeit in Stockholm landen. Er schickte ein lakonisches Telegramm an den Generalstab, OP 5, in Stockholm, teilte seine Ankunftszeit mit, kaufte ein Ticket, gab sein Gepäck in der Gepäckaufbewahrung ab, gab seinen Leihwagen zurück und fuhr mit dem Taxi in die Stadt. Dann flanierte er ziellos in der Innenstadt umher. Er kaufte eine halbe Flasche irischen Whisky, die er in die Tasche steckte, und ging dann zum Embarcadero, der Uferstraße hinunter. Er blieb eine Weile stehen und sah zu zwei großen Flugzeugträgern hinaus, die in der Dämmerung draußen bei Coronado lagen. Die Innenstadt hatte eine Reihe neuer Wolkenkratzer erhalten, mit Fassaden in reflektierendem Glas, in Gold, Hellblau und Türkis. Der Sonnenuntergang verlieh ihnen eine eigenartige Schönheit. Manche Gebäude spiegelten sich ineinander.

Dann entschloß er sich, hielt ein Taxi an und ließ sich zu den Slumvierteln im Südosten fahren. Er stieg schon fünf oder sechs Straßenblocks von seinem Ziel entfernt aus, weshalb, wußte er nicht. Vielleicht war es eine alte Gewohnheit, nie direkt zum Ziel zu fahren, vielleicht wollte er auch mit der Möglichkeit spielen, bei seinem Spaziergang unter unzähligen kleinen Banden drogensüchtiger Neger und Mexikaner ausgeraubt zu werden.

Er erreichte sein Ziel jedoch ohne jeden Zwischenfall. Und Herb saß auf seiner Veranda, als hätten sich beide erst vorgestern zum letzten Mal gesehen. Carl hatte Herbert O'Connor nie anders als Herb genannt. Das Holz der Verandatreppe schien schon halb durchgefault zu sein und knackte bedenklich unter Carls Gewicht. Er öffnete die dünne, quietschende Tür mit dem Moskito-Netz, ohne anzuklopfen. Der Anblick, der sich ihm bot, war so, wie er erwartet hatte. Alles war wie früher, wenn auch noch um ein paar Jahre schäbiger. Herb wirkte noch heruntergekommener, und die Flasche, die neben ihm stand, war schon leer.

»Hallo, Herb, ich hab mir gedacht, guck mal rein, wenn du ohnehin schon in der Gegend bist«, grüßte er.

Der kleine Ire blickte geistesabwesend auf, und es schien einige Sekunden zu dauern, bis er Carl in der Dunkelheit wiedererkannte.

»Aber, aber, ist das nicht Carl höchstpersönlich, unser heidnischer Wikinger aus dem Norden. Ob ich mich freue, dich zu sehen? Yes, Sir, das tue ich. Setz dich doch.«

Carl setzte sich behutsam auf einen Hocker mit abblätternder grauer Farbe, der neben Herbert O'Connors Schaukelstuhl stand. Carl hob die leere Whiskyflasche auf und roch daran.

»Warum trinkst du diese Ziegenpisse, Herb? Immer dieselbe alte Ziegenpisse. Macht das wirklich solchen Spaß?«

»Es geht nicht nur um Angebot und Nachfrage, junger Mann. Einfach ausgedrückt könnte man sagen, daß die Nachfrage zwar da ist, aber nicht das Geld. Hast du denn was Besseres mitgebracht?« erwiderte Herb mit gespielt verletztem Stolz. Herb hatte seinen Stolz schon vor langer Zeit versoffen.

»Ja, hab' ich tatsächlich, ich habe etwas irischen Whisky mitgebracht«, sagte Carl, zog die Flasche aus der Jacke und schraubte den Deckel ab. »Bitte sehr, mein Alter.«

Er stellte die offene Flasche vor Herb auf den Tisch.

»Willst du nicht auch selbst etwas?« fragte Herb und leckte sich nervös die Lippen. Es gelang ihm nicht, den Blick von der Flasche zu wenden.

»Ich hätte nie gedacht, daß du fragen würdest, aber laß mich erst Gläser holen«, erwiderte Carl. Er stand auf und ging in die Küche zurück, wo er in der Spüle zwei einigermaßen saubere Gläser fand. Er wusch sie aus und nahm sie mit auf die Veranda. Der Verfall des Hauses war inzwischen weiter fortgeschritten. Die Küchenschränke waren leer, Tessies Zimmer war leergeräumt und die Tür aus unerfindlichen Gründen verschwunden. Als Carl wieder auf der Veranda stand, goß er beide Gläser bis zum Rand voll. Sie tranken schweigend, bis Herbs Glas leer war und Carl es wieder füllte.

Inzwischen war es fast völlig dunkel geworden.

»Wäre es nicht eine gute Idee, Licht zu machen, Herb?« fragte Carl schließlich.

»Geht nicht. Die haben mir den Hahn zugedreht. Habe die Rechnung nicht bezahlt.«

»Wie hoch ist sie?«

»Zweiundsiebzig Dollar.«

»Wie viele unbezahlte Rechnungen hast du noch?«

»Zweihundert bis dreihundert Dollar.«

»Ich bezahle sie dir. Wenn wir die Flasche ausgetrunken haben, lege ich das Geld in das leere Glas, denn dahin wirst du morgen nach dem Aufwachen als erstes schauen.«

»Kannst du dir das leisten?«

»Ja.«

»Du bist also kein armer Student mehr?«

»Nein, ich bin kein armer Student mehr. Leider.«

»Hast inzwischen natürlich eine eigene EDV-Firma?«

»Ja.«

»Du kannst mich also auf deine Spesenrechnung setzen?«

»Nein, aber wir können es ja trotzdem annehmen.«

»Für Repräsentationsausgaben bin ich wohl nicht repräsentativ genug?«

»Nein, das bist du nicht, Herb, und das weißt du auch.«

»Weißt du, Carl, ich habe dich wegen deiner Ehrlichkeit eigentlich immer gemocht, aber das mit Tessie habe ich nie begriffen.«

»Was hast du nicht verstanden?«

»Warum du sie betrogen hast ... ach was, komm, erzähl mir nichts. Sag bloß nicht, daß es etwas anderes war. Ich bin zwar ein Säufer, aber kein dummer Säufer, jedenfalls noch lange nicht.«

»Ich habe sie nie betrogen, Herb. Ich habe nicht mal ein anderes Mädchen geküßt. Das ist die Wahrheit.«

»Das ist die Wahrheit?«

»Ja, auf meine Pfadfinderehre.«

»Aber was zum Teufel war es dann?«

»Das geht nur mich und Tessie etwas an. Ich habe sie vor ein paar Tagen besucht und ihr erzählt, was wirklich gewesen ist. Und dann habe ich ihr erzählt, daß ich noch immer in sie verliebt bin. Und dann erschien ihr verdammtes Schwein von Mann und jagte mich aus dem Haus.«

»Teufel auch.«

»Ja, das kann man sagen.«

»Ich habe diesen Typ nie ausstehen können. Na ja, er mich wohl auch nicht, und so ist es eben gegenseitig.«

»Warum hat sie ihn geheiratet?«

»Das geht über meinen Horizont.«

»War sie nicht in ihn verliebt?«

»Kann ich mir nicht vorstellen. Eine Zeitlang glaubte ich, wegen seines Geldes, aber das sieht Tessie nicht ähnlich.«

»Nein, weiß Gott nicht.«

»Du bist ein gottverdammter Idiot. Du hättest sie nie gehen lassen dürfen, Carl.«

»Ja, ich bin ein gottverdammter Idiot.«

Die beiden Männer saßen schweigend im Dunkeln, und die Zeit stand still, als ob alles gesagt worden wäre. Als sie den letzten Tropfen aus der Flasche gequetscht hatten und die Stille noch anhielt, zog Carl ein paar Hundert-Dollar-Scheine aus der Tasche, die er zusammenrollte und in Herbs Glas steckte. Dann stand er vorsichtig auf, um zu gehen, denn er glaubte, Herb sei eingeschlafen. Aber als die Verandatür mit dem Moskitonetz quietschte, drehte sich Herb in seinem Schaukelstuhl heftig um und starrte in der Dunkelheit vermutlich Carls schwarze Gestalt an.

»Carl, hast du nie an die Möglichkeit gedacht, sie zurückzugewinnen?«

»Doch. Seit ein paar Jahren stelle ich mir das jeden Tag vor.«

»Bist du deswegen hier?«

»Ja, aber der Versuch war nicht sehr gelungen. Deshalb reise ich morgen ab.«

»Du gibst zu leicht auf. Das sieht dir gar nicht ähnlich, Carl.«

»Würdest du Briefe an sie weiterleiten, wenn ich sie dir herschicke?«

»Ja, natürlich. Kein Problem. Geh jetzt. Gott segne dich, Carl.«

»Gott segne dich, Herb.«

Carl verließ das Haus lautlos wie eine Katze und ging hellwach die Straße hinunter.

In Norrköping war es 6.05 Uhr morgens, als Kriminalinspektor Rune Jansson durch das Läuten des Telefons geweckt wurde. Er tastete eine Zeitlang unbeholfen nach dem Hörer und stieß den Apparat vom Nachttisch, bevor er nach einigen Mühen antworten konnte. Am anderen Ende war Oberstaatsanwalt Sievert Öhrnström.

»Was zum Teufel treibt ihr da unten eigentlich?« schrie der Staatsanwalt zur Begrüßung.

»Was heißt hier treiben, ich schlafe gerade«, murmelte Rune Jansson, während ihm allmählich aufging, daß er in Wahrheit nicht schlief und einen tobenden Oberstaatsanwalt am Telefon hatte.

»Hast du die Zeitung gelesen?«

»Nein, ich habe doch gerade geschlafen ... welche Zeitung?«

»*Östgöta-Correspondenten.*«

»Nein, die haben wir nicht ... wir haben ... eine andere Zeitung.«

Rune Jansson hatte sich in letzter Sekunde daran gehindert, sozialdemokratische Sympathien zu äußern, und fühlte sich irgendwie wie ein Judas.

»Die Polizei gibt an, wir verdächtigten wegen des Werwolf-Mordes einen Polizisten!« schrie der Staatsanwalt.

»Was zum Teufel soll das denn heißen?«

»Ja, woher soll ich das wissen? So steht es aber in der Zeitung. Wir verdächtigen also einen Polizisten, und die einzige Quelle, die von der Zeitung namentlich genannt wird, bist du.«

»Aber sowas hab ich doch nie gesagt! Du weißt doch, wie Journalisten sind.«

»Es steht jedenfalls da, und jetzt rufen mich dauernd irgendwelche Ärsche an, wollen etwas über Verhaftungen wissen und fragen mich Löcher in den Bauch. Wenn ich mich recht erinnere, habe ich mich doch sehr klar ausgedrückt, als ich darauf hinwies, daß es in diesem Fall keinen Ermittlungszirkus geben sollte wie im Mordfall Palme. Können Sie sich erinnern, Herr Kriminalinspektor?«

»Ja, das kann der Kriminalinspektor sehr wohl, aber was sollen wir denn gegen die Presse unternehmen, Herr Oberstaatsanwalt?«

Rune Jansson hatte sich im Bett aufgerichtet und fühlte sich plötzlich hellwach. Bevor der Staatsanwalt weiterbrüllen konnte, schaffte Jansson es noch, wenigstens einen Vorschlag zu äußern:

»Ich schlage folgendes vor: Wir schnappen uns noch einmal diesen Fuchs zum Verhör, und zwar sofort, bevor das Ganze bei Konferenzen zerredet wird.«

»Fuchs, welchen Fuchs?«

»Nun, diesen jungen Polizeibeamten, der bei Tore Hammars Alibi die wichtigste Rolle spielt.«

»Aber was heißt denn Fuchs, frage ich?«

»Fuchs ganz einfach. Es heißt so. Wir nennen junge Polizisten Füchse. Wie dem auch sei ... Wir nehmen ihn uns in einer halben Stunde vor, dann sehen wir uns oben im vierten Stock, und wenn wir Glück haben, haben wir diesen Mist vom Hals, bevor allzu viele die Zeitung gelesen haben. Das wäre jedenfalls mein Vorschlag ...«

Am anderen Ende blieb es eine Weile still.

»Guter Vorschlag. Ich veranlasse alles Nötige, da ich einen kleinen Vorsprung habe, wie es scheint, dann sehen wir uns später da oben. Hej.«

Der Oberstaatsanwalt warf den Hörer auf die Gabel. Zweiundzwanzig Minuten später eilte Rune Jansson durch die Türen des Polizeihauses, ließ Fahrstuhl Fahrstuhl sein und lief die Treppen zum vierten Stock hinauf, wo er sich zu spät an seine unausgeheilte Wadenmuskelzerrung erinnerte. Er humpelte keuchend ins Vernehmungszimmer.

Die anderen saßen schon da. Ein verkaterter Stockholmer Kollege, ein Mann aus dem eigenen Vernehmungsteam und der Oberstaatsanwalt. Den Fuchs hatte man vor zehn Minuten geholt, und inzwischen mußte ihm der Ernst der Stunde aufgegangen sein. Es kommt nicht alle Tage vor, daß Polizeibeamte von Kollegen geweckt werden, die mit der Faust gegen die Tür schlagen und sagen, mitkommen, woher sollen wir denn wissen, was los ist, wir tun nur unseren Job, verdammt noch mal.

Man war sich schnell einig geworden, daß der Stockholmer Kollege mit der Vernehmung beginnen würde, während sich die anderen nach und nach einschalten sollten, falls es nötig wurde.

Wie sich zeigte, würde es nicht nötig sein.

Der Fuchs hieß mit Vornamen Tony, hatte kurzgeschorenes Haar und trug eine Fliegerbrille. Er sah ängstlich aus, was man unter den gegebenen Umständen verstehen konnte. Rune Jansson und der Oberstaatsanwalt standen, die beiden anderen saßen. Tonbandgerät und Mikrofone waren aufnahmebereit.

Der Stockholmer Kollege nuschelte verschlafen, möglicherweise nur gespielt verschlafen, die Formalitäten herunter, Name, Anlaß des Verhörs, bevor er eine Pause machte und sich eine Zigarette anzündete. Er sah seinen sehr jungen Kollegen eine Weile an, bevor er zu fragen begann.

»Ich vermute, daß dir klar ist, worum es geht«, begann er.

»Um die Wahrheit zu sagen, nein.«

»Du hast angegeben, du selbst seist mit Polizeiassistent Tore Hammar in diesem Aufreißerschuppen gewesen ... mal sehen, wie heißt er noch ...«

»*Café de la Paix.*«

»Genau. Daß ihr euch beide am Donnerstagabend von dreiundzwanzig Uhr an im *Café de la Paix* befunden hättet, etwa bis das Lokal geschlossen wurde. Stimmt das?«

»Ja.«

»Es stimmt also?«

»Ja.«

»Und da bist du absolut sicher?«

»Ja.«

»Darf ich fragen ... ist es nicht schon früher vorgekommen, daß du Tore Hammar gedeckt hast?«

»Ich verstehe die Frage nicht.«

»Dummes Gewäsch. Hast du nicht bei mindestens zwei Gelegenheiten bezeugt, daß zu deiner Verblüffung und der der Kollegen manche Verdächtige es geschafft haben, sich in den Händen von Herrn Hammar selbst zu mißhandeln?«

»Daran erinnere ich mich nicht, aber es ist möglich. Aber diese blöden Anzeigen gibt's doch dauernd. Dauernd muß man sich mit so was beschäftigen ...«

Der junge Mann war sichtlich nervös. Doch das konnte viele Gründe haben und ließ keine bestimmten Schlußfolgerungen zu. Rune Jansson war der Meinung, es würde ein langes und sinnloses Verhör werden. In Wahrheit dauerte es nur noch weniger als zwei Minuten.

Der Stockholmer beugte sich mit einer demonstrativ langsamen Bewegung vor und stellte das Tonbandgerät ab. Dann nahm er einen tiefen Zug aus seiner Zigarette und drückte sie aus, bevor er zum entscheidenden Schlag ausholte.

»So, mein junger Kollege, jetzt werde ich dir mal erzählen, warum diese Angelegenheit so ernst ist. Es ist nämlich durchaus möglich, daß dir nicht mehr viele Minuten bei der Polizei bleiben, wenn du so weitermachst. Doch zunächst eine Frage ... Weißt du, warum wir uns so dafür interessieren, was der stellvertretende Polizeiinspektor Hammar zu dem fraglichen Zeitpunkt getan hat?«

»Nein, aber es war doch so ...«

»So, du weißt es nicht! Dann werde ich es dir sagen. Es gibt hinreichenden Tatverdacht, um unseren geschätzten Kollegen des Mordes in der Garvaregatan zu verdächtigen.«

Der Stockholmer ließ die Worte wirken, während er sich in seinem knarrenden Bürostuhl zurücklehnte. Dann nahm er erneut Anlauf.

»Wenn ihr einander deckt, nachdem ihr auf der Wache Besoffene verprügelt habt, ist das eine Sache. Ich mag das nicht, das dürfte hier wohl niemand mögen, aber eins sollte dir klar sein, mein Junge, daß es hier um etwas völlig anderes geht. Verstehst du, was es bedeutet, einen Mordverdächtigen zu decken?«

»Ist Tore ...«

Der Fuchs verschluckte den Rest des Satzes und sah aus, als würde er gleich in Tränen ausbrechen.

»Es stimmt also nicht?« fuhr der Stockholmer in bedeutend weicherem Tonfall fort.

»Nein«, flüsterte der Fuchs mit gesenktem Kopf. »Aber ich dachte ...«

»Es ist scheißegal, was du eben noch gedacht hast. Hammar hat dich also gebeten zu bezeugen, daß ihr gemeinsam in diesem Schuppen wart?«

»Ja, aber ...«

»Kein Aber! Und es stimmt also nicht.«

»Nein.«

»Wo hieltest du dich zum fraglichen Zeitpunkt auf?«

»Zu Hause.«

»Und das ist die reine Wahrheit?«

»Ja. Es ist die reine Wahrheit.«

»In Ordnung, dann machen wir das mit dem Tonbandgerät noch mal von vorn.«

»Muß ich ...?«

»Ja. Darauf kannst du Gift nehmen.«

Der Oberstaatsanwalt ging mit entschlossenen Schritten aus dem Zimmer, dahinter der humpelnde Rune Jansson. Als sie vor einer verschlossenen Tür standen, hob der Staatsanwalt den Zeigefinger und hielt ihn Rune Jansson fast an die Nasenspitze.

»Es kann also Tore Hammar sein?« fragte er und wedelte so mit dem Zeigefinger herum, daß Rune Jansson zurückweichen mußte.

»Ja, es kann Tore Hammar sein, durchaus.«

»Hausdurchsuchung?«

»Wäre wohl angebracht.«

»Gut, ihr nehmt den Scheißkerl sofort vorläufig fest und macht dann eine Hausdurchsuchung, der Beschluß gilt ab sofort, ist das verstanden?«

»Ja, aber ...«

»Kein Aber! Verstanden?«

»Ja, Herr Voruntersuchungsleiter.«

»Keine Ironie, wenn ich bitten darf.«

Der Oberstaatsanwalt machte auf dem Absatz kehrt und eilte den Korridor hinunter. Rune Jansson spürte einen intensiven Schmerz in der Wade. Ihm dämmerte, daß der Rest des Tages schmerzhaft werden würde.

Als sie eine halbe Stunde später Tore Hammar in den Vernehmungsraum schleiften, war die Stimmung gehässig und an der Grenze zum Lynchmord. Polizeibeamte neigen dazu, gerade dann besonders unangenehm zu werden, wenn Kollegen richtiger Verbrechen bezichtigt werden.

Die darf ein Polizist auf keinen Fall begehen. Für sie muß dann das gesamte Polizeikorps in der Presse den Kopf hinhalten. Schon eine vorläufige Festnahme war in diesem Sinn ein Verstoß gegen den Korpsgeist. Man brauchte wahrscheinlich kein Journalist oder langgedienter Polizeibeamter zu sein, um zu wissen, wie die Schlagzeilen lauten würden:

POLIZIST WEGEN DES WERWOLF-MORDES FESTGENOMMEN!

Derlei macht keine Polizistenseele froh. Für Journalisten ist es pures Gold. Zu allem Überfluß mußte Tore Hammar auch noch den harten Mann spielen. Als er einsah, daß sein Versuch, ein falsches Alibi zu konstruieren, geplatzt war und daß man ihn aufgrund hinreichenden Tatverdachts wegen Mordes vorläufig festgenommen hatte, weigerte er sich, Fragen zu beantworten, und verlangte einen bekannten Stockholmer Anwalt als Verteidiger.

So wurden die Ermittlungen volle zwei Tage lang aufgehalten, bis Tore Hammar zur Vernunft kam.

Carl war mit einem Taxi nach La Jolla gefahren und war dann ziellos in den Villenvierteln herumgeschlendert, bis er zu einem verlassenen Badestrand hinunterkam, Pacific Beach. Fünf Stunden hatte er mit dem Rükken an einem Rettungsschwimmerturm gesessen, die Knie bis zum Kinn hochgezogen, die Wildlederjacke bis oben hin zugeknöpft. Er hatte auf ein Hotel für die Nacht verzichtet, da er in der Maschine nach Stockholm ohnehin schlafen wollte.

Mal hatte er versucht, gar nicht zu denken, mal hatte er dagesessen und in Kindheitserinnerungen gekramt.

Es hatte etwas mit Jagd zu tun. Vielleicht war ihm der Gedanke gekommen, weil er Stunde um Stunde wie auf einem richtigen Anstand dagesessen hatte. Als er noch minderjährig war, zu Besuch bei seinen Vettern in Schonen. Damals durfte er noch nicht jagen, wäre aber bereit gewesen, für das, was die anderen durften, er aber nicht, mehrere Jahre seines Lebens herzugeben. Irgendwo dort suchte er.

Jetzt durfte er. Und es hatte keinen besonderen Wert. Und später hatte er wie alle anderen jungen Männer von den Geheimagenten phantasiert, die andere Menschen töten dürfen. Jetzt konnte er das auch, mit rund dreihundert verschiedenen Methoden, und auch das hatte sich als ziemlich wertlos erwiesen.

Als der Alte ihn vor sehr langer Zeit einmal angeworben hatte, als er noch Clartéist war und den sowjetischen Sozialimperialismus bekämpfen wollte, war ihm alles glasklar erschienen, wertvoll und sogar patriotisch. Doch der sozialimperialistische Feind hatte bislang durch Abwesenheit geglänzt, und alles andere waren meist unbehagliche Erinnerungen, die sich allmählich in Alpträume verwandelten. Und es wäre alles ganz anders gekommen, wenn er hier am Strand sitzengeblieben wäre, an diesem Ozean, in der Nähe von Tessie.

Die Sterne begannen zu verlöschen, und es wurde allmählich heller. Er erhob sich steif und bürstete sich mit klammen Fingern den Sand von der Kleidung.

3

Botschafter Erland Rickfors war nervös und schlechter Laune. Er gab sich Mühe, seine Nervosität mit seiner schlechten Laune zu überdecken. Er hatte einen schmerzhaften Klaps auf die Finger erhalten, obwohl er strikt nach den Regeln vorgegangen war. Ihnen zufolge war es zweifellos richtig gewesen, mit den ägyptischen Behörden Kontakt aufzunehmen, rechtfertigte er sein nach eigenem Verständnis wohlbegründetes Verhalten.

Im Außenministerium in Stockholm sah man die Dinge offensichtlich völlig anders. Die lakonischen Mitteilungen von dort mit der Unterschrift des Staatssekretärs ließen für Zweifel keinen Raum. Man war in Stockholm zu der Entscheidung gekommen, die Angelegenheit hinter dem Rücken der Ägypter weiterzuverfolgen.

Allerdings waren die Ägypter schon informiert, und deshalb war man natürlich gezwungen, den von Erland Rickfors gewählten Weg weiterzugehen. Offenbar teilte man in Stockholm die hohe Meinung, die der Russe von sich selbst hatte, und jetzt ging es darum, ihn nach Schweden zu bekommen, oder, falls sich das als unmöglich erwies, ihn um keinen, um absolut keinen Preis, an die ägyptischen Behörden auszuliefern. Schlimmstenfalls würde es also einen dieser langjährigen Fälle von Botschaftsasyl geben mit zahllosen Komplikationen, angefangen bei den Sicherheitsproblemen bis hin zum Risiko einer diplomatischen Krise und dem Rückruf der Botschafter. Es sah kaum nach einem gelungenen Abschluß der diplomatischen Karriere von Erland Rickfors aus; wenn er wieder zu Hause war, würde man ihn vermutlich zur Disposition stellen. Oder in den einstweiligen Ruhestand versetzen, wie dieser Fußtritt unter Diplomaten umschrieben wird.

Und zudem war Oberst Muhammed ibn Salaar noch immer nicht aufgetaucht. Erland Rickfors war schon bei seiner dritten Tasse Zitronentee angelangt und sehnte sich intensiv nach etwas anderem.

Als der ägyptische Sicherheitsoffizier endlich erschien, wirkte er unarabisch gehetzt und setzte sich ohne Umschweife hin. Er begrüßte den Botschafter kurz und bestellte einen Limonensaft. Dann glättete er ein paar nicht vorhandene Falten seines europäischen Anzugs und seufzte demonstrativ, bevor er etwas sagte.

»Nun, Herr Botschafter, haben Sie heute einen konkreten Bescheid?«

»Ja. Die schwedische Regierung hat dem sowjetischen Staatsbürger Gennadij Alexandrowitsch Koskow politisches Asyl gewährt. Überdies ist es der ausdrückliche Wunsch der schwedischen Regierung, daß Herr Koskow möglichst bald nach Schweden reisen kann.«

»Ist das alles?«

»Ja, das hat man mir mitgeteilt.«

»Und wenn wir Ihrem Wunsch nicht entsprechen können?«

»Ist das Ihre Antwort?«

»Nein, es ist eine Frage.«

Der Botschafter rührte eine Weile in seiner leeren Teetasse. Es sah gar nicht gut aus, wenn er die nervös arbeitenden Kiefermuskeln des Ägypters richtig deutete. Er mußte behutsam vorgehen.

»Rein faktisch befindet sich Herr Koskow auf schwedischem Territorium, und man hat ihm politisches Asyl gewährt. Das bedeutet, daß er die Botschaft nur freiwillig verlassen kann. Scheint für uns beide eine verdammt unangenehme Situation zu sein, nicht wahr?«

»Ja, unleugbar. Entweder helfen wir Ihnen, ihn außer Landes zu bekommen, oder er bleibt in der Botschaft.«

»Ja, es fällt mir schwer zu glauben, daß er den Wunsch haben könnte, die Botschaft zu verlassen.«

»Und für den Fall, daß wir uns damit einverstanden erklären, daß er irgendwie außer Landes gebracht wird – wie soll das rein praktisch organisiert werden?«

»Darauf kann ich nicht antworten.«

»Warum nicht?«

»Weil ich es nicht weiß. Das Außenministerium in Stockholm hat angedeutet, daß man Beamte herschicken wird, die Herr Koskow nach Stockholm begleiten sollen.«

Der ägyptische Oberst deutete ein dünnes Lächeln an und malte eine Zeitlang Kreise auf die Tischplatte. Es war ein unerwartet kühler und bewölkter Abend, und im Garten des Marriott-Hotels saßen nur wenige Gäste. Botschafter Rickfors ertappte sich dabei, daß ihn fror. Es ist fast wie an einem schwedischen Sommerabend, dachte er.

»Darf ich fragen«, sagte der Oberst schließlich mit etwas zögerndem Tonfall, »darf ich fragen, um was für Beamte es sich handelt?«

»Davon habe ich offen gestanden keine Ahnung.«

»Erscheint Ihnen das nicht als ein etwas unbeholfenes Manöver?«

»Doch, durchaus. Ich hatte mir vorgestellt, daß ich unseren Freund persönlich nach Schweden begleite.«

»Warum das denn?«

»Nun, falls man in Stockholm ein Attentat oder so etwas befürchtet. Ja, oder gewisse Hindernisse oder Komplikationen unterwegs, sozusagen.«

»Sie sollten Herrn Koskow also vor einem Attentat schützen können? Bei allem Respekt, Herr Botschafter, aber diesem Gedankengang vermag ich nicht zu folgen.«

»Nun ja, meine Funktion wäre ja kaum die einer Leibwache«, brachte der Botschafter mürrisch hervor. Das kaum verhohlene spöttische Grinsen des Ägypters irritierte ihn.

»Was hätte Ihre persönliche Begleitung dann für einen Sinn?« fragte der Ägypter mit einem noch unverhohleneren Grinsen.

»Ich bin der Botschafter des Königreichs Schweden. Der Hintergedanke dürfte sein, daß man nicht so ohne weiteres einen Botschafter angreift.«

»Mir scheint, daß solche Gedankengänge hier im Nahen Osten keinen großen Respekt genießen. Doch worauf ich hinaus will ist, daß wir keine ... sagen wir, Störenfriede hier unten haben wollen. Wir möchten dieses Problem ohne jede Störung lösen.«

»Scheint mir eine ausgezeichnete Einstellung zu sein, und ich bin überzeugt, daß meine Regierung sie teilt. Können Sie mir jetzt schon etwas sagen? Oder wann rechnen Sie mit einem definitiven Bescheid?«

»Ich kann Ihnen schon jetzt einen Bescheid geben. Er ist jedoch nur vorläufig, und wir müssen uns noch einmal treffen, damit ich ihn bestätigen kann.«

»Lassen Sie hören.«

»Erstens: Hier auf unserem Territorium wünschen wir keinerlei Konfrontation zwischen Ihnen und den Russen. Zweitens: Wir wünschen keine Rettungsmannschaft irgendwelcher Art hier in Kairo, gleichgültig, unter welcher Tarnung eine solche Truppe hier auftreten würde. Wir akzeptieren einen Begleiter, Sie selbst oder sonst jemanden. Aber höchstens einen. Drittens: Wir werden Ihnen empfehlen, einen Flug als Transportmittel zu wählen, einen regulären Linienflug mit einer beliebigen westlichen Luftfahrtgesellschaft nach Europa. Viertens: Wenn alles nach unseren Wünschen verläuft, werden wir bis zum Abflug der Maschine für Ihre Sicherheit und die Ihres Gastes sorgen. Doch wie ich Ihnen schon sagte, muß ich um ein weiteres Treffen mit Ihnen bitten, damit wir die Abmachung bestätigen können. Was fällt Ihnen so auf Anhieb dazu ein?«

»Klingt gut, finde ich. Sowohl Ihr Land wie meins würden sich einer sehr peinlichen Situation aussetzen, wenn der Gast in der schwedischen Botschaft zu einem Dauergast werden würde.«

»Genau das ist auch unsere Meinung. Allerdings muß ich, wie schon gesagt, noch mit einer Reihe von Vorgesetzten konferieren.«

»Und die Russen, schlagen die schon Krach?«

»Das kann man wohl sagen.«

»Wissen sie, wo der Vizeadmiral sich aufhält?«

»Meines Wissens nicht. Ja, und dann noch etwas. Ich wünsche Namen und Paßnummer des eventuellen Begleiters, und da ich davon ausgehe, daß Sie den Russen mit irgendeinem Reisedokument ausstatten werden, wünsche ich es vor dem Abflug für die Visaerteilung und anderes zu sehen.«

Oberst ibn Salaar knallte sein leeres Limonenglas auf die Tischplatte, erhob sich und ging, ohne sich zu verabschieden und ohne zu bezahlen.

Botschafter Rickfors blieb mit erstaunt hochgezogenen Augenbrauen sitzen. Dann nahm er sich zusammen und ging. Wenn es jetzt darum ging, das Außenministerium schnell zu unterrichten, hatte er genaue Instruktionen. Den Anweisungen des Außenministeriums zufolge sollte er in Zukunft per Funk kommunizieren, obwohl der Botschafter die Einwände seines russischen Gastes gegen dieses Vorgehen gemeldet hatte. Doch offenbar hatte man in Stockholm größeres Vertrauen in verschlüsselte Mitteilungen als in Kaliningrad.

Carl hatte während des Flugs meist geschlafen. Er erinnerte sich schwach an den Zwischenaufenthalt auf dem Kennedy Airport, aber sonst hatte er sich in einer Art Dämmerzustand befunden. Er fühlte sich ausgeschlafen genug, um mit den Folgen des Zeitunterschieds fertig zu werden, und als er auf dem Weg zum Zoll die Paßkontrolle von Arlanda erreichte, war er frisch rasiert und trug frische Kleidung.

Da hörte er plötzlich, wie sein Name mit dem Titel »Herr Direktor« davor ausgerufen wurde. Er bezweifelte zunächst, daß er gemeint war, doch soweit er wußte, hatte er nur einen entfernten Verwandten gleichen Namens, und dieser war ein sozialdemokratischer Volkswirtschaftsprofessor. »Direktor Carl Hamilton zur Information, bitte.« Damit war also er gemeint.

Am Informationsstand erhielt er einen kleinen weißen Umschlag mit seinem Namen. Als er ihn öffnete, fand er eine kurze Mitteilung auf einer Briefkarte des Generalstabs. Unterzeichnet hatte der Chef des OP 5. Die Nachricht lautete, draußen warte ein Wagen mit dem Kennzeichen soundso, und er, Hamilton, solle sich sofort beim Oberbefehlshaber einfinden.

Das war alles.

Carl stopfte Umschlag und Karte in die Außentasche der Lederjacke und begab sich zögernd zum Ausgang. Dort stand ein schwarzer Mercedes mit Militär-Kennzeichen und getönten Scheiben.

Carl sah sich vorsichtig um, kletterte schnell in den Wagen und schlug die Tür zu. Für das Personal des Nachrichtendienstes sollten sie diskretere Fortbewegungsmittel einführen, dachte er.

Der Chauffeur war ein wehrpflichtiger Mariner, der den Motor anließ, sobald Carl die Tür zugeschlagen hatte.

»Hatten Sie eine angenehme Reise, Herr Major?« fragte der Marinesoldat höflich, doch in einem Tonfall, der nicht zu einer weiteren Konversation einlud. Er kaute Kaugummi.

»Oh, danke«, erwiderte Carl. Offenbar wußte der Fahrer, wohin es ging, aber nicht, wer sein Fahrgast war. Major, kicherte Carl in sich hinein. Seitdem er als kleiner Junge die Comics »91:an Karlsson« gelesen hatte, hatte er sich Majore immer als feiste Dummköpfe vorgestellt.

Er fragte sich, was das Ganze sollte. Wegen eines abgestürzten EDV-Programms hatte man den Wagen wohl kaum kommen lassen; dann hätte man ihn mit dem Flughafenbus fahren lassen, da das Reisereglement bis zum Rang eines Korvettenkapitäns dies vorschrieb; erst höheren Rängen stand eine SAS-Limousine zu.

Carl schloß die Augen und versetzte sich in Gedanken erst an den Strand von Pacific Beach und dann in seine Kindheit in Schonen; er erinnerte sich an die Sommer, als er in dampfender, weicher Erde barfuß gelaufen war. Er schlug erst wieder die Augen auf, als der schwarze Mercedes vor der Bastion hielt und der Fahrer ausstieg, um ihm die Tür aufzuhalten.

Als er sich bei der Wache meldete, erfuhr er, daß er sich sofort beim Oberbefehlshaber einfinden sollte. Der ABAB-Posten teilte ihm das mit einem langen, zögernden Blick mit. Doch Carl wischte alle unangenehmen Assoziationen beiseite; natürlich mußte ein ABAB-Mann es merkwürdig finden, daß der Oberbefehlshaber einen einzelnen Mann Anfang dreißig in Zivilkleidung erwartete. Carl wurde von einer Sekretärin hinaufgeführt, die ihm kurz die Hand gab, dann auf dem Absatz kehrtmachte und auf die Fahrstühle zuging. Er hatte eine Besucherkarte bekommen, die er an der Brusttasche befestigen mußte. Zu Gast bei der Wirklichkeit, dachte er.

Als er das Dienstzimmer des Oberbefehlshabers betrat, holte er tief Luft. Drei Mann erhoben sich gleichzeitig. Der Oberbefehlshaber persönlich, den Carl nur von Fotos kannte, der Generalstabschef, den er bei einer anderen Gelegenheit begrüßt hatte, und der Chef von OP 5, dem er im Lauf des letzten Jahres mindestens fünfzehnmal begegnet war. Auf dem Tisch vor den Besuchersesseln standen eine Thermoskanne mit Kaffee, weiße Plastikbecher und ein zusätzlicher Becher mit Plastiklöffeln. Keine Sekretärin zu sehen.

Carl war unschlüssig mitten im Raum stehengeblieben. Er versuchte Haltung anzunehmen und sich irgendwie zur Stelle zu melden, wurde jedoch vom Oberbefehlshaber unterbrochen, der ihm entgegenging und ihm die Hand gab. Die beiden anderen Männer gaben ihm ebenfalls die Hand, dann durfte er sich in einen der Ledersessel setzen. Die drei Männer sahen sehr angespannt aus, und während der Oberbefehlshaber sich die Hosenbeine zurechtzupfte, überkam Carl ein leichtes Schwindelgefühl, das er jedoch schnell bezwang.

»Ich kann mir vorstellen, daß dich dieses Arrangement überrascht,

Hamilton«, lächelte der Oberbefehlshaber angestrengt. »Aber wir hatten gute Gründe, dich kommen zu lassen.«

»Ja, ich verstehe«, erwiderte Carl leise und blickte zu Boden. »Kommen lassen« war der richtige Ausdruck; *gebeten* hatten sie ihn wahrhaftig nicht. So viele Generalssterne und ein Chef des Nachrichtendienstes *baten* keinen Korvettenkapitän zum Gespräch.

»Wir befinden uns in einer sehr unangenehmen Situation, Hamilton, die auch dich in allerhöchstem Maße betrifft.«

»Worum geht es?« fragte Carl fast aggressiv, während er sich gleichzeitig zwang, dem Oberbefehlshaber mit einem vollkommen festen Blick in die Augen zu sehen. Er war ein kleiner, zartgliedriger Mann mit einer dicken Brille und einem Kugelbauch.

»Erzähl du«, befahl der Oberbefehlshaber dem Chef des OP 5. Kapitän zur See Samuel Ulfsson zog nervös eine Ultima Blend aus der Schachtel und zündete sie an, bevor er zu sprechen begann. Es war mucksmäuschenstill im Zimmer, als das Einwegfeuerzeug mehrmals versagte, bis es endlich Feuer gab.

»Also, die Lage ist folgende ...«, begann der Kapitän, während er gierig den Rauch einsog, »daß wir in unserer Botschaft in Kairo einen Überläufer sitzen haben, und es geht darum, wie wir ihn hierherbekommen. Außerdem sitzt da unten ein Holzkopf von Botschafter, der nichts Besseres zu tun hatte, als zu den Ägyptern zu laufen und alles auszuplaudern, so daß der Vorgang in gewissem Umfang bekannt ist. Die Ägypter haben erklärt, wir dürften als Begleitung nur einen Beamten schicken, und wie du sicher schon begriffen hast, bist du dieser Beamte. Wir müssen den Auftrag jedoch aus rein formalen Gründen als freiwillig betrachten.«

»Wieso das?« unterbrach Carl.

»Weil er mit einigen Risiken verbunden ist. Außerdem ist es möglich, daß du dabei irgendwie exponiert wirst, was im Hinblick auf deine dienstliche Stellung nicht so glücklich wäre.«

»Wer ist der Überläufer?«

»Wenn du entschuldigst, aber darauf komme ich später noch zurück. Wir alten Onkels hier oben sprechen immer nur einer gleichzeitig, eine alte Gewohnheit, wenn du erlaubst.«

»Ich bitte sehr um Entschuldigung, Herr Kapitän.«

»Schon gut. Der fragliche Mann ist Vizeadmiral Gennadij Alexandrowitsch Koskow, der beim GRU eine sehr wichtige Stellung bekleidet und zudem stellvertretender Wehrbereichskommandeur in Kaliningrad und Chef der gesamten Diversionstätigkeit ist. Ich gehe davon aus, daß dir klar ist, wovon ich spreche?«

»Durchaus.«

»Wie beurteilst du die Lage? Falls die Russen wissen, daß er in unserer Botschaft in Kairo sitzt und nach Schweden will ... Wir haben Grund zu hoffen, daß sie es noch nicht wissen, aber ich sage *falls* ... Welche Maßnahmen werden sie wohl ergreifen? Du kennst ihre operativen Muster ja besser als jeder von uns hier im Raum.«

Carl lachte auf. Die Situation kam ihm vollständig unwirklich vor. Doch der Oberbefehlshaber war tatsächlich der Oberbefehlshaber, und der Generalstabschef war tatsächlich der Generalstabschef, und es ließ sich nicht leugnen, daß sein eigener höchster Vorgesetzter tatsächlich zu ihm sprach.

»Erstens«, begann Carl zögernd, »wird ein GRU-Offizier unweigerlich zum Tode verurteilt, wenn er sich in den Westen absetzt. Zweitens scheint gerade dieser Überläufer von einem solchen Kaliber zu sein, daß die andere Seite das Urteil jederzeit und überall vollstrecken kann. Natürlich möglichst, bevor er bei uns oder den Amerikanern angekommen ist. Warum ist er denn nicht zu denen übergelaufen?«

»Das wissen wir nicht. Doch zunächst lautet die Frage: *Wenn* die Russen nicht wissen, daß wir den Burschen haben, wie stehen dann unsere Chancen, ihn aus Kairo herauszubekommen? Was meinst du?«

»Das kann ich nicht beantworten. Wir sollten zunächst vielleicht mit ein paar Reedereien sprechen und einige andere Möglichkeiten prüfen. Zunächst geht es darum, ihn aus der Botschaft herauszubekommen, dann nach Suez und an Bord eines Schiffes. Selbst wenn die Russen nicht wissen, daß wir ihn haben, sehe ich doch einige Risiken. Aber die wissen doch sicherlich, daß er sich in Kairo aufhält?«

»Ja«, erwiderte der Oberbefehlshaber, der das Gespräch plötzlich an sich reißen wollte. »Sie wissen, daß er sich in Kairo aufhält, und nehmen vermutlich an, daß er in der amerikanischen Botschaft sitzt. Aber was wird wohl passieren, wenn sie erfahren, daß wir ihn haben?«

»Dann werden sie Mittel und Wege finden, ihn ohne jede Rücksicht auf diplomatische Verwicklungen hinzurichten. Ich kann mir sogar vorstellen, daß sie sich mit Gewalt Zutritt zur Botschaft verschaffen und ihn dort töten. Ein Vizeadmiral und hohes Tier des GRU bedeutet für sie einen unerhörten Verlust. Nun ja, das hängt ein bißchen davon ab, womit der Bursche befaßt ist, aber wenn er, wie ich hier gehört habe, beim taktischen Nachrichtendienst ist, lohnt es für sie jede Anstrengung, ihn aus dem Weg zu räumen und zu töten.«

»Also«, sagte der Oberbefehlshaber abschließend. »Wir können nur einen Mann schicken. Übernimmst du die Sache?«

»Ja, natürlich. Aber welche Befugnisse erhalte ich?«

»Was meinst du damit?«

»Nun ja, ihr wollt, daß ich ein hohes Tier des GRU hierherbringe. Das Risiko, daß das GRU es zu verhindern suchen wird, ist ja ziemlich groß ...« Carl zögerte und lächelte über seine unabsichtlich komische Untertreibung. »Kurz, ich will wissen, was ich tun darf und was nicht.«

Schweigen senkte sich über den Raum. Alle Anwesenden betrachteten den Oberbefehlshaber, der kopfloser wirkte, als er es in seiner Funktion hätte sein dürfen. Die Frage lud zu einem Wirbel von Phantasien ein.

»Du erhältst folgende Anweisungen, Hamilton«, erwiderte der Oberbefehlshaber schließlich mit fester Stimme, als wäre er zu einem ebenso logischen wie selbstverständlichen und einfachen Beschluß gekommen.

»Du sollst mit allen zu Gebote stehenden Mitteln versuchen, unseren Überläufer nach Schweden zu transportieren. Es ist ein Unternehmen von unerhörter Bedeutung, dessen Erfolg im Interesse der Nation liegt.«

»Ist das alles?«

»Ja, das ist alles. Samuel kann die technischen Details ausarbeiten, natürlich nach Anhörung deiner Ansichten. Der Generalstabschef übernimmt die direkte operative Verantwortung. Sind wir uns einig?«

Carl starrte die Schulterklappen des Oberbefehlshabers mit einem einfältigen Blick an. Mit vier großen Generalssternen einig oder nicht einig? Mit allen zu Gebote stehenden Mitteln? Im Interesse der Nation?

»Ich werde auf jeden Fall mein Bestes geben, um das Unternehmen zu einem guten Ende zu bringen«, erwiderte Carl übertrieben entschlossen. Er fühlte sich wie in einem Pfadfinderlager.

Der Oberbefehlshaber stand auf, gab Carl die Hand, und irgendwie begriff dieser, daß er und Samuel Ulfsson gehen sollten. Was sie auch taten, und zwar auf dem direkten Weg durch das ganze Gebäude zu Samuel Ulfssons Dienstzimmer.

»Wie lange brauchst du für die Vorbereitungen?« wollte der Chef des Nachrichtendienstes wissen, als Carl sich mehrere Meter von ihm entfernt an den Konferenztisch gesetzt hatte.

Darauf konnte dieser keine genaue Antwort geben. »Ich vermute, mindestens achtundvierzig Stunden. Einmal muß ich mir verschiedene Transportwege überlegen, zum andern brauche ich eine glaubwürdige Identität. Ich brauche Papiere für mich selbst und unseren Gast, von dem man vermutlich keine geeigneten Fotos hat, und außerdem muß ich mir mehrere Alternativen überlegen für den Fall, daß die Russen wissen, wo ihr Überläufer sich befindet. Außerdem muß ich mir überlegen, wie man die Sicherheit der Botschaft erhöhen kann, ja, das ist schon einiges.«

Ulfsson erklärte, die ersten Widerstände zeigten sich schon. Man könne Carl zwar mit einem Diplomatenpaß versehen – der Oberbefehlshaber habe ihn als Militärattaché abkommandiert –, doch das Außenministerium weigere sich, einen Paß mit einem falschen Namen auszustellen. Da habe er, Ulfsson, zwar schon Krach geschlagen, aber sich die Zähne ausgebissen. Außerdem schütze diplomatische Immunität höchstens vor ägyptischen Behörden, doch kaum vor dem GRU.

Carl war der Meinung, die beiden Dinge hingen zusammen. Es sei nicht auszuschließen, daß seine Identität dem GRU bekannt sei. Er habe ja einmal unter eigenem Namen verwundet in einem syrischen Militärkrankenhaus gelegen und mit einer westdeutschen Terroristenbande zu tun gehabt, die dann vernichtet worden sei. Die Russen seien keine Dummköpfe und verstünden sehr wohl, zwei und zwei zusammenzuzählen, und wenn sie nun beobachteten, daß Coq Rouge plötzlich in Kairo in der Verkleidung eines Militärattachés antanze, würden sie schnell wach werden. Man müsse ja davon ausgehen, daß sie im Moment im gesamten Nahen Osten mit Hochdruck arbeiteten.

In diesem Punkt gab Samuel Ulfsson Carl recht, fuhr dann aber fort: »In der Frage falscher Diplomatenpässe ist das Außenministerium beinhart. Sie behaupten dort, daß es eine völlig andere Sache sei, den Russen mit einem gefälschten schwedischen Paß auszustatten als dich. Dafür seien nicht sie verantwortlich, da der Paß vom Nachrichtendienst gefälscht werden müsse. So ist es immer – jeder will sich den Rücken freihalten. Und der Oberbefehlshaber will dir keine ausdrücklichen Anweisungen geben. Hast du eigentlich begriffen, warum? Aha, nein? Nun, mit allen zu Gebote stehenden Mitteln, im Interesse der Nation, und so weiter, das kann ja alles und nichts bedeuten. Wenn du mit deiner Mission erfolgreich bist, hat der Oberbefehlshaber den Befehl dazu gegeben, wenn du die Sache vermasselst, hat er nichts damit zu tun gehabt, dann hat nur ein Korvettenkapitän ein Dienstvergehen begangen. Und da die operative Verantwortung beim Chef des Generalstabs liegt, kann der Oberbefehlshaber auch gegenüber der Regierung alles abstreiten, falls etwas danebengeht. *Deniability* ist alles – übrigens ein schöner amerikanischer Begriff. Und der Generalstabschef muß sich sorgfältig überlegen, ob er den Oberbefehlshaber in die Sache mit hineinzieht oder nicht, und ebenso wird der sich der Regierung gegenüber verhalten, und ich werde dem Generalstabschef gegenüber auch nicht anders auftreten. Und wenn du allein draußen auf dem Feld stehst, bist du auch allein.«

Als Carl die Lage für sich zusammenfaßte, kam er immerhin zu dem Schluß, daß er tun konnte, was er wollte, solange er nur Erfolg hatte. Wenn seine Mission mißlang, dann würde es kaum mehr möglich sein, die Verantwortung zu übernehmen, da es ihn dann nicht mehr geben würde. Das GRU war ein furchtbarer Feind. Darum war es während Carls theoretischer Ausbildung auf der *Sunset Farm* in Kalifornien immer wieder gegangen. Dort wurde so gut wie nie vom KGB gesprochen, der Spionageorganisation, die man in aller Welt für die gefährlichste hält, die in Wahrheit jedoch in erster Linie Sicherheitspolizei ist. Ihre Aufgabe ist es, die eigenen Staatsbürger zu verfolgen, Touristen in der Sowjetunion zu überwachen sowie politische Analysen von Wahltrends und anderem im Westen zusammenzustellen. Das GRU ist etwas völlig anderes. Das GRU ist der kompetenteste Feind der westlichen Welt. Vermutlich hing der Erfolg des ganzen Unternehmens davon ab, daß das GRU nicht Bescheid wissen durfte, sondern Koskow in der Botschaft der USA vermutete und nicht in der schwedischen. Es war äußerst unwahrscheinlich, daß das GRU einen sowjetischen Vizeadmiral lebend außer Schußweite kommen lassen würde. Sofern nicht alles eine Provokation war? – Diese Möglichkeit bestand natürlich auch. Bisher hatte man nur feststellen können, daß die Identität des Mannes mit der eines bekannten Vizeadmirals übereinstimmte, doch besaß man nur ein verwackeltes

Jugendbild von ihm (es lag in einer Akte, die Carl später von Ulfsson erhalten würde). Und in den Kostproben, die Koskow geliefert hatte, ging es nur um schwedische Verteidigungseinrichtungen, die zwar korrekt angegeben waren, aber doch nur Schweden betrafen und nicht die Sowjetunion. Von seinem Wissen über die Sowjetunion hatte Koskow nicht ein einziges Detail von einiger Bedeutung preisgegeben. Vielleicht verständlich, daß er sich nicht in der Botschaft vernehmen lassen wollte, sondern erst in Schweden.

In Carls Kopf schwirrten tausend Ideen und Möglichkeiten herum. Er fühlte sich wie elektrisiert und so eifrig wie ein Windhund vor einem Rennen. Er empfand fast so etwas wie Munterkeit. Wenn das Unternehmen Erfolg hatte, wäre es für den schwedischen Nachrichtendienst der größte Coup aller Zeiten. Wenn das Unternehmen Erfolg hatte, würde man vielleicht Antwort auf die wichtigsten Fragen bekommen, die diese U-Boot-Spionage in der Ostsee betrafen.

Carl wandte sich an Ulfsson: »Wieviel weiß die Regierung,? Ist denen überhaupt klar, was für eine Bedeutung diese Sache erhalten kann?«

»Tja, schwer zu sagen. Immerhin sind sie damit einverstanden, daß der Kerl aus der Botschaft in Kairo raus muß, aber das sehen sie vielleicht in erster Linie als praktische Notwendigkeit. Sie möchten um jeden Preis Öffentlichkeit und eine politische Krise vermeiden, aber es scheint mir zweifelhaft, ob die überhaupt begreifen, was es bedeutet, wenn ein westliches Land zum erstenmal einen Vizeadmiral des GRU in die Hand bekommt. Nein, das kapieren die bestimmt nicht.«

Das Gespräch verstummte. Samuel Ulfsson zündete sich eine neue Zigarette an und sah aus seinen ungeputzten Fenstern; in dem grellen Frühlingslicht war der Schmutz gut zu sehen. Schmelzwasser tropfte vom Dach und wurde vom Wind gegen die Fenster geweht, und das war wohl der Grund, daß sie im Frühling so dreckig wurden. Luftverschmutzung, die im Schnee verborgen gewesen war. Das Tauwetter brachte den Dreck an den Tag.

»Mit allen zu Gebote stehenden Mitteln«, brummte Carl.

»Genau«, sagte sein Vorgesetzter und sog an seiner Zigarette, »mit allen zu Gebote stehenden Mitteln ... im Interesse der Nation.«

»Wenn also irgendein GRU-Gorilla unserem geschätzten Überläufer ans Leder will, muß er unschädlich gemacht werden?«

»Ich möchte auf solche Fragen nicht antworten.«

»Willst du dich auch raushalten? *Deniability?*«

»Ich fürchte, das ist bei allen nötig. Möglicherweise nur bei dir nicht.«

»Das bedeutet aber auch, daß weder du noch sonst jemand sich darum kümmern wird, wie mein Gepäck aussieht. Ich reise mit diplomatischer Immunität. Bedeutet das, daß mein Gepäck nicht durchsucht werden wird?«

»Rein formell ist das schon so, aber in diesem Fall solltest du so vorsichtig wie nur möglich sein, zumindest mit dem Handgepäck.«

»Das Problem läßt sich lösen. Ich brauche aber noch ein paar Dinge vom Wehrbeschaffungsamt, kannst du mir dabei helfen?«

»Wahrscheinlich ja. Worum geht es?«

»Unter anderem um eine bestimmte Munition des Kalibers .357 Magnum, teflonbeschichtete Geschosse mit Urankern, und dann Munition vom selben Kaliber oder möglicherweise neun Millimeter mit besonders schwacher Pulverladung. Ich weiß, daß sie die Sachen haben.«

»Wozu braucht man so etwas?«

»Wenn ich antworte, riskierst du deine *deniability.*«

Samuel Ulfsson seufzte.

»Gib mir eine Liste und mach dich innerhalb von achtundvierzig Stunden reisefertig. Was immer du an Hilfe brauchst, ich werde versuchen, es zu erledigen. Übrigens – haben wir Paßbilder von dir im Archiv?«

»Ja.«

»Gut. Ich sorge für Diplomatenpaß und Visum des Militärattachés, und du triffst deine eigenen Vorbereitungen.«

»Sollte man mich nicht erst zum Fregattenkapitän befördern, damit ich Militärattaché werden kann?« lachte Carl, der sich plötzlich unerklärlich ausgelassen fühlte.

»O nein, so nicht. Los mit dir, fang an zu arbeiten, damit du mit dem Russen nach Hause kommen kannst. Hinterher machen wir dich dann gern zum Konteradmiral.«

»Ist das ein Versprechen?«

»Kein Versprechen, das nicht von meiner *deniability* gedeckt würde.«

Sie gaben sich die Hand und sahen einander in die Augen.

»Viel Glück, Carl«, sagte Samuel Ulfsson und spürte, wie er eine Gänsehaut bekam.

Nachdem Carl das Zimmer verlassen hatte, saß der Chef des Nachrichtendienstes drei bis vier Minuten mucksmäuschenstill, während seine Zigarette mit einem letzten stinkenden Protest im Aschenbecher verglühte. Er zündete sich sofort eine neue an.

Saumel Ulfssons Vertrauen in die Kompetenz des jungen Hamilton war fast unbegrenzt. Was dieser Hamilton in nur wenigen Jahren erreicht hatte, war etwas, wonach man selbst in der Unterhaltungsliteratur suchen mußte. Aber wenn das GRU die Spur aufgenommen hatte, das GRU, das hinter neunzig Prozent der politischen Morde steckte, die man im Westen aus Unkenntnis dem KGB zuschrieb, wenn dieses GRU die Witterung aufgenommen hatte, war die Katastrophe unvermeidlich, in welcher Form auch immer – *deniability* hin, *deniability* her.

Kriminalinspektor Rune Jansson unterdrückte in weiser Voraussicht den Impuls, die vier Steintreppen zum Stockwerk des Morddezernats im Polizeihaus hinaufzusprinten. Er entschloß sich jedoch zu einem Kompromiß und ging die Treppen zu Fuß hinauf, langsam, mit der Hand auf dem hellen Holzgeländer, bis er durch die braune Holztür trat. Er stellte fest, daß die Druckbuchstaben auf dem Hinweisschild aus grünem Filz neben der Tür immer noch schief saßen. Es sah schlampig aus, und das nun schon seit mehreren Jahren, ohne daß sich jemand darum gekümmert hätte, die Buchstaben auf Linie zu bringen.

Inzwischen hatte der Stockholmer Rechtsanwalt endlich Zeit gefunden, mit dem geschätzten Polizeiassistenten Hammar zu konferieren. Jetzt würde es hoffentlich endlich konkret werden. Die Verhöre im Betrugsdezernat mit Hammars Lebensgefährtin hatten überhaupt nichts ergeben, wenn man davon absieht, daß er zu dem kritischen Zeitpunkt nicht zu Hause gewesen war, doch das war ja schon bekannt. Die Hausdurchsuchung hatte, soweit man an Ort und Stelle feststellen konnte, nicht die kleinste Spur ergeben, und die elende Schufterei, die Kleidung des Verdächtigen unter dem Mikroskop zu untersuchen, war bislang ebenfalls ergebnislos geblieben. Hammars Lebensgefährtin vermißte keines seiner Kleidungsstücke, aber man konnte ja nicht wissen, ob sie die Wahrheit sagte.

Wie auch immer: Die Festnahme Tore Hammars hatte nichts als eine schreckliche Publizität zur Folge.

Die Presse von Norrköping hatte schon mit dem Finger auf ihn gezeigt, jedenfalls so deutlich, daß im Polizeihaus jeder wußte, um wen es ging (»der Polizeibeamte, der sich mit der größten Zahl von Anzeigen und Dienstaufsichtsbeschwerden hervorgetan hat ... bekannt für seine Härte ... Karate-Experte ... Chef eines Polizeitrupps, der polizeiintern ›die Bären-Liga‹ genannt wird«, und so weiter). Sie hätten genausogut seinen Namen nennen können.

Rune Jansson mißbilligte den Festnahmebeschluß. Er hatte sich selbst die Frage gestellt, ob es daran lag, daß der Festgenommene Polizeibeamter war, ob es das war, was seine Kritik auslöste. Nach langem Überlegen war er jedoch zu dem Schluß gekommen, daß dies nicht der Fall war. Wenn man jemanden wegen Mordes vorläufig festnimmt, müssen mehr als nur hinreichende Verdachtsmomente vorliegen, denn die Festnahme hat für den Betreffenden ernsthafte Konsequenzen, ob er schuldig ist oder nicht. Besonders wenn es sich um einen Polizeibeamten handelt, und ganz besonders bei einem Mord, der in der Presse breitgetreten wird. Durch die Publizität teilt man dem wahren Mörder mit, daß bei der Fahndung etwas schiefgegangen ist. Und durch die Publizität fügt man dem möglicherweise unschuldigen Verdächtigen nicht widergutzumachenden Schaden zu.

Nein, hätte man Rune Jansson entscheiden lassen, hätte es eine Hausdurchsuchung, doch keine Festnahme gegeben. Aber zu diesem Zeitpunkt war Rune Jansson kaum mehr als die Nummer Vier in der Rangordnung der Voruntersuchung. Er hatte sich der Sache zwar annehmen dürfen, als sie im Morddezernat zum erstenmal auf den Tisch kam. Doch das lag daran, daß es ein Freitagnachmittag gewesen war, daß er Diensthabender gewesen war und sein Chef frei hatte. Danach wurde offiziell der Polizeidirektor Leiter der Voruntersuchung, der die Funktion jedoch an den Chef des Morddezernats weiterreichte, der wiederum die laufende praktische Arbeit an Jansson delegierte. Als dann ein Verdächtiger auftauchte, etablierte sich der Oberstaatsanwalt endgültig als Leiter der Voruntersuchung. Nein, Rune Jansson hatte auf den nach seinem Urteil zu spontan gefaßten Festnahmebeschluß keinen Einfluß gehabt.

Allerdings hatte er keineswegs die Hände in den Schoß gelegt und nur darauf gewartet, daß Polizeiassistent Tore Hammar zu Kreuze kroch und gestand. Jansson hatte weiter im Notizbuch des Opfers geschnüffelt und dort etwas Merkwürdiges gefunden, das sich als bedeutungsvoll erweisen konnte.

Doch jetzt ging es um das entscheidende Verhör mit dem zu diesem Zeitpunkt unbeliebtesten Mitglied des Polizeikorps von Norrköping. Donnerkeil sollte sich Punkt 10 Uhr in Begleitung seines Anwalts in Rune Janssons Dienstzimmer einfinden.

Rune Jansson ertappte sich dabei, daß er das kommende Verhör als entscheidend ansah. Und einzig entscheidend konnte nur sein, daß es Gründe geben würde, Donnerkeil auf freien Fuß zu setzen, da er vermutlich unschuldig war. Rune Jansson konnte sich kaum sachliche Gründe nennen, doch er glaubte an Hammars Unschuld.

Der Staatsanwalt wartete schon in Rune Janssons Zimmer. Er entschuldigte sich, daß er sich diese Freiheit genommen habe. Rune Jansson murmelte, es sei schon in Ordnung, während er das Tonbandgerät für das entscheidende Verhör bereitmachte.

Erneut ertappte er sich bei der Vorstellung, es werde zu einer Entscheidung kommen. Der Festgenommene und sein Anwalt erschienen drei Minuten zu spät. Es war ein typischer Prominentenanwalt aus Stockholm. Er roch nach Parfüm und trug eine Krawatte in einem geblümten, wirren Muster sowie einen Maßanzug, der außerordentlich teuer aussah. Ach ja, wenn es gut sein soll, kostet's Geld, dachte Rune Jansson.

»Ich glaube, wir können diese Angelegenheit ziemlich schnell hinter uns bringen«, sagte der Anwalt, nachdem sich alle begrüßt und gesetzt hatten. Tore Hammar blickte mürrisch zu Boden.

Das habe ich gern, dachte Rune Jansson. Ein Bulle sitzt bloß zwei Tage wegen Mordverdachts ein und macht schon ein saures Gesicht.

»Es handelt sich nämlich um einen ziemlich typischen Fall, dem wir alle unter vergleichbaren Umständen schon begegnet sind«, fuhr der Anwalt fort und blätterte in einigen Aufzeichnungen, bevor er fortfuhr: »Zu dem fraglichen Zeitpunkt befand sich mein Klient nämlich zu Hause bei Polizeiassistentin Gunda Magnusson. Ich glaube, sie arbeitet im Diebstahlsdezernat. Der Grund dafür, daß Polizeiassistent Hammar sich nicht schon früher zu dieser klärenden Aussage hat durchringen können, dürfte wohl auf der Hand liegen, meine Herren. Es würde sich natürlich nachteilig auf das Verhältnis zu seiner Lebensgefährtin auswirken, nicht zuletzt weil diese ein Kind erwartet, nun ja, Sie verstehen. Es ist der ausdrückliche Wunsch meines Klienten, daß diese Information vertraulich behandelt wird, daß eventuelle Vernehmungsprotokolle zu diesem im Grunde bedeutungslosen Abschnitt der gesamten Voruntersuchung folglich gestrichen werden. Na ja, Sie wissen schon ... sonst kommt es in die Zeitung, und im Haus würde auf jeden Fall heftig getuschelt werden, wie ich vermute.«

Das war alles.

Jetzt hieß es nur noch, ein kurzes förmliches Verhör zu veranstalten, das Tonbandgerät abzuschalten und die zwangsläufige Vernehmung von Polizeiassistentin Gunda Magnusson den dafür zuständigen Beamten zu überlassen. Allen Anwesenden im Raum war klar, daß Donnerkeil schon am selben Nachmittag auf freien Fuß gesetzt werden würde.

Als der Anwalt und sein Klient gegangen waren, beugte sich der Staatsanwalt vor und verbarg das Gesicht in den Händen. Rune Jansson fiel es nicht schwer zu begreifen, was in seinem Kopf vorging.

»Verflucht noch mal, ein ganz gewöhnlicher beschissener Seitensprung also«, stöhnte der Staatsanwalt.

»Ja, das kommt ja in den besten Familien vor. In den schlechtesten allerdings auch. Was machen wir jetzt?«

»Wir verhören Gunda Magnusson und lassen diesen Scheißkerl laufen.«

»Gedenkst du etwas wegen der Mauschelei mit diesem Fuchs zu unternehmen, versuchte Anstiftung zum Meineid, oder was immer es sein könnte?«

»Keine Ahnung, aber dazu werde ich später Stellung nehmen. Im Augenblick scheint mir das weniger wichtig zu sein. Wenn du mich bitte entschuldigst, ich muß eine Anklage vorbereiten.«

Der Staatsanwalt ging.

Rune Jansson zog die Kassette aus dem Tonbandgerät und ging damit zu den Schreibdamen, um das Protokoll schreiben zu lassen. Dann wälzte er die Vernehmung der Kollegin Magnusson auf die Vernehmungsgruppe ab und begab sich zum Polizeidirektor. Er war auf ein merkwürdiges Hindernis gestoßen. Und es bedurfte offensichtlich größerer Autorität als der eines stellvertretenden beigeordneten Voruntersuchungsleiters in Gestalt eines Kriminalinspektors, um dieses Hindernis zu überwinden.

Eine der Telefonnummern im Notizbuch des Opfers gehörte nämlich einer Firma namens Hamilton Data System AB in Stockholm. Es war ein recht kleines Unternehmen mit rund fünfzehn Angestellten. Der Eigentümer und Geschäftsführer hieß Carl Gustaf Gilbert Hamilton und war offenbar irgendein Offizier. Seltsamerweise hatte sich herausgestellt, daß fünf oder sechs Offiziere in diesem Unternehmen arbeiteten. Rune Jansson konnte sich diese eigentümliche Konzentration von Militärs in einem kleinen Beratungsunternehmen der EDV-Branche nicht erklären, so daß er den Verbindungsmann von Säk gebeten hatte, sich die Sache einmal anzusehen. Und jetzt, rund vierundzwanzig Stunden später, hatte diese Bitte dazu geführt, daß der Bursche von Säk ein Gesicht machte, als hätte er auf eine Zitrone gebissen, als Rune Jansson jetzt bei ihm erschien und wissen wollte, was der andere herausgefunden hatte. Der Mann von Säk ließ durchblicken, die Zentrale in Stockholm habe den Fall an sich gezogen. Er deutete ferner an, daß man diese Figuren von Hamilton Data System AB nicht anrühren dürfe. Für Rune Jansson war das inakzeptabel. Es sei, meinte er, ja nicht gerade uninteressant, daß das Opfer die Telefonnummer einer Firma besessen habe, in der militärisches Personal arbeite, die Nummer einer Firma überdies, die Leute von Säk aussehen lasse, als hätten sie auf eine Zitrone gebissen.

Rune Jansson hielt es für selbstverständlich, daß man das Personal dieser Firma sofort unter die Lupe nehmen müsse.

Der Polizeidirektor handelte schnell. Er rief sofort den sogenannten Beobachter der Sicherheitspolizei in der Fahndungsleitung zu sich und bat um eine Erklärung. Rune Jansson saß noch im Zimmer, als der Verbindungsmann von Säk sein Gesicht erneut in gequälte Falten legte. Er rückte seine Brille zurecht und strich sich mit einer Handfläche über die Revers seines Jacketts.

»Wißt ihr, diese Sache scheint nicht ganz einfach zu sein. Ich weiß nicht, ob wir da so einfach reintrampeln können. Stockholm ist gerade dabei, sich die Sache zu überlegen«, erklärte der Sicherheitsmann.

»Ach was, was soll schon sein? Das Opfer hatte in mehr als nur einer Hinsicht Verbindung zu Militärs, und hier sitzen ein paar Militärs, also wo liegt das Problem?« schnaubte der Polizeidirektor.

»Nun ja ... soviel ich weiß, aber am besten sprecht ihr doch mit dem Abteilungschef von Büro B in Stockholm oder gleich direkt mit dem Chef der Sicherheitsabteilung ...«

»Soviel ich weiß, was soll das heißen?« brüllte der Polizeidirektor erstaunlich hitzig.

»Nun ja ... diese Firma da ... das ist keine gewöhnliche Firma, wie man so sagt ...«

»Ach nein. Und?«

»Also, es ist ein Teil von ... sie gehört eigentlich zum Generalstab. Sie ist ein Teil des Nachrichtendienstes. Also verdammt sensibel.«

»Was soll das heißen, Nachrichtendienst?«

»Na ja, IB, oder wie das heißt ... unsere Spione, könnte man sagen.«

»Haben wir so was? Hier in Schweden?«

»Ja, das haben doch alle. Alle Länder, meine ich. Jedenfalls stößt es auf gewisse Probleme, in diesen Kreisen mit einer Mordermittlung aufzukreuzen.«

Rune Jansson spürte plötzlich, wie unkontrollierte Wut in ihm aufstieg. Er konnte nicht anders, er mußte sich einschalten.

»Was mich betrifft, so kenne ich keine Kreise, in der sich Mordermittlungen besonderer Beliebtheit erfreuen. Bei normalen Polizeibeamten wie uns kann man auch nicht einfach mit so was aufkreuzen!« brüllte er, bereute seine Äußerung jedoch sofort, als ihn ein harter Blick des Polizeidirektors traf.

»Zurück zur Tagesordnung, wenn ich bitten darf. Rein sachlich kann ich da nur zustimmen«, flocht der Polizeidirektor schnell ein. »Du meinst, Säk in Stockholm will die Vernehmungen selbst übernehmen?«

»Ich weiß nicht, aber sie kennen den Stand der Ermittlungen ja nicht.«

»Haben sie *verlangt*, die Leute in dieser Firma selbst zu vernehmen?«

»Nein, soviel ich weiß, nicht.«

»Gut. Dann werden wir das für uns verlangen. Hab erst mal vielen Dank für deine Hilfe.«

Der Bursche von Säk blieb sitzen und blickte einfältig vor sich hin, ohne zu begreifen, daß man ihn gerade entlassen hatte.

»Hab vielen Dank für deine Hilfe, auf Wiedersehen!« verdeutlichte der Polizeidirektor.

Als er und Rune Jansson allein waren, versuchte der Polizeidirektor, die Chefs der schwedischen Sicherheitspolizei zu erreichen, kam aber nicht durch.

»Du übernimmst die Sache persönlich«, sagte er. »Verhör diese Typen, fang mit dem Eigentümer an, und dann pfeifen wir darauf, wie sensibel oder militärisch dieser Laden ist. Du kannst der guten Form halber ja ein bißchen diskret sein, wenn du sie besuchst, aber tu es!«

Eine halbe Stunde später war Rune Jansson von der Telefonzentrale des Generalstabs kreuz und quer verbunden worden, bis er endlich zu einem Kapitän zur See durchgestellt wurde, der behauptete, Chef des gesamten Nachrichtendienstes zu sein.

Das Personal der Data System AB stehe der Polizei selbstverständlich zur Verfügung, doch wäre es wünschenswert, wenn die offenbar notwendigen Vernehmungen in diskreter Form erfolgen könnten, auch wenn es sich um reine Routine handle. Unter gar keinen Umständen dürften sie in den Geschäftsräumen der Firma erfolgen, die im engsten Wortsinn militärisches Territorium seien. Überdies sei alles, was diese Firma betreffe, so streng geheim, daß die zivile Polizei unter gar keinen Umständen Namen und Adressen der Betroffenen in öffentlich zugänglichen Protokollen verwenden dürfe. Die Protokolle müßten unter Hinweis auf einen Paragraphen, der die Sicherheit des Reiches betreffe, unter Verschluß gehalten werden. Zudem dürfe niemand ohne Anwesenheit von Personal des zivilen oder militärischen Sicherheitsdienstes vernommen werden.

Was den Eigentümer des Unternehmens angehe, sei er in der nächsten Zeit nicht zu sprechen. Herr Hamilton befinde sich auf einer Dienstreise im Ausland.

Nach beendetem Telefongespräch rief Kapitän zur See Samuel Ulfsson sofort den Chef der schwedischen Sicherheitspolizei an. Und wurde sofort durchgestellt. Es sei ein sehr kitzliges Problem entstanden, und es sei am besten, wenn die Sicherheitspolizei die Angelegenheit übernehme.

Zur gleichen Zeit saß Kriminalinspektor Rune Jansson an seinem Schreibtisch und starrte das Telefon an. Er war nicht ganz sicher, welche praktischen Konsequenzen seine soeben durchlittene Unterhaltung mit sich bringen würde.

Zehntausend Meter über ihm flog gerade eine DC 9 der Swissair mit einem großen weißen Kreuz auf der roten Schwanzflosse in südliche Richtung. Unter den Fluggästen befand sich ein frischgebackener Militärattaché, der jedoch Zivilkleidung trug und mit seiner rauchfarbenen Brille und seiner teuren, modischen Kleidung eher wie ein junger Geschäfts- oder Werbemann aussah. Die Maschine war auf dem Weg nach

Zürich. Der junge Geschäftsmann, der in Wahrheit Militärattaché oder vielmehr *field operator* des schwedischen Nachrichtendienstes war, befand sich auf dem Weg nach Kairo.

In der sowjetischen Botschaft in Stockholm stand Oberst Jurij Tschiwartschew mit auf dem Rücken gefalteten Händen am Fenster und starrte düster und ungeduldig auf die blaue Neonschrift auf dem Dach des gegenüberliegenden Gebäudes. *Svenska Dagbladet* war nicht nur ein heftig antisowjetisches Presseorgan, es war auch die Zeitung, welche die schwedische Gegenseite am häufigsten für ihre Interessen einspannte. All diese ewigen unbewiesenen Geschichten über militärische Aktivitäten der Sowjetunion an den Küsten Schwedens.

Für das GRU war es in den letzten Jahren zunehmend wichtiger geworden, die verschiedenen Propagandavorstöße der schwedischen Gegenseite im Detail zu studieren und zu analysieren, da die Schweden oft so amateurhaft vorgingen, daß sie sich gelegentlich verplapperten. In ihrem Eifer, auf dem Weg über die rechtsgerichtete Zeitung die Bevölkerung von der Notwendigkeit einer stärkeren Verteidigung zu überzeugen, ließen Offiziere der mittleren Ebene von Zeit zu Zeit Angaben durchsickern, aus denen das GRU schließen konnte, wieviel die Schweden eigentlich wußten.

Natürlich hatte die militärische Führung Schwedens mehr als nur einmal Grund gehabt, mit den Zähnen zu knirschen. Oberst Tschiwartschew lächelte. Schweden war ein seltsames Land, diszipliniert, zentral regiert, liberal und anarchistisch zugleich. Nicht einmal der Oberbefehlshaber des Landes hatte dem Unfug ein Ende machen können, obwohl er sogar versucht hatte, die Zeitung zu verklagen. Er hatte vor Gericht verloren. Im Grunde war es vollkommen wahnsinnig. Die Zeitung hatte Angaben über eine polnisch-sowjetische Operation veröffentlicht, die insofern mißlungen war, als die Operateure erwischt und vor Gericht gestellt worden waren. Das Gericht hatte sie aber – selbstverständlich – freigesprochen. Man hatte sie zuvor nicht einmal richtig verhört.

Doch in ihrem Eifer, die schwedische Bevölkerung von der Bedeutung des enthüllten Unternehmens zu überzeugen, hatten das Blatt und seine Militärexperten eine ausführliche Karte veröffentlicht, auf der man mit exakten Prozentzahlen angab, wie viele Luftwaffenoffiziere auf jeder schwedischen Flugbasis von polnischen »Bilderverkäufern« Besuch erhalten hätten.

Die Angaben stammten natürlich aus einer streng geheimen internen Ermittlung des schwedischen Generalstabs. Doch da das polnische UB natürlich genaue Angaben darüber besaß, wie viele Luftwaffenoffiziere besucht worden waren, brauchte man nur noch diese Zahlen mit den Prozentzahlen der Karte der Zeitung zu vergleichen, um ein exaktes Bild davon zu gewinnen, wie viele schwedische Piloten in jedem Geschwader ständig in Bereitschaft waren. Die Zeitung hatte alles auf einem silbernen Tablett serviert.

Oberst Tschiwartschews Vorgänger als Resident, das heißt als Chef der Stockholmer Abteilung des GRU, hatte kurz vor seiner Ablösung ein langes Gespräch mit seinem Nachfolger geführt, um diese spezifisch schwedischen Umstände zu erläutern. Doch da Tschiwartschew selbst aus einem »harten« Land gekommen war, fiel es ihm schwer zu glauben, was er zu hören bekam. Im internen Jargon des GRU wird zwischen »harten« und »weichen« Ländern unterschieden. Die USA, Frankreich, Großbritannien und die Bundesrepublik Deutschland gelten als ausgeprägt »harte« Länder. Finnland, Schweden und Österreich hingegen sind »weiche« Staaten, Staaten, in denen sich vor allem die taktisch-operative Tätigkeit auf einem wesentlich höheren Risikoniveau betreiben ließ als in einem »harten« Land. Tschiwartschews Vorgänger hatte betont, daß ein GRU-Offizier kaum Gefahr lief, irgendwann geschnappt zu werden, es sei denn wegen Trunkenheit am Steuer. Es hatte sich wie reiner Scherz angehört, aber in Wirklichkeit war es später einmal genauso passiert.

Beim GRU gab es einen klassischen Scherz über einen jungen Kollegen vom Konkurrenten KGB, der schon kurz nach der Ankunft in Stockholm damit begonnen hatte, verblüffend detaillierte militärische Informationen an die Zentrale in Moskau zu liefern. Das war irgendwann in den fünfziger Jahren gewesen.

Die Zentrale hatte einen Teil dieser Informationen an die Analyseabteilung der GRU in Stockholm zurückgeschickt, um sie prüfen zu lassen, mit dem Ergebnis, daß man immer wieder nur feststellen konnte, daß die Angaben vollkommen korrekt zu sein schienen. Und der junge Leutnant schaffte es, sich noch bis zum Major befördern zu lassen, bis man die Quelle seiner fabelhaften Berichte entdeckte.

Er war ganz einfach in eine Bibliothek in der Stockholmer Innenstadt gegangen, hatte die Militärrolle verlangt, diese dann Stück für Stück abgeschrieben und die Angaben nach Hause geliefert. Damals hatte sich in Moskau noch niemand vorstellen können, daß ein Land der Gegenseite sämtliche Offiziere, ihre Funktionen, Auszeichnungen und früheren Verwendungen in öffentlich zugänglichen Akten aufführte. Doch Schweden war so ein Land und ist es noch heute.

Oberst Tschiwartschew ging ungeduldig im Zimmer auf und ab. Er hatte einen neuen Chiffriertechniker bekommen, und der Bericht ließ auf sich warten; sein früherer Chiffreur wäre schon längst fertig gewesen. Der ständige Austausch von Chiffrierpersonal war ein Problem. Doch andererseits konnte man diese Leute verstehen. Ihr Leben war kein Honigschlecken. Sie hatten Auslandsposten, bekamen von dem jeweiligen Land aber nicht mehr zu sehen als die Straße zum Flughafen. Sie durften nie das Botschaftsgebäude verlassen, da sie zuviel wußten. Jeder höhere GRU-Offizier hatte seinen persönlichen Chiffriertechniker.

Ein Geräusch in der Gegensprechanlage. Endlich kam der Bericht. Der Chiffriertechniker wirkte nervös, vielleicht weil es lange gedauert hatte, vielleicht lag es auch daran, daß er zum erstenmal ein Dokument dieser Art zu sehen bekommen hatte. Er meldete sich zur Stelle und übergab den Bericht mit übertriebener Zackigkeit.

Jurij Tschiwartschew bat ihn zu gehen. Die mögliche Antwort werde vermutlich Zeit brauchen.

Der GRU-Chef ließ sich schwer auf den Stuhl hinter seinem Schreibtisch fallen und wog den Aktendeckel in der Hand. Um der Wahrheit die Ehre zu geben, erhielt auch er selbst nicht oft eine Kopie dessen, was sich jetzt in dem Ordner verbarg. »Tägliche Nachrichteninformation« – das hört sich recht anspruchslos an, doch die tägliche Zusammenstellung, um die es ging und die um 6 Uhr jeden Morgen verteilt wurde, wurde normalerweise nur von den Mitgliedern des Politbüros und der höchsten militärischen Führung gelesen. Das Informationsdirektorat des GRU bearbeitet ständig, vierundzwanzig Stunden am Tag ohne jede Unterbrechung, den Strom von Hunderttausenden wichtiger und weniger wichtiger Angaben und siebt in mühseliger Kleinarbeit das Wesentliche heraus, bis die »tägliche Nachrichteninformation« vorliegt.

Und jetzt ging es augenscheinlich um Schweden, und das war schon lange nicht mehr passiert. Oberst Tschiwartschew strich ein paar nicht vorhandene Eselsohren der ersten Seite glatt, holte tief Luft und begann zu lesen.

In dem Bericht ging es ausschließlich um einen Vizeadmiral namens Gennadij Alexandrowitsch Koskow, den Oberst Tschiwartschew flüchtig kannte und noch vor einem Jahr bei einer Konferenz in Kaliningrad getroffen hatte, bei der es um die künftigen Übungen der Divisionsverbände im Ostseeraum gegangen war.

Mit einem einstimmigen Beschluß des Politbüros war Vizeadmiral Gennadij Alexandrowitsch wegen Landesverrats zum Tode verurteilt worden. Er und seine Familie seien in den Westen desertiert. Die Familie habe sich über die Türkei in die USA abgesetzt und befinde sich jetzt in den Händen der CIA. Gennadij Alexandrowitsch selbst habe sich von einem Flottengeschwader in Alexandria abgesetzt und aus bisher unbekannten Gründen in der schwedischen Botschaft in Kairo Zuflucht gesucht. Die schwedische Regierung habe ihm politisches Asyl gewährt und bereite gegenwärtig wohl seinen Transport nach Schweden vor.

Es sei von außerordentlicher Bedeutung, das Todesurteil zu vollstrekken, bevor Gennadij Alexandrowitsch Schweden oder die USA erreiche.

Die GRU-Stationen im Nahen Osten hätten besondere Direktiven erhalten.

Das Achte Direktorat des GRU – zuständig für Länder außerhalb der NATO – habe mitgeteilt, daß man in Kairo mit ägyptischen Kontaktleuten über eine lokale Lösung des Problems verhandelt habe, doch stelle die ägyptische Seite ultimative Forderungen, die mit Rücksicht auf laufende diplomatische Initiativen – eine Verbesserung der Beziehungen zwischen der Sowjetunion und Ägypten – nach Möglichkeit respektiert werden sollten.

Die Ägypter hätten verlangt, daß keinerlei Aktion gegen Gennadij Alexandrowitsch stattfinden dürfe, solange er sich in der schwedischen Botschaft in Kairo befinde, da Ägypten für die Sicherheit der Botschaft garantiere. Andererseits hätten sich die Ägypter insofern als entgegenkommend erwiesen, als sie die Schweden dazu gebracht hätten, Gennadij Alexandrowitsch bei der geplanten Reise nach Schweden keinen umfassenden Schutz zu gewähren. Die Ägypter hätten verlangt, nur ein einziger Schwede dürfe den Verräter beim Transport als Schutzwache begleiten, und die Schweden seien zum allgemeinen Erstaunen darauf eingegangen. Den Namen des fraglichen Begleiters kenne man inzwischen: Carl Gostaf Gamilton. Die Zentrale verlange Angaben über Gamilton, den man früher als schwedischen Reserveoffizier geführt habe.

Dann folgten einige praktische Anweisungen, die in erster Linie die Station in Kairo und in gewissem Umfang auch die in Damaskus betrafen. Auf deren Schultern ruhte jetzt die unmittelbare operative Verantwortung.

Von der Stockholmer Station des GRU wurden in aller Eile zwei Dinge verlangt: Erstens sämtliche zugänglichen Angaben über besagten Gamilton, zweitens Planungsvorschläge für den Fall, daß es Gennadij Alexandrowitsch gelang, nach Schweden zu kommen. Die Angelegenheit, so wurde betont, habe höchste Priorität. Alle anderen Aktivitäten, die einer Lösung des Problems im Weg stehen könnten, müßten sofort abgebrochen werden. Die Zentrale erwarte umghend Antwort.

Jurij Tschiwartschew ertappte sich dabei, daß ihm der Schweiß auf der Stirn ausbrach. Er konnte sich lebhaft vorstellen, was für Widrigkeiten seinem Land blühten, wenn ein so hochgestellter Kollege innerhalb der Organisation zur CIA überlief.

Er klappte langsam den Aktenordner zu. Im Gedächtnis hatte er schon nach Carl Gustaf Gilbert Hamilton gekramt, und überdies hatte er in seinem Panzerschrank eine Akte, die diesen Mann betraf. Tschiwartschew erhob sich schwerfällig, ging zu seinem Panzerschrank hinüber und fummelte eine Weile an der Kombination herum, bis er endlich das Schloß aufbekam. Er ließ die Tür des Panzerschranks offenstehen, während er wieder an seinen Schreibtisch ging und sich hinsetzte, um zu lesen. Auf dem Umschlag der Mappe stand »Hauptmann Carl Gustaf Gilbert Hamilton alias Coq Rouge«. Jemand, vielleicht Tschiwartschew selbst, hatte das Wort »Hauptmann« mit Bleistift durchgestrichen und es durch die russische Entsprechung des Worts »Korvettenkapitän« ersetzt.

Oberst Tschiwartschew las mit zunehmender Melancholie. Irgendwie hatte ihm dieser junge Mann gefallen, den er noch nie gesehen oder getroffen hatte. Er war ein richtiger Mann, in diesem Punkt gab es keinerlei Zweifel. Er hatte vor ein paar Jahren eigenhändig vier israelische *agents provocateurs* erledigt. Und er hatte offenbar gemeinsam mit den Westdeutschen die Operation durchgeführt, die als eine Art Endlösung der

Terroristenfrage galt, dreizehn Tote in Hamburg mit Hilfe des jungen Hamilton, dazu zwei Tote in Syrien, die Hamilton vermutlich selbst erledigt hatte. Ein talentierter Junge, sehr gute Einsätze, angenehm, solange er gegen gemeinsame Feinde operierte, doch schade, daß wir jetzt auf verschiedenen Seiten landen müssen, dachte Oberst Tschiwartschew.

Er konnte die Schweden allerdings verstehen. Wenn es ihnen nur möglich war, einen einzigen Begleiter zu schicken, war es ihnen nicht zu verdenken, daß sie ihren besten Mann schickten, selbst mit dem Risiko, daß dieser Nachrichtenmann dabei »verbrannte«, das heißt für künftige geheimdienstliche Tätigkeiten nicht mehr in Frage kam.

Oder mit dem Risiko, daß er getötet wurde, was jetzt wahrscheinlich die Folge sein würde. Wirklich sehr schade um einen so guten Jungen.

Nun ja, jetzt ging es jedenfalls darum, der Zentrale mitzuteilen, daß nicht irgendein x-beliebiger Diplomat Gennadij Alexandrowitschs Begleiter auf dem kurzen Flug werden sollte, wie immer der enden würde. Hamiltons Kompetenz stellte ohne Zweifel eine gewisse Komplikation dar.

Doch die operative Verantwortung ruhte gegenwärtig nicht auf den Schultern Jurij Tschiwartschews, sondern auf denen einiger Kollegen in Kairo, die innerhalb einiger Stunden vor Hamilton gewarnt werden und sämtliche verfügbaren Angaben über ihn erhalten sollten. Das war jetzt vordringlich.

Der Ordner enthielt kein Bild von Hamilton, das mußte jetzt möglichst schnell beschafft werden. Die restlichen Angaben konnten sofort chiffriert und an die Zentrale gefunkt werden.

Jurij Tschiwartschew rief schnell seinen Chiffreur zu sich, gab ihm Hamiltons Akte und ließ dann seinen nächsten Untergebenen kommen, der zwar den Rang eines Generalmajors hatte, aber dennoch nur stellvertretender Resident war. Beim GRU gilt nicht die normale Rangordnung des Militärs. Ein paar Minuten später stand der Generalmajor in Habtachtstellung vor dem Obersten.

Es gehe darum, erklärte Tschiwartschew, schnell, möglichst innerhalb weniger Stunden, das Foto eines gewissen Korvettenkapitäns namens Carl Gustaf Gilbert Hamilton zu beschaffen. Die Angelegenheit sei äußerst dringlich und habe eine wichtige operative Funktion.

Der Generalmajor konnte nur vermuten, was »äußerst wichtige operative Funktion« heißen sollte – und daß es für den Betreffenden vermutlich nichts Gutes zu bedeuten hatte –, doch er besaß nicht das Recht zu fragen, sondern nur zu gehorchen. So verließ er sofort den Raum, um den Auftrag zu erledigen.

In einem »weichen« Land wie Schweden schien es eine leichte Aufgabe zu sein, selbst Fotos vom Personal des militärischen Nachrichtendienstes zu beschaffen. In einem »harten« Land wäre es unmöglich.

In den harten Ländern gab es keine öffentlichen Paßregister, in denen sogar die Fotos der Allgemeinheit zugänglich waren. Dies war der Grund, weshalb die schwedische Skandalpresse immer wieder Bilder von verunglückten Schweden veröffentlichen konnte, ein unbegreiflicher Unfug, wie Tschiwartschew meinte.

Alle Schweden, selbst Nachrichtenoffiziere, besaßen ja Pässe. Zunächst ging es nur darum, die vier letzten Zahlen der Personennummer des Objekts zu finden, der Rest war dann eine Kleinigkeit.

Diese Aufgabe mußte jedoch jemandem übertragen werden, der nicht zum Botschaftspersonal des GRU gehörte. Und wie der Zufall es wollte, komplizierte sich der Auftrag des Generalmajors ein wenig. Überdies war es Freitag, und schwedische Ämter und Behörden sind am Wochenende geschlossen.

Hamilton stand zudem nicht im Telefonbuch, was die Jagd auf die letzten vier Zahlen seiner Personennummer verzögerte.

Und der Journalist bei *Dagens Nyheter,* der das Paßbild auch am Wochenende hätte besorgen können, befand sich im Ausland.

So kam es, daß das Foto von Korvettenkapitän Hamilton erst am folgenden Montag um 10.17 Uhr in Händen des GRU war. Und dieses verdrießliche Detail würde unerwartete Konsequenzen haben.

Carl fühlte sich gesund, munter und stark. Das letzte Material von Bedeutung, das er sich einprägen mußte, Informationen über schwedische Militärs im Nahen Osten, hatte er auf einer Toilette des Züricher Flughafens vernichtet. Jetzt wiederholte er in Gedanken methodisch, welche Vorbereitungen noch zu treffen waren, während er sich sorglos mit seinem Nachbarn unterhielt, einem ägyptischen Geschäftsmann. Sie sprachen über die Zukunft der Computertechnologie.

Auf dem Züricher Flughafen hatte es aus unbekanntem Anlaß verstärkte Sicherheitskontrollen gegeben, so daß man das Handgepäck der Transitpassagiere vor dem Umsteigen erneut kontrolliert hatte. So war Carls weinrote, elegante, aber verblüffend schwere Kameratasche an diesem Tag schon zum zweitenmal durchleuchtet worden, ohne daß der Kontrollbeamte etwas anderes gesehen hätte als zwei Kameras und einige Objektive.

Denn genau das zeigten die Pleyxiglasbildschirme unter dem Futter. Und wenn man die Tasche öffnete, lagen dort Kameras. Es sah alles so aus wie auf dem Röntgenschirm. Doch zwischen Plexiglas und Kameras war ein ansehnliches Arsenal todbringender Instrumente versteckt; so schwer war die Tasche noch nie beladen gewesen. Es gab viele hypothetische Situationen, auf die Carl sich vorbereiten mußte.

Hätten die Flughafenkontrolleure Geigerzähler gehabt, um die Radioaktivität zu messen, hätte diese Tasche die Nadel kräftig ausschlagen lassen. Sie enthielt nämlich ein kleines Plastikgestell mit sechs Urankerngeschossen. Die Urankerne machten sie im Verhältnis zu ihrer Größe extrem schwer. Der Urankern war von einem Kupfermantel umschlossen, der wiederum mit Teflon überzogen war. Die besonders starke Pulverladung der Patronen konnte ein solches Geschoß nicht nur durch alle bekannten schußsicheren Westen der Welt treiben, sondern auch mühelos fünf Zentimeter starkes Panzerblech durchschlagen lassen, was Carl bei einem Probeschießen im Wehrbeschaffungsamt selbst erlebt hatte. Nicht einmal die Panzer der schwedischen Armee waren mit so dickem Stahlblech ausgerüstet.

Doch Carl hatte sich auch mit dem anderen Extrem ausgestattet: Neun-Millimeter-Munition mit einer platten und weichen Bleispitze, die von einer besonders schwachen Pulverladung getrieben wurde. Dies für den Fall, daß er gezwungen sein würde, in einem Flugzeug zu schießen. Die Hohlspitzgeschosse mit normaler Pulverladung, die er ebenfalls erhalten hatte, waren für menschliche Ziele unter normalen Bedingungen gedacht. Die Urankerngeschosse waren für den Revolver vorgesehen – eine Pistole verträgt eine so starke Pulverladung nicht – und die übrige Munition für die Pistole.

Hinzu kamen ein paar Messer für verschiedene Zwecke, einige Instrumente, die wie Taschenrechner aussahen, mit Hilfe eines bestimmten Zahlencodes jedoch zu Handgranaten wurden, sowie einige Plastikampullen mit Chemikalien. Vermutlich hatte sich noch kein Flugzeugentführer je mit einem auch nur annähernd großen Arsenal in eine Maschine begeben.

Das schwedische Außenministerium hatte dem Generalstab in dieser Hinsicht klare Anweisungen gegeben. Der Reisende dürfe keinerlei Waffen bei sich haben. Die Anweisungen hatten Carl nie erreicht; er hatte nur eine verbindliche Instruktion erhalten: *mit allen zu Gebote stehenden Mitteln* den sowjetischen Vizeadmiral nach Schweden zu bringen. Doch seine Vorgesetzten hatten die Ansichten der Politiker über Carls Ausrüstung mit einer Handbewegung abgetan. Dafür war er allein verantwortlich. Er war ja der einzige des gesamten Unternehmens, dem keine *deniability* zugestanden wurde.

Was Carl jedoch ausgezeichnet ins Konzept paßte. Er war vollkommen davon überzeugt, daß seine Mission erfolgreich sein würde. Zumindest war er sicher, daß es niemandem gelingen würde, ihn zu stoppen.

Im Grunde gab es in der bevorstehenden Operation nur ein wirklich kritisches Moment, nämlich den Transport von der Botschaft zum Kairoer Flughafen. Carl ging davon aus, daß die Russen zu diesem Zeitpunkt wußten, wo sich ihr Überläufer aufhielt. Folglich ging es hauptsächlich um zwei Probleme. Erstens: die Möglichkeit, daß die Russen während des Transports zum Flughafen zuschlugen. Zweitens: die Möglichkeit, den Vizeadmiral auf dem Flughafen zu erschießen oder zu vergiften. Doch Carl glaubte für alle denkbaren Eventualitäten gerüstet zu sein.

Zum erstenmal seit sehr langer Zeit fühlte er sich harmonisch und ausgeglichen, ja sogar glücklich. Er war unterwegs zu dem Punkt, auf den seine gesamte Ausbildung und alle Umwege der letzten zehn Jahre seines Lebens zugesteuert hatten.

Carl besaß nämlich eine recht genaue Vorstellung davon, welches Wissen der sowjetische Vizeadmiral mitbrachte. Samuel Ulfsson hatte Carl darüber zwei Stunden lang einen Vortrag gehalten und dabei angedeutet, daß die schwedische Regierung die Tragweite des geplanten Unternehmens vermutlich nicht erkenne. Die Minister schienen nicht zu begreifen, daß es sich um einen der größten Triumphe eines westlichen Nachrichtendienstes handelte, sie schienen zu glauben, es gehe fast um etwas wie eine triviale Militärangelegenheit, die höchstens einige unangenehme politische Komplikationen mit sich bringen könne, da Schweden für Koskow auf seinem Weg in die USA nur so etwas wie eine Zwischenstation sein solle.

Während der Taxifahrt in die Kairoer Innenstadt summte Carl leise vor sich hin, während er die Sicherheitsvorkehrungen musterte. Die Straße zum Flughafen war von verschiedenen militärischen Einrichtungen gesäumt. Hervorragend, um so mehr Sicherheit und um so schwieriger, ein Attentat zu planen. Der Flughafen hingegen hatte auf Carl einen überfüllten und unübersichtlichen Eindruck gemacht. Das war gut und schlecht zugleich. Es erschwerte Attentate mit Feuerwaffen, erleichterte jedoch bestimmte andere Methoden. Jeder konnte im Gedränge, gleichsam aus Versehen, mit einem anderen Menschen zusammenstoßen und dabei beispielsweise eine Giftampulle leeren, wie es bei dem berühmten Regenschirm-Mord des GRU in London geschehen war; das war inzwischen ein Standardfall in der Fachliteratur, und der Mord war tatsächlich sehr geschickt ausgeführt worden.

Wie die Botschaft aussah, wußte Carl schon. Sie schloß jeden Angriff von der Frontseite her aus. Dafür war die Rückseite des Hauses um so verwundbarer.

Carl bezahlte den Taxifahrer und läutete. Ein Ägypter erschien und nahm ihm das Gepäck ab. Er ging hinein, ohne daß die ägyptischen Sicherheitswachen in ihrem Schilderhäuschen an der Straßenecke eine Miene verzogen. Carl hielt es für mehr als zweifelhaft, ob der ägyptische Sicherheitsdienst irgendwelchen Schutz bot.

Eine grauhaarige, aber noch junge Sekretärin führte Carl in das helle Amtszimmer des Botschafters im Obergeschoß.

Botschafter Erland Rickfors war nicht allein, und Carl erkannte den zweiten Mann nur zu gut wieder. Er beschloß sofort, ihn als erhebliches Sicherheitsrisiko einzustufen.

Der Botschafter konnte sein Erstaunen nicht verhehlen, als er Carl die Hand gab. Sein Handschlag war schlaff und schwammig.

»Aha, willkommen, Herr Hamilton ... Darf ich bekannt machen: Dies ist mein zweiter Mann Göran Larsson.«

»Danke, wir kennen uns schon«, erwiderte Carl, als er und Göran Larsson sich feindselig begrüßten.

Das darf doch nicht wahr sein, dachte Carl. Der Idiot aus Beirut, der mir in Damaskus beinahe alles vermasselt hätte, und jetzt sitzt er hier.

»Ja, es ist richtig, Hamilton hat sich schon früher zu einigen absonderlichen Expeditionen im Nahen Osten aufgehalten«, sagte Göran Larsson und verzog abschätzig den Mund.

Die drei Männer setzten sich. Ein verlegenes Schweigen senkte sich über den Raum. Es war Sache des Botschafters, sich als erster zu äußern.

»Jaha ...«, begann er. »Wir befinden uns ja in einer vertrackten Situation. Doch zunächst ...«

»Verzeihung, daß ich Sie unterbreche«, sagte Carl, »aber Sie haben doch sicher einen abhörsicheren Raum in diesem Haus?«

»Na ja, so was haben sie in Moskau und an manchen anderen Orten, aber hier in Kairo ist der Bedarf nicht sehr groß«, erklärte der Botschafter zögernd.

»Ich kann es nicht verantworten, in diesem Raum etwas Wichtiges zu besprechen«, erklärte Carl scharf.

Der Botschafter hob die Augenbrauen und zeigte einen vollkommen echten und höchst greifbaren Ausdruck des Erstaunens.

»Es dürfte wohl Sache des Missionschefs sein, die Formen des Umgangs mit einem Korvettenkapitän zu bestimmen«, sagte Göran Larsson feindselig.

»Nein«, entgegnete Carl. »Sie kennen meinen Auftrag, und Sie müssen wissen, daß ich außergewöhnliche Befugnisse habe. Ich bin für die praktische Durchführung dieser Operation verantwortlich und nicht Sie.«

»Operation?« fragte der Botschafter verwundert.

»Ja, beim Militär drückt man sich so aus«, höhnte Göran Larsson.

»Hören Sie, so können wir nicht weitermachen«, sagte Carl. »Eines gedenke ich in diesem Raum jedoch nicht zu erzählen, nämlich wann und wie der Transport stattfinden wird. Lassen Sie uns über einiges andere sprechen, wir müssen ja davon ausgehen, daß der Feind die Lage kennt.«

»Welcher Feind?« fragte Göran Larsson ironisch. »Soviel ich weiß, haben wir keine Feinde.«

Carl biß kurz die Zähne zusammen, bevor er antworten konnte.

»Doch«, sagte er bemüht langsam. »Rein faktisch verhält es sich so, daß unter diesen Umständen die Russen unsere Feinde sind. Unser Gast hat nämlich einen solchen Rang, daß sie ihn keinesfalls lebendig in Schweden oder sonstwo ankommen lassen werden. Die Sache ist von solcher Bedeutung, daß für die Russen keine Diplomatie der Welt schwerer wiegen kann. Sie haben den Ernst der Lage offensichtlich nicht verstanden. Es ist so: Unser Gast riskiert, getötet zu werden, und wir übrigens auch. Vielleicht bringt Sie das dazu, ein wenig mehr Engagement zu zeigen.«

»Doch nicht hier in der Botschaft?« fragte der Botschafter und zog wieder die Augenbrauen hoch.

»Wahrscheinlich nicht. Doch lassen Sie uns zur Sache kommen. Er braucht einen schwedischen Paß. Ich habe ihn bei mir. Sie haben aber berichtet, er brauche ein ägyptisches Visum, stimmt das?«

»Ja«, erwiderte der Botschafter. »Mein Kontaktmann hat ausdrücklich verlangt, daß wir ihm den Paß für die Erteilung des Visums übergeben, sonst würde der Russe die Maschine nicht besteigen können oder so. Ich nehme an, daß sie das auch so ermöglichen könnten, aber sie stellen einfach diese Forderung.«

»Und darauf haben Sie sich eingelassen?«

»Ja.«

»Okay, dann müssen wir uns damit beeilen. Und ein regulärer Linienflug ist auch Bedingung?«

»Ja.«

»Haben die Ägypter etwas über Reiseroute, Fluggesellschaft oder Zeitpunkt gesagt?«

»Nein.«

»Gut. Darüber müssen wir noch ausführlicher sprechen. Vorläufig wünsche ich dann nur folgendes: Ich möchte unseren Gast unter vier Augen sprechen. Anschließend bekommen Sie ein Bild von ihm, also ein Paßfoto, dann besorgen Sie das Visum. Das wäre vorläufig alles.«

»Nun ja«, sagte der Botschafter betreten, »es ist vielleicht nicht Ihre Sache zu beurteilen, was vorläufig alles sei, junger Mann. Ich muß gestehen, daß mich Ihre Dreistigkeit ein wenig erstaunt. Als Missionschef habe ich ...«

»Als Missionschef haben Sie sich erstens blamiert. Zweitens, Herr Botschafter, gehöre ich keiner diplomatischen Mission an, sondern handle direkt auf Befehl des Oberbefehlshabers, also der Regierung.«

»Schon möglich, aber hier in der Botschaft ...«

»Hier in der Botschaft sind Sie nicht imstande, diese Angelegenheit zu regeln. Sie müssen ganz einfach meinen Instruktionen folgen.«

Der Botschafter machte ein Gesicht, als würde er gleich umfallen. Sein Stellvertreter Göran Larsson wußte offensichtlich nicht, wie er sich verhalten sollte; er hatte sehr eigentümliche und höchst schlechte Erfahrungen mit Carl gemacht.

Während die beiden anderen Männer zögerten, hob Carl entschlossen seinen Koffer hoch und warf ihn auf den Konferenztisch. Er klappte ihn auf und kramte eine schußsichere Weste und ein Schulterholster hervor. Er zog sich die Jacke aus, nahm die Brille ab und schnürte sich vor den sprachlosen Landsleuten schnell und mit geübten Griffen das Schulterholster um. Dann öffnete er sein Handgepäck und zog seine Beretta sowie zwei Magazine hervor, die er mit einer gewissen Sorgfalt auswählte. Eins schob er in den Kolben der Pistole, die er anschließend ins Schulterholster schob, das zweite steckte er in die Brusttasche. Dann zog er sich die Jacke an und rückte die rauchfarbene Brille zurecht, bereute es aber gleich wieder und steckte sie in die Jackentasche.

Die beiden anderen hatten ihn betrachtet, ohne etwas zu sagen und ohne sich zu rühren.

»Wie ich schon andeutete«, sagte Carl, als er fertig war und sich die schußsichere Weste zusammengerollt unter den Arm gesteckt hatte, »gilt Ihre gewohnte Routine nicht mehr. Im Augenblick verläuft nichts nach Routine. Ich will unseren Gast also in etwa einer Stunde treffen, und anschließend würde ich Sie beide gern draußen im Garten sehen. Läßt sich das einrichten?«

Der Botschafter streckte die Arme aus. Er mußte sich geschlagen geben. Als der Generalstab mitgeteilt hatte, man werde einen Militärattaché schicken, hatte er eine völlig andere Person mit einem vollkommen anderen Auftreten erwartet. Das hier war wahrlich kein richtiger Militärattaché, das war ein Monster, das Erland Rickfors in seinem friedfertigen Land nicht vermutet hatte.

»Ja«, sagte er. »Natürlich. Göran, willst du unseren Gast begleiten? Ich meine, geh doch erst zum Vizeadmiral hinüber und melde ihm die Ankunft des Herrn Korvettenkapitäns. Dann kannst du Hamilton begleiten?«

Göran Larsson schien an der Schwelle zu einer Befehlsverweigerung zu stehen.

Zehn Minuten später stand Carl mit pochendem Herzen vor einer schwedischen Birkenholztür im zweiten Stock der Privatwohnung von Botschafter Rickfors, rund fünfundzwanzig Meter vom eigentlichen Botschaftsgebäude entfernt. Auf der anderen Seite der Tür befanden sich die Antworten auf alle Fragen, die für die schwedische Küstenverteidigung Bedeutung hatten. So nahe und doch so fern.

Carl zog sich das Jackett zurecht, holte tief Luft und klopfte hörbar an die Tür. Er erhielt eine kräftige Antwort, betrat das Zimmer, schloß schnell die Tür hinter sich und nahm Haltung an, während er gleichzeitig so etwas wie ein Schwindelgefühl spürte.

Vor ihm stand ein frisch rasierter, kräftiger Mann mit grauen Haaren, der die Admiralsuniform der sowjetischen Marine trug.

»Korvettenkapitän Carl Gustaf Hamilton, zu Ihren Diensten, Sir. Man hat mir gesagt, daß Sie englisch sprechen. Ich hoffe, daß es stimmt, Sir.«

»Korrekt. Stehen Sie bequem!«

Auf diesen Befehl hin setzte Carl automatisch den rechten Fuß vor, blieb mit den Händen auf dem Rücken so stehen und fingerte an der schußsicheren Weste herum. So verharrte er und blickte starr geradeaus, während der Vizeadmiral um ihn herumging und ihn prüfend musterte.

»Sie sind also meine Begleitung, Herr Korvettenkapitän?« fragte der Admiral, als er seine Runde beendet hatte.

»Ja, Herr Admiral!« erwiderte Carl mit einem plötzlichen Rückfall in amerikanisches Soldatenverhalten. Er sah dem Vizeadmiral bei der Antwort nicht in die Augen.

»Hm«, knurrte der Russe und umrundete Carl erneut. Dann zog er einen Stuhl hervor und setzte sich. Carl blieb wie selbstverständlich in der gleichen Stellung stehen.

»Hat die schwedische Regierung einen einzigen Mann geschickt, um mich zu begleiten? Habe ich Sie da richtig verstanden, Korvettenkapitän?« fragte der Vizeadmiral mit fast demonstrativ hartem Tonfall.

»Das ist korrekt. Das ist mein Auftrag, und den gedenke ich auszuführen, Sir!« erwiderte Carl militärisch knapp.

»Was haben Sie da hinter dem Rücken?«

»Eine schußsichere Weste, Sir.«

»Ich nehme an, die soll für mich sein?«

»Korrekt, Sir.«

»Haben Sie vielleicht auch eine?«

»Nein, Sir!«

»Weshalb nicht?«

»Weil Sie das vorrangige Ziel sind und ich Bewegungsfreiheit brauche, Sir.«

Der Admiral schwieg eine Weile. Dann begann er zu lachen, zunächst leise glucksend, dann immer lauter.

»Bitte, setzen Sie sich, Herr Korvettenkapitän, setzen Sie sich doch«, sagte er und lachte jetzt recht lautstark.

Carl setzte sich auf die glattgestrichene Bettkante. Der Bettüberzug wies nicht eine Falte auf. Marinedisziplin, dachte er.

»Sagen Sie mir, junger Freund«, sagte der Vizeadmiral mit plötzlichem Ernst, »sagen Sie mir – hat die schwedische Regierung die Bedeutung dieses Unternehmens nicht verstanden?«

Carl überlegte kurz, bevor er antwortete.

»Ich bin dem schwedischen Oberbefehlshaber und seinen Anweisungen direkt unterstellt. Bei der militärischen Führung hat man die Bedeutung dieses Unternehmens in vollem Umfang erkannt, Sir.«

»Und was sind Sie für einer? Sind Sie Stabsoffizier?«

»Nein, Sir.«

»Welche Funktion haben Sie dann bei der schwedischen Marine?«

Carl überlegte, was er antworten sollte. Ihm ging allmählich auf, daß er diese eigenartige Situation irgendwie durchbrechen mußte, die ihn zwang, als Korvettenkapitän vor einem Vizeadmiral aufzutreten.

»Mit Ihrer Erlaubnis, Sir, darf ich Ihnen die Lage vortragen?«

»Sehr gut. Tun Sie das!« befahl der Vizeadmiral.

Carl holte Luft und versuchte, seine seelische Disposition zu ändern. Es mußte klar werden, daß er derjenige war, der zu entscheiden hatte.

»Herr Vizeadmiral«, begann er und spürte, wie er sich augenblicklich wieder in einen Gemeinen verwandelte, der vor einem Obergefreiten strammstehen mußte, »die ägyptischen Behörden haben für Ihren Transport nach Schweden Bedingungen gestellt, das heißt für die Ausreise aus Ägypten. Eine dieser Bedingungen besteht darin, daß nur ein einziger Mann Sie begleiten darf und daß der Transport diskret vor sich gehen muß. Wir auf schwedischer Seite haben den Eindruck gewonnen, daß sie unnötiges Aufsehen und jeden Lärm vermeiden wollen. Die militärische Führung meines Landes hat mich dazu ausersehen, den Auftrag auszuführen. Ich bin befugt, jederzeit abzubrechen, wenn ich es wünsche. Das also für den Fall, wenn Sie nicht mit mir zusammenarbeiten wollen oder ich den Verdacht bekomme, daß es sich um eine Falle handelt. Das Botschaftspersonal hat keinerlei Einfluß auf meine Entscheidungen. Sie und ich werden das Land per Flugzeug verlassen. Ich habe jedoch nicht die Absicht zu sagen, wie und wann. Wir wissen nicht, ob Ihre Landsleute Ihren Aufenthaltsort kennen, doch ich gehe bei meinen Vorbereitungen von dieser Voraussetzung aus. Für den Moment habe ich nur vor, eine Kamera zu holen und Sie aufzunehmen, damit wir Sie mit einem schwedischen Paß ausstatten können. Wie gesagt, ich kann mich im Moment nicht näher darüber äußern, wie der Zeitplan für das Unternehmen aussieht, aber ich möchte Sie bitten, sich bereit zu halten. Noch Fragen, Sir?«

Der Russe antwortete nicht. Statt dessen stand er entschlossen auf, ging zum Kleiderschrank und holte eine Whiskyflasche hervor. Dann nahm er zwei Gläser vom Glasbrett über dem Waschbecken. Mit Gläsern und Flasche in der Hand kehrte er zu seinem Stuhl zurück, zog den Nachttisch hervor, den er zwischen sie stellte, und goß zwei Gläser voll.

Carl zögerte. Er hatte seit Beginn des Auftrags keinen Tropfen Alkohol getrunken, und er war darauf eingestellt, daß es bis zum Ende des Auftrags so bleiben sollte. Doch die Situation lud nicht dazu ein, sich zu widersetzen.

Der Russe hob sein Glas, und sie tranken. Carl nippte nur, während der Russe sein Glas auf einen Zug leerte. Als sie ihre Gläser auf dem klapprigen kleinen Tisch abstellten, erhielt Carl einen ärgerlichen, deutlich mißbilligenden Blick seines militärisch wahrhaftig ranghöheren Gastgebers; Carl hatte in dessen Augen unmännlich getrunken.

»Sie sind also beim militärischen Nachrichtendienst«, stellte der Russe fest, während er sich ein neues Glas vollgoß und Carl einen fragenden Blick zuwarf, den Carl mit einer ablehnenden Geste beantwortete.

»Korrekt, Sir.«

»Gehört es zu Ihrem Auftrag, mit mir zu verhandeln oder mit einer Vernehmung zu beginnen?«

»Nein, Sir. Die militärische Führung meines Landes hat volles Verständnis für Ihren Wunsch, erst nach Schweden zu gelangen, bevor von einer Vernehmung die Rede sein kann. Mein Auftrag besteht darin, Sie auf möglichst sicherem Weg nach Schweden zu bringen.«

»Können Sie das?« lächelte der Russe. »Ein einziger Mann?«

»Ja, Sir! Falls Ihre Landsleute wissen sollten, daß Sie sich hier befinden, würde nicht einmal ein ganzer Spetsnaz-Verband Sie mit Sicherheit schützen können. Ich habe jedoch nicht vor, Sie jetzt schon in die praktischen Details einzuweihen, und das beruht nicht auf Mißtrauen, sondern ganz einfach darauf, daß ich die Angelegenheit hier drinnen nicht besprechen möchte.«

»Kennen Sie den Inhalt meines Briefes an die militärische Führung Ihres Landes?«

»In groben Zügen, Sir.« – »Sie haben dazu keinerlei Fragen?«

»Nein, Sir. Wir sind von der Authentizität des Inhalts überzeugt und kennen Ihre Identität. Im Augenblick haben wir nur den Wunsch, Sie so schnell wie möglich in Sicherheit zu bringen.«

Der Russe saß eine Weile stumm da. Es hatte den Anschein, als entschwebte er in Grübeleien, die von der gegenwärtigen Situation mit all ihren praktischen Problemen weit entfernt waren. Er rollte das leere Whiskyglas in der Hand herum, blickte plötzlich auf und suchte Augenkontakt. Er sah Carl lange forschend ins Gesicht.

»Junger Herr Marineoffizier, ich unterstelle mich hiermit Ihrem Befehl. Wie lauten die Anweisungen?« fragte der Russe, wobei er jedes Wort langsam und mit Nachdruck betonte.

Carl ahnte, daß er in Versuchung geraten würde. Die Antwort bot sich geradezu an. Er gab sich Mühe, so weich und neutral wie möglich zu antworten. »Herr Vizeadmiral«, begann er zögernd. »Ich danke Ihnen für Ihr Vertrauen. Seien Sie versichert, daß ich mein Äußerstes tun werde, um meine Aufgabe auf bestmögliche Weise zu lösen.«

Er machte eine Pause und änderte dann den Tonfall.

»Bis auf weiteres gebe ich Ihnen folgende Instruktionen: Von dem abgesehen, was sich schon in Ihrem Zimmer befindet, dürfen Sie nichts essen oder trinken, was Sie nicht von mir erhalten haben. Sie dürfen Ihr Zimmer nicht verlassen. Später werde ich Ihnen einen anderen Raum anweisen. Ich werde Sie jetzt einen Moment allein lassen, und wenn ich zurückkomme, mache ich ein paar Fotos von Ihnen, damit wir Ihre Papiere ausstellen können. Wir haben noch etwas Sorgen mit der Kleidung, aber darum werden wir uns auch noch kümmern. Dann werde ich noch Ihr Haar umfärben. Das ist vorläufig alles.«

»Mein Haar färben?«

Der Vizeadmiral sah eher amüsiert als überrascht aus.

»Richtig. Bevor ich das Paßfoto von Ihnen mache.«

»Meinen Sie, das hätte irgendwelche Bedeutung?«

»Vermutlich nicht, Sir.«

»Na ja, mein junger Herr Offizier, tun Sie, was Sie nicht lassen können.«

Der Vizeadmiral erhob sich, als hätte er sich entschlossen, die Audienz zu beenden. Carl nahm Haltung an und verließ dann den Raum.

Er machte einen kurzen Spaziergang über das Botschaftsgrundstück. Es sah gut aus. Wer in Schußposition kommen wollte, mußte auf den Fluß, und das konnte nur nachts geschehen. Schwedische Rollgardinen waren ein ausreichender Schutz gegen Infrarot-Zieleinrichtungen. Carl ging weiter, vorbei an dem schmutzigen kleinen Swimmingpool, erreichte die Garage, in der zwei Volvos standen, der größere davon offenbar der Wagen des Botschafters. Dieser hatte, wie im Nahen Osten üblich, Gardinen an der Heckscheibe und den Seitenscheiben, die man bei Stadtfahrten herunterziehen konnte.

Allerdings läßt sich die Botschaft sehr leicht von der Rückseite aus angreifen, stellte Carl fest, als er eine zweite Runde über das Grundstück drehte. Im Garten standen ein paar große Mangobäume und ein paar hochstämmige Palmen. Von keinem der Bäume ließ sich das Wohnhaus des Botschafters einsehen, zumindest nicht auf der verwundbaren Rückseite zum Fluß hin.

Er hatte gesehen, was er sehen wollte, und ging wieder in das Botschaftsgebäude zurück, wo er sein Gepäck holte, das er anschließend in das Zimmer neben dem des Vizeadmirals trug. Er kramte ein Haarfärbemittel hervor, nahm ein sauberes Hemd, eine Krawatte und eine der Kameras heraus und kehrte zum Vizeadmiral zurück. Er war zu dem Schluß gekommen, daß er sich zwingen mußte, weniger untertänig aufzutreten.

»Verzeihung, daß ich Sie schon wieder störe, Herr Vizeadmiral, aber ich muß Sie bitten, sofort den Oberkörper freizumachen«, sagte er, ohne zuvor so etwas wie Haltung angenommen zu haben. Der Vizeadmiral gehorchte, wenn auch ein wenig zögernd.

Carl stellte einen Stuhl vor das Waschbecken und bereitete das Haarfärbemittel vor. Er hatte unter mehreren Farben wählen können, aber Schwarz war ihm am geeignetsten erschienen. Einmal würde es im Nahen Osten am wenigsten auffallen, zum andern würde diese Farbe sein Objekt auf fast verblüffende Weise verjüngen; der Vizeadmiral war schon früh ergraut.

Der Russe ließ die Prozedur unter verbissenem Schweigen über sich ergehen.

Als er sich die Haare abgetrocknet hatte, zog er eines der Hemden an, die Carl mitgebracht hatte. Es spannte auf der Brust und hatte zu lange Ärmel, aber die Kragenweite war einigermaßen passend, und das war am wichtigsten.

»Tragen Sie Krawatte, Herr Vizeadmiral?« fragte Carl, und diese Worte waren die ersten, die seit Beginn der Färbeaktion gesprochen wurden.

Der Vizeadmiral nickte zögernd. Carl knotete die Krawatte, befestigte sie am Hals seines Gefangenen und zog zu. Er meinte, ein ironisches Lächeln zu sehen.

Dann machte er noch ein paar weitere Fotos, ging in sein Zimmer zurück und entwickelte den Film, den er zum Trocknen aufhängte.

Anschließend kehrte er ins Botschaftsgebäude zurück und schleifte den widerstrebenden Botschafter und dessen Stellvertreter in den Garten. Auf Carls Anweisung nahmen sie Gartenmöbel mit blauen schwedischen Seglerkissen mit, die sie zur Mauer am Nil schleppten. Carl befahl dem Botschaftssekretär, einen Notizblock sowie etwas zu essen und trinken zu holen. Göran Larsson gehorchte sehr zögernd und langsam. Der Botschafter saß nur da, zog ein saures Gesicht und sprach kein Wort.

Als der Tisch gedeckt war – Carl lehnte den Gin-Tonic ab, den sich die beiden anderen eingossen –, räusperte er sich demonstrativ, als wollte er eine Schulklasse zur Ordnung rufen. Dann begann er kurz und entschlossen zu sprechen.

Zunächst müßten die beiden Diplomaten begreifen, daß die Situation gefährlich sei. Sie müßten auch einsehen, daß persönliche Animositäten angesichts dessen, was gerade geschehe, völlig bedeutungslos seien. Sie würden nicht erfahren, wie und wann der entscheidende Transport erfolgen werde, doch das nicht aus Mißtrauen, sondern aus Sicherheitsgründen. Der Botschafter unterbrach irritiert: »Wo liegt denn da der Unterschied?«

»Die Lage ist einfach so, daß abgesehen von einem direkten Bombardement des Botschaftsgebäudes von einem Flugzeug aus – und dieses Risiko ist wegen der transporttechnischen Probleme praktisch auszuschließen –, von den Russen absolut alles zu erwarten ist. Das heißt, *falls* sie wissen, wo ihr Genosse sich aufhält.«

Carl hatte nicht die Absicht, auf geheime militärische Informationen einzugehen, doch konnte er immerhin andeuten, daß der Vizeadmiral oben in der Gästewohnung einen großen Kenntniswert repräsentierte – *sowohl* für Schweden *als auch* für die Sowjetunion –, so daß keiner der Anwesenden, er selbst eingeschlossen, im Vergleich dazu irgend etwas bedeutete.

»Doch weiter im Text. Von jetzt an darf der Vizeadmiral nichts essen oder trinken, was ich nicht persönlich besorgt habe. Das soll auch so etwas wie eine Warnung für das übrige Botschaftspersonal sein. Niemand darf sich der Tür des Vizeadmirals nähern, denn ich werde dort eine Sprengladung anbringen, die jeden tötet oder verwundet, der sie öffnet.«

Carl schob einen maschinengeschriebenen Text über den Gartentisch und fuhr fort: »Ferner müssen die Dinge auf dieser Liste schon morgen früh erledigt werden. Es ist eine Bestelliste für Flugtickets. Von Samstag an müssen auf meinen und den falschen schwedischen Namen des Vizeadmirals bei einer großen Zahl von Fluggesellschaften Plätze gebucht werden. Die Tickets müssen bar bezahlt werden, und die Mittel für diese Transaktion, staatliche Gelder, die später nach der Einlösung der nicht verbrauchten Tickets abgerechnet werden, übergebe ich Ihnen hiermit zu treuen Händen.« Damit überreichte Carl dem verblüfften Botschaftssekretär ein Bündel Dollarscheine.

Das Visum müsse besorgt werden, sobald der falsche Paß fertiggestellt sei. Anschließend müsse die Botschaft sowohl seinen Paß wie den des Russen mit französischen Touristenvisa stempeln lassen. Das bedeute jedoch keineswegs, daß die Flucht über Frankreich erfolgen werde, doch unglücklicherweise sei Frankreich das einzige Land Westeuropas, das sich vor Terroristen zu schützen meine, indem es von Schweden, Finnen, Isländern und Österreichern Visa verlange.

Dann die Kleiderfrage. Die Größe von Göran Larsson scheine der des Russen einigermaßen zu entsprechen. Also ein passender grauer schwedischer Anzug. »Ist es dir möglich, den schon morgen möglichst diskret ändern zu lassen?«

Göran Larsson druckste herum. Zunächst war er besorgt, er könne den Anzug nicht ersetzt bekommen. Außerdem sei jetzt Freitagabend, und nach schwedischem Dienstreglement habe er am Samstag frei. Er habe sogar geplant, mit seiner Familie einen Ausflug auf die Insel im Nil zu machen, auf der früher der sogenannte Nilometer gewesen sei, der den Wasserstand des Nils angezeigt habe. Ja, das sei natürlich vor der Flußregulierung und dem Bau des Assuan-Staudamms gewesen. Doch die Insel sei ein beliebtes Ausflugziel, er habe sich schon mit dem italienischen Botschaftssekretär verabredet, und die Familien wollten gemeinsam fahren. Könne man mit diesen Dingen nicht bis Montag warten?

Carl verschränkte die Hände und zählte nicht nur bis zehn, sondern etwas weiter. Trotz des Rauschens der Palmen auf dem Grundstück, trotz des fünfzehn Meter entfernten Nils, trotz der Tatsache, daß Schweden sich in einer Art Kriegssituation befand, sollten natürlich Freizeit und gewerkschaftliche Regeln schwerer wiegen. Carl beschloß, das Problem behutsam und mit Geduld anzugehen.

Er erbot sich, die Überstunden mit steuerfreien Geldmitteln des Militärs zu bezahlen. Der zerstörte Anzug solle zweifach vergütet werden. Auch das mit steuerfreien Geldern. Was *das Soziale* angehe, sei es natürlich bedauerlich, wenn die nette Verabredung ins Wasser falle, aber das hätte auch bei schlechtem Wetter so sein können, zumindest um diese Jahreszeit, denn das Frühjahrsklima sei doch in Ägypten etwas unzuverlässig.

Göran Larsson gab sich jedoch noch immer nicht geschlagen, und Carl haßte ihn in diesem Moment. Er erschrak zutiefst, als er sich bei dem Wunsch ertappte, den Diplomatenlümmel körperlich zu mißhandeln. Doch der Botschafter kam ihm unerwartet zu Hilfe.

»Ich glaube doch, hm, daß wir mit Rücksicht auf die Bedeutung, die zumindest der Generalstab dieser Angelegenheit beimißt, gewisse private Ungelegenheiten in Kauf nehmen sollten«, brummelte der Botschafter, während er auf den Nil hinausblickte.

Göran Larsson nahm es höchst widerwillig auf sich, am folgenden Morgen zu einem Schneider zu gehen, um einen seiner Anzüge nach Carls Wünschen ändern zu lassen.

Carl erklärte, ein Foto Koskows werde er selbst besorgen. Da in der Botschaft keine Kopien hergestellt werden könnten, müsse er das Bild von Gennadij Alexandrowitsch Koskow woanders kopieren lassen.

Also, wenn Herr Larsson so freundlich sein wolle, einen seiner Anzüge zu holen und sich morgen früh um 8 Uhr einzufinden, damit der Anzug geändert werden könne?

Carl formulierte den letzten Satz als direkten Befehl, und der Botschaftssekretär suchte den Blick des Botschafters einzufangen, um für eine eventuelle Weigerung Unterstützung zu erhalten. Doch der Botschafter blickte starr auf den Nil hinaus. Und als dieses Signal noch immer nicht klar genug zu sein schien, entließ er Larsson mit einer Handbewegung, noch immer, ohne den Blick von dem ewigen Fluß abzuwenden. Göran Larsson stand auf und ging mit einem zornigen Schnauben davon.

»Sie stellen uns auf schwere Proben, junger Mann. Was haben Sie übrigens gegen meinen Stellvertreter?« fragte der Botschafter leise, als der junge Botschaftssekretär außer Hörweite war.

Carl wollte zunächst nicht auf Details eingehen.

»Nun ja«, sagte er, »um nur eines zu erwähnen, kommt es mir merkwürdig vor, daß Freizeit schwerer wiegen soll als die Sicherheit des Landes.«

»Schön, aber das ist es doch nicht allein«, sagte der Botschafter, drehte sich um und blickte gleichzeitig verstohlen auf den Tisch, um zu sehen, ob er sich noch einen Gin-Tonic eingießen konnte; es war möglich, allerdings ohne Eis, denn das war in seiner Orrefors-Schale schon geschmolzen. »Wenn ich mich nicht irre, sind Sie früher schon mal zusammengestoßen. Göran hat so etwas angedeutet«, fuhr der Botschafter fort, während er sich bediente.

»Ja, das stimmt. Ich halte ihn für einen Taugenichts, und er dürfte mich für ... na ja, das kann ich im Grunde nicht wissen. Aber er hat mir schon bei mehreren Gelegenheiten etwas vermasselt, und ich glaube nicht, daß er den Ernst der Lage erfaßt hat. Hast du das übrigens?«

Carl bereute sofort, daß er den Botschafter geduzt hatte. Das bedeutete weniger Distanz, und es war seine Absicht gewesen, bei dem notwendigen Umgang möglichst große Distanz zu dem Diplomaten zu wahren.

»Nein, vielleicht nicht. Warum müssen wir uns übrigens hier unten unterhalten?« erwiderte der Botschafter langsam und in einem vollkommen unergründlichen Tonfall.

»Hier kann man uns von festen Anlagen aus kaum abhören. Wie viele in der Botschaft wissen, daß unser Freund Gennadij Alexandrowitsch hier ist?«

»Ich selbst, dann Göran Larsson, natürlich, und Eva Ekström. Nun ja, sie weiß jedenfalls, daß es ein Russe ist.«

»Eva Ekström, ist das die mit dem grauen Haar?«

»Ja.«

»Ist sie Diplomatin oder gehört sie zum Büropersonal?«

»Rein formal hat sie keinen Diplomatenstatus.«

»Was bedeutet das?«

»Sie erledigt trotzdem viel von der laufenden Arbeit.«

»Kann sie übers Wochenende arbeiten?«

»Du hast doch selbst gehört, auf was für Einwände wir dabei stoßen. Wir mögen zwar in Ägypten leben, trotzdem sind wir das sozialdemokratische Schweden.«

»Ich brauche sie an diesem Wochenende.«

»Ist der Bursche wirklich all das wert?«

»Für die Russen ist er einen halben Krieg wert. Doch die haben davon, was Krieg oder Frieden ist, vermutlich eine ganz andere Auffassung als wir. Sein Wert für uns alle ist jedenfalls unermeßlich.«

»Falls es ihm gelingen sollte, von hier wegzukommen.«

»Ja, wenn wir das schaffen.«

»Den Ägyptern scheint sehr daran gelegen zu sein, das Problem von ihrem Territorium zu verlagern. Sobald ich den Paß bekomme, werde ich mich schnellstens um das Visum kümmern. Werden meine Überstunden auch aus der schwarzen Kasse des Generalstabs bezahlt?«

»Ja, wenn du es verlangst.«

»Das war nur ein Scherz.«

Carl erhob sich und ging. Göran Larssons Anzug entdeckte er in seinem Zimmer auf dem Bett, und er nahm ihn mit ins Zimmer des Vizeadmirals, der ihn gleich anprobierte. Carl notierte, was geändert werden mußte. Dann brachte er den Gast in seinem eigenen Zimmer unter und befestigte an der Tür eine Sprengladung, deren Sprengwirkung nach draußen gerichtet war; der Taschenrechner, den er an der Innenseite der Tür befestigte, hatte einen Auslöser, der vom Zimmer aus betätigt werden konnte, doch würde die Ladung auch automatisch detonieren, wenn jemand den Türgriff hinunterdrückte. Carl sperrte den Korridor mit einer dünnen Nylonschnur ab, an der er ein Schild mit schwedischer Aufschrift befestigte: ZUTRITT VERBOTEN. Dann betrat er das Zimmer, in dem der Vizeadmiral gewohnt hatte. Es duftete schwach nach Mensch und einem unbekannten Rasierwasser. Carl machte das Licht aus, zog die Rollgardine ein kleines Stück hoch und sah aus dem Fenster. Die beste Methode wäre, eine Sprengladung von draußen, vom Fluß her, ins Zimmer zu schießen, dachte er. Doch dann muß man auch ungefähr wissen, wo sich das Ziel befindet. Aber im Moment und noch für etliche weitere Stunden würde Carl selbst das Ziel sein.

Er packte in der schnell einbrechenden Dunkelheit seinen Koffer aus. Seine Pistole legte er in bequemer Reichweite auf den Nachttisch und kroch dann in das Bett des Vizeadmirals.

Eine Weile lauschte er den Fröschen und Zikaden, die vor dem offenen Fenster lärmten. Er fühlte sich vollkommen harmonisch und ruhig und schlief schnell ein.

Er schlief direkt unter der Oberfläche des Bewußtseins und glaubte, im Traum oder Halbtraum leisen russischen Gesang zu hören.

Als es endlich Zeit war aufzustehen, brannte er vor Eifer und Energie. Er zog sich Freizeitkleidung an, steckte einen Teil seiner Ausrüstung ein, ging die Treppe hinunter und überquerte den Hof bis zum Außentor der Botschaft. Es war verschlossen, wie er schon erwartet hatte, ließ sich aber von innen öffnen, ohne daß Alarm ausgelöst wurde. Er setzte sich eine dunkle Sonnenbrille auf und trat auf die Straße; er fühlte sich albern mit dieser Verkleidung, aber sie verhinderte zumindest, daß man identifikationsfähige Fotos von ihm machen konnte, und gab ihm überdies mehr Möglichkeiten, sich umzusehen, ohne einen übertrieben wachsamen Eindruck zu machen.

Als er ein paar Straßenblocks weiter war, kam er auf eine Geschäftsstraße, und wie erwartet war Kairo eine Stadt der Frühaufsteher. Er kaufte an ein paar Straßenständen Tomaten, eine Gurke und Brot und fand dann einen kleinen Laden, in dem er Mineralwasser, Kaffee und etwas erstand, was wie Schinken aussah, aber natürlich nichts anderes sein konnte als getrocknete Hammelkeule.

Als Carl schwer bepackt den Laden verließ, trat ein Mann auf ihn zu, zupfte ihn am Ärmel und fragte, ob er Schwede sei.

»Wieso?« erwiderte Carl feindselig und vibrierte im ganzen Körper vor Mißtrauen. Der Mann, der ihn angesprochen hatte, trug einen dunklen, abgewetzten Anzug mit Schweißflecken unter den Armen, hatte braune Zähne, einen übelriechenden Atem und war kräftig gebaut, zudem größer als der Durchschnitt seiner Umgebung.

»Ich habe nämlich einen Brief«, lächelte der Ägypter einschmeichelnd, »einen Brief auf schwedisch.«

»Ist er für mich?« wollte Carl wissen, während er den dunklen Anzug mit den Augen nach versteckten Waffen absuchte.

»Nein, nein, ganz und gar nicht«, lächelte der Ägypter, »wie kommen Sie denn darauf? Es geht jedoch um eine sehr, sehr wichtige Angelegenheit, und ich brauche Ihre Hilfe.«

»Wobei brauchen Sie meine Hilfe? Und was ist das für eine wichtige Angelegenheit?« fragte Carl und sah sich nervös um. In der Umgebung schien alles normal zu sein, niemand beobachtete sie.

»Beim Lesen des Briefes, natürlich. Sie verstehen, mein Bruder wollte eine Schwedin heiraten, aber als sie nach Hause fuhr, landete sie gleich im Krankenhaus, und jetzt haben wir einen Brief bekommen, der auf schwedisch geschrieben zu sein scheint. Wir sind sehr, sehr besorgt und würden ihn gern übersetzen lassen. Bitte, seien Sie so nett, es ist ganz in der Nähe.«

Der Mann sah ihn bittend an, und Carl wußte nicht, was er glauben sollte. Es konnte ebensogut eine wichtige Mitteilung sein wie eine Falle.

»Wo denn in der Nähe?« fragte Carl.

»Ganz in der Nähe, gleich um die Ecke. Bitte kommen Sie mit, es ist für uns sehr wichtig.«

Der Ägypter zog ihn bittend am Ärmel. Carl riß sich schnell los, wobei ihm aufging, daß er mit seinen Tüten überladen war.

»In Ordnung«, sagte er. »Sie gehen voraus, tragen die Tüten und zeigen mir den Weg.«

Der Ägypter sah ihn fragend an, zuckte dann aber die Achseln und übernahm Carls Tüten und Päckchen. Sie gingen los. Einen Straßenblock weiter protestierte Carl, doch der Ägypter versicherte, sie seien gleich da.

Sie kamen an einen Laden, in dem Parfüms und Touristensouvenirs angeboten wurden. Carl schob seinen Begleiter hinein, folgte ihm und zog dann schnell die Tür hinter sich zu. Der Laden war leer.

»Bitte warten Sie einen Moment, dann hole ich meinen Bruder«, sagte der Ägypter. Er bewegte sich auf eine Tür zu, die am hinteren Ende des Ladens von einem Vorhang verdeckt wurde. Er bemerkte, daß er immer noch Carls Tüten trug, und lächelte verlegen, als er sie abstellte. Vermutlich war es dieses Detail, das Carl dazu brachte, ihn gehen zu lassen. Das Ganze sah zu verrückt aus, um eine Falle zu sein. Doch als der Ägypter durch die Tür verschwunden war, zog Carl sich schnell seine Wildlederjacke aus, nahm seine Pistole aus dem hinteren Hosenbund, entsicherte sie und versteckte sie in der Jackentasche. Dann stellte er sich in die Nähe der Tür und lauschte intensiv.

Er hörte eine geflüsterte Konversation, denn der Ägypter hatte die Tür nicht zugezogen. Auch das war ein Detail, das nicht nach einer Falle aussah.

Dann kehrte der Ägypter in Gesellschaft eines älteren Mannes zurück, der eine dicke Brille trug.

»Herzlich willkommen. Was möchten Sie haben, Tee oder Kaffee, Mister?« fragte der ältere Mann.

Carl blieb zögernd an der Tür stehen.

»Ich sollte Ihnen doch helfen, einen Brief zu lesen«, sagte er zögernd.

»Aber natürlich, natürlich, ich habe den Brief hier. Was wollen Sie haben, vielleicht etwas Parfüm für Ihre Frau? Wir haben die besten Parfüms Ägyptens, viel, viel billiger als in Europa. Übrigens importieren die französischen Parfümhäuser ihre Rohstoffe aus Ägypten. Wußten Sie das? Ja, so ist es, denn die Parfümherstellung ist in Ägypten eine uralte Kunst. Hier, nehmen Sie die hier, riechen Sie mal, Mister, ist es nicht wunderbar ...«

Der ältere Mann kam mit einer kleinen Flasche, die eine lila Flüssigkeit enthielt und die er gerade geöffnet hatte, auf Carl zu. Dieser hob automatisch die Lederjacke mit der Pistole und legte den Finger an den Abzug. Dann streckte er kurz das Gesicht vor und tat, als würde er riechen. Doch, tatsächlich, es schien wirklich Parfüm zu sein.

Der Mann mit der Brille entdeckte jedoch einen eigenartigen Ausdruck in Carls Blick und zog sich sofort zu seinen Regalen zurück.

»Wir haben natürlich auch noch völlig andere Düfte, mehr als zweitausend, unter denen Sie wählen können, alles eigene Herstellung«, sagte der Ladenbesitzer, nachdem er seine Fassung wiedergewonnen hatte.

»Der Brief«, fauchte Carl. »Wo ist der Brief?«

»Ach ja, der Brief«, sagte der Ladenbesitzer und wühlte in einer Schublade unter dem Ladentresen, während Carl die unter der Lederjacke verborgene Pistole auf ihn richtete. Aus dem Augenwinkel beobachtete Carl seinen Begleiter, der sich auf einen Hocker gesetzt hatte und sich den Schweiß von der Stirn wischte.

»Hier ist er«, erwiderte der Ladenbesitzer und kam mit einem Brief voller Schmutzflecken auf Carl zu, der das Schreiben mit der ausgestreckten linken Hand in Empfang nahm. Er faltete den Brief auseinander, behielt die Pistole aber in Schußposition.

Der Brief schien schon durch viele Hände gegangen zu sein. Er war vor mehr als zwei Jahren datiert und auf holländisch geschrieben. Überdies war das Datum irgendwann einmal geändert worden.

»Das hier ist Holländisch, ich kann kein Holländisch lesen«, sagte Carl unsicher.

Bei diesen Worten erging sich der Ladenbesitzer in einen Strom von Verwünschungen gegen den Mann, der Carl hergelockt hatte.

Es dauerte ein paar Sekunden, bis Carl begriff. Er lachte laut auf, sicherte die Pistole, steckte sie wieder in den Hosenbund, zog sich die Lederjacke an, nahm seine Tüten an sich und ging, während der Ladenbesitzer seinen Bauernfänger verfluchte.

Als Carl wieder vor dem Botschaftsgebäude stand, war es verschlossen. Als er klingelte, erschien niemand, um zu öffnen. Er warf einen Seitenblick zu den Sicherheitswachen im Schilderhäuschen an der Straßenecke, aber die wirkten gleichgültig und uninteressiert. Carl stellte schnell seine Tüten auf die Erde, zog sein Kombi-Instrument aus der Tasche, das wie ein Schweizer Armeetaschenmesser aussah, und da das schmiedeeiserne Tor ein denkbar einfaches Schloß hatte, ein schwedisches Patentschloß, das an keine Alarmanlage angeschlossen war, öffnete er es so schnell, als hätte er den Schlüssel dazu. Dann sammelte er seine Tüten ein, trat das Portal mit einem Fußtritt wieder zu und ging zur Botschaftsküche im Erdgeschoß.

Eine Viertelstunde später balancierte er ein überladenes Tablett mit Kaffee und Frühstück sowie den übrigen Einkäufen zum Obergeschoß der Botschaftswohnung. Alles schien ruhig und normal zu sein. Carl ging in sein Zimmer und holte etwas, was die meisten Zollbeamten als Taschenrechner angesehen hätten, ging zur Tür des Vizeadmirals und drückte das Instrument am Plastiksprengstoff fest.

»Guten Morgen, Herr Vizeadmiral. Ich bin's. Ich komme jetzt rein«, rief er, als er den Code eingab, der die Sprengladung auf der anderen Türseite entschärfte. Er hob das Tablett vom Fußboden auf, ging ins Zimmer und servierte dem Russen das Frühstück. Es war Viertel vor acht Uhr morgens. Fünfundzwanzig Minuten später hatten sich Botschafter Rickfors und seine widerwilligen Helfer unten im Garten eingefunden und die Gartenmöbel zu etwa dem gleichen Platz am Nil geschleppt, an dem die gestrige Unterhaltung stattgefunden hatte.

Carl erzählte seine Geschichte vom Parfümgeschäft, und wie er schon geahnt hatte, brachte er die beiden damit zum Lachen. Das sei ein berüchtigter Bauernfängertrick in Kairo, auf den zunächst jeder hereinfalle. Außerdem seien diese Gauner gute Beobachter und verstünden sich fabelhaft darauf, die Nationalität ihrer Opfer zu erraten.

Eva Ekström, die ein Morgenmuffel zu sein schien, erhielt den Auftrag, einen Schneider zu suchen, der die Änderungen an Göran Larssons Anzug im Lauf des Tages schaffen konnte. Göran Larsson übergab Carl eine Liste mit den Abflugzeiten verschiedener Fluggesellschaften. Ohne daß es Carl im mindesten erstaunte, kam von Larsson der Einwand, es sei unnötig, für »Nils Emil Svensson«, wie der Vizeadmiral heißen sollte, sowie Carl so viele Flugtickets zu kaufen, da sie ja nur zwei Tickets benutzen könnten.

Carl versuchte zu erklären, das nicht benutzte Tickets später eingelöst werden könnten, daß der Witz darin bestehe, den Gegner zu verwirren, falls er die Buchungen des Botschaftspersonals kontrolliere. Es sei doch wohl besser, ihn im ungewissen zu lassen.

Die Büros der meisten Fluggesellschaften öffneten gegen 10 Uhr morgens. Carl fragte Göran Larsson, ob er irgendwann am Nachmittag mit den Tickets wieder da sein könne.

Der Botschaftssekretär maulte erneut. Bei den Fluggesellschaften könne es lästiges Schlangestehen geben, denn in Ägypten wisse man nie, wie lange etwas dauerte. Wäre es nicht besser, bis Montag zu warten?

Carl wühlte eine Weile mit der Schuhspitze im Rasen, bevor er antwortete. Göran Larsson war ein Mann, der den in ihn gesetzten Erwartungen vollauf gerecht wurde. Er hätte wohl auch die Landung der Alliierten in der Normandie verschoben, wenn die Arbeitszeitbestimmungen der schwedischen Gewerkschaften damals gültig gewesen wären.

»Ich möchte es wie folgt ausdrücken«, erklärte Carl so beherrscht und nichtaggressiv er vermochte. »Jede Stunde, die unser Gast noch in der Botschaft verbringt, steigert die Gefahr, daß das GRU seinen Aufenthaltsort erfährt. Wenn das GRU weiß, wo er sich aufhält, werden die Russen versuchen, ihn hier auf dem Botschaftsgeände zu töten, möglicherweise sogar mit zusätzlichen, aus russischer Sicht jedoch zu vernachlässigenden Verlusten auf schwedischer Seite. Oder aber sie gewinnen mehr Zeit, um ein Attentat vorzubereiten, wenn er die Botschaft verläßt. Es wäre also schon um deinetwillen gut, wenn du diese kleinen Einkäufe so schnell wie möglich erledigen würdest.«

Carl wandte sich ab und erwartete neue Einwände. Doch statt dessen griff der Botschafter ein.

»Wir verstehen vollkommen die Bedeutung eines schnellen Handelns, nicht wahr, Göran? Also – wann kann ich den Paß bekommen, um das Visum zu besorgen? Ich werde mich selbst darum kümmern, damit wir etwas Zeit gewinnen.«

»Sobald ich das Bild habe kopieren lassen, das besorge ich. Wo kann ich Fotohändler und Fotoateliers finden?«

»Unten in der Gegend von Midan Tahrir. Versuch es in den Straßen ringsum, da gibt es ziemlich viele solche Geschäfte, aber auch das Hilton hat einen Fotoladen. Es liegt übrigens auch ganz in der Nähe von Midan Tahrir. Vielleicht haben auch einige der Sheraton-Hotels hier auf Gezira solche Geschäfte.«

Es war Eva Ekström, die auf Carls Frage geantwortet hatte. Sie hatte eine steile Sorgenfalte auf der Stirn und sah aus, als hätte sie sich jetzt entschlossen, die Angelegenheit bedeutend ernster zu nehmen als ihre männlichen Vorgesetzten.

Carl ging auch auf, daß er wohl eher ein Fotoatelier brauchte, und zog einen Stadtplan von Kairo aus der Tasche. Eva Ekström beschrieb ihm den Weg.

»Also«, faßte er zusammen. »Wir drei machen uns sofort auf den Weg. Wenn ich wieder da bin, machen wir den Paß für unseren Nils Emil Svensson fertig, und dann kannst du, Rickfors, das Visum besorgen. Ist es möglich, französische Visa zu besorgen, obwohl heute Samstag ist?«

»Ist das wichtig?«

»Ja, natürlich. Geht es?«

»Vermutlich. Es dürfte unüblich sein, daß ein Botschafter wegen einer solchen Sache vorstellig wird, aber es wird schon gehen. Bedeutet das aber nicht, daß die Franzosen irgendwann erfahren, was wir vorhaben?«

»Ja, das werden sie. Früher oder später würden sie das jedoch ohnehin, denn das, was wir planen, wird irgendwann jede Botschaft in Kairo wissen. Ob das Unternehmen nun gelingt oder nicht«, erwiderte Carl mit einem Lächeln, daß den drei anderen stark übertrieben erscheinen mußte. Doch Carl setzte seinen Willen durch. Die beiden anderen Männer fuhren mit je einem Wagen los und verließen die Botschaft im Abstand von einer Viertelstunde. Carl ging nach einer weiteren Viertelstunde.

Er ging ein paar Straßenblocks zu Fuß und nahm ein Taxi nach Midan Tahrir. Im Wagen fragte er nach einem Fotogeschäft. Er wolle ein paar Bilder machen lassen. Der Taxifahrer behauptete, einen Vetter zu haben, der ein solches Geschäft besitze, wenn auch in einem anderen Teil der Stadt. Carl bestand darauf, daß es ein Laden in der Nähe von Midan Tahrir sein müsse, und mit Hilfe eines zusätzlichen Geldscheins erinnerte sich der Fahrer plötzlich, daß er auch in diesem Viertel einen Vetter mit einem Fotogeschäft hatte.

In einer der Nebenstraßen in der Nähe des Midan Tahrir fanden sie das Fotostudio »Nofretete« mit Hochzeitsfotos im Schaufenster. Carl bat den Fahrer, draußen zu warten. Er ging hinein und stellte sich als Beamter der amerikanischen Botschaft vor. Er erklärte, er brauche sofort ein Paßbild, und wenn es gleich zu machen sei, werde er hundert Dollar bezahlen. Wie sich zeigte, war es auf der Stelle möglich. Carl überwachte den Kopiervorgang in der Dunkelkammer persönlich. Er erhielt vier verschiedene Paßfotos von Nils Emil Svensson-Koskow sowie die Negative und ging zu dem wartenden Taxi hinaus, das er zur amerikanischen Botschaft beorderte. Dort stieg er aus und zahlte mit einem Fünfzig-Dollar-

Schein. Der Fahrer war über alle Maßen entzückt. Carl tat, als beträte er das Botschaftsgebäude, während das Taxi in dem lärmenden Verkehrsgewimmel verschwand.

Dann ging Carl sofort einige Straßenblocks weiter und nahm ein neues Taxi, das ihn zur schwedischen Botschaft fuhr. Diesmal bezahlte er mit eher normaler Freigebigkeit. Das Ganze hatte weniger als eine Stunde gedauert.

Er sprintete auf sein Zimmer, wühlte den Stempel der Stockholmer Polizei aus dem Koffer, machte den Paß fertig und suchte dann den Botschafter auf, der sich sofort auf den Weg machte.

Carl fiel plötzlich ein, daß er sich am Morgen nicht rasiert hatte, und holte das Versäumte in seinem Zimmer nach. Dann klopfte er bei dem Vizeadmiral an, der einen nervösen und etwas verwüsteten Eindruck machte.

»Mein junger Herr Korvettenkapitän! Wenn Sie die Freundlichkeit haben wollen, mich über die Lage aufzuklären?« befahl der russische Gast mit kaum wahrnehmbarem Autoritätsverlust in der Stimme.

»Selbstverständlich, Herr Vizeadmiral«, erwiderte Carl und machte gleichzeitig eine fragende Geste zu dem säuberlich gemachten Bett hin, auf das er sich setzen wollte. Die Erlaubnis wurde ihm mit einer ungeduldigen, ausholenden Geste erteilt.

»Die Lage ist wie folgt«, fuhr Carl fort und setzte sich, »im Augenblick sind wir dabei, Ihnen Kleidung, Reisedokumente und Flugtickets zu besorgen. Die ägyptischen Behörden haben nämlich verlangt, daß wir beide das Land mit einem Flugzeug verlassen. Die schwedische Regierung hat diese Bedingung akzeptiert. Die Ägypter behaupten, bis zu unserem Abflug für unsere Sicherheit sorgen zu wollen. Es kann sein, daß es noch ein paar Schwierigkeiten gibt, so daß wir vermutlich erst am Dienstag oder Mittwoch abfliegen können.«

Nachdem Carl dieses gesagt hatte, hielt er dem Russen einen handgeschriebenen Zettel vor die Augen. Darauf stand mit großen, deutlichen Buchstaben: SONNTAG oder MONTAG. Als sein Gast nickte und zu verstehen gab, er habe gelesen und begriffen, nahm Carl den Zettel wieder an sich.

»Hier in der Botschaft werden nur Sie und ich wissen, wann der Flug stattfindet, sonst niemand. Haben Sie das verstanden, Herr Vizeadmiral?«

Der Russe nickte kaum merklich. Er schien kurz nachzudenken.

»Und was ist mit den Flugtickets?« wandte er ein.

»Richtig gedacht, Herr Vizeadmiral. Das Botschaftspersonal ist gerade unterwegs, uns für zehn verschiedene Flüge Tickets zu besorgen. Verschiedene Tage und verschiedene Fluggesellschaften. Sie verstehen, nach unserem Abflug werden etliche Tickets übrigbleiben.«

»Sehr gut, junger Herr Korvettenkapitän, sehr gut«, lächelte der Russe, wurde aber gleich wieder unruhig.

»Die Ägypter wollen für unsere Sicherheit sorgen? Glauben Sie daran?« fragte er.

»Ja, es liegt eine gewisse Logik darin, daß sie hier in Kairo keine Auseinandersetzung zwischen Ihren Landsleuten und uns haben wollen, aber trotzdem würde ich ihrer Zusicherung kein übertriebenes Zutrauen schenken.«

»Und dann befinden wir uns in einem Flugzeug?«

»Genau, dann sind wir in der Luft.«

»Und dort hört die angebliche Verantwortung der Ägypter für unsere Sicherheit auf?«

»Ja.« – »Verstehen Sie nicht, was das bedeuten kann?«

»Doch, ich habe darüber nachgedacht. Aber sagen Sie mir eins, Herr Vizeadmiral: Würden Ihre Landsleute es auf sich nehmen, ein ziviles Flugzeug in die Luft zu sprengen oder abzuschießen, eine Maschine, die einer amerikanischen, britischen oder französischen Fluggesellschaft gehört? Nach dem Abschuß der koreanischen Passagiermaschine?«

»Die Maschine befand sich über sowjetischem Territorium, um zu spionieren.«

»Nun ja, vielleicht ist es so gewesen. Die Welt hat es jedoch nicht so gesehen. Jetzt aber wäre die einzige Entschuldigung, daß man uns beide habe töten wollen und dabei den Tod von weiteren zweihundert Passagieren aus dem Westen in Kauf genommen hat. Glauben Sie wirklich, daß sie das Risiko auf sich nehmen wollen?«

Der Vizeadmiral stützte das Kinn in beide Hände und dachte nach.

»Nein«, erklärte er schließlich, »nein, das werden sie nicht tun. Eine solche Operation muß vom Politbüro abgesegnet werden, und die politische Lage dürfte das im Moment kaum zulassen. Weiter. Die Maschine muß dann doch irgendwo landen?«

»Ja, aber die Frage ist, wo. Und wann. Und welcher Fluggesellschaft die Maschine gehört«, lächelte Carl. Soweit er es beurteilen konnte, würde nicht einmal das gewaltige Personalpotential des GRU in Europa ausreichen, um eine Operation gegen ein Zivilflugzeug vorzubereiten, wenn nicht rechtzeitig feststand, wann, wo und wie.

»Können Sie mit einem Revolver umgehen, Herr Vizeadmiral?« fragte Carl leichthin.

»In meiner Jugend bin ich im Pistolenschießen ausgebildet worden«, erwiderte der Vizeadmiral zögernd.

»Das ist gut. Ein Revolver ist leichter zu handhaben. Sie werden einen von mir bekommen, für den Fall, daß irgendein Saboteur hier eindringt. Ich werde zwar auf dem Gelände bleiben und mich künftig nie mehr als zwanzig Meter von Ihnen entfernen, aber man kann nicht vorsichtig genug sein. Übers Wochenende halten sich nur wenige Personen hier in der Botschaft auf, so daß man leicht eindringen könnte. Wenn ich das GRU wäre, würde ich einen solchen Versuch einem Anschlag auf ein Flugzeug vorziehen. Wie ich sehe, tragen Sie die schußsichere Weste. Daran haben Sie also schon gedacht.«

»Darauf kommt unsereiner ganz von allein«, wandte der Russe beleidigt ein, als hätte Carl seine Kompetenz, und damit die seiner Nation, unbedacht in Frage gestellt.

»Ja, ja, ich weiß«, grinste Carl. »Aber die wird im Zweifelsfall nicht sehr hilfreich sein. Sobald es einen Schutz vor einer bestimmten Waffe gibt, wird gleich eine neue erfunden, ist es nicht so? Ich bin gleich wieder da, Herr Vizeadmiral.«

Carl sprang auf und verließ das Zimmer, leise vor sich hinsummend. Er ging in sein Zimmer, stellte die Speisen auf ein Tablett, nahm seinen Revolver und füllte das Magazin mit sechs teflonbeschichteten Urankern-Geschossen, die garantiert jede beliebige schußsichere Weste oder eine ähnliche Schutzausrüstung durchschlagen würden.

Er kehrte zu seinem Gast zurück und demonstrierte kurz, wie der Revolver mit beiden Händen beim Feuern gehalten werden mußte, wegen des sehr kräftigen Rückstoßes. Er deckte den Tisch und wiederholte seine Anweisung, der Admiral dürfe nichts essen oder trinken, was Carl ihm nicht persönlich bringe. Anschließend zog er sich wieder in sein Zimmer zurück und nahm sich Flugpläne und Karten vor, die er sorgfältig studierte. Fluggesellschaft und Route hatte er schon ausgewählt. Zwischenlandung entweder in Larnaka auf Zypern oder im französischen Lyon. Dort würden sich die beiden Passagiere absetzen und mit einem Leihwagen von Lyon nach Straßburg weiterfahren, dort einen neuen Wagen nehmen und nach Schweden weiterfahren. Von Larnaka aus würde der Transport nach Schweden unter bedeutend spektakuläreren Formen erfolgen; vermutlich begleitet von langatmigen schwedischen Vorhaltungen darüber, was einem schwedischen Soldaten erlaubt und nicht erlaubt sei. Carl lächelte in sich hinein.

Das Verlassen eines Flugzeugs vor Erreichen des Bestimmungsorts setzt natürlich voraus, daß man kein Gepäck aufgegeben hat. Sie würden also nur mit Handgepäck fliegen. Göran Larsson mußte dafür sorgen, daß Carls Reisetasche früher oder später nach Hause kam. Im übrigen hatte sie außer der schußsicheren Weste nichts Wichtiges enthalten, nicht einmal Dinge, die mit Carl in Verbindung gebracht werden konnten.

Es war schon später Nachmittag, lange nach dem Ende der ägyptischen Bürozeit, als Oberst Muhammed ibn Salaar endlich am gewohnten Tisch des ungeduldig wartenden schwedischen Botschafters im Gartenrestaurant des Marriott-Hotels erschien. Der Botschafter war inzwischen bei seinem vierten Glas Tee angelangt. Er war zufrieden, als erstes die französischen Visa besorgt zu haben, da es ihn noch mehr in Verlegenheit gebracht hätte, erst abends um solch scheinbar unwichtigen Dinge zu bitten.

»Guten Tag, Herr Botschafter. Es tut mir leid, daß ich mich verspätet habe, aber es sind einige Komplikationen eingetreten«, grüßte der Oberst mit bekümmerter Höflichkeit.

»Was denn für Komplikationen?« fragte der Botschafter kurz.

»Sie können Ihren Paß erst morgen nachmittag wiederbekommen. Mir fehlt eine Unterschrift, die ich erst dann bekommen kann. Na ja, Sie wissen, wie das ist?«

Das wußte der Botschafter nur zu gut. In der arabischen Bürokratie geht es ewig um die Unterschrift eines *modir*, also irgendeines Chefs. Wenn eine Entscheidung den gesamten Dienstweg von niederen Beamten bis zu Beamten des höheren Dienstes zurücklegte, so daß schon etwa zehn Personen die Entscheidung gebilligt hatten, half das trotzdem nichts, solange der *modir* nicht erreichbar war, um seine Unterschrift zu leisten.

»Wie Sie wissen, ist die Angelegenheit einigermaßen dringend«, bemerkte der Botschafter trocken. Er wußte nur zu gut, daß Argumente nicht weiterhalfen.

»Ja, wir wollen die Sache doch alle möglichst schnell aus der Welt haben, nicht wahr?« bemerkte der ägyptische Sicherheitsmann mitfühlend.

»Morgen also. Um welche Zeit etwa?« fragte der Botschafter, ohne auch nur die leiseste Irritation zu zeigen; das hätte die Lage sofort verschlimmert.

»Morgen nachmittag gegen drei Uhr, paßt Ihnen das? Wann soll denn die ... Abreise stattfinden?«

»So schnell wie möglich, nehme ich an.«

»Nehmen Sie an?«

»Ja, ich kenne den Zeitpunkt nicht. Ich habe so einen übertrieben sicherheitsbewußten Militär bei mir sitzen, der seine diesbezüglichen Pläne nicht deutlich geäußert hat. Ich weiß tatsächlich nichts.«

»Das ist weniger gut.«

»Inwiefern?«

»Wir müssen doch Ihren Transport zum Flughafen sichern können. Ich meine, es wäre doch peinlich, wenn etwas ... Sie verstehen.«

»Peinlich?«

»Ja, wir möchten ja auf jeden Fall Komplikationen vermeiden. Der Abflug wird dann wohl am Montag erfolgen?«

»Ich nehme es an.«

»Mit welcher Fluggesellschaft, um welche Zeit?«

»Das kann ich nicht sagen.«

»Sie haben heute die Konsularabteilung der französischen Botschaft besucht. Weshalb?«

»Aber, aber, lieber Oberst! Was ich in Ausübung meines Dienstes tue, dürfte doch wohl kaum Gegenstand eines Verhörs werden können.«

»Nein, natürlich nicht. Verzeihen Sie meine Frage. Nun, jedenfalls können Sie Ihren Paß mit dem Visum morgen um drei Uhr erhalten, und ich hoffe, daß Sie dann auch wissen, mit welchem Flug der Transport erfolgen wird, ich meine, damit wir die notwendigen Sicherheitsarrangements treffen können. Ich meine, damit die Russen nichts anstellen.«

»Haben Sie Anlaß, das zu fürchten?«

»Nein, soviel ich weiß, glauben Sie immer noch, daß sich ihr Admiral bei den Amerikanern aufhält.«

»Das ist angenehm zu hören.«

»Ja, nicht wahr?« bemerkte der Oberst und lächelte herzlich, als er aufstand und ging. In seiner Innentasche steckte ein schwedischer Paß mit einem ägyptischen Visum. Er war auf einen gewissen Nils Emil Svensson ausgestellt. Der Oberst hatte keinerlei Mühe gehabt, den Paß durch den bürokratischen Apparat zu schleusen.

Ein Bericht über ein abgehörtes Telefongespräch hatte schon früher an diesem Tag ergeben, daß der schwedische Botschafter einen untergeordneten Kollegen in der Konsularabteilung der französischen Botschaft aufgesucht hatte. Es war um ein französisches Visum für zwei schwedische Staatsbürger gegangen, und die Angelegenheit war dringend gewesen.

Oberst Muhammed ibn Salaar wußte, daß er genug erfahren hatte. Der Flug würde über Frankreich erfolgen. Vermutlicher, nein, wohl sicherer Abreisetag würde der Montag sein. Dann wäre die Air France die betreffende Fluggesellschaft, trotz des verwirrenden Kaufs zahlreicher Tickets bei etlichen Linien.

Oberst Muhammed ibn Salaar arbeitete seit zweiundzwanzig Jahren für den militärischen Nachrichtendienst der Sowjetunion. Das war nicht verwunderlich. Schließlich hatten die Russen ihn einmal ausgebildet, zu der Zeit, als Ägypten noch von Nasser geführt wurde und die Verbindungen zur Sowjetunion ganz anderer Art waren als später unter den Nachfolgern Nassers. Das GRU würde innerhalb von zwanzig Minuten folglich alle wesentlichen Angaben erhalten.

Obwohl er stolz war, so bemerkenswert wichtige Informationen beschafft zu haben, sorgte er sich zugleich ein wenig um die Folgen, da er inzwischen eine ungefähre Vorstellung davon bekommen hatte, was mit diesem Flugzeug geschehen würde. An diesem Tag waren drei Palästinenser aus Damaskus in Kairo eingetroffen, die sich im Moment in einer konspirativen Wohnung des GRU irgendwo in der Stadt verborgen hielten. Sie gehörten zur Organisation Abu Nidals. Die Russen mußten sich an die syrischen Kollegen gewandt haben.

Das war schnelle Arbeit. Es war ein kühner Plan, und es erforderte eine gute Organisation, ein solches Unternehmen so schnell in Gang zu bringen. Das hätten nicht mal die Israelis geschafft, dachte ibn Salaar mit etwas zweideutigem Stolz, als wäre er selbst Russe und nicht Ägypter. Immerhin war er ein Teil der Organisation. Er mußte sich nur um eins Sorgen machen: daß es für ihn Folgen haben konnte, wenn einem seiner neuen Vorgesetzten, einem dieser USA-orientierten Leute, die in den letzten zehn Jahren so abscheulich schnell Karriere gemacht hatten, irgend etwas dämmerte und dieser zwei und zwei zusammenzählen würde.

Ibn Salaar blieb im Gewimmel von Gästen und neugierigen Besuchern des Marriott-Hotels vor einem Souvenirladen stehen und schrieb eine kurze Mitteilung auf ein Blatt Papier, das er aus seinem Notizbuch herausriß. Dann kaufte er eine Zeitung und legte seine Mitteilung diskret in das Blatt, das er zur exakt verabredeten Zeit zwei Straßenblocks weiter in einen Papierkorb fallen ließ.

Die Einhaltung der Zeit war äußerst wichtig. Beim GRU nahm man es sehr genau damit, daß jeder *drop* zur vereinbarten Uhrzeit erfolgte. Die sonst üblichen ägyptischen Verspätungen wurden hier nicht geduldet.

Blieb nur noch eins zu tun. Es war bislang nicht gelungen, aber noch war Zeit genug. Es ging darum, ein Bild des schwedischen Begleiters zu erhalten. Die Auftraggeber hatten sich in diesem Punkt erstaunlich ins Zeug gelegt, was ibn Salaar ein wenig übertrieben vorkam. Es konnte ja keine so große Rolle spielen, wie dieser Leibwächter aussah. Er würde doch nur sterben, und da konnte das Bild kaum von großem Wert sein. Nun, er würde es versuchen. Doch das Wichtigste war schon erledigt.

Eva Ekström drehte ein Glas Rotwein in der Hand und betrachtete Carl, der auf dem Holzkohlengrill, um den er gebeten hatte, Lammkoteletts briet. Seine Aufmerksamkeit schien sich gleichmäßig auf Lammkoteletts und mögliche Gefahren zu verteilen; von Zeit zu Zeit ließ er seinen wachsamen Blick in die Umgebung schweifen, um dann wieder zum Grill zurückzukehren. Eva Ekström überlegte, was es sein konnte, was sie alle drei zu zunehmend gehorsameren Laufburschen des jungen Militärs gemacht hatte. Er war ja kein Diplomat, nicht mal Militärattaché, und kaum über dreißig, also erheblich jünger als sie selbst. Trotzdem hatten sie sich scheuchen lassen, als wären sie jesuitischem Kadavergehorsam unterworfen. Sogar ihr Chef, der Botschafter, war in diese eigentümliche Situation geraten.

Sie versuchte, sich darüber klar zu werden, worin Carls natürliche Autorität bestand. Er hatte ein sympathisches, nicht sonderlich hartes Gesicht, wenn sie von den ständig wachsamen Augen absah. Dieses Gesicht hätte jedem frischgebackenen Nachwuchsdiplomaten des diplomatischen Korps gehören können. Aber nein, als ein Diplomat würde er doch nicht durchgehen. Wenn er aufstand oder sich bewegte, wirkte er vielmehr wie ein durchtrainierter Sportler, weit entfernt von reiner Repräsentationstätigkeit und einem stillen Leben in einem warmen Klima. Und irgendwo unter seiner ruhigen, beherrschten Oberfläche ahnte man so etwas wie Explosivität, ja, sogar Gefährlichkeit. Nein, wohl doch nicht, das bildete sie sich wohl nur ein, denn sie wußte ja, daß er Soldat und so vielleicht etwas wie ein Spion war. Hatte Schweden überhaupt welche?

Es lag wohl daran, daß er eine so absolute Überzeugung von Bedeutung und Einmaligkeit dieser »Operation« ausstrahlte, daß man sie nicht in Frage stellen konnte, oder es lag daran, daß die beiden anderen Männer sich von der Männerlogik einfangen ließen und darauf verzichteten, überflüssige Fragen zu stellen. Irgend jemand sollte vielleicht sagen, der Kaiser sei nackt, oder vielmehr erklären, daß einige der Arrangements lächerlich wirkten. So hatte Carl sie beispielsweise losgeschickt, in einem Laden Lammkoteletts zu kaufen, in dem sie garantiert noch nie eingekauft hatte, und dann hatte er sie gebeten, braune Herrenschuhe der Größe 44 zu kaufen, drei oder vier Paar, die alle teuer sein mußten; falls vorhanden, am liebsten Krokodillederschuhe, hatte er gesagt. Trotzdem hatte sie ihm gehorcht, ohne sich zu widersetzen oder die Anordnungen in Frage zu stellen. Ebenso selbstverständlich war sie in die Küche gegangen, um auf seinen Befehl hin Gemüse anzurichten, und außerdem hatte er sie bei dieser Arbeit überwacht. Dann war er persönlich zum Barschrank der Botschaft gegangen, als wäre es das Selbstverständlichste von der Welt, und hatte ihm eine halbe Flasche russischen Wodka entnommen, die er auf Eis gelegt hatte.

Carl sah ihren forschenden, nachdenklichen Blick, konzentrierte sich aber darauf, das Essen fertig zu bekommen. Dann trug er ein Tablett mit Lammkoteletts, Gemüse und Wodka zu seinem Gast im Obergeschoß hinauf und kehrte dann auf den Rasen am Nil unter den großen Mangobaum zurück. Die Abenddämmerung brach an. Vier Vögel, die wie weiße Ibisse aussahen, glänzten weiß und rot in der Abendsonne.

In der Umgebung war alles still und ruhig. Carl setzte sich auf eins der blauen Seglerkissen und streckte sich nach der Mineralwasserflasche. Er goß so behutsam ein, als wäre es Wodka, und ließ eine Handvoll Eiswürfel folgen.

»Willst du nicht lieber ein Glas Rotwein? Ich kann diese Flasche doch nicht gut allein austrinken?« fühlte Eva Ekström vor.

»Nein, danke«, erwiderte Carl und ließ den Blick erneut in die Umgebung schweifen. »Ich trinke nicht. Jedenfalls nicht im Dienst.«

»Und das hier ist immer noch *Dienst*?«

»Ja, darauf kannst du Gift nehmen. Es ist das Wichtigste, was ich bisher in meinem Leben getan habe.«

»Bist du davon überzeugt?«

»Ja, davon bin ich überzeugt.«

»Kann es nicht sein, daß du dich irrst? Das soll ja sogar bei euch Militärs mal passieren?«

»Doch, natürlich, aber ich glaube es nicht.«

»Bist du jetzt bewaffnet?«

»Ja, wieso?«

»Ach, ich wollte es nur wissen. Ein scheußliches Gefühl.«

»Es wäre wohl noch scheußlicher, denke ich, wenn ich unbewaffnet wäre«, lächelte Carl.

»Agent 007, mit dem Recht zu töten?«

»Sei nicht albern, so was gibt es in Schweden nicht.«

Als das Gespräch erstarb, versank Carl in Gedanken. Er hatte nie an die Zahl gedacht. Er erinnerte sich an die Ereignisse, als hätte er sie auf Videoband, aber die Zahl hatte er sich nie vorgestellt. Es waren sieben Menschen. Oder acht, wenn man anders zählte; er hätte Monika retten können, es aber dennoch nicht getan. Oder acht plus zwölf Menschen, wenn man wieder anders rechnete; er hatte die GSG 9 an den richtigen Ort geführt, er hatte die Kampfgruppe gewissermaßen geleitet. Ein seltsamer Laut ließ ihn plötzlich zusammenzucken, und er erstickte mit Mühe den Impuls, seine Pistole zu ziehen.

Eva Ekström lachte auf.

»Das ist nur die Nachtschwalbe«, sagte sie. »Sie kommt immer um diese Zeit, und wir haben sie seit zwei Jahren hier.«

Carl lächelte verlegen. Eva Ekström beschloß, das Gespräch neu zu beleben. »Ihr glaubt also, der Russe wird euch alles erzählen, was ihr wissen wollt. Ist es das, was die Sache so wichtig macht?«

»Ja, es macht die Sache wichtiger, als ich es mir je habe vorstellen können. Du hast vermutlich auch keine Vorstellung davon.«

»Wenn ihr die Informationen habt, fahrt ihr von der Marine also raus auf die Ostsee und fangt Mini-U-Boote?«

»Ja, möglich wäre es schon, doch genau weiß ich es nicht.«

»Glaubst du, es gibt sie wirklich?«

»Was denn, die Mini-U-Boote?«

»Ja, oder was immer es sonst ist, was ihr in jeder Badebucht zu sehen glaubt, übrigens besonders im Sommer, wenn ihr Urlaub habt.«

»Danach mußt du den Oberbefehlshaber fragen.«

»Hast du keine eigene Meinung dazu?«

»Doch, natürlich. Aber wir unteren Dienstgrade haben nicht das Recht, darüber zu sprechen.«

»Hört sich wie eine Ausflucht an.«

»Möglicherweise.«

»Ich habe nie so recht daran geglaubt. Doch, einmal ist so ein U-Boot auf Grund gelaufen, aber das war wohl ein Versehen, wie immer man es dreht und wendet. Aber diese anderen Geschichten kommen mir eher wie Hirngespinste vor. Na ja, und dann geht es natürlich um die Steigerung des Wehretats und natürlich auch um den alten Russenhaß.«

Carl drehte sein Glas mit dem eingebildeten Whisky on the rocks, der in Wahrheit Mineralwasser on the rocks war, in der Hand. Weniger als zwanzig Meter entfernt saß einer der Kommandeure der sowjetischen Unterwassertätigkeit auf schwedischem Territorium.

»Ich kann mich über diese Dinge auf keine Diskussion mit dir einlassen«, sagte Carl freundlich und ohne die leiseste Ironie in der Stimme. »Ich glaube nämlich, daß wir erst lange nach der Ankunft unseres Gastes in Schweden zu einem Einverständnis kommen könnten.«

Das Gespräch erstarb von neuem. Die Sonne ging gerade unter, und die Muezzins auf den Minaretts begannen nacheinander mit ihren klagenden Rufen. Allah ist groß. Carl wollte gerade vorschlagen, sie sollten ins Haus gehen, als er hinter sich vorsichtige Schritte auf dem Rasen hörte. Er drehte sich schnell um, ohne die Waffe zu ziehen. Das war ein Fehler, wie er einsah; doch vermutlich saßen die Gefühle des Unbehagens noch seit dem Vormittag fest, als er seine Pistole auf den Bauch eines vollständig unschuldigen Menschen gerichtet hatte.

Es war Botschafter Erland Rickfors, der prustend und verschwitzt mit bekümmerter Miene zurückkehrte.

Der Botschafter ließ sich schwer auf einen Stuhl fallen und warf einen schnellen Blick auf den Grill und den Tisch mit Mineralwasser, Eisbehälter, Rotweinflasche und Gläsern. Ein verwunderter Blick galt Carls Mineralwasser on the rocks. Dann irrte sein Blick über den Tisch, da er den Inhalt von Carls Glas natürlich für etwas anderes hielt.

»Es gibt eine Verspätung«, seufzte er. »Ich bekomme den Paß mit dem ägyptischen Visum erst morgen.«

»Weshalb?« wollte Carl wissen.

»Bürokratie, das Übliche, nichts, worüber man sich aufregen sollte.«

»Was hat euer Kontaktmann gesagt?«

»Daß ihnen noch immer sehr daran gelegen sei, die Sache möglichst schnell und elegant aus der Welt zu schaffen, daß die Russen vermutlich der Meinung seien, unser Gast halte sich in der amerikanischen Botschaft auf.«

»Hat er irgendwelche Fragen gestellt?«

»Nein, keine besonderen.«

»Und was ist unter ›keine besonderen‹ zu verstehen?«

»Na ja, er wollte wissen, mit welcher Maschine ihr fliegen wollt.«

»Was hast du darauf geantwortet?«

»Daß ich es nicht weiß. Ich habe dir die Schuld gegeben. Strenggenommen weiß ich ja auch nichts.«

»Hat er noch weitere Fragen gestellt?«

»Er wollte wissen, warum ich in der französischen Botschaft gewesen bin.«

»Woher wußte er das?«

»Keine Ahnung. Botschaftsangehörige werden ja rund um die Uhr überwacht, das ist nichts Besonderes.«

»Wußte er etwas davon, was du in der französischen Botschaft wolltest?«

»Nein, nur daß ich in der Konsularabteilung gewesen bin. Sag mal, wir sollten das Verhör jetzt beenden. Ich geh mal schnell rein und hol mir was.«

Der Botschafter begab sich irritiert ins Haus, um sich ein klares Getränk zu holen, das jedoch kein Mineralwasser war. Carl blieb sitzen und runzelte ebenfalls irritiert die Stirn. Als der Botschafter wieder da war, ergriff er schnell das Wort, bevor das Gespräch zerfaserte.

»Eva und Göran sollen sich morgen früh hier einfinden, um für eine Stunde Dienst zu tun, nachdem wir den Paß erhalten haben. Außerdem müssen sie den ganzen Sonntag über auf dem Botschaftsgelände bleiben. Und auch noch die Nacht zum Montag. Von jetzt an müssen dein Wagen und der von Göran eingeschlossen werden. Ich werde sie selbst mit einer Alarmanlage ausstatten. Dann müßt ihr sie volltanken lassen, falls sie es nicht schon sind, und zwar bis spätestens Sonntagnachmittag.«

Botschafter Rickfors hatte die Augenbrauen auf maximale Höhe gehoben. Er sah bestürzt aus, und es schien ihm schwerzufallen, seine frühere Autorität wiederzugewinnen.

»Ihre Art und Weise, hier in der Botschaft herumzukommandieren, oder sollen wir lieber sagen, den Befehl zu übernehmen, finde ich einigermaßen aufsehenerregend, mein junger Herr Korvettenkapitän«, sagte er schließlich mit angestrengter Kühle.

Carl lachte laut auf, anscheinend übertrieben laut.

»Was ist daran so spaßig, wenn ich fragen darf?« brummte der Botschafter, der wieder unsicher geworden war.

»Verzeihung«, sagte Carl und bemühte sich, sich von seiner Heiterkeit zu erholen, »Verzeihung, aber der Ausdruck ›junger Herr Korvettenkapitän‹ ist eine eher russische Anrede, und so werde ich dort oben in der Gästewohnung dauernd genannt. Aber sonst ist die Situation alles andere als heiter, das kann ich versichern. Bei allem Respekt vor Diplomaten, aber jetzt liegen die Dinge so, daß wir alle hier in der Botschaft etwas zu tun haben, was im Interesse der ganzen Nation liegt. Ihr müßt einfach tun, was ich sage, aber das ist übrigens nicht als meine Anweisung, sondern als die der Regierung anzusehen.«

»Überschätzt du deine Bedeutung jetzt nicht ein wenig?« fragte Eva Ekström säuerlich.

Doch ihre Frage verhallte unbeantwortet. Das kurze Telex des Außenministeriums, das Carls Ankunft angekündigt hatte, ließ sich unleugbar so deuten.

Carl stand auf und ging.

Es erschien ihm unbegreiflich, daß die anderen in der Botschaft die Bedeutung der Angelegenheit nicht für einen Augenblick zu erkennen schienen und daß sie nicht einmal die Gefahr erkannten, in der sie selbst schwebten. Wenigstens das sollte ihnen etwas am Herzen liegen. Zudem mußte Carl sie jetzt bitten, ihr Leben aufs Spiel zu setzen, ohne daß sie es vermutlich selbst begriffen. Er selbst spürte keinerlei Zögern, sie darum zu bitten, und hatte auch nicht vor, ihnen die Gefahren näher zu beschreiben. Sie waren Schweden im auswärtigen Dienst. Es war ihre Pflicht und Schuldigkeit, dabei mitzuhelfen, daß Vizeadmiral Gennadij Alexandrowitsch Koskow nach Schweden kam. Das war alles.

Und bevor es zu einer Entscheidung kommen sollte, wollte er sie so selten wie möglich sehen.

Im obersten östlichen Eckzimmer des Generalstabsgebäudes am Lidingövägen brannte eine einsame Lampe. Kapitän zur See Samuel Ulfsson war vom vielen Rauchen schon ganz grau im Gesicht geworden, zündete sich aber trotzdem noch eine Zigarette an, bevor er seine Papiere zu einer etwas repräsentativeren Ordnung auf dem braunen Schreibtisch zusammenschob.

Über Hamiltons Tun und Lassen war inzwischen nur bekannt, daß er offenbar in Kairo angekommen war, daß er sich in der Botschaft befand, daß der Kontakt hergestellt war und daß er vermutlich alle Hände voll zu tun hatte, den Transport vorzubereiten.

Das war auch der Bescheid, den der Generalstabschef erhielt, als er das verqualmte Zimmer betrat.

»Es ist nicht verwunderlich, daß wir im Augenblick nicht mehr wissen«, meinte Samuel Ulfsson trotz des Erstaunens seines Vorgesetzten über die mageren Erkenntnisse. Man habe sich ja zu sogenannter Negativ-Berichterstattung entschlossen; einfacher ausgedrückt: Reden ist Silber, Schweigen Gold. Da das Risiko groß sei, daß Nachrichten abgefangen würden, in welcher Form man sie auch übermittele, und da eine ungewöhnliche Häufung verschlüsselten Funkverkehrs Aufmerksamkeit erregen könne, habe man sich mit Hamilton darauf geeinigt, er solle so lange Funkstille wahren, wie alles gutgehe oder zumindest nach Plan verlaufe. Der Mangel an Meldungen in den letzten zwei Tagen könne also nur so gedeutet werden, daß die Operation ohne nennenswerte Komplikationen fortschreite.

Dagegen sei ein unangenehmes kleines Problem aufgetaucht, das zwar eine gewisse Verbindung zu Hamilton habe, die eigentliche Operation jedoch nicht berühre. Die Kriminalpolizei in Norrköping ermittle in einem Mordfall, dessen Opfer die Telefonnummer von Hamilton Data System AB besessen habe. Das sei recht unerfreulich, allein schon im Hinblick darauf, daß das Mordopfer eine Frau sei und zudem polnischer Herkunft. Ein höchst unpassender Kontakt.

Doch die Polizei habe darauf bestanden, daß das gesamte Personal bei Hamilton Data System AB verhört werden müsse, und es sei recht mühselig gewesen, die Bullen daran zu hindern, plötzlich beim Nachrichtendienst hereinzustiefeln. Doch sei das Problem unter Mitwirkung der Sicherheitsabteilung der Reichspolizeiführung, speziell des Sektionschefs Näslund, vorläufig gelöst. Man sei so verfahren, daß man die Verhöre des militärischen Personals von Personal des zivilen Sicherheitsdienstes in Gegenwart des militärischen Sicherheitsdienstes in den Räumen des Generalstabs habe vornehmen lassen. Und das Ergebnis sei dieses Vernehmungsprotokoll.

Samuel Ulfsson gab sich größte Mühe, ernst zu bleiben, als er dem Generalstabschef ein maschinengeschriebenes DIN-A 4-Blatt hinüberschob. Dieser las unter wachsender Verblüffung und platzte schließlich laut los.

»Werden die armen Bullen das wirklich akzeptieren?« gluckste er, als er das seltsame Vernehmungsprotokoll über die braune Tischplatte zurückschob.

»Was wollen die denn sonst tun? Die Richtigkeit der Angaben können sie doch wohl kaum bezweifeln«, lächelte Samuel Ulfsson.

Unter I. hieß es in dem Protokoll, die unten genannten vernommenen Personen seien militärisches Personal, deren Identität mit Rücksicht auf die Sicherheit des Reichs geheim bleiben müsse. Dann wurden gesetzliche Vorbehalte gegen eine Verwendung des Protokolls in einem Strafverfahren vorgebracht. Der Text selbst war von lakonischer Kürze und lautete wie folgt:

Betr.: Eventuelle Verbindung mit Maria Szepelinska-Adamsson: Korvettenkapitän NN-1 gibt an, die fragliche Person nicht zu kennen, und erklärt, sich zu dem kritischen Zeitpunkt nicht in Norrköping aufgehalten zu haben. Major NN-2 ebenfalls. Hauptmann NN-3 ebenfalls. Hauptmann NN-4 ebenfalls. Fähnrich NN-5 ebenfalls.

Das war alles, unterzeichnet vom Sektionschef bei der Sicherheitsabteilung der Reichspolizeiführung, Henrik P. Näslund.

»Ich hoffe, wir sind damit nicht irgendwie befaßt gewesen?« fragte der Generalstabschef.

»Mit dieser Szepelinska? Nein, damit haben wir nichts zu tun gehabt, das fehlte noch. Das Problem besteht aber darin, daß eine Person von Hamilton Data System AB noch nicht hat vernommen werden können.«

»Hamilton?«

»Genau der. Bislang haben wir erklärt, Hamilton befinde sich auf Dienstreise, und das haben sie akzeptiert. Und all das nur wegen einer Telefonnummer.«

»Sie kann sich ja verschrieben haben, oder es liegt irgendein anderer Fehler vor.«

»Ja ja, aber nach dem Gesetz, demzufolge alles schiefgeht, was nur schiefgehen kann, müssen wir auch mal solchen Dingen ausgesetzt werden. Wir werden Korvettenkapitän NN-6 wohl nach seiner Rückkehr ins Protokoll aufnehmen müssen.«

»Wann können wir mit einem Bescheid rechnen?«

»Jetzt oder in einer Stunde oder morgen oder übermorgen. Wir haben hier ununterbrochen Dienst, und außerdem sind wir beide übers Wochenende jederzeit mit dem Pieper erreichbar. Falls sich was ergibt, konferieren wir telefonisch. Du hast nichts Besonderes vor?«

»Nein, ich bin zu Hause. Diese Jahreszeit hat ja nicht so viel zu bieten. Doch, morgen gehen wir möglicherweise ins Theater.«

»Dann ertönt das Piep-Piep-Piep in der Brusttasche sicher genau in dem Moment, in dem es am meisten stört.«

»Vermutlich. Doch zu etwas anderem: Hältst du es für sehr klug, ausgerechnet Hamilton für diesen Job ausgewählt zu haben?«

»Du meinst die Gefahr, daß er sich exponiert?«

»Nicht unbedingt. Ich habe mehr an Alter und Erfahrung gedacht.«

Samuel Ulfsson wußte nicht, ob diese Bemerkung ironisch gemeint war, doch dann ging ihm auf, daß der Generalstabschef sich nicht ausführlich mit Hamiltons Hintergrund beschäftigt hatte. Ulfsson unterdrückte einen Impuls, sich in Form eines drastischen Scherzes auszulassen und von denkbaren beiderseitigen Verlusten zu sprechen, verkniff es sich aber, da er nicht genau wußte, ob der Generalstabschef in der tatsächlich ernsten Situation Sinn für Humor zeigen würde.

»Ich glaube nicht, daß wir uns in diesem Punkt Sorgen machen müssen. Ich hätte für diese Aufgabe jedenfalls keinen kompetenteren Mann finden können«, erwiderte Samuel Ulfsson schließlich und wich dabei dem Blick seines Vorgesetzten aus. »Und die Politiker«, wechselte er das Thema, »scheinen immer noch nicht aufgewacht zu sein?«

»Nein, die doch nicht«, versicherte der Generalstabschef. »Die scheinen nur mitbekommen zu haben, daß noch ein Exote um politisches Asyl nachsucht. Vielleicht hat man sie nicht ausführlich genug unterrichtet, was weiß ich.«

Bei der letzten Bemerkung lächelte der Vizeadmiral so ironisch, daß der Sinn seiner Worte nicht mißverstanden werden konnte.

Es ist doch nicht meine Sache, sie zu informieren, Hauptsache, wir kriegen den Kerl hierher, damit die Arbeit beginnen kann, dann können die Politiker nicht mehr viel dagegen unternehmen, dachte Samuel Ulfsson. Laut sagte er: »Sie werden vielleicht zu einem späteren Zeitpunkt noch Anlaß haben, sich mehr für diese Operation zu interessieren.«

»Ja, das gilt wohl auch für mich. Ich wünsche einen schönen Abend. Empfehlung an deine Familie«, sagte der Generalstabschef, stand auf und ging erleichtert dem entgegen, was er für ein einigermaßen freies Wochenende hielt.

Samuel Ulfsson blieb in seinem Zimmer sitzen. Er zündete sich eine letzte Zigarette an. Möglicherweise würde es am Wochenende ruhig bleiben. Aber dann würde das große Spiel ernsthaft beginnen. Etwa von Montagmittag an, vermutete Samuel Ulfsson, würde die Lage ernster werden, als nur irgend jemand im Haus sich vorstellen konnte.

Als Carl aufstand und sich anzog, war es draußen noch dunkel. Er machte kein Licht. Als er hinunterging, um die Wagen zu kontrollieren, spürte er, daß sein Puls ungewöhnlich heftig war.

Niemand hatte die Wagen angerührt. Er entfernte seine Alarmanlagen und durchsuchte die Wagen sicherheitshalber noch einmal. Mit einigem Zögern hatte er Wagenheber und anderes Werkzeug zurückgelassen, um notfalls einen Reifen wechseln zu können – eine Reifenpanne war zwar unwahrscheinlich, ließ sich aber nicht ganz ausschließen –, aber im übrigen war alle überflüssige Ausrüstung entfernt. In den Kofferräumen hatte er die Reserveräder schräg gegen die Rückbänke gelehnt, so daß sie die Rücksitze schützten. Schaden konnte es jedenfalls nicht.

Er schloß die Wagen wieder ab und drehte eine Runde um das Botschaftsgrundstück. Alles war ruhig, alle Schlösser wirkten unberührt.

Dann kehrte er zur Botschafterwohnung zurück und weckte die beiden, die auf zwei Sofas im Erdgeschoß schliefen.

»Wagen eins fährt in dreißig Minuten los«, flüsterte er. Ohne eine Antwort oder weitere Kommentare über gewerkschaftliche Arbeitszeitregelungen abzuwarten, ging er ins Obergeschoß und weckte den Botschafter mit der gleichen Nachricht. Dann setzte er seinen Weg fort, ging zu seinem Gast, entschärfte die Sprengladung an der Tür und klopfte an.

»Nein, Sir! Bitte machen Sie kein Licht«, sagte er warnend, als er das Zimmer betrat. Er glaubte zu hören, daß der Russe nach der Nachttischlampe tastete.

»Wir fahren in fünfundvierzig Minuten los. Bitte ziehen Sie sich an. Ich werde Kaffee holen«, flüsterte er. Er ging zur Küche der Botschaft hinunter. Die Tür war verschlossen. Er öffnete sie mit einem Dietrich, kochte Kaffee und stellte etwas Brot und Marmelade auf den Küchentisch. Anschließend brachte er den anderen zwei Frühstückstabletts in die Botschafterwohnung, versammelte dann die Schweden im Erdgeschoß und wiederholte den geplanten Ablauf.

Göran Larsson solle den Wagen des Botschafters fahren, der Botschafter auf dem Beifahrersitz Platz nehmen. Die Gardinen im Fond sollten heruntergezogen werden. Anschließend solle der Wagen in Richtung Alexandria fahren. Beide dürften erst zurückkehren, nachdem sie den Flugplatz von Alexandria erreicht hätten. Das sei alles.

Wenn alles andere so gehe wie geplant, würden sie sich nicht mehr sehen.

Eva Ekström, Carl und der Vizeadmiral würden eine Viertelstunde später zum Kairoer Flughafen fahren. Ob das alles klar sei? Alle bejahten.

Etwas von Carls Stimmung hatte auf die anderen abgefärbt, so daß sie immerhin leicht nervös wirkten.

Trotzdem erkennen sie den Ernst der Lage nicht, trotzdem begreifen sie nicht, daß sie möglicherweise nicht lebend von dieser Autofahrt zurückkehren, dachte Carl. Er sagte jedoch nichts mehr, sondern ging nach oben zu seinem Gast, der soeben sein Frühstück beendet und den geänderten Anzug von Göran Larsson angezogen hatte. Unter Berücksichtigung der Umstände saß er einigermaßen anständig.

»Haben Sie Angst vor dem Tod, mein junger Herr Korvettenkapitän?« fragte der Vizeadmiral in der Dunkelheit. Carl überlegte kurz, bevor er antwortete.

»In meinem Alter glaubt man nicht, daß man sterben könnte, Sir«, erwiderte er. Er hörte, wie der Vizeadmiral ein glucksendes Lachen unterdrückte.

Dann setzten sie sich, der Vizeadmiral aufs Bett und Carl auf den Carl-Malmsten-Stuhl vor dem Schreibtisch. Sie warteten schweigend.

Sie hörten, wie der Wagen des Botschafters startete und eine Weile im Leerlauf vor dem Portal stand. Dann lauschten sie gespannt dem leiser werdenden Motorengeräusch.

»Möge Gott mit ihnen sein«, murmelte der Vizeadmiral zu Carls Erstaunen.

»Nein, möge Gott mit uns sein«, erwiderte er.

Als Carl und der Vizeadmiral die Treppe zu der wartenden Eva Ekström hinuntergingen, war es hell geworden. Eva Ekström gab dem Russen nervös die Hand und machte einen Knicks. Dann gingen sie in die Garage. Der Gast ging wie befohlen auf dem Rücksitz in Deckung. Carl öffnete das Botschaftstor, und sobald der Wagen es passiert hatte, stieg er aus, schloß es mit einem Fußtritt und setzte sich schnell auf den Beifahrersitz.

»Jetzt gilt es. Zum Flughafen, aber mit den Umwegen, die wir besprochen haben«, flüsterte er, ohne sich dessen bewußt zu werden. In der rechten Hand hielt er seinen Revolver, den er zwischen den Knien versteckt hatte, damit die Fahrerin ihn nicht sah.

Inzwischen war es bedeutend heller geworden. Der Kairoer Verkehr hatte seinen morgendlichen Höhepunkt noch längst nicht erreicht, doch in dem Meer von Autos, Lastwagen und Eselskarren würde es kaum möglich sein, einen Verfolger zu entdecken, dem es wiederum schwerfallen würde, den vorausfahrenden Wagen im Auge zu behalten.

Carl gefiel Eva Ekströms Fahrweise. Sie fuhr ruhig und dennoch beherzt und vermied es zweimal geschickt, vor Ampeln halten zu müssen; er hatte ihr eingeprägt, daß es bei Rot besonders kritisch werden könne.

Als sie sich dem Stadtrand näherten, herrschte nicht mehr so dichter Verkehr, und sie kamen zügig voran. Den ersten kritischen Punkt hatten sie hinter sich gelassen. Auf dem Weg zum Flughafen zwischen den zahlreichen Militäranlagen war das Risiko nach Carls Ansicht bedeutend geringer.

Der nächste kritische Punkt war der Flughafen selbst.

»Ich kann es selbst kaum glauben, das darf doch nicht wahr sein. Ich kann gar nicht fassen, was ich tue«, flüsterte sie, als sie am diesigen Horizont die Flughafengebäude entdeckten. Carl hatte den Eindruck, daß sie nur etwas sagte, um das Schweigen zu brechen.

»Möglich, aber wenn du irgendwann als ältere schwedische Dame erkennst, daß du einen Beitrag zur Geschichte geleistet hast, wirst du den Gedanken wohl akzeptieren. Das heißt, wenn du überlebst«, erwiderte Carl ein wenig zu lässig und bereute seine letzte Bemerkung sofort. Sie blieb eine Zeitlang stumm.

»Es fällt mir jedenfalls schwer, das hier zu glauben«, brummelte sie schließlich. Sie fuhr immer noch ruhig, schnell und geschickt.

»Schwer, was zu glauben?« hakte Carl nach, während er den Blick konzentriert zwischen dem rechten Rückspiegel und der Windschutzscheibe wandern ließ.

»Es ist alles so übertrieben. Ich fühle mich ganz einfach lächerlich.«

Carl antwortete nicht, da ihm klar war, daß jede weitere Unterhaltung sinnlos sein würde. Außerdem waren sie fast am Flughafen angelangt.

Sie hielten wie verabredet auf dem Parkplatz. Eva Ekström ging mit den Tickets in die Halle und checkte ein. Unterdessen studierte Carl zum letztenmal den Aufriß eines Airbus A 300 der Air France; etwa achtzehn Passagiere in der Ersten Klasse und 210 in der Touristenklasse. Immerhin hatten die Franzosen keine Affenklasse eingeführt wie die Scandinavian Airlines. Eva Ekström ließ auf sich warten. Carl zerknüllte irritiert die Broschüre und spähte intensiv zum Ausgang, durch den sie bald kommen mußte. Der Vizeadmiral stöhnte leise in seiner unbequemen Stellung zwischen Vorder- und Rücksitz.

»Sie können sich jetzt richtig hinsetzen, Herr Vizeadmiral, aber bitte, halten Sie den Kopf unten«, befahl Carl.

Der Russe krabbelte hoch und nahm eine etwas bequemere Stellung ein.

»Wie geht es, mein junger Herr Korvettenkapitän?« flüsterte er.

»Wir haben zwei Hindernisse passiert und drei noch vor uns«, flüsterte Carl zurück. Gleichzeitig sah er Eva Ekström wiederkommen. Sie ging gut – weder eilig noch nervös. Carl drehte sich zum Rücksitz um, zog seine Tasche hervor und steckte den Revolver in das Schulterholster.

»Hier sind die Bordkarten. Ihr habt die Plätze 3A und 3B«, flüsterte sie und reichte Carl die beiden roten Karten.

»Nichts Auffälliges?« flüsterte er.

»Nein, soweit ein einfacher Amateur wie ich das sehen kann.«

»Kein Ärger, weil du für andere eingecheckt hast?«

»Nein, die sind so was gewöhnt, besonders in der Ersten Klasse.«

»Zeit, Lebewohl zu sagen. Das hast du prima gemacht.«

»Das wird die Geschichte zeigen, nicht wahr?«

Sie lächelte ironisch, als sie den Motor anließ und vom Parkplatz fuhr. Carl spürte plötzlich eine unerwartete Sehnsucht nach ihr, während er den Vizeadmiral am Arm zum Eingang führte.

Sie begaben sich auf dem kürzesten Weg zu den Toiletten. Der Russe ging, wie zuvor etliche Male geübt, in eine der Kabinen. Er zog seine schußsichere Weste aus und ordnete die Kleidung. Als Carl vorsichtig an die Tür klopfte, schob er sie unter der Tür hinaus. Carl faltete sie schnell zusammen und steckte sie in einen Papierkorb. Er schaffte es gerade noch, sie mit Papierhandtüchern zuzudecken, bevor zwei Männer eintraten. Die hatten es jedoch eilig, an die Pissoir-Rinne zu kommen. Carl wusch sich ausgiebig die Hände, bis die Männer gegangen waren. Dann klopfte er zweimal schnell an die Kabinentür des Russen, betrat die Kabine daneben und packte seine Waffen in die getarnte Kameratasche um. Jetzt begann die gefährlichste Phase.

Carl verließ seine Kabine in dem Moment, in dem ein weiterer Mann hereinkam, aber dieser ging direkt in eine andere Toilette. Carl klopfte wieder zweimal bei dem Russen an. Die Tür ging sofort auf. Carl rückte schnell den Krawattenknoten des Russen zurecht, bevor sie sich zum Ausgang begaben.

Jetzt, dachte Carl, jetzt habt ihr also die letzte Chance. Er ging schräg hinter seinem Gast direkt zur Paß- und Gepäckkontrolle. Er mußte sich immer so halten, daß er hinter dem Russen blieb. Er lenkte seinen Gast kaum merklich mit dem linken Arm und mahnte plötzlich zur Eile, damit sie direkt hinter eine Gruppe saudiarabischer Frauen in langen schwarzen Kleidern in die Schlange kamen. Dann stellte sich Carl so hinter den Vizeadmiral, daß er im Auge behalten konnte, was hinter und vor ihnen vorging. Glücklicherweise ist es kein Wetter für Regenschirme, dachte er nervös. Allerdings kann man Gift auch anders spritzen als mit der Spitze eines Regenschirms.

Die Aktentasche des Russen, die überwiegend schwedische Zeitschriften enthielt, um als Handgepäck etwas Volumen zu haben, wurde problemlos durchleuchtet.

Carls Kameratasche jedoch erregte sofort Aufsehen. Carl wurde angehalten, während er sah, wie der Russe sich im Strom der Fluggäste zögernd weiterbewegte.

»Haben Sie die Kameras hier gekauft? Gehören Sie Ihnen? Können Sie mit Papieren belegen, daß Sie die Kameras nach Ägypten eingeführt haben?« fragte ein Zollbeamter wie aus der Pistole geschossen, während er besorgniserregend neugierig in Carls Tasche zu wühlen begann.

»Ich bin Diplomat«, sagte Carl so ruhig er vermochte und zeigte seinen grauen schwedischen Außenamts-Paß, während er nach seinem verschwundenen Vizeadmiral Ausschau hielt.

Als der Zöllner den Diplomatenpaß sah, winkte er Carl schnell durch und klappte sofort die Tasche zu. Carl bemühte sich, nicht in die Transithalle zu rennen, wo er sofort seinen Russen entdeckte, der mitten in der Halle stand – als ideale Zielscheibe für einen Angriff.

»Was Besseres ist Ihnen wohl nicht eingefallen, was?« fauchte Carl, trat vorsichtig an den Russen heran und schob ihn sanft beiseite.

»Sie sollten mich so schnell wie möglich sehen. Ein guter Einfall und ein schlechter«, flüsterte der Russe aus dem Mundwinkel zurück. Sie waren übereingekommen, so wenig wie möglich zu sprechen.

Carl begann, auf schwedisch zu plaudern, und der Russe nickte gelegentlich, während sie sich langsam auf den Air-France-Schalter am Ausgang zur Maschine bewegten. Carl erzählte Kindheitserinnerungen, von denen sein Begleiter kein Wort verstand. Bis zum Abflug der Maschine blieb weniger als eine Viertelstunde, und noch hatte sich keine gute Möglichkeit zu dem ergeben, worauf Carl hoffte. Doch dann begann sich am Air-France-Schalter eine Diskussion zu entspinnen, die schnell Carls Interesse erregte: Da war die Chance.

»Ich glaube, Gott ist heute mit uns«, flüsterte er auf englisch und ging auf den Schalter zu.

Ein junger Amerikaner wollte einen Raucherplatz, war aber nur für einen Nichtraucherplatz gebucht. Leider sei die Maschine vollkommen besetzt, sagte die Bodenstewardeß. So ging es eine Weile hin und her.

»Entschuldigen Sie, mein Freund«, schaltete sich Carl mit seinem kalifornischen Akademiker-Akzent ein. Sein vermeintlicher Landsmann stammte offensichtlich aus dem Mittleren Westen. »Ich habe zufällig mitgehört, worum es geht. Wenn Sie nichts dagegen haben, können wir gern die Plätze tauschen. Ich hasse es nämlich, in einer Maschine so weit vorn zu sitzen. Es hört sich vielleicht albern an, aber vielleicht können wir tauschen ...?«

Der Amerikaner war in seinem Alter und trug eine Brille wie Carl. Es war fast zu schön, um wahr zu sein, würde aber vermutlich klappen.

»Aber Sie haben doch ein Erster-Klasse-Ticket?« wandte der Amerikaner verblüfft ein.

»Ja, ich weiß«, sagte Carl mit einem Seufzer, »aber die Erste Klasse befindet sich leider im Vorderteil der Maschine, und außerdem bezahlt ohnehin meine Firma. Für Gänseleber und diesen verdammten Champagner habe ich nicht sehr viel übrig. Ich ziehe Bourbon vor.«

Der Amerikaner ließ sich dankbar überreden. Carl warf einen schnellen Blick auf seine neue Bordkarte. Platz 23C, hervorragend, fast mitten in der Maschine.

Als die Fluggäste an Bord zu strömen begannen, nickte er seinem Vizeadmiral ein letztes Mal zu, daß ein weiterer Gefahrenpunkt überwunden sei.

Sie verloren sich aus den Augen, als die Erster-Klasse-Passagiere und die Mehrheit aus der Touristenklasse in verschiedene Richtungen gingen.

Als der Airbus zum Flug AF 129 auf die Startbahn rollte, war es 7.30 Uhr Ortszeit. An Bord befanden sich fünf Passagiere, die äußerst nervös waren und ihre Unruhe nur mit verschiedenen Graden der Beherrschung verbergen konnten.

Oben im Tower saß Muhammed ibn Salaar und betrachtete den unbeholfen wirkenden Airbus, der gleich zu seinem Flug nach Paris mit Zwischenlandung in Lyon starten sollte.

Vermutlich wird die Maschine schon heute abend in Paris sein, trotz der unerwarteten Zwischenlandung in Damaskus, dachte ibn Salaar.

Dennoch war ihm unbehaglich zumute. Jetzt, da es für Bedenken zu spät war, beschlichen ihn böse Vorahnungen. Aber er arbeitete schon seit mehr als zwanzig Jahren mit dem GRU zusammen, und die Russen hatten ihn noch nie verraten oder im Stich gelassen. Das, was er selbst als einen Tritt nach unten angesehen hatte, als er den wenig schmeichelhaften Sicherheitsjob bekam, sich um die ausländischen Botschaften zu kümmern, hatte das GRU als reine Goldgrube angesehen und ihn mit inständigen Bitten dazu gebracht, nicht zu protestieren. Als er gejammert hatte, auf diese Weise werde er im Rang nie höher steigen als bis zum Obersten, hatten die Russen ihn zu einer privaten Zeremonie eingeladen, bei der er zum Generalmajor der Roten Armee ernannt worden war. Er hatte sogar einen Orden erhalten. Anschließend hatte man ihn aus Sicherheitsgründen gezwungen, gleich nach der Zeremonie Generalsuniform und Auszeichnung zurückzugeben.

Im Stich gelassen hatten sie ihn allerdings nie. Und weshalb sollten sie ihn jetzt *verbrennen* lassen? Seine Informationen waren für sie sehr nützlich gewesen.

Konnte dieser Vizeadmiral tatsächlich so wichtig sein, daß sie wegen dieser Operation sogar eine ihrer wichtigsten diplomatischen Informationsquellen hochgehen ließen?

Bei der unvermeidlichen Nachkontrolle durch den militärischen Sicherheitsdienst würde man ihn unweigerlich entdecken. Drei Palästinenser hatten an Bord der Maschine gehen dürfen, ohne daß man ihr Handgepäck durchsucht hatte, weil Oberst ibn Salaar sie persönlich begleitet und persönlich für sie garantiert hatte. Er hatte dem Personal des Towers gegenüber sogar angedeutet, es sei Sicherheitspersonal. Wenn die Geschichte von den drei Flugzeugentführern und dem gefangenen Russen –

von dem ermordeten schwedischen Diplomaten ganz zu schweigen – an die Öffentlichkeit kam, was garantiert geschehen würde, würde sich die interessante Frage ergeben, wie die drei Flugzeugentführer an Bord gekommen waren.

Ibn Salaar war gegen diesen Plan gewesen und hatte sich für eine völlig andere Lösung eingesetzt. Er hatte dies mit solcher Hartnäckigkeit getan, daß er persönlich den neuen stellvertretenden Residenten des GRU kennengelernt hatte, einen Major der Luftstreitkräfte, offiziell Militärattaché. Der Major hatte beharrlich und mit einer gewissen Geduld, wie ibn Salaar im nachhinein zugeben mußte, erklärt, die anderen Alternativen seien bei der gegenwärtigen politischen Großwetterlage nicht durchführbar.

Als es um den Vorschlag eines bewaffneten Angriffs auf die Botschaft eines anderen Landes ging, hatte man diese Frage nicht einmal dem Politbüro vorgelegt; dieses hätte ein solches Unternehmen niemals gutgeheißen, und ohne Genehmigung des Politbüros hätte ein solcher Einsatz bei der nachträglichen Abrechnung unweigerlich viele Köpfe rollen lassen.

Der nächste Schritt, ein Schlag gegen den unvermeidlichen Transport per Auto vom schwedischen Botschaftsgebäude zum Flughafen, hatte, wie sich herausstellte, fast auf dem gleichen politischen Niveau gelegen. Es bestand ein erhebliches Risiko, daß der schwedische Botschafter, wie er selbst es so hochmütig und einfältig ausdrückte, »durch seine Gegenwart persönliche Verantwortung für die Sicherheit des Gastes« übernahm. Muhammed ibn Salaar hatte über diese Möglichkeit genau Bericht erstattet.

Das Ergebnis dieses Vorschlags war ein Nein aus Moskau, auch bei dieser bedeutend einfacheren Lösung. Ein ermordeter schwedischer Botschafter war gegenwärtig offensichtlich kein akzeptabler politischer Preis.

Eine Sprengung der Maschine hatte nicht einmal eine Diskussion gelohnt. Hinterher würde vermutlich klar sein, weshalb man die Maschine gesprengt hatte, und man würde der Sowjetunion unabhängig von der Beweislage die Schuld geben, und überdies konnte Ägypten in eine politische Kettenreaktion hineingezogen werden, die für absehbare Zeit alle Versuche erschweren würde, die Beziehungen der beiden Länder zu verbessern.

Also mußte es eine Flugzeugentführung sein. Doch nicht einmal das schien schmerzfrei durch den höchsten politischen Filter in Moskau gegangen zu sein. Die offizielle Linie der Sowjetunion war ohne jeden Zweifel gegen Angriffe auf die zivile Luftfahrt.

So wie die Dinge jetzt standen, würde jedoch niemand zu Schaden kommen außer dem schwedischen Militärattaché. Sobald die drei Palästinenser und dieser Russe auf der Landebahn waren, sollte die Maschine Damaskus auf schnellstmöglichem Weg verlassen dürfen. Die Aktion würde nach menschlichem Ermessen nur als kühne und chirurgisch saubere Operation im ewigen Krieg der Nachrichtendienste erscheinen; in dieser Lage würde sich die Welt nicht sonderlich über einen toten Offizier erregen. Schon bald würde man wohl die Cleverneß und die geschickte Ausführung der Operation bewundern, wenn nämlich durchsikkerte, wer in die Sowjetunion heimgeholt worden war und weshalb. Moskau würde dafür sorgen, daß die Vollstreckung des Todesurteils gehörige Publizität erhielt.

Nein, in technischer Hinsicht war es eine gute Operation. Überdies war das Risiko, daß die drei Palästinenser, die den Auftrag hatten, die Maschine zu entführen und nach Damaskus zu bringen, scheiterten, äußerst gering. Sie waren bestens bewaffnet, sie waren an Bord gekommen, und jetzt stieg die Maschine schwer und donnernd in den dunstigen Morgenhimmel. Oberst Muhammed ibn Salaar verließ den Kontrollraum. Er ging langsam und mit zögernden Schritten. Soweit es ihn betraf, war die Operation jetzt vorüber. Doch während der nächsten vierundzwanzig Stunden würde er auf glühenden Kohlen sitzen.

Und jetzt, da es zu spät war und seine Begeisterung sich zu legen begann, beschlich ihn immer mehr ein Gefühl des Unbehagens. Denn wenn er jetzt verschwand, wie der stellvertretende Resident ihm versprochen hatte – er würde für den Rest seiner aktiven Dienstzeit als Experte in Moskau arbeiten dürfen –, wenn er jetzt verschwand, wäre der Zusammenhang zwischen ihm und den Russen sonnenklar.

Und wenn sie ihr Versprechen *nicht* hielten? Wenn sie jeden Kontakt leugneten? Dann würde man ihn verurteilen, egal, was er sagte. Wenn er aber die Sache selbst in die Hand nahm, aus Ägypten flüchtete und sich auf eigene Faust nach Moskau durchschlug?

Er ging mit entschlossenen Schritten auf seinen wartenden Wagen zu.

Er zwang sich kurz, an etwas anderes, Lustigeres zu denken; er kicherte beim Gedanken an den schwedischen Botschafter und seinen Mitarbeiter, die den Kurzwellenberichten eines Verbindungsmannes zufolge bis nach Alexandria gefahren waren. Die müssen das Herz in der Hose gehabt haben, lächelte Oberst ibn Salaar. Während er selbst auf dem Flughafen ruhig gewartet hatte. O ja, das war schon ziemlich komisch.

Aber dann meldeten sich wieder seine bösen Ahnungen. Nach dieser Operation war es wohl doch am sichersten, das GRU noch einmal mit Nachdruck auf die Einhaltung seines Versprechens, ihm freies Geleit nach Moskau zu gewähren, hinzuweisen.

Er befahl seinem Fahrer, ihn nicht ins Büro zu fahren, sondern direkt nach Hause.

Lady Guilford war eine Dame in ihren besten mittleren Jahren, wie sie selbst meinte, und noch voller Begeisterung über ihren Aufenthalt in Kairo. Sie war seit dem Krieg nicht mehr dort gewesen, und mit Krieg meinte sie natürlich den Zweiten Weltkrieg und nicht die lokalen Unruhen, die es dort in der Region gegeben hatte, seitdem Großbritannien nicht mehr für Ordnung im Lande sorgte. Sie war Offizierstochter, und ihr Vater war während des ... nun ja, des Krieges einer der stellvertretenden Stabschefs in Kairo gewesen. Ihre jüngere Schwester war aufgrund dieser unmöglichen Verlobungsgeschichte mit diesem Piloten (wie hieß er noch?) nie in Ägypten gewesen, aber jetzt waren die Schwestern jedenfalls gemeinsam gereist.

Lady Guilford unterhielt den jungen, sympathischen amerikanischen Mitreisenden mit einem Strom fröhlicher Ansichten über die Lust des Reisens, den Gang der Zeit und den Niedergang Ägyptens, seitdem England seine schützende Hand von den Arabern zurückgezogen hatte.

Der rücksichtsvolle junge Amerikaner mit der Brille erzählte, er arbeite mit Computern, wußte jedoch keine zwingenden Gegenargumente vorzubringen, als Lady Guilford ihrer Wut über diese kleinen Höllenmaschinen freien Lauf ließ, die nichts weiter zuwege brächten, als pünktlich Rechnungen zu schicken. Was der Mensch brauche, um sich einen Ruck zu geben, seien harte Arbeit, Eigeninitiative und eine aufrechte Moral. Die Maschinengesellschaft zerstöre viel von den Voraussetzungen dazu, und vermutlich werde unsere Zivilisation eines Tages durch reine Trägheit untergehen, etwa so wie das degenerierende Römische Weltreich. Und wenn ihr Nachbar den vorlauten Standpunkt entschuldigen wolle – seit die Amerikaner sich so etwas wie eine Dollarherrschaft in der freien Welt gesichert hätten, sehe die Zukunft wahrlich nicht besser aus.

Zu ihrem Erstaunen mußte Lady Guilford entdecken, daß nicht einmal diese provozierende Unterhaltung den jungen Amerikaner aus der Fassung brachte. Lady Guilford liebte es sonst, wenn die Menschen ihrer Umgebung, besonders Ausländer, die Beherrschung verloren. »*Das tut eine englische Lady nämlich nicht.*«

Diese letzte, mit überdeutlicher Ironie vorgebrachte Bemerkung kam von ihrer Schwester, die sich jetzt zum erstenmal in die Unterhaltung einmischte.

»Was diese Maschinen betrifft, haben Sie sicher recht, Lady Guilford«, sagte der junge Amerikaner mit der rauchfarbenen Brille. »Dabei vergessen Sie aber zwei Dinge, wenn ich so unbescheiden sein darf, das zu sagen.«

»Ach ja, wirklich?« sagte Lady Guilford in einer Tonlage, die mindestens drei Bankreihen vor und hinter ihr zu hören sein mußte. Ihre Entrüstung war mit souveräner Arroganz gespielt. »Und welche Dinge wären das, junger Mann?«

»Schrecklich, wie oft man mich in letzter Zeit junger Mann nennt ... Also, zwei Dinge. Erstens hat sich das Britische Empire nicht viel mehr als hundert Jahre gehalten, was den Römern immerhin einen gewissen Vorsprung gibt. Zweitens sind es wir Menschen, die den Maschinen einen Sinn geben, und nicht umgekehrt. Sie tun genau das, was wir ihnen befehlen. Die Frage ist nur, ob wir selbst klug genug sind, sie nicht zu mißbrauchen. Ein Computer unterscheidet sich nicht sonderlich von einer Kanone. Beide lassen sich zu guten wie bösen Zwecken einsetzen.«

»Eine außerordentlich kluge Bemerkung, junger Mann!« zwitscherte Lady Guilford begeistert. »Das werde ich mir merken. Ich muß zugeben, daß Sie einige meiner vorgefaßten Meinungen über Amerikaner ins Wanken bringen.«

Dann erschienen die Stewardessen und servierten Frühstück mit französischem Kaffee und Croissants, mit Toast und Marmelade. Den englischen Damen gelang es nur mit Mühe, sich Tee zu bestellen. Nachdem sie eine Weile lustlos im Frühstück herumgestochert und die Stewardessen dann abgedeckt hatten, wurden in der Maschine an mehreren Stellen die Leinwände heruntergezogen. Die meisten Passagiere mit Fensterplätzen zogen ihre Jalousien herunter, so daß die Kabine verdunkelt war. Bis zum Lunch sollte ein Film gezeigt werden.

Dieser erwies sich als der zweite oder dritte Teil von »Star War«. Doch aus den Kopfhörern ertönten die Dialoge in synchronisiertem Französisch. Das sei, so Lady Guilford, so einzigartig vulgär, daß nur *frogs* (Franzosen) sich so etwas einfallen lassen könnten. Entrüstet riß sie den Kopfhörer mit dem Filmton herunter, und nach einigem Zögern tat ihr das ihre jüngere Schwester ähnlich demonstrativ nach.

Der junge Mann an Lady Guilfords Seite hatte sich jedoch zurückgelehnt und entschuldigte sich. Er werde immer im Flugzeug gleich müde, und dann war er offenbar urplötzlich eingeschlafen.

Gegen Ende des Films, als sich AF 129 in 11 000 Meter Höhe im Luftkorridor zwischen Sizilien und Marseille befand und an Bord alles träge und ruhig war, erhoben sich drei Männer, die in Reihe 15 und 16 nah beieinander gesessen hatten, nur ein paar Meter von den vorderen Leinwänden der Touristenklasse entfernt. Sie gingen links und rechts von der Mittelreihe nach vorn, tauchten unter den Filmleinwänden durch, offenbar auf dem Weg zu den Toiletten neben dem Serviceraum zwischen Erster Klasse und Touristenklasse. Einer der Männer ging in die Toilette, wo er eine Weile blieb, während die beiden anderen draußen warteten. Nach einigen Minuten kam der dritte Mann wieder zum Vorschein, nickte zum Zeichen, daß alles in Ordnung sei, und ging mit einer eng an die Seite gedrückten Pistole auf den Vorhang zu, der die Erste Klasse vom hinteren Teil der Maschine trennte. Als er den Vorhang zur Seite schlug, brauchte er nicht mehr als einige Sekunden, um sein Ziel zu orten. Während die beiden anderen nervös hinter dem Vorhang warteten, ging er langsam an den beiden letzten leeren Sesseln vorbei, nahm im Vorbeigehen ein Kissen an sich und ging direkt auf Platz 3 B zu, auf dem das Opfer ahnungslos und leicht vornübergebeugt saß und in einer Zeitung las. Der Mann mit der Pistole hielt das Kissen vor die Pistolenmündung, setzte die Waffe direkt an den Hinterkopf seines Opfers und drückte ab.

Im selben Augenblick, in dem die beiden anderen den kurzen leisen Knall hörten, stürzten sie mit gezogenen Waffen durch den Vorhang. Einer von ihnen rannte, an den überrumpelten Stewardessen vorbei, direkt zum Cockpit, die beiden anderen richteten ihre Waffen auf die Passagiere.

Die beiden Männer hatten sich schwarze Kapuzen mit Löchern für Augen und Mund über die Köpfe gezogen. In diesem Moment an der Grenze zwischen Schrecken und Verblüffung, in dem alle wie gelähmt dasaßen, zog sich der Mörder ebenfalls eine Kapuze über. Die Situation brauchte nicht erklärt zu werden. Niemand brauchte etwas zu sagen.

Die beiden Entführer im Erster-Klasse-Abteil schienen der Meinung zu sein, alles unter Kontrolle zu haben. Einer von ihnen zog Handschellen aus der Tasche und ging auf den Mann mit dem kurzgeschnittenen dunklen Haaren zu, der neben dem Ermordeten gesessen hatte, welcher jetzt in einer grotesk verdrehten Stellung zwischen seinem Sitz und dem davor hing. Sein Sicherheitsgurt war angelegt.

Der Flugzeugentführer öffnete das Gurtschloß und schleifte den Toten zur Seite. Dann näherte er sich dem dunkelhaarigen Mann und schnippte mit den Fingern zum Zeichen, er solle seine Hände vorstrekken. Er hielt die Hand mit der Pistole hinter sich, die andere mit den Handschellen vor sich, und nach einigen vergeblichen Anläufen gelang es ihm, dem Dunkelhaarigen die Handschellen anzulegen. Anschließend bezogen die beiden Flugzeugentführer an je einem Ende der Erster-Klasse-Kabine Posten.

Die Zeit schien stillzustehen. Doch plötzlich leitete die Maschine eine langgezogene Kurve ein, die eine unerwartete Kursänderung mit sich brachte, zumindest gewannen die Erster-Klasse-Passagiere diesen Eindruck, denen die Situation ja klar war. Als die Maschine den Kurs stabilisiert hatte, meldete sich über die Lautsprecher eine erstaunlich beherrschte Stimme. Sie teilte mit, hier spreche der Kapitän, und die Lage sei so, daß die Maschine entführt worden und nach Damaskus unterwegs sei. Er bitte alle Passagiere dringend, auf ihren Plätzen sitzen zu bleiben und die Sicherheitsgurte anzulegen. Das seien seine Anweisungen, fuhr Michel Legrand, Kapitän des Fluges AF 129, fort, und um der Sicherheit aller willen müsse jeder Disziplin wahren, auf seinem Platz sitzen bleiben und keinerlei Versuch machen, gegen die bewaffneten Entführer vorzugehen.

Als der Kapitän mit seiner Mitteilung so weit gekommen war, stürzte einer der maskierten Männer in die Touristenklasse, wo er sich in der

Nähe der Filmleinwand aufstellte, so daß sich das Finale des Weltraumkrieges zum Teil auf seiner schwarzen Kapuze abspielte. Vor sich hielt er eine kompakte Maschinenpistole.

Darauf wurde das Mikrofon von einem der Entführer übernommen, der in einem Englisch mit starkem Akzent die Mitteilung wiederholte und versicherte, niemand werde zu Schaden kommen, wenn alle zusammenarbeiteten. Dann sagte er etwas Unzusammenhängendes über die Söhne der Märtyrer der Islamischen Revolution, die gegen dieses oder jenes zurückschlügen, aber dennoch würden alle die Maschine wohlbehalten verlassen können. Es dürfe sich aber niemand rühren oder seinen Platz verlassen. Jede Unterhaltung sei verboten.

»Unverschämtheit! Das ist doch die Höhe! Wollen Sie uns auch noch einen Maulkorb anlegen! Ich bin britische Staatsbürgerin und denke nicht daran, das einfach so hinzunehmen ...«

Als Lady Guilford Luft holte, um ihrer wohl vollkommen echten Entrüstung weiteren Ausdruck zu geben, legte der junge Mann neben ihr seine Hand auf ihre. Es war ein sanfter, aber doch entschlossener Griff, während er gleichzeitig mit der anderen Hand in seiner Kameratasche wühlte, die er mit den Füßen unter dem Vordersitz hervorgezogen hatte.

»*Liebe* Lady Guilford!« fauchte Carl mit zusammengebissenen Zähnen. »Wollen Sie bitte die Güte haben, diese Typen nicht auf uns aufmerksam zu machen.«

Als sie einen Blick auf die Tasche warf, sah sie eine blauschwarze Messerschneide und eine schwarze Pistole. Bei diesem Anblick verzog Lady Guilford den Mund und legte sich zurück.

»Was sind Sie denn für ein Computerfachmann? Ich hoffe, Sie haben nichts mit diesen Lumpen zu tun«, empörte sie sich mit einem Theaterflüstern.

»*Liebe* Lady Guilford«, flüsterte Carl mühsam beherrscht, »nicht so laut, wenn ich bitten darf.«

Nach kurzer Zeit fuhr Carl flüsternd fort: »Nein, ich bin kein Computerfachmann, sondern Sicherheitsmann eines befreundeten Landes. Es ist mein Job, diese Figuren zu erledigen, und das werde ich auch tun, wenn Sie mich nicht zu sehr stören.«

Carl konnte nicht mehr weitersprechen, da der Entführer mit der Maschinenpistole plötzlich schnell auf sie zukam. Zu Lady Guilfords großem Erstaunen saß der angebliche Sicherheitsmann plötzlich mit gesenktem Blick vollkommen still auf seinem Platz. Beide Hände lagen sichtbar auf den Knien, als wollte er sich nicht einmal verteidigen.

Der Entführer steuerte jedoch nicht auf sie zu, sondern ging an ihnen vorbei. Zunächst stellte er sich neben die nächste Filmleinwand hinter ihnen. Er rollte sie zusammen und richtete die Waffe auf die Passagiere der zehn letzten Bankreihen. Als er die Lage unter Kontrolle zu haben meinte, nahm er etwa einen Meter weiter hinten eine neue Position ein, auf der er anscheinend bleiben wollte. Der Abstand zu Carl, der englischen Lady und deren Schwester betrug etwa fünfeinhalb Meter. Sie schienen im übrigen in diesem Teil der Maschine die einzigen zu sein, die nicht von Panik oder Furcht ergriffen wurden. Hier und da war unterdrücktes Weinen zu hören. Sonst war es in der Maschine so gut wie still.

Dann meldete sich über Lautsprecher wieder der Kapitän, der einige Anweisungen gab. Die Stewardessen dürften sich frei in der Kabine bewegen und stünden den Passagieren zur Verfügung, falls jemand medizinische oder andere Hilfe brauche. Das jedoch nur, wenn es wichtig sei, denn die Stewardessen könnten sich nicht gleichzeitig um alle kümmern, und so weiter.

Während die Stimme aus dem Lautsprecher noch zu hören war, sprach Carl leise, doch sorgfältig artikuliert. Dabei blickte er starr geradeaus, ohne Lady Guilford anzusehen.

»So, Lady Guilford. Jetzt muß ich Sie und Ihre Schwester bitten, etwas von der britischen Moral zu zeigen, die Sie vorhin erwähnt haben. Nein, unterbrechen Sie mich nicht. Ihre Schwester soll eine Brieftasche oder ein paar Geldscheine hochhalten und dem Entführer zuschreien, sie wolle ihm gern Geld geben, wenn er sie nur freilasse. Sie muß damit solange weitermachen, bis der Bursche herkommt. Und was dann geschieht, darf sie nicht in Panik versetzen. Ich fürchte, es wird scheußlich werden, aber es ist notwendig. Nicken Sie, wenn Sie alles verstanden haben.«

Lady Guilford nickte entschlossen und kraftvoll, und es sah aus, als verneigte sie sich vor der Königin von England. Dann begann sie eine kurze, geflüsterte Unterhaltung mit ihrer Schwester. Sie flüsterte jedoch ziemlich laut.

»Ihr da hinten, Maul halten, nicht reden!« schrie der maskierte Entführer hinter ihnen.

Lady Guilford ließ sich dadurch nicht im mindesten stören, sondern hob bei ihrem letzten Satz vielmehr noch die Stimme.

»Still! Das ist ein Befehl!« schrie der Flugzeugentführer.

»Das ist das Dümmste, was ich je gehört habe«, sagte Lady Guilford laut in ihrem klingenden Oberschicht-Englisch. »Wir sind hier Fluggäste und nehmen von irgendwelchen Lumpen noch so islamischer Revolutionen keine Befehle entgegen!« Damit warf sie den Kopf in den Nacken.

»Verdammtes Weibsbild, hör auf zu babbeln, halt die Schnauze!« schrie der Entführer, der jetzt zunehmend erregter wurde.

»Ich muß sagen, Ihre Sprache paßt zu Ihnen, Sie Lump!« brüllte Lady Guilford zurück.

Die Passagiere ringsum schienen sich angesichts der drohenden Katastrophe zusammenzukauern. Carl hielt die Messerschneide unter dem Handgelenk und saß ebenfalls mit gesenktem Kopf da.

»*Good sport,* weiter so«, flüsterte er.

»Wenn Sie wenigstens ein Mann wären, würde ich Ihnen die Tasche an den Kopf klatschen, Sie Lümmel!« schrie Lady Guilford und hob ihre Handtasche drohend in Richtung Entführer.

Das war offensichtlich zuviel. Carl hörte, wie die schnellen Schritte von hinten näherkamen. Er hielt die Luft an und kauerte sich zusammen wie zum Sprung.

»Verdammtes Weibsstück, halt die Schnauze«, fauchte der Entführer, der jetzt neben Carl stand und sich vorbeugte, um Lady Guilford mit der freien Hand ins Gesicht zu schlagen.

In diesem Moment schnitt Carl ihm den Hals durch.

Im nächsten Moment zog er den Mann mit der linken Hand herunter, während er die Messerklinge gleichzeitig dort hineinstieß, wo die Rippen sich teilen.

Mit einem Geschmack von Eisen im Mund und einer vibrierenden elektrischen Kühle auf der Haut zog er das Messer durch das Herz des gurgelnden, ohnmächtig werdenden Mannes. Weiter durch die Knorpelschicht in der Mitte des Brustkorbs. Bis ganz nach oben, dachte er, bis rauf zu den Vorderzähnen dieses verfluchten Scheißkerls. Ich werde ihm die Zunge abschneiden.

Doch die Klinge glitt heraus, als er den Schnitt quer über den Hals erreichte, und er kam wieder zur Besinnung.

Er preßte den sterbenden Entführer schnell auf ihrer beider Knie. Dann sah er Lady Guilford ins Gesicht.

Es war über und über mit Blut bespritzt. Muß die Halsschlagader gewesen sein, dachte Carl.

»Es tut mir leid. Sie haben sich ganz fabelhaft verhalten, liebe Lady Guilford«, flüsterte er. Er zog sein Taschentuch aus der Brusttasche und reichte es ihr.

»Man tut, was man kann«, erwiderte sie vollkommen beherrscht, während sie sich das Blut vom Gesicht wischte und nachsah, ob ihre Kleidung auch etwas abbekommen hatte. »Als ich das erstemal Blut abkriegte, war es schlimmer.«

Carl war vorsichtig aufgestanden und schleifte sein Opfer weiter nach hinten in der Maschine, um den Mann nicht mehr sehen zu müssen. Er hinterließ auf dem hellblauen Teppich einen dicken Strom von Blut. Blut abkriegte? dachte Carl. Sie muß wohl eine englische Fuchsjagd gemeint haben; am Ende der Jagd nimmt man den Schwanz des zerrissenen Fuchses und zieht ihn den Anfängern durchs Gesicht. Verfluchte englische Barbaren.

Als er am hinteren Ende der Kabine fast außer Sichtweite war, richtete er sich auf und gebot den Fluggästen dort Schweigen. Sie reckten die Hälse wie Giraffen.

»American security«, flüsterte er beruhigend.

Er griff nach der Maschinenpistole des Toten, nahm das Magazin heraus, steckte sich ein paar Patronen in die Tasche und warf das Magazin unter einen Sitz. Dann riß er dem Entführer die schwarze Kapuze ab; sie hatte zum Glück kein Blut abbekommen.

Carl setzte sich die Kapuze auf, wischte das Messer am Hosenbein des Toten ab und steckte es ein. Dann ging er mit der Pistole an der Hüfte behutsam zu seinem Platz zurück.

»Keine Mißverständnisse, bitte, ich bin es«, flüsterte er Lady Guilford zu, als er neben ihr auftauchte, um in seiner Tasche zu wühlen.

»Sind Sie für den Moment nicht ein wenig unpassend gekleidet, junger Mann?« bemerkte sie trocken.

»Durchaus nicht«, flüsterte Carl zurück, »das ist genau die richtige Kleidung für eine Begegnung mit denen da vorn. Sie haben sich übrigens ganz phantastisch benommen.«

Carl hatte inzwischen das Magazin mit der Munition gefunden, die er jetzt brauchte. Neun-Millimeter-Geschosse mit platter Bleispitze und besonders schwacher Pulverladung. Er schob das Magazin in seine Pistole und stand langsam auf.

»Meine Schwester ist eine dumme Gans. Sie hätte das nie geschafft, und so habe ich es lieber selbst getan«, flüsterte Lady Guilford erklärend.

»Ja ja, vielen Dank. Sie waren sehr gut, *old sport,* aber seien Sie jetzt so lieb und halten Sie den Mund«, flüsterte Carl zurück und bewegte sich langsam nach vorn auf das Cockpit zu. Die Passagiere, an denen er jetzt vorbeikam, hatten die Situation vermutlich nicht erfaßt. Sie hielten ihn sicher für einen der Entführer.

Wie er erwartet hatte, hielt sich im Service zwischen Erster Klasse und Touristenklasse niemand auf. Der Vorhang zur Ersten Klasse war zugezogen, und dort würde er sich vermutlich auf der richtigen Seite der Maschine befinden.

Carl blieb hinter dem Vorhang stehen und lauschte. Von vorn war kein Laut zu hören. Die Maschine hielt einen klaren östlichen Kurs. Carl entsicherte die Pistole und entschied sich, welchen Punkt des Ziels er anvisieren würde.

Dann schob er mit einer ruhigen Bewegung der linken Hand den Vorhang beiseite und hob die Pistole mit einer weichen Bewegung, um das Ziel auf dem Weg des Laufs nach oben zu finden. In der Erster-Klasse-Kabine gab es nur eine einzige Person mit einer schwarzen Kapuze, und Carl zielte direkt auf die Kopfbedeckung. Der Kopf des Entführers wurde beim Aufprall des Geschosses nach hinten geschleudert, dann gaben die Knie des Mannes nach, und er sackte zu Boden.

Carl blieb mit vorgehaltener Pistole und dem Finger am Abzug einige Sekunden stehen, während er die Szene überblickte. Gennadij Alexandrowitsch lebte, war aber mit Handschellen gefesselt. Der Platz neben ihm war leer. Auf dem Fußboden ein Blutfleck. Zwei Stewardessen standen mit aufgerissenen Augen wie Salzsäulen da. Die Passagiere saßen mit angelegten Sicherheitsgurten auf ihren Plätzen und drehten ihm die Gesichter zu.

Mit der linken Hand zog sich Carl langsam die Kapuze vom Kopf und fuhr sich durchs Haar, dann senkte er die Pistole und sicherte, so daß der

Hahn einschnappte. Dann entsicherte er sie erneut, um sie schnell wieder schußbereit zu haben. Noch immer sprach niemand ein Wort. Alle starrten ihn an. Niemand sah nach vorn zu der kleinen Bordküche und dem Serviceraum, die Cockpit und Erster-Klasse-Kabine trennten.

»Wo sind die anderen Entführer? Wie viele sind da vorn?« fragte Carl und zeigte mit seiner Pistole in Richtung Cockpit.

»Einer, nur einer, und der ist bei den Piloten«, erwiderte eine der Stewardessen, die aussah, als würde sie jeden Augenblick ohnmächtig werden.

»Ich gehöre nicht zu ihnen, sollte ich vielleicht sagen«, erklärte Carl mit einem schnellen schiefen Lächeln. Dann wurde er wieder ernst.

»Können die uns da vorn hören, bei den Piloten?« wollte er wissen.

Die Stewardessen schüttelten gleichzeitig den Kopf.

»Gut«, sagte Carl. »Wie kommen wir ins Cockpit rein? Ist es verschlossen?«

Jetzt nickten die Frauen.

»Verschlossen, Sicherheitssystem, läßt sich nur von innen öffnen«, erklärte eine von ihnen.

»Aha. Wie weit sind wir jetzt wohl von Damaskus entfernt?«

»Fünfundvierzig Minuten, vielleicht eine Stunde, würde ich sagen«, sagte diejenige der Stewardessen, die sich inzwischen wieder in der Gewalt zu haben schien. »Und der andere, der da hinten?« fragte sie mit plötzlich aufflackernder Unruhe.

»Der ist tot«, erwiderte Carl. »Wir haben also noch einen Entführer, und der ist bei den Piloten eingeschlossen. Was passiert, wenn man das Schloß zerschießt?«

Die Stewardessen streckten die Arme in einer synchronen und sehr französischen Geste aus, was heißen sollte, das wissen die Götter.

»Dann warten wir eine Weile«, sagte Carl. »Übrigens, eine von Ihnen kann nach hinten gehen und nach den Passagieren sehen. Ich glaube, da hinten sind auch ein paar ängstliche Kolleginnen, die über die Lage aufgeklärt werden sollten. Sie!« Er zeigte aus Versehen mit der Pistole auf die ängstlichere der beiden Stewardessen und machte dann eine verlegene, entschuldigende Geste. Als die junge Frau ging, zeigte sich im Mundwinkel ein feines Lächeln. »Und Sie da«, fuhr Carl an die zweite Stewardeß gewandt fort, »sollten den Passagieren hier etwas anbieten. Ich glaube, der eine oder andere könnte einen kräftigen Drink vertragen.«

Dann ging er nach vorn und setzte sich neben Gennadij Alexandrowitsch Koskow.

»Unverletzt?« fragte er flüsternd und bekam ein Kopfnicken zur Antwort. Dann entdeckte er die Handschellen. Er legte vorsichtig die Pistole aufs Knie, während er seine Dietriche aus dem vermeintlichen Armeemesser ausklappte, ein geeignetes Instrument auswählte und die Handschellen aufschloß. Er steckte sie in die Plastiktasche am Vordersitz.

»Was ist mit dem Mann passiert, der hier saß?« flüsterte er weiter und zeigte auf seinen ursprünglichen Platz.

Der Russe machte eine vielsagende Geste mit der flachen Hand, die er sich schnell über den Hals zog.

»Haben sie ihn mit einem Messer getötet?« fragte Carl ungläubig und sah sich nach Blutspuren um.

»Njet, Pistole, paff!« flüsterte der Russe zurück und zeigte auf seinen Hinterkopf.

Carl versank kurz in Grübelei. Sie hatten erstens versucht, ihn zu töten, und niemanden sonst. Sie wußten folglich zweitens, daß er Gennadij Alexandrowitschs Begleiter war. Er hatte es also nicht mit irgendwelchen »Märtyrern der islamischen Revolution« zu tun, sondern wirklich mit dem GRU.

Er stand auf und ging zu dem toten Mann hin, der zwei Meter weiter im Gang lag, und zog ihm die schwarze Kapuze vom Kopf. Das Geschoß war genau zwischen Nasenwurzel und linkem Auge eingedrungen und nicht weitergeflogen. Es hatte sich im Kopf ausgedehnt und dort alle Energie verbraucht, ohne weiterzufliegen und im Flugzeugrumpf Unheil anzurichten; alles hatte genauso funktioniert wie in der Theorie vorgesehen.

Der Mann auf dem Fußboden sah jedoch entschieden arabisch aus. Carl durchsuchte seine Taschen und fand ein Flugticket und einen syrischen Paß. Er steckte beides ein. Dann hob er die Pistole des Mannes auf, ein gewöhnliches belgisches Fabrikat, zog das Magazin heraus, schnippte die Kugeln heraus, die er in die Tasche steckte, bevor er das Magazin unter einen der Sitze schleuderte.

Er ging zu seinem Platz neben dem Russen zurück, der gerade den ersehnten dreistöckigen Whisky erhielt – natürlich wagt er nicht, russischen Wodka zu bestellen, grinste Carl in sich hinein –, und setzte sich mit der Pistole zwischen den Knien hin.

Jetzt galt es, den verbarrikadierten Entführer irgendwie herauszubekommen, ihn irgendwie von den Piloten loszueisen. Wenn die Maschine in Damaskus landete, stand dort gewiß schon das Empfangskomitee einer bestimmten Supermacht bereit, das Gennadij Alexandrowitsch schnellstens nach Hause verfrachten würde. Es wäre für Carl alles andere als lustig, mit dieser Nachricht nach Hause zu kommen. Überdies war es mehr als zweifelhaft, ob er überhaupt Gelegenheit erhalten würde, diese peinliche Meldung zu machen. Die Komplikationen in der Maschine würden unweigerlich dazu führen, daß man den Täter schnell fand. Carl dachte darüber nach, was geschehen würde, wenn er seine sämtlichen Waffen in der Erster-Klasse-Kabine zurückließ, sich seelenruhig hinsetzte und mit seinem Diplomatenpaß wedelte, wenn die Syrer an Bord kamen. Vielleicht würden sie ihn dann laufenlassen.

Doch dann machte ihn die Richtung seiner Gedanken verlegen. Es ging nicht darum, in Damaskus zu entkommen, sondern vielmehr darum, diesen Scheißkerl aus dem Cockpit herauszukriegen, und das so schnell wie möglich. Carl rief eine der Stewardessen zu sich und fragte, ob das, was sie über Lautsprecher sage, auch im Cockpit zu hören sei. Sie erwiderte, es sei auch im Cockpit zu hören, wenn die Piloten sich zuschalteten. Carl bat sie deshalb, die anderen Stewardessen mündlich nach vorn zu rufen.

Der Entführer im Cockpit würde wohl dort sitzen bleiben, bis die Maschine gelandet war. Natürlich hatten sie die Sache so geplant. Das gab Carl zumindest etwas Ruhe für die weitere Planung und Vorbereitung, ohne daß er Störungen durch den letzten Entführer befürchten mußte.

Als die Stewardessen sich eingefunden hatten, erklärte Carl seinen Plan. Sie würden in der Erster-Klasse-Kabine einen fingierten Streit anfangen. Eine der Stewardessen solle dann an die Tür zum Cockpit pochen und von dem Entführer in der Ersten Klasse ausrichten, er brauche Hilfe bei der Bewachung der Passagiere. Eine der Stewardessen solle über die Lautsprecheranlage die Leute auffordern, sich ruhig zu verhalten, und das müsse ununterbrochen so weitergehen, bis die Maschine lande oder der Entführer sich zeige. In fünf Minuten müßten sie damit beginnen.

Unterdessen sollten vier der Stewardessen zu den Fluggästen nach hinten gehen und erklären, daß der Streit in der Ersten Klasse reines Theater sei. Als sich die Stewardessen zögernd zu den mehr als zweihundert Passagieren der Touristenklasse begeben hatten, stellte sich Carl ans vordere Ende der Erster-Klasse-Kabine und gab eine kurze Erklärung ab.

»Gentlemen«, begann er, da er ausschließlich zu Männern sprach, »ich vertrete den Sicherheitsdienst eines befreundeten Landes, und wir müssen jetzt versuchen, den letzten Entführer aus dem Cockpit zu locken. Wenn er hier hinter mir auftaucht, also hinter einem dieser beiden Vorhänge, bitte ich Sie, Deckung zu suchen, so gut es geht. Haben Sie das verstanden?«

Die Manager, Diplomaten und die amerikanischen Weltreisenden nickten ernst.

»Damit wir das schaffen«, fuhr Carl fort und holte tief Luft, »muß es sich anhören, als wäre hier ein großer Streit ausgebrochen, als würden sich einige von uns prügeln. Und während wir dabei sind, wird eine der Stewardessen uns unablässig über den Lautsprecher auffordern, damit aufzuhören. Wir hören aber sozusagen nicht hin, sondern schreien und brüllen nur weiter. Es spielt keine Rolle, was Sie schreien oder sagen, solange es nur laut genug ist. Und die zweite Stewardeß wird unserem Freund dem Entführer sagen, er werde hier gebraucht. Haben Sie das alles verstanden?«

Seine Zuhörer saßen kerzengerade da, und alle nickten ernst. Carl wies die beiden Stewardessen ein. Die junge Frau, die über Lautsprecher sprechen sollte, sollte gleich anfangen. Die andere, die am Cockpit anklopfen und den Entführer um Hilfe bitten mußte, sollte noch eine Minute warten. Man müsse vorsichtig vorgehen, fügte Carl hinzu, denn der Mann komme vielleicht gleich heraus, ohne jede Aufforderung.

Carl entsicherte seine Pistole, ging zum hinteren Ende der Erster-Klasse-Kabine und stellte sich hinter den beiden leeren Sesseln der Mittelreihe mit dem Rücken an die Wand. Bis zum Ziel waren es etwa sechs Meter.

»Okay«, sagte er. »Fangen Sie an!«

Der fingierte Streit kam nur zögernd in Gang, aber das wäre in Wirklichkeit nicht anders gewesen. Carl schrie von Zeit zu Zeit, sie müßten lauter werden, und so geschah es. Am Ende war es ein ohrenbetäubender

Lärm. Einer brüllte ein Gebet, ein anderer spulte das kleine Einmaleins herunter, und ein Dritter lieferte einen nie versiegenden Strom von erstaunlich phantasievollen Flüchen. Als sich all dies mit der Stimme einer Stewardeß mischte, die sich im Lautsprecher aufrichtig nervös und verzweifelt anhörte, was sie vielleicht auch war, mußte sich im Cockpit ein höchst realistischer Eindruck ergeben.

Sie mußten jedoch fast fünf Minuten warten, bis der Entführer auftauchte. In der Sekunde, in der sich die schwarze Kapuze vor dem Vorhang zeigte, wurde es in der Kabine mucksmäuschenstill.

»Ich habe eine Handgranate in der Hand. Wenn ich sie fallen lasse, sterben wir alle!« brüllte der Entführer und hielt die Handgranate vor sich. Dann entdeckte er Carl, der hinten an der Wand stand und die Pistole direkt auf ihn richtete.

Der Entführer erstarrte. Es war jedoch unmöglich, seinen Gesichtsausdruck unter der schwarzen Kapuze zu beurteilen.

»Handgranate. Entsichert. Wenn ich loslasse, sterben wir«, wiederholte der Entführer zu Carl, doch mit spürbarer Unsicherheit in der Stimme.

»Njet, das tun wir nicht«, erwiderte Carl mit einer gewaltigen Kraftanstrengung, um ruhig zu erscheinen und mit einem übertriebenen russischen Akzent zu sprechen, dessen er sich jetzt bediente. Bevor er fortfuhr, hob er die Pistole etwas höher und zielte nicht mehr auf den Rumpf des Entführers, sondern direkt aufs Gesicht.

»Ich bin *affizer* des GRU und habe den Befehl über die Operation übernommen. Sie haben versagt. Es hätte alles zum Teufel gehen können. Lassen Sie sofort die Handgranate fallen. Das ist ein Befehl!« bellte Carl. Wenn er sich selbst hätte sehen können, hätte er sich vor Lachen auf dem Boden gekrümmt.

Doch die Passagiere ringsum, die inzwischen Zeit gefunden hatten, die Köpfe zu recken, gingen sofort wieder in Deckung.

Zu Carls Erstaunen gab der Entführer schnell auf und ließ die Handgranate zu Boden fallen. Sie rollte etwa einen Meter weit und blieb dann liegen. Carl ließ die Waffe nicht sinken und gab sich Mühe, seine Furcht nicht zu zeigen, denn er war nur halb davon überzeugt, richtig kalkuliert zu haben: Er ging davon aus, daß das GRU keine Anweisungen gegeben hatte, welche die gesamte Maschine mit sämtlichen Passagieren in Gefahr brachten. Das wäre das letzte gewesen, was sie sich hätten wünschen können.

Nachdem vier Sekunden vergangen waren, die von allen Anwesenden, möglicherweise mit Ausnahme des Entführers, als zehn Minuten empfunden wurden, nahm Carl die Pistole behutsam in die linke Hand und ging vorsichtig nach vorn. Er machte einen unbewußt langen Schritt, als er über die Handgranate hinwegstieg.

»Auf die Knie!« befahl er. Der Entführer gehorchte erst nach einigem Zögern. Carl schlug ihn mit der rechten Hand und dem rechten Knie bewußtlos, sicherte dann erneut seine Pistole und steckte sie in die Innentasche der Jacke. Er holte die Handschellen, die er aus der Plastiktasche vor dem Sitz nahm, der sein letzter Sitzplatz in diesem Leben hätte sein sollen. Dann ließ er die Handschellen auf dem Rücken des Entführers zuschnappen und ging zum Cockpit.

Die Maschine befand sich im Landeanflug auf Damaskus. Durch die Fenster des Cockpits konnte man schon die Landebahn erkennen. Im Cockpit roch es stark nach Schweiß und Angst. Die Maschine hatte vier Piloten.

»Die Entführer sind unschädlich gemacht. Ich repräsentiere einen mit Frankreich verbündeten Sicherheitsdienst. Die Gefahr ist also vorbei«, grüßte Carl, als er gebeugt das Cockpit betrat.

Ein hörbarer Seufzer der Erleichterung ertönte, und vier verschwitzte Gesichter wandten sich Carl zu, der plötzlich die näherkommende Landebahn des Flughafens von Damaskus entdeckte.

»Um Gottes willen, Sie wollen doch nicht etwa landen! Wer hat hier das Kommando?« schrie Carl.

»Ich bin der Chef, Kapitän Michel Legrand. Wir bedanken uns sehr herzlich für Ihre Hilfe, aber wir landen jetzt. Sicherheitsbestimmungen. Der Flug kann nicht weitergehen, wenn Sie uns also entschuldigen wollen ...«

Der Flugkapitän wandte sich wieder seinen Instrumenten zu und gab dem Copiloten ein paar kurze Anweisungen. Carl ging auf, daß sie es tatsächlich ernst meinten.

»Wenn Sie landen, führen Sie den Auftrag der Entführer zu Ende, und zwei Ihrer Passagiere werden entführt und getötet werden«, sagte Carl, der inzwischen seine Ruhe wiedergewonnen hatte.

»Seien Sie so nett und stören Sie uns nicht«, erwiderte der Kapitän und setzte sein Manöver fort. Die Landebahn kam immer näher.

Carl zog seine Pistole aus der Innentasche und entsicherte mit einem lauten Klicken. Er hielt den Finger sicherheitshalber außerhalb des Abzugbügels, was im Cockpit jedoch niemand sehen konnte, und preßte dem Kapitän den Pistolenlauf in den Nacken.

»Wenn wir landen, sterbe ich, aber vorher sterben Sie, Herr Kapitän. Brechen Sie die Landung ab und fliegen Sie nach Larnaka auf Zypern. Das ist ein Befehl«, sagte Carl und betonte jede Silbe mit Nachdruck.

Niemand im Cockpit rührte sich oder sagte etwas. Der Kapitän ließ die Hände einen Moment auf den Instrumenten ruhen, bevor er sich entschloß.

»Landung abbrechen, Vollgas!« befahl er dann.

Mit brüllenden Motoren kurvte die schwere französische Maschine direkt über das wartende Empfangskomitee mit Krankenwagen, Sicherheitsbeamten und einer Delegation aus der Sowjetunion hinweg. Die Zuschauer am Boden sahen mit zunehmender Verblüffung, wie sich die erwartete Maschine aufbäumte und in einer nördlichen Kurve über einen der hohen Berge hinwegzog, die Damaskus umgeben. Nach einem kurzen, sprachlosen Moment brach dort unten ein wirrer Tumult aus. Sicherheitsbeamte und sowjetisches Personal rannten durcheinander, um schnell zu einem Telefon zu kommen.

Im Cockpit herrschte drückende Stille.

»Teilen Sie dem Tower in Larnaka folgendes mit«, befahl Carl. »Müssen notlanden, weil es sich um eine akute medizinische Notsituation handelt. Sie haben zwei schwedische UN-Offiziere an Bord. Bitten Sie den Tower, die schwedische UN-Kaserne anzurufen, und lassen Sie von dort einen Krankenwagen aufs Flugfeld kommen.«

Die Piloten tauschten einen kurzen resignierten Blick aus. Dann nickte der Kapitän seinem Copiloten zu, der die Nachricht sofort zu übermitteln begann, die er dann in gleichmäßigen Abständen wiederholte.

»Ich bedaure sehr, aber das hier war notwendig«, sagte Carl nach einiger Zeit mit leiser Stimme, als die Mitteilung an Larnaka Airport ein paarmal wiederholt und dort offensichtlich verstanden worden war. Der Tower hatte sogar Landezeit, Landebahn und Windrichtung angegeben.

»Tja«, sagte der Kapitän beinahe munter, »wir sind jedenfalls in der Welt die ersten, denen es gelungen ist, bei ein und demselben Flug zweimal entführt zu werden. Wer sind Sie eigentlich, Monsieur?«

»Westlicher Nachrichtendienst. Ich fürchte aber, daß ich Ihnen noch mehr Kummer bereiten muß. Sie können nämlich nicht in Larnaka bleiben«, erwiderte Carl, der allmählich spürte, daß er die Lage unter Kontrolle bekam, sowohl körperlich wie seelisch.

»Das ist unmöglich. Wir müssen dort bleiben und die Besatzung auswechseln. Das sind die Vorschriften.«

»Immerhin ist es eine recht kurze Entführung gewesen, ich meine, kurze Entführungen«, wandte Carl ein.

»Vorschrift ist Vorschrift«, entgegnete der Kapitän säuerlich.

Carl grübelte eine Weile. Dort, wo die Maschine landen würde, würde eine Hölle von Aufmerksamkeit losbrechen. Das war eine unmögliche Situation. Er und Gennadij Alexandrowitsch würden in wenigen Stunden bei einem schwedischen UN-Bataillon sitzen und von Fernsehkameras belagert werden. Sie würden in einer Menschenmenge festsitzen, und das GRU hätte eine Möglichkeit, zum Schuß zu kommen. Das durfte nicht geschehen. Carl mußte sich mit einem Bluff aus dieser Lage befreien.

»Hören Sie, Captain«, begann er entschlossen. »Dies ist eine Kriegsoperation zwischen Ost und West, und ich kann Ihnen nicht alles erklären. Syrische Jagdflieger haben eine Reichweite, die bis etwa dorthin reicht, wo wir bei Sizilien den Kurs geändert haben. Vorausgesetzt allerdings, daß sie anschließend wegen Brennstoffmangels ins Meer zu stürzen bereit sind. Von jetzt an haben Sie etwa eine Stunde Zeit – je nach Befehlsgang zwischen Moskau und Damaskus, je nachdem, ob Russen und Syrer nicht begreifen, was geschehen ist. Als erstes werden sie mitbekommen, daß Sie auf Zypern gelandet sind. Vermutlich führt das zu einer Diskussion über einen Einsatz von Jagdflugzeugen gegen Ihre Maschine am Boden. Wenn Sie dann abfliegen und Radar und Weltraumsatelliten Sie ausfindig machen ... Hören Sie überhaupt zu?«

»Ja, ich höre zu. Sprechen Sie weiter. Wenn das Radar uns wieder einfängt, dann ...?«

»Dann kommt es wieder zu einem Chaos, bevor es zu einer Entscheidung kommen kann, doch Sie sind außer Schußweite. Sie haben keinen verletzten Passagier an Bord. Reicht Ihr Treibstoff noch bis nach Paris?«

»Nein, nach dieser Extratour nicht mehr.« – »Bis Lyon?«

»Wenig wahrscheinlich, doch Nizza oder Marseille könnten wir erreichen.«

»Gut. Wenn Sie Ihre Maschine und Ihre Passagiere retten wollen, müssen Sie sofort starten, nachdem Sie mich und einen weiteren Mann abgesetzt haben, Sie wissen, die beiden kranken schwedischen UN-Offiziere. Bleiben Sie auf dem Rollfeld und starten Sie dann gleich wieder. Und dann noch etwas. Sagen Sie Ihren Passagieren, daß die Gefahr vorüber ist, daß Sie einen kurzen Zwischenaufenthalt in Larnaka machen und dann sofort nach Frankreich weiterfliegen werden.«

Carl wartete gespannt. Doch der Kapitän gab viel schneller nach, als Carl erwartet hatte. Er zog sich ein Mikrofon vor den Mund, schaltete es ein und überlegte kurz, bevor er zu sprechen begann. Die Mitteilung erfolgte zunächst auf französisch: »Hier spricht der Kapitän. Wir haben soeben den Landeanflug auf Damaskus unterbrochen, wohin die Entführer uns bringen wollten. Die Gefahr ist jetzt vorüber. Ich wiederhole, die Gefahr ist vorüber, die Entführer sind entwaffnet und unschädlich gemacht. Wir werden kurz in Larnaka auf Zypern zwischenlanden, um einige Verwundete abzusetzen, und anschließend sofort nach Frankreich weiterfliegen. Meine Damen und Herren, die Air France bedauert die Verspätung, garantiert jedoch allen Fluggästen die Möglichkeit, in Frankreich auf Kosten der Air France zu Abend zu essen. Guten Appetit, danke für Ihre Aufmerksamkeit!«

Sie hörten bis ins Cockpit, wie draußen unter den Passagieren Jubel aufstieg. Kurz darauf, als der Kapitän seine Mitteilung auf englisch wiederholte, war die französische Nationalhymne zu hören. Du lieber Himmel, ich möchte gern wissen, was Lady Guilford dazu sagt, lächelte Carl.

»Ich möchte Sie um einen Gefallen bitten, meine Herren«, sagte Carl nach kurzem Schweigen.

»O nein, nicht noch eine Entführung«, gluckste der Copilot.

»Es betrifft die Zeit nach Ihrer Ankunft. Ich habe keinerlei Vollmacht, Ihnen etwas zu befehlen, möchte die Air France jedoch bitten, meine Identität sowie die des Mannes geheimzuhalten, der die Maschine mit mir verläßt.«

»Mein Name ist Bond, James Bond«, lachte der Copilot. »Das wird doch sowieso allen klar sein.«

»Wir werden tun, was wir können, Monsieur Wie-Sie-auch-immer-heißen-mögen. Aber wir werden bald in Larnaka landen. Ich muß also alle Fluggäste bitten, Platz zu nehmen und die Sicherheitsgurte anzulegen«, erwiderte der Kapitän trocken und beherrscht.

Carl zögerte kurz, bevor er etwas sagte, was er dann bereute, kaum daß es heraus war, da er ein unnötiges Risiko einging, nur um netter zu wirken, als er vielleicht war.

»Ich hätte nie geschossen«, sagte er. »Das nur zu Ihrer Information. Auch wenn die Konsequenzen fürchterlich gewesen wären, wenn wir in Damaskus gelandet wären, hätte ich nie auf Sie geschossen, Monsieur Legrand.«

»Das habe ich auch keinen Moment geglaubt. Es muß doch Grenzen für das geben, was die CIA sich erlauben darf. Los, gehen Sie jetzt und setzen Sie sich auf Ihren Platz«, erwiderte der Kapitän in dem gleichen beherrschten und professionellen Tonfall, mit dem er auch die Passagiere aufgefordert hatte, die Gurte anzulegen.

Carl erhob sich steif aus seiner unbequemen Hockstellung und war schon halb aus der Cockpittür, als sich der Kapitän zu ihm umdrehte und ihn breit und unverkennbar freundlich anlächelte.

»Ich habe etwas vergessen, Monsieur. Vielen Dank für Ihre Hilfe.«

»Oh, keine Ursache«, brummte Carl müde. Er bückte sich und taumelte aus dem Cockpit. Er fühlte sich plötzlich unnatürlich schläfrig.

Er ließ sich neben seinen Vizeadmiral fallen und rief eine der Stewardessen zu sich. Er lehnte den Champagner ab, den sie ihm anbot, und bat sie, zu Platz 23C zu gehen, wo zwei blaublütige englische Damen mit rotem Blut auf den Kleidern säßen, und dort eine ziemlich schwere weinrote Kameratasche zuzumachen und dann herzubringen.

Als die Stewardeß gegangen war, lehnte sich Carl zurück. In diesem Moment zeigte sich die Leuchtschrift, mit der die Fluggäste gebeten wurden, ihre Zigaretten auszudrücken und die Gurte anzulegen.

Gennadij Alexandrowitsch Koskow, der zu diesem Zeitpunkt das Gefühl hatte, ein neues Leben begonnen zu haben, traute seinen Augen nicht. Der junge Korvettenkapitän neben ihm hatte sich offenkundig entschlossen, die letzten paar Minuten auf dem Weg nach Larnaka schlafend zu verbringen, was immer dort geschehen mochte. Es sah tatsächlich aus, als schliefe er.

Oberstleutnant Karl-Erik Järn befand sich schon in seiner zweiten Dienstzeit als Bataillonschef in Camp Victoria, beim schwedischen UN-Bataillon auf Zypern. Was den Auftrag als solchen betraf, das heißt den Auftrag der UNO, war er inzwischen ziemlich skeptisch geworden. Die Friedenstruppe auf Zypern trug dazu bei, die türkische Besetzung der nördlichen Hälfte der Insel zu normalisieren, indem sie die beiden Parteien daran hinderte, miteinander zu sprechen. Alles ließ sich ja durch die UNO regeln, selbst das kleinste Detail, wie etwa Anträge auf Jagderlaubnis in der entmilitarisierten Zone, in der schwedisches UN-Personal über die Sicherheit wachte, bis hin zum Austausch von Fischereirechten. Wären die Parteien gezwungen gewesen, miteinander zu leben, miteinander zu verhandeln und miteinander umzugehen ohne einen bewaffneten UN-Filter zwischen sich, wären sie möglicherweise gezwungen gewesen, sich auf völlig andere Weise zu einigen.

Doch um den eigentlichen Dienst stand es besser. Es war ein angenehmer Dienst mit hochmotivierten Elitesoldaten, die sich vorgenommen hatten, nicht schlechter dazustehen als beispielsweise die auf der Insel stationierten britischen Truppen. Überdies hatte Zypern den größeren Teil des Jahres ein angenehmes Klima, das sauberste Wasser des Mittelmeers, und zudem war der Auslandsdienst ein Pluspunkt, der möglicherweise zu schnellerer Beförderung führte.

Die Touristensaison konnte manchmal etwas mühsam sein. Allzu viele schwedische Urlauber auf Zypern begriffen das schwedische UN-Bataillon fast als eine Art Konsulat, an das man sich mit allerlei Kümmernissen wenden konnte, von der verlorenen Reisekasse bis hin zu privaten Streitigkeiten. Doch jetzt im Frühjahr war das gesellschaftliche Leben um so angenehmer, und im Augenblick wurde ein gemeinsames Fest mit den Royal Canadians aus Ebiskhophos, der britischen Abhör- und Radarstation, vorbereitet. Am Abend sollte es Auftritte mit Dudelsäcken geben, und die Dudelsackbläser waren gerade dabei, ihren effektvollen Einmarsch zu proben. Wie die meisten Militärs hatte Karl-Erik Järn eine gewisse Schwäche für Dudelsäcke; und wie die meisten schwedischen Fans war er bei Konzerten dann stets der Meinung, sie dauerten viel zu lange.

Ein riesiger, rothaariger *staff sergeant* machte mit seinen Bläsern beim Bataillonschef Meldung, und anschließend wurden einige Details geändert. Damit war dieser Teil der Vorbereitungen für den Abend abgeschlossen, und das Orchester konnte abziehen.

Es war ein warmer Tag und versprach ein schöner Abend zu werden. Als der Bataillonschef sich den Schweiß von der Stirn wischte und dabei über das Gelände blickte, sah er, daß der Bataillons-Krankenwagen von dem weniger als einen Kilometer entfernten Flugplatz näherkam. Karl-Erik Järn runzelte erstaunt die Stirn, doch bekam er plötzlich alle Hände voll zu tun, um die Stromversorgung der Diskothek zu sichern. So vergaß er die Angelegenheit für einige Zeit.

Der Krankenwagen war ein umgebautes sechsrädriges Panzerfahrzeug, das mit weißer Farbe gestrichen und mit Blaulicht auf dem Dach und großen roten Kreuzen an den Seiten über den schwarzweißen Buchstaben UN versehen worden war.

Die Seitenwände hatten zwei Fenster. An einem stand Carl und sah auf eine glitzernd weiße Salzwüste hinaus, die sicher mehrere Quadratkilometer groß war. Das Fahrzeug hatte soeben ein kleines Schild passiert, das den Betrachter auf englisch und griechisch aufforderte, die türkische Invasion nicht zu vergessen. Doch Carls Aufmerksamkeit war in diesem Moment auf einen Punkt einige hundert Meter hinter dem Schild gerichtet gewesen, wo die wurstähnliche Air-France-Maschine mit der blau-weiß-roten Schwanzflosse zur Startbahn rollte.

Der Fahrer der Ambulanz hatte keine Fragen gestellt, obwohl er zunächst offenbar angenommen hatte, daß Carl verwundet war. Kein Wunder, denn Carls Anzug war voller Blutflecken. Doch Carl hatte Gennadij Alexandrowitsch die fahrbare Treppe hinuntergeführt, als wäre dieser krank, und ihn dann mit Hilfe des Ambulanzfahrers schnell auf eine Bahre gelegt und in den Wagen geschoben. Anschließend war die Treppe sofort von der Maschine weggerollt worden. Carl konnte gerade noch einer der Stewardessen, die die Tür schloß, zuwinken.

Und jetzt hob die Maschine dort hinten mit einem mächtigen Dröhnen ihrer beiden scheinbar überdimensionierten Triebwerke ab. Carl seufzte erleichtert auf. Er hatte Zeit gewonnen.

Nach einer weiteren Minute erreichte die Anbulanz den rot-weißgestreiften Schlagbaum, der die Grenze des UN-Territoriums markierte. Der braungebrannte schwedische UN-Soldat mit seinem blauen Stahlhelm verließ sofort sein Schilderhäuschen und hob die Schranke. Die

Ambulanz fuhr auf das Gelände und bog nach rechts zum Krankenrevier ab.

Als der Tower in Larnaka die Ankunft der beiden schwedischen UN-Offiziere meldete, die akuter Hilfe bedürften, hatte der SMO, der *Senior Medical Officer*, sofort Befehl gegeben, die Kinder aus dem Weg zu räumen. Da das Krankenrevier mit sechs normalerweise leeren Betten die einzige Baracke auf dem Gelände war, die eine Klimaanlage besaß, wurde sie allzu oft von Offizierskindern besetzt, die diesen Ort für ihre Videospiele ausgewählt hatten.

Doktor Settergren, dem Rang nach Major, empfing die beiden Personen allein, da Schwester Gunn frei hatte und sich noch nicht hatte einfinden können. Es wurde ihm schnell klar, daß es hier um andere als medizinische Probleme ging.

Zehn Minuten später, als die Frage der Stromversorgung der Diskothek auf verdienstvolle Weise gelöst war, erschien der SMO und nahm den Bataillonschef beiseite. Er machte ein seltsames Gesicht.

»Am besten begibst du dich sofort ins Krankenrevier«, teilte er seinem Vorgesetzten in einem ziemlich zivilen Tonfall mit.

»Aha? Worum geht's denn?« fragte Karl-Erik Järn erstaunt. Es fiel ihm schwer, den Gesichtsausdruck des Arztes zu diagnostizieren.

»Es ist offenbar eine Sache für den Bataillonschef und nicht für mich als Arzt«, erwiderte der Arzt geheimnisvoll. Eher neugierig als besorgt begab sich Karl-Erik Järn sofort ins Video-Tagesheim, wie das Krankenrevier eher abschätzig genannt wurde.

Als er die Dunkelheit hinter den heruntergezogenen Jalousien betrat, dauerte es ein paar Augenblicke, bis sich seine Augen von dem scharfen Sonnenlicht draußen umgestellt hatten. Mitten im Zimmer, die Hände auf dem Rücken, stand eine Zivilperson, die etwa zehn Jahre jünger zu sein schien als Karl-Erik Järn. Als die beiden Männer sich die Hand gaben und begrüßten, entdeckte Karl-Erik Järn die großen Blutflecke auf dem Anzug seines Landsmanns und vermuteten Kollegen.

»Bist du verletzt? Wo ist der Arzt geblieben?« fragte Karl-Erik Järn unsicher.

»Nein, ich bin nicht verletzt«, erwiderte der andere kurz. »Ich heiße Carl Hamilton und bin beigeordneter Militärattaché. Bitte, hier ist mein Paß. Ich arbeite im Generalstab beim OP 5 und handle direkt auf Befehl des Oberbefehlshabers. Ich habe einen Gast bei mir, dessen Identität ich nicht zu enthüllen gedenke, und wir brauchen eure sofortige Hilfe.«

»Aha. Dann setz dich doch erst mal«, erwiderte Karl-Erik Järn ein wenig unbeholfen, während er in Vorahnung dessen, was er jetzt erfahren würde, etliche seltsame Phantasien zu verscheuchen suchte.

»Also«, fuhr Carl fort, »mein Gast muß nach Schweden. Es ist eine Angelegenheit von allergrößter Bedeutung. Die Maschine, mit der wir hergeflogen sind, war einem Entführungsversuch ausgesetzt. Wir haben die Entführer niedergekämpft, und die Maschine ist jetzt unterwegs nach Frankreich, wo sie in ein paar Stunden landen wird. In dieser Zeit müssen wir handeln. Wir müssen von hier weg, wir müssen unbedingt sofort nach Schweden. Ja, das ist es wohl in aller Kürze.«

Der Bataillonschef blätterte eine Weile in Carls grauem Diplomatenpaß, während er um eine entschiedene Antwort rang.

»Ich muß leider sagen, daß das ausgeschlossen ist. Eine solche Hilfe, von der du sprichst, können und dürfen wir schwedischem Personal nicht geben. Wir sind nämlich die UNO und nicht Schweden. Unser Befehlsstrang kommt aus New York und nicht aus Stockholm. Wenn ihr medizinische Hilfe braucht, können wir euch die aus humanitären Gründen geben, aber dann müßt ihr das Gelände verlassen.«

Sein Gegenüber sah aus, als würde er vor Erstaunen gleich umfallen. Doch Karl-Erik Järn beschloß, eine feste Haltung zu bewahren. Es gab keinerlei Zweifel, was in dieser Situation richtig und was falsch war.

»Wenn das so ist«, sagte Carl leise, »dann fürchte ich, mich etwas deutlicher ausdrücken zu müssen. Ich spreche jetzt zu dir als Oberstleutnant der schwedischen Streitkräfte und als sonst nichts. Mein Gast ist ein sowjetischer Marineoffizier. Er ist zu uns übergelaufen. Er hat für uns unschätzbare Informationen mitgebracht. Was ich jetzt sage, berührt die Sicherheit des Reiches, verstanden?«

»Ja, das habe ich verstanden. Doch es ändert nichts daran, daß wir die UNO sind. Wir sind weder dem Oberbefehlshaber noch dem Generalstab unterstellt, sondern der UNO. Es ist strikt gegen die UNO-Bestimmungen, im Interesse einer einzelnen Nation zu handeln. In dieser Hinsicht gibt es zahlreiche ausführliche Bestimmungen, die ich wohl nicht vorzutragen brauche.«

Der Oberstleutnant legte ein Bein über das andere und zupfte eine

Uniformfalte zurecht. Dieser Bursche vom OP 5 hatte jetzt etwas Stoff zum Nachdenken bekommen.

»Ich habe beim Hereinfahren hier Funkmasten gesehen. Habt ihr Verbindung mit dem Generalstab?« fragte Carl ruhig. Er war zu dem Schluß gekommen, daß es sinnlos wäre, sich aufzuregen.

»Mit dem Außenministerium und der Informationsabteilung des Generalstabs, ja.«

»Den Antennen nach zu schließen Kurzwelle und Telex?«

Ja, Kurzwelle und Telex.«

»Ihr habt natürlich eigene Funker?«

»Ja, selbstverständlich.«

»Dann habe ich einen Vorschlag. Gib mir zwanzig Minuten, damit ich eine Zahlenreihe komponieren kann. Übermittle die an den Generalstab und warte die Antwort ab. Bis dahin können wir uns ja aus humanitären Gründen hier ein wenig ausruhen. Können wir das so machen?«

Der Bataillonschef dachte nach. Es lag natürlich kein Grund vor, eine Kommunikation mit dem Generalstab zu verhindern.

»Ja«, sagte er. »Soll ich in zwanzig Minuten einen Funker herschicken, der den Code abholen kann? Allerdings übermitteln wir nie verschlüsselte Nachrichten. Von hier geht alles im Klartext raus.«

»Schon möglich, aber im Augenblick wäre das wohl nicht sehr passend«, sagte Carl mit einem feinen Lächeln. »Und du sollst auch keinen Funker herschicken, du mußt schon herkommen und den Code selbst abholen, fürchte ich. Nein, versteh mich nicht falsch, ich will nicht unverschämt sein. Im Moment gibt es aber hier im Camp Victoria nur drei Personen, die von den beiden Schweden im Krankenrevier wissen, aber nur einer, nämlich du selbst, weißt davon, daß einer von uns Russe ist und daß ich dem OP 5 unterstellt bin. Können wir also so verfahren?«

Karl-Erik Järn nickte bestätigend, stand auf und trat in das grelle Sonnenlicht hinaus. Flugzeugentführung? dachte er. Was denn für eine Flugzeugentführung? Die Entführer *niedergekämpft*?

Er schüttelte den Kopf und ging mit zögernden Schritten in sein Büro zurück, um mit den Festvorbereitungen fortzufahren, als wäre nichts geschehen.

Unterdessen wühlte Carl in seiner weinroten Tasche nach einem geeigneten Codeschlüssel und setzte sich dann hin, um eine ebenso kurze wie deutliche Mitteilung zu Papier zu bringen. Er war gerade fertig, als der Bataillonschef anklopfte, ohne einen Ton den Zettel mit der Meldung an sich nahm und damit zu seinem Funker ging.

Carl schüttelte langsam den Kopf. Seine Landsleute erstaunten ihn immer wieder. Beim GRU hätten sie sich vor Lachen gebogen, wenn sie diese Szenen hätten mitansehen können.

Eigentlich hatten die Russen momentan kaum etwas zu lachen. Den Funkverkehr zwischen der AF 129 und dem Tower in Larnaka hatten sie ohne Zweifel aufgefangen. Folglich saßen sie jetzt da und überlegten, wie man ein bewaffnetes UN-Bataillon auf einer Mittelmeerinsel attackieren sollte, die zudem Standort einer der wichtigsten Militärbasen Großbritanniens war. Dieses Problem mußte sie ganz schön ins Schwitzen bringen. Die Möglichkeit, daß ein schwedischer Bataillonschef überlegte, sowohl den Russen wie einen Geheimdienstoffizier des eigenen Landes vor die Tür zu setzen, würden sie nie ins Kalkül ziehen.

»Kann ich sprechen?« fragte der Russe.

»Aber ja, natürlich. Ich glaube nicht, daß wir hier abgehört werden«, erwiderte Carl mit einem plötzlichen Anflug erneuter Müdigkeit.

»Setzen Sie mich ins Bild, junger Herr Korvettenkapitän. Was geschieht? Wo befinden wir uns? Was wird als nächstes passieren?«

»Tja«, sagte Carl. »Eine der Fragen läßt sich nicht so leicht beantworten, im übrigen gilt folgendes. Wir befinden uns bei einer schwedischen UN-Truppe mit etwa zweihundert einigermaßen tauglichen Soldaten. Ich versuche, einen Direkttransport nach Schweden zu ermöglichen, aber es sind einige bürokratische Probleme entstanden. Gleichwohl befinden wir uns im Augenblick in Sicherheit.«

»Aber das geht doch nur gut, bis die französische Maschine in Frankreich landet?« wandte Gennadij Alexandrowitsch ein.

Schlaues Bürschchen, dachte Carl.

»Ja, das stimmt, aber noch haben wir ein paar Stunden Zeit.«

»Was für einen Code haben Sie übermittelt?«

»An den schwedischen Generalstab. Damit will ich erreichen, daß man dem schwedischen Bataillonschef hier Beine macht. Im Augenblick können wir kaum mehr tun als warten. Haben Sie etwas dagegen, daß ich Ihnen ein paar Fragen stelle?«

»Das kommt darauf an. Jede Art von Vernehmung muß warten, bis ich mich in Schweden befinde. So lautet unsere Absprache, und die müssen Sie respektieren«, erwiderte der Russe mit plötzlicher Kälte und in hartem Befehlston.

»Schon gut, schon gut, ich weiß«, erwiderte Carl sacht. »Das respektiere ich natürlich, aber da ist etwas, was mich neugierig macht, und außerdem brauchen Sie gar nicht zu antworten, Herr Vizeadmiral. Ich möchte nur gern wissen, warum Sie statt der schwedischen nicht die amerikanische Botschaft gewählt haben. Ich nehme an, daß Sie letztlich doch in die USA wollen.«

Der Russe legte die Stirn in ein paar tiefe Falten und antwortete dann mit tiefem Ernst: »Nach sorgfältiger Überlegung bin ich zu dem intelligenten Schluß gekommen, daß ich von der schwedischen Botschaft aus ruhiger und sicherer ins Ausland gelangen würde.«

Er starrte den verblüfften Carl fast wütend an. Dann brach er plötzlich in heftiges Lachen aus. Nach einem Moment fiel Carl ein, und kurz darauf lachten beide wie hysterisch.

Nachdem Carl sich die Tränen abgewischt hatte, sah er sich im Krankenrevier um, gelegentlich immer noch kichernd oder glucksend. Auf einer schwarzen Schiefertafel neben der Tür zu ihrem Zimmer hieß es, Doktor Settergren habe dienstfrei, Schwester Gunn habe dienstfrei und der Fahrer Östberg ebenfalls. Der Gesundheitszustand der Leute in Camp Victoria scheint ja vorzüglich zu sein, ein Glück, daß der Fahrer nicht irgendwo am Strand liegt und sich sonnt, dachte Carl.

»Haben Sie etwas dagegen, daß ich Ihnen eine Frage stelle, junger Herr Korvettenkapitän?« fragte der Russe, den das Lachen ebenfalls noch ab und zu übermannte.

»Nein, durchaus nicht, Sir. Bitte sehr.«

»Aus welchem Grund haben Sie in der Maschine einen anderen Platz gewählt?«

Carl überlegte eine Weile. Er war sich der Antwort nicht ganz sicher.

»Ja ...«, sagte er zögernd. »Wenn das GRU gegen alle Vermutung doch versuchen würde, einen Angriff in der Maschine zu starten, dachte ich mir, müßte es das Flugzeug entführen, um Sie dann irgendwo rauszuholen. Ich bin nicht davon ausgegangen, daß sie alle an Bord töten wollten. Habe ich nicht recht?«

»Wahrscheinlich. Eine solche Operation wäre aus politischen Gründen wohl nicht genehmigt worden. Gut, weiter!«

»Na ja, das eine ergibt das andere. Bei einem Entführungsversuch mußten sie auch Ihren Leibwächter unschädlich machen, also vermutlich den Mann, der neben Ihnen saß. Sie wollten sie dagegen nicht töten, sondern lebend nach Moskau bringen, nicht wahr?«

»Ja, jedenfalls bis auf weiteres lebend«, lächelte der Russe. »Sie haben es also vorgezogen, daß sie an Ihrer Stelle einen unschuldigen Fluggast umbringen?«

»Aufrichtig gesagt, ja. Finden Sie das seltsam, Sir?«

»Njet, durchaus nicht. Aber sonderlich schwedisch finde ich es auch nicht. Überhaupt scheinen Sie mir sehr wenig von einem Schweden an sich zu haben, junger Herr Korvettenkapitän. Eine Zeitlang beschlichen mich ziemlich böse Gedanken.«

»Aha, welcher Art denn, Sir?«

»Als dieser letzte Entführer aus dem Cockpit kam und Sie sich plötzlich anhörten, als wären Sie einer von uns, als Sie sagten, Sie seien Offizier des GRU. Für einen Moment hielt ich es für wahr.«

Carl starrte den Russen für den Bruchteil einer Sekunde aufmerksam an. Dann war es an ihm, in ein ebenso überraschendes wie übertrieben lautes Lachen auszubrechen. Nach kurzem Zögern fiel der Russe ein.

»Fabelhaft, einfach fabelhaft«, prustete Carl und wischte sich erneut die Tränen aus den Augen. »Jetzt weiß ich endlich, was es heißt, vom Regen in die Traufe zu geraten! Vom GRU befreit!«

»War das ein plötzlicher Einfall, oder haben Sie etwas im Schilde geführt, was ich noch nicht durchschaut habe?« wollte der Russe wissen.

»Es war eher so etwas wie ein Irrtum«, erwiderte Carl nachdenklich. »Ich habe ganz einfach falsch gedacht. Ich war selbst so darauf eingestellt, daß es GRU-Leute waren, daß ich es einfach behauptete, um die Burschen zu verwirren. Er hatte ja eine Handgranate in der Hand, wie Sie wissen, und ich konnte ja ...«

»Nicht wissen, ob sie scharf gemacht war oder nicht!«

»Genau. Aber wenn ich den Kerl durcheinanderbrachte, und er Anstalten machte, die Handgranate fallen zu lassen, mußte ich ja davon ausgehen, daß sie nicht scharf gemacht war. Ich war darauf eingestellt, in dem Augenblick das Feuer zu eröffnen. Aber dann ließ der Dummkopf die

Handgranate fallen, und ich wollte erst in Deckung gehen wie alle anderen. Aber dann ging mir auf, daß ich damit nicht weit kommen würde«, erklärte Carl mit einem schiefen Lächeln.

»Wenn der Entführer aber tatsächlich so verblüfft und so dumm gewesen ist, dem Befehl zu gehorchen, obwohl die Handgranate scharf gemacht worden war?«

»Das hätte schon sein können, aber ich habe trotzdem falsch gedacht. Ich bin davon ausgegangen, daß die Entführer vom GRU waren, aber das waren sie natürlich nicht. Ich glaube sogar, daß ihnen nicht mal bewußt war, daß sie für das GRU arbeiteten. Kein Wunder also, daß dieser Verrückte mit der Handgranate baff war!«

»Nein, wirklich nicht. Sie sind wirklich kein Schwede«, lächelte der Vizeadmiral.

»Wieso?« fragte Carl mit einer Mischung aus Entrüstung und Neugier.

»Ihr operatives Muster ist mir aus dem, was die Schweden sonst tun, nicht bekannt, junger Mann. Ich muß allerdings zugeben, daß ich auch nicht mit Sicherheit hätte sagen können, daß Sie in *unser* Muster passen, als ich für einen Moment glaubte, Sie könnten einer von uns sein. Sie sind jedenfalls ein sehr fähiger Offizier. Natürlich in Sektion OP 5?«

»Ja, natürlich, Sir. Doch mehr als das kann ich Ihnen nicht sagen.«

»Sie arbeiten beim Alten?«

Die absolut präzise Frage, die zudem den hausinternen Spitznamen des langjährigen Chefs der geheimsten Sektion des schwedischen Nachrichtendiensts enthielt, des Mannes, der die Idee gehabt hatte, Carl zu dem zu machen, was er jetzt war, machte ihn sprachlos. Er brachte keine Antwort heraus.

»Seien Sie bloß nicht so erstaunt, junger Herr Korvettenkapitän. Unter uns beiden ist die Frage, was ein militärisches Geheimnis ist oder nicht, eine ziemlich philosophische, wie mir scheint. Der Alte ist ein guter Mann, aber ein bißchen altmodisch, finden Sie nicht auch?«

»Sie wissen offenbar recht viel über uns, Sir«, erwiderte Carl gemessen.

»Ja, mein lieber junger Herr Korvettenkapitän, aber das ist ja auch mein Job gewesen. Diese verschlüsselte Nachricht, die Sie da abgeschickt haben, wird übrigens aufgeschnappt und dechiffriert werden.«

»Das glaube ich nicht«, entgegnete Carl eingeschnappt. »Man wird sie registrieren, natürlich, genauso wie den Funkverkehr zwischen der Maschine und dem Flughafen hier in Larnaka. Doch mit dem Entschlüsseln werden sich Ihre Leute schwertun. Mein Code ist nämlich viel zu privat und zu primitiv und weicht allzusehr von den gewohnten schwedischen Mustern ab.«

Der Russe nickte nachdenklich und sagte halb zu sich selbst, sie beide hätten gut zusammenarbeiten können. Leute wie Carl wären auch zu Hause nicht alle Tage zu finden.

Bei diesem Gedanken wurde Carl schwindelig.

»Wir arbeiten doch schon einigermaßen zusammen«, bemerkte er kurz und beherrscht, um seine Bestürzung zu verbergen.

»Wie lange werden wir hier wohl warten müssen? Was meinen Sie, Herr Korvettenkapitän?« fragte der Russe nach einer langen Pause.

»Ich weiß nicht«, erwiderte Carl etwas unsicher. »Im besten Fall nur ein paar Stunden. Im schlimmsten Fall mehr als vierundzwanzig Stunden.«

»Innerhalb von vierundzwanzig Stunden sind unsere Leute hier.«

»Ja, Sir. Das mag stimmen, doch bei allem Respekt vor Ihren Landsleuten – ich habe vor der Kompetenz der Sowjetunion in manchen Dingen wirklich tiefen Respekt –, so leicht wird es ihnen auch nicht fallen. Was hätten Sie selbst gegen ein bewaffnetes UN-Kontingent unternommen? Eine Art *covered action?* Diskret, ohne unnötigen Lärm und Aufsehen? Mit Kernwaffen?«

Bei dieser Bemerkung prusteten beide wieder los. Dabei fiel Carl auf, daß sie beide wohl psychisch angespannter waren, als sie einander eingestehen wollten.

Beim Generalstab in Stockholm war Carls Fernschreiben durch ein Versehen nicht gleich weitergeleitet worden. Irgendein heller Kopf in der Informationsabteilung hatte die Mitteilung aus Camp Victoria wegen atmosphärischer Störungen für verstümmelt gehalten. Hinterher verteidigte er sich damit, vom UN-Kontingent dort seien ja noch nie verschlüsselte Nachrichten gekommen, und überdies habe er bei genauerem Nachdenken entdeckt, daß die Nachricht an das OP 5 und nicht an die Informationsabteilung gerichtet gewesen sei.

Aber als ein Dechiffreur die Mitteilung Samuel Ulfsson endlich im Klartext vorlegte, erkannte dieser sofort, daß die verlorene Zeit sehr kostbar werden konnte. Hamiltons Mitteilung kam zwar von einem höchst unerwarteten Ort, doch was die Deutlichkeit der Mitteilung betraf, ließ sie nichts zu wünschen übrig. Obwohl sie den Umständen entsprechend kurz war:

Position Camp Victoria. Gepäck bislang unbeschädigt. Unterwegs Flugzeugentführung, um ein Haar fatale Zwischenlandung in Damaskus. Entführer niedergekämpft, einer am Leben. Ankunft Maschine Frankreich gegen 14 Uhr. Vermutlich großes Aufsehen. Bataillonschef verweigert unter Hinweis auf UN-Vorschriften Amtshilfe. Droht, uns vor die Tür zu setzen. Zeit kostbar. Forderung: Befehl an mich und den hiesigen Befehlshaber. Vorschlag: Rückweg SCACYP.

Während Ulfsson einen Blick auf seine Armbanduhr warf und nach einer verschwundenen Schachtel Ultima Blend tastete, nahm er den Telefonhörer ab und wählte die Nummer des Generalstabschefs. Es war 14.55 Uhr, und vier Minuten später stürmte der Vizeadmiral grußlos ins Zimmer und zog sofort die Tür hinter sich zu.

»Was für eine Notlage, was ist passiert, erzähl!« befahl er atemlos und setzte sich an den Seitentisch.

Samuel Ulfsson sah erneut auf die Uhr. Dann streckte er sich nach seinem großen Transistorradio, schaltete das Dritte Programm ein, dessen Nachrichtensendung in wenigen Sekunden beginnen würde.

»Was zum Teufel ist los, was ist passiert?« fragte der Generalstabschef in stärkerem Kommandoton.

Samuel Ulfsson gebot seinem Vorgesetzten zu schweigen und zeigte auf das Radio, dessen Piepen erkennen ließ, daß gleich die Nachrichten kommen würden.

In der ersten Meldung ging es um eine Flugzeugentführung im Mittelmeer. Die Entführer, wahrscheinlich Palästinenser, seien an Bord vermutlich von einem israelischen Sicherheitsagenten erschossen worden. Die Entführer hätten einen der Fluggäste ermordet.

Abschließend war von Problemen der Frauen in den Entwicklungsländern die Rede. Samuel Ulfsson stellte das Radio ab und entdeckte plötzlich seine Zigarettenschachtel auf dem Fußboden. Zur höchst sichtbaren Irritation seines Vorgesetzten zog er aus der zerknüllten Schachtel eine Zigarette hervor. Er mußte aus Versehen daraufgetreten sein. Er zündete sie an, inhalierte und begann erst dann mit seinem kurzen Vortrag.

»Hamilton und Genosse Koskow haben Kairo heute morgen mit dieser Air-France-Maschine verlassen, von der du gerade gehört hast. Hamilton scheint die Entführer überwältigt zu haben, wie immer er das angestellt hat. Jedenfalls sind er und der Russe in Larnaka ausgestiegen und sitzen jetzt in Camp Victoria. Ich habe den Bericht von Hamilton hier, lies selbst.«

Der Generalstabschef war aufgestanden und hatte die Meldung an sich gerissen, bevor Samuel Ulfsson zu Ende gesprochen hatte. Er überflog schnell den kristallklaren Text.

»Das wird in den Medien natürlich einen verdammten Wirbel machen«, stellte er fest und erhielt vom Chef des Nachrichtendienstes nur ein leichtes, zustimmendes Kopfnicken zur Antwort.

»Und die Russen wissen verdammt noch mal genausogut wie wir, wer wer ist und wer nicht Israeli ist. Wo haben sie das übrigens her, denn es muß doch Hamilton gewesen sein?«

»Journalisten.« Samuel Ulfsson zuckte die Achseln. »Es gibt mit den Rothäuten also ein Wettrennen nach Camp Victoria?« überlegte der Generalstabschef laut.

»Ja, das könnte man sagen. Obwohl wir gewisse operative Vorteile haben, falls du ...« Samuel Ulfsson biß sich auf die Lippen, um den Satz nicht zu vollenden. Ihm schwebte vor, das müsse sich unter zwei Generalstabsangehörigen in verantwortlicher Position ohne Diskussion von selbst ergeben.

»Was denn falls!« brüllte sein Vorgesetzter jedoch.

»Na ja«, seufzte Samuel Ulfsson. »Ich halte es für dringend, unseren Bataillonschef da unten schnellstens davon zu überzeugen, daß das Vaterland ruft. Und in dieser Hinsicht dürfte er eher dir als mir vertrauen, gelinde gesagt.«

»Was soll ich deiner Meinung nach also tun?«

»Ruf ihn an und sag ihm, er soll sich benehmen.«

»Anrufen? Du meinst, ich soll ihn anrufen und im Klartext sagen ...«

»Na ja, was heißt Klartext. Ich halte unseren Freund Hamilton für absolut fähig, detaillierte Vorschläge zu machen, du brauchst sozusagen nur Flagge zu zeigen.«

»Ich soll ihm also in allgemeinen Wendungen erklären, daß wir ihm die Eier abschneiden, wenn er nicht mitmacht?«

»Ja, etwa so«, seufzte Samuel Ulfsson und widmete der Frage der *deniability* der beiden Anwesenden einen flüchtigen, ironischen Gedanken. »Die Wortwahl überlasse ich gern dir, aber der Inhalt dürfte wohl klar sein.«

»Kann ich von hier anrufen, von deinem Telefon?«

»Aber natürlich.«

»Hast du die Nummer?«

»Ja, einem Moment.«

Als Oberstleutnant Karl-Erik Järn, Chef des schwedischen UN-Bataillons in Camp Victoria auf Zypern, seine Schritte einundzwanzig Minuten später entschlossen zum Krankenrevier des Camps lenkte, war er bleich, aber gefaßt. Zu seiner Verblüffung hörte er aus der Baracke wieherndes Gelächter. Das war gelinde gesagt verwirrend. Er klopfte hart und bestimmt an die Tür, wartete die Antwort ab und trat ein.

Carl, der sofort ernst wurde, stand abwartend auf. Die erste Nachricht entnahm er schon dem grauen Gesicht des Bataillonschefs.

Unbewußt hatte Karl-Erik Järn vor seinem jüngeren und nachgeordneten Offizierskameraden Haltung angenommen, korrigierte sich aber schnell. »Ich habe«, sagte er, »soeben ein klärendes Telefongespräch mit dem Generalstabschef geführt.«

»Welchen Inhalts?« fragte Carl höflich.

»Etwa folgenden Inhalts: daß man zwischen weiterem Dienst bei den UN oder der Möglichkeit, Oberst zu werden, wählen könne.«

»Und ich gehe davon aus, daß das Nationalgefühl den Ausschlag gegeben hat«, sagte Carl, der sich nur mit größter Mühe einen neuen Lachanfall verkneifen konnte.

»Ja, mir scheint, diese Sache liegt im Interesse der Nation.«

»Ja, ich kann mich erinnern, so etwas gesagt zu haben. Na schön, dann arbeiten wir von jetzt an also zusammen?«

»Die Antwort ist ja. Was kann ich tun? Was habt ihr selbst für Pläne?«

Carl setzte sich und gebot dem Ranghöheren mit einer Handbewegung, es ihm gleichzutun, was im Hinblick auf die gespannte Situation gar nicht so widersinnig erschien, wie es tatsächlich war. Carl dachte kurz nach, während die beiden anderen Männer im Raum gespannt sein Gesicht beobachteten.

»Rückweg per SCACYP. Direkt nach Stockholm, aber nicht auf der üblichen Route über Osteuropa. Dabei gibt es noch folgende Probleme: Uniformen, Ausweise, Passierscheine, Flughafenkontrolle, Pässe ... Wer kümmert sich um so was?«

»Der für Personalfragen zuständige Offizier, Major Larsson. Aber SCACYP geht doch nicht ...«

»Ich weiß. Ankunft heute Montag, weiter nach Israel, Rückkehr hierher Donnerstag zum Weitertransport nach Stockholm. Das war einer meiner möglichen Wege, ich meine, wenn ich mit der Air France an einem Donnerstag auf etwas normalere Weise hergekommen wäre.«

»Aber wie willst du die Route ändern? Das geht doch nicht?«

»Ein neues Zahlensystem auf dem gleichen Weg wie vorhin, dann erledigen sie in Stockholm den Rest. Wir müssen also einen gewissen Major Larsson einweihen?«

»Ja, ich kenne mich in diesen Personalsachen nicht aus, und außerdem würde es einen merkwürdigen Eindruck machen.«

»Befindet sich Larsson hier im Camp?«

»Ja. Wir können hier konferieren, ich kann ihn holen.«

»Nein, lieber nicht. Wir sollten uns in deinem Büro unterhalten. Das wirkt etwas natürlicher als eine Konferenz hier im Krankenrevier. Besorge mir aber erst eine Uniform, damit ich mich sehen lassen kann.«

»Eine Uniform?«

»Ja. Khakifarben mit dem Symbol der UN und drei Kronen, so was hast du doch selbst. Als blutbespritzter Zivilist würde ich nur unnötiges Aufsehen erregen. Der Rang eines Majors scheint mir passend zu sein, obwohl ich mal gehört habe, daß man auf Auslandsposten gleich befördert wird. Wie du siehst, bin ich oben herum etwas breiter und in den Hüften etwas schmaler als du, so daß es nicht schwierig sein dürfte. Dann brauche ich eine Wache vor dem Revier, während wir die Planung besprechen. Können wir so verfahren?«

Carls Körperhaltung machte diese letzte Frage zu einem Befehl, hinter der das ganze rätselhafte Gewicht des Generalstabs und der Nation steckte. Der höherrangige Offizier nickte und trollte sich ohne weitere Diskussion.

»Wie geht's, junger Herr Korvettenkapitän? Kommen Sie mit der Bürokratie zurecht?« wollte der Russe besorgt wissen.

»Oh, es wird schon gehen«, erwiderte Carl mit gespielter Besorgnis. »Ich fürchte allerdings, daß wir Sie degradieren müssen, Sir.«

Er sah ernst in das fragende Gesicht des Russen, bevor er mit dem gleichen gespielten Ernst fortfuhr:

»Wenn Sie morgen früh diesen Stützpunkt verlassen, werden Sie nämlich höchstens noch Oberstleutnant sein.«

Der Vizeadmiral machte immer noch ein fragendes Gesicht, und Carl drehte mit gespielter Nachdenklichkeit eine Runde im Zimmer, bevor er fortfuhr:

»Sie werden nämlicher schwedischer UN-Offizier sein, und ein höherer Rang als Oberstleutnant würde unangemessene Aufmerksamkeit erregen. Zum Trost kann ich Ihnen jedoch mitteilen, daß ich selbst Hauptmann oder höchstens Major sein werde.«

Sie starrten sich ein paar Sekunden einfältig an, bis sie wieder in wieherndes Gelächter ausbrachen.

Dann wurde Carl mit einiger Kraftanstrengung ernst und zog seinen Codeschlüssel aus der Tasche, um eine neue Nachricht an den Generalstab in Stockholm abzufassen, eine Meldung des Inhalts, daß 1) die Zusammenarbeit jetzt klappe, 2) SCACYP die folgenden Instruktionen erhalte sowie 3) der Generalstab bei der Ankunft SCACYP auf geeignete Weise in Empfang nehmen müsse, um sich um zwei Offiziere mit einer besonderen Mission zu kümmern.

Als er mit seiner Zahlenreihe fertig war, kam der Bataillonschef mit einem bauchigen, in braunes Papier gewickelten Paket zurück. Es war tatsächlich eine UN-Uniform, die Carl zum Major machte und den Umständen entsprechend saß. Die blaue Baskenmütze jedoch war zu klein.

Carl zog sich schweigend um. Er blinzelte dem künftigen schwedisch-sowjetischen Oberstleutnant in UNO-Diensten zu und ging mit dem Bataillonschef über zwei Exerzierhöfe und einen Parkplatz, ohne daß jemand ihnen sonderliche Aufmerksamkeit schenkte.

Im Dienstzimmer des Bataillonschefs wartete dessen Stellvertreter, auch er ein Oberstleutnant, sowie Major Larsson, der auf der linken Brustseite ein Schild mit Namen und Funktion trug.

Sie begrüßten sich steif und höflich, worauf der stellvertretende Bataillonschef zu dem großen Kühlschrank ging und ihm vier Flaschen Kronenbourg entnahm.

»Wie lustig«, sagte Carl. »Wenn alles etwas besser gegangen wäre, wäre ich heute abend im Elsaß gewesen. Doch das haben die Entführer verhindert.«

Nachdem alle ihre Gläser gefüllt hatten, prosteten sie einander stumm zu. Dann gab Carl einen kurzen Überblick über die Lage.

»Unter normalen Umständen, in denen wir uns allerdings kaum befinden«, begann er und nahm einen Schluck des elsässischen Biers, »müßten alle hier Anwesenden Formular 107 des Generalstabs unterzeichnen. Der Text fängt wie folgt an: *›Ich bin an diesem Tag von C. Hamilton darauf hingewiesen worden, daß mir untersagt ist, Unbefugten über dienstliche Belange Auskunft zu geben, die der Geheimhaltung unterliegen, ob während der Arbeit oder nach deren Abschluß‹*, und so weiter. Ja, das gilt unabhängig von den UN-Bestimmungen. Dann wird das Formular unterzeichnet, auch von Zeugen, und ferner steht dort: *›Ich bin mir bewußt, daß ein Bruch dieses Schweigegebots eine Strafe nach sich zieht, auch bei Fahrlässigkeit ohne schuldhafte Absicht.‹* Ist den Herren der Inhalt dieser Worte klar?«

Drei sehr kräftige, blonde und sonnenverbrannte Schweden sahen plötzlich ziemlich blaß aus, als sie stumm nickten.

»Also«, fuhr Carl fort. »Wir haben hier einen Russen, der nach Schweden gebracht werden muß. Er ist ein hohes Tier beim Nachrichtendienst der Sowjetunion und weiß vermutlich alles über Mini-U-Boote und ähnliches. Seine Informationen werden für uns von unschätzbarer Bedeutung seien. Und mit *uns* meine ich, um alle Mißverständnisse auszuschließen, nicht etwa die UNO, sondern Schweden.«

Zwei der Zuhörer lachten angestrengt, und Carl trank wieder einen Schluck, bevor er fortfuhr.

»SCACYP kommt morgen vormittag hierher. Beabsichtigt ist mein Transport und der meines Begleiters, es sollen aber auch möglichst viele andere mitkommen, die am Donnerstag hätten abreisen sollen. Das ist das erste, was ihr regeln müßt. Dann gibt es noch eine Reihe praktischer Dinge, Uniformen, Namensschilder, Sprachprobleme, denn unser Gast spricht kein Schwedisch, was auf schwedische Offizierskollegen und anderes Personal ein wenig seltsam wirken könnte ...«

»Das wird kaum eine Rolle spielen. In der Maschine kann man sein eigenes Wort nicht verstehen. Wir brauchen bis nach Stockholm Ohrenschützer. Jede Unterhaltung ist unmöglich«, unterbrach Major Larsson begeistert. Er sprach Dalarna-Dialekt, und die Loyalitätskrise seines Bataillonschefs schien auf ihn nicht abgefärbt zu haben.

»Und die Uniformen«, fuhr er eifrig fort, »haben wir in der Kleiderkammer, und wenn ich sie selbst quittiere, wird kein Mensch Fragen stellen. Die Namensschilder können wir selber herstellen ...«

So wurde ein Problemchen nach dem anderen methodisch gelöst. Was den Flughafen und dessen Kontrolle betraf, gab es keine Probleme, da die UN-Truppe für ihre eigene Sicherheit sorgte. Carl brauchte mit dem Russen nur auf die Rollbahn zu fahren. Dann sollte den Behörden eine Namensliste übergeben werden, aber die hatte noch nie gestimmt. Überdies kümmerten sich die zypriotischen Behörden nicht ernsthaft darum, da das UN-Personal mit seinen blauen Ausweisen ohnehin kam und ging, wie es ihm beliebte. So ging es einige Zeit weiter, bis der zunehmend unruhiger werdende Bataillonschef – das Fest mit dem Royal Canadians und der Diskothek rückte immer näher – einen Einwand wagte.

»Aber können wir SCACYP wirklich so kapern? Ja, verzeiht den Ausdruck, im Hinblick auf die Lage ist das vielleicht unpassend ... Ich meine das, was passiert ist. Es ist doch immerhin eine UNO-Maschine.«

»Den Teufel ist sie das«, wandte der Personaloffizier Larsson ein, »sie hat doch immerhin drei Kronen auf blauem Grund auf den Flügeln. Normalerweise least die UNO die Maschine von den Luftstreitkräften, aber diesmal gilt das ja nicht.«

»Aber kann sie wirklich auf der gewohnten Route über Osteuropa fliegen?« fragte Karl-Erik Järn und sah unruhig auf die Uhr. Ein ganz normaler, blonder, blauäugiger, durchtrainierter, netter, anständiger schwedischer Offizier, dachte Carl und warf einen Blick auf das Diplom des Bataillonschefs für verschiedene Gewaltmärsche um den Salt Lake herum und anderes. Salt Lake – das mußte der weiße Salzsee sein, den Carl auf dem Weg vom Flugplatz gesehen hatte. Er wandte sich wieder dem Gespräch zu. Ihm fiel auf, daß seine Konzentration ein wenig nachließ.

»Nein, wenn wir über Osteuropa fliegen, besteht das Risiko, daß sie die Maschine zur Landung zwingen. Und von jetzt an oder spätestens in einer Stunde, wenn sämtliche Fernsehsender der Welt aus Frankreich berichten, wissen die Russen genau, was passiert ist. Nein, dieser Flug geht über NATO-Territorium, bis wir in Schweden sind, wo wir vermutlich eine Lufteskorte bekommen.«

Die drei verfielen über diesen Perspektiven in tiefes Grübeln, bis ihr jüngerer Kollege sie wieder an die Arbeit trieb.

Nach einiger Zeit vertagte sich die Runde und entschied, Karl-Erik solle sich jetzt zunächst seinen repräsentativen Aufgaben widmen, da das Fest immer näherrückte und die ersten Gäste schon eingetroffen waren.

Carl jedoch sowie Major Larsson und dem stellvertretenden Bataillonschef mangelte es weder an Phantasie noch an Energie, als es darum ging, im Interesse der schwedischen Nation gegen rund zwanzig UN-Regeln zu verstoßen.

In Schweden war es 19.30 Uhr, und im Arbeitszimmer des schwedischen Oberbefehlshabers saßen vier Vertreter der militärischen Führung Schwedens vor einem Fernsehgerät, das eine Ordonnanz vor einer Stunde gebracht hatte. Die Tür war verschlossen, und kein Untergebener war in der Nähe.

Hauptnachricht und größte internationale Nachricht überhaupt war zu diesem Zeitpunkt in der Sendung »Rapport« wie in allen entsprechenden Nachrichtensendungen der Welt die phantastische Geschichte der Entführung der Air France 129.

Nach einigen ersten Bildern aus dem Mittelmeerraum über Südfrankreich, die den Airbus in Begleitung französischer Jagdflugzeuge zeigten, folgten Bilder weinender Fluggäste, die von herbeieilenden Verwandten und Freunden umarmt wurden, sowie Bilder von zwei verhüllten männlichen Leichen und einem Terroristen in Handschellen. Dann folgten einige kurze Interviewschnipsel; so erzählte eine Stewardeß von dem phantastischen Sicherheitsagenten, der Amerikaner sein müsse; ein Fluggast aus der Ersten Klasse erzählte, wie man mit vereinten Kräften den letzten Entführer kurz vor der Landung in Damaskus aus dem Cockpit gelockt habe. Es folgte eine blutverschmierte englische Lady, die im Brustton der Überzeugung erklärte, der Mann sei Amerikaner, denn sie habe neben ihm gesessen. Es sei einfach großartig gewesen, wie er einem dieser Lumpen den Hals durchgeschnitten habe, bevor er sich den anderen widmete, aber das habe sie nicht gesehen. Doch Amerikaner sei er definitiv.

Der Nachrichtensprecher betonte, aus unbestätigten Meldungen aus

Israel gehe hervor, daß der israelische Nachrichtendienst gegen einen seiner verhaßtesten Feinde, Abu Nidal, zugeschlagen habe, was auch den Zielflughafen Damaskus erkläre. Die Terroristen hätten vermutlich vorgehabt, mit den Fluggästen palästinensische Terroristen freizupressen, die in Frankreich zu lebenslänglicher Haft verurteilt worden seien. Der Kapitän und sein Copilot weigerten sich, die Ereignisse zu kommentieren, bevor sie vom französischen Sicherheitsdienst vernommen worden seien. Der rätselhafte amerikanische oder israelische Sicherheitsmann habe die Maschine in Larnaka auf Zypern verlassen.

Dann folgten andere Nachrichten, und der Chef der schwedischen Marine schaltete den Fernseher aus.

»Mir fehlen die Worte«, sagte er. Eine Zeitlang herrschte stumme Nachdenklichkeit im Raum.

»Wirklich. Aber die Meldung, der Mann sei Israeli oder Amerikaner, wird nicht lange zu halten sein, wenn die Journalisten das Camp Victoria belagern«, wandte Samuel Ulfsson mit einem Anflug von Irritation in der Stimme ein. Was passiert sei, müsse den Russen ja klar sein. Und die Franzosen würden innerhalb einer Stunde auch Bescheid wissen.

»Wieso?« fragte der Generalstabschef. »Woher sollen sie wissen, daß Hamilton kein Amerikaner ist? Er geht doch glatt als Amerikaner durch.«

»Weil sie die Passagierliste haben und uns verboten wurde, falsche Namen zu verwenden. Hamilton ist unter eigenem Namen geflogen. Ein schwedischer Fluggast wird vermißt, und das ist er. Nein, zwei schwedische Passagiere werden vermißt, he he.«

»Den Hals durchgeschnitten?« murmelte der Oberbefehlshaber. »Tun wir denn so was?«

Die Frage verhallte unbeantwortet.

»Jetzt gehe es also zunächst darum, die Route der Herkules-Maschine in Tel Aviv zu ändern«, betonte der Generalstabschef in einem Tonfall, der diskret andeutete, Spekulationen hätten Zeit bis später.

»Wie zum Teufel soll die Regierung reagieren, wenn herauskommt, daß Hamilton Schwede ist?« brummelte der Oberbefehlshaber. »Es unterliegt doch wohl keinem Zweifel, daß die Sache früher oder später herauskommt. Vermutlich wird es auf Zypern bald von Journalisten wimmeln, die den rätselhaften Helden aufspüren wollen.«

»Ja, wie schon gesagt, hm«, räusperte sich der Generalstabschef, »haben wir eine Reihe praktischer Beschlüsse zu fassen.«

»Ja, in Ordnung. Aber darum kümmerst du dich, oder?« sagte der Oberbefehlshaber, dem schon gewisse Schwierigkeiten bei seinem künftigen Bericht für den Ministerpräsidenten zu dämmern begannen. »Achte aber darauf, daß es schnell geht.«

Dieser Hinweis war ziemlich überflüssig. Der Untergebene des Oberbefehlshabers hatte sich schon erhoben und ging auf die Tür zu.

Auf dem Kairoer Flughafen wurde einer der Chefs des ägyptischen Sicherheitsdienstes vorläufig festgenommen. Oberst ibn Salaar war am frühen Abend dabei beobachtet worden, wie er erfolglos versucht hatte, in die sowjetische Botschaft zu gelangen. Die Sowjets hatten ihn hinausgeworfen, und die Botschaft hatte in einer kurzen Note an das ägyptische Außenministerium seine Irritation über den Zwischenfall zum Ausdruck gebracht. Natürlich leugneten die Sowjets jede Verbindung mit dem fraglichen Sicherheitsoffizier.

Unter normalen Umständen hätte Muhammed ibn Salaar gute Chancen gehabt, daß das selbstverständliche Todesurteil in lebenslängliche Haft umgewandelt würde. Präsident Mubarak ging bei der Vollstreckung von Todesurteilen zurückhaltend vor, selbst bei seinen härtesten und gefährlichsten Feinden unter den moslemischen Fundamentalisten. Doch für einen allzu prosowjetischen, allzu redseligen Sicherheitsmann sah die Lage nicht rosig aus. Möglicherweise lief die Entscheidung auf die Frage hinaus, was die sensiblen sowjetisch-ägyptischen Beziehungen am meisten stören könnte, die Hinrichtung eines sowjetischen Spions oder die Haft eines lebenden, allzu redseligen sowjetischen Spions. Da die Sowjetunion jede Verbindung mit der Flugzeugentführung als absurd leugnen und als Provokation antisowjetischer Propagandisten abtun würde, sah es danach aus, als würde das selbstverständliche Todesurteil vollstreckt werden.

Der für sein Alter erstaunlich schwarzhaarige schwedische Oberstleutnant, der eine schwedische Militärtransportmaschine der Route bestieg, die man SCACYP nannte, erregte unter einem Dutzend anderer Männer in der gleichen Uniform keine Aufmerksamkeit. Es war so viel skandinavisches UN-Personal unterwegs, daß die Fluggäste einander nicht einmal dem Aussehen nach kannten. Die zypriotischen Flughafenbehörden zeigten sich von diesem zusätzlichen Flug nicht überrascht, da er der gewohnten Routine folgte.

Vizeadmiral Gennadij Alexandrowitsch Koskow ließ sich von seinem jungen Untergebenen die Ohrenschützer zurechtrücken. Als die schwere Transportmaschine vibrierend und lärmend abhob, lehnte sich der junge Korvettenkapitän zurück, und es sah aus, als würde er gleich einschlafen. Was Gennadij Alexandrowitsch Koskow nicht im mindesten erstaunte.

Die sowjetische Funküberwachung konnte schnell bestätigen, was die GRU-Zentrale schon vorhergesehen hatte. Die Maschine nahm nicht die übliche Route über osteuropäisches Territorium, was zumindest den Vorteil hatte, daß sich damit einige schwierige Überlegungen von selbst erledigten. Die Maschine machte auf ihrem neunstündigen Flug den Umweg über NATO-Territorien, bis sie von Dänemark aus schwedisches Territorium erreichte, wo eine Rotte schwedischer Jagdflugzeuge wartete, um die Herkules nach Stockholm zu eskortieren. In der Gegend von Linköping zogen die Jagdflugzeuge diskret davon.

Auf dem Flughafen von Arlanda warteten auf dem Rollfeld ein Krankenwagen und eine Limousine des Generalstabs.

4

Aus journalistischer Sicht war die Entführung der AF 129 aus Kairo eine ungewöhnlich gelungene Aktion. Es war eine glänzende Story voller Schurken und Helden und rätselhafter Vorkommnisse, die zudem eine glückliche Wendung genommen hatte. Und dann noch nicht so verdammt langwierig wie viele andere Flugzeugentführungen.

In dieser Geschichte gab es vier besonders interessante Akteure bzw. Gruppen, für die sich die Nachrichtenmedien je nach Land und Standort unterschiedlich stark interessierten.

Erstens ging es um die Entführer, eine Frage, für die sich vor allem die französische Presse interessierte. Wer waren sie, und was hatten sie vorgehabt?

Den spärlichen Angaben französischer Sicherheitsquellen zufolge waren die Entführer fast zweifelsfrei als Angehörige einer palästinensischen Abweichlergruppe identifiziert worden, die unter Führung Abu Nidals von Damaskus aus operierte. Der Überlebende der drei, der stark mißhandelt und in Handschellen den Behörden übergeben worden war, hatte einige Dokumente bei sich gehabt, die darauf hindeuteten, daß die Entführer geplant hatten, drei in französischen Gefängnissen einsitzende Terroristen gegen die französischen Fluggäste auszutauschen.

Zweitens ging es darum, Angaben über den ermordeten Amerikaner zu erhalten. Dieser hieß Stephen Holmes, ein Architekt aus Arkansas, der auf dem Heimweg von einer Architektenkonferenz in Kairo gewesen war. In der amerikanischen Presse wurde einen Tag nach der Entführung angedeutet, Stephen Holmes habe möglicherweise für die CIA gearbeitet. Falls sich das bestätige, müßten die Entführer davon gewußt haben, da der Mord an Holmes gleich zu Beginn der Entführung erfolgt sei.

Doch zwei Tage nach der Entführung, als amerikanische Behörden in ungewöhnlich entschiedener Form dementierten, Holmes habe Verbindung zu amerikanischen Regierungsstellen gehabt, und auch dessen Frau und Verwandte interviewt worden waren, verebbte die spannende Theorie. Dagegen entstand ein neues Rätsel. Holmes hatte auf dem falschen Platz gesessen, da er für die Touristenklasse gebucht hatte, jedoch nachweislich in einem Sessel der Ersten Klasse ermordet worden war. Warum hatte er den Platz gewechselt? Hatte ihn jemand dazu verleitet?

Und, drittens, wer war der »rätselhafte Mann«, der neben dem ermordeten Stephen Holmes gesessen hatte? Warum hatten die Entführer gerade ihm ein solches Interesse entgegengebracht, daß sie ihm Handschellen anlegten? Und warum war er bei der vom Helden des Dramas improvisierten Zwischenlandung in Larnaka verschwunden?

Viertens, natürlich, der entscheidende Punkt der Story: Wer war James Bond? Und welcher Nationalität war er?

Hier kam es zu beträchtlicher Verwirrung. In der britischen Presse war deutlich zu lesen, der »Held der AF 129« müsse Amerikaner sein. Unter anderem habe sich eine bekannte Dame der Gesellschaft, Lady Evelyn Guilford, in dieser Frage sehr entschieden geäußert. Sie habe ja neben ihm gesessen, habe sich an der einleitenden Phase des Kampfs gegen die Entführer selbst beteiligt und ausführlich und in blumenreicher Sprache sowohl von ihrem eigenen Einsatz gegen die »Lumpen« als auch »dem entschlossenen Vorgehen« des rätselhaften Sicherheitsmannes gesprochen, mit dem dieser den ersten Entführer außer Gefecht gesetzt habe.

In der israelischen Presse wurde am ersten Tag angedeutet, es handle sich ganz einfach um einen israelischen Einsatz gegen den Erzfeind Abu Nidal. Der israelische Nachrichtendienst habe irgendwie von der Flugzeugentführung Wind bekommen und deshalb eingegriffen.

Schweden war eines der wenigen Länder, in denen die israelische Darstellung groß herausgebracht wurde. Die Zeitung *Expressen*, die zweifellos über vorzügliche israelische Quellen verfügte, erzählte in dramatischer Form von dem ständigen Krieg zwischen dem israelischen Nachrichtendienst und dem Weltterrorismus. Als Beispiele wurden einige andere Fälle genannt, bei denen die Israelis siegreich aus dem Kampf hervorgegangen seien. Im übrigen gebe es zahlreiche Israelis, die als Amerikaner auftreten könnten, und daher sei es nur natürlich, daß so viele Fluggäste der Maschine den israelischen Agenten gerade als Amerikaner gesehen hätten.

Die iseraelische Darstellung wurde erst zwei Tage nach der Entführung von amtlichen israelischen Quellen dementiert, und das aus besonderen Gründen. Der Anwalt der Familie Holmes in Arkansas erklärte, er wolle den Staat Israel auf hundert Millionen Dollar verklagen, da ein israelisches Regierungsorgan Mister Holmes bei der Jagd auf die Entführer offenbar als eine Art Lockvogel benutzt habe. Welche guten Zwecke israelische Sicherheitsorgane auch verfolgten, sie hätten doch nicht das Recht, das Leben amerikanischer Staatsbürger zu opfern. Es deute sehr viel darauf hin, daß der Agent und Mr. Holmes aus unbekanntem Anlaß die Plätze getauscht hätten.

Am Ende meldete sich sogar der israelische Ministerpräsident zu Wort und versicherte, wie typisch israelisch die Operation auch erscheinen möge, hätten daran weder israelische noch mit Israel verbündete Agenten teilgenommen.

Damit wurde die Spur der beiden Männer, die in Larnaka ausgestiegen waren, erheblich heißer. Britische und amerikanische Reporter waren als erste mit der Meldung zur Stelle, die Flughafenbehörden von Larnaka hätten mitgeteilt, AF 129 habe bei der Zwischenlandung angegeben, zwei schwedische UN-Offiziere müßten aus nicht näher bezeichneten medizinischen Gründen die Maschine verlassen. Man habe keinen Grund, diesen Bescheid in Frage zu stellen, um so weniger, als die beiden Männer mit einem Krankenwagen der schwedischen UN-Kaserne abgeholt worden seien.

Damit blies Oberstleutnant Karl-Erik Järn ein heftiger Wind ins Gesicht. Järn selbst war überzeugt, daß er eine Gefängnisstrafe riskierte, falls er irgendwelche Fragen beantwortete. Er weigerte sich zunächst also, am Telefon Fragen zu beantworten, während er selbst verzweifelt den schwedischen Generalstabschef zu erreichen versuchte, um Instruktionen zu erhalten, was er sagen durfte und was nicht.

Doch jetzt schwebten Journalisten aus allen Himmelsrichtungen in Larnaka ein, und Camp Victoria befand sich plötzlich in einer Art Belagerungszustand. Britische Reporter machten überdies den Krankenwagenfahrer ausfindig, den zu vergattern versäumt und der nicht angewiesen worden war, »strengstes Stillschweigen zu wahren«, weder auf dem Generalstabsformular Nummer 107 oder mündlich. Der Fahrer erzählte fröhlich, die beiden Männer, die er ins Krankenrevier gefahren habe, seien Schweden. Der eine von ihnen sei voller Blutflecken gewesen. Der Ältere der beiden, also »der rätselhafte Mann«, sei auch Schwede gewesen, obwohl er nicht viel gesprochen habe. An besondere Details der Unterhaltung der beiden Männer konnte sich Krankenwagenfahrer Östberg nicht erinnern.

Danach geriet Camp Victoria in eine Situation, in der so gut wie jedes einlaufende Telefongespräch von Journalisten geführt wurde, die in den verschiedensten Sprachen eine Bestätigung der Angabe wünschten, daß James Bond und der »rätselhafte Mann« Schweden seien. Die Situation wurde unhaltbar.

Zwei Tage nach dem Ende der Flugzeugentführung erhielt Karl-Erik Järn präzise Anweisungen, was er sagen dürfe, nicht mehr und nicht weniger. Und im Anschluß daran fühlte er sich etliche Stunden lang fast wie ein Papagei. Seine Mitteilung an die Weltpresse lautete etwa wie folgt:

Zwei Personen hätten zum fraglichen Zeitpunkt medizinische Hilfe erbeten, die sie dringend gebraucht hätten. Man habe sie ihnen gewährt. Es treffe zu, daß es sich um Offiziere handle. Sie befänden sich jedoch nicht mehr auf Zypern.

Ende der Auskunft.

Die Journalistenhorde grub folglich schnell Hinweise auf den rätselhaften Sonderflug der Herkules aus, der am Tag nach der Entführung nach Schweden erfolgt war. Innerhalb von weiteren vierundzwanzig Stunden führte dies dazu, daß die UNO in New York einen Untersuchungsausschuß einsetzte, der prüfen sollte, ob UN-Personal in unerlaubtem Nationalinteresse gehandelt habe.

Doch auch für schwedische Behörden war die Situation unhaltbar geworden. Etwa um die Zeit, als der Bataillonschef von Camp Victoria bis zur Grenze des Erträglichen bedrängt wurde, gab der Staatssekretär des schwedischen Außenministeriums eine Presseerklärung heraus. Die schien zunächst mehrere sensationelle Antworten zu enthalten, bei näherer Analyse wies sie jedoch etliche Unklarheiten auf. Die Mitteilung des schwedischen Außenministeriums, die nicht weiter kommentiert wurde, enthielt folgende Angaben:

Als palästinensische Terroristen in unbekannter Absicht versucht hätten, die AF 129 zu kapern, hätte militärisches Personal, das sich an Bord der Maschine befunden habe, eingegriffen. Die Offiziere, welche die Maschine in Larnaka verlassen und tatsächlich medizinische und andere

Hilfe humanitären Charakters erhalten hätten, befänden sich jetzt in Schweden. Ihre Identität könne mit Rücksicht auf sowohl ihre persönliche Sicherheit als auch ihre sensiblen militärischen Funktionen nicht enthüllt werden. Das war in mancherlei Hinsicht ein sehr schwedisches Kommuniqué. Kein Wort war unwahr, aber dennoch wurde nicht die Wahrheit mitgeteilt.

Mit einigen Variationen wiesen die Schlagzeilen der schwedischen Zeitungen am nächsten Tag den naheliegenden Text auf:

JAMES BOND WAR SCHWEDE!

In der darauffolgenden Flut von Spekulationen hielt das schwedische Militär der Presse nur den kleinen Finger hin. Man gab zu, auch Schweden habe »gewisse Spezialisten«, aber alle näheren Informationen dazu seien streng geheim.

Für Journalisten waren es fröhliche Tage. Weniger fröhlich waren sie für die Nachrichtendienste Schwedens, der Sowjetunion, Frankreichs, Ägyptens und der USA.

Die Amerikaner hatten vom State Department den Auftrag erhalten, die Umstände zu klären, unter denen der amerikanische Staatsbürger Stephen Holmes zu Tode gekommen war. Sie führten ihre Untersuchungen, die mit einer Übereinkunft mit dem schwedischen Nachrichtendienst endeten, jedoch höchst diskret.

In Kairo waren etliche Peinlichkeiten aufzuklären. In der Regierung hatte man Verständnis dafür, daß ein einzelner Flugzeugentführer es in Einzelfällen schaffte, sich an den Sicherheitskontrollen eines Flughafens vorbeizustehlen und bewaffnet an Bord einer Maschine zu gelangen. Derlei geschieht in vielen Ländern. Doch hier ging es um zwei ganze Teams – ein förmliches Gewimmel von Flugzeugentführern an Bord einer Maschine. Was die drei Palästinenser betraf, führten die ägyptischen Untersuchungen jedoch schnell zu Ergebnissen, da der festgenommene Ägypter gestand, als man ihn drei Zeugen von der Sicherheitsgruppe des Flughafens gegenüberstellte. Diese bezeugten, der Festgenommene habe persönlich Befehl gegeben, die drei Terroristen an Bord zu lassen. Jedoch fand man keine Erklärung dafür, wie der Schwede hatte bewaffnet an Bord kommen können. Doch diese Frage war für die Ägypter von geringerem Gewicht, und sie hatten überdies keinerlei Interesse daran, ihre Erkenntnisse in der Weltpresse zu verbreiten.

Am meisten wurde jedoch in Paris gegrübelt. DST, der französische Sicherheitsdienst, hatte die Passagierliste schnell für geheim erklärt und die Piloten verhört. Die beiden Personen, die in Larnaka ausgestiegen waren, hießen Nils Emil Svensson und Carl Hamilton. Daß dieser Hamilton gegen die Flugzeugentführer eingegriffen hatte, war zwar verdienstvoll, aber wie zum Teufel hatte er voraussehen können, was passsieren würde? An einen Zufall würde kein Sicherheitsdienst der Welt glauben, mochte der Gedanke, ein paar arabische Flugzeugentführer kaperten zufällig eine Maschine mit unerwartet kämpferischen Passagieren, auch noch so belustigend sein.

Die Informationen des DST wurden an den Nachrichtendienst DGSE weitergereicht, und dort entstanden noch kompliziertere Probleme.

Erstens konnte das Archiv blitzschnell Angaben über einen gewissen Carl Gustav Gilbert Hamilton machen, einen schwedischen Offizier in taktisch-operativer Funktion, wie die schönfärberische Umschreibung lautete, einen Mann des Nachrichtendienstes, der seit mehreren Jahren unter dem Codenamen Coq Rouge geführt wurde.

Es war also nicht irgendein x-beliebiger Nachrichtenmann, der auf Platz 23 C in dem Airbus gesessen hatte, sondern ein höchst qualifizierter Spezialist. Das Archivmaterial sprach eine knappe, jedoch klare Sprache. Coq Rouge war der Verantwortliche für das israelische Fiasko in Stockholm vor einigen Jahren. Er hatte eigenhändig vier israelische Spezialisten des Sayeret Matkal getötet.

Doch aus französischem Blickwinkel besonders interessant war die Tatsache, daß derselbe Coq Rouge sich vor etwa einem Jahr in der Bundesrepublik Deutschland aufgehalten und gleichzeitig mit einem Major Alain Detoureille die westdeutsche Terroristenorganisation RAF unterwandert hatte. Bei der abschließenden Operation mit dem Massaker in Hamburg, bei dem die GSG 9 zwölf westdeutsche, belgische und französische Terroristen erschoß – nach Aktenlage auch den französischen Major –, war Coq Rouge ebenfalls beteiligt gewesen. Dieses Ereignis hatte zu Spannungen zwischen den Nachrichtendiensten Frankreichs und der Bundesrepublik geführt. Die Franzosen hatten die westdeutschen Beteuerungen, der Tod Detoureilles sei auf bedauerliche Irrtümer zurückzuführen, nicht eine Sekunde geglaubt.

Es gab also eine ganze Reihe von Fragen, die Coq Rouge würde beantworten können. Wie war es beispielsweise möglich, daß der schwedische Nachrichtendienst einen Terroristenanschlag verhinderte, der sich gegen französische Interessen richtete, ohne daß man zuvor mit den französischen Kollegen Verbindung aufgenommen hatte? Warum hatte Coq Rouge die Maschine erneut gekapert und die Piloten mit dem Bluff bedroht, ein halber Weltkrieg sei besser als eine Landung in Damaskus? Es konnte unmöglich ein Zufall gewesen sein, daß gerade Coq Rouge sich in der Maschine befunden hatte. Bei einem anderen Mann des schwedischen Nachrichtendienstes wäre es möglich gewesen, doch nicht bei ihm.

Überdies kannte er natürlich die Antworten auf alle Fragen, die den Tod Major Detoureilles betrafen.

Es wurde beschlossen, auf geeignete Weise dafür zu sorgen, daß man Coq Rouge verhören, nun ja, zumindest befragen konnte. Wie das zu ermöglichen sei, wollten die französischen Dienststellen nicht gleich festlegen, doch war für Frankreich von vitalem Interesse, daß es geschah.

Was den sowjetischen Nachrichtendienst betraf, ließen die Ereignisse für Unklarheiten keinen Raum. Folglich erhielten zwei Militärattachés in Stockholm in kurzer Zeit Aufträge auf den Tisch, bei denen es um Coq Rouge ging.

Für Jurij Tschiwartschew, der den Auftrag nicht in seiner Eigenschaft als Militärattaché erhielt, sondern als Resident des GRU, war die Angelegenheit äußerst unangenehm. Der Auftrag, das Todesurteil gegen Gennadij Alexandrowitsch zu vollstrecken, war aufgrund der Ereignisse jetzt an die Stockholmer Station ergangen.

Als Jurij Tschiwartschew die Frage mit seinen zwei Stellvertretern besprach, hatte er schon beschlossen, bis auf weiteres auf alle Disziplinarmaßnahmen gegen einen von ihnen zu verzichten, der durch seine Schlamperei versäumt hatte, ein Porträt dieses Hamilton zu schaffen. Möglicherweise war das der Grund dafür, daß die Operation in der französischen Maschine zu einem Fehlschlag geworden war. Jetzt befanden sie sich in einer Krisenlage, um nicht zu sagen Kriegslage, und da war es nicht die richtige Zeit, in disziplinarischen Petitessen herumzustochern.

Da Gennadij Alexandrowitsch sich jetzt in Schweden befand, in den Klauen des schwedischen Nachrichtendienstes, würde er schnell aufgespürt und liquidiert werden. Die erste, wichtigste Aufgabe bestand nun darin, das Ziel zu orten. Jurij Tschiwartschew erklärte, man müsse die

Gruppe Niškov aktivieren, um den zweiten Teil der Operation später durchführen zu können.

Der Generalmajor brachte vorsichtige Einwendungen vor. Die Gruppe Niškov bediene sich so grausamer Methoden, daß diese Männer nie mit der Sowjetunion in Verbindung gebracht werden dürften. Es seien jugoslawische Gangster, die im harmlosesten Fall ihre Opfer zerstückelten und in Plastiksäcke steckten. Das erschiene doch im Fall Gennadij Alexandrowitsch nicht gerade als passend. Nach Ansicht des Generalmajors war qualifiziertes militärisches Personal für diese Aufgabe besser geeignet. Wenn man diese Männer erwische, sei es den Preis wert, und wer Gennadij Alexandrowitsch auch ermorde, Verzeihung, hinrichte, die Schuld werde selbstverständlich der Sowjetunion zufallen. Das sei jedoch kein Grund zu moralisieren. Man werde verstehen, daß die Spielregeln nun mal so seien. Folglich also lieber zuverlässiges militärisches Personal als Gangster eines so finsteren Kalibers, die bei einem öffentlichen westlichen Strafverfahren außerordentlich peinliches Aufsehen erregen würden.

Jurij Tschiwartschew wünschte in der kitzligen Situation, in der sie sich jetzt befanden, keine großen Auseinandersetzungen. Er stellte fest, der Herr Generalmajor habe kluge Ansichten dargelegt, und ging dann schnell zu der Frage über, die im Augenblick am dringlichsten war: Der Ortung Gennadij Alexandrowitschs.

Alle drei Männer im Raum waren sich einig, daß die schwedische Sicherheitspolizei die beste denkbare Erkenntnisquelle war. Diese würde zwar den Auftrag erhalten, den Ort der Vernehmungen zu sichern, und angesichts der schwedischen Dienst- und Überstundenregelungen mit Schichtwechseln und anderem war davon auszugehen, daß schon bald eine recht große Zahl von Personen beim Sicherheitsdienst den Aufenthaltsort Gennadij Alexandrowitschs kennen würde, selbst wenn sie nicht wußten, wer da verhört wurde und weshalb. Da das GRU bei der schwedischen Sicherheitspolizei zwei ziemlich gut plazierte Informanten besaß, war dies vermutlich der am leichtesten gangbare Weg.

Eine andere Alternative bestand darin, über Freund Hamilton weiterzukommen. Hamilton würde sich mit hoher Wahrscheinlichkeit auch weiterhin in der Nähe von Gennadij Alexandrowitsch aufhalten, einmal, weil er ja schon Bestandteil des Unternehmens war und wußte, worum es ging, zum andern im Hinblick auf Hamiltons in diesem Zusammenhang nicht ganz unwichtige Talente.

Also: Sofortige Aktivierung der Informanten bei der schwedischen Sicherheitspolizei, sofortige Aktivierung der Gruppe Niškov, Anfrage bei der Zentrale, ob es möglich sei, Spezialisten für nasse Jobs anzufordern, sowie eine sofortige Fahndung nach Hamilton.

Damit entließ Jurij Tschiwartschew seine Untergebenen.

Als er wieder allein war, drehte er ein paar Runden in seinem geräumigen Dienstzimmer und blieb wie gewöhnlich am Fenster mit der Aussicht auf die blaue Leuchtreklame der rechtsgerichteten Zeitung stehen. Hinter dem ziegelroten Bau des *Svenska Dagbladet* war der Himmel hellrot und violett wie manchmal im Norden, wenn der Frühling sehr zeitig begann. Jurij Tschiwartschew stammte aus einer Stadt in Nordsibirien, in der er allerdings seit über zehn Jahren nicht mehr gewesen war. Der rote Frühlingshimmel brachte ihn dazu, den Faden zu verlieren und sich in Erinnerungen zu ergehen.

Aber die Situation war viel zu ernst für ein solches Sichgehenlassen. Er ging zu seinem Schreibtisch zurück und betrachtete die drei Bilder, die man ihm inzwischen von Carl Gustaf Gilbert Hamilton gebracht hatte, ein Schulfoto aus der Jugendzeit, ein Führerscheinfoto und dann das Paßbild.

Tschiwartschew nahm das deutlichste Bild in die Hand und betrachtete es genau. Er empfand keinerlei Haß auf seinen jungen Kollegen, trotz der entsetzlichen Komplikationen, zu denen Hamiltons Handeln aus sowjetischer Sicht geführt hatte. Ein verdammt guter Offizier, der ebensogut ein Landsmann hätte sein können. Das war alles. Und vermutlich würden die armen Beamten, die den Auftrag erhielten, Hamilton zu verfolgen, auf mancherlei Schwierigkeiten stoßen. Nein, das war wohl der schwierigste Weg zum Versteck von Gennadij Alexandrowitsch. Der Weg über die Informanten bei der schwedischen Sicherheitspolizei schien zehnmal sicherer zu sein.

Jurij Tschiwartschew nahm die Bilder, ging zu seinem Panzerschrank und legte sie zwischen die Deckel von Korvettenkapitän Hamiltons Akte. Dann rief er seinen Chiffriertechniker zu sich, um einige an Moskau gerichtete Fragen zu formulieren, die das Direktorat für nasse Jobs betrafen.

In dem gelben Botschaftsgebäude am Narvavägen in einem ganz anderen Teil Stockholms saß ein Militärattaché, der tatsächlich Militärattaché war und nichts sonst, mit einem wesentlich angenehmeren, beinahe lustigen Auftrag, der Coq Rouge betraf.

Major Alain Fritch war ziemlich neu im Dienst. Man machte sich immer noch lustig über seinen elsässischen Namen, der nicht gerade französisch klang. Alain Fritch war sich nicht ganz sicher, wie ungewöhnlich dieses scheinbar komische Problem eigentlich war.

Wenn man in der Anfrage aus Paris mit mäßigem Mißtrauen zwischen den Zeilen las, ging es in erster Linie darum, ein Verhör zustande zu bringen, wenngleich auf etwas ungewöhnlichem Weg. Also:

Korvettenkapitän Carl Hamilton sollte den Orden der Ehrenlegion erhalten. Die Begründung war nicht schwer zu begreifen. Der besagte Hamilton alias Coq Rouge, Angehöriger der Marinesektion des militärischen Nachrichtendienstes in Schweden, hatte durch beherztes Eingreifen beim Flug AF 129 das Leben von 228 Fluggästen und elf französischen Besatzungsmitgliedern gerettet.

Da Hamilton Offizier eines Nachrichtendienstes war, verlangte die Diskretion, daß die Auszeichnung zwar vom Botschafter Frankreichs verliehen werden sollte, doch diskret, bei einem privaten Empfang in der Botschaft.

Alain Fritch hatte die Aufgabe, dafür zu sorgen, daß die Zeremonie auch stattfand, vor allem daß Hamilton sich nicht weigerte zu erscheinen. Offenbar hatte man in Paris den Wunsch, ihn ungestört zu sprechen.

Wie man sicherstellen könne, daß Hamilton die Auszeichnung annahm?

Das war eine Frage, die einem französischen Offizier etwas seltsam vorkam. Von den Absolventen der Kadettenschule des Major Fritch wäre mindestens die Hälfte bereit gewesen, sich wenigstens einen Finger abzuhacken, um in die Ehrenlegion zu kommen. Vielleicht gab es aber beim militärischen Nachrichtendienst Schwedens bürokratische oder andere Hemmnisse, die es dem Personal unmöglich machten, ausländische Auszeichnungen anzunehmen?

Major Fritch arbeitete energisch und effektiv und konnte nach nur wenigen Telefonaten mit westlichen Kollegen sowohl eine Antwort wie eine Empfehlung nach Paris übermitteln.

Die Lösung des Problems: Ein Dank an die Marinesektion des schwedischen Nachrichtendiensts insofern, als man sowohl dem Chef der schwedischen Marine wie besagtem Korvettenkapitän die Ehrenlegion zuerkannte und beide zu einem Empfang in die Botschaft einlud, selbstverständlich verbunden mit der Zusicherung, die Zeremonie werde höchst privat und diskret sein.

Es war kaum zu erwarten, daß ein schwedischer Admiral das ablehnte. Vermutlich würde der Admiral seinem Untergebenen befehlen, dankbar anzunehmen und sich zu der Zeremonie einzufinden.

Am aggressivsten und lautstärksten wurde die Angelegenheit Coq Rouge im Außenministerium in Stockholm behandelt, wo ein wutschnaubender Staatssekretär Kapitän zur See Samuel Ulfsson hatte kommen lassen, um sich nach Möglichkeit das eine oder andere erklären zu lassen.

Es sei absolut unannehmbar, daß sich schwedische Militärs bei bewaffneten Aktionen im Ausland engagierten. Wer habe Hamilton Befehl gegeben, sich zu bewaffnen, das schwedische UN-Kontingent bloßzustellen und eine Maschine mit schwedischem UN-Personal als Lufttaxi zu benutzen?

Kapitän zur See Samuel Ulfsson sah sich lediglich in der Lage, höchst knappe Auskünfte zu geben. Hamilton habe nur eine Anweisung erhalten, nämlich »mit allen zu Gebote stehenden Mitteln« den Transport des übergelaufenen Vizeadmirals sicherzustellen. So sei es vom Oberbefehlshaber formuliert worden, doch diesem könne man ja nicht anlasten, daß Hamilton die Anweisung offenbar sehr extensiv ausgelegt habe.

Und was die Ereignisse auf Zypern beträfen, habe man beim Generalstab ja alles getan, um die peinliche Situation schnellstmöglich zu klären. Nein, es sei nicht völlig klar, wer »man« sei. Doch, die rein praktischen Anweisungen seien vom Generalstabschef gekommen.

Wie auch immer: Jetzt habe man den Russen immerhin hergeschafft und erwarte unschätzbare Informationen. Nein, ein Bericht liege noch nicht vor. Ja, sobald es Unterlagen gebe, werde man sie der Regierung zur Verfügung stellen. Nein, irgendwelche neuen »militärischen Abenteuer« seien nicht aktuell, da die Operation abgeschlossen sei.

Für den Chef des militärischen Nachrichtendienstes wurde es eine schweißtreibende halbe Stunde. Es fiel ihm schwer, sich zu konzentrieren. Er hatte das Gefühl, als lenke der Raum ihn ab: Rokokostühle in Gold und Samt, zierlich gedrechselte Tischbeine, Orientteppiche und Kristalleuchter in einem Arbeitszimmer. Er selbst hätte das nicht ertragen.

Und Staatssekretär Peter Sorman war alles andere als der Lackaffe, wie man ihn im Außenministerium normalerweise antraf. Er war ein harter Knochen, einer der einflußreichsten Politiker des Landes und einer der engsten Vertrauten des früheren Ministerpräsidenten. Er hatte selbst so etwas wie eine Vergangenheit beim Nachrichtendienst, falls man diese halbprivate Parteitätigkeit im exakten Wortsinn als Nachrichtendienst bezeichnen konnte. Außerdem beeindruckte er durch seine körperliche Erscheinung, hochgewachsen, schlank, elegant, sonnengebräunt und durchtrainiert; es war eine eigentümliche Vorstellung, daß sein Hobby Karate war. Es konnte nicht viele Politiker seines Schlages geben. Überdies war er kalt wie ein Fisch, intelligent und kalt, und was Samuel Ulfsson ihm im Verlauf des harten Gesprächs erzählte, beeindruckte ihn nicht im mindesten, während Ulfsson es genoß. Der schwedische Nachrichtendienst hatte immerhin einen seiner triumphalsten Erfolge erzielt, egal, ob der Staatssekretär und andere Politiker jetzt Angst hatten, sich in die Hosen zu machen. Die Erkenntnisse wurden von Stunde zu Stunde umfangreicher; die Informationen strömten, wie sehr die Politiker sich auch sperrten.

Einer der Einwände des Staatssekretärs mit den eisigen Augen war jedoch besonders lästig, und den hatte er sich bis zum Schluß aufbewahrt.

Dabei ging es um das Hinscheiden eines amerikanischen Staatsbürgers. Die amerikanische Botschaft habe nur wenige Stunden nach Veröffentlichung des Kommuniqués, mit dem man die schwedische Beteiligung an den Ereignissen im Mittelmeer habe eingestehen müssen, in dieser Angelegenheit einen Vorstoß unternommen. Man habe immerhin zugegeben, daß es »militärisches Personal«, schwedisches Personal, gewesen sei, und keine Amerikaner oder Israelis.

Könne sich also Hamilton eventuell am Tod dieses Amerikaners, wie immer er heiße, mitschuldig gemacht haben? In diesem Punkt, das mußte Samuel Ulfsson ohne Vorbehalt eingestehen, sei Hamiltons schriftlicher Bericht nicht sonderlich erschöpfend gewesen.

Als Ulfsson gedrängt wurde zu definieren, was »nicht sonderlich erschöpfend« sei, sah er sich gezwungen zuzugeben, der Bericht enthalte nicht mehr als etwa folgende Angaben: Bei Beginn der Flugzeugentführung sei Korvettenkapitän Hamilton in einem anderen Teil der Maschine auf das Geschehen aufmerksam geworden und habe dann gehandelt ... Ja, auf eine Weise, die inzwischen in groben Zügen bekannt sei.

Der Staatssekretär machte keine Miene, diesen vagen Bescheid akzeptieren zu wollen. Er lehnte sich in seinem großartigen Rokokostuhl zurück, flocht die Hände zusammen und preßte die Finger nach hinten, bis es knackte. Dabei fixierte er Samuel Ulfsson unverwandt. Das kurze Schweigen im Raum ließ das Ticken der antiken Goldpendüle in einer Ecke des Zimmers immer lauter werden.

»Dann würde ich vorschlagen wollen«, sagte der Staatssekretär leise und betonte dabei jedes Wort, »daß Sie Herrn Hamilton umgehend bitten, seinen Bericht in diesem nicht ganz unwichtigen Punkt zu ergänzen.«

»Ich bin mir nicht sicher, daß sich das so schnell machen läßt, und außerdem bin ich keineswegs überzeugt, daß es sehr klug wäre«, entgegnete Samuel Ulfsson angestrengt, während er überlegte, ob er sich eine Zigarette anzünden sollte.

»Das ist eine etwas überraschende Antwort. Vielleicht hast du die Güte, dich näher zu erklären«, fuhr der Staatssekretär mit seidenweicher Stimme fort, während er seinen Gegner – so empfand er ihn – mit einem festen blauen Blick fixierte.

Samuel Ulfsson beurteilte das Risiko, auf seine Frage, ob er rauchen dürfe, eine ablehnende Antwort zu erhalten, als beträchtlich. Er beschloß zu verzichten.

»Weißt du«, sagte er zögernd, da er nicht sicher war, wie überdeutlich er eigentlich noch werden mußte, »ich bin mir nicht sicher, daß irgendwelche ausführlichen Erklärungen Hamiltons irgendeinen, äh, Vorteil für uns hätten. Außerdem hat er eine Woche oder so dienstfrei.«

»Aha«, bemerkte der Staatssekretär kühl, demonstrativ kühl, »und ist möglicherweise bekannt, wo er sich aufhält? Ich bin überzeugt, daß es unserem Nachrichtendienst mit vereinten Kräften gelingen sollte, unsere eigenen Angestellten zu lokalisieren.«

»Er dürfte nach Schonen gefahren sein, um den Alten zu treffen.«

»Dürfte?«

»Ja, er ist jetzt da unten. Soviel ich weiß.«

»Ausgezeichnet. Damit haben wir ihn also geortet. Sorge dafür, daß er seinen Bericht innerhalb von vierundzwanzig Stunden ergänzt. Sei so nett.«

»Ja, aber ...«

»Falls es irgendwie hilfreich wäre, könnt ihr innerhalb einer Stunde eine schriftliche Order des Ministerpräsidenten bekommen. Habe ich mich klar genug ausgedrückt?«

»Ja, ohne Zweifel«, erwiderte Samuel Ulfsson. Er stand auf, da der Staatssekretär ebenfalls aufgestanden war und mit dieser Geste gezeigt hatte, daß die Audienz beendet war.

Selbst wenn Carl gewußt hätte, welche umfassenden Aktivitäten sein Handeln in aller Welt ausgelöst hatte, hätte es ihm kaum etwas ausgemacht. Was ihn betraf, war nicht nur die eigentliche Operation zu Ende – Vizeadmiral Gennadij Alexandrowitsch Koskow war wie vereinbart abgeliefert worden und wurde jetzt irgendwo vernommen, weit außerhalb von Carls Verantwortungsbereich –, sondern er hatte auch das Gefühl, als wäre alles andere ebenfalls zu Ende gegangen. Er war an der Entstation angekommen. Es würde sich bald erweisen, ob dies der Endpunkt war, auf den alles zugestrebt hatte, seitdem der Alte mit der Akte des Sicherheitsdienstes unterm Arm eines schönen Frühlingstages zum Tauchtank nach Karlskrona hinausgefahren war, um seinen eventuellen Rekruten zu studieren. Jetzt, fast zehn Jahre später, war das Ziel erreicht, und damit war alles vorbei.

Während seines gut vierundzwanzigstündigen Aufenthalts in Stockholm hatte Carl seinen Arbeitsplatz in der Kommendörsgatan nicht betreten. Es hatte nämlich den Anschein, als wäre er Gegenstand einer allzu intensiven Aufmerksamkeit der Tschekisten; vermutlich waren sie auf der Jagd nach ihrem Vizeadmiral und hofften, daß Carl immer noch etwas mit der Operation zu tun hatte. Was jedoch nicht der Fall war.

Er hatte seinen Schlußbericht über die Durchführung der Operation oben im OP 5 zu Papier gebracht und abgeliefert und war dann nach Hause gegangen, um einen langen Brief an Tessie c/o Herbert O'Connor in San Diego zu schreiben.

Er hatte geschrieben, er werde bald hinüberkommen, sei dabei, seinen Dienst zu beenden, und trage sich mit dem Gedanken, in die USA umzuziehen. Jedoch hatte er es nicht über sich gebracht, so persönlich zu schreiben, wie er gewollt hatte. Dann nahm er mit Genehmigung Samuel Ulfssons dienstfrei, schüttelte die sowjetischen Verfolger ab und flog nach Kalmar, wo er sich einen Leihwagen nahm, den er nicht vorbestellt hatte, und fuhr dann schnell durch Småland nach Süden. Er achtete sorgfältig auf Anzeichen einer Verfolgung, bevor er Kurs auf Kivik und die Apfelplantage nahm.

Wie sein Beruf ihn gelehrt hatte, kam er zehn Sekunden vor dem verabredeten Zeitpunkt an.

Der Alte stand hinter dem Haus auf der kleinen Rasenfläche. Er war gerade von seinen endlosen Baumreihen heraufgekommen, und auf einem Gartenstuhl neben ihm lag eine kräftige Gartenschere. Der Schnee war während der letzten vierundzwanzig Stunden fast völlig weggeschmolzen, und die bräunlich-schmutzige kleine Rasenfläche wies eine bedauerliche Menge schwarzer kleiner Erdhügel auf.

»Maulwürfe«, knurrte der Alte, ohne sich umzudrehen, als Carl um die Ecke kam. »Schrecklich, daß man immer solchen Ärger mit Maulwürfen haben muß. Egal, was ich mir einfallen lasse, es hilft nicht. Im letzten Sommer habe ich versucht, die Viecher mit Gas zu erledigen, aber es genügt offenbar, daß ein einziger überlebt. Guten Tag, Carl.«

Als der Alte von der Verwüstung aufblickte, welche die Maulwürfe angerichtet hatten, sah er aufrichtig bekümmert aus. Carl, der zunächst geglaubt hatte, die Bemerkung gelte einer anderen Art von Maulwürfen, konnte sich trotz seiner düsteren Stimmung ein Lachen nicht verbeißen.

»Ja, Maulwürfe sind für alte Spionagechefs schon immer eine Plage gewesen. Guten Tag«, grüßte er.

Das Gesicht des Alten hellte sich auf, als er die unfreiwillig komische Pointe der Bemerkung erfaßte.

»Na ja, wir sind ja weitgehend verschont geblieben, nur die *Polizei* hat solche Maulwürfe in ihren Reihen gehabt. Daß die es nie lernen. Wollen wir reingehen?«

Der Alte hatte das Wort Polizei wie gewohnt voller Verachtung betont. Er meinte damit den Sicherheitsdienst des Landes, eine Organisation, vor der er nur höchst mäßigen Respekt hatte. Als die beiden hineingegangen waren und sich im Wohnzimmer hingesetzt hatten, machte der Alte Feuer im Kamin, rieb sich die Hände und holte seinen selbstgemachten Cidre von der Ernte des letzten Herbstes.

»Ich hab mir überlegt, ob ich auch mit Calvados anfangen soll. Wenn man das hier brennt und destilliert, muß es doch Calvados ergeben«, brummte er beim Eingießen.

»Ist das nicht verboten? Das wäre vielleicht was, wenn man dich wegen Schwarzbrennerei erwischte«, bemerkte Carl ohne jede Hoffnung, der Alte könnte sich durch kleinliche menschliche Verordnungen abschrekken lassen.

»Skål. Ich versuche gesetzestreuer zu leben, als du dir vorstellen kannst. So habe ich zum Beispiel den Verschluß meines Kleinkalibergewehrs außerordentlich gut versteckt.«

»Warum das denn? Und wozu brauchst du ein Kleinkalibergewehr?«

»Die Kaninchen. Wir haben so verdammt viele Kaninchen hier, und sie fressen die jungen Bäume auf. Aber wie du weißt, muß man Verschluß und Waffe getrennt verwahren. Und da ich mich so gut darauf verstehe, Dinge zu verstecken, habe ich den Verschluß irgendwo im Haus so gut versteckt, daß ich ihn ums Verrecken nicht wiederfinden kann.«

»Zur Freude der Kaninchen also?«

»Ja, leider. Ich habe mir schon überlegt, die Verfolgung mit meiner Hämmerli wiederaufzunehmen, aber ich war mir nicht sicher, daß diese Art der Jagd meinem Selbstgefühl bekommen würde.«

»Leih mir das Gewehr heute abend, dann werde ich die Kaninchen für dich dezimieren. Ich selbst habe nur eine 9-mm-Waffe bei mir, was mit Rücksicht auf die Nachbarn wohl etwas unpassend wäre.«

»Kannst du hoppelnde Kaninchen wirklich mit einer Pistole treffen?«

»Na ja, bei hoppelnden Kaninchen sollte man es erst gar nicht versuchen, da das Risiko zu groß ist, sie weidwund zu schießen. Das würde mir nicht im Traum einfallen. Aber ein sitzendes Kaninchen, das geht. Dieses Hämmerli-Gewehr hat natürlich Kaliber .22?«

»Ja, die gleiche Munition wie bei dem Kleinkalibergewehr ohne Verschluß. Doch lassen wir unsere Schädlingsnager für eine Weile. Ich habe deinen Bericht gelesen und habe einige Fragen, wie du sicher verstehst.«

Der Alte äußerte das in einem leichten Tonfall, als spräche er immer noch von der Kaninchenjagd. Doch Carl ahnte schon das Schlimmste. Er trank sein Glas Cidre aus und ging ohne zu fragen zum Barschrank, dem er eine Flasche Whisky entnahm. Er hatte seit Beginn der Operation in

Kairo keinen Tropfen Alkohol angerührt. Der Whisky brannte. Es war ein ungewohntes Gefühl.

Doch der Alte begann an einem anderen Ende, als Carl erwartet hatte. Es sei das erstemal, soweit ihm, dem Alten, bekannt – Carl nickte zustimmend –, daß die Tschekisten sich an einer Flugzeugentführung versucht hätten. Solche operativen Muster seien immer eine spannende Sache, und es sei wichtig, sie zu verstehen und zu korrekten Schlußfolgerungen zu gelangen, um sich selbst an unerwartete Verhaltensmuster anpassen zu können.

Und Flugzeugentführung, das sei wohl das letzte, was man von den Tschekisten habe erwarten können. Es sei ein so unrussisches Verhalten.

Es sei natürlich möglich, daß die Russen den Überläufer für so wichtig hielten, daß sie selbst die eingefleischtesten dogmatischen Muster hätten durchbrechen müssen. Er selbst neige zu dieser Möglichkeit, was um so mehr zu optimistischen Erwartungen bei den Vernehmungen des Genossen Gennadij Alexandrowitsch berechtige; der sitze um diese Zeit übrigens auf einer Insel in den Schären von Stockholm, in kleiner, aber handverlesener Gesellschaft.

Carl verbarg sein Erstaunen mit Mühe. Sei das nicht etwas riskant im Hinblick auf die handfest dokumentierte Bereitschaft der Gegenseite, ihren Überläufer zu töten oder nach Hause zu bringen?

Durchaus. So sei man schon früher verfahren. Zwar hätten frühere Überläufer nie das gleiche interessante Niveau gehabt, aber die Methode habe sich als richtig erwiesen. Umfangreiche Sicherheitsvorkehrungen würden nur Aufmerksamkeit wecken und zudem allzu viele Leute einbeziehen, die Bescheid wüßten, vor allem solche *Polizisten.*

Carl hatte für die unerwartete russische Abkehr von gewohnten Verhaltensmustern einen anderen Deutungsvorschlag. Er meinte, man könne das auch als eine Art Modernisierung ihres operativen Musters sehen, wenn sie Flugzeuge zu entführen versuchten. Nun, nicht ideologisch, aber praktisch. Vielleicht habe weder das Politbüro noch eine entsprechende Instanz zu der Operation Stellung genommen. Vielleicht hätten sie von den Amerikanern gelernt, nasse Jobs nicht von *Regierungsorganen* erledigen zu lassen, sondern von Randfiguren des operativen Spektrums. Vieles deute ja darauf hin. Es sei kaum vorstellbar, daß die Flugzeugentführer aus der Bande Abu Nidals vom Zweck der Operation gewußt hätten; sie seien sicher überzeugt gewesen, an der Freipressung von Genossen in Frankreich mitzuwirken, an nichts sonst.

Wenn die Landung in Damaskus gelungen wäre, hätte der syrische Sicherheitsdienst die Pässe der Fluggäste kontrolliert und bei Herrn Nils Emil Svensson mit erstaunlichem Scharfblick einen gefälschten schwedischen Paß entdeckt und ihn deshalb festgehalten, um ihn dann in aller Stille verschwinden zu lassen. Die Flugzeugentführung selbst wäre dann nur noch eine Nebensache gewesen. So arbeiteten ja auch beispielsweise die Amerikaner in Mittelamerika. Dort gebe es wasserdichte Schotten zwischen freiberuflichen Operateuren auf dem Feld und Entscheidungsträgern bei der CIA oder anderen Sicherheitsorganen, ferner weitere wasserdichte Schotten zwischen den Entscheidungsträgern im Nachrichtendienst und den politischen Führern, damit der Präsident seine *deniability* wahrte. Ein antidemokratisches System, das in einer westlichen Demokratie so gut funktioniere, müsse ja auch in der Sowjetunion anwendbar sein.

Daraus folge im übrigen, daß die Mörderbande, die jetzt auf den Genossen Gennadij Alexandrowitsch Jagd mache, nicht unbedingt aus Offizieren von GRU oder KGB bestehe, es könnten ebensogut unabhängige Gangster sein.

Dieser Argumentation mochte sich der Alte nicht anschließen. Man habe es mit viel zu großen und konservativ bürokratischen Organisationen zu tun, in denen Neuerungen nicht ohne weiteres durchsetzbar seien. Anfang der neunziger Jahre, etwa ab 1992 oder 1993, könne man sich dramatischere Modernisierungen vorstellen, etwa wenn es Gorbatschow bis dahin gelingen sollte, genügend alte Marschälle loszuwerden, die Urzeit-Echsen, die kraft ihrer Meriten im Großen Vaterländischen Krieg nicht einfach abgesetzt werden könnten. Falls natürlich junge Leute aus Westdeutschland es sich nicht zur Gewohnheit machten, mit Sportmaschinen auf dem Roten Platz zu landen, kicherte der Alte. Dieses Ereignis habe Gorbatschow ja geholfen, zwei Fossilien mit einem Schlag abzuservieren.

Sie verloren sich eine Zeitlang in Spekulationen, aber dann warf Carl die Frage auf, ob er den Dienst quittieren solle. Er nannte seine Gründe. Der Alte hob die nach oben gebürsteten Augenbrauen, daß er wie ein Uhu aussah; es war ihm anzumerken, daß er begriffen hatte: Diesmal wollte Carl nicht eins der mehr oder weniger selbstmitleidigen Klagelieder singen, die das schlechte Gewissen eingibt. Während Carl mit leicht zitternder Hand – was ihm sehr unähnlich war – einen neuen Whisky eingoß, holte der Alte einen der von seinen Ärzten strikt verbotenen Zigarillos mit einem kleinen weißen Kunststoffmundstück hervor.

»Schieß los«, sagte er, nachdem er seine verbotene Versuchung angezündet hatte.

»Ich habe mich eines Mordes schuldig gemacht und habe die Absicht, mich der Polizei zu stellen«, sagte Carl, nachdem er tief Luft geholt hatte.

»Du meinst diesen Amerikaner? Ja, ja, ich weiß, Sorman hat mich vor etwa einer Stunde angerufen und ziemlichen Krach geschlagen. Eine höchst bedauerliche Angelegenheit. Wie bist du nur darauf gekommen, daß es eine Flugzeugentführung geben würde, und wie ist es dir gelungen, mit ihm die Plätze zu tauschen?« fragte der Alte erleichtert.

Carl war perplex, fing sich aber wieder und beantwortete die Frage so schnell wie möglich, um zum Thema zurückzukommen.

»Der Botschafter ist ein Tölpel. Er hat dem ägyptischen Sicherheitsdienst viel zuviel erzählt, und die haben viel zuviel gefragt, und das war eine recht offenkundige Gefahr. Auf dem Flughafen fand ich einen Amerikaner, der einen Raucherplatz wollte, und mit dem habe ich getauscht. Allerdings bin ich nicht davon ausgegangen, daß die Entführer in der Maschine schießen würden. Dafür braucht man ja eine besondere Munition, aber die hatten sie offenbar. Ich habe einige Proben mitgenommen, die gerade irgendwo analysiert werden. Natürlich war es nicht meine Absicht, daß er getötet wird. Ich meine, wenn ich angenommen hätte, daß es so ernst würde, hätte ich wohl nicht getauscht. Das glaube ich jedenfalls. Immerhin hätte ich bessere Möglichkeiten gehabt davonzukommen als so ein armer Architekt aus Arkansas. Aber letztlich ist es doch meine Schuld, das kann ich nicht leugnen.«

»Wenn du mich fragst, solltest du es trotzdem leugnen. Wir können uns die Formulierung später bei deinem erklärenden Bericht überlegen. War das alles? Können wir uns jetzt wieder der Kaninchenjagd zuwenden?«

Der Alte glaubte nicht einen Moment, daß es alles war. Er kannte Carl gut genug, um zu wissen, daß diese Geschichte mit dem Architekten für ewig in Carls Kopf bleiben und nagen würde, doch schien es hier um etwas weit Ernsteres zu gehen.

»Nein, das war nicht alles«, erwiderte Carl, genau wie der Alte erwartet hatte. Carl holte tief Luft und schwieg eine Zeitlang, bevor alles aus ihm heraussprudelte.

»Vor einiger Zeit habe ich eine vollkommen unschuldige Frau getötet, zu der ich eine private Beziehung hatte. Ich habe den Tatort aufgeräumt und sämtliche Beweise beseitigt, doch das ändert nichts an dem Tatbestand. Ich wollte Zeit zum Nachdenken gewinnen, und ich habe inzwischen nachgedacht. Was immer du sagen willst, komm mir nicht mit diesem Unterschied zwischen den Gesetzen Gottes und den Verordnungen der Menschen. Ich habe die Absicht, mich der Polizei zu stellen. Das wird natürlich zu meinem Abschied führen, wenn die Gerechtigkeit das Ihre dazu getan hat. Ich habe in letzter Zeit viel darüber nachgedacht.«

Der Alte rauchte eine Zeitlang mit unbeweglichem Gesicht, während Carl auf sein Urteil wartete. Dann drückte der Alte seinen Zigarillo langsam aus und goß sich einen Whisky ein.

»Nun«, sagte er schließlich. »Dann beginnt das Verhör. Wer und weshalb? Wie ist es dazu gekommen?«

Carl erzählte konzentriert, aber mit leiser Stimme. Er blickte dabei unverwandt in das allmählich ausgehende Kaminfeuer. Es wurde dunkel im Raum.

Er hatte Maria Szepelinska etwa ein Jahr lang gekannt. Sie hatten sich einige Male getroffen. Er hatte die Verbindung nicht gemeldet, obwohl sie polnischer Herkunft war, da er ihre Beziehung als Privatangelegenheit betrachtet und keinen Grund gehabt hatte zu befürchten, sie könnte eine Schwalbe oder so etwas sein. Aus seiner Sicht konnte von Liebe kaum die Rede sein, es war vielmehr so, daß ... ja, daß es sexuell mit ihr viel besser geklappt hatte als mit anderen, nicht sehr zahlreichen losen Verbindungen, die er eingegangen war.

Doch bei dieser besonderen Gelegenheit hatte er sich entschlossen, die Beziehung zu beenden, weil es so am ehrlichsten war, weil es nichts anderes bedeutete als ... na ja, eine rein sexuelle Angelegenheit.

Sie hatten gestritten. Er hatte sich abgewandt und aus dem Fenster geblickt, als sie plötzlich mit einem Messer auf ihn zugestürzt war. Er entdeckte das Messer in dem Moment, in dem er sich umdrehte. Was dann geschah, war ihm nicht mehr ganz klar, doch es mußten reine Reflexe gewesen sein, was angesichts der Situation leicht zu verstehen war. Er tat das, wozu er ausgebildet war. Sie war tot, bevor sie auf dem Fußboden zusammenbrach. Das Ganze ging so schnell und war doch unwiderruflich. Sie hatte ja keine Ahnung gehabt, was für ein Mensch er war. Sie hatte wohl geglaubt, er habe ausschließlich mit Computern und Immobilien zu tun. Sonst wäre sie wohl vorsichtiger gewesen. Schwer zu sagen, was sie vorhatte, aber Carl glaubte nicht, daß sie wirklich die Absicht gehabt hatte, ihn niederzustechen. Möglicherweise hatte sie ihn verletzen wollen. Oder wenigstens einen Schreck einjagen, aber nicht töten. Es gab keine Entschuldigung. Sie war weder eine Tschekistin noch eine Schwalbe. Das Ganze war ein völlig privates Mißgeschick. Ein Mord war es wohl kaum, aber Totschlag, und damit kriminell genug. Und irgendein dienstlicher Anlaß konnte nicht als Ausrede herhalten.

Also habe er sich jetzt, schloß Carl, nach dem glücklichen Ende der Operation mit Gennadij Alexandrowitsch definitiv entschlossen, die Sache der Polizei zu melden. Der Alte blieb eine Weile stumm. Dann ging er plötzlich hinaus und kam mit seiner Dienstpistole und einer Schachtel Munition wieder.

»Nimm die hier und dezimiere eine Zeitlang die Kaninchen, während ich einen unserer Juristen anrufe. Es kann etwas dauern, also hast du Zeit für drei oder vier. Dann gebe ich dir Bescheid«, sagte der Alte, reichte Carl die Pistole und drehte sich um. Der Alte wußte sehr genau um Carls Eigenheit, beim Schießen ruhig und konzentriert zu werden; eine eigentümliche Therapie, aber wirkungsvoll.

Als Carl allein war, nahm er vorsichtig die Munitionsschachtel in die Hand und lud langsam zwei Magazine. Dann schob er das eine in den Pistolenkolben und das zweite in die Brusttasche, nahm sich eine wattierte Jacke des Alten und ging in die Frühlingsdämmerung hinaus.

Unter den langen Apfelbaumreihen, die zu der grauen, eisfreien Ostsee hinunterführten, versank er vollkommen in der Jagd. Nach einer Dreiviertelstunde, als das Licht zum Schießen zu schlecht geworden war, ging er langsam zur Villa hinauf und legte in der Küche vier Kaninchen auf die Spüle. Er überlegte, ob er sie ausnehmen und häuten sollte, ließ sie aber bis auf weiteres liegen, als er hörte, daß der Alte sein Telefonat gerade beendet hatte.

»Sollen sie in den Gefrierschrank? Soll ich sie ausnehmen?« fragte Carl, als er wieder ins Wohnzimmer kam. Der Alte war energisch damit beschäftigt, das Kaminfeuer wieder in Fahrt zu bringen.

»Ich habe mich zwar nie sonderlich gut darauf verstanden, diese Viecher zu braten, aber erlegtes Wildbret sollte man nicht umkommen lassen«, erwiderte der Alte, ohne sich umzudrehen. Als das Kaminfeuer brannte, setzte er sich in seinen Lehnstuhl und zog einen weiteren verbotenen Zigarillo aus der Tasche.

»Ich habe mich mit einem unserer Richter über das Problem unterhalten«, begann er, nachdem er seinen Glimmstengel in Glut gepafft hatte. »Du kannst wählen: kein *fair trial,* was an und für sich gegen unsere Rechtsgrundsätze ist, dann wirst du wegen Totschlags verurteilt. Wenn du andererseits ein faires Verfahren haben willst, wirst du wegen fahrlässiger Tötung verurteilt und bekommst eine Geldstrafe. Das ist die Lage.«

»Entscheidend ist nicht die Dauer der Strafe, es ist eine moralische Frage«, entgegnete Carl leise.

»Genau, und dann wird es etwa so aussehen: Stell dir einen Anwalt vor, der dich verteidigen soll. Jeder Angeklagte muß einen Verteidiger haben, damit bist du doch einverstanden? Nun, wenn der Anwalt in Übereinstimmung mit den Verordnungen der Menschen sein Bestes tun soll, braucht er deine ganze Geschichte. Er wird vor Freude einen Steptanz aufführen, wird von dir verlangen, daß du in Uniform auftrittst, mit der Tapferkeitsmedaille auf der Brust und diesem Hakenkreuz am Hals. Er wird dich zwingen, die ganze Geschichte über unsere *field operators,* über die Ausbildung in den USA, über reflexhafte Abwehrbewegungen und alles andere auszuspucken. Wenn er eine große Show will, wird er sogar irgendeinen Pappkameraden in Polizeiuniform in den Gerichtssaal schleppen und dich vor den gaffenden Zuschauern kleine Zirkusnummern vorführen lassen. Unter Jubel und Tschingderassassa wirst du dann zum Nationalhelden erklärt und erhältst wegen fahrlässiger Tötung eine Geldstrafe. Ach nein, eins habe ich noch vergessen, die mit dem Prozeß verbundene Publizität wird dich natürlich auch mit der Operation während des Fluges AF 129 in Verbindung bringen, und damit ist die Geschichte in der Weltpresse. Summa summarum: Du fügst der Nation nicht wiedergutzumachenden Schaden zu, wir verlieren unseren besten Mann, verlieren die Kooperationsmöglichkeiten mit den Yankees, die anderen beiden in San Diego werden schnell wie der Blitz nach Hause geschickt, und einiges andere dazu. Und das alles wegen eines Unfalls. Wo befindet sich die Mordwaffe, nein, ich meine das Messer? Welche technischen Beweise gegen dich gibt es noch?«

»Es gibt keinen Beweis«, erwiderte Carl leise. »Die Mordwaffe war ein japanisches Küchenmesser, das ich ihr einmal geschenkt hatte. Sie hatte so schlechtes Küchengerät. Ich nahm es mit, zerbrach es und versenkte die Teile an verschiedenen Stellen im Strömmen in Stockholm. Die Kleidung, die ich trug, habe ich zu Hause im Kachelofen verbrannt, einschließlich der Schuhe und der Unterwäsche. Die Asche habe ich in der Toilette weggespült, eventuelle Überreste danach mit dem Staubsauger entfernt. Niemand hat mich gesehen, keine Reifenspuren, nichts. Aber das gehört nicht hierher. Ich handelte in dem Moment ganz mechanisch. Inzwischen habe ich nachgedacht.«

»Als dein Vorgesetzter gebe ich dir Befehl, nicht mit der Polizei zu sprechen. Ist das verstanden?«

»Kann ich das schriftlich haben?«

»Sei nicht kindisch, Carl.«

»Aber hiermit habe ich über den Vorfall Bericht erstattet?«

»Ja, hiermit. Aber kein Wort zu anderen, wenn ich bitten darf. Ich werde mir alles noch mal durch den Kopf gehen lassen und später vielleicht mit Samuel besprechen. Aber einen Prozeß können wir uns jetzt ganz einfach nicht leisten. Er könnte der Sicherheit Schwedens schaden, und deine persönlichen Gewissensbisse, für die ich durchaus tiefes Verständnis und Sympathie habe, dürfen den großen Auseinandersetzungen, die uns bevorstehen, auf keinen Fall in die Quere kommen.«

»Mir steht nichts mehr bevor, ich gedenke aufzuhören. Die Operation Gennadij Alexandrowitsch geht mich nichts mehr an, ich war nur ein Bauer auf dem Schachbrett, aber das ist jetzt vorbei.«

Carl begann sich unsicher zu fühlen. Überdies fühlte er sich auf ungewohnte Art enttäuscht. Er hatte sich unter Qualen entschieden und war überzeugt gewesen, daß sein Beschluß unabänderlich sei. Jetzt war alles wieder ungewiß.

»Ich bin mir absolut nicht sicher, daß die Operation vorbei ist, was dich betrifft«, sagte der Alte. »Wir wissen ja nicht genau, wozu sie führen wird.«

»Weißt du etwas über die Verhöre?«

»Ja. Unser Freund verlangt zunächst, innerhalb einer Woche das Land zu verlassen, um dann, was sich fast von selbst versteht, an die Amerikaner übergeben zu werden. Dann will er noch eine Reisekasse von einer Million, einer Million Dollar.«

»Ist das nicht ein bißchen viel?«

»Ja, zehnmal mehr, als wir in früheren Fällen gezahlt haben. Wir können aber davon ausgehen, daß seine Informationen zwanzigmal mehr wert sind. Und das halte ich noch für eine konservative Schätzung.«

»Warum ist er zu uns übergelaufen und nicht zu den Amerikanern? Er will ja letztlich doch zu denen?«

»Ja, aber nur, weil er muß. Sie können ihn schützen, ihn mit einer neuen Identität ausstatten und in irgendeinem Kaff in New Mexico oder sonstwo absetzen, und das können wir nicht. Aber irgend etwas ist da komisch, aber wir wissen noch nicht, was.«

»Keine Provokation, wie ich hoffe.«

»Nein, das wäre alles andere als lustig, wenn ich an all die Mühe denke, die wir gehabt haben, ich meine, die du gehabt hast. Aber er gehört ja nicht zu den alten Uhus, sondern ist einer von denen, die 1992 oder 1993 die Macht hätten übernehmen können. Er spricht von irgendwelchen ideologischen Gründen, die mit uns zu tun hätten. Er hat mit Entschiedenheit erklärt, daß er mit den Amerikanern keine Geschäfte machen wolle.«

»Das würde erklären, daß er schon von uns eine Million Dollar haben will. Aber da verrechnet er sich natürlich, sowohl was die Höhe des Betrags angeht, als auch, was Hartnäckigkeit und Überredungskunst der Amerikaner betrifft. Die werden ihn nie aus den Klauen lassen.«

»Nein, natürlich nicht. Aber das weiß er ja noch nicht.«

»Was soll ich mit den Tschekisten machen, die mir auf den Fersen sind?«

»Was soll das heißen, machen?«

»Wenn sie mir etwa in unser Büro folgen, könnten sie ja etwas anstellen, und dann würde eines unserer Büros von hereinstürmenden Schlägern demoliert. Um nur ein Beispiel zu nennen. Wenn sie glauben, daß Gennadij Alexandrowitsch zu singen anfängt, werden sie nicht zögern, allerlei Unheil anzurichten.«

»Es war dumm, daß du unter deinem eigenen Namen geflogen bist.

Wir müssen das gesamte Arrangement mit Hamilton Data System AB ändern. Teuer und mühsam.«

»Ja, aber das schaffen wir nicht im Handumdrehen. Was soll ich mit den Leuten machen?«

»Was denn machen, frage ich jetzt zum zweitenmal.«

»Eine Spazierfahrt mit ihnen machen, zum Beispiel.«

»Ich glaube nicht, daß das dem Außenministerium große Freude machen würde. Außerdem ist es keine gute Idee. Geh ins Büro, ohne daß sie dich beschatten. Das müßtest du inzwischen können.«

»Man darf sie nie unterschätzen. Außerdem dürften sie in Stockholm jetzt ziemlich viel Personal in Bewegung halten.«

»Gibt es eine Garage im Haus?«

»Ja, aber ich habe nicht die Absicht, meinem Wagen in nächster Zeit nahe zu kommen.«

»Nein, das wäre wohl das Beste, obwohl es den Russen nicht ähnlich sähe, sich an gewöhnlichen Operateuren zu rächen. Ich glaube nicht, daß sie das vorhaben. Aber ich habe an ein anderes Arrangement gedacht. Wollen wir die Kaninchen ausnehmen?«

Während Carl die Kaninchen ausnahm, häutete, zerstückelte, in Gefrierbeutel packte und dem Alten zur Weiterbeförderung in die Tiefkühltruhe reichte, unterhielten sie sich eine Zeitlang zwanglos über alte Zeiten. Dann wurde der Alte durch einen Anruf des Generalstabs unterbrochen. Er führte das Gespräch hinter einer verschlossenen Tür, während Carl die Arbeit beendete und in der Küche aufräumte. Carl ging ins Wohnzimmer und legte frische Holzscheite auf das verglühende Kaminfeuer. Er betätigte den Blasebalg, um es zu neuem Leben zu erwecken. Er füllte sein Glas zur Hälfte mit Whisky, setzte sich still hin und blickte ins Feuer. Dann versuchte er zu ergründen, ob der ausdrückliche Befehl des Alten, die Polizei nicht in Staatsangelegenheiten hineinzuziehen, ihn erleichterte oder enttäuschte. Dennoch wurde er das Gefühl nicht los, daß seine Arbeit beim Geheimdienst beendet war. Sie deformierte, zerstörte ihn und machte ihn mal zum Werwolf, mal zur Heulsuse, und das, was sein eigentliches Ich war, verschwand hinter Theaterrequisiten in der Direktoren- und Gentlemenbranche.

Dies war der richtige Moment. Denn jetzt war er mit dem Staat quitt; dessen Investition hatte sich amortisiert, und damit war der Preis für eine sehr teure Ausbildung bezahlt. Was *freiwillig* hätte sein sollen, nämlich die Möglichkeit, nach fünf Jahren in Kalifornien nach Hause zu kommen und nein danke zu sagen, ich glaube, ich habe mich anders entschieden, war ebenso freiwillig wie der Wunsch, in der Luft aus einem Flugzeug auszusteigen. So würde es auch den beiden anderen in Kalifornien eines Tages ergehen. In etwa eineinhalb Jahren würde man ihn durch zwei neue Operateure mit der gleichen Ausbildung ersetzen. Doch, dies war der richtige Moment, jetzt war es unwiderruflich zu Ende.

»Du sollst dich morgen nach dem Lunch bei Samuel melden«, teilte ihm der Alte kurz mit, als er zurückkehrte und sich setzte. Er hatte eine neue Flasche Cidre in der Hand.

»Ich habe mich gerade entschlossen, mich nie mehr zu melden, das heißt, auszusteigen. Ganz einfach aufzuhören«, entgegnete Carl ohne jede Übertreibung im Tonfall.

»Das geht nicht«, seufzte der Alte. »Jedenfalls nicht jetzt.«

»Ich bin gerade zu dem Schluß gekommen, daß der jetzige Moment absolut perfekt wäre. Wir sind quitt. Ihr habt euren Russen bekommen, und die Sache ist vorbei.«

»Nein, das ist sie gerade nicht. Wir stehen erst am Anfang, Carl.«

»Ich meinte vorbei, was mich betrifft.«

»Das meine ich auch. Was dich betrifft, ist die Sache noch längst nicht vorbei.«

Das hört sich nicht wie ein Befehl an, sondern vielmehr melancholisch und nachdenklich. Dabei schwang in der Stimme des Alten ein besorgniserregender Zug von absoluter Überzeugung mit, der Carl unsicher machte. Der Alte mußte sehr wohl erkannt haben, daß dies ein für Carl nahezu zwingender Entschluß war. Dennoch tat er ihn mit einer Handbewegung ab.

»Was hat man in Stockholm gesagt?« fragte Carl, ohne seine wachsende Irritation zu verbergen.

»Wie du weißt, werden solche Telefongespräche manchmal etwas diffus. Gennadij Alexandrowitsch hat jedoch seine Abmachung mit uns eingehalten und wird in einer Woche in die USA fliegen. Er wünscht übrigens, daß du ihn begleitest, damit es nicht wieder zu einer Flugzeugentführung kommt. Ich weiß nicht, ob das ein Scherz sein sollte.«

»Ach was. Bringt ihn in einem Wagen zum nächsten Militärflugplatz und setzt ihn in eine NATO-Maschine. Dazu braucht ihr mich nicht mehr.«

»Ja, so dürfte es ablaufen, und dazu brauchen wir dich tatsächlich nicht. Aber bevor er abreist, müssen manche seiner Angaben an Ort und Stelle geprüft werden.«

»Ich befasse mich nicht mit Strategie-Analysen. Das können sie im Generalstab oder sonstwo tun. Raus mit der Sprache, wie komme ich ins Bild?«

»Du bist doch Taucher. Es geht um Tauchen, gefährliches Tauchen, dazu unter absoluter Geheimhaltung.«

Carl schwieg und wartete darauf, daß der Alte sich näher erklärte. Was er jedoch nicht tat.

»Es muß doch noch andere Taucher geben«, machte Carl nach einiger Zeit einen neuen Anlauf. Der Alte antwortete zunächst nicht, sondern gluckste nur leise vor sich hin.

»Du hast völlig freie Hand, darüber selbst zu entscheiden, wenn du morgen Samuel triffst«, lächelte er vorsichtig. Dann versank er erneut in Grübeleien. Er war überzeugt, daß Carl seinen Dienst fortsetzen würde, im Moment machte ihm das keinen Kummer. Ihn plagten weit größere Sorgen, und er brauchte in seiner Erinnerung an dreißig Jahre Nachrichtendienst nicht lange zu kramen, um zu dem Schluß zu kommen, daß dieser Fall das größte Unternehmen seiner Karriere werden würde. Und das gefährlichste.

Er riß sich aus seinen Überlegungen. Da war etwas, was noch geklärt werden mußte, bevor sie schlafen gingen.

»Du sollst Samuel einen Bericht mitbringen, der einige Details über diesen Amerikaner betrifft. Die Politiker geben keine Ruhe. Also müssen wir ihnen einen Knochen hinwerfen«, sagte der Alte und holte einen großen Notizblock und einen Kugelschreiber.

Dann skizzierte er schnell, wie der Bericht aussehen sollte.

Carl habe mit Stephen Holmes die Plätze getauscht, weil er zufällig gehört habe, wie Mr. Holmes einen Raucherplatz verlangt habe. Da Carl selbst nicht rauche, sei ihm in dem Augenblick der Einfall gekommen. Carl habe nicht eine Sekunde eine Flugzeugentführung erwartet und sei auch nicht davon ausgegangen, daß man ihn in der Maschine habe ermorden wollen. Er habe auch nicht vermuten können, daß die Mörder –

wenn sie ohnehin schon an Bord seien – größere Mühe haben könnten, ihn zu finden, wo immer er auch sitze. Und Waffen habe er bei sich gehabt, weil sie zu seinem Gepäck gehörten. Es seien Dienstwaffen gewesen. Er habe sich nämlich während des Fluges entschlossen, bei der Zwischenlandung in Lyon auszusteigen, und dafür sei es wichtig gewesen, kein offiziell abgefertigtes Gepäck nach Paris zu haben, da dies den Sicherheitsdienst der Fluggesellschaft alarmiert hätte; Gepäck, das einfach im Stich gelassen wird, löse immer Besorgnis aus.

Daß Carl erst dann eingegriffen habe, als die Entführung eine Tatsache gewesen sei, liege daran, daß sie ihn total überrascht hätte. Der Rest des Berichts, so der Alte, stimme mit Carls früherem Bericht und den bekannten Tatsachen überein.

Dieser neue Bericht sei in manchen Teilen wahr, in wesentlicheren Abschnitten jedoch unwahr. Wie die Dinge sich jetzt aber entwickelten, befinde er sich im Einklang mit schwerwiegenden Sicherheitsgründen oder mehr noch: Es entspreche dem Interesse der Nation.

Carl wünschte dem Alten eine gute Nacht und ging hinauf in das Gästezimmer, das er schon kannte. Er machte kein Licht, schob jedoch noch ein gefülltes Magazin in seine Pistole, die er sicherte und auf den Nachttisch legte. Er schlief schnell ein.

Kriminalinspektor Rune Jansson begann seinen Arbeitstag bei bester Laune. Er war sechs Kilometer gelaufen, bevor er mit dem Wagen zum Polizeihaus gefahren war. Die Schmerzen in der Wade waren verschwunden, und er hatte die vier Treppen zu Fuß genommen, statt mit dem Fahrstuhl zu fahren.

Überdies lag in der Morgenpost ein Brief von der Reichspolizeiführung in Stockholm, und damit würde die Ermittlung einen Schritt weiterkommen.

Als er jedoch das lächerliche Vernehmungsprotokoll gelesen hatte – Rune Jansson fragte sich, ob man dieses absurde Dokument überhaupt so nennen konnte –, verflog seine gute Laune schnell. Was er hier vor sich sah, war ohne Zweifel viel Lärm um nichts. Der Polizeidirektor hatte von der Reichspolizeiführung schriftlich verlangt, die Ermittlungsbeamten in Norrköping müßten über die Verhöre des militärischen Personals bei Hamilton Data System AB informiert werden. Und wie es schien, hatte die Polizeiführung in Stockholm schließlich die Säpo überfahren, und somit war die eigenartige Akte nach Norrköping geschickt worden.

In wenigen Zeilen wurde mitgeteilt, fünf anonyme Offiziere hätten Maria Szepelinska weder gekannt noch besucht, und keiner von ihnen habe sich zu dem fraglichen Zeitpunkt in Norrköping aufgehalten. Einen der Offiziere, der als Korvettenkapitän NN-6 geführt wurde, habe man bedauerlicherweise noch nicht erreichen können.

Aus Rücksicht auf die Sicherheit des Reiches habe man die Namen der vernommenen Offiziere gestrichen. Aufgrund besonderer Direktiven dürfe die Akte in keine künftige öffentliche Voruntersuchung Eingang finden, und überdies sei sie unter Hinweis auf Paragraph 4 des Gesetzes über Geheimhaltung, das die Sicherheit des Landes betreffende Dinge behandle, für geheim erklärt worden.

Vermutlich lag es daran, daß Rune Jansson außer sich vor Wut war und zudem gerade die Akte gelesen hatte, daß er jetzt übereilt handelte. Vielleicht war es auch nur verdammtes Pech, daß dieser hartnäckige Journalist in diesem Moment anrufen mußte. Vielleicht aber hatten diese Journalisten auch so etwas wie einen sechsten Sinn, wenn es um unangenehme Dinge ging.

Wie auch immer: Rune Jansson erzählte Arne Lenström vom *Östgöta-Correspondenten* zuviel – zu allem Überfluß einem Blatt, das weit rechts stand. Doch Rune Jansson überkam es wie ein unwiderstehlicher Zwang. Möglicherweise hatte ihm im Hinterkopf die Vorstellung vorgeschwebt, die Presse könne manches ein wenig beschleunigen. Jedenfalls war es jetzt zu spät, sich zu korrigieren. Gesagt war gesagt. Jetzt blieb nur noch die Hoffnung, daß der Journalist Rune Janssons Namen nicht nannte oder andeutete, wer sich da verplappert hatte.

»Uns sind im Moment die Hände gebunden, weil wir eine Spur zu irgendwelchen verdammten Agenten gefunden haben ... Nein, *schwedischen* Agenten ... Ja, wir dürfen die nicht vernehmen, dürfen nicht mal ihre Namen erfahren ... unter Hinweis auf die Sicherheit des Reiches, ja ... Doch, es ist absolut wahr, aber du darfst um Himmels willen nicht sagen, daß ich das gesagt habe ...«

Etwa so. Mehr hatte er nicht gesagt, jedoch sicher mehr als genug. Zum Schluß hatte er nur noch ins Telefon gehaucht, und anschließend hatte die Presse zwei Tage lang die Polizei verdächtigt.

Vielleicht würde die Publizität den Säpo-Leuten in Stockholm trotz allem Beine machen, damit sie kein Gras über die Geschichte wachsen ließen. Vielleicht war es eine Dummheit, die am Ende doch etwas Gutes bringt, überlegte Rune Jansson. Doch dann kam er zu dem Schluß, daß es wohl eher eine Dummheit gewesen war, und damit war der glänzende Anfang des Tages endgültig zerstört.

Im übrigen standen die Ermittlungen still. Man hatte sämtliche denkbaren Möglichkeiten abgegrast, nur diese Verbindung zu dieser Spionagehöhle nicht, oder was immer das sein mochte.

Folglich würde Rune Jansson noch einen Arbeitstag nur damit verbringen, Dinge zu prüfen, die geprüft werden mußten, damit es auf seinem Schreibtisch etwas aufgeräumter aussah. Das Problem war nur, daß der ohnehin fast leer war. Wenn der Mörder nicht bei Hamilton Data System AB arbeitete, würde man ihn wohl nie fassen, zumindest nicht aufgrund der Fahndungsarbeit.

Doch vielleicht sollten wir uns zumindest der Form halber in Stockkolm über dieses lächerliche Vernehmungsprotokoll beschweren, dachte Rune Jansson. Er erhob sich mühsam und ging mit langsamen Schritten, den Brief der Reichspolizeiführung in der Hand, zum Polizeidirektor.

Etwa um die gleiche Zeit fand sich Sektionschef Henrik P. Näslund von Büro B der Sicherheitsabteilung oben bei Samuel Ulfsson im Generalstab ein. Er hatte versprechen müssen, sich kurz zu fassen, da Ulfsson einige sehr wichtige und eilige Tagesarbeiten erwähnt hatte.

Der Kapitän zur See empfing ihn in Uniform und bat ihn, sich am anderen Ende des langen braunen Konferenztischs zu setzen.

»Sei so lieb und laß alle überflüssigen Details weg, wir haben hier alle Hände voll zu tun«, sagte Samuel Ulfsson, als Näslund sich gesetzt hatte.

Henrik P. Näslund fühlte sich ein wenig unsicher und zog nachdenklich einen Stahlkamm durchs Haar, bevor er anfing. Das war eine üble Angewohnheit, die ihm schon so zur zweiten Natur geworden war, daß er sie gar nicht mehr wahrnahm; er bemerkte nicht einmal, wie der Marineoffizier erstaunt die Nase kraus zog.

»Gut«, sagte Näslund, »ich komme gleich zur Sache, wenn es eilig ist. Was zum Teufel treibt ihr hier eigentlich, *liquidiert* ihr Leute, oder was tut ihr?«

Samuel Ulfsson besaß eine vorzügliche Selbstdisziplin. Der Mann, der ihm gegenüber saß, trat auf wie ein Irrer und sah auch so aus, war aber doch der wichtigste Entscheidungsträger beim zivilen Sicherheitsdienst des Landes. *Polizei*, dachte Ulfsson verächtlich und mit einem inneren Tonfall, den er seinem erfahrensten und wichtigsten Untergebenen abgelauscht hatte. Doch laut sagte er etwas völlig anderes.

»Ich verstehe die Frage nicht. Kannst du so nett sein, dich etwas deutlicher auszudrücken?«

»Hamilton«, erwiderte Näslund verbissen.

»Ja, wie ihr wißt, ist Hamilton neuerdings bei uns angestellt. Und?«

»Dieser Mord in Norrköping, ist der auf Befehl verübt worden? Ist das irgendeine Operation von euch? Oder eine Privatangelegenheit?«

Samuel Ulfsson spürte, daß seine Selbstbeherrschung auf eine schwere Probe gestellt wurde. Er überlegte, ob er die Wache rufen sollte, um diesen Irren hinauswerfen zu lassen, sah aber schnell ein, daß dies letztlich einige unnötige und zeitraubende Konsequenzen haben könnte. Er kramte eine Ultima Blend aus der Tasche, um vor seiner Antwort eine Denkpause zu bekommen und um normal und beherrscht sprechen zu können.

»Ich weiß nicht, wo du deine Vorstellungen von nachrichtendienstlicher Tätigkeit her hast, Näslund, aber sollte die Frage tatsächlich ernst gemeint sein, lautet die Antwort selbstverständlich nein. Und jetzt, finde ich, solltest du dich etwas näher erklären.«

Samuel Ulfsson zog energisch, vielleicht ein wenig zu energisch, an seiner Zigarette, während er den unangenehmen kleinen Mann gegenüber fixierte. Der Kerl sieht aus wie ein verwachsener Halbstarker vom Lande, dachte er. – Henrik P. Näslund stieß mit dem rechten Daumen auf einige Papiere, die er aus der Tasche gezogen hatte.

»Das hier«, sagte er mit Nachdruck, »sind die wesentlichen Teile dieser Mordermittlung in Norrköping. Das Vorgehen des Täters läßt darauf schließen, daß nicht jeder für einen solchen Mord in Frage kommt. Die Frau hatte Hamiltons Telefonnummer, und Hamilton paßt zu diesen Methoden wie die Faust aufs Auge. Ich habe ihn schließlich mal unter mir gehabt, ich weiß also Bescheid.«

»Was weißt du denn?« fragte Samuel Ulfsson kalt, ohne sich durch das Auftreten dieses Gebrauchtwagenhändlertyps beeindrucken zu lassen.

»Ich weiß, daß nur äußerst wenige Menschen andere Menschen auf diese Weise umbringen, und Hamilton ist einer dieser äußerst wenigen Menschen, und deshalb frage ich, was zum Teufel ihr hier eigentlich treibt. Gesetze und Verordnungen gelten nämlich sogar für Militärs ... das heißt, sofern nicht äußerst sensible Sicherheitsfragen im Spiel sind.«

»Und wenn es so wäre, daß äußerst sensible Sicherheitsfragen im Spiel sind, kannst du doch nicht einfach davon ausgehen, daß ich dich über alles informiere?« erwiderte Samuel Ulfsson weich, mehr in der Absicht, sein Gegenüber zu verletzen und zu verwirren, als mit seiner Antwort anzudeuten, daß der Mann mit dem Stahlkamm, den Näslund inzwischen wieder in der Hand hielt, eine Spur gefunden hatte.

»Du glaubst doch nicht etwa, ihr stündet über dem Gesetz?« sagte Näslund mit etwas lauterer Stimme, während er sich wieder kämmte. Grelles Sonnenlicht, das von einem der Fenster ins Zimmer fiel, enthüllte unbarmherzig eine Wolke von Schuppen.

Samuel Ulfsson zog eine Grimasse des Ekels, bevor er antwortete.

»Habt ihr irgendwelche Beweise gegen Hamilton?« fragte er ruhig.

»Nichts als das Vorgehen des Täters und die Tatsache, daß diese Szepelinska seine Telefonnummer hatte. Das genügt aber, um dem Hinweis zu folgen.«

»Und wie gedenkt ihr das zu tun?«

»Darauf wollte ich gerade zu sprechen kommen. Wo steckt der Kerl? Wir müssen ihn zumindest verhören können.«

»Ja, das ist keine unbillige Forderung, wie ich finde. Schickt eine Vorladung hierher in den Generalstab, dann werden wir sehen, wann er zu sprechen ist.«

»Soll das ein Scherz sein?«

»Es ist absolut kein Scherz. Schick eine Vorladung. Im Moment und bis auf weiteres ist Hamilton nicht erreichbar, aber ich kann mir vorstellen, daß er euch in drei oder vier Tagen für ein Gespräch zur Verfügung steht. Ja, und dann muß das Verhör wie bei den anderen ablaufen, nämlich in Gegenwart unseres Personals.«

»Ich möchte betonen, daß es tatsächlich um eine Mordermittlung geht. Schaff den Kerl her, dann können wir diese Angelegenheit schnell erledigen.«

»Es geht leider nicht. Hamilton hat im Moment so wichtige Dinge zu tun, daß nicht einmal ihr ihn stören dürft.«

»Natürlich war er unser Mann in dieser französischen Maschine?«

»Du fragst nach streng geheimen Informationen, auf die du kein Recht hast, und das gleiche gilt für Hamiltons Aufgaben in der nächsten Zeit. Aber schick uns ruhig einen eurer braunen kleinen Umschläge, dann werden wir die Angelegenheit zu gegebener Zeit schon aus der Welt schaffen.«

Henrik P. Näslund, der in seinem eigenen Reich, der wichtigsten Abteilung der Sicherheitspolizei, so etwas wie ein König war, hatte sich seit der Schulzeit nicht mehr so schnöde abgefertigt gefühlt. Überdies war er plötzlich unsicher, welche Befugnisse er überhaupt besaß, wenn das Militär allen Ernstes der Ansicht war, daß Hamilton im Moment in Operationen verwickelt sei, welche die Sicherheit des Landes berührten. Wenn das *kein* Bluff war, wäre es wohl am klügsten, das Verhör einige Tage aufzuschieben. Der eigentliche Sachverhalt wird dadurch ja nicht verändert, redete sich Näslund ein. In diesem Moment erhob sich der Militär auf der anderen Seite des Tischs, ging quer durch den Raum und öffnete die Tür.

»Es war nett, dich zu sehen. Wir haben ja nicht sehr oft miteinander zu tun«, lächelte Kapitän zur See Samuel Ulfsson mit übertriebener Freundlichkeit.

Was für ein Hirnamputierter, dachte er, nachdem er die Tür hinter dem Sektionschef schnell geschlossen hatte. Als er zu seinem Platz zurückkehrte, warf er einen schnellen, mißbilligenden Blick auf den Stuhl, auf dem der Sicherheitspolizist gesessen hatte. Auf dem Sitz waren Schuppen zu sehen, und im Raum hing ein Geruch, mochte er auch eingebildet sein.

Diese Mordermittlung war peinlich, aber sie verschwand jetzt schnell aus dem Kopf des Kapitäns zur See, was normalerweise wohl nicht der Fall gewesen wäre. Von normalen Verhältnissen konnte momentan jedoch keine Rede sein – man war von der Normalität weiter entfernt als jemals zuvor.

Im übrigen entsprach es den Tatsachen, daß Hamilton in den nächsten Tagen mit ungeheuer wichtigen Aufgaben befaßt sein würde, und überdies mußte er gleich kommen.

Hoffentlich begegnen sie sich nicht in der Eingangshalle, dachte der Chef des militärischen Nachrichtendiensts, als er zu seinem Panzerschrank ging, um ein paar militärische Seekarten und einen streng geheimen Bericht hervorzuholen. Dieser enthielt eine Zusammenfassung dessen, was einige Vernehmer auf einer Schäre in der Nähe der Insel Värmdö bislang herausgefunden hatten. Es war das bemerkenswerteste Dokument, das Samuel Ulfsson je in der Hand gehalten hatte.

Hamilton erschien auf die Sekunde pünktlich.

»Setz dich, Hamilton. Laß uns erst zwei Details erledigen, bevor ich zur Sache komme«, grüßte Samuel Ulfsson steif und erwartete, daß Hamilton sich unter der Europakarte hinsetzen würde. Der junge Kollege sah blaß und angespannt aus, und dabei wußte er noch nicht, was auf ihn zukam.

»Zunächst geht es um diesen, sagen wir, erweiterten Bericht über die Vorfälle während des Fluges AF 129. Der Alte sagte mir, du würdest ihn mitbringen. Hast du ihn bei dir?« fragte Samuel Ulfsson gehetzt.

»Ja, Sir! Verzeihung, ich meine, ja, Kapitän«, erwiderte Carl. Seine reflexhafte Äußerung machte ihn verlegen. Der Grund dafür war wohl die Tatsache, daß der Nachrichtenchef Uniform trug.

Carl reichte ihm einen maschinegeschriebenen Bericht, den Samuel Ulfsson beiseite schob, ohne einen Blick darauf zu werfen.

»Das war das eine. Das zweite betrifft die Polizei, die draußen nach dir fahndet. Wir haben ihr ein kurzes und, soviel ich weiß, ziemlich förmliches Verhör in drei oder vier Tagen genehmigt. Ist dir das recht?«

»Ja«, erwiderte Carl, während sein Blick im Raum umherwanderte. Samuel Ulfssons Formulierung ließ vermuten, daß der Alte sich mit seiner Ansicht durchgesetzt hatte.

»Gut. Dann komme ich zur Sache. Ich habe heute morgen einen zusammenfassenden Bericht über deine amerikanische Ausbildung gelesen. Du besitzt also die sogenannte SEAL-Qualifikation?«

»*Sea and airborne launched,* ja, das stimmt. Es dauert zwei Jahre, diese Schwingen zu bekommen.«

»Du würdest nicht zögern, einen Tauchauftrag zu akzeptieren?«

»Kommt darauf an.«

»Ich meine, aus technischen Gründen.«

»Nein, kann ich mir nicht vorstellen. Worum, geht es?«

Carl sah dem Gesicht seines Vorgesetzten an, daß es nicht gerade darum gehen würde, in einem der Stockholmer Gewässer nach gestohlenen Fahrrädern zu suchen. Folglich ahnte er einen Zusammenhang mit Gennadij Alexandrowitsch, der plötzlich wieder in seiner Erinnerung auftauchte; ein Mann, den zu vergessen er sich fast autosuggestiv gezwungen hatte.

»Also, die Sache sieht so aus ...«, begann Samuel Ulfsson, blieb dann aber plötzlich stecken. Er zündete sich trotz seiner Vorsätze, es zu lassen, eine Zigarette an. Dann nahm er erneut Anlauf. Er sprach langsam und deutlich, ohne jedes Zögern in der Stimme.

»Hör zu. Die Vernehmungsgruppe meldet über die Gespräche mit unserem geschätzten Freund Koskow, daß es auf unserem Territorium gegenwärtig drei sowjetische Basen gibt. Hier in den Schären von Stockholm. Die Station Apraksin, die Station Bodisko und die Station Tschitschagow. Sie sind Nachschub- und Bunkerstationen für Unterwasserfahrzeuge und Ausgangspunkte eventuell geplanter Sonderaktionen im Zusammenhang mit Überraschungsangriffen.«

»Spetsnaz«, sagte Carl, ohne sich die Überraschung allzusehr anmerken zu lassen. »Mit anderen Worten: Sie wohnen schon hier. Das verkürzt unleugbar ihren Aufmarschweg.«

»Wie kannst du das wissen?«

»Ich habe es nicht gewußt, aber in unseren Kreisen ist das keine ganz ungewöhnliche Theorie. Wie sicher wissen wir Bescheid? Und kennen wir die Positionen?«

Samuel Ulfsson fuhr mit der Handfläche über den Bericht auf dem Schreibtisch.

»Die Sache ist nicht ganz unkompliziert. Wir haben eine der Positionen. Für die zweitälteste Station, Apraksin, haben wir sie mit exakten Angaben.«

»Und die anderen?«

»Genosse Koskow hat sie uns noch nicht mitgeteilt. Er hat zunächst einige Bedingungen gestellt.«

»Betreffen die mich? Ich meine, geht es um etwas, was ich wissen muß?«

»Ich weiß es zu schätzen, daß du fragst. Es sieht etwa so aus: Koskow will, daß wir zunächst die erste Position prüfen, dann will er die Vereinbarung mit uns schließen und das Geld kriegen, dann erhalten wir die zweite Position. Anschließend will er in unserer Gegenwart einen Amerikaner treffen, damit wir gemeinsam seinen sicheren Transport über den Atlantik garantieren, und anschließend erhalten wir die dritte Position.«

»Ein intelligenter und vorsichtiger Vizeadmiral. Seine Verhandlungstaktik scheint mir ganz allgemein sehr klug zu sein.«

»Uns gegenüber unnötig mißtrauisch, könnte man meinen.«

Samuel Ulfsson lächelte zum erstenmal während dieses Gesprächs. Dann richtete er sich auf, um eher im Befehls- als im Gesprächston mitzuteilen, wie es weitergehen sollte.

»Wir wünschen, daß du dort tauchst und dir die Station Apraksin ansiehst. Dann wissen wir, ob wir die Verhandlungen nach den Vorstellungen Koskows fortsetzen können. Einmal muß es ein hochqualifizierter Taucher sein, so daß du schon aus dem Grund in Frage kommst, zum andern muß es einer von uns sein. Ich brauche wohl nicht darauf hinzuweisen, wie sensibel die Angelegenheit ist.«

Carl lachte auf; kurz und etwas übertrieben heftig. Die Sowjetunion setzte Schweden ein Messer an den Hals, und er sollte die Anlage inspizieren. Zu allem Überfluß wurde der guten schwedischen Form halber noch darauf hingewiesen, die Angelegenheit sei streng geheim.

»Durchaus nicht«, sagte Carl, kaum daß er sich wieder in der Gewalt hatte. »Ich habe nicht die Absicht, zu *Expressen* zu laufen. Ich würde allerdings gern wissen, was mich in etwa erwartet, wie ich dort hinkomme und wann.«

»Du brichst in vierundzwanzig Stunden von Berga auf. Bis dahin hast du Zeit für Vorbereitungen. Glaubst du, es reicht?«

»Das hängt von der Wassertiefe ab – vor allem davon –, von der Ausrüstung, dem Charakter des Stützpunktes, auch davon, welche Warnsysteme sie haben, denn ich gehe davon aus, daß wir es mit einer bemannten Station zu tun haben, von der Dauer des Transports zum Standort, von der Möglichkeit, den Funkverkehr abzuhören, um nur einige Dinge zu nennen.«

»Wir fahren dich von Berga aus mit einem U-Boot hinaus. Wir versuchen das gerade in die Wege zu leiten, was nicht ganz einfach ist, da wir über den wahren Charakter des Auftrags nichts sagen wollen. Die übrigen Angaben, nach denen du gefragt hast, findest du in diesem Bericht.«

»Ich muß einige Ausrüstung bei der MTZ requirieren. Wer kann mir dabei helfen?«

»Was ist das denn, MTZ?«

»Die Marinetauchzentrale. Wenn die Wassertiefe zehn oder fünfzehn Meter übersteigt, kann ich keinen Sauerstoff verwenden, sondern brauche eine bestimmte Nitrox-Mischung. Ich kann nicht einfach in den erstbesten Laden gehen und die Sachen kaufen. Und Preßluft geht natürlich auch nicht, leider, denn dann hätte ich keine Probleme.«

Es folgte eine kurze technische Diskussion. Da Carl davon ausging, daß die Anlage vermutlich nicht nur mit militärischem Personal bemannt war, das in der Kunst, Schweden im Verlauf weniger Stunden K.o. zu schlagen, selten qualifiziert war, sondern wahrscheinlich auch mit Technikern mit Abhör- und Erkundungsfunktionen, ging es nicht an, mit Preßluftaggregaten anzurücken. Die Ausatmungsventile machten zuviel Lärm. Und eine konventionelle Sauerstoffmischung konnte sich bei Tiefen von über zwanzig Metern als tödlich erweisen, vielleicht schon vorher. Und die übrige Ausrüstung konnte sich niemand aus dem Ärmel schütteln.

Samuel Ulfsson entschied, daß Carls nächsthöherer Vorgesetzter, Fregattenkapitän Lallerstedt, an der Vorbereitung teilnehmen und für die Materialbeschaffung verantwortlich zeichnen sollte. Jedoch ohne über den wahren Inhalt des Auftrags Bescheid zu wissen.

»Wie viele außer uns kennen den wahren Sachverhalt?« fragte Carl, als er sich bereitmachte, mit den wichtigsten Vorbereitungen seines Lebens zu beginnen.

»Die Vernehmungsgruppe, dann noch unsere drei übrigen Mitverschwörer, der Marinechef, der Generalstabschef und der Oberbefehlshaber.«

»Habt ihr der Regierung Bescheid gesagt? Verzeihung, das geht mich vielleicht nichts an.«

»Bis jetzt nicht. Wir müssen uns erst diese Station ansehen. Wenn es ein Bluff ist, würden wir uns lächerlich machen, wenn wir gleich an der großen Alarmglocke ziehen.«

»Und wenn die Angaben zutreffen? Was werden wir dann machen?«

»Keine Ahnung. Bringen wir erst mal das hinter uns.«

»Und wenn ich nicht zurückkehre?«

»Dann werden wir trotzdem herausfinden, ob die Angaben zutreffen. Ach, da ist noch etwas, das ich fast vergessen hätte. Dieser Auftrag ist freiwillig.«

»Soll das ein Witz sein?«

»Nein.«

»Verzeihung, das dachte ich aber«, sagte Carl und stand auf, um zu gehen.

Am folgenden Tag erhielt der Chefredakteur der Zeitung *Östgöta-Correspondenten* den seltsamsten Anruf seiner ganzen Laufbahn. Dabei hatte er schon einiges erlebt und war immerhin Vorsitzender des schwedischen Publizistenklubs. Zudem hielt er oft Vorträge über Unabhängigkeit und Integrität von Journalisten.

Natürlich konnte er nicht leugnen, daß sein Blatt an den letzten beiden Tagen eine recht schrille Nachrichtenvermittlung betrieben hatte. Schade nur, daß die landesweiten Medien die Neuigkeit nicht in dem Umfang aufgegriffen hatten, den sie verdiente. Natürlich neigten die Kriminalreporter dazu, jeden Stoff zu dramatisieren, aber der Redaktionschef hatte – bildlich gesprochen – diesem munteren und einfallsreichen Arne Lenström immerhin den Kopf gewaschen. Dennoch hatte dieser versichert, seine Quellen seien so zuverlässig, daß man die Nachricht nur zu bringen brauchte, und es gab ja unleugbar Gründe, sich zu fragen, weshalb diese Mordermittlung nicht von der Stelle kam. Zudem hatte man vorsichtshalber der Schlagzeile SCHWEDISCHER AGENTENMORD? ein Fragezeichen hinzugefügt.

Doch jetzt rief der Generalstabschef persönlich an. Der Vizeadmiral versicherte zwar, man respektiere die Verfassung, die freie Presse und die freie Meinungsäußerung, wie er sich ausdrückte. Doch verhalte es sich tatsächlich so, daß *Östgöta-Correspondenten* dabei sei, der Verteidigung Schwedens durch diese Publizität ernsthaft zu schaden.

Wenn der Vorsitzende des Publizistenklubs den Thesen seiner zahlreichen Vorträge jetzt gefolgt wäre, hätte er im Brustton der Überzeugung erklären müssen, als Chefredakteur und verantwortlicher Herausgeber nehme er von Behörden keinerlei Befehle entgegen, weder von Militärs noch von Zivilisten. Überdies liege es allein an den Journalisten selbst, zu entscheiden, ob sie diesen oder jenen Interessen von Staat und Gemeinschaft schadeten oder nützten, wenn sie sensible Nachrichten veröffentlichten.

Der Chefredakteur schaffte es jedoch nur andeutungsweise, sich in dieser Richtung zu äußern. Wonach der Generalstabschef drohte, dafür zu sorgen, daß er hinter Gitter komme, wenn das Blatt die bisher eingeschlagene Linie weiterverfolge. Allein schon in sachlicher Hinsicht seien die Meldungen des Blatts dummes Gewäsch, von einem »Agentenmord« könne keine Rede sein, vielmehr werde mit diesen Veröffentlichungen der Landesverteidigung ein Schaden zugefügt, den er, der Generalstabschef, nicht näher erläutern könne. Es sei doch wohl selbstverständlich, daß Schweden keine »Agentenmorde« in Auftrag gebe, es verhalte sich vielmehr so, daß die Aufmerksamkeit infolge eines unglücklichen Zufalls auf einen sensiblen Teil der schwedischen Landesverteidigung gelenkt worden sei. Und im Hinblick auf gegenwärtig laufende Aktionen, die mit Norrköping nicht das geringste zu tun hätten, könnten weitere Spekulationen größten Schaden anrichten. Das würde nicht nur Schwedens Verteidigung schaden, sondern unter Umständen der ganzen Nation.

Damit hatte der Generalstabschef den Hörer auf die Gabel geknallt.

Er hat nicht einmal an meine Stellung in der psychologischen Abwehr appelliert, dachte der Chefredakteur und Reservemajor beleidigt. Vielleicht hatte er es nur aus Pietät nicht getan, nein, er schien so aufgeregt zu sein, daß ihm das vielleicht nicht eingefallen ist, überlegte der Chefredakteur und Vorsitzende des Publizistenklubs weiter.

Doch dann gelangte er in seinen Überlegungen an ein paar kritische Punkte. Nach allem, was er in seinen Vorträgen immer gesagt hatte, hätte er bei der Jagd auf den Spion und Mörder volle Kraft voraus befehlen müssen. Gleichzeitig müßte er eine eigene, heroische, doch elegant formulierte Erklärung publizieren, weshalb gerade der *Östgöta-Correspondenten*, der immer auf Seiten der Leser stehe, sich weigerte, sich Direktiven der Obrigkeit zu beugen.

Wenn die Brüder ihn dann vor Gericht stellen wollten, würde er sich dem Kampf gern stellen und sich wie die meisten anderen bei entsprechenden Konfrontationen freisprechen lassen. Na ja, das war nicht bei allen so gewesen, es gab ein paar Ausnahmen. Aber dann würde er immerhin zum Märtyrer werden.

Dann versuchte er die Angelegenheit als verantwortungsbewußter

Staatsbürger, als Mann in leitender Stellung und Anhänger einer starken Landesverteidigung zu sehen.

Natürlich konnten die Empörung und die Drohung des Generalstabschefs ein reiner Bluff sein, um möglicherweise mit einem letzten desperaten Vorstoß peinliche Publizität zu vermeiden.

Doch wenn es sich nicht so verhielt? Wenn diese Spione tatsächlich keinerlei Verbindung zu der Mordgeschichte hatten und eine Zeitung sie trotz dieser Warnungen hochspielte, wenn das Blatt tatsächlich, wenn auch unabsichtlich, damit der Landesverteidigung schadete?

Der Chefredakteur brauchte zwanzig Minuten, um zu einem definitiven Beschluß zu gelangen, den er Reportern und Redaktionsleitung mitteilen konnte.

Wenn die Zeitung *Beweise* dafür erhalte, daß schwedisches Militärpersonal diese Maria-Dingsbums ermordet habe, werde man das ohne jeden Zweifel veröffentlichen. Unabhängig davon, wie unbequem diese Meldung den Behörden sein könne. Doch bis dahin werde das Blatt auf unbewiesene Behauptungen oder bloße Spekulationen aller Art verzichten.

Also keine weitere Publizität. Zumindest nicht zum jetzigen Zeitpunkt. Zumindest so lange nicht, wie keine Beweise vorlägen.

Es war ein diesiger Morgen und noch immer fast dunkel. Vermutlich war es die Feuchtigkeit, die Carls geliehenen Volvo zunächst streiken ließ. Für ein paar kurze Momente hatte er die panische Vision, sein Auftrag würde daran scheitern, daß ein morgensaures Auto den Dienst verweigerte.

Er war beschattet worden, dessen war er sich so gut wie sicher. Doch in dem schwachen Morgenverkehr draußen auf dem Nynäshamnsvägen glaubte er sie abgeschüttelt zu haben. Außerdem machte es gar nichts: sollten sie ihm ruhig bis vor die Tore der Marinebasis Berga folgen, denn dort wäre die Reise ohnehin zu Ende. Wenn sie daraus den fehlerhaften Schluß zogen, daß sich ihr Genosse Koskow dort befand, würden sie bei ihrer Planung ziemlich ins Schwitzen kommen. Was nur gut sein konnte.

Die Wache erwartete ihn schon, und ein Gefreiter fuhr ihm zum Parkplatz voraus, was völlig überflüssig war, da Carl den Weg nach der Beschreibung allein gefunden hätte. Als er zum Kofferraum ging, um seine Reisetaschen zu holen, sah er die drei länglichen Schatten draußen an den

Piers. Die Türme zeichneten sich scharf vor dem heller werdenden Frühlingshimmel ab.

Carl schloß den Wagen ab und ging auf die U-Boote zu. Er entschied sich für die Pier, auf der die Besatzung zum Appell bereitstand. Carl war barhäuptig und trug Jeans, doch unter der Wildlederjacke trug er einen von Fregattenkapitän Lallerstedts entliehenen blauen Marinepullovern, mit wattierten Ellbogen und Schultern und einer Spange für Rangabzeichen. Zum erstenmal in seinem Leben war er einigermaßen als schwedischer Korvettenkapitän erkennbar.

Er begrüßte den Kommandanten und den Zweiten Offizier und wurde der Mannschaft als Lars Soundso vorgestellt, der während der Fahrt einige Messungen vornehmen solle. Während das morgendliche Ritual weiterging, blickte Carl verstohlen die Reihe der jungen Gesichter an. Es waren rund dreißig Mann, von denen fast die Hälfte Offiziere oder Unteroffiziere waren. Wegen der langen Ausbildungszeit hatte man an Bord von U-Booten offenbar nur wenige Wehrpflichtige. Die Männer sahen nüchtern, verschlafen, schwedisch, ordentlich und blauäugig aus, als stünde ihnen ein beliebiger Routineauftrag bevor. Ihr Atem dampfte wie Rauch. Soweit Carl informiert war, war die U-Boot-Flotte ständig damit beschäftigt, bei den verschiedensten U-Boot-Jagdübungen die Zielscheiben abzugeben, für das Wehrbeschaffungsamt Messungen durchzuführen, in allen möglichen Wassertiefen zu fahren, das Periskop mal mehr, mal weniger hoch auszufahren oder darüber, um Wellenbewegungen oder Radarkontakte messen und beobachten zu können. Von der Besatzung würde also niemand ahnen, was gerade an diesem Frühlingsmorgen bevorstand.

HMS Sjöbjörnen trug auf dem Turm in weißer Schrift eine lateinische Devise. Carl deutete den Text als etwas wie *allzeit bereit*, was gerade diesmal weniger wahrscheinlich zu sein schien.

Nach dem Appell helfen ihm zwei Besatzungsmitglieder, seine beiden Reisetaschen zu tragen. Die Besatzung kletterte einzeln durch die Luke in den Rumpf. Carl warf einen letzten langen Blick auf das Deck, das sich in die vollkommen glatte Wasseroberfläche neigte. Unbewußt holte er noch einmal tief Luft, bevor er die Leiter hinunterstieg.

Der Flaggenkadett, der die eine von Carls schweren Reisetaschen trug, wies ihm den Weg zum Torpedoraum, wo er seine Sachen abstellen konnte, bis der Einsatz begann. Dann ging es durch die schmalen Gänge zurück in Richtung Turm, bis er die Offiziersmesse erreichte, in der ihn der Kommandeur und der Zweite Offizier erwarteten. Sie schlossen die Tür und hießen ihn an Bord willkommen. Beide hatten den Rang eines Korvettenkapitäns und waren etwa in seinem Alter. Beide waren kleinwüchsig, wie an das Leben auf einem U-Boot angepaßt, und hatten entschlossene viereckige Gesichter. Sie boten Carl Kaffee aus einer Thermokanne an und machten den Eindruck, als wollten sie ihm viele Fragen stellen. Der Zweite Offizier war selbst ehemaliger Marinetaucher und an Bord für Tauchoperationen verantwortlich. Die Stimmung war betreten. Das Boot machte eine leichte Bewegung, und eine Kaffeetasse rutschte über die Tischplatte.

»Wir tauchen jetzt, das ist es, was du spürst«, erklärte der Kommandant. »Du bist natürlich schon früher von U-Booten aus getaucht?«

»Ja«, erwiderte Carl kurz und unterdrückte den Impuls, noch hinzuzufügen: *nicht von diesem Bootstyp aus.* Carls letzter Einsatz als Taucher war von einem amerikanischen Atom-U-Boot aus erfolgt, das sich von schwedischen U-Booten der *Sjöormen*-Klasse ohne Zweifel beträchtlich unterschied.

»Die größte Tauchtiefe bei dieser Operation hat man uns mit dreißig bis zweiunddreißig Metern angegeben. Stimmt das?« wollte der Zweite Offizier wissen.

»Ja«, log Carl.

»Kannst du uns erklären, worum es dabei geht?« fragte der Kommandant mit deutlich gespielter Beiläufigkeit, als wollte er etwas Selbstverständliches erfahren.

»Es geht um die Beschaffenheit bestimmter Bodenregionen, wie man euch vermutlich schon gesagt hat. Mehr kann ich nicht sagen. Wichtig ist die Navigation, daß wir exakt zum angegebenen Ausgangspunkt kommen«, erwiderte Carl und versuchte dabei ebenso beiläufig zu sprechen wie der Kommandant.

»Es ist natürlich verdammt wichtig, daß ich mich als Kommandant auf alle Eventualitäten vorbereiten kann, und da wir die letzte Strecke bei absoluter Funkstille und geräuscharmer Fahrt zurücklegen werden, liegt auf der Hand, daß niemand uns hören soll.«

»Ja«, erwiderte Carl, »das ist schon richtig. Ich habe aber noch eine weitere Anweisung, und die ist schriftlich und gilt von dem Moment an, an dem wir unsere Position erreicht haben.«

Er zog einen kleinen weißen Umschlag aus der Tasche und legte ihn auf den braunen Bakelittisch. Der Umschlag war versiegelt und trug den handschriftlichen Vermerk *An den Kommandanten.*

Der kleine weiße Umschlag lag auf der Tischplatte, ohne daß einer der beiden U-Boot-Offiziere Miene machte, ihn anzufassen.

»Darf ich ihn jetzt schon öffnen?« fragte der Kommandant.

»Ja, nach dem Ablegen, wenn wir uns unter Wasser befinden, und das dürfte wohl jetzt der Fall sein«, erwiderte Carl leichthin. Er wußte ziemlich genau, was in dem Befehl stand, den der Kommandant jetzt vorsichtig öffnete.

Der Umschlag enthielt eine weiße Briefkarte mit dem Dienstsiegel des Marinechefs in der oberen linken Ecke. Der Befehl war mit Tinte geschrieben und vom Marinechef unterzeichnet. Es war ein sehr kurzer Befehl:

Wenn der Taucher bei der angegebenen Position abgesetzt worden ist, maximal dreieinhalb Stunden warten. Ist der Taucher bis dahin nicht zurückgekehrt, Rückkehr zum Stützpunkt. Dieser Befehl ist zu vernichten. Der Inhalt ist streng geheim.

Die beiden Offiziere lasen die Mitteilung zweimal; beim zweitenmal sehr langsam. Es war ein Befehl, der über den nach schwedischen Verhältnissen extrem ungewöhnlichen Charakter des Auftrags nicht viele Zweifel ließ. Ein Taucher, der nach einer bestimmten Zeit nicht zurückkehrt, ist ohne Zweifel ein toter Taucher.

Als der Zweite Offizier, der selbst ausgebildeter Marinetaucher war, die Mitteilung zum zweitenmal gelesen hatte, spürte er, wie sich ihm die Haare auf den Unterarmen sträubten. Als er aufsah und Carls Blick begegnete, nickte dieser fast unmerklich bestätigend. Genau, so war es.

»Wann werden wir unsere Position erreicht haben?« fragte Carl.

»In etwa acht Stunden«, erwiderte der Kommandant schnell, als machte er einem Vorgesetzten Meldung.

»So spät erst?«

»Ja, das liegt einmal am Umweg, dann an der letzten Strecke mit leiser Fahrt, da geht es nur langsam voran.«

»Okay«, sagte Carl, »ich muß versuchen, ein wenig zu schlafen. Ich habe lange und schwierige Vorbereitungen hinter mir. Kann ich mich hier irgendwo aufs Ohr legen?«

Man wies ihm die Koje ganz oben zu, unter den Fotos des Königs und der Königin. Carl kannte das Bild, das eine recht sexy aussehende Silvia mit entblößten Armen zeigte. Das Außenministerium hatte die Geschmacklosigkeit besessen, es auch an einige arabische Botschaften zu schicken. Auf einem U-Boot machte sich das Foto besser.

Carl kletterte in die Koje hinauf und blickte eine Zeitlang in das leicht rätselhafte Lächeln der Königin. Dann zog er den Vorhang zu und konzentrierte sich darauf, einzuschlafen und sich keine Sorgen zu machen. Die beiden anderen hatten die Messe diskret verlassen.

Das U-Boot fuhr in zwölf Meter Tiefe und mit halber Kraft direkt aufs offene Meer zu. Fast alle an Bord gingen ihren Beschäftigungen nach oder ruhten, als ginge es nur um einen von vielen Aufträgen, über die man nicht sehr viel wußte, die aber doch nichts anderes mit sich bringen würden als die gewohnte Routine: Die Zeit verging, die Wachen lösten einander ab, und zu bestimmten Zeiten wurde gegessen. Drei Personen an Bord taten ihr Äußerstes, um ihre Nervosität unter Kontrolle zu halten.

Carl konnte nicht einschlafen. Da er die Beine leicht anziehen mußte, fiel es ihm schwer, eine bequeme Schlafstellung zu finden. Einmal drehte er sich so heftig und irritiert um, daß er mit den Knien fast die Königin heruntergerissen hätte. Er schaltete die Kojenlampe ein und rückte das Bild zurecht. Dann machte er das Licht wieder aus, legte sich auf den Rücken und begann systematisch seine Ausrüstung zu memorieren, als zählte er Schafe.

Die Nitrox-Mischung würde sich automatisch an die jeweilige Tiefe anpassen. Die Orientierungsinstrumente hatte er schon oft verwendet. Die Distanz bot nur mäßige Schwierigkeiten. Er würde mit einer Abweichung von höchstens zehn Metern am Ziel ankommen. Sein Erkundungsauftrag war klar umrissen. Man hatte ihm mitgeteilt, daß es keine Abwehreinrichtungen gegen Taucher gab.

Carl grübelte über dieses Problem nach. Abwehreinrichtungen gegen feindliche Taucher waren doch möglich – etwa Fischnetze, die einem Taucher schwer zu schaffen machen würden, kombiniert mit elektrischen Schockladungen. In der vorgesehenen Tiefe wäre an der Oberfläche nichts zu merken, aber ein Taucher, der sich in der Nähe befand, wäre sofort verwundet oder kampfunfähig. Zugleich wäre eine solche Einrichtung ein hochwirksames Alarmsystem.

Carl warf sich in seiner Koje hin und her und fühlte sich fast hellwach, jedenfalls weit entfernt von seinem normalen Schlafbedürfnis.

Nein, es wäre idiotisch gewesen, ihm solche Informationen zu geben, wenn sie nicht den Tatsachen entsprachen. Es wäre nicht nur zynisch – in diesem Punkt hatte Carl durch seine amerikanische Ausbildung kaum noch Illusionen –, sondern es wäre einfach idiotisch.

Rein theoretisch waren also fremde Taucher die einzige Bedrohung. Doch einmal würde es Tauchern unter Wasser unerhört schwerfallen, einander in der Dunkelheit zu orten, zum andern glaubte Carl eine wirksame Abwehr zu besitzen.

Wenn sie Horcheinrichtungen verwendeten, würden sie sein Kommen bemerken, zwei riesige, lärmende Schwimmblasen, die eindeutig kein Ostseedorsch waren. Doch die Wahrscheinlichkeit, daß sie auch aktive Lauscheinrichtungen verwendeten, war wegen des Entdeckungsrisikos nur gering. Überdies war sich Genosse Koskow in dieser Hinsicht seiner Sache offenbar sicher gewesen.

Passiven Lauscheinrichtungen würde Carl sich vollkommen lautlos nähern.

Carl-Erik Helldén war noch ziemlich frischgebackener Generalstabschef und damit Vizeadmiral. Er hatte den Gipfel seiner Karriere erreicht. Oberbefehlshaber konnte er nicht mehr werden, und feuern konnte man ihn auch nicht mehr. Das waren einfache Tatsachen, die seine Neigung zu jungenhaften Scherzen in letzter Zeit möglicherweise verstärkt hatten. Er war dafür bekannt, daß er sagte, was er meinte, und galt als ein Mann, der oft – jedenfalls öfter als andere Offiziere seines Rangs – sowohl das Leben als auch militärische Realitäten nicht allzu ernst nahm.

Doch gerade an diesem trüben, diesigen Frühlingsmorgen hatte er vor Schlafmangel blutunterlaufene Augen, als er im Stabsgebäude erschien, und erstaunte seine Sekretärin mit ungewohnter Morgenmuffeligkeit. In einer Stunde sollte er sich beim Oberbefehlshaber einfinden. Er bestellte sich mürrisch einen Kaffee, gab Befehl, ihn nicht zu stören, was immer geschehe, wer immer sich melde, und schloß sich buchstäblich in seinem

Zimmer ein, als der Kaffee auf dem Schreibtisch stand. Seine Sekretärin, die ihn abschließen hörte, glaubten ihren Ohren nicht zu trauen.

Halldén holte eine große Seekarte aus dem Schrank und entrollte sie auf seinem Konferenztisch. Er entnahm seinem Schreibtisch einen Zirkel und errechnete den ungefähren Kurs und die mögliche Fahrzeit des U-Boots *Sjöbjörnen.* Er folgte dem geplanten Kurs aufs offene Meer hinaus, bog etwa bei Huvudskär ab und setzte den Weg nach Almagrundet vorbei zum offenen Meer hin fort, bis der Kurs auf der restlichen Strecke in Richtung Furusund schwierig wurde. Dort würde das U-Boot der Fahrrinne nach Finnland folgen, bis zum Ziel im Abschnitt Trälhavet, direkt nördlich von Vaxholm. Ungefähr sieben Stunden. Dann schlimmstenfalls zwei Stunden für den eigentlichen Erkundungsauftrag, wie er die Operation umschrieb, dann eine schnellere Rückkehr über die Sandhamns-Fahrrinne, etwa fünf Stunden. In etwa fünfzehn Stunden von jetzt an gerechnet, etwa gegen Mitternacht, waren Ergebnisse zu erwarten. Bis dahin war man auf allzu viele Vermutungen angewiesen.

Carl-Erik Halldén flüchtete sich eine Zeitlang in ein Nebenproblem. Immerhin hatte die Bibliothek des Generalstabs die Namensfrage lösen können, nämlich nach welchen Männern die drei Stationen benannt waren. *Station Apraksin*, zu der *HMS Sjöbjörnen* jetzt unterwegs war, war nach Fjodor Matwejewitsch Apraksin benannt, der von 1661 bis 1728 gelebt hatte. Apraksin war General und Admiral gewesen, Graf, Schöpfer der russischen Kriegsmarine und einer der engsten Vertrauten Zar Peters I.

Im Jahre 1710 hatte Apraksin Wyborg genommen, 1719 die Küsten Södermanlands und Östergötlands verwüstet und hätte um ein Haar Finnland erobert.

Station Bodisko war nach einem gewissen Konteradmiral Bodisko benannt, der im Jahr 1808 ganz Gotland erobert und die Insel mit nur 2000 Mann besetzt hatte. Er war jedoch nach etwa einem halben Jahr vertrieben worden und nach der Heimkehr offenbar in Ungnade gefallen, da er die eroberte Insel zu leicht aufgegeben hatte.

Station Tschitschagow: Wassilij Jakowlewitsch Tschitschagow, 1726 bis 1809, Admiral, Polfahrer, schloß die schwedische Flotte bei Wyborg ein und schaffte es, daß die Schweden bei ihrem Ausbruch neun größere Schiffe verloren. Dieses »Wyborgsche Spießrutenlaufen« war später auf wundersame Weise in einen schwedischen Sieg verwandelt worden. Wenige Monate später besiegte Tschitschagow bei Reval eine überlegene schwedische Flotte. Er war also der Mann, der Schweden im Ostseeraum endgültig zur Seemacht Nummer Zwei gemacht hatte.

Eine nach ihm benannte Basis oder »Station« würde vermutlich auf die schwedische Marine angesetzt werden, falls die Namen überhaupt etwas zu bedeuten hatten. In diesem Zusammenhang war natürlich interessant, daß die Stationen die Namen von Seehelden aus einer Zeit trugen, die fern von allem war, was Sozialismus hieß, jedoch einen überdeutlichen Zusammenhang mit Kriegshandlungen gegen Schweden aufwiesen.

Nein, Carl-Erik Halldén rief sich zur Ordnung. Er verlor sich in Spekulationen.

In dem zusammenfassenden Bericht des OP 5, für den Samuel Ulfsson persönlich verantwortlich zeichnete, wurde bedauerlicherweise eine klarere Sprache gesprochen. Carl-Erik Halldén beschloß, die Akte nochmals durchzulesen, bevor er bei dem Treffen mit dem Oberbefehlshaber so etwas wie einen Entscheidungsvorschlag präsentierte.

Die Hauptüberschrift lautete *Operativer Nachrichtendienst.*

Von dem strategischen, hauptsächlich im Ausland stationierten Nachrichtendienst der Sowjetunion waren eine ganze Reihe von Männern auf verschiedenen Rangebenen in den Westen übergelaufen. Bei dem operativen, in der Sowjetunion stationierten Nachrichtendienst jedoch war Koskow der erste Überläufer überhaupt. Zudem war er alles andere als ein kleiner Subalterner.

Er war Chef des Zweiten Direktorats der Marinestreitkräfte in Kaliningrad, das formal zum Wehrbereich Leningrad gehörte. Wer aber bei einer sowjetischen Armee oder Flotte Chef des Zweiten Direktorats war, war damit Nachrichtenchef. Dieses Muster wiederholte sich im gesamten Sowjet-System und war wohlbekannt.

Sämtliche Chefs des Zweiten Direktorats unterstanden direkt der GRU-Zentrale in Moskau und nicht örtlichen Befehlshabern. Schon diese Tatsache machte Koskow zu einem der wichtigsten Überläufer der neueren Geschichte. Vermutlich mußte man bis zum Deutschen Reinhard Gehlen im Zweiten Weltkrieg zurückgehen, um einen Mann ähnlichen Kalibers zu finden.

Das Direktorat 2 in Kaliningrad, dessen Chef Koskow bis vor kurzem gewesen war, war nach den Mustern organisiert, die aus anderen Bereichen bekannt waren. Koskows Angaben hatten sich bis ins letzte Detail als zutreffend erwiesen, was nicht ohne Bedeutung war.

Das Direktorat 2 war folglich in fünf Abteilungen gegliedert. Abteilung 1 war mit taktischer und strategischer Aufklärung betraut, Abteilung 2 kümmerte sich um Operateure und Informanten auf ausländischem Territorium, in diesem Fall hauptsächlich in Schweden und der Bundesrepublik Deutschland, Abteilung 4 war die Informationszentrale, die eingehende Meldungen bearbeitete und analysierte, und Abteilung 5 war für Funkaufklärung und sonstigen elektronischen Nachrichtendienst zuständig. All dies war im jetzigen Zusammenhang von geringerem Interesse und wurde ziemlich kursorisch mitgeteilt. Das gleiche galt für die Übersetzergruppe von Abteilung 4, die intern »die Inquisition« genannt wurde und die die Aufgabe hatte, Dokumente zu übersetzen, Meldungen zu entschlüsseln und – vor allem in Kriegszeiten, wie zu vermuten war – Gefangene zu verhören. Offensichtlich hatte diese letztgenannte Funktion zu dem internen Spitznamen geführt.

Doch das war alles bislang von ziemlich akademischem Interesse; einiges bekannt, anderes vermutet, wiederum anderes völlig unbekannt.

Abteilung 3 war die Hauptsache, und dort taten sich die Abgründe in dem zurückhaltend formulierten Text auf, der voller Tippfehler und durchgestrichener Worte war. Samuel Ulfsson hatte den Bericht vermutlich selbst geschrieben, statt eine Sekretärin damit zu beauftragen.

Abteilung 3 des Zweiten Direktorats in Kaliningrad war die Abteilung der Spetsnaz-Verbände. Jede sowjetische Armee oder Flotte besaß Spetsnaz-Abteilungen. Sie bildeten die absolute Elite von Armee und Marine.

Mit einem Sammelbegriff wurden diese Einheiten »Diversionseinheiten« genannt, was eine ziemlich euphemistische Umschreibung für Sabotage- und Mördertrupps war, die – unabhängig von sonstiger militärischer Aktivität – weit hinter den Linien des Feindes operieren sollten. Sie waren vermutlich in einem Atemzug mit einem gewissen schwedischen Korvettenkapitän zu nennen, der in obige Angelegenheit involviert war.

Schweden verfügte über einen solchen Mann, zwei weitere befanden sich in Ausbildung.

Die Sowjetunion verfügte insgesamt über 27 000 bis 30 000 Hamiltons. Und das nur dann, wenn man lediglich die mitzählte, die sich zu einem bestimmten Zeitpunkt im aktiven Dienst befanden. Zuzüglich der Reservisten würde sich eine viermal größere Zahl ergeben.

Die Spetsnaz-Brigade in Kaliningrad, die auf Schweden angesetzt war, umfaßte 1126 Mann allein an kämpfendem Personal. Ohne Reservisten.

Sie bestand aus einer Mini-U-Boot-Kompanie, einer Fallschirmjägerkompanie sowie zwei oder drei Kompanien mit Marinetauchern.

Die Aufgabe der Spetsnaz-Brigade bestand darin, unabhängig von sonstigen Kriegsoperationen oder von kriegerischen Operationen überhaupt das politische Führungssystem des angegriffenen Landes, also Schwedens, zu zerschlagen, entsprechend gegen das militärische und in gewissem Umfang auch gegen das polizeiliche Führungssystem vorzugehen, oder, einfacher ausgedrückt, die führenden Politiker und die militärische Führung des Landes zu ermorden.

Hinzu kam die Aufgabe, Kommunikationsverbindungen zu stören oder zu zerstören, die Energieversorgung zu unterbrechen und durch sogenannte panikschaffende Maßnahmen die Bevölkerung zu desorientieren. Was darunter zu verstehen war, erforderte eine ziemlich überhitzte oder verängstigte Phantasie.

Hinzu kam eine spezielle Unterteilung der Spetsnaz-Brigade, die nicht einmal intern allen bekannt war. Es wurde sorgfältig zwischen Kompanien normaler Wehrpflichtiger sowie Stabskompanien unterschieden, wobei unberücksichtigt bleiben mochte, daß es kaum *normale* Wehrpflichtige waren, die nach fünfjähriger Ausbildung in dieser extremen Elite landeten. Bei den sogenannten Stabskompanien waren sämtliche Angehörige Berufssoldaten und keine Wehrpflichtigen.

Diese Stabskompanien waren dazu ausersehen, die politische wie militärische Führung Schwedens zu zerschlagen.

In den Stabskompanien wurden keine Uniformen getragen, es sei denn schwedische. Die Männer traten in Zivilkleidung auf, und es war ihnen verboten, sich gefangennehmen zu lassen oder Gefangene zu machen.

Die Bedeutung dieses letzten Prinzips erforderte einiges Nachdenken. Sie waren unter anderem also angewiesen, verwundete Kameraden zu töten, wenn diese nicht transportfähig waren.

In den drei Stationen *Apraksin, Bodisko* und *Tschitschagow* befanden sich ausschließlich Männer aus den Stabskompanien der Spetsnaz-Brigade.

Zusammenfassend ließ sich also sagen, daß der größte Teil der unbekannten Unterwasseraktivität auf schwedischem Territorium in den letzten Jahren ausschließlich der Ausbildung mehrerer Generationen dieser Spezialisten gedient hatte. Diese Männer konnten zu jedem beliebigen Zeitpunkt in operative Funktion gesetzt werden.

In dem Carl-Erik Halldén vorliegenden Bericht wurde angedeutet, daß die beiden anderen Stationen ebenso tief auf schwedischem Territorium lagen wie die Position im Trälhavet nördlich von Vaxholm, die sie jetzt kannten.

Und dorthin war *HMS Sjöbjörnen* mit einer vollkommen unwissenden Besatzung unterwegs.

Sie mußten sich absolute Gewißheit verschaffen.

Wir müssen es wissen, wir müssen es wissen, wiederholte Carl-Erik Halldén leise, als er die Papiere auf dem Schreibtisch zu einem Stapel zusammenschob.

Er stand auf und trat ans Fenster. Jetzt mußte er, vor der Begegnung mit dem Oberbefehlshaber, einen Standpunkt formulieren. Das war unwiderruflich. In einer halben Stunde mußte er wissen, wie er in dieser Sache stand.

Draußen fiel Schneeregen. Es war die trübe, matschige Jahreszeit. Es war überdies der Anfang der Periode, in der die Frühjahrsflut die Ostsee mit süßem Schmelzwasser füllt, so daß verschiedene Wasserschichten mit verschiedenen Temperaturen und unterschiedlichem Salzgehalt durcheinanderströmten, was es fast unmöglich macht, U-Boote zu orten.

Carl-Erik Halldén spürte so etwas wie Angst, obwohl es ihm schwerfiel, sich das einzugestehen. Es ging um eine kleine und eine große Sache, obwohl die Entwicklung der Dinge schlimmstenfalls alle Logik dieser Art auf den Kopf stellen konnte.

Halldén hatte den Flottillenchef von Berga persönlich zu sich gerufen, um den U-Boot-Transport zu arrangieren. Er hatte sich persönlich dafür verbürgt, daß es sich um ein risikoloses Unternehmen handle, das gleichwohl streng geheim und von größter Bedeutung sei. Ohne sich näher zu erklären. Sie waren vor langer Zeit einmal Kameraden auf der Seekriegsschule gewesen. Sie waren sogar recht enge Freunde geworden. Selbstverständlich hatte den alten Kurskameraden der Mangel an Vertrauen verblüfft. Doch das war nicht zu ändern.

Ein Test hochkomplizierter Aufklärungsmethoden, nichts anderes. Das war zwar durchsichtig, aber das Beste, was Halldén eingefallen war.

Wenn alles eine Art Falle war, hatte er möglicherweise ein ganzes schwedisches Schiff aufs Spiel gesetzt, und das überdies durch Erteilung unzweideutiger, aber geheimer Befehle auf höchst unkonventionelle Weise. In etwas mehr als elf Stunden würde man Bescheid wissen. Noch elf Stunden bis zu einem Triumph oder einem Fiasko. Aber sie mußten sich Gewißheit verschaffen.

Möglicherweise schlimmer war, daß seine alte, eingefleischte Überzeugung – strategische Überzeugung – ins Wanken geraten war. Während seiner gesamten militärischen Laufbahn war er ein Anhänger der schwedischen Verteidigungsdoktrin gewesen.

Schweden sollte sich erst dann in kriegerische Handlungen verwickeln lassen, wenn draußen in der Welt die große Unruhe herrschte, Krieg oder Kriegszustand. Schwedens Streitkräfte waren dazu da, vor Invasionsversuchen abzuschrecken. Schweden würde bei der großen Entscheidung zwar nicht das wichtigste kleine Land der Welt sein, aber der Preis eines Angriffs mußte abschreckend hoch sein.

Ein separater Krieg zwischen Schweden und der Sowjetunion war undenkbar. Derlei gehörte ins 18. oder allenfalls an den Beginn des 19. Jahrhunderts.

Das Vorhandensein von Diversionsverbänden, über die in den letzten Jahren in der einschlägigen Literatur so viel geschrieben worden war, beeinflußte dieses Bild keineswegs. Diese Spetsnaz-Verbände konnten natürlich allerlei Unheil anrichten, das war dem Generalstab in Schweden schon immer klar gewesen. Aber da war man noch immer von der Möglichkeit eines Krieges ausgegangen. Einem Krieg jedoch würde eine politische Eskalation vorausgehen, die zur Mobilmachung führen würde, und damit hätte die Sowjetunion tausend Möglichkeiten, Leute nach Schweden zu schicken, Soldaten, Lastwagen und den Teufel und seine Großmutter. Dazu würden sie keine Mini-U-Boote brauchen. U-Boote dienen ja in erster Linie dem Angriff auf Ziele an den Küsten, also den festen Anlagen der Küstenverteidigung.

Ein Überraschungsangriff war nur im Rahmen eines gesamteuropäischen Krieges möglich und ließ sich nicht als isolierte Erscheinung sehen.

Der größte Teil dieser Überlegungen konnte sich jedoch als falsch erweisen. Wenn man ein Schiff außer Gefecht setzen will, kann man es torpedieren. Das ist Krieg. Man kann jedoch auch durch Sabotage die Schiffsschrauben zerstören, und damit ist das Schiff unbrauchbar.

Ein isolierter Überraschungsangriff gegen Schweden brauchte also nicht einmal den Charakter eines wirklichen Krieges zu haben. Die Russen trainierten auch für diese Möglichkeit, bereiteten sich auch auf diese Variante vor.

Es ließ sich keine klare Grenze zwischen Krieg und Frieden ziehen, im Gegenteil, auf dieser fehlerhaften Vorstellung baute sich das gesamte schwedische Verteidigungsdenken auf. Und daß die Vorstellung fehlerhaft war, ergab sich unvermeidlich aus den Erkenntnissen der letzten Tage.

Drei offensive Basen mit Stabskompanien von Spetsnaz tief auf schwedischem Territorium waren sachlich betrachtet eine Kriegshandlung, wie sehr an der Oberfläche und in der Politik auch Frieden zu herrschen schien.

So war es. Und dies war die erste Schlußfolgerung, die Carl-Erik Halldén jetzt zu äußern gedachte, als er sich bereit machte, zu den drei anderen Männern im Zimmer des Oberbefehlshabers zu gehen. Es gab keine Grenze mehr zwischen Krieg und Frieden, und insofern befand sich Schweden jetzt im Krieg.

Das U-Boot *Sjöbjörnen* lief mit fünf Knoten Geschwindigkeit und in fünfzehn Meter Tiefe in die schmale Passage zwischen Ljusterö und dem Festland. Der Kapitän hatte schon längst leise Fahrt angeordnet, bald würde der Übergang zu geräuschloser Fahrt erfolgen.

Etwa eine Stunde zuvor war im Kommandantenraum der Lunch serviert worden. Die Männer hatten unter bedrückendem Schweigen gegessen; fünf Mann an dem schmalen kleinen Tisch, der unter restaurantähnlichen Verhältnissen knapp für zwei Personen gereicht hätte.

Die beiden Offiziere, die zusammen mit dem Kommandanten, dem Zweiten Offizier und Carl aßen, waren vermutlich die Nummern Drei und Vier in der Hierarchie des U-Boots, aber Carl war nicht klar, welche Funktionen sie hatten, fragte aber auch nicht danach.

Man hatte ihnen gepökelte Rinderbrust mit Steckrübenmus serviert, dazu Leichtbier oder Mineralwasser, und keiner der Anwesenden hatte das Essen angerührt, bis der Kommandant Messer und Gabel in die Hand nahm und sagte: »Meine Herren, ich wünsche Ihnen guten Appetit.«

Carl stellte sich vor, die beiden neu hinzugekommenen Offiziere würden die gedrückte Stimmung darauf zurückführen, daß die Korvettenkapitäne nicht miteinander auskamen, daß sie vielleicht schon auf der Seekriegsschule zu Feinden geworden waren, oder etwas in der Richtung. Sie würden jedenfalls nie in die Nähe der Wahrheit kommen. Sofern der Kommandant oder der Zweite Offizier sich nicht verplapperten, aber das kam Carl höchst unwahrscheinlich vor.

Beim Kaffee hatte es keine weitere Unterhaltung gegeben. Carl war wieder zu Königin Silvia zurückgekehrt und versuchte erneut zu schlafen.

Er glaubte, eingenickt zu sein, als er über Bordlautsprecher hörte, wie der Kommandant den bevorstehenden Übergang zu geräuschloser Fahrt ankündigte. Toilettenbesuche müßten innerhalb der nächsten Viertelstunde erfolgen.

Carl sah ein, daß Leichtbier und Kaffee später im Taucheranzug zu Unannehmlichkeiten führen konnten und kam schwankend auf die Beine. Man ließ ihm in der Warteschlange der Matrosen den Vortritt, worauf er wieder in seine Koje zurückkehrte.

Kurz darauf wurden alle Ventilatoren abgestellt, alle Bewegungen und Gespräche erstarben. Carl lag da und lauschte. Ein großes Schiff, vermutlich eine Finnland-Fähre, kam lärmend immer näher und näher und passierte das U-Boot in einer Entfernung von nur wenigen Metern. Carl spürte die Vibrationen am ganzen Körper. Dann wurde es bis auf das eine oder andere ferne Gespräch, das er nicht deuten konnte, wieder still. Da endlich schlief er ein.

HMS Sjöbjörnen glitt mit stark reduziertem Stromverbrauch und nur einem Knoten Geschwindigkeit durch die absolute Stille.

Carl wachte auf, als der Zweite Offizier ihn am Arm packte und schüttelte. Es war soweit. Beide zwängten sich durch die Passage zum Torpedoraum, und unter der wachsamen Aufsicht des Zweiten Offiziers, der für die Tauchoperationen des Schiffs verantwortlich war, zog Carl sich die wärmeisolierenden Kleidungsstücke und dann den Taucheranzug an, bevor er zusammen mit dem Bleigürtel und der sonstigen Ausrüstung, die dem Zweiten Offizier überwiegend bekannt sein mußte, das amerikanische Aggregat am Körper befestigte. Es gab allerdings auch einige Gegenstände, die dem Schiffsoffizier definitiv unbekannt sein mußten, unter anderem ein kleines Aggregat in der Größe einer Zigarettenschachtel, das in Gummi isoliert, aber mit zwei herausragenden Metallkontakten versehen war. Ein entsprechendes Instrument gab es in den USA auch auf dem freien Markt zu kaufen. Es war ein beliebter Schutz vor Raubüberfällen; der elektrische Schlag würde jeden Angreifer bewußtlos machen.

Inzwischen hatte Carl auch die Rettungsweste angezogen, jedoch erst nach einem kurzen Zögern, das der andere offenbar schweigend registriert hatte.

Carl schnallte sich die Orientierungsinstrumente um und zog sich, als sie die Schleuse erreichten, die Schwimmflossen an. Der Ib erklärte ihm, was zu tun sei, und Carl machte eine Handbewegung zum Zeichen, daß er verstanden hatte. Dann legte er eine Hand auf die Leiter, bereit, hinaufzuklettern und die Luke hinter sich zu schließen.

»Dreieinhalb Stunden. Aktiviert die Peilinstrumente in einer Stunde. Habt ihr verstanden?« sagte er zum Ib und spürte, wie ihm die Kehle trokken wurde.

Beide blickten einander kurz in die Augen, bevor der Zweite Offizier mit einiger Rührung zu antworten vermochte.

»Ja, verstanden. G-M-Y«, sagte er.

»M-Y-T«, erwiderte Carl und blickte zur Seite. Dann kletterte er hinauf und schloß die Luke hinter sich.

Während das Wasser hereinzuströmen begann, dachte er an die Bedeutung des bei U-Boot-Besatzungen in aller Welt bekannten Codes; Amerikaner hatten ihm bei SEAL-Übungen davon erzählt.

Während des Zweiten Weltkriegs hatten britische und deutsche U-Boot-Kommandanten ein noch recht ritterliches Verhältnis zueinander, sie waren Kollegen mit furchtbaren Verlusten und einem allen gemeinsamen furchtbaren Tod.

Die Deutschen sollen damit begonnen haben. Irgendwann einmal, in einer Nacht, als ein deutsches U-Boot auf Überwasserfahrt einem britischen U-Boot über Wasser begegnete – damals war Überwasserfahrt zu den Zielgebieten noch die Regel –, wurden die Morsesignale G-M-Y übermittelt.

Gott Mit You, Gott mit euch, auf deutsch-englisch.

Und die Antwort lautete:

Mit You Too, mit euch auch, in dem gleichen deutsch-englischen Kauderwelsch.

Carl trat hinter den Schirm, während der Wasserspiegel stieg, und berichtete über Lautsprecher, er sei bereit, die Turmluke zu öffnen. Dann ließ er etwas Stickstoff ab, streifte die Maske über, zog sich im flimmernden Lichtschein der Beleuchtung durch das Wasser, schraubte die Luke auf und öffnete sie.

Der Druck machte ihm leicht zu schaffen, obwohl die gemeldete Tiefe nicht mehr als fünfzehn Meter betragen sollte.

Dort draußen begann sofort die Dunkelheit.

Nur rund einen Meter von der Luke entfernt meinte er den schwachen Lichtschein verschwinden zu sehen. Der würde ihm keine große Orientierungshilfe sein. Der Druck auf den Taucheranzug war nur mäßig, seine Gewichtsbalance perfekt, wer immer sie errechnet hatte.

Carl schwamm zu der Hydrophon-Öffnung auf der Vorderseite des Turms und klopfte vorsichtig dreimal. Trotzdem mußte es im Innern des U-Boots mächtig gedröhnt haben. Das war das Signal, daß er draußen war. Von jetzt an tickte die Uhr. Höchstens zweihundert Minuten.

Er kontrollierte, daß die Atmung ordnungsgemäß funktionierte und blickte auf Kompaß und Uhr.

HMS Sjöbjörnen lag auf Grund. Der Bug zeigte fast genau in die Richtung, in die Carl schwimmen mußte. Er hatte das dumpfe Knirschen kaum gemerkt, als es sich zur Ruhe legte. Er hatte noch eintausendfünfundzwanzig Meter zum Ziel, vorausgesetzt, es gelang ihm, eine Bodenerhebung zu orten, die vom U-Boot schräg voraus lag. Nach der Bodenerhebung würde er vermutlich auf glatten Grund stoßen, bis er in der Nähe des Ziels zu einer etwas zerklüfteteren Unterwasserlandschaft gelangte.

Er fand die Bodenerhebung nach, wie ihm schien, unglaublich langem Suchen. Dann nahm er einen neuen Kurs, stieg zu fünf Meter Tiefe auf und schwamm mit gleichmäßigen, ruhigen Zügen in die Richtung weiter, die der Kompaß wies.

Über ihm lag verlassen und nachmittäglich grau das Trälhavet, mit vereinzelten, vom Wasser verwitterten und porösen Eisschollen. Im Sommer gab es dort oben viele Segler, oft Tausende von Seglern, auf dem

Weg von und nach Stockholm. Dies ist so nahe am Herz Schwedens, daß man fast zu hören meint, wie es schlägt, phantasierte er. Irgendwo dort oben passierte ein tuckernder Dieselmotor, dann wurde es wieder still. Wäre es Sommer, hätte er jetzt eine ganze Kakophonie von Geräuschen gehört. Der Sommer wäre für einen Angriff die ideale Zeit. Er ertappte sich bei dem Gedanken, das als selbstverständliche Konsequenz zu betrachten. Den nächsten Besuch bei den Russen da vorn würde nicht ein einsamer, stummer Schwimmer abstatten, sondern eine schwerbestückte Küstenkorvette. Das heißt, wenn ich finde, was ich finden soll, dachte er.

Das heißt, wenn ich überlebe. G-M-Y.

Carl versuchte, seine Nervosität ein wenig zu mildern, indem er an Tessie dachte. Er zwang sich, ihr Lächeln zu sehen, ihr Haar und ihre weißen amerikanischen Zähne. Er versuchte mit ihr zu scherzen, indem er durch seine Tauchermaske zu ihr sprach. *Du wirst mir nicht glauben, Tessie. Ich gehe jede Wette ein, daß du mir nicht glauben wirst, aber im Moment schwimme ich auf den Großen Russischen Bären zu, und das ist etwa so, als würde ein einsamer Dorsch einen Killerwal angreifen.*

Carl hielt inne und kontrollierte erneut den Kurs. Dann konzentrierte er sich. Er horchte in sich hinein, um die üblichen Warnsignale zu entdekken. Das idiotische Gebabbel hinter der Tauchermaske eben konnte auch ein Zeichen dafür sein, daß das Gehirn nicht mehr ausreichend mit Sauerstoff versorgt wurde.

Nein, das war nur eine Phantasie, um die Nervosität zu verscheuchen, entschied er sich. Aber jetzt keine solchen Dummheiten mehr, beschloß er. Weiter.

Er tauchte ein paar Meter tiefer und prüfte den Tiefenmesser am Handgelenk. Der Druck stieg und preßte den Taucheranzug fester an den Körper, was nach und nach die Kälte steigern würde. Jetzt schwamm er in zwölf Meter Tiefe.

Plötzlich schwamm er in etwas Metallisches, Scharfes und zunächst nicht Identifizierbares hinein. Er fühlte mit der Hand behutsam in die Dunkelheit und richtete sich langsam auf, während er das von seinen dick behandschuhten Händen Ertastete zu deuten versuchte. Es mußte ein kleineres Wrack sein. Nach einigen Metern schien es verschwunden zu sein. Er setzte den Kompaßkurs mit dem denkbar geringsten Tempo fort und streckte eine Hand aus, um gegen weitere Überraschungen gewappnet zu sein.

Nach einiger Zeit steigerte er das Tempo. Die geringe Geschwindigkeit erschwerte die Orientierung, zum anderen erhöhte sie die Gefahr der Abdrift, die im Trälhavet allerdings nicht sehr groß sein konnte. Schließlich war dies nicht Kalifornien, wo die Abdrift auf tausend Meter hundert Meter oder mehr betragen konnte.

Uhr und Tiefenmesser klärten ihn kurz danach auf, daß ihm noch etwa fünf Minuten an Zeit und dreißig Meter zusätzliche Tiefe bevorstanden.

Er phantasierte kurz, blind geworden zu sein, daß die absolute Dunkelheit in Wahrheit strahlendes Licht sei und daß man ihn wie einen Maulwurf über der Erde beobachtete. Er kannte diese Phantasie von früher und nahm sie nur als Zeichen dafür, daß alles normal war. Dann tauchte er schräg nach unten.

Plötzlich war er da, einfach so. Das heißt, die Instrumente behaupteten es. Jetzt ging es erst einmal darum, ob sie die Wahrheit sagten. Er versuchte eine Weile zu lauschen, aber um ihn herum war alles lautlos. Die Kälte begann durch den Taucheranzug zu dringen. Carl befand sich in achtunddreißig Meter Tiefe.

Er streckte die Hand zum Grund aus und schwebte mit einer Hand an der Seite. Er konnte feststellen, daß er sich nicht bewegte, also keine Abdrift. Also hier irgendwo im Umkreis von zehn oder höchstens zwanzig Metern.

Er begann sich so langsam zu bewegen, wie es ihm die verbleibende Zeit erlaubte, und folgte einem bestimmten Rautenmuster, das er rhombisch anlegte, um mit minimalem Kräfteeinsatz eine maximale Fläche abzudecken. Das Ziel war sechs bis sieben Meter breit und vierzig bis fünfzig Meter lang, je nachdem, aus wie vielen Segmenten es bestand. Es mußte zu finden sein.

Der grüne Minutenzeiger an seinem Handgelenk drehte sich unerbittlich weiter. Er mußte einige Male innehalten und die Zähne zusammenbeißen, um nicht in Panik zu geraten und darauf zu achten, daß er das Rautenmuster nicht verlor.

Er bediente sich beider Hände, um sich über den Meeresboden weiterzutasten. Der Grund bestand aus groben, von Tang und Seegras überwachsenen Steinen, und darunter befand sich meist Sand, der mit einer schlammartigen Substanz vermischt war. Von Zeit zu Zeit bekam Carl Gegenstände in die Hände, Überbleibsel über Bord geworfenen Mülls von Generationen von Seglern.

Plötzlich verlor er den Kontakt mit dem Boden. Er war offenbar an eine Senke gelangt und mußte noch ein paar Meter tiefer gehen, bevor er wieder Bodenberührung bekam. Hier war der Grund erstaunlich glatt; kein Tang, keine großen Steine, fast wie ein Weg.

Er hielt inne und dachte nach. Warum war die Vertiefung hinter ihm wie eine Wand gewesen, vollkommen senkrecht?

Er drehte sich vorsichtig um die eigene Achse, schwamm eineinhalb Meter weiter und stieß mit der Hand direkt gegen eine Wand.

Er ließ die Hand behutsam über die Wand gleiten. Es war Metall, Metall mit Nieten. Er war offenkundig da.

Er tastete sich Dezimeter um Dezimeter an der Wand weiter, beginnend am Boden und dann von einer Seite zur anderen. An der Ecke begann eine neue Wand im rechten Winkel, und darauf entdeckte Carl ein paar starke Ausbuchtungen. Das mußte der Eingang sein.

Den Angaben zufolge, die er erhalten hatte, sollte die Höhe vier Meter betragen.

Carl zog sich an dem Eingang hoch, den Blick auf den Tiefenmesser gerichtet, bis vier Meter erreicht waren.

Dann fand er das Dach. Es ragte ein paar Dezimeter über den Eingang hinaus und ließ sich mit den Händen umfassen. Etwa zweieinhalb Zentimeter dickes Panzerblech, überzogen mit einer Gummihaut wie bei manchen U-Booten, um Sonar-Kontakte zu erschweren oder undeutlich zu machen. Auf einer glatten stählernen Oberfläche prallt jeder Laut allzu schnell und hart ab.

Er hatte also den Eingang gefunden. Die Dimensionen waren so, wie er erwartet hatte. Jetzt blieb noch die Frage, wie viele Segmente man zusammengefügt hatte, wie lang die Basis also war.

Carl ergriff das vorstehende Dach und orientierte sich so, daß er im rechten Winkel zur Dachkante lag. Dann warf er einen prüfenden Blick auf seine Instrumente und begann, sich vorsichtig über das Dach zu bewegen.

Es war fast völlig mit Kies und Steinen bedeckt, und er mußte so behutsam vorgehen, wie es ihm überhaupt möglich war, um keinen Lärm zu machen.

Wenn er gegen einen der Steine stieß, würde man es dort unten hören. Und dort befanden sich Menschen.

Carl beschloß, dem Dach nicht allzuviel Zeit zu widmen. An drei Stellen stieß er die Hand hinunter und erhielt zwei von drei möglichen Kontakten mit dem Gummibelag. Als er zum anderen Ende kam, hörte er zum erstenmal Laute. Er konnte die schwachen Geräusche nicht deuten, aber eins davon hörte sich wie ein leises Motorengeräusch an.

Plötzlich hörte er eine laute Lachsalve.

Sie mußten weniger als zwei Meter unter ihm gelacht haben.

Durch eine normale Druckkammer, wie sie U-Boote besitzen, hätte er nichts gehört. Die Männer dort unten hatten also nur zweieinhalb Zentimeter Stahlblech zwischen sich und dem Tod. Sie waren überhaupt nicht darauf eingestellt, daß man sie angreifen könnte.

Ihr Lachen beleidigte ihn ohne Grund. Als hätten sie über ihn gelacht, was ja total unwahrscheinlich war. Doch es bedeutete, daß sie ihn nicht entdeckt hatten, daß sie nicht mit aktiven Sonaren arbeiteten, zumindest nicht im Augenblick.

Carl sah erneut auf die Uhr und erkannte, daß er weitermachen mußte. Um ein Haar hätte er sich verrechnet und den zweiten Eingang verpaßt, denn auch der war eine deutlich spürbare Tür in einem Abstand von dem anderen Eingang, den Carl auf fast fünfzig Meter berechnete. Sechs mal acht ist achtundvierzig, folglich bestand die *Station Apraksin* aus acht Segmenten. Sechs Meter lang und vier Meter hoch, in Leningrad erbaut, zur Hälfte oder zu drei Vierteln mit Wasser gefüllt einzeln und unter Wasser durch die gesamte Finnland-Fahrrinne herbugsiert, an Ort und Stelle zusammengefügt und dann im Verlauf von zehn Jahren mit Druckluft ausgeblasen, Segment um Segment.

Carl hielt sich an der gummiverkleideten Dachkante fest und versuchte seine Orientierungsversuche zu rekonstruieren. Er versuchte sich zu erinnern, wie lange er gebraucht und wie viele Rhomben er geschafft hatte, bevor er das Ziel fand. Er fühlte sich etwas unsicher. Ihn begann zu frieren. Inzwischen waren eineinhalb Stunden vergangen.

Den Rückweg würde er schneller zurücklegen, überdies in einer Tiefe von nur fünf Metern. In der einen Hand spürte er ein Stechen. Es war nicht die Kälte, vielleicht war es ein Warnsignal. Er errechnete einen neuen Kompaßkurs, schwamm los und stieg in eine Tiefe von fünf Metern auf.

Er schwamm in absoluter Leere und fühlte sich irgendwie auch selbst leer. Er schaltete das Gehirn gegenüber allen Schlußfolgerungen ab und widmete sich ausschließlich der Orientierung.

Zwanzig Minuten nach Verlassen des Ziels schaltete er sein elektronisches Peilinstrument ein. Die blitzschnell aufflammenden digitalen Zahlen klärten ihn darüber auf, daß er noch einhundertfünfundsiebzig Meter vor sich hatte und daß er weniger als zehn Meter vom Kurs abgewichen war. Er korrigierte ihn und schwamm schneller. Nach ein paar Minuten entdeckte er einen schwachen Lichtschein. Er kam aus dem offenen Turmluk, das die Schleuse mit der brennenden Lampe verbarg. Er schwamm mit ein paar energischen Zügen zum Turm, tastete nach dem Hydrophon und klopfte dreimal. Dann bestieg er den Turm und senkte sich mit den Füßen zuerst in die Schleuse, um dann die Luke zu schließen. Sie ließ sich schwerer als erwartet bewegen, so daß er seine ganze Kraft einsetzen mußte, um sie zu schließen. Dann zog er sich unter den Schirm und riß die Maske vom Gesicht, holte tief Luft und teilte mit, er sei an Bord, und die Luke sei geschlossen. Fast unmittelbar darauf vernahm er das Zischen der einströmenden Luft, die das Wasser hinauspreßte, und bald konnte er durch das Plexiglas erkennen, wie der Wasserspiegel sank. Erst unter das Gesicht, kurz darauf unter Kniehöhe. Er warf einen Blick auf die Uhr. Sie hätten noch weitere achtundvierzig Minuten auf ihn gewartet. Für einige da unten mußte die Zeit jedoch bedeutend langsamer verstrichen sein als für ihn.

Die Bodenluke wurde von einem Mann geöffnet, der ihm von unten half, so daß er sie öffnen und in einem Strom rauschenden Wassers unbeholfen die Leiter hinunterklettern konnte.

Es war der Zweite Offizier, der auf ihn wartete. Er sah bleich und mühsam heherrscht aus.

»Wie geht es dir? Was war die größte Tauchtiefe?« wollte er wissen.

»Mir geht es gut, alles in Ordnung. Größte Tauchtiefe war einundvierzig Meter«, erwiderte Carl und zwängte sich an dem Ib vorbei, um in dem schmalen Gang zum Torpedoraum zu watscheln.

Er war etliche Meter tiefer getaucht, als es die Sicherheitsvorschriften erlaubten. Doch am Ziel waren ihm Sicherheitsvorschriften nicht gerade als das Wichtigste erschienen.

Er fühlte sich steifgefroren und rieb sich Arme und Beine, als er wieder im Kommandantenraum war. Der Kommandant und der Ib erwarteten ihn.

Sie blickten ihn forschend an, und ihre Gesichter verrieten tiefen Ernst.

»Ist alles nach Plan gegangen?« fragte der Kommandant, der unwillkürlich flüsterte.

»Ja«, erwiderte Carl, »es ging erschreckend gut.«

»Ich glaube, du könntest jetzt einen Whisky vertragen, oder?« fuhr der Kommandant fort.

»Das glaub' ich auch, wenn es nicht gegen die Sicherheitsbestimmungen verstößt«, lächelte Carl, fast verlegen über seine alberne Replik. Wie ein Schauspieler in einem Kriegsfilm dachte er.

Der Kommandant stellte eine Flasche Ballantines auf den Tisch, ein Studentengesöff, das Carl seit seiner Zeit als Wehrpflichtiger nicht mehr angerührt hatte. Der erste tiefe Schluck brachte ein paar kurze, merkwürdige Erinnerungsfetzen an die Oberfläche. Er schloß die Augen und ließ das Getränk eine Weile im Mund brennen.

»Mir ist kalt«, sagte er. »Habt ihr eine Warmwasserdusche an Bord?«

Eine Dusche hatte erwärmtes Meerwasser. In dem engen Duschraum hatte man schon alles für ihn vorbereitet. Dort lagen ein sauberes Handtuch und ein Stück Seife, eine hellgrüne Seife für Salzwasser.

Carl blieb mehr als zwanzig Minuten im Duschraum. Er massierte den Körper und tastete Muskel um Muskel nach stechenden Alarmsignalen ab. Doch die Schmerzen waren nur auf die Kälte zurückzuführen, und während er sich aufwärmte, verschwanden alle eingebildeten Warnzeichen für eine Vergiftung; er war tiefer getaucht, als für seine Nitrox-Mischung vorgesehen war, wenn auch nur einige Meter. Die Grenze zwischen einem gesunden, unverletzten Taucher und einem plötzlich vergifteten ist jedoch nicht immer gleichbleibend, und überdies befand sich Carl schon jenseits der Altersgrenze. Erfahrungsgemäß war ein Alter von etwa sechsundzwanzig Jahren am besten. Carl war schon über dreißig.

Mit dem Handtuch der Krone um die Hüften geschlungen und den Kleidern in der Hand kehrte er in den Kommandantenraum zurück und zog sich an. Die Whiskyflasche stand auf dem Tisch; vermutlich hatte man sie absichtlich stehen lassen. Carl goß sich ein neues Glas ein und suchte in seiner Reisetasche nach dem Code, den er übermittelt haben wollte. Die Tasche enthielt keinerlei Habseligkeiten, die mit seinem Namen gezeichnet waren. Alles war nagelneu, sogar die Toilettenartikel. Die einzige Spur, die er eventuell hinterlassen könnte, war der Schlüssel zu einem Wagen, der einem Fähnrich in einem der geheimen Abteilungsbüros von OP 5 gehörte. Das würde alles sein. Lallerstedt würde persönlich seine Ausrüstung und seine Reisetasche abholen.

Carl trank das halbe Whiskyglas in einem Zug aus und spürte, wie im Körper die Wärme stieg. Dann verließ er den Raum und begab sich zum Gefechtsstand am Periskop. Es war überall eng, und hier und da stieß er an, da er nicht gewohnt war, sich in einem U-Boot zu bewegen. Jedenfalls redete er sich ein, daß es nur daran lag.

»Könnt ihr diese Meldung abschicken, wenn wir Sandhamn passiert haben?« fragte er und reichte dem Kommandanten seinen Zettel, auf dem Frequenz und Text mit Maschine geschrieben waren.

»Ich sollte der guten Form halber wissen, wer der Empfänger ist«, meinte der Kommandant ernst.

»Der Generalstab«, erwiderte Carl kurz.

Der Kommandant nickte, nahm den Zettel entgegen und sah auf den Text. Die Mitteilung war verschlüsselt und sagte ihm nichts, doch ließ sich mühelos erraten, daß es eine Vollzugsmeldung über den erledigten Auftrag war.

»Hinter Sandhamn?« fragte der Kommandant. »Kein besonderer Zeitpunkt?«

»Nein«, sagte Carl, »kein besonderer Zeitpunkt, sondern einfach nur hinter Sandhamn.«

Dann kehrte er in den Kommandantenraum zurück und kroch wieder in seine Koje. In der unteren Koje schlief schon jemand.

Carl schlief sofort ein und verbrachte den Rest der Fahrt in tiefem und traumlosem Schlaf, ohne sich zu bewegen.

In der Nähe von Sandhamn fuhr *HMS Sjöbjörnen* Masten und Periskop in dem Moment aus, als man einen Sund passierte, der früher einmal ein beliebter Standort für Vogelschützen gewesen war, als die Frühlingsjagd auf Seevögel noch erlaubt war.

Zwei Wilderer kauerten in der Dämmerung am Ufer und sahen zu ihrer Verblüffung plötzlich, wie direkt vor ihren Augen, weniger als fünfzig Meter entfernt, eine weiße und deutlich sichtbare Schwallwelle entstand. Dann entdeckten sie ein Periskop und die Masten. Die Vision dauerte zwanzig Sekunden, dann verschwanden Masten und Periskop.

Die beiden Männer waren Schärenbewohner und hatten schon früher U-Boote gesehen. Schwedische U-Boote zogen es jedoch meist vor, sich deutlicher zu zeigen, um Falschmeldungen zu vermeiden.

Die beiden Männer überlegten kurz, ob sie die Jagd abbrechen und zu einem Telefon gehen sollten. Einer von ihnen brachte Einwände vor. Es würde ihnen womöglich schwerfallen zu erklären, was sie dort zu suchen hätten, gerade um diese Jahreszeit und noch dazu am Abend. Der andere meinte, eine derart egoistische Argumentation dürfe sie nicht daran hindern, ihre Pflicht zu tun. Wenn man der Nation einen Dienst erweise, werde man sie wohl kaum wegen Wilderei einsperren.

Sie verstauten ihre Donnerbüchsen, starteten ihr Motorboot und fuhren auf dem kürzesten Weg nach Sandhamn zum Telefon. Draußen auf Korsö hieß es zunächst, man wisse nichts davon, daß sich in diesem Gebiet schwedische U-Boote aufhielten. Folglich kam es zu einiger Verwirrung, bis der Flottillenchef von Berga die Jagd- und Aufklärungseinsätze gerade noch abblasen konnte, zu denen es fast gekommen wäre.

Es war später Abend und völlig dunkel, als *HMS Sjöbjörnen* an den U-Boot-Anlegern von Berga vertäut wurde. Als die Luke geöffnet war, kletterte Carl als einer der ersten hinaus. Er war hellwach und genoß es, wieder die kühle, feuchte schwedische Luft einzuatmen. Dann gab er dem Kommandanten die Hand. Die beiden Männer sahen sich für einen Moment ernst in die Augen. Dann warf Carl seine Taschen über die Schulter. Als er an Land ging, vergaß er nicht, sich kurz der Fahne zuzuwenden und eine kurze Ehrenbezeigung zu machen, wie es bei der Marine üblich ist.

Der geliehene Volvo sprang wieder nur mit Mühe an, schnurrte dann aber in einer blauen Wolke los.

Carl konnte auf dem Weg in die Stadt keine Verfolger ausmachen. Der Verkehr war spärlich, und so fuhr er ohne Umwege und Ausweichmanöver direkt zum Lidingövägen.

Der Adjutant des Oberbefehlshabers kam hinunter und nahm Carl bei den ABAB-Wachen in Empfang. Er führte Carl zum Fahrstuhl und im obersten Stockwerk durch den Korridor zu den Diensträumen des Oberbefehlshabers. Er klopfte an die Tür, meldete seinen Besucher an, bat Carl einzutreten und schloß die Tür von außen.

Der Oberbefehlshaber war nicht allein, sondern hatte den Marinechef, den Generalstabschef und Samuel Ulfsson bei sich. Alle sahen unrasiert aus und hatten blutunterlaufene Augen. Es fiel ihnen schwer, ihre Verblüffung zu verbergen, als ihr junger, frischrasierter und unbegreiflich ausgeruht wirkender Korvettenkapitän den Raum betrat, kurz Haltung annahm und meldete, der Auftrag sei befehlsgemäß ausgeführt.

Der Oberbefehlshaber zeigte auf ein Gestell mit Millimeterpapier und Farbstiften.

»Sehr gut, Hamilton. Teile uns deine Beobachtungen mit«, befahl er fast mürrisch und ohne seine Erregung auch nur im mindesten zu verraten.

Carl hielt kurz Vortrag. Die Position sei exakt die angegebene. Die Station bestehe schätzungsweise aus acht Segmenten und sei in einer langgestreckten Bodensenke untergebracht, so daß das Dach fast in Höhe des umgebenden Bodenprofils verlaufe. Es gäbe Eingänge an beiden Enden, und der Meeresboden in der Umgebung mache fast den Eindruck, ausgefahren zu sein wie eine Straße, was vermutlich auf Unterwasserverkehr zurückzuführen sei. Über die Beschaffenheit der Seitenwände könne er keine genauen Angaben machen, doch das Dach bestehe aus etwa zweieinhalb Zentimeter dickem Stahl- oder Panzerblech, das mit Gummi überzogen sei. Die Station sei bemannt. Einrichtungen für Nahverteidigung habe er nirgends beobachten können.

»Woher weißt du, daß sie bemannt ist?« fragte der Oberbefehlshaber, als Carl seine Einleitung beendet hatte.

»Ich habe Geräusche gehört, eine Art Motorengeräusch, und dann noch eine Lachsalve.«

Es wurde still im Raum. Die Phantasien der älteren Männer bewegten sich wild in die verschiedensten Richtungen.

»Kann man wirklich so einfach Lachen und Stimmen hören?« fragte der Marinechef skeptisch.

»Ja, deutlich«, erwiderte Carl kurz. »Sie haben also keine Druckkammern, nur dieses Panzerblech, und wenn man so nah herankommt wie ich und mehrere Personen gleichzeitig lachen ... ja, dann hört man es eben.«

»Könntest du, falls nötig, einen solchen Aufklärungseinsatz wiederholen?« fragte der Oberbefehlshaber in einem Ton, der sich eher bittend als befehlend anhörte.

Carl stand breitbeinig da, die Hände auf dem Rücken, auf den Schulterklappen die geliehenen Rangabzeichen, und fühlte sich mehr als je zuvor als schwedischer Offizier. Nicht als Operateur des Geheimdiensts, sondern wirklich als schwedischer Offizier.

»Ja«, erwiderte er schnell. »Wenn ich bei den Vorbereitungen die gleiche Hilfe erhalte, kann ich das wiederholen. Wissen wir, wo sich die anderen Ziele befinden?«

»Es ist gut, Hamilton. Du hast einen außerordentlich wichtigen Einsatz geleistet. Ich nehme an, daß du dir dessen selbst bewußt bist. Wir werden jetzt beraten. Du meldest dich um acht Uhr wieder zum Dienst.«

Carl streckte sich, drehte sich steif um und ging hinaus.

Sie sahen ihm eine Zeitlang schweigend nach. Der Marinechef sprach als erster.

»Kann man sich überhaupt vorstellen, was 27000 oder 30000 solcher Figuren überhaupt bedeuten?« murmelte er fast zu sich selbst.

»Nein, das kann man nicht«, erwiderte Samuel Ulfsson etwas undeutlich, weil er dabei war, sich eine seiner ewigen Ultima Blend anzuzünden. »Das kann man nicht. Aber ich will verdammt sein, wenn sie 27000 Mann von dieser Klasse haben.«

»Sie können ja nicht mal anständige Autos oder Kühlschränke bauen«, sagte der Generalstabschef, dem zu spät aufging, daß dies seine erste Bemerkung seit langem war und noch dazu eine wenig brillante.

»Nein«, bemerkte der Oberbefehlshaber trocken und rückte seine Lesebrille zurecht, die er aufgesetzt hatte, kaum daß Carl den Raum verlassen hatte, »aber über militärische Technologie im Weltraum oder unter Wasser verfügen sie auf einem verblüffend hohen Niveau. Also, meine Herren. Wir befinden uns in der wenig beneidenswerten Situation, ein Aktionsprogramm formulieren zu müssen. Morgen werde ich den Ministerpräsidenten vollständig informieren, möchte ihm aber gleichzeitig konkrete und genaue Vorschläge machen.«

»Es gibt die traditionelle Grenze zwischen Krieg und Frieden nicht mehr, wir befinden uns ebensogut im einen wie im anderen Zustand. Das ist meine erste Schlußfolgerung«, sagte der Marinechef mit einer vorsichtigen Betonung dessen, was seine wirkliche Schlußfolgerung war: daß Schweden sich im Kriegszustand befand.

»Wir sollten also militärische Gegenmaßnahmen auf einer oder mehreren Ebenen entwickeln, das ist unsere Aufgabe. Politische Gegenmaßnahmen fallen wohl eher in die Zuständigkeit der Politiker, aber für uns hier im Raum geht es darum, Vorschläge zu machen … Vorschläge für eventuelle bewaffnete Gegenmaßnahmen. Wer will anfangen?«

Der Oberbefehlshaber sah sich um. Keiner der Anwesenden schien sich sonderlich bemüßigt zu fühlen, als erster in den Abgrund zu springen.

Carl begab sich unter Wahrung außergewöhnlicher Vorsichtsmaßnahmen zu seinem normalen Arbeitsplatz. Dazu gehörte, daß er in der U-Bahn viermal unvermittelt umstieg. Zum erstenmal erschien er einige Minuten verspätet.

Auf dem Weg zu seinem Zimmer im hinteren Teil des Büros nahm er die Post mit. Neben der rein zivilen Geschäftspost fand er einen steifen weißen Umschlag von der französischen Botschaft, der ihm vom Generalstab per Hauspost nachgesandt worden war.

Johan F:son Lallerstedt sah Carl lange und forschend an, als dieser eintrat und sich für seine Verspätung entschuldigte.

Der Fregattenkapitän wußte nicht genau, was Carl erlebt hatte, nur so viel, daß es um Tauchen ging und einen streng geheimen Aufklärungseinsatz, den man mit einem Mindestmaß an Phantasie mit diesem russischen Überläufer in Verbindung bringen konnte, den Carl unter etwas dramatischen Umständen nach Schweden eskortiert hatte. Und dieser junge Kollege entschuldigte sich jetzt für ein paar Minuten Verspätung. Das war irgendwie komisch.

»Na, ja«, sagte der Fregattenkapitän lächelnd, »mit Rücksicht auf die Umstände könnten wir diese kleine Verspätung wohl vergessen. Ging bei dem Auftrag alles nach Wunsch?«

»Ja, ganz ausgezeichnet«, entgegenete Carl in leicht abweisendem, desinteressiertem Tonfall, während er zerstreut den Umschlag von der französischen Botschaft aufschlitzte. Dann erstarrte er und fing an zu lachen. Sein Vorgesetzter sah ihn fragend an.

»Du bist doch Offizier und Gentleman. Kannst du mir bei einer Protokollfrage helfen?« fragte Carl munter. »Was zum Teufel soll ich damit anfangen?«

Er reichte Johan F:son Lallerstedt die steife weiße Briefkarte, die dieser unter wachsendem Erstaunen las.

Der Botschafter der Französischen Republik gebe sich die Ehre, den Chef der Schwedischen Marine, Vizeadmiral Carl-Erik Halldén, sowie Korvettenkapitän Carl Graf Hamilton in die französische Botschaft einzuladen, um sie dort gemäß einem Beschluß des Präsidenten der Republik mit dem Orden der Ehrenlegion auszuzeichnen. Die Verleihung werde in privatem Rahmen stattfinden. Zeitpunkt: der folgende Tag um 13 Uhr. Der Präsident der Republik lasse Graf Hamilton für den außerordentlichen Einsatz danken, der Hunderten französischer Staatsbürger das Leben gerettet habe.

»Das muß diese Entführungsgeschichte sein, oder?« stellte Johan F:son Lallerstedt fest.

»Natürlich«, lachte Carl, »ich kann mich an keinen anderen Einsatz auf französischem Territorium erinnern, der mir die Ehrenlegion einbringen könnte, ganz im Gegenteil.«

»Was ist bloß so lustig daran?« fragte der Fregattenkapitän erstaunt.

»Nun ja«, erwiderte Carl zögernd, »in unserem Job wird von uns erwartet, daß wir diskret sind und nicht auf Botschafterpartys herumlaufen und James Bond spielen. Wie zum Teufel lehnt man so was ab? Du bist doch Offizier und kennst dich aus?«

»Ich glaube kaum, daß du das ablehnen kannst«, bemerkte Johan F:son Lallerstedt trocken.

»Wieso nicht?«

»Verzeih einem einfachen Vorgesetzten seine trivialen Ansichten, aber du bist sozusagen nicht allein eingeladen. Der Präsident der Republik hat sich nämlich entschlossen, auch unserem geschätzten Marinechef seinen Dank zu übermitteln.«

»Da wird er sich aber freuen. Und was heißt das?«

»Das heißt, daß er der Einladung Folge leisten wird. Die Ehrenlegion ist schließlich nicht zu verachten.«

»Ja, und er hat sie wohl nötiger als ich. Also, was muß ich tun, um das abzulehnen? Soll ich überhaupt antworten?«

»Darüber hast du wirklich nicht zu entscheiden. Setz dich erst mal, dann werde ich der Angelegenheit nachgehen«, sagte Carls Vorgesetzter in einem Tonfall, der keinen Zweifel daran ließ, daß er diesmal tatsächlich Carls Vorgesetzer war. Damit nahm er den Hörer ab, rief die Sekretärin des Marinechefs an und führte ein nicht ganz unkompliziertes Gespräch, das Carl überdeutlich spüren ließ, wohin die Reise ging.

»So«, sagte Johan F:son Lallerstedt ironisch, als das Gespräch beendet war, »diese Frage ist schon bestens vorbereitet. Du sollst dich auf Anweisung des Marinechefs zur angegebenen Zeit am angegebenen Ort einfinden. Sogar eine Minute früher, da der Marinechef in seiner Eigenschaft als ranghöchster Offizier der Waffengattung nach dir kommen muß. Das ist etwa so wie bei königlichen Hoheiten. Anzug: Galauniform. Du hast die Erlaubnis, auch andere Auszeichnungen und Verdienstorden zu tragen. Was heißt Erlaubnis, es ist ein Befehl. Wenn ich die Sache richtig verstanden habe, liegt das wohl daran, daß der Marinechef Kommandeur des französischen Dienstordens ist, den er gern anlegen will. Du hast dich also mit allen Orden und Ehrenzeichen in Galauniform eine Minute vor der angegebenen Zeit am angegebenen Ort einzufinden.«

Carl riß vor Verblüffung den Mund auf. Sein Vorgesetzter lächelte fröhlich.

»Was zum Teufel ist denn Galauniform?« fragte Carl matt.

»Kurze Affenjacke wie beim Frack, allerdings ohne Schwanz, weiße Hemdbrust, schwarze Fliege, schwarze Schuhe und Hosen mit schmalen goldenen Biesen«, kicherte der Fregattenkapitän.

»Soll ich etwa auch noch Säbel tragen?« knurrte Carl.

»Nein, die Sitte haben wir inzwischen abgeschafft. Mach dir keine Sorgen, ich kann dir Hosen und Umhang leihen, den Rest besorgen wir.«

»Umhang!? Soll ich etwa wie Graf Dracula rumlaufen?«

»Wird mit einer Metallspange am Hals befestigt. Kadetten lieben die Dinger. Ich habe meinen seit zehn Jahren nicht mehr angelegt, und ich hoffe, die Motten haben ihn nicht schon zerfressen.«

»Und wo kriegen wir den anderen Mist her?«

»Olympia Herrenmode am Sveavägen.«

»Olympia Herrenmode – das hört sich an wie eine Art Woolworth für die besseren Stände. Haben die auch Capes? Nein, ich meine Westen für Korvettenkapitäne?«

»Mach dir keine Sorgen, die haben alles an Marinebedarf. Wir könnten sogar eine älteres Modell für dich besorgen, damit du richtig fesch wirst.«

»Wenn mich die Tschekisten so sehen, lachen sie sich tot.«

»Davon kann keine Rede sein. Die Russen haben für diese Dinge auch eine Schwäche.«

»Teufel auch. Wir haben genug Probleme am Hals, und ich soll auf eine Maskerade gehen.«

»Nur keine Sorge, wenn ich die Ausrüstung für unsere Aufträge besorgen kann, werde ich auch noch eine Weste für die Galauniform und ein Frackhemd besorgen können.«

Höchst widerstrebend begab sich Carl in die Stadt, um bei Olmypia Herrenmode am Sveavägen die notwendigen Kleidungstücke zu besorgen. Wie sich zeigte, mußte einiges geändert werden. Außerdem mußten die Rangabzeichen angenäht werden, Fregattenkapitän und Kapitän zur See seien vorrätig, aber gerade Korvettenkapitän sei im Moment nicht da. Wenn es eilig sei, werde es natürlich etwas teurer ...

Eineinhalb Stunden später kehrte Carl mit gemischten Gefühlen ins Büro zurück. Einerseits mußte er über die groteske Komik der Situation grinsen. Der Marinechef hatte doch tatsächlich in dieser Frage klare Befehle gegeben, obwohl er um den Ernst der Lage wußte. Carl spürte so etwas wie dumpfe Wut darüber, daß ein so hoher Offizier seine Eitelkeit höher stellte als jedes vernünftige Sicherheitsdenken. Doch Befehl war Befehl.

Als Carl zurückkam, machte er sich schon auf neue Scherze seines Vorgesetzten gefaßt, doch daraus wurde nichts. Lallerstedt hatte inzwischen per Kurier vom OP 5 einen ausführlichen schriftlichen Befehl erhalten, den er in Carls Abwesenheit sorgfältig durchgelesen hatte. Er nahm ihn mit in sein Zimmer, schloß die Tür und überreichte Carl die Papiere. Der sachliche Inhalt war Carl schon bekannt, so daß er diesen Abschnitt schnell überfliegen konnte. Er fühlte sich erleichtert, daß sein unmittelbarer Vorgesetzter jetzt ebenfalls informiert war. Das erleichterte den Umgang.

Der Auftrag lautete, Alternativen zu dem ersten gedachten Waffeneinsatz, Alternative A genannt, auszuarbeiten. Dieser Kampfauftrag war ebenso unkompliziert wie unmöglich. Zu einem gegebenen Zeitpunkt sollten drei Küstenkorvetten die drei Positionen anlaufen und Wasserbomben-Teppiche werfen. Das erwartete Resultat war natürlich die totale Zerstörung der Stationen *Apraskin, Bodisko* und *Tschitschagow.* Jetzt hatte die Operationsabteilung den Auftrag, etwas diskretere Angriffsformen vorzubereiten.

»Diesen Einsatz von Küstenkorvetten«, sagte Carl, »kann man natürlich vergessen, oder?«

»Keine Frage«, sagte Lallerstedt verbissen. »Mehrere hundert Mann würden Bescheid wissen. Dann könnten wir genausogut vor laufenden Fernsehkameras angreifen. Außerdem würden viele Gegenstände auf dem Wasser treiben, darunter haufenweise tote Russen. Ich glaube kaum, daß uns daran gelegen sein kann.«

»Man wird ihnen vermutlich nicht ansehen, daß es Russen sind. Sie tragen keine Uniformen und dürften überwiegend Material aus dem Westen verwenden«, überlegte Carl.

»Nein«, wandte Johan F:son Lallerstedt energisch ein, »das eine führt zum anderen. Wir könnten sie nicht einfach da auf dem Wasser herumtreiben und die Strände verunreinigen lassen. Sie müssen eingesammelt werden, man muß sie obduzieren, numerieren, in Plastiksäcke verpacken, und die damit verbundenen Untersuchungen führen dazu, daß man sich auch ihre Zahnplomben ansieht, eventuelle Operationsnarben und ähnliches, und dann wird Irene Glogauer beweisen, daß es westdeutsche Zahnplomben sind, und damit kommt es in der Öffentlichkeit zu einer endlosen Debatte.«

»Es ist nicht sicher, daß sie an die Oberfläche kommen, nicht mal, wenn wir Wasserbomben werfen«, überlegte Carl weiter, während er sich einzureden versuchte, es handle sich um ein rein technisches Problem. »Der Wasserdruck hält Leichen normalerweise unten, wenn sie in Tiefen liegen, wie sie hier zu erwarten sind, nämlich unter zehn Metern. Wasserbomben wirbeln natürlich eine ganze Menge auf, und dann steigt alle Luft nach oben, genauso Menschen und schwimmendes Material, ja vielleicht doch.«

Doch der Tod war nicht das Problem. Ein bewaffneter Einsatz gegen eine total überlegene Großmacht mußte diskret erfolgen. Und von den Russen war bekannt, daß sie erstaunlich viel Prügel vertrugen, solange sie nur im stillen verprügelt wurden. Doch jede Form von Öffentlichkeit schienen sie als Herausforderung auf Leben und Tod zu begreifen; als die U 137 in schwedischen Gewässern auf Grund lief, empörte sie nicht sosehr die Tatsache, daß das U-Boot mit Besatzung eine Zeitlang gefangen war, sondern die Frechheit der schwedischen Nachrichtenmedien, die die Stirn gehabt hatten, Fotos von Kapitän Guschtschin zu veröffentlichen.

Voraussetzung Nummer eins bestand also darin, daß ein Einsatz von Waffen nur diskret, ohne Spuren zu hinterlassen, erfolgen durfte.

Also Taucher. Drei Trupps mit je vier Tauchern, die synchron zuschlugen.

Also eine völlig andere Methode als Wasserbomben. Kleine Sprengladungen, alle sechs Meter plaziert, um eventuelle Abschottungen zwischen den Segmenten zu zerstören. Die Sprengladungen würden nur Löcher reißen, mehr nicht. Der Wasserdruck würde den Rest besorgen, und alles würde wie in einem Aquarium unten bleiben. Eventuell würde man erlauben, daß die Russen ihre Toten in aller Stille heimholten.

Eine solche Operation bedeutete, daß etwa fünfundzwanzig Personen im Land Bescheid wüßten oder zumindest vermuten konnten, was geschehen war. Hinzu kamen Verwandte, Verlobte und Ehefrauen – mindestens doppelt so viele Menschen.

Es würde eine Unmenge von Gerüchten geben. Doch merkwürdige Gerüchte waren schon früher im Umlauf gewesen – ein gesprengtes westdeutsches U-Boot liege mit toten Seeleuten auf dem Meeresgrund, Palme habe Befehl gegeben, eroberte U-Boote freizulassen, »das Militär« wisse, daß die U-Boote aus NATO-Ländern stammten, deshalb habe man nichts unternommen, russische Seeleute würden insgeheim in schwedischen Militärkrankenhäusern versorgt, was immer unter »Militärkrankenhäuser« zu verstehen sei; lauter solche Gerüchte hatte es schon gegeben, und das Gerücht von gesprengten sowjetischen Unterwasserbasen würde nur ein weiteres Gerücht sein. Allerdings eins, das den Tatsachen entsprach. Das war ein Unterschied.

Man mußte den Tauchern andere Voraussetzungen als die tatsächlichen nennen. Erstens etwa, daß es sich um unbemannte »Vorratsräume« oder Bunkerstationen handle. Zweitens, daß es Einrichtungen seien, die nicht mehr gebraucht würden und deshalb zerstört werden sollten.

Nach ein paar Stunden hatten sie wenigstens etwas, das wie eine Skizze eines geheimen Kommandounternehmens aussah.

Der Ministerpräsident war ziemlich unvorbereitet, als sich der Oberbefehlshaber genau zur vereinbarten Zeit einfand. Auf Anraten seines engsten Beraters, der für die vorbereitenden Sitzungen des Kabinetts zuständig war, hatte er den General etwa zehn Minuten warten lassen. Sein Staatssekretär behauptete, es tue Generälen gut, gelegentlich etwas zu warten. Man müsse sie von Zeit zu Zeit daran erinnern, wer das Sagen habe.

Das große Amtszimmer des Ministerpräsidenten mit Aussicht auf den Reichstag war nur schwach erleuchtet. Das leicht grün schimmernde Licht der dicken Fensterscheiben aus Panzerglas verlieh dem Raum eine etwas düstere Stimmung, trotz der Weite und der geschmackvollen skandinavischen Einrichtung in hellem Holz, Stahl und Glas.

Der Oberbefehlshaber trug eine helle lederne Aktentasche mit Kombinationsschloß und hatte sich die Schirmmütze unter den Arm geklemmt, als er eintrat. Er gab dem Ministerpräsidenten und dessen Berater auf straff militärische Weise die Hand und setzte sich erst, als er dazu aufgefordert wurde.

Der Ministerpräsident, den Kopf noch voller Verwicklungen, weil jemand im Außenministerium der Presse in einer Personalangelegenheit peinliche Enthüllungen gemacht hatte, war leicht zerstreut, als er vorschlug, sie sollten sich auf die Sofagruppe setzen. So würde das Gespräch etwas informeller werden, was bei militärischen Befehlshabern manchmal nötig war, damit sie einen nicht anredeteten, als säßen sie hoch zu Roß.

»Na, wie geht's denn weiter mit unserem Überläufer? Denn darum geht's doch? Haben Sie ihm ein paar interessante Geheimnisse entlockt?« fragte der Ministerpräsident leichthin in einem Tonfall, der ihm schon nach wenigen Minuten leid tun würde.

»Wir haben Informationen höchst alarmierender und ernster Natur erhalten«, erwiderte der Oberbefehlshaber gespannt und mit fast theatralischer Grabesstimme.

»Dann tragen Sie bitte die Angelegenheit vor«, erwiderte der Ministerpräsident mit einem erstarrenden Lächeln, da er sowohl unwillkommene als auch unerwartete Sorgen witterte.

Der Oberbefehlshaber sprach klar und knapp. Er faßte vor den zunehmend besorgten und verblüfften Politikern in weniger als zehn Minuten die Lage zusammen. Er schloß mit dem Hinweis, beim Militär bemühe man sich gegenwärtg um weitere Informationen. Ferner bereite man verschiedene Formen von Zwangsmaßnahmen vor – er gebrauchte dieses Wort –, falls die Regierung des Landes – er verwendete auch diese Worte – es für richtig halte, in dieser Richtung Anweisungen zu geben.

Dann kam es zu einem kurzen Gespräch, das mit dem Begriff »unzusammenhängend« treffend beschrieben werden könnte. Alle redeten durcheinander und fielen sich gegenseitig ins Wort.

Als die Politiker so ihre Schwäche zeigten, konnte der Oberbefehlshaber wieder die Initiative an sich reißen.

»Ich würde gern erfahren, wie Ihre Anweisungen für die nächste Zeit lauten«, erklärte er leise, aber bestimmt.

»Dies ist eine Angelegenheit, die sorgfältige Überlegung erfordert. Vor allem dürfen wir nicht zu übereilten Beschlüssen kommen«, begann der Ministerpräsident, dessen Stimme metallischer und rauher klang als üblich. »Ich gehe davon aus, daß Sie sich Ihrerseits im Moment um möglichst viele neue Informationen bemühen. Wir werden die Sache bis morgen gründlich durchdenken.«

»Wenn das so ist, habe ich eine Frage und einiges zu erklären«, sagte der Oberbefehlshaber und fuhr fort, sobald er ein Nicken zur Antwort erhielt. »Sollen wir der Abmachung mit Vizeadmiral Koskow entsprechend weitermachen? Sollen wir ihn also auszahlen und eine Art Vertrag schließen? Es ist der nächste Schritt, damit wir die Positionen erfahren, ich meine die Position von Station Nummer zwei. Danach stellt sich die Frage, ob wir ihn mit einem amerikanischen Diplomaten zusammenbringen sollen, damit er – natürlich in unserem Beisein – über die Fortsetzung seiner Reise sprechen kann. Darüber hinaus gilt meine Sorge der Geheimhaltung. Auf unserer Seite gibt es vier oder fünf Personen, denen das Gesamtbild bekannt ist. Sobald die Sache öffentlich wird, verringert sich unsere Handlungsfreiheit. Es wäre wünschenswert, wenn Sie auf der politischen Seite den Kreis der Eingeweihten entsprechend klein halten könnten.«

In diesem letzten Punkt wurde schnell Einigung erzielt. Vollständige Handlungsfreiheit war nur so lange gewährleistet, wie nichts durchsickerte, das war selbstverständlich. Möglicherweise sei es auch wichtig, erklärte der Ministerpräsident, das Ganze auf etwas längere Sicht geheimzuhalten, da man mit Russen leichter umgehen könne, wenn es keine Begleitmusik in der freien westlichen Presse gebe. Auch das sei selbstverständlich.

Ansonsten erhielt der Oberbefehlshaber nur eine klare Anweisung. Er solle *Phase zwei* in Vizeadmirals Koskow Verhandlungsplan erfüllen. Natürlich sei es von großer Bedeutung, auch über die nächste Station und deren Position informiert zu werden. Doch bis auf weiteres müsse dann Schluß sein. Amerikaner oder andere Ausländer dürften nicht hineingezogen werden, bevor man näher nachgedacht habe, verstanden?

Ja, verstanden.

Und natürlich auch keine militärischen Einsätze ohne Rücksprache mit der Regierung, sei auch das klar?

Ja, selbstverständlich.

Der Oberbefehlshaber war recht zufrieden, als er die Besprechung verließ. Die Initiative lag bei ihm, nicht bei den Politikern, und jetzt gab es keine Hindernisse mehr, die den unentbehrlichen Informationen über den Standort von Station *Bodisko* oder Station *Tschitschagow* im Weg standen. Und im Moment waren diese Informationen wichtiger als alles andere.

Die beiden Politiker, die völlig unvorbereitet gewesen waren und über die man die Katastrophe ausgekippt hatte wie einen Kübel Unrat, waren erheblich besorgter und unkonzentrierter als der untergebene Oberbefehlshaber. Sie beschlossen zunächst, den Kreis der Eingeweihten auf vier Personen zu beschränken, außer ihnen selbst auf den Außenminister und den Staatssekretär im Außenministerium.

Die Lage erschien ihnen so ernst, daß sie alles andere beiseite legten und sofort eine neue Besprechung einberiefen.

Der Ministerpräsident sagte alle anderen Termine für diesen Tag ab, darunter zwei Audienzen mit Vertretern der Gruppen »Frauen für den Frieden« und »Ärzte gegen den Atomtod«, und ging nach Hause. Die drei anderen sollten nachfolgen, sobald sie sich freimachen konnten; im Hinblick auf die Bedeutung der Angelegenheit würde das in weniger als einer Stunde der Fall sein. Es würde eine lange Nacht werden.

Es war ein strahlender Frühlingstag mit scharfem, entlarvendem Sonnenlicht. Carl saß in einem Taxi auf dem Weg nach Östermalm und fühlte sich wie eine Operettenfigur. Lallerstedt hatte sich gutmütig bereit erklärt, zu Carl nach Hause zu kommen und ihm dabei zu helfen, sich dem Reglement entsprechend zu kleiden. Er hatte sich dieser Aufgabe nicht ohne Humor entledigt. Beide hatten dienstliche Pflichten, die normalerweise wesentlich ernster waren, aber ein Befehl des Marinechefs war ein Befehl. Carl hatte sich von Lallerstedts Gabe, die Sache mit Humor zu nehmen, ein wenig anstecken lassen.

Am Morgen war er in seiner Bank gewesen, um seine geschäftlichen Angelegenheiten zu regeln. Die Besprechungen waren ein wenig verspätet erfolgt und mußten aufgrund zahlreicher von den Bankleuten genannter Gesetze schnellsten nachgeholt werden. Was Carl betraf, hatte er nur eine Menge Papiere unterschreiben müssen, die ihm die geschäftigen Bankleute nach der Unterschrift gleich wieder entrissen.

Soweit Carl es verstanden hatte, hatten sich seine Immobiliengeschäfte günstig entwickelt und damit auch seine Vermögenslage. Er hatte nicht nach Details gefragt, da er nicht die Absicht hatte, die alte Steuerfrage wieder aufzugreifen; diese Gespräche verliefen immer etwas zäh, da der Bank jedes Verständnis für Carls erklärten Willen fehlte, seine Steuerzahlungen zu erhöhen. Man behauptete immer, das sei nicht möglich. Es sei technisch unerhört kompliziert, sich das Privileg höherer Steuerzahlungen zu erwerben, strenggenommen sogar ungesetzlich. Sofern Carl natürlich nicht die Absicht habe, sich sein gesamtes Geld wegsteuern zu lassen. Diese Bemerkung war immer das letzte Argument, das mit verkniffenem Mund vorgebracht zu werden pflegte.

Es war für Carl vollkommen unbegreiflich, daß er in einem sozialistischen Land wohnte, in dem er pro Jahr mindestens fünf Millionen Kronen verdiente, ohne dabei die Möglichkeit zu haben, auch nur eine Krone an Steuern zu zahlen – während seine halbe Verwandtschaft über die furchtbaren Steuern jaulte, über die Unmöglichkeit, von der eigenen Arbeit zu leben, und immerzu jammerte, daß es sich nicht lohne, in Schweden zu arbeiten. Steuern waren offensichtlich etwas, was von kleinen Angestellten und Arbeitern gezahlt wurde, von denen, die nicht klagten.

Irgendwo im Hinterkopf saß bei Carl jedoch ein kleiner Teufel, der ihm zuflüsterte, gerade dieser Jahresabschluß komme ausgesprochen gelegen, da er diesmal ungewöhnlich gute Gründe hatte, der Steuerfrage keine Zeit und keine Energie zu widmen. Er konnte darauf verweisen, daß er im Interesse des Staates Unaufschiebbares zu erledigen habe. Die *Staatsräson* machte es in diesem Jahr unmöglich, Steuern zu zahlen. Ein Jahr zuvor hatte die *Sicherheit des Reiches* seinen Beitrag zu den Steuerleistungen von Angestellten und Arbeitern verhindert.

Nach den Besprechungen in der Bank war er zum Sveavägen geeilt und hatte errötend wie ein Schuljunge sein Paket mit der Galauniform abgeholt, um anschließend wie der Blitz nach Hause zu fahren, wo Lallerstedt schon unten an der Haustür auf ihn wartete. Dann ging es hinauf. Die Maskerade konnte beginnen.

»Du siehst jedenfalls verdammt gut aus, mein Junge«, hatte Lallerstedt festgestellt, als er das Endprodukt seiner einstündigen Arbeit betrachtete. Er hatte zwischendurch immer wieder zum Telefon laufen müssen, um sich bei Offizierskameraden zu erkundigen, die sich in Fragen der Etikette besser auskannten als er.

Das Endprodukt saß jetzt jedenfalls in einem Taxi und fühlte sich wie eine Mischung aus Graf Danilo und Graf Dracula.

Carl hatte den Taxifahrer gebeten, noch eine Zusatzrunde um den Narvavägen zu drehen, um exakt zur festgesetzten Zeit anzukommen. Als der Wagen vor dem löwengelben Gebäude hielt, entdeckte Carl, daß man an der Vorderseite des Hauses die Trikolore gehißt hatte. Das erschien ihm weniger diskret. Er bezahlte und verhedderte sich beim Aussteigen in seinem Umhang. Er spürte, daß er jeden Moment einem hysterischen Lachanfall erliegen konnte. Er lief schnell zum Eingang, den Umhang bis ins Gesicht hochgezogen, daß er wie ein echter Filmschurke früherer Zeiten aussah, und läutete.

Die Tür wurde sofort von jemanden geöffnet, der drinnen gewartet haben mußte. Ein hochmütiger livrierter Diener mit den Initialien RF auf seinen blanken Knöpfen nahm ihn in Empfang.

»Willkommen, Monsieur le comte«, sagte der Diener hochmütig, selbstverständlich auf französisch, und streckte die Hände nach Carls Umhang aus. Carl ließ das Theaterkleidungsstück von den Schultern gleiten und überreichte es zusammen mit Lallerstedts weißen Handschuhen. Dann rückte er seine Fliege zurecht. Der Hemdkragen war eine Spur zu eng.

Der Botschaftsbedienstete, der ihn Graf genannt hatte, womit ihn kein Mensch jemals angeredet hatte, es sei denn im Scherz oder ironisch, führte ihn in einen der Empfangsräume der Botschaft. Carl schluckte und trat ein. Dort warteten fünf Personen. Eine davon offenbar der französische Botschafter, da er als einziger Zivilkleidung trug, falls man den Botschafterfrack mit seiner goldbestickten Brust voller Eichenlaub zivil nennen wollte, und neben dem Botschafter eine Frau im gleichen Alter, die nur seine Frau sein konnte.

Die drei anderen waren französische Offiziere in Paradeuniform, ein Major, ein Oberstleutnant oder Oberst sowie ein Oberst oder Brigadier; Carl war sich bei den französischen Rangabzeichen nicht ganz sicher.

»Mon cher capitaine, erlauben Sie mir, Sie im Namen Frankreichs willkommen zu heißen«, sagte der Botschafter und kam ihm mit ausgestreckten Armen entgegen, als wollte er Carl in den Arm nehmen und küssen. Als Carl zögerte, kam es jedoch nur zu einem halbherzigen Versuch und einem Händedruck. Der Botschafter erstarrte plötzlich, als er Carl seiner Frau vorstellen wollte. Sein Gesichtsausdruck veränderte sich fast unmerklich, als er einen bestimmten Punkt unter Carls Kinn fixierte, hatte sich aber gleich wieder in der Gewalt und stellte Carl dann den anderen vor. Die Offiziere grüßten straff, mit ernster Miene und festem Händedruck.

Als diese Prozedur beendet war, erschien Vizeadmiral Carl-Erik Halldén mit der Kommandeurs-Ausführung des französischen Verdienstordens am Hals.

Carl stellte sich steif neben die anderen Offiziere, als sein Chef die Begrüßungszeremonie durchlief. Zuletzt begrüßten sich die beiden Landsleute, und der Marinechef machte die gleiche verblüffte Miene, die der Botschafter nur angedeutet hatte, als er Carl ansah.

Die Erklärung, die Carl erst lange Zeit später erhielt, war ziemlich einfach. Der Marinechef hatte Carl zwar befohlen, sich mit Orden und Ehrenzeichen einzufinden – möglicherweise um selbst seinen französischen Orden anlegen zu können, hatte aber wohl kaum damit gerechnet, daß Carl am Hals einen nicht sonderlich französischen Orden hängen hatte, nämlich das Bundesverdienstkreuz Erster Klasse, dessen Band in den Farben Schwarz-Rot-Gold erstrahlte. Auf der linken Brustseite trug Carl die Tapferkeitsmedaille Gustavs III., und auf der rechten Brusthälfte saßen die amerikanischen Fallschirmjägerschwingen auf rotem Grund mit einem Dreizack in der Mitte. Carl war zum Tragen dieses äußerst seltenen Emblems berechtigt, denn nur die kleine, anerkannte Elite mit dem US Navy SEAL TEAM TRAINING durfte es anlegen.

Zu Empfängen dieser Art durfte man der Etikette zufolge nur *rein* erscheinen, und darunter verstand man reine Brust ohne Ordensspangen oder ausländische Orden; mit französischen Auszeichnungen verhielt es sich natürlich anders, etwa mit dem Kommandeurszeichen des französischen Verdienstordens am Hals des Marienechefs.

Carl, der weder Karlberg noch die Seekriegsschule je betreten hatte, war in mancherlei Hinsicht kein echter Offizier und Gentleman. Lallerstedt tröstete ihn später mit gespielter Anteilnahme, letztlich seien es nur wenige schwedische Offiziere, die darin geübt seien, den Orden der Ehrenlegion zu empfangen.

Der Botschafter setzte sich eine Lesebrille auf und streckte die Hand aus, ohne seinen Militärattaché anzusehen, der mit der kurzen, maschinegeschriebenen Ansprache herbeieilte.

»Liebe Gäste und Offiziere des Köngireichs Schweden«, begann der Botschafter in einem langsamen, ausgesucht schönen Französisch, das sogar Carl verstand, »es ist für mich als Botschafter Frankreichs eine seltene Ehre, den hier anwesenden Repräsentanten der schwedischen Marine, die Frankreich große Dienste erwiesen haben, nach dem Beschluß des Präsidenten der Republik die Ehrenlegion zu überreichen. Die Ereignisse, die den Präsidenten der Republik veranlaßt haben, diesen großzügigen und wohlbegründeten Beschluß zu fassen, dürften allen Anwesenden wohl bekannt sein. Daher möchte ich unsere Gäste nicht mit unnötigen Wiederholungen behelligen. Darf ich Sie nun bitten, Herr Vizeadmiral und Chef der schwedischen Marine, vorzutreten.«

Als der Marinechef steif vortrat und sich vor dem anderthalb Köpfe kürzeren Botschafter streckte, gewann Carl den Eindruck, daß dies vermutlich einer der größten Augenblicke im Leben seines hohen Chefs war. Carl konnte nicht hören, was der Botschafter dort sagte. Es gab einige Fummelei mit dem Band, das am Hals befestigt werden sollte, und dem Ordensstern, der mit dem französischen Verdienstorden nicht in Berührung kommen durfte. Anschließend befestigte der Botschafter einen weiteren Stern an der rechten Brustseite des Marinechefs. Dann trat er einen Schritt zurück, klatschte in die Hände, und die übrigen Anwesenden applaudierten diskret. Der Marinechef verbeugte sich steif, und Carl schoß plötzlich die Schreckensphantasie durch den Kopf, sein erwarteter hysterischer Lachanfall könnte in diesem wunderbar unpassenden Augenblick erfolgen.

Als der Marinechef wieder ins Glied zurückgetreten war, blätterte der Botschafter erneut in seinen Papieren, bevor er sich Carl zuwandte.

»Lieber Graf Hamilton, aus Gründen, die Ihnen schon bekannt sind, hat der Präsident der Republik auch Ihnen diese ungewöhnliche Gunst erwiesen.« An dieser Stelle räusperte er sich und machte eine Kunstpause. »Erlauben Sie mir, das näher zu erklären. Unsere militärische Führung hatte Sie zunächst für das Ritterzeichen empfohlen, was auch auf Ihrer Einladung angegeben sein dürfte. Durch persönliches Eingreifen des Präsidenten der Republik ist der Beschluß jedoch geändert worden. Darf ich Sie bitten vorzutreten, Herr Korvettenkapitän.«

Carl holte tief Luft, wie vor einer schwierigen Schießübung, und bemühte sich, möglichst ruhig und entspannt zu dem kleinwüchsigen Botschafter vorzutreten.

»Auch Sie, Herr Korvettenkapitän, werden folglich mit dem Kommandeurszeichen ausgezeichnet«, sagte der Botschafter, als sie einander gegenüberstanden. Dann streckte er die Hand aus und tauschte sein kleines Manuskript gegen den Ordensstern mit dunkelrotem Band aus, das an Carls Hals befestigt werden sollte.

Der Botschafter starrte feindselig auf den schwarzen deutschen Bundesadler auf dem Malteserkreuz, bis Carl einfiel, daß er sich bücken mußte, damit der Botschafter herankam.

Nach unerträglich langem Gefummel drängte sich dann der französische Stern neben das deutsche Kreuz.

Schräg hinter dem Botschafter stand der junge Militärattaché, Major Alain Fritch. Er hatte eine ungefähre Vorstellung oder zumindest eine Vermutung, wie alles zugegangen war.

Wie kaum anders zu erwarten, hatte der französische Generalstab fast routinemäßig vorgeschlagen, dem Vizeadmiral den Kommandeursstern und dem untergeordneten Offizier den Ritterstern zu verleihen. Der Präsident der Republik hatte es jedoch für unpassend befunden, denjenigen, der nichts getan hatte und der sozusagen nur der Form halber vorgeschlagen worden war, mit einer höheren Auszeichnung zu ehren, als den Mann, der tatsächlich etwas getan hatte. Und so hatte der Präsident kraft seines Amtes den schockierenden Entschluß gefaßt, einen ausländischen Offizier von Anfang dreißig zum *Kommandeur* der Ehrenlegion zu machen. Das war vermutlich ein beispielloser Vorgang, der sich möglicherweise damit erklären ließ, daß der Präsident ein Sozialist mit einem allzu schwach entwickelten Gefühl für Traditionen war. Immerhin war der schwedische Admiral Kommandeur des Ersten Grades geworden, eine Stufe höher. Die Entscheidung ließ sich jetzt jedenfalls nicht mehr rückgängig machen.

Der Botschafter trat einen Schritt zurück und klatschte erneut verhalten, wie beim Marinechef, und Carl bemühte sich, seine Verbeugung genauso gemessen und steif ausfallen zu lassen wie sein Vizeadmiral. Er fühlte sich unsäglich verlegen. Darauf zeigte der Botschafter mit einer weitausholenden Geste auf die hinteren Räume, und von diskretem Personal wurden Seitentüren geöffnet. Im Nebenraum warteten Champagner, Gänseleber und russischer Kaviar.

Die Gesellschaft teilte sich in kleine Gruppen. Der Botschafter versuchte, den Arm um den Marinechef zu legen und ihn beiseite zu ziehen, was angesichts der unterschiedlichen Körpergröße der beiden Männer nicht ganz leicht war. Der offenbar Ranghöchste der anwesenden französischen Offiziere ging auf Carl zu und gab ihm die Hand.

»Gratuliere nochmals, lieber Coq Rouge«, sagte der Oberst oder Brigadier oder was immer er war. Carl ignorierte die Anspielung auf die Codebezeichnung.

»Verbindlichen Dank«, erwiderte er steif.

»Major Alain Detoureille hat ebenfalls die Ehrenlegion erhalten, wenn auch nur das Ritterzeichen. Und postum, natürlich«, sagte der französische Offizier in einem freundlichen Tonfall, der mit seinem Gesichtsausdruck nicht recht übereinstimmte.

Eine Flut unangenehmster Erinnerungen überschwemmte Carl. Er mußte sich zusammenreißen, damit er darauf etwas sagen konnte. Die Worte des Franzosen verlangten in all ihrer verhaltenen Giftigkeit nach einer Antwort.

»Es freut mich, daß Frankreich seinen Einsatz zu schätzen wußte. Major Alain Detoureille war ein mutiger Offizier, der für sein Land gestorben ist«, erwiderte Carl auf englisch, da sein Französisch jetzt nicht mehr reichte.

»Haben Sie ihn vielleicht getötet, Coq Rouge?« fragte der französische Offizier mit dem gleichen Kontrast zwischen freundlichem Tonfall und hartem Gesichtsausdruck.

»Wer sind Sie, und was wollen Sie?« fragte Carl so professionell wie möglich. Er konnte sich nicht einfach aus dem Staub machen, und es war unmöglich, die Fragen unbeantwortet zu lassen.

»Ich bin Abteilungschef beim DGSE«, erwiderte der Offizier und warf einen langen, nachdenklichen Blick auf den Bundesadler unter Carls Kinn, bevor er diesem ins Gesicht blickte und fortfuhr. »Wir würden gern Bescheid wissen.« Die Worte waren wie Peitschenhiebe.

Carl sah sich verzweifelt im Raum um. Der Botschafter und der Vizeadmiral waren in ein lebhaftes Gespräch vertieft, in dem es um alles mögliche gehen mochte, jedoch nicht um ernste Dinge. Der Militärattaché machte höfliche Konversation mit der Frau des Botschafters. Im übrigen hielt sich nur Bedienungspersonal in dem fast hundert Quadratmeter großen Raum auf.

Carl streckte die Hand nach einem neuen Glas Champagner aus und stellte gleichzeitig seinen kleinen Teller mit den Überresten eines Gänselebersandwichs ab, erstickte einen Impuls, sich den Mund abzuwischen, nippte am Champagner und kam zu einem Entschluß.

»Sie wollen also wissen, was in Hamburg geschehen ist«, stellte er kurz und geschäftsmäßig fest. Inzwischen war auch der Oberstleutnant hinzugetreten. Die beiden Männer nickten. Carl dachte schnell nach.

»Wissen Sie *ungefähr,* was geschehen ist?« fragte er weiter und erhielt wieder ein bestätigendes Kopfnicken zur Antwort.

»Gut«, sagte Carl und ertappte sich dabei, lauter zu sprechen als beabsichtigt.

Dann erzählte er kurz und konzentriert, ohne auch nur einmal unterbrochen zu werden.

»Ein paar Minuten vor dem Einsatz der GSG 9 habe ich den Major beiseite genommen, um ihn zu dem Eingeständnis zu bewegen, daß er ein Kollege von mir ist. Ich hatte guten Grund zu dieser Annahme. Major Detoureille hatte verständlicherweise zunächst einige Mühe, darauf einzugehen, tat es am Ende aber doch. In diesem Moment versuchte eine Terroristin, ihn zu erschießen. Ich erledigte sie. Doch, doch, das war möglich, weil wir uns im Obergeschoß befanden, und wir drei waren allein. Die anderen Terroristen befanden sich im Untergeschoß. In den entscheidenden Augenblicken nahm Detoureille die Waffe der erschossenen Terroristin an sich, um gemeinsam mit mir die anderen abzuwehren, die gerade die Treppe heraufkamen. Ja, es war eine zweistöckige Wohnung. Ich hatte ihn gewarnt und ihm zugeschrien, er soll die Waffe fallen lassen. Leider zu spät, denn die GSG 9 kam schon durch Türen und Fenster, nein, nicht durch die Tür, ausschließlich durch die verschiedenen Fenster der Wohnung. Aber selbst wenn Detoureille sich ergeben hätte, hätte ihm das kaum geholfen. Die Deutschen hatten nämlich Befehl, alle zu töten – nur mich nicht. Und das führten sie durch, auch an denen, die sich ergeben wollten. Über die Schlußphase des Einsatzes kann ich keine Auskunft geben, weil die Schock-Blend-Granaten mich ausgeschaltet hatten. Ein paar Stunden später war aber allen klar, was passiert war. Das Hauptproblem schien damals die fehlende Bestätigung der französischen Kollegen gewesen zu sein. Ich habe selbst empfohlen, den Hintergrund von Alain Detoureille zu klären. Einer der Untergebenen von Loge Hecht, vielleicht sogar er persönlich, hat sich darum bemüht. Später waren die Deutschen, das heißt die Kollegen beim Verfassungsschutz, kaum die Paviane von der GSG 9, ganz verzweifelt über das, was passiert war. Das ist die ganze Geschichte.«

Alle drei ließen sich von einer vorbeigleitenden Serviererin neue Champagnergläser geben. Der Oberst nickte langsam.

»Ihre Geschichte trägt das Siegel der Wahrscheinlichkeit, Herr Korvettenkapitän. Sie haben hoffentlich nichts dagegen, daß wir das Ganze auf Band aufnehmen?«

»Wozu soll das gut sein?« fragte Carl, matt nach der Anstrengung, in möglichst kurzer Zeit möglichst viele Details zu erwähnen.

»Damit wir Ihre Aussage analysieren und prüfen können, ob sie mit den geographischen und chronologischen Angaben übereinstimmt, die wir schon haben. Ich gehe allerdings davon aus. Es ist für uns wichtig gewesen, auch diese Version zu hören. Ich hoffe, Sie entschuldigen unser etwas brüskes Auftreten.«

»Stets zu Ihren Diensten«, erwiderte Carl mit leichter Ironie.

»Aha«, fuhr der Oberst fort. »Deshalb hängt also der deutsche Bundesadler da an Ihrem Hals, Herr Korvettenkapitän.«

»Genau. Neben der französischen Ehrenlegion, falls es Ihnen aufgefallen ist«, entgegnete Carl mit unmotivierter Aggressivität. Ihm war der sarkastische Unterton seines Gegenübers entgangen.

»Und woher wußten Sie, daß die Maschine entführt werden sollte?« fuhr der Oberst ungerührt fort.

»Nun«, sagte Carl zögernd. »Worüber wir bisher gesprochen haben, ist Geschichte, und ich kann Ihren Wunsch sich Klarheit zu verschaffen, *möglicherweise* verstehen ...«

»Im Hintergrund stehen unsere Verbindungen mit den Deutschen«, unterbrach ihn der Oberst. »Diese Geschichte hat unsere Beziehungen vergiftet, überflüssigerweise, wie es jetzt erscheint, nachdem wir Ihre Version gehört haben. Um es milde auszudrücken. Aber jetzt zu dieser Entführung, dem Grund für die Ehrenlegion sozusagen. Woher wußten Sie Bescheid?«

»Die französisch-deutsche Geschichte ist sicher eine Diskussion wert, meine Herren. Doch jetzt fragen Sie nach einer Sache, die noch nicht beendet ist. Ich kann Ihnen kaum Informationen über unsere laufenden Operationen geben. Ich hoffe, Sie haben Verständnis dafür.«

Der Oberst trank langsam und genüßlich von seinem Champagner, während er überlegte. Carl hatte keinerlei Illusionen darüber, daß der Franzose nicht nachgeben würde.

»Warum war Ihnen so daran gelegen, die Maschine nicht in Damaskus landen zu lassen? Sie haben sie ja sozusagen erneut gekapert? Wußten Sie im voraus von der Entführung, ohne uns Bescheid zu geben?«

Carl überlegte, ob er einfach weggehen sollte. Doch er konnte nicht ohne weiteres quer durch den Saal stürzen, um sich dem Vizeadmiral und dem Botschafter anzuschließen. Statt dessen suchte er nach einem Kompromiß, der sowohl gesellschaftlich wie aus Geheimhaltungsgründen akzeptabel war.

»Nein«, entgegnete er, »ich habe nichts davon gewußt, daß die Maschine entführt werden sollte. Meine Pläne liefen darauf hinaus, in Lyon auszusteigen und mit dem Wagen nach Schweden weiterzufahren.«

»Genau, Sie und dieser Svensson hatten doch bei unserer Botschaft in Kairo französische Visa beantragt, das war also der Grund?« stellte der jüngere der beiden französischen Nachrichtenoffiziere fest.

»Haben Sie die weite Reise von Paris in dieses düstere Land gemacht, nur um mich zu verhören?« fragte Carl müde, ohne eine Antwort zu erwarten.

»Ja, und das Gespräch ist sehr aufschlußreich gewesen. Im Augenblick erleichtern Sie unsere mitteleuropäischen Verbindungen, lieber Coq Rouge. Nun, was war das mit Damaskus? Wußten Sie von den Absichten der Entführer, in Frankreich Gefangene freizupressen, ohne es uns zu sagen?« bohrte der Oberst unermüdlich weiter.

»Nein«, lächelte Carl. Ihm ging plötzlich ein Licht auf, und damit schwand die Sorge, er könnte Geheimnisse verraten. »Nein, ganz und gar nicht, nichts derlei. Bevor ich die Maschine bestieg, wußte ich zwar, daß es ein gewisses Risiko gab, aber ich wußte nicht, was mich tatsächlich erwartete. In Damaskus hätte man mich wie auch Herrn Svensson, zumindest Svensson, gezwungen, unter besonders unangenehmen Formen auszusteigen. Das Ziel der Entführer hatte nichts mit in Frankreich einsitzenden Terroristen zu tun, sondern mit Svensson. Ich nehme an, daß Sie seinen Namen sowohl von Ihrer Botschaft in Kairo wie aus der Passagierliste kennen?«

»Ja. Also, damit stellt sich die Frage: Wer war oder ist Herr Svensson?« fragte der Oberst eher mit einem Anflug von Neugier als mißtrauisch.

»Was dieses Wissen betrifft, brauchen Sie sich keine Sorgen zu machen, *mon colonel,* Verzeihung, ich hoffe, das ist richtig?«

»Oberst ist korrekt, ja«, erwiderte dieser erstaunt.

»Sie werden garantiert erfahren, wer Svensson ist. Und wenn Sie es nicht von uns erfahren, dann von den Amerikanern. Und irgendwelche Unklarheiten über schwedische Konspirationen gegen französische Interessen werden nicht bleiben«, versicherte Carl, der fest davon überzeugt war, die Wahrheit zu sagen.

»Und darauf können wir uns verlassen?« fragte der Oberst zögernd.

»Ja«, sagte Carl mit gespielter Ruhe, die seine echte Ruhe überdeckte, »Sie haben mein Ehrenwort als Offizier und Kollege.«

Das war eine Formulierung, der nicht nur Carls Sentimentalität als Ehrenmann Gewicht verlieh – allein die hätte schon überzeugend genug sein müssen –, weiteres Gewicht verliehen ihr auch die zwei Orden, die an Carls Hals hingen, der Bundesadler in dem roten Kreuz neben dem französischen Stern.

Die französischen Kollegen verbeugten sich halb unbewußt vor Carls wirkungsvoller Schlußreplik. Dann mischten sich alle drei unter die übrige Gesellschaft.

Vizeadmiral Carl-Erik Halldén war strahlender Laune und unterhielt die Gesellschaft selbst dann noch, nachdem der Botschafter schon mehrmals zur Uhr geblickt hatte.

Am Ende erhielt er einen noch gröberen Wink, und dann wurden zwei Taxis bestellt, da die beiden Schweden in verschiedene Richtungen wollten.

Carl hatte sich verspätet. Er haßte es, zu spät zu kommen, und es kam ihm vor, als führe das Taxi im Schneckentempo durch den Schneematsch in Richtung Gamla stan. Er hatte entschieden, das Treffen in seiner eigenen Wohnung abzuhalten. Er hatte sich aber auch vorgenommen, sich vorher umzuziehen. Das würde er jetzt nicht mehr schaffen.

Als er ankam, warteten die drei Polizeibeamten schon in der Haustür. Er führte sie eilig die Treppe hinauf, bat sie, abzulegen und sich zu setzen. Dann nahm er seinen gerade jetzt noch lächerlicheren Umhang ab, ging ins Wohnzimmer und setzte sich den drei Männern gegenüber. Er gab sich Mühe, unberührt zu wirken, obwohl er sehr wohl verstand, warum sie ihn anglotzten.

»Ich bedaure«, sagte er kurz, »ich hatte einige unaufschiebbare Verpflichtungen, denen ich mich nicht entziehen konnte. Befehl des Generalstabs. Es war nicht meine Absicht, Sie in dieser Kleidung zu empfangen. Nun, worum geht es?«

Er wußte sehr wohl, worum es ging, als er mit gespieltem Interesse fragend die Augenbrauen hob.

Die drei Polizeibeamten, oder richtiger die beiden Polizeibeamten sowie der Vertreter der Sicherheitsabteilung des Generalstabs, konnten ihre Blicke nicht von Carls Hals und Brust losreißen. Keiner der drei wußte, um was für Auszeichnungen es sich handelte, doch sie konnten Vermutungen anstellen. Und sie vermuteten nicht zu Unrecht, daß so ein harter Knochen Anfang dreißig mit Narben im Gesicht, die von stumpfen Gegenständen herrührten, nicht ohne ganz besonderen Grund so dekoriert sein würde, nämlich für Verdienste um die Nation.

Und dieser Mann sollte jetzt als Verdächtiger in einem schweren Mordfall verhört werden.

Es wurde eine kurze und zögernde Vernehmung, falls dieses Wort in diesem Zusammenhang überhaupt richtig war. Carl gab zu, Maria Szepelinska gekannt zu haben, und sich folglich sehr wohl vorstellen zu können, daß sie seine Telefonnummer gehabt habe, daß in seinem Büro kein anderer gemeint sein könne, daß er sie vor etwa einem Jahr oder einem dreiviertel Jahr in privaten Angelegenheiten in Norrköping besucht, aber sie seitdem nicht wiedergesehen habe.

Nach zehn Minuten war das Gespräch beendet. Als der Kommandeur der Ehrenlegion, Träger des Bundesverdienstkreuzes Erster Klasse, der Tapferkeitsmedaille Gustavs III. sowie der Fallschirmjägerschwingen von SEAL sich erhob und damit zu verstehen gab, daß das Gespräch beendet war, fuhren die drei anderen wie von der Tarantel gestochen hoch und nahmen fast Haltung an. Sie bedankten sich sehr höflich für das klärende Gespräch und trollten sich.

Carl riß sich irritiert die Kleider vom Leib und verhedderte sich in Bändern und Nadeln. Dann nahm er eine Dusche, als wollte er sich reinigen, zog sich normale Kleidung an, stopfte Lallerstedts Hosen und den Umhang in eine Tasche und machte sich auf den gewohnt umständlichen Weg zum Büro in der Kommendörsgatan.

Jurij Tschiwartschew hatte sich soeben den Vortrag seiner beiden nächsten Untergebenen angehört. Er hatte mit starrem, unergründlichem Gesicht zugehört, wie es der Dienst ihn gelehrt hatte. Die greifbare Nervosität des Generalsmajors und des Obersten waren ihm nicht entgangen, doch hatte er durchaus Verständnis dafür. Es waren nicht gerade Fortschritte, die sie zu melden hatten.

Bei der schwedischen Sicherheitspolizei schien es ganz einfach keine Erkenntnisse darüber zu geben, wo sich Gennadij Alexandrowitsch aufhielt. Zwei der wichtigsten Kontaktleute waren in der Hierarchie so hoch angesiedelt, daß sie solche Bewachungs- und Sicherheitsfälle hätten kennen müssen, und sie hatten sich, soweit bekannt, sogar dazu bereitgefunden, durch Erkundigungen ein gewisses Risiko auf sich zu nehmen. Das Ergebnis war dennoch gleich Null.

Was Carl Hamilton betraf, hatte man zumindest einiges Interessante herausfinden können: Seine Bewegungen zwischen Wohnung, Generalstab auf Lidingö und der Marinebasis Berga und zurück.

Am Nachmittag hatte Hamilton zudem zu Hause Besuch erhalten.

Zwei Männer von der Sicherheitsabteilung Büro A, was etwas verwirrend war, und der dritte war ein mit an Sicherheit grenzender Wahrscheinlichkeit identifizierter Beamter des militärischen Sicherheitsdienstes. Das Zusammentreffen hatte weniger als eine Viertelstunde gedauert. Offenbar eine eilige Angelegenheit. Ein merkwürdiger Umstand war die Tatsache, daß Hamilton in Galauniform zu dem Treffen erschienen war.

Dem Bericht des Verbindungsmanns vom KGB zufolge schien die schwedische Regierung in Sachen Gennadij Alexandrowitsch nicht ein einziges Mal konferiert zu haben, was nahezu unerklärlich schien. Dabei bestand natürlich die Möglichkeit, daß sie abgesehen von Gennadij Alexandrowitschs Ankunft in Schweden noch gar nicht näher informiert waren.

Eine Schlußfolgerung: Das Militär hielt ihn in Verwahrung, ohne die Regierung über die Ergebnisse der selbstverständlich stattfindenden Verhöre mit ihm zu informieren.

Das wiederum ließ sich entweder damit erklären, daß sie die Vernehmungsergebnisse ganz einfach geheimhielten, oder daß es gar keine Ergebnisse gab.

Der Umstand, daß Hamilton jetzt sowohl vom zivilen wie vom militärischen Sicherheitsdienst so eiligen Besuch erhalten hatte, deutete darauf hin, daß er womöglich erneut in eine Angelegenheit hineingezogen wurde, die mit Gennadij Alexandrowitsch zu tun hatte. Vielleicht wollte man diesen verlegen.

Jurij Tschiwartschew drehte ein paar Runden mit den Händen auf dem Rücken, während seine nervösen Untergebenen auf ihren Stühlen herumrutschten und warteten. Er hatte ein großes Dienstzimmer, wie es ihm als Residenten zustand. An der Längswand gegenüber den Fenstern mit der zweifelhaften Aussicht auf *Svenska Dagbladet* hingen einige große Karten und Seekarten der nächsten Umgebung Stockholms. Auf den Seekarten waren die geheimen militärischen Fahrrinnen mit blauen Linien bezeichnet, genau wie auf den geheimen schwedischen Original-Seekarten. Zwischen den Karten und den Seekarten hing ein Porträt in Öl aus der Zeit um 1800. Es hatte einen Goldrahmen und trug eine Namensplakette, die den Namen des adligen Marineoffiziers in kyrillischen Buchstaben nannte: Admiral Wassilij Jakowlewitsch Tschitschagow,

1726–1809, ein Mann, der für seine Zeit offenbar ein hohes Alter erreicht hatte.

Jurij Tschiwartschews Vorgänger als Resident war etwas konventioneller gewesen und hatte am entsprechenden Platz Jurij Andropow hängen gehabt. Keiner von Tschiwartschews Untergebenen hatte sich erdreistet zu fragen, welche Exzentrizität oder Arroganz Tschiwartschew dazu gebracht habe, einen alten russischen Seehelden an einem Platz aufzuhängen, der der politischen Führung zustand.

Hätte jemand gefragt, hätte er zudem keine aufrichtige Antwort erhalten.

Plötzlich fuhr Oberst Tschiwartschew herum und fixierte seinen untergebenen General.

»Nun, mein lieber Michail Tscherentschewitsch, welche operativen Vorschläge haben Sie mir zu machen?« fragte er mit scharfer Stimme.

»Genosse Resident«, räusperte sich der Generalmajor nervös, »die Lage ist ernst. Allerdings hat sie auch ihre lichteren Seiten. Wir haben Gennadij Alexandrowitsch zwar nicht orten können, doch scheint er den Schweden auch nichts von Bedeutung gesagt zu haben.«

»Worauf gründen Sie diese Spekulation?« fragte Jurij Tschiwartschew, wobei er das Wort »Spekulation« überdeutlich betonte.

»Nun ja, Genosse Resident, einerseits glauben wir nicht, daß die schwedische Regierung auf Beratungen in Sachen Gennadij Alexandrowitsch verzichtet hätte, wenn dieser etwas Wichtiges geäußert hätte. Andererseits fällt es schwer zu glauben, daß die schwedischen Militärs es wagen könnten, solche Erkenntnisse für sich zu behalten. Das ist nicht ihr Arbeitsstil.«

Jurij Tschiwartschew drehte eine neue Runde durch das Zimmer. Die Äußerung seines Generalmajors war einigermaßen logisch. Das mußte er zugeben. Doch war es ein ernster Fehlschlag, daß man Gennadij Alexandrowitsch noch nicht geortet hatte, und es war geradezu unerklärlich, daß bei der schwedischen Sicherheitspolizei in dieser Hinsicht nichts zu holen war.

»Ich habe mir etwas überlegt, Michail Tscherentschewitsch, und möchte dazu Ihre aufrichtige Meinung hören. Nicht Ihre verängstigte Meinung, weil Sie glauben, man werde Sie nach Hause schicken, was durchaus möglich ist, sondern Ihre aufrichtige Meinung. Verhält es sich vielleicht so, daß die schwedische Sicherheitspolizei ganz einfach nicht weiß, wo sich Gennadij Alexandrowitsch aufhält, was erklären würde, weshalb unsere Kontaktleute dort so unwissend sind?«

Der Generalmajor schluckte sichtlich, bevor er antwortete.

»Ja, Genosse Resident, das ist eine Möglichkeit, die auch uns eingefallen ist. Es wäre unleugbar ein intelligenter Schachzug.«

»Und wenn das Militär ihn hat – wo hält es ihn dann fest? Vielleicht in der Marinebasis Berga, wo unser Freund Hamilton offensichtlich gewesen ist? Nun, Michail Tscherentschewitsch, was halten Sie von dieser Möglichkeit?«

»Nein, Genosse Resident. Es ist zwar interessant, daß Hamilton draußen in Berga gewesen ist, aber ich halte es für unwahrscheinlich, daß sie Gennadij Alexandrowitsch in einer Marinebasis gefangen halten. Ich meine, dann würden allzu viele davon wissen, und den Schweden liegt ja sehr an der Geheimhaltung. Ich meine, sie wollen um jeden Preis die Geheimhaltung wahren, die wir penetrieren wollen.«

Jurij Tschiwartschew lächelte über die Nervosität seines Untergebenen, obwohl er sie für durchaus berechtigt hielt. In einer anderen Situation hätte man Michail Tscherentschewitsch schon längst nach Hause geschickt.

»Ich teile Ihre Auffassung, Michail Tscherentschewitsch. Darf ich auch darauf hinweisen, daß der Begriff ›gefangen halten‹ bei Gennadij Alexandrowitsch bedauerlicherweise nicht ganz korrekt ist?«

»Ja, verzeihen Sie, Genosse Resident.«

»Keine Ursache. Sie haben vielleicht recht. Vielleicht hat er keine Lust zu singen, und die Gründe dafür können ja vielfältig sein. Er hat vielleicht private Motive, vielleicht bereut er, will nicht noch mehr zum Vaterlandsverräter werden, er will Garantien. Zwischen Schweden und Amerikanern kann sich einiges abspielen. Nun, was tun wir?«

»Wir untersuchen sämtliches Personal von Generalstab und Nachrichtendienst, sehen uns schwedische Register an und finden heraus, was die Leute für Datschen haben, und dann suchen wir die ab, eine nach der anderen. Das ist bedauerlicherweise ein zeitraubendes Vorhaben.«

»Ja, aber gut gedacht, Michail Tscherentschewitsch, sehr gut gedacht. Wenn ich in Schweden wohnhaft wäre, hehe, könnte ich mir Ihr oder mein Sommerhäuschen als geeigneten Ort vorstellen. Ein Ort, an dem der Feind nicht suchen würde.«

»Das Problem ist, daß es Zeit erfordert. Denken Sie doch nur daran, wie die Schären von Stockholm aussehen, Genosse Resident.«

»Ja, ich weiß«, seufzte Jurij Tschiwartschew schwer. »Ich habe sogar schon oft daran gedacht. Sind es beispielsweise 20 000 oder 30 000 Inseln? Nun, was noch?«

»Wir intensivieren unser Interesse für Hamilton, aber es ist gelegentlich schwer, ihm zu folgen.« – »Gelegentlich?«

»Ja, manchmal schüttelt er eventuelle Verfolger höchst professionell ab. Manchmal zeigt er sich gleichgültig. Das Muster ist unklar. Den Besuch der Sicherheitsdienst-Leute zu Hause zum Beispiel hat er überhaupt nicht verbergen wollen.«

»Setzen Sie mehr Personal ein, nutzen Sie Funkverbindungen, lassen Sie ihn nicht entkommen.«

»Verstanden, Genosse Resident. Wir haben uns aber noch eine weitere Möglichkeit überlegt. Na ja, es ist vielleicht kein glänzender Einfall, aber wenn Hamilton uns nun zu Gennadij Alexandrowitsch führen könnte ...«

»Aber? Aber was denn, was haben Sie sich überlegt, Michail Tscherentschewitsch?« fragte Jurij Tschiwartschew mit einer Mischung aus wachsender Unruhe und Aggressivität.

»Nun ja, Herr Genosse Resident«, erwiderte der Generalmajor mit der aus Nervosität hinzugefügten Höflichkeitsbezeigung »Herr«, »wir haben die Möglichkeit überlegt, gegen Hamilton die Spezialistengruppe für nasse Jobs einzusetzen. Sie sind ja inzwischen eingetroffen ...«

»Sie haben was?« unterbrach ihn Jurij Tschiwartschew und blickte seinen jetzt zunehmend nervösen Generalmajor starr an. »Und zu welchen positiven Ergebnissen würde es führen, wenn wir Hamilton liquidieren, wenn ich fragen darf?«

»Na ja, der Aufstand, der dann folgen würde, nicht nur die Publizität, sondern die Nervosität, die unweigerlich die Folge wäre, würde wohl dazu führen, daß sie losrennen, um Gennadij Alexandrowitsch beispielsweise in aller Hast zu verlegen ...«

Die Erklärung des Generalmajors verebbte wie der Wasserstrom aus einem Wasserhahn, den man zudreht. Erst kommen noch ein paar Tropfen, und dann ist Schluß. Der Generalmajor witterte nichts Gutes, als er den Gesichtsausdruck seines allmächtigen Chefs sah.

Dann wurde er zusammengestaucht wie seit seiner Zeit als Hauptmann am Ende des Großen Vaterländischen Krieges nicht mehr.

Erstens, so Tschiwartschew, sei Hamilton ein außerordentlicher und respektabler Kollege, eine Zierde seines Landes. Er wäre selbst für die Sowjetunion eine Zierde, wenn er sowjetischer Staatsbürger wäre. Zweitens solle Gennadij Alexandrowitsch aufgespürt und liquidiert werden und nicht ein schwedischer Kollege. Drittens dürfe das operative Personal nicht mit der falschen Arbeit in Gefahr gebracht werden. Viertens wäre Hamilton schon längst tot, wenn nur ein gewisser Michail Tscherentschewitsch rechtzeitig ein Foto von ihm beschafft hätte. Dann hätte dieser peinliche Zwischenfall im Nahen Osten vermieden werden können, also als die arabischen, hm, Genossen statt Hamilton einen amerikanischen Touristen liquidiert hätten. Fünftens gehe es nicht darum, einen Krieg anzuzetteln und dafür zu sorgen, daß die ganze Residentur des Landes verwiesen werde.

Dieser letzte Punkt sei am wichtigsten. Falls die Residentur des Landes verwiesen würde – und ein gegen Korvettenkapitän Hamilton gerichteter nasser Job würde völlig unabhängig von der Beweislage der schwedischen Regierung die Chance dazu geben –, gebe es keinerlei Möglichkeit mehr, die Operation gegen Gennadij Alexandrowitsch zu Ende zu bringen. Jurij Tschiwartschew fügte hinzu: »Die Schweden mögen zwar weich sein, aber dumm sind sie nicht. Merken Sie sich eins: Es gilt der Grundsatz, daß der Feind niemals dumm ist!«

Trotzdem, so fuhr er fort, wolle er nochmals auf den ethischen Aspekt zurückkommen. Hamilton sei ein guter Gegner und ein guter Offizier. Die Sowjetunion verübe keine unbegründeten Terrorakte gegen gute Offiziere!

Generalmajor Michail Tscherentschewitsch Cholin spürte, daß seine Tage im Auslandsdienst gezählt waren.

Am späten Abend wurde Carl zu Samuel Ulfsson gerufen, der die Skizze zu einem operativen Einsatz gegen die *Station Apraksin* sorgfältig studiert hatte. Der vorläufige Plan umfaßte natürlich nur die bereits bekannte Station.

»Das hier geht nicht«, grüßte Samuel Ulfsson kurz und ohne Umschweife. Als Carl den Raum betrat, zeigte er gegen seine Gewohnheit mit der ganzen Hand auf den Bericht auf dem Schreibtisch. »Setz dich!«

Der Einwand betraf den Sicherheitsaspekt. Daß die Operation nur mit Tauchern durchzuführen sei, daß die Anlagen mit den erwähnten Methoden zu sprengen seien, damit nichts an die Oberfläche komme, und so weiter – insoweit sei die Sache ziemlich klar.

Ein Dutzend einberufener Reservisten jedoch zusammen mit den wenigen Profis, über die man verfüge, das würde dazu führen, daß allzu viele um die Sache wüßten, und damit würde sie herauskommen. Bei der gesamten Planung sei es von unabdingbarem Interesse, daß genau dies nicht geschehe. Geheimhaltung sei das, was man den Politikern vor allem garantieren müsse. Die würden sich sonst nie auf die Sache einlassen, denn einen Megatonnen-Konflikt mit der Sowjetunion könnten sie nicht handhaben.

»Also«, sagte Samuel Ulfsson, »um die Frage direkt zu stellen: Kannst du es allein machen?«

»Nein«, erwiderte Carl ruhig und mit absoluter Überzeugung, »das ist unmöglich. Und mit unmöglich meine ich unmöglich. Das platzt schon bei den logistischen Problemen.«

»Aber wenn wir die lösen?«

»Dann habt ihr so viel Personal hineingezogen, das rätselhafte Sprengstoffe mit sich herumschleppt und mich kreuz und quer durch die Gegend schippert, daß es zu dem gleichen Ergebnis führt wie das eben skizzierte Verfahren. Nein. Es ist unmöglich.«

»Wie viele Mann brauchst du denn als absolutes Minimum?«

Carl brauchte nicht lange nachzudenken.

»Zwei«, sagte er, »und ich weiß auch, welche.«

»Die Jungs in San Diego?«

»Genau die.«

»Und es müssen diese beiden sein?«

»Ja, es müssen diese beiden sein.«

»Warum?«

»Sie haben die gleiche Ausbildung wie ich. Sie sind seit ein paar Monaten von SEAL zurück, haben dort sämtliche Phasen durchlaufen, haben inzwischen also ihre Schwingen. Einer von ihnen übt in seiner Freizeit sogar Unterwasser-Orientierung. Sie beherrschen die Technik, die wir anwenden müssen, auch in großen Tiefen. Sie sind motiviert, sie sind ein Teil des Nachrichtendienstes, ob sie es nun wissen oder nicht. Wir drei können es möglicherweise schaffen, niemand sonst. Trotzdem brauchen wir noch einige logistische Assistenten, vorsichtig ausgedrückt. Ja, und eine weitere Voraussetzung ist natürlich, daß die beiden anderen Basen nicht vor Göteborg oder Luleå liegen, dann könnten wir die Aktion nicht synchronisieren.«

Carl hatte schnell und ohne Zögern gesprochen. Er fühlte sich in seiner Einschätzung absolut sicher.

Samuel Ulfsson drückte seine Zigarette aus und faltete vor Carl langsam eine Seekarte auseinander.

»Hier!« sagte er und legte den Daumen auf einen Punkt ganz in der Nähe der Marinebasis Berga. »Hier liegt die *Station Bodisko!*«

Carl betrachtete eine Zeitlang die Seekarte.

»Hubschrauber, zwanzig Minuten mit dem Hubschrauber zwischen *Bodisko* und *Apraksin*, nicht mehr. Wir dürfen also davon ausgehen, daß die Station *Tschitschagow* auch irgendwo in der Nähe liegt. Anderthalb Stunden. Anderthalb Stunden zwischen *Bodisko* und *Tschitschagow*, falls das ausreicht. Ihr habt also damit begonnen, die Absprachen mit Genossen Gennadij Alexandrowitsch zu erfüllen?«

»Ja«, sagte Samuel Ulfsson, »die Regierung hat uns grünes Licht gegeben. Fliegst du rüber, um unsere beiden Leute zu holen?«

»Ja, und ihr erledigt die Formalitäten und besorgt diese amerikanische Ausrüstung auf meiner Einkaufsliste?«

»Wann könnt ihr loslegen?«

»Von jetzt an gerechnet frühestens in einer Woche.«

»Wann kannst du fliegen?«

»Jetzt gleich.«

5

Der Ministerpräsident des Landes, wie er sich sogar selbst meist nannte, saß vollkommen reglos in seinem kleinen privaten Arbeitszimmer in seiner Dienstwohnung. Er war seit etwa einer halben Stunde allein und hatte inzwischen ein Telefongespräch mit seiner Tochter hinter sich gebracht; er hatte vor einiger Zeit versprochen, zu einem ihrer wichtigsten Handballspiele in diesem Frühjahr zu kommen, und jetzt in unbestimmten Worten zu erklären versucht, daß die Angelegenheiten des Staates gerade zu diesem Zeitpunkt seine Anwesenheit unmöglich machten. Das hatte er ihr zwar auch schon früher gesagt, auch bei weniger wichtigen Anlässen, doch jetzt hatte er auch deswegen so etwas wie ein rückwirkend schlechtes Gewissen.

Die Diskussion mit seinen drei engen Mitarbeitern war zumindest in einer Hinsicht erfreulich gewesen –, sie hatte ergeben, daß sich die ungeheuren Schwierigkeiten am politischen Horizont sehr scharf abgezeichnet hatten. Es war ein gutes Team gewesen, um die Probleme anzupakken. Der Außenminister mit seiner wohlabgewogenen Mischung aus allgemeiner menschlicher Vernunft und langer politischer Praxis, Peter Sormans gewaltige außenpolitische Erfahrung und sein ungeheures Wissen, die Gabe seines eigenen Staatssekretärs, sämtliche Fäden einer Diskussion im Kopf zu behalten und das Ziel nicht aus den Augen zu verlieren, und schließlich – so stand zu hoffen – seine eigene Gabe, Gegensätze auszugleichen.

All dies war nötig. Sie hatten beschlossen, bis auf weiteres keine weiteren Personen in die Diskussion einzubeziehen, zumindest nicht in diesem frühen Stadium, in dem noch längst keine Einigkeit erzielt war. Für einige Zeit würde es also eine interne verteidigungspolitische Diskussion ohne Verteidigungsminister geben, was später möglicherweise zu einigem Gemaule führen würde.

Aber das ließ sich nicht vermeiden. Der Verteidigungsminister war viele Jahre lang zwar ein tüchtiger und tatkräftiger Gewerkschaftsvorsitzender gewesen, doch seine außenpolitische Brillanz ließ sich durchaus in Frage stellen – der Ministerpräsident verzog den Mund zu einem schiefen Grinsen –, und überdies war das Vertrauen des Generalstabs in diesen Mann gelinde gesagt begrenzt. Es wurde allgemein davon ausgegangen, daß er vor allem wegen seiner uneingeschränkten Fähigkeit, dem früheren Ministerpräsidenten zu gehorchen, zum Verteidigungsminister ernannt worden war. Der letzte Regierungschef hatte ihn wohl hauptsächlich ernannt, um bei verteidigungspolitischen Themen Widerspruch zu vermeiden, möglicherweise auch, um den Militärs das Leben sauer zu machen.

Vermutlich würde die politische Führungstruppe später ausgewählte Teile der militärischen Führung zu sich bitten müssen, um endgültige Richtlinien zu erarbeiten. Dann war das Militär kraft seiner Sachkenntnis als Ratgeber gefragt, jedoch allein in dieser Funktion.

Beschlüsse konnten nur von der Regierung des Landes gefaßt werden.

Doch bis dahin war noch ein langer Weg, waren noch viele Überlegungen nötig. Die politischen Alternativen mußten sorgfältig durchdacht werden, bevor man die Militärs an der Diskussion beteiligte.

Im Verlauf des Abends hatten die Männer, die jetzt allein die demokratische Verantwortung für die tatsächlich vorliegende, in der Öffentlichkeit jedoch unbekannte Krisensituation trugen, die Diskussion auf vier Möglichkeiten eingeengt, von denen jede für sich Risikomomente und Unsicherheiten in sich barg.

Erstens konnte man den Botschafter der Sowjetunion einbestellen, auf diplomatischem Wege protestieren und einen sofortigen Rückzug sowjetischer Streitkräfte und Einrichtungen von schwedischem Territorium fordern. Man konnte möglicherweise betonen, der diplomatische Protest und dessen Inhalt könnten in Schweden geheimgehalten werden, wenn man die Angelegenheiten in aller Stille regle. Die Russen waren ja für ihre Publizitätsscheu bekannt.

Auf den ersten Blick konnte das als die geeignetste, klügste, vorsichtigste und verantwortungsbewußteste Möglichkeit erscheinen.

Sie barg jedoch die Gefahr, daß die sowjetische Seite sich als völlig verständnislos erwies und alle »antisowjetischen« oder »unfreundlichen« Unterstellungen empört zurückwies.

Dann würde eine sehr unsichere Situation entstehen. Alle weiteren Optionen würden sich im Fall eines Mißerfolgs als höchst riskant erweisen.

Der Ministerpräsident hatte zunächst angenommen, daß es den Russen schwerfallen würde, eine derart knochenharte Haltung einzunehmen, da schließlich Beweise vorlagen, sowohl in Form von Angaben ihres eigenen Überläufers als auch durch die Erkenntnisse schwedischen Personals vor Ort.

Peter Sorman hatte überzeugend nachgewiesen, daß die Russen solche Beweise keineswegs zu akzeptieren brauchten, es sei denn, Schweden könne ihnen hundert Gefangene unter die Nase reiben, die einstimmig eingestanden, sie seien Russen und bäten, nicht nach Hause geschickt zu werden.

Übrigens würde vielleicht nicht einmal das von der Gegenseite akzeptiert werden. Die erste und scheinbar einfachste Handlungsalternative war folglich gar nicht so einfach, und es konnte sich als knifflig erweisen, den Konflikt von diesem Niveau aus eskalieren zu lassen, ohne eine ernste Konfrontation zu riskieren.

Die nächste Möglichkeit erschien demnach noch untauglicher. Sie bestand darin, den Inhalt des diplomatischen Protests zu veröffentlichen. Das würde natürlich in der gesamten westlichen Welt zu einem Höllenlärm führen, samt der an Schweden gerichteten Forderung, diverse Beweisstücke mit oder ohne Gewalt an Land zu bringen, damit die Anklagen begründet werden könnten.

Sowohl Sorman als auch der Außenminister waren sich darin einig, daß dies vermutlich der gefährlichste, aber auch geeignetste Weg sei, die Russen zu provozieren. Ein solches Vorgehen würde zudem zu einer unendlichen Kette von Beschlüssen im Licht der Öffentlichkeit führen. Die Aufregung um das auf Grund gelaufene U 137 würde vergleichsweise als reine Bagatelle erscheinen.

Die dritte Möglichkeit war ein militärischer Einsatz mit Waffengewalt. Das Völkerrecht stand dem nicht entgegen. Ein solcher Einsatz von Waffengewalt war kaum etwas anderes als das Abwerfen von Wasserbomben auf fremde U-Boote.

Doch erstens verlangte ein solcher Einsatz absolute Geheimhaltung, und in einer offenen Gesellschaft wie der schwedischen würde sich die nicht aufrechterhalten lassen. Die erste Komplikation dabei bot der außenpolitische Ausschuß des Parlaments. Die Opposition konnte die absolut berechtigte und vernünftige Forderung stellen, daß der Ausschuß über so außerordentlich ernste Aktionen informiert werden müsse. Dabei würde man sich sicher auf eine militärische Alternative einigen können, denn die bürgerlichen Parteien waren ziemlich schießwütig. Doch schon wenige Stunden nach den geheimen Beratungen im Ausschuß hätte *Expressen* die ganze Geschichte, und danach würde die Hölle losbrechen.

Und ein Angriff der schwedischen Marine gegen die Sowjetunion vor Fernsehkameras und applaudierendem Publikum war nur schwer vorstellbar.

Wenn man das geplante Vorgehen nicht im Ausschuß erläuterte, würde die Opposition schrecklichen Lärm schlagen. Das konnte sich niemand wünschen, da jede Handlungsmöglichkeit auf nationaler Einigkeit beruhen sollte.

Oder auf garantierter Geheimhaltung. Bei spektakulären Maßnahmen wie etwa Gewaltanwendung erschien das jedoch als unmöglich.

Die vierte Möglichkeit war vermutlich die intelligenteste. Natürlich stammte sie von Peter Sorman. Gleichzeitig jedoch war sie in moralischer wie ethischer Hinsicht am unangenehmsten.

Man sollte den Russen anbieten, ihnen ihren Vizeadmiral zurückzugeben, wenn sie im Austausch sämtliche Anlagen – bekannte wie unbekannte – von schwedischem Territorium zurückzogen, und zwar unter Wahrung voller Diskretion.

Das war eine handfeste Alternative, die rein praktisch sicher machbar war. Die Russen würden eine solche Lösung vermutlich zu schätzen wissen. Überdies würden sie damit etwas gewinnen, nämlich daß der Vizeadmiral nicht in die USA weiterbefördert wurde.

Wenn aber ein solches Manöver in der Öffentlichkeit bekannt wurde, würden sich unerträgliche innenpolitische Konsequenzen ergeben. Im Reichstag würde es zu einer Debatte über diesen Verrat kommen, die alle anderen Debatten dieser Art in der jüngeren Vergangenheit übertreffen würde, begründete wie unbegründete.

Die Verhandlungen mit den Russen würden sich diskret führen lassen. Aus dem engeren Regierungskreis würde nichts durchsickern. Das garantierte allein schon der politische Selbsterhaltungstrieb.

Die Militärs jedoch, die in den Austausch unvermeidlich eingeweiht werden mußten, würden wahnsinnig werden. Einmal wegen ihrer allgemein konservativen und leicht naiven Ideale, zum andern, weil der Westen und damit auch Schweden die üppig sprudelnde Erkenntnisquelle verlieren würde, die der russische Vizeadmiral darstellte und aus der sich reichlich schöpfen ließ. Schlimmstenfalls würde einer von ihnen ausrasten, weil die Streitkräfte sich nicht auf den Kriegspfad begeben durften. Und damit würde die Sache herauskommen und in *Svenska Dagbladet* erscheinen.

Sämtliche vier Möglichkeiten hatten ihre Schwächen, und es mußte nicht um jeden Preis Einigkeit hergestellt werden. Die Basen lagen ja da, wo sie lagen, und wenn die Russen aus reiner Nervosität zu der Ansicht kamen, sie demontieren zu müssen, während die schwedische Regierung noch nachdachte, um so besser.

Der Ministerpräsident selbst neigte zu der ersten Möglichkeit, einen geheimen diplomatischen Protest mit der Forderung zu überreichen, die Einrichtungen müßten sofort zurückgezogen werden. Peter Sorman neigte offenkundig mehr zu der vierten Möglichkeit, den Russen gegen die Basen auszutauschen.

Welche Möglichkeit die beiden anderen vorzogen, hatte man während der Diskussion nicht ergründen können. Vermutlich hatten sie darauf verzichtet, sich klar für eine Alternative zu entscheiden.

Unabhängig davon, zu welchem Entschluß man sich am Ende durchrang, war die Situation extrem unangenehm oder sogar gefährlich. Wenn die Sowjetunion derart große Mühe darauf verwendet hatte, ernsthafte Kriegsvorbereitungen gegen Schweden zu treffen, war nicht ohne weiteres auszuschließen, daß die Russen tatsächlich bereit waren, auf einen groben Klotz einen groben Keil zu setzen. Und: Die Sowjetunion war eine militärische Supermacht, deren Handlungsweise trotz der Beteuerungen der Scharfmacher im Generalstab nicht leicht auszurechnen war. Schweden war eine sehr kleine westliche Demokratie, die eine militärische Konfrontation mit dieser Supermacht um jeden Preis vermeiden mußte.

Die Frau des Regierungschefs öffnete die Tür.

»Die Frau des Ministerpräsidenten gedenkt sich jetzt zurückzuziehen. Auf dem Küchentisch stehen ein paar Stullen in Zellophan und etwas Kaffee in der Thermoskanne«, teilte sie ironisch mit. Eine Anspielung auf seine in ihren Augen pompöse Unsitte, von sich selbst in der dritten Person zu sprechen.

Er kicherte unmotiviert und ließ erkennen, daß er sich geschlagen gab, indem er die Hände hob und in die Knie ging.

»Ja, ja, schon gut, ich höre jetzt auf. Pia hat übrigens gewonnen, hast du schon gehört?«

Carl ging mit entschlossenen langen Schritten. Der Zeitunterschied steckte ihm noch in den Knochen. Er trug eine Uniform in Tarnfarben mit der Rangbezeichnung *Lieutenant commander* auf den Schulterklappen und die SEAL-Schwingen auf der rechten Brustseite – nicht aus kindlichem Stolz, er verfolgte damit eine Absicht.

Er war unterwegs zu Baracke 6, Unterrichtsraum 3, in dem zwei junge schwedische Feldwebel auf die größte Überraschung und die vielleicht schwierigste Entscheidung ihres Lebens warteten; wie schwierig diese Entscheidung in Wahrheit war, würden sie vielleicht erst lange Zeit später begreifen.

Carl hatte es eilig. Er wollte von niemandem erkannt werden und keine Zeit mit leerem Geschwätz vergeuden. Auf ein »Hallo-wie-geht's-dir-nett-dich-wiederzusehen« hatte er keine Lust. Deshalb trug er wie so viele andere auf der *Sunset Farm* eine dunkle Brille.

Doch als Skip Harrier ihn entdeckte, ein Fenster öffnete und ihn in sein kleines Dienstzimmer rief, blieb ihm keine Wahl. Er ging sofort hinein. Sie schüttelten sich herzlich die Hände. Carl nahm die Brille ab und erhielt einen Pappbecher Coca-Cola mit Eis. Für einen kurzen Moment schien die Zeit stillzustehen; diese Szene hätte genausogut vor sieben oder acht Jahren stattfinden können.

Skip Harrier betrachtete ihn eine Weile nachdenklich und verschmitzt, ohne etwas zu sagen.

»Well, well, well. Jetzt geht's also im Schwergewicht gegen den Großen Roten, liege ich da vielleicht richtig?« fragte Skip schließlich. Es hörte sich eher wie eine Feststellung als wie eine Frage an.

Carl war völlig überrumpelt, was Skip nicht entgangen sein konnte.

»Wir sind Freunde, Skip, und das weißt du. Ich will nicht kleinlich sein, und das weißt du auch, aber das, was wir jetzt vorhaben, ist streng geheim. Nicht mal deine Regierung weiß etwas davon.«

»O nein«, lachte Skip und strich sich über das kurzgeschorene Haar. »Natürlich haben die keine Ahnung. Aber irgend so eine Leuchte von Bürokrat hat mir die Liste der Dinge gegeben, die ihr nach Schweden mitnehmen wollt.«

»Wie genial«, seufzte Carl.

»Ja, das kann man nicht anders sagen. Ich sollte prüfen, ob irgendwelche Sachen dabei sind, die bei euch vielleicht noch nicht eingeführt sind, denn dann wären neue Formulare nötig gewesen, die irgendein Typ in Washington hätte ausfüllen müssen. Und so hab ich mir die gesamte Liste eurer Ausrüstung angesehen, denn ich bin ja in waffentechnischer Hinsicht für die Jungs hier verantwortlich. Lustige Sachen, übrigens. Ich habe alles genehmigt.«

»Danke für die Freundlichkeit.«

»Hör mal, laß es doch nicht an mir aus. Ihr wollt also bis in dreißig Meter Tiefe tauchen, lange Zeit unter Wasser schwimmen, sprengen, was das Zeug hält, und zwar in Brackwasser, und außerdem sollt ihr in der Lage sein, euch gegen feindliche Taucher zu verteidigen. Das machte mich natürlich neugierig. Ich schnappte mir eine Weltkarte und warf einen Blick auf die Ostsee. Und was sieht mein Auge da, wenn nicht euren großen Nachbarn, der ebenfalls brackige Gewässer hat. Ich meine, ihr werdet bestimmt nicht Finnland in die Luft sprengen wollen.«

»Und da sagen die Leute immer, unsere Tätigkeit sei geheim. Zwei Bürokraten genügen also, dann weiß alle Welt Bescheid. Na schön, Skip, wir müssen also das Risiko eingehen, daß du ein feindlicher Agent bist. Ich glaube, das läßt sich ertragen, ich meine das Risiko.«

»Fühle mich geschmeichelt. Jetzt geht es also im Schwergewicht gegen den Großen Roten. Und was ist mit meinen Jungs? Wissen sie es schon?«

»Yepp. Jetzt treten wir gegen den Großen Roten an. Nein, sie wissen noch nicht Bescheid. Ich wollte gerade zu ihnen rüber, und, sagen wir, andeuten, worum es bei dem Auftrag geht.«

»Gott sei mit euch.«

»Danke, Skip. Danke für eine schöne Zeit. Lebwohl, falls wir uns nicht mehr sehen sollten.«

Carl streckte die Hand aus, und sie schüttelten sich lange die Hände. Skip hatte Carls rechte Hand in seine beiden Pranken genommen. Zu seiner Überraschung entdeckte Carl in den Augen des alten Landsknechts so etwas wie Tränen. Carl riß sich los und salutierte. Der Gruß wurde erwidert. Dann ging er, ohne noch etwas zu sagen.

Die beiden schwedischen Sergeants fuhren mit amerikanischer Disziplin und Schnelligkeit hoch, als er den Raum betrat, in dem sie warteten. Es war ein kleiner Unterrichtssaal mit Katheder. Er befahl ihnen »Rührt euch!« und bat sie – ebenfalls auf englisch –, sich zu setzen. Er ließ sich langsam am Katheder nieder, nahm die Brille ab und betrachtete sie eine Zeitlang forschend, bevor er etwas sagte. Und dann sprach er sie plötzlich auf schwedisch an.

»Sergeant Lundwall und Sergeant Stålhandske, Sie werden zu einer Übung einberufen. Mein Name ist Carl Hamilton, ich bin Korvettenkapitän und arbeite beim Sicherheitsdienst des Generalstabs, was, wie Sie wissen, auch Ihr eventueller Arbeitsplatz sein wird.«

Er hielt kurz inne, damit sie die Münder schließen und sich von dem Schock erholen konnten, daß ein amerikanischer *Lieutenant commander* sich plötzlich in einen schwedischen Korvettenkapitän verwandelte.

»Ab sofort gehen wir zu schwedischer Disziplin und zur schwedischen Sprache über«, lächelte Carl breit. Alle drei begannen zu lachen.

»Sie haben uns ganz schön an der Nase herumgeführt, Herr Korvettenkapitän«, sagte Stålhandske in seinem klingenden Finnlandschwedisch.

»Ja, ich sollte mich deshalb vielleicht entschuldigen. Wir sagen übrigens du zueinander, wenn wir unter uns sind. Mein Hintergedanke war, euch zu inspizieren und zu beurteilen, ohne daß ihr etwas von meiner Identität und meiner Arbeit beim SSI wußtet, da ihr noch Außenstehende seid. Doch dann mußte ich wegen einer Aktion nach Hause, wegen der ich auch wieder hier bin, um euch zu holen. Und jetzt zu dem, worum es geht. Es handelt sich um eine militärische Operation mit scharfen Waffen. Es ist eine *covered action*, an der nur wir drei Schweden teilnehmen, da wir die Ausbildung und, wie zu hoffen steht, auch die Fähigkeit haben, den Auftrag zu bewältigen. Es ist nicht geplant, euch beide allein auf einen gefährlichen Auftrag zu schicken, das habt ihr sicher schon verstanden. Ich befehlige das Unternehmen und nehme zu den gleichen Bedingungen daran teil wir ihr. Es geht vor allem ums Tauchen. Wir sind drei Schweden mit den SEAL-Schwingen. Wir sind also die Besten, und die Besten werden auch gebraucht. Dazu irgendwelche Fragen?«

»Na also«, sagte Åke Stålhandske entzückt. »Es ist also der verfluchte Russe, der was auf die Schnauze kriegen soll?«

»Wenn ihr den Auftrag annehmt und der Einsatz auch befohlen wird, werdet ihr alle Details bekommen. Im Augenblick kann ich euch nur sagen, daß es sich um eine der wichtigsten militärischen Operationen der letzten Zeit handelt.«

»Sind wir einberufen oder Freiwillige?« fragte Joar Lundwall, ohne dabei erkennen zu lassen, ob die eine oder andere Möglichkeit seinen Einfluß beeinflussen würde.

»Das ist eine ziemlich philosophische Frage«, erwiderte Carl zögernd. »Rein technisch seid ihr einberufen, technisch gesehen können wir euch in Zwangsjacken nach Hause verfrachten, euch die Taucherausrüstung anziehen, ins Wasser zeigen und rufen: ›Apportiert!‹ In Wahrheit ist es natürlich nicht so. Der Auftrag ist freiwillig. Wenn ihr akzeptiert, werdet ihr euch schriftlich zum Schweigen verpflichten, wonach ich euch etwas tiefer einweihen kann. Aber dann habt ihr bis zum letzten Moment immer noch die Möglichkeit, euch zu weigern.«

»Ist es eine Kriegshandlung?« fragte Joar Lundwall ruhig weiter.

»Ja, es wäre Heuchelei, etwas anderes zu sagen«, entgegnete Carl nach kurzem Zögern. Er brauchte seine Offenherzigkeit, wie sich gleich zeigen sollte, nicht zu bereuen.

»Wenn das so ist, bin ich dabei«, erklärte Joar Lundwall in dem gleichen unbeschwerten Tonfall wie zuvor. Carl ließ den Blick zu Åke Stålhandske weiterwandern. Er wußte schon, welche Haltung der blonde Riese einnehmen würde.

»Selbstverständlich bin ich mit von der Partie«, sagte Stålhandske und sah fast beleidigt aus, weil er sich erst als zweiter hatte melden dürfen, möglicherweise auch, weil die Frage überhaupt gestellt worden war.

»Das ist gut«, sagte Carl. Er zog zwei Formulare aus der Brusttasche, auf denen ihre Namen und sein eigener schon eingetragen waren. »Lest und unterschreibt!«

Sie lasen neugierig von der strengen Schweigepflicht bei Strafandrohung.

Dann zog Joar Lundwall wortlos einen Kugelschreiber aus der Tasche, unterschrieb und reichte den Stift an Åke Stålhandske weiter.

Carl nahm die Papiere in Empfang, faltete sie zusammen und steckte sie wieder in die Tasche. Danach faßte er sich bedeutend kürzer, als die beiden vermutlich erwartet hatten.

»Es ist ein sowjetisches Ziel in etwa dreißig Meter Tiefe, tief auf schwedischem Territorium. Unter Umständen geht es um mehrere Ziele. Wir werden durch Transporte der Marine unterstützt. Die Besatzung des Schiffs, das uns zum Ziel bringt, wird nichts über den Auftrag wissen. Wir riskieren eine Konfrontation mit sowjetischen Spetsnaz-Verbänden, mit Burschen also, die im schlimmsten Fall so gut sind wie wir. Ihr fliegt morgen mit der TWA 0900 von L. A. Hier sind eure Tickets und je tausend Dollar, gegen Quittung, damit ihr kurzfristig wichtige Angelegenheiten regeln könnt. Von jetzt an habt ihr Urlaub von der *Sunset Farm.* Wir sehen uns in der Maschine. Ich brauche wohl nicht an die Geheimhaltung zu erinnern oder daran, daß ihr die Maschine auf keinen Fall verpassen dürft.«

Er stand auf und gab ihnen die Flugtickets, die schon auf ihre Namen lauteten. Er war zu dem Schluß gekommen, daß die bereits gekauften und gebuchten Plätze zeigen würden, welches Vertrauen er in sie setzte, wenn sie mitmachten. Sonst hätten sie die Tickets nie zu sehen bekommen. Sie quittierten stumm ihr Geld.

»Irgendwelche Probleme?« fragte Carl erleichtert.

Sie schüttelten den Kopf.

»Gut«, sagte Carl, »dann sehen wir uns in der Maschine. Hej.«

Damit ging er. Ihre halb amerikanische, halb schwedische Art, sich beim Abschied zu recken, entlockte ihm ein feines Lächeln.

Er pfiff leise vor sich hin, als er den Hof überquerte, um sich umzuziehen und mit dem Leihwagen nach San Diego zu fahren. Das Ganze war sehr viel leichter gewesen, als er gedacht hatte. Und er hatte viel gedacht; unter anderem daran, wie er selbst reagiert hätte, wenn irgendein Typ plötzlich aufgetaucht wäre und ihn gebeten hätte, die Sowjetunion zu überfallen. Er hatte sich eingeredet, etwa so reagiert zu haben, wie er es jetzt bei Joar Lundwall gesehen hatte: Haben wir Krieg? *Wenn das so ist, bin ich dabei.*

Das war eine sehr gute Reaktion, obwohl Åke Stålhandske vermutlich ihre Bedeutung mißverstanden hatte.

Carl kam von Norden her in die Stadt, umfuhr die San Diego Bay auf dem Harbor Drive und dem Embarcadero, bis er den Parkplatz am Seaport Village erreichte. Er sah auf die Uhr. Fünf Minuten vor der festgesetzten Zeit. Daß er so relativ spät angekommen war, lag daran, daß er ruhig gefahren war und alle Verkehrsvorschriften beachtet hatte. Er wollte keine Strafe wegen zu schnellen Fahrens riskieren; das Bußgeld hätte ihn nicht gekümmert, doch wollte er bei diesem Ausflug um keinen Preis irgendwo registriert werden.

Er überquerte den Bürgersteig ohne Eile und ließ sich sogar Zeit, das Gebäude zu betrachten. Es wirkte irgendwie finnisch. Ergrautes, »unbehandeltes« Holz (vermutlich Silbernitrat) an den Außenwänden, und das Dach bestand gleichfalls aus unbehandelten Holzplatten, die wie Schieferplatten verlegt waren. Der viereckige Aufbau auf dem Dach ließ einen alten Leuchtturm oder ein Hafenbüro vermuten. Doch ganz oben saß eine Wetterfahne in Form eines Pottwals, was die finnische Ausstrahlung zerstörte.

The San Diego Pier Café, wie das Fischrestaurant hieß, war das erste Lokal, in das er sie eingeladen hatte. Das war 1981 gewesen, als das Lokal gerade eröffnet hatte und für ihre knapp bemessene Studentenkasse eigentlich etwas zu exklusiv war. Damals wußte er noch nicht, daß sein Aktiendepot in Schweden ihn später jede Stunde um eine Summe reicher machen würde, die der fürstlichsten Restaurantrechnung entsprach.

Inzwischen hatte man am Eingang im Unterschoß eine kleine Glasveranda angebaut, auf der Gäste unter blauen Sonnenschirmen an blauweiß-karierten Tischdecken saßen.

Carl ging ins Obergeschoß mit dem sogenannten Seeblick, wo er einen Tisch bestellt hatte. Der Seeblick bestand zum größten Teil aus der Halbinsel Coronado und der großen Flottenbasis mit ihren grauen Silhouetten. Kriegerisches Muskelspiel einer Supermacht.

Carl erwartete nicht, daß sie rechtzeitig kommen würde. Er war sich nicht einmal sicher, ob sie überhaupt erscheinen würde, nur weil er Herb angerufen und gesagt hatte, er sei zufällig hier, und wenn es ihr passe, und so weiter. Doch sie kam, wenn auch drei Minuten zu spät.

Seine Verblüffung hielt ihn auf dem Stuhl fest, und so kam er etwas zu spät auf die Beine, um ihr formvollendet den Stuhl hinrücken zu können, was eine höchst unamerikanische Sitte war.

»Wenn du mich weiter so anstarrst, fallen dir noch die Augen aus dem Kopf, Carl. Oder die Leute werden glauben, daß du zu dieser exklusiven sexuellen Minderheit gehörst, du weißt doch, diesen Spannern«, sagte sie so schnell wie entwaffnend, als sie sich setzte. Dann zeigte sie ihr sehr breites und halb mexikanisches Lächeln und nickte sacht. Ob dieses Nikken nachdenklich oder ironisch war, hatte er nie herausfinden können.

»Ja, Verzeihung«, erwiderte er verlegen, »aber du hast mich überrumpelt. Ich hatte nicht damit gerechnet, daß du kommst.«

»Beim letztenmal wurden wir sozusagen unterbrochen.«

»Ja, das könnte man sagen. Führst du ein glückliches Leben?«

»Du kommst heute ja ungewöhnlich schnell zur Sache. Führst du selbst ein glückliches Leben?«

»Nein, das läßt sich kaum sagen. Und du?«

Sie senkte den Blick und sah aus dem Fenster. Sie schwieg so lange, daß er annahm, sie wollte die Frage unbeantwortet lassen. Doch dann drehte sie sich plötzlich um, und ihr Lächeln wirkte unsicher.

»Verdammt, Carl, aber ich glaube, wir haben es vermasselt«, sagte sie schnell und direkt. Er hatte noch nicht ganz auf amerikanisches Gehör umgeschaltet und lächelte verlegen über die groben, aber doch recht alltäglichen Ausdrücke, die sie gebraucht hatte.

»Meinst du, als ich oben in Santa Barbara den Staubsaugervertreter spielte?«

»Nein, aber du hast mich bei deinem Besuch erschreckt. Ich sah etwas in deinen Augen, was ich noch nie zuvor gesehen hatte, und dabei glaubte ich, dich ganz gut zu kennen. Ich meine, daß wir es schon lange vorher vermasselt haben, aber geschehen ist geschehen.«

Sie wurden von der Kellnerin unterbrochen, die ihre Bestellung aufnehmen wollte. Carl, der davon ausging, daß Tessie noch immer keine bestimmten Wünsche hatte, bestellte schnell zwei Grillspieße mit Krabben, Fisch und Pilgermuscheln sowie eine Flasche kalifornischen Chardonnay. Und Eiswasser, wie er nach einem kurzen Blick von Tessie noch schnell ergänzte.

»Erinnerst du dich noch an unseren ersten Besuch hier?« fragte er, um das Gespräch auf die Wellenlänge zurückzubringen, die sie vor der Unterbrechung gehabt hatten.

»Und ob. Ich weiß noch, was wir damals gegessen haben. Es steht nämlich noch immer auf der Karte: *Three-egg omelette with crab, shrimp, cheese, and golden hash browns on the side* für vier Dollar und fünfzig Cent. Du bestandst darauf zu bezahlen, aber deinen ängstlichen Blick in die Brieftasche habe ich nicht vergessen.«

»Na klar, ich wollte bei dir natürlich Eindruck machen. So ein mexikanischer Schuppen kam nicht in Frage, weil ich das Essen nicht kannte. Dann hättest du bei mir Eindruck gemacht. Und eine Hamburger-Bude wäre nicht gut genug gewesen.«

»Nein, du warst manchmal so *europäisch.*«

»Aber nur, wenn du so *mexikanisch* und katholisch sein wolltest. Schade, daß du bei deinem Katholizismus kein Kind bekamst.«

»Wieso?«

»Keine Abtreibung. Folglich hätten wir geheiratet, und alles wäre anders geworden.«

»Und wenn sie nicht gestorben sind, dann leben sie noch heute?«

»Ja, warum denn nicht? Obwohl ich ja nie um deine Hand angehalten habe.«

»Ach nein, stimmt, jetzt weiß ich's wieder. Nein, das hast du tatsächlich nicht getan.«

»Es ist nie zu spät. Hiermit hole ich es nach.«

»Wohl ein bißchen spät, Carl. Ein wenig spät.«

»Inwiefern?«

»Nur ein paar kleine Details. Wenn wir mal davon absehen, daß es den Carl, den ich kannte, nicht mehr gibt, so habe ich beispielsweise Mann und Kind, was ja ein kleines Ehehindernis darstellt.«

»Was soll das heißen, es gibt mich nicht mehr? Ich sitze hier doch praktisch auf demselben Stuhl wie 1981.«

»Du siehst anders aus. Diese Narbe da im Gesicht paßt perfekt zu deinem neuen Wesen. Ich weiß nicht, was du so treibst, Carl, aber ich kann Vermutungen anstellen. Schließlich gehe ich ab und zu ins Kino. Etwas hat dich verändert. Du warst einer der am wenigsten gewalttätigen Männer, die ich kannte, aber das, was ich da oben in Santa Barbara gesehen habe, hat mir verdammte Angst eingejagt.«

»Ich habe doch nichts getan, ich bin einfach nur gegangen.«

»Ja, Gott sei Dank. Aber was hättest du mit den Hunden gemacht?«

»Sie wahrscheinlich getötet.«

»Siehst du, das meine ich.«

»Wäre es besser gewesen, wenn sie mir den Hintern abgebissen hätten? Das klingt unamerikanisch. Wir leben doch in einem freien Land.«

Carl begann sich unwohl zu fühlen. Einmal war er dabei, in einen unverbindlichen amerikanischen Jargon abzugleiten, zum andern – und das war schlimmer –, hatte er das Gefühl, als sähe sie direkt durch ihn hindurch.

Sie lächelte und nickte ihm auf ihre unergründliche und unwiderstehliche Weise zu.

»Ich überlege, ob ich mit meinem Job aufhöre, hierher ziehe und mir einen zivilen Job suche. Könntest du dir dann vorstellen, die Sache erneut in Erwägung zu ziehen?« fragte er und fühlte sich von seiner geschäftsmäßigen Ausdrucksweise sofort in Verlegenheit gebracht. Wie den Boxer der Gong, so rettete ihn hier die Kellnerin, die mit dem Essen, dem Wein und dem Eiswasser erschien.

Sie aßen eine Weile schweigend. Der Grillspieß schmeckte amerikanisch und wäßrig, aber die kalifornische weiße Burgunder-Nachahmung war sehr gut. Etwas zu süß, doch von feiner, zitronengelber Farbe, was sich auf dem blau-weiß-karierten Tischtuch und in dem schräg einfallenden Licht des Sonnenuntergangs sehr schwedisch ausnahm.

»Hier und jetzt. Könntest du es hier und jetzt tun?« fragte sie plötzlich und stellte das Weinglas ab, aus dem sie einen erstaunlichen tiefen Schluck genommen hatte; normalerweise trank sie so gut wie nichts.

»Da ist etwas, was ich vorher noch tun muß. In ein paar Wochen vielleicht«, erwiderte er überrumpelt.

»Nein. Hier und jetzt, von jetzt an.«

Um ein Haar hätte er mit Ja geantwortet. Aber als er aus dem Fenster sah, senkte sich die Sonne direkt über dem Turm eines der großen Flugzeugträger, und er sah deutlich die Silhouetten der Kampfbomber auf dem Deck. Die Muskeln der Supermacht.

»Ich habe einen Auftrag, den ich zu Ende führen muß«, sagte er und blickte in sein Weinglas.

»Der wichtiger ist als alles andere, wichtiger als du selbst, wichtiger als wir beide?«

»Ja. Die Antwort ist ohne jeden Zweifel Ja.«

»Ein Mann muß tun, was er tun muß. Das alte Lied. Während Frau und Kinder weinend am Herd warten.«

Sie sah plötzlich so bissig und ironisch aus, daß die Worte, die sie vor ein paar Augenblicken gesprochen hatte und die ganz echt gewirkt hatten, nachträglich ebenfalls ironisch erschienen.

»Diesmal ist es so. In tausend anderen Fällen wäre es nicht so gewesen, aber diesmal kann ich nicht kneifen.«

»Und worum geht es?«

»Das kann ich nicht sagen.«

»Dann sind wir wieder am Ausgangspunkt angelangt.«

»Nein, wir sind schon wesentlich weiter. Ich war damals ein Idiot, und das habe ich schon gesagt. Damals konnte ich dir nichts erzählen, weil ich es nicht wagte. Jetzt kann ich aus mehreren Gründen nicht erzählen, worum es geht, unter anderem deshalb, weil du mir nicht glauben würdest. Wenn ich zurückkomme, werde ich dir alles berichten. Dies ist der letzte Auftrag dieser Art für mich.«

»Ein letztes *shoot-out*, bevor der Mann sein weißes Pferd besteigt und im Sonnenuntergang vom Tombstone wegreitet, etwa so wie jetzt.«

»Tessie, bitte ... du bist Amerikanerin. Du bist Staatsbürgerin einer Supermacht, in der Millionen Menschen die Verantwortung für Dinge übernehmen können, mit denen du nie was zu tun haben wirst. Ihr seid die stärkste oder zweitstärkste Militärmacht der Welt, euch überfällt niemand einfach so. Mein Land ist etwa wie Mexiko. Wir müssen kämpfen, wenn wir uns als Nachbar einer Supermacht einigermaßen behaupten wollen ... Ach, was soll's. Du bringst mich dazu, mich zum Idioten zu machen.«

»Stell dir vor, es *ist* idiotisch. Stell dir vor, du hättest dich so sehr verändert, daß das, was du sagst, ganz natürlich klingt. Kein Mensch hat mir je so nahe gestanden wie du, Carl. Ich fühle mich aber so unsicher, denn du hast dich verändert, und außerdem war ich irgendwie sicher, daß du nein sagen würdest. Das habe ich irgendwie geahnt.«

»Und was hättest du getan, wenn ich ja gesagt hätte?«

»Eine Ohnmacht vorgetäuscht und mich dann auf Gedächtnisverlust berufen und juristisch nichtverpflichtende Zusagen, würde ich sagen. Außerdem bin ich verheiratet und habe ein Kind, hast du das vergessen?«

»Würdest du in Europa leben können? Was meinst du?«

»Als Ehefrau eines Offiziers und Gentleman, willst du vermutlich sagen. Du bist natürlich Offizier?«

»Ja.«

»Welcher Rang?«

»Lieutenant commander.«

»Na ja, das geht ja gerade noch, ist aber nichts Besonderes. Du müßtest mindestens Admiral sein und Medaillen tragen.«

»Medaillen würden dir nicht sonderlich imponieren, und außerdem gedenke ich Zivilist zu werden.«

»Ehefrau eines Direktors in Europa also.«

»Du bist schon in den USA die Frau eines Direktors.«

»Yep. Eins zu null für dich.«

»Willst du nicht wieder als Anwältin arbeiten?«

»Ja, aber nicht in Stockholm.«

»Soweit es mich betrifft, kannst du den Ort wählen.«

»Hier und jetzt, habe ich doch gesagt – mit gekreuzten Fingern.«

»Obwohl ein Mann tun muß, was er tun muß, und so weiter.«

»Du hast doch immer von der Freiheit des Menschen und seinem Willen gesprochen. Gewissen, die Welt verändern, in jedem Moment eigene Verantwortung, Jean-Paul Sartre – und all das andere Zeug, mit dem wir uns genauso lange beschäftigt haben wie mit dem amerikanischen Imperialismus. Bist du immer noch gegen den US-Imperialismus? Weißt du noch, wer Jean-Paul Sartre war?«

»Aber ja doch. Ich bin gegen den US-Imperialismus. Allerdings ist das Bild etwas komplizierter und nuancierter geworden, doch darauf will ich jetzt nicht eingehen. Ich habe mich auch geändert, in dieser Hinsicht aber nicht. Dagegen glaube ich, daß Sartre sich geirrt hat.«

»Inwiefern?«

»Wenn es nur um meinen freien Willen ginge, ginge es um eine Entscheidung hier und jetzt. Dann würde ich dich wegen eines gebrochenen Eheversprechens verklagen und mir weit teurere Anwälte leisten als du, um den Prozeß zu gewinnen. Und dann würde ich bei Gott nicht oben in Santa Barbara wohnen, sondern hier. Die Gegend hier ist nämlich sehr schön. Aber wir haben nun mal keinen freien Willen. Manchmal landet man in einem riesigen Räderwerk, in dem die großen Zahnräder entscheiden. Sie bewegen sich so langsam, daß man es als gehetztes kleines Rädchen gar nicht sieht. Und wie sehr man selbst auch zu glauben meint, sich zu bewegen, wird man unerbittlich von anderen bewegt. Was bleibt, ist die persönliche Moral eines Menschen. Also muß ich tun, *was ein Mann tun muß*, obwohl ich lieber hierbleiben würde, wenn es nach meinem bedingt freien Willen ginge. Es gibt also nur eine praktische Lösung: die Dinge in der richtigen Reihenfolge zu nehmen. Der freie Wille ist ein Traum. Das gilt ebenso für ein Privatleben und deine persönliche Moral wie für die Entscheidung, ob man Rechtsanwalt, Hausfrau, Spion oder Rentner sein will. Himmel, ich verheddere mich nur.«

»Wir saßen am Strand und sprachen stundenlang so miteinander.«

»Ich weiß. Imperial Beach, ein Name als Ausgangspunkt für diese oder jene politische Überlegung. *Send the marines* und all das.«

»Damals hast du dich auch schon ganz schön verheddert, wie ich fand.«

»Damals dachtest du nur an deine Arbeit als Anwältin.«

»Nein, Carl, so geht es nicht. Wir reden dummes Zeug oder drehen uns zumindest im Kreis. Ich wollte dich sehen, das wollte ich wirklich. Ich fand es schrecklich, wie es in Santa Barbara gelaufen ist. Aber ich weiß wirklich nicht mehr, warum ich so dumm war, der Versuchung nachzugeben und herzukommen. Du weißt, eine Frau muß tun, was eine Frau tun muß, und ich habe Pflichten genau wie du. Die bestehen vorwiegend zwar nur aus einem Sohn, der nie so wichtig werden kann wie eine *covered operation*, worauf Oliver North uns ja sein Wort gegeben hat, aber trotzdem.«

»Nimm ihn doch mit.«

»Ist das dein Ernst?«

»Ja.«

»Das ist aber unamerikanisch.«

»Ich bin kein Amerikaner, ich äffe nur nach. Ich bin Europäer. Schwede, um genau zu sein.«

Das Gespräch drehte sich im Kreis, immer wieder um denselben Kern, mit den gleichen Varianten und dem gleichen Wechsel zwischen amerikanischem Gesprächsjargon und Anflügen großen Ernstes. Doch je mehr die Zeit verging, um so mehr verloren sie den Kern aus den Augen.

Schließlich mußte sie gehen. Carl mußte sogar nörgeln, bis er sie auf den Parkplatz begleiten durfte. Dort blieb sie stehen, die Hand am Türgriff ihres roten Mercedes, zu dem er sich jede Bemerkung verkniff. Er küßte sie auf beide Wangen, die Handflächen behutsam an ihrem Hals, und sie ließ es geschehen. Dann küßte sie ihn wie früher, und er ließ es geschehen. Sie sprang in den Wagen und drehte den Zündschlüssel. Der Wagen sprang mit europäischer Unerbittlichkeit sofort an. Sie legte den Rückwärtsgang ein, winkte ihm zu, setzte ein wenig leichtsinnig zurück, wendete und verschwand schließlich mit zu hohen Drehzahlen in den unteren Gängen.

Carl sah die Rücklichter in der Dämmerung verschwinden. Dann ging er zurück ins Restaurant und bestellte eine neue Flasche kalifornischen Chardonnay, die er langsam leer trank. Sein Blick ruhte meist auf den schwarzen Schiffen draußen auf der Reede. Die Flugzeugträger hatten aus einem unerfindlichen Grund brennende Positionslichter. An Bord von *HMS Sjöbjörnen* hatte Carl an vier Stellen in den engen grünen Gängen ein Plakat mit den häufigsten Silhouetten der sowjetischen Marine gesehen.

Er versuchte zusammenzufassen, als ginge es um einen Bericht: Was hatte er beobachtet, welche Schlußfolgerungen waren zu ziehen, welche Verluste waren festzustellen und welche Gewinne, und wie sah die Prognose aus?

Er konnte keine einzige klare Antwort formulieren. Schließlich flatterten seine Gedanken davon. Er flüchtete in dunkle Tiefen, in eine Dunkelheit, wie sie nachts in der Ostsee in dreißig Meter Tiefe herrscht. Wenn es zu der Operation kam, ließe sich alles vielleicht auf dem Weg lösen. *The Big Red* mußte sich irgendwelche vernünftigen Abwehranlagen gegen fremde Taucher ausgedacht haben, und überdies fehlte es den Roten im Theater des Krieges nicht an Erfindungsgabe. Vorhang und dann nur noch Dunkelheit.

Sacht, fast unmerklich mahlten die großen Mühlräder, ob nun in Moskau oder in Stockholm. Und was Carl in San Diego dachte oder meinte, als die Sonne im Stillen Ozean unterging und gleichzeitig in der Sowjetunion aufging, war natürlich ziemlich bedeutungslos. Freier Wille hin, freier Wille her.

Tessie hätte die großen Zahnräder möglicherweise Gottes Willen genannt. Carl sah ihr Gesicht und ihr nickendes Lächeln haargenau vor sich.

Jurij Tschiwartschew fühlte sich voller widerstreitender Gefühle. Er konnte die Anweisung der Zentrale verstehen, daß es jetzt notwendig sei, mit dem KGB zusammenzuarbeiten. Doch nach mehr als zwanzig Jahren im GRU hatte er ein unerschütterliches Mißtrauen gegen die Tschekisten. Einmal, weil sie Intriganten waren und mit ihrem Getratsche viel Unheil anrichtigen konnten. Zum andern, wiel sie für die innere Sicherheit der Sowjetmacht zuständig waren und sich nicht mit Nachrichtendienst im eigentlichen Sinn beschäftigten. Ihre Hauptbeschäftigung war politischer Tratsch. So konnten sie unerhört viel Zeit und Mühe an eine Arbeit verschwenden, die darauf hinauslief, vorherzusehen, ob die Exil-Balten an diesem oder jenem Tag demonstrieren würden und ob irgendein schwedisches Regierungsmitglied davon Notiz nehmen würde oder nicht. Oder sie jagten langhaarige Gestalten im Gorkij-Park, die entweder zuviel westliche Popmusik hörten oder formalistische Gemälde malten. Das KGB schaute dem staatlichen Reisebüro *Intourist* über die Schulter, um unter Reisenden Rekruten zu finden, oder es bombardierte die großen Hotels in Moskau mit Schwalben, daß die Sittenpolizei am Ende resigniert hatte. Allzuoft waren die von der Polizei aufgegriffenen Huren von irgendeinem arroganten Typ abgeholt worden, der mit dem gefürchteten roten KGB-Ausweis herumwedelte.

Jurij Tschiwartschew unterschätzte das KGB durchaus nicht. Zweimal in der jüngeren Geschichte war diese Organisation dazu eingesetzt worden, das GRU zu liquidieren – was fast gelungen wäre –, als die Mitglieder des Politbüros den Verdacht gehabt hatten, die sowjetische Armee werde zu stark und mächtig. Jurij Tschiwartschew war schon lange genug im Dienst, um am Rande der Organisation die Folgen der letzten Säuberungswelle miterlebt zu haben. Doch das KGB betrachtete er eben als einen Sicherheitsdienst – eher als eine Art Geheimpolizei denn als Nachrichtendienst. Die jetzt laufende Operation jedoch war ein Job, der seiner Meinung nach vom GRU erledigt werden mußte und nicht von den Tschekisten.

Ihm stand ein erstes Sondierungsgespräch mit dem KGB-Chef im anderen Flügel der Botschaft bevor, wo die Tschekisten ihre Amtsräume hatten, sogar mit Seeblick.

Doch noch hielt ihn ein kleines Detail fest, das ihn fasziniert hatte. Für die jetzige Operation schien dieses Detail völlig bedeutungslos zu sein.

Doch einmal war es ein schönes Beispiel dafür, was die Informationszentrale leisten konnte, zum anderen sagte ihm seine Intuition, daß dieses Detail sich dennoch als wichtig erweisen konnte. Wie so viele andere erfahrene Nachrichtenmänner verließ sich Jurij Tschiwartschew zunehmend auf seine Intuition. Und dieser Hamilton war ein faszinierender Mann.

Die Bilder, die man vor seinem Wohnhaus aufgenommen hatte, hatte man zunächst dazu benutzt, die anderen Personen zu identifizieren. Zwei waren tatsächlich vom Büro A des schwedischen Sicherheitsdienstes, das eher eine Sachbearbeiter-Dienststelle als eine operative Einheit war. Es war nicht leicht zu durchschauen, was Hamilton mit denen zu schaffen hatte, während er gleichzeitig mit Gennadij Alexandrowitsch befaßt war. Doch ließ sich in dieser Lage kaum ein anderer Grund für diesen eiligen Besuch bei einem Nachrichtenoffizier denken. Der dritte Mann auf den Fotos war ebenfalls identifiziert. Es handelte sich um einen der stellvertretenden Chefs der Sicherheitsabteilung des schwedischen Generalstabs, und das lenkte die Gedanken schon eher in Richtung Gennadij Alexandrowitsch sowie zu den Sicherheitsarrangements, die mit dessen Vernehmung und der Geheimhaltung seines Aufenthaltorts zu tun hatten.

Irgendein operativer Einsatz, entweder Beobachtung oder etwas anderes, war für Hamilton wohl nicht aktuell. Offenbar war er nach New York geflogen, wie der GRU-Offizier bei Aeroflot herausgefunden hatte.

Aber das Foto von Hamilton, das große Bild, auf dem sein Umhang vom Wind geöffnet wurde und er vom Taxi zu seiner Haustür eilte, war schon als Foto eine gute Arbeit. Wie Tschiwartschew erfahren hatte, war es schwierig, bei Farbaufnahmen mit einem Teleobjektiv zu arbeiten. Als Porträt war es ein recht lebendiges Bild, das trotz Hamiltons Bewegung scharf war. Hamilton wirkte keineswegs ruhig und entspannt. Seine aufgerissenen hellblauen Augen vermittelten fast den Eindruck einer Art Furcht, die man ihm angesichts seines *modus operandi* nicht ohne weiteres zutrauen würde. Auf der rechten Wange hatte er eine klar erkennbare Narbe, die auf den älteren Fotos nicht zu finden war.

Schon in der Botschaft hatte man Detailvergrößerunge machen lassen und so mühelos sämtliche Auszeichnungen Hamiltons identifizieren können. Diese waren vermutlich höchst verdient, auch wenn irgendein Major in der Analyseabteilung einen neidischen Kommentar dazu abgegeben hatte: Die Franzosen hätten wohl etwas zu hoch gegriffen; sie hätten sich lieber mit der normalen Ritter-Klasse begnügen sollen. Doch an einem kleine Abzeichen auf der rechten Brustseite hatte man sich die Zähne ausgebissen. Man hatte sich darauf geeinigt, daß es jedenfalls keine in Schweden übliche Auszeichnung sei, und war der Frage dann nicht weiter nachgegangen.

Jurij Tschiwartschew hatte sich mit diesem Bescheid nicht begnügt. Vielleicht, weil seine Intuition ihm sagte, es könnte etwas Wichtiges sein, vielleicht empfand er auch so etwas wie kollegiale Sympathie für den umtriebigen jungen Nachrichtenoffizier. Jedenfalls hatte er das Bild an die GRU-Zentrale in Moskau geschickt. Im Siebten und Achten Informationsdirektorat hatte man offenbar keinen Erfolg gehabt. Das unabhängige Informationsinstitut jedoch, oft unterschätzt, weil es überwiegend mit offen zugänglichen Informationen arbeitete, hatte das Bilderrätsel gelöst. Von dort kamen mit der Post eine Detailvergrößerung und ein Bild des Originals.

Es handelte sich um die sogenannten SEAL-Schwingen, die im Lauf der Zeit nur an etwas mehr als dreihundert Personen ausgegeben worden waren, von denen inzwischen mehr als zweihundert der Reserve überstellt oder pensioniert waren. Die amerikanische Navy hatte irgendwann in den sechziger Jahren damit begonnen, eine Kombination aus Marinetauchern und Fallschirmjägern auszubilden, die wie normale Luftlandetruppen abgesetzt werden konnten, jedoch auch aus niedriger Höhe bei hoher Geschwindigkeit, im Dunkeln und direkt über der Meeresoberfläche. Die Ausbildung hatte zu sehr vielen Verwundeten und einigen tödlich Verunglückten geführt.

Das normale Symbol des SEAL-Teams bestand aus einem Adler, der in der einen Kralle einen Dreizack und in der anderen einen automatischen Karabiner hielt. Die stilisierten goldenen Schwingen mit einem Dreizack in der Mitte waren jedoch eine besondere Auszeichnung, die nur die Besten der Besten erhielten. Aus diesem Grund hatte das Informationsinstitut des GRU so wenige Träger der Schwingen ermittelt.

Es handelte sich um herausragende Spezialisten, die sowohl für vorgeschobene Erkundungsaufträge wie für Operationen hinter den feindlichen Linien ausgebildet worden waren, etwa wie die Spetsnaz-Verbände. Zu Hause war man bisher jedoch nicht auf die Idee gekommen, lebende

Spetsnaz-Soldaten wie Bomben abzuwerfen, doch genau darauf liefen diese neuen Erkenntnisse hinaus.

Daß die Amerikaner sich mit derlei beschäftigten, war nicht verwunderlich. Sie verfügten über ein breites Spektrum von Spezialisten und testeten zahlreiche neue Möglichkeiten. Doch daß ein Schwede die gesamte Ausbildung durchlaufen hatte, war um so interessanter – wenn Hamilton die Schwingen trug, gab es darüber keine Zweifel.

Daraus folgte, daß den Schweden der Gedanke, auf sowjetischem Territorium zu operieren, nicht mehr fremd war. Das konnte zu Verwicklungen führen, da man davon ausgehen mußte, daß sich zwischen den Schweden und den USA im stillen eine Zusammenarbeit entwickelt hatte. Schon der Umstand, daß Hamilton in den USA ausgebildet worden war, war ein klarer Hinweis in diese Richtung.

Da sieht man, dachte Tschiwartschew, wieviel eine unscharfe Detailvergrößerung aussagen kann und welche Möglichkeiten sich eröffnen, wenn man sich nur ein bißchen mehr anstrengt. Gute Arbeit, dachte Tschiwartschew anerkennend.

Doch jetzt war Hamilton in die USA gereist. Der erste Gedanke, der Jurij Tschiwartschew bei dieser Nachricht durch den Kopf geschossen war, war die Vermutung, daß Hamilton gemerkt haben mußte, welche Aufmerksamkeit er genoß, vor allem, weil einige Gorillas aus dem Tschekisten-Lager gleichzeitig mit dem GRU hinter ihm her gewesen waren. Das war ebenso unverzeihlich wie dumm. Hamilton hatte folglich seinen Vorgesetzten davon berichtet, die sofort Verdacht geschöpft und beschlossen hatten, ihren teuer erworbenen Spezialisten eine Zeitlang aus dem Verkehr zu ziehen. Wenn er aber in den USA ausgebildet war, hatte er dort vielleicht einige Verbindungen. Vielleicht würden die Schweden die Gelegenheit nutzen, ihn als Verbindungsoffizier einzusetzen, während er zu Hause aus der Schußlinie war. Das war wahrscheinlich, doch nur eine Vermutung.

Jurij Tschiwartschew legte die Bilder mit den Detailvergrößerungen zusammen mit dem Bericht des Informationsinstituts in Hamiltons Akte, die er in seinem Panzerschrank verschloß. »Irgendwann bist du uns in der Sowjetunion herzlich willkommen. Wenn wir dich eingefangen haben, wird uns der Gesprächsstoff schon nicht ausgehen«, lächelte er, setzte schnell einen neuen Gesichtsausdruck auf – mürrisch – und ging quer durch das Botschaftsgebäude zu dem Informationsaustausch mit seinem Kollegen, dem KGB-Residenten.

Da Juri Tschiwartschew es nicht schätzte, wenn sein eigenes Personal mit den Gorillas des KGB unnötig fraternisierte, kam er zu diesem Treffen mit dem KGB-Residenten und dessen zwei Stellvertretern alleine. Diesen war anzusehen, daß sie wichtige Informationen besaßen und folglich gut gearbeitet hatten, was sich bedauerlicherweise schnell als wahr erwies.

»Guten Morgen, mein lieber Jurij Michailowitsch. Wie es scheint, haben wir alle Hände voll zu tun«, grüßte der KGB-Mann in einem angesichts der Lage fast unpassend jovialen Tonfall.

»Guten Morgen, Genosse Subarow«, erwiderte Jurij Tschiwartschew gemessen und setzte sich.

»Sei doch nicht so förmlich, Jurij Michailowitsch. Du hast doch meinen Namen nicht vergessen, hoffe ich«, fuhr der KGB-Resident ein wenig beleidigt fort.

»Nein, natürlich nicht, Anatolij Wassiljewitsch.« Jurij Tschiwartschew gab in freundlichem Tonfall nach. Krach war das letzte, was er gebrauchen konnte. Er warf einen Seitenblick auf das Foto Gorbatschows hinter dem Rücken seines Kollegen. An der Eichentäfelung war deutlich zu sehen, daß dort zuvor ein größeres Bild gehangen hatte, entweder von Breschnjew oder Andropow. Reichlich förmlich und übertrieben vorsichtig. Niemand bezweifelte so ohne weiteres die Loyalität eines KGB-Residenten, und wer es doch tat, tat gut daran, seine Zweifel für sich zu behalten.

Zu seinem Erstaunen entdeckte Tschiwartschew, daß die KGB-Leute einerseits einzigartige Informationen hatten, daß Moskau andererseits ihnen aber die ganze Tragweite dessen, was geschehen konnte, vorenthalten hatte. Doch er ließ sich nichts anmerken, sondern lauschte dem Vortrag mit ausdruckslosem Gesicht.

Die schwedische Regierung habe einen besonderen Arbeitsausschuß eingesetzt, einen improvisierten Krisenstab, wie man ihn nennen könne, um über die Frage des Verräters und ehemaligen Vizeadmirals Gennadij Alexandrowitsch Koskow zu diskutieren, der beim GRU – was vom KGB-Chef mit Nachdruck betont wurde – eine leitende operative Funktion besessen habe. Der schwedische Krisenstab bestehe aus dem Ministerpräsidenten, dem Außenminister, dem engsten Berater des Ministerpräsidenten, Carl Larsson, sowie dem starken Mann im Außenministerium, Peter Sorman. Diese diskutierten vier Möglichkeiten: 1. Auf dem Weg der Geheimdiplomatie gegen bestimmte sowjetische militärische Initiativen, die jedoch nicht näher bezeichnet würden, zu protestieren, 2. die Angelegenheit zu einem öffentlichen diplomatischen Protest eskalieren zu lassen, 3. zu militärischer Gewalt zu greifen – an dieser Stelle gluckste der KGB-Chef still vor sich hin, ohne daß Jurij Tschiwartschew auch nur im Traum daran dachte, ihm die Augen darüber zu öffnen, daß Gewalt durchaus in Frage kommen konnte; sowie 4. Gennadij Alexandrowitsch auf dem Weg der Geheimdiplomatie gegen bestimmte militärische Zugeständnisse auszuliefern.

Die Schweden schienen der vierten Möglichkeit zuzuneigen. Wie man erfahren habe, schwanke der Ministerpräsident in dieser Frage, zuletzt bei einem Treffen gestern abend, das nach Dienstschluß im Außenministerium stattgefunden habe. Sorman und möglicherweise auch Carl Larsson neigten mit einiger Sicherheit dazu, Koskow auszuliefern.

Von seiten der Botschaft sollten keinerlei diplomatische Initiativen ergriffen werden, bevor die Schweden ihren ersten Zug machten. Die Diplomaten seien angewiesen worden, sich bis auf weiteres zurückzuhalten.

Die Zentrale – die KGB-Zentrale also – befürworte die vierte Alternative. Die Schweden sollten bei der ersten sich bietenden Gelegenheit in dieser Richtung ermuntert und von anderen Möglichkeiten abgeschreckt werden.

»Aber, mein lieber Anatolij Wassiljewitsch, wie sollen wir sie abschrekken können, bevor wir überhaupt wissen, was sie vorhaben? Wie zum Beispiel sollten sie mit Gewalt gegen die Sowjetmacht vorgehen können?« fragte Jurij Tschiwartschew mit sanfter Bosheit, ohne auch nur mit einer Miene zu verraten, daß seine Phantasie eine Fülle von Möglichkeiten eines gewalttätigen Vorgehens gegen die denkbaren Ziele sah.

»Nun, das ist bis auf weiteres eine akademische Frage«, brummelte der KGB-Chef beleidigt, und Jurij Tschiwartschew beschloß sofort, etwas Freundlicheres zu sagen.

»Ihr habt ohne jeden Zweifel glänzende Informationen. Falls sie korrekt sind, doch davon gehe ich aus. Dieses Treffen hat also gestern abend im Außenministerium stattgefunden? Haben wir dort technische Einrichtungen? Das habe ich gar nicht gewußt. Aber wie du weißt, beschäftigen wir uns nicht so sehr mit Diplomaten.«

»Aus mir kriegst du nichts heraus«, lachte der KGB-Chef munter und etwas lärmend. »Unsere Quellen behalten wir für uns selbst. Doch im Ernst: Wir halten diese Informationen für sehr zuverlässig.«

»Ja. Unabhängig davon, ob ihr euch schwedische Verräter leistet oder ein paar neue japanische Mikros in die Hand bekommen habt, möchte ich gratulieren. Das sind wirklich wertvolle Informationen«, entgegnete Jurij Tschiwartschew ruhig.

Die Strategie des KGB laufe darauf hinaus, einen offenen Kontakt so lange wie möglich hinauszuzögern. Das GRU müsse sich dem anpassen. (Was in Wahrheit bedeutet, daß das GRU mehr Zeit erhält, Gennadij Alexandrowitsch zu orten und zu liquidieren, bevor er noch mehr Schaden anrichtet, als er schon angerichtet hat, dachte Jurij Tschiwartschew, ohne es laut zu sagen.)

Die beiden Residenten trennten sich in der gemeinsamen Überzeugung, die jeweils eigene Organisation habe einen Vorsprung vor dem Konkurrenten. Jurij Tschiwartschew wußte allerdings als einziger von beiden, daß in gewissem Sinne beide recht hatten.

Im Generalstab am Lidingövägen war man nicht so wohlinformiert wie das KGB, was den Diskussionsstoff der schwedischen Regierung betraf. Doch man machte sich Sorgen und sah bedrohliche Vorzeichen.

Der Zufall hatte es gewollt, daß die Diskussion auch beim Militär in einer Vierergruppe erfolgte. Insgesamt waren es also acht Mann, die im Namen der ganzen Nation ungeheuer wichtige Beschlüsse treffen sollten. So dachten zumindest die vier hohen Militärs. Der Kreis um den Ministerpräsidenten ging jedoch nicht von acht Mann aus, sondern nur von vier.

Nach kurzer Diskussion faßte der Oberbefehlshaber persönlich die Lage zusammen. Zwei der drei Positionen seien bekannt. Durch ausdrückliches Verbot der Regierung sei man verhindert, die Abmachung mit Vizeadmiral Koskow zu erfüllen. Das sei höchst bedauerlich, unter anderem weil Koskow die Nachricht höchst unwillig aufgenommen und weitere Vernehmungen abgelehnt habe. Was man allerdings verstehen könne.

Allerdings könne es keinen Zweifel geben, daß Koskow wunschgemäß irgendwann in die USA weiterreisen werde. Folglich werde er früher oder später mit zahlreichen Vertretern von Diplomatie und Nachrichtendienst der Amerikaner zusammenkommen, vielleicht sogar mit mehr Leuten, als ihm lieb sei. Doch im Moment sei alles zum Stillstand gekommen. Zugleich sei es selbstverständlich von entscheidender Bedeutung, daß man die Position der dritten Station erhalte.

»Wenn wir ihn schon früher oder später mit den Amerikanern zusammenbringen müssen, warum dann nicht gleich?« überlegte der Generalstabschef und zündete seine Pfeife an, als er sah, daß Samuel Ulfsson schon eine brennende Zigarette in der Hand hatte.

»Weil die Regierung das ausdrücklich verboten hat. Wir können so ein Verbot ja nicht einfach mißachten«, entgegnete der Oberbefehlshaber trocken.

»Schon richtig, aber im Prinzip haben wir doch schon ein Abkommen mit ihm getroffen. Er hat Geld bekommen, das Geld ist an seine Familie in den USA transferiert worden, wir haben ihm bindende Zusagen gemacht, und der Rest ist nur eine Formsache«, beharrte der Generalstabschef.

»Kann man davon ausgehen, daß die Regierung unsere Zusagen als nicht bindend betrachtet?« frage Leonard Söderberg ins blaue hinein.

Die Frage, die von allen als extrem unangenehm empfunden wurde, hing eine Weile in der Luft, bis einer der Anwesenden einen anscheinend neuen Faden aufgriff. Es war Samuel Ulfsson.

»Ich glaube«, sagte er und unterbrach sich mit einem diskreten Hüsteln, »ich glaube, daß die Amerikaner schon bald von sich hören lassen werden, und das hilft uns eventuell weiter. Wir verweisen auf die Regierung, und dann kommt die Sache vielleicht in Fahrt.«

»Warum sollten die von sich hören lassen?« fragte der Oberbefehlshaber aufrichtig erstaunt.

»Nun ja«, lächelte der Chef des Nachrichtendienstes fast verlegen, »wir haben ihm doch erlaubt, mit seiner Familie in den USA zu sprechen. Die sollte bestätigen, daß sie das Geld erhalten hat. Ich habe keinerlei Möglichkeit gesehen, diese vernünftige Forderung abzulehnen.«

Im Raum war ein leises, verhaltenes Kichern zu hören. Es war nicht sehr wahrscheinlich, daß die russische Familie bei diesem Telefonat ganz unter sich gewesen war, und Koskow hatte seine Frau darüber aufgeklärt, wann und wie und zu welchen Bedingungen er in die USA kommen würde.

Womöglich hatte ihm einer der hier Anwesenden erklärt, er könne sich so ausdrücken. Und dieser Jemand hatte zwar die unangenehme Angewohnheit, überall Zigarettenasche abzuschnipsen und ohne Erlaubnis zu rauchen, was aber nicht ausschloß, daß er ein unternehmungslustiger und einfallsreicher Nachrichtenmann war.

»Rundheraus gesagt müssen wir also abwarten, daß die Amerikaner die Initiative ergreifen und um Genehmigung bitten, Koskow zu treffen, und so weiter. Könnte man ihnen das nicht stecken?« fragte Leonard Söderberg ohne eine Spur von Ironie.

»Das will ich nicht gehört haben«, sagte der Oberbefehlshaber knapp.

Doch offenbar hatte Samuel Ulfsson es gehört, und damit war diese Frage abgehakt.

»Aber warum schmeißt uns die Regierung Knüppel zwischen die Beine? Denen muß doch klar sein, was für eine Bedeutung das alles hat. Es ist ja nicht gerade ein unwichtiges Puzzleteilchen, das uns noch fehlt und zu dem wir jetzt keinen Zugang haben. Wie denken die eigentlich?«

»Ich habe keine Ahnung«, entgegnete der Oberbefehlshaber mürrisch. »Aber ich weiß, wie Koskow denkt. Er glaubt ein Risiko zu sehen, wir könnten ihn gegen gewisse Gegenleistungen an die Sowjetunion ausliefern. Und aus diesem Grund treibt er dieses *anscheinend* übertrieben vorsichtige oder *anscheinend* übertrieben mißtrauische Spiel mit uns weiter.«

Ein schweres, düsteres Schweigen erfüllte den Raum. Wer jetzt noch etwas sagte, lief definitiv Gefahr, zuviel zu sagen.

»Das wär's dann wohl«, sagte der Oberbefehlshaber schließlich, nahm die Brille ab und sah sich um. »Dann schlage ich vor, daß du, Leonard, mit Samuel die operative Alternative durcharbeitest, und dich, Carl-Erik, hätte ich gern noch unter vier Augen gesprochen.«

Alle standen auf und verabschiedeten sich mit einem Kopfnicken. Der Chef der Marine war plötzlich zum Verantwortlichen der Operation geworden, ohne daß es ausgesprochen worden war.

Was der Marinechef und der Chef des Nachrichtendienstes ausheckten, mußte nicht unbedingt dem Generalstabschef und dem Oberbefehlshaber vorgetragen werden, und was diese beiden unter vier Augen besprachen, mußte nicht unbedingt den beiden anderen, die jetzt gingen, bekannt werden.

Und ohne daß der Oberbefehlshaber das Wort »Regierung« in den Mund genommen hätte, hatte er tatsächlich gesagt, die Regierung überlege sich, den sowjetischen Überläufer, der Schweden unschätzbare Dienste geleistet hatte, einer sicheren Todesstrafe auszuliefern.

Doch zugleich hatte er es nicht gesagt. Insoweit besaßen alle *deniability*, und alle bewegten sich vorsichtig, als liefen sie auf Eiern.

»Was zum Teufel machen wir, wenn die den armen Teufel verkaufen wollen?« sagte der Marinechef halb zu sich selbst und halb zu Samuel Ulfsson, als sie einen Korridor entlanggingen, in dem niemand sie hören konnte.

»Staatsstreich oder was?«

Beide prusteten los, als wäre ihnen schon lange danach zumute gewesen. Der Ausdruck fiel im Generalstab immer wieder, war jedoch nicht allzu ernst gemeint. Er war eine Anspielung auf das, was einer der Stabsredakteure der Informationsabteilung vor einem Jahr zu *Aftonbladet* gesagt hatte: Man könne U-Boote nicht an die Oberfläche bekommen und nicht mehr Material erhalten – ohne einen Staatsstreich anzuzetteln. Der Mann mußte wegen dieser Äußerung ziemlich zusammengestaucht worden sein, und es kam vor, daß ihn Kollegen bei Begegnungen in irgendeinem Korridor mit dem munteren Gruß: »Hallo, was macht denn der Staatsstreich?« bedachten. An Karriere war für den Unglücklichen nicht mehr zu denken.

Der Chef der Marine und der Chef des OP 5 widmeten sich strikt praktischen Fragen, als sie allein waren. Über anderes fiel kein Wort. Es galt im Hinblick auf bisher Bekanntes, nämlich zwei Positionen und auf die vermutete Position einer dritten Station, vor allem Transportprobleme zu lösen. Lenkwaffenträger oder Hubschrauber kamen da in Frage. Vermutlich würde sich eine möglichst hohe Geschwindigkeit als entscheidend erweisen, da eine synchronisierte Aktion an allen drei Positionen zugleich unmöglich war.

Joar Lundwall saß im Bug des kleinen, in Klinkerbauweise gefertigten Holzboots mit Außenbordmotor. Als sie die Förde überquerten, sprühte die Gischt der Bugwelle im Wind manchmal so hoch, daß er bis ins Gesicht naßgespritzt wurde. Doch er saß da wie in einem Traum und hatte keinen Gedanken für die ungastliche Frühlingskälte seines Landes. Es war eine unendlich lange Reise gewesen. Als sie endlich in Stockholm-Arlanda gelandet waren, stellte sich heraus, daß sie das Flugzeug nicht verlassen durften. Sie warteten unter den anderen Erster-Klasse-Passagieren der TWA-Maschine, flogen weiter nach Kopenhagen, wo Hamilton Tickets für die Pendelmaschine nach Sturup in Schonen gekauft hatte. Und dort hatten sie zwischen den knallgelben Hallen gehockt, bis die gecharterte Swedair-Maschine landete und sie abholte. Dann ein neuer Flug in einer lärmenden Propellermaschine, anschließend Leihwagen von Linköping über Nynäshamn nach Smådalarö, und jetzt endlich ein normaler schwedischer Außenborder. Sie waren unterwegs zu dem, was Hamilton *base camp* nannte; sie hatten beschlossen, amerikanische Befehle und amerikanische Terminologie zu verwenden, um jedes Risiko von Mißverständnissen auszuschließen.

Alles war wirklich und doch so unwahrscheinlich, daß nicht einmal die Kälte den Eindruck von einer Traumwelt verwischen konnte. Nach mehr als drei Jahren in amerikanischem Drill mit einem kalifornischen Klima und amerikanischer Ausrüstung, nach einer langen Zeit in den USA, in denen alles groß und üppig und von militärischer Ästhetik geprägt war – angefangen bei farbenfrohen Symbolen auf todbringendem Material bis hin zu *Kentucky fried chicken* und Rockmusik bei der Arbeit – war Joar Lundwall jetzt zu etwas unterwegs, was möglicherweise eine *Operation Big Red* werden konnte, zu etwas, was in all seiner Konkretheit dennoch unfaßbar war. Er glaubte, nicht so etwas wie gewöhnliche Angst zu spüren, es war eher eine unbestimmte Besorgnis, wie es werden würde, wenn das Unwirkliche Realität würde und all das, was er jahrelang geübt hatte, im Lauf weniger Augenblicke zur Anwendung kommen sollte. Er hatte nie so recht daran geglaubt, daß er in dem fernen, konturlosen schwedischen Nachrichtendienst *field operator* werden würde. Wenn nach den fünf Jahren in San Diego der Moment gekommen wäre, sich zu entscheiden, hätte er dazu geneigt, nein danke zu sagen. Und jetzt saß er hier, das Base Camp schon in Sichtweite. Es war eine luxuriöse Ferienhausanlage auf einer Schäreninsel. So sah es also in Wirklichkeit aus – mit Bootshaus, Sauna, Gästehaus und Haupthaus aus dicken Holzbohlen sowie einer Fahnenstange mit schwedischem Wimpel, einem gewöhnlichen schwedischen Wimpel, keiner Marineflagge.

Und jetzt war Joar Lundwall *field operator*, was immer er bis jetzt geglaubt oder gemeint hatte. Er war einberufen worden, unterstand dem Befehl eines Korvettenkapitäns und war verpflichtet, jedem Befehl zu gehorchen. Das war völlig wahnsinnig, es war unfaßbar. Und die Erschöpfung nach dem langen Flug tat vermutlich das Ihre, um Joar Lundwalls Realitätsgefühl zu beeinträchtigen. Denn anders als Hamilton, der fast die ganze Zeit geschlafen hatte, als kehrte er bloß nach einigen ausschweifenden Nächten in New York zurück, war es Joar Lundwall sehr schwergefallen, an Bord einzuschlafen.

Wie er dort im Bug saß, hätte er auf jeden Betrachter einen weichen und etwas verträumten Eindruck gemacht. Er war ein Mann, der auf eigentümliche Weise sehr sanft wirkte, obwohl seine hervorragende körperliche Verfassung im Grunde eine andere Sprache sprach. In seiner Umgebung vermuteten übrigens viele, daß er homosexuell war, und unter Gleichgesinnten gab es selten Zweifel. Er war jedoch kein Macho. Schwarzes Leder war nicht sein Ressort, wie es vermutlich bei Åke Stålhandske der Fall gewesen wäre. Joar Lundwall wollte sich nicht eingestehen, daß er Stålhandske verabscheute, konnte aber auch nicht zugeben, bei seinem so völlig andersartigen Kollegen auch etwas Positives sehen zu können. Sie waren wie Tag und Nacht oder wie Pechmarie und Goldmarie, wie Hamilton sie einmal im Scherz genannt hatte.

Joar Lundwall konnte die Faszination, die von Hamilton ausging, nicht verdrängen. Hamiltons innere Gegensätze bargen eine spannende Rätselhaftigkeit; einerseits war er natürlich sehr viel mehr *the real thing*, als Stålhandske je werden würde, wie sehr er sich auch bemühte. Hamiltons Körper in der Sauna war ein unglaublicher Anblick; natürliche Muskulatur ohne Stålhandskes Hantel-Kosmetik, die Folternarben, die Einschußlöcher – *Austrittslöcher* – sowie der Eindruck vollständiger Selbstbeherrschung.

Gleichwohl schien es bei Hamilton, trotz einiger Andeutungen, keine reine Mordlust zu geben wie bei Stålhandske. Überdies hatte Hamilton eine Vorliebe für klassische Musik und zudem, soweit ersichtlich, literarische Interessen, die man sonst kaum bei einem Menschen mit solchen *Austrittslöchern* vermutet hätte.

Auf der mittleren Ducht saß Stålhandske und schwadronierte von einer besonders gefährlichen Luftlandeoperation im nördlichen Kalifornien:

»Verflucht noch mal. Wir lagen wie ein einziger Dünnpfiffstrahl in der Luft, als hätte diese gottverfluchte C-104 Durchfall bekommen. Als wir sprangen, konnte man schon die Baumwipfel sehen, und vier Mann wurden verwundet, so daß es hinterher ziemlich chaotisch wurde, als die Übung abgebrochen werden mußte.«

Hamilton lächelte matt und sagte etwas von einer Abschlußübung oben in Alaska, die noch schlimmer werden würde, und Joar Lundwall stellte schadenfroh und mit einiger Befriedigung fest, daß Stålhandskes verschiedene Versuche, Hamilton zu imponieren, kläglich zerplatzten wie Luftblasen.

Zwei Männer in Zivilkleidung, die wie Fischer oder Schärenbewohner aussahen, nahmen sie unten am Anleger im Bootshaus in Empfang. Als sie an Land gingen und den beiden vermeintlichen Fischern ihr leichtes Gepäck zuwarfen, stellte Hamilton den einen als Fregattenkapitän und den anderen als Fähnrich vor, nannte aber nur die Vornamen. Dann teilte er mit, Anrede im Base Camp solle entweder »du« oder der militärische Rang sein, je nachdem, was am praktikabelsten sei.

Dann begannen sie ihren Rundgang. Im Bootshaus lagen eine Art Fischkutter mit einem Roof im Heck und ein schnelles Motorboot. An den Wänden befanden sich Regale, auf denen sich zugenagelte Kisten mit Aufklebern, die sie als Luftfracht aus den USA auswiesen, sowie einige unbezeichnete Holzkisten stapelten. Hamilton und der Fregattenkapitän sprachen leise über eine Art Checkliste.

Das Hauptgebäude war einstöckig mit einem großen Wohnzimmer, einem riesigen offenen Kamin sowie Küche und zwei Schlafzimmern. Alles machte einen bewußt kostspieligen Eindruck.

Das Gästehaus enthielt zwei Schlafräume und eine kleine Pantry. Als sie nach einem kurzen Rundgang über die Insel in das Wohnhaus zurückkehrten – die nächste Insel war zweihundert Meter entfernt, und im Umkreis von fünfhundert Metern gab es keine Gebäude –, wurde der Fähnrich in die Küche befohlen, um Essen zu machen.

Der Fregattenkapitän holte eine Flasche Cognac aus einem Schrank und ließ jeden nach Belieben einschenken. Dann hob er sein Glas.

»Willkommen am Ausgangspunkt, oder wie wollen wir es nennen?« sagte er. Die Männer prosteten sich stumm zu.

»Nettes Anwesen«, lächelte Carl. »Wie hast du das aufgetrieben?«

»Das war nicht so schwer, wie man vielleicht glauben könnte«, erwiderte der Fregattenkapitän zufrieden. »Ich habe einen nahen Verwandten in der Restaurantbranche, und der kennt viele merkwürdige Leute. Das Haus gehört einem ehemaligen Anwalt oder Bankier oder so, der aus steuerlichen Gründen jetzt in der Schweiz wohnt. Er bewohnt das Haus nur im Sommer. Er weiß, daß das Haus untervermietet ist, aber natürlich nicht an wen und zu welchem Zweck. Wir sollten also darauf achten, daß hier keine Bomben abgeworfen werden.«

»So kriegt der gute Steuerflüchtling jedenfalls eine höchst unerwartete Möglichkeit, sich an der Landesverteidigung zu beteiligen. Dann hat er sich wenigstens nicht umsonst aus dem Staub gemacht«, knurrte Carl mit einem Gesichtsausdruck, dem man ansah, daß er zu Scherzen nicht aufgelegt war.

Sie aßen Spiegeleier mit Speck, dazu Knäckebrot, und tranken Leichtbier. Dabei unterhielten sie sich höchst sparsam. Als die beiden Feldwebel abgedeckt hatten und der Kaffee ausgetrunken war, machten sich Fregattenkapitän Lallerstedt und der Fähnrich auf den Weg; sie sollten nach Einbruch der Dunkelheit die Verbindung mit dem Festland aufrechterhalten.

Die anderen gingen zum Bootshaus hinunter. Carl zeigte auf ein paar Kisten, die er zum Wohnhaus hinaufgetragen haben wollte, und hakte sie auf einer Liste ab.

Als sie die schweren Kisten keuchend nach oben geschafft hatten, zogen sie die Fensterjalousien herunter und räumten einen großen Eßtisch frei, auf dem Carl einige Akten ausbreitete. Dann zog er eine der kleineren Holzkisten heran, brach sie auf und verteilte den Inhalt; es waren zwei Pistolen und zwei Revolver, Messer für Überwassergebrauch, das bekannte Modell mit schwarzer Schneide und tarnfarbenem Schaft. Und dann noch Munition. Während Joar Lundwall und Åke Stålhandske die Pistolenmagazine füllten und die Revolver luden, gab Carl seine ersten kurzen Anweisungen.

»Wie ihr seht«, begann er, »sind das eure persönlichen Handfeuerwaffen. Ich hoffe, es ist alles richtig. Revolver 29, .44er Magnum, sowie

Pistole Colt Combat Commander Automatic für dich, Stålhandske, und nach meinen Notizen sollst du, Lundwall, den Revolver Modell Nr. 15 haben sowie Heckler & Koch, 9-mm-Pistole. Lustiges Ding, übrigens. Die Mobilen Einsatzkommandos der deutschen Polizei benutzen sie neuerdings. Ist soweit alles in Ordnung, stimmt die Munition?«

Die beiden nickten, und Carl fuhr fort.

»Die Waffen sind zur Selbstverteidigung bei einem eventuellen Feuerüberfall gedacht, aber nur dafür. Ich hoffe, euch ist klar, daß wir angeschossene neugierige Schärenbewohner oder Fischer nicht gebrauchen können. Doch bei einem Feuerüberfall auf uns erwidert ihr das Feuer mit größtmöglicher Zielgenauigkeit, dann darf es kein Zögern geben. Sollte es dazu kommen, bedeutet das zugleich, daß die Operation mißlungen ist. Bis auf weiteres gehen wir wie geplant davon aus, daß niemand uns hier finden kann. Dazu irgendwelche Fragen?«

»Ja. Wie viele Personen in Schweden wissen, daß wir uns hier aufhalten?« wollte Joar Lundwall wissen, während er gleichzeitig die Pistole mit einer reflexhaften Bewegung in den Hosenbund auf dem Rücken schob und sich nach etwas umsah, womit er den Revolver befestigen konnte.

»Irgendwo in den anderen Kisten liegen Schulterholster. Darum kümmern wir uns später«, erwiderte Carl die unausgesprochene Frage. »Das Base Camp ist nur dem Chef des militärischen Nachrichtendienstes bekannt, dem Chef der Operationsabteilung, den ihr vorhin kennengelernt habt und der unser Verbindungsoffizier ist, ferner verantwortlich für Transporte von und zum Base Camp, und dann noch dem Fähnrich, der ihm in derselben Abteilung unterstellt ist. Das sind alle. Das Risiko einer Entdeckung dürfte also extrem klein sein.«

»Falls niemand dem Verbindungsoffizier folgt, natürlich«, betonte Stålhandske, der inzwischen unerwartet sachlich und entspannt wirkte. »Weiß der Feind, daß wir eine bewaffnete Aktion vorbereiten?« fuhr er fort.

»Das«, sagte Carl, »läßt sich sehr schwer beantworten. Der Feind dürfte um diese Zeit davon ausgehen, daß uns die Ziele bekannt sind. Das scheint mir sicher zu sein, und da müssen die Russen ja mit unterschiedlichen Risiken kalkulieren. Ich kann mir aber vorstellen, daß sie an eine ganz andere Art von Waffeneinsatz denken, als wir ihn tatsächlich planen.«

Carl nahm einen großen weißen Zeichenblock sowie einen roten und einen blauen Stift und wollte gerade zu zeichnen beginnen, als ihm etwas einfiel, was ihn offenbar störte.

»Wir werden recht oft abwesend sein, und deshalb möchte ich vermeiden, daß hier lauter Akten und Aufzeichnungen herumliegen. In einer der Schlafzimmergarderoben habe ich einen alten Panzerschrank gesehen. Lundwall, sei so nett und sieh ihn dir mal an. Vielleicht kannst du ihn öffnen?«

Joar Lundwall stand auf, wühlte in seiner Hosentasche und verschwand für ein paar Minuten ins Schlafzimmer, während Carl und Åke Stålhandske schweigend warteten.

»Ja, er läßt sich öffnen. Natürlich lagen einige private Papiere drin«, teilte Lundwall bei seiner Rückkehr mit. Er setzte sich und klappte die Instrumente seines vermeintlichen Schweizer Armeemessers zusammen.

»Gut, Lundwall«, sagte Carl. »Immerhin besser als nichts. Also, Jungs, so sieht das Ziel aus ...«

Carl skizzierte mit ein paar schnellen Strichen den länglichen, segmentierten Unterwasser-Hangar und markierte mit gestrichelten Linien die denkbaren Zwischenwände und damit die Positionen möglicher wasserdichter Schotten. Dann beschrieb er den Waffentyp, der zum Einsatz kommen sollte. Man werde kleine Sprengladungen zu einer Seriensprengung zusammenkoppeln. Es sei eine mit den kleinen Sprengladungen der schwedischen Marine verwandte Waffe, mit der man Druckkammern durchschlagen könne. Da es sich um Ziele in dreißig bis vierzig Meter Tiefe handle, werde der Wasserdruck die Hauptarbeit leisten, genau wie bei U-Booten. Allerdings würden sie zweistufige Sprengladungen verwenden; die erste Stufe reiße ein Loch, die zweite enthalte eine Rauchladung. Damit war den sehr aufmerksamen Feldwebeln klar, was bevorstand. Der Einsatz würde sich gegen ein festes Ziel mit lebenden Menschen richten; die Rauchladungen würden eine Panik auslösen und alle Versuche, die Sprenglöcher zu reparieren, verhindern, bis es zu spät war. Was bei einer Tiefe von vierzig Metern keine zehn Sekunden dauern dürfte.

Carl machte erneut eine Pause, um Fragen zu beantworten.

»Wieviel Personal befindet sich in den Zielen?« fragte Lundwall ausdruckslos.

»Darüber wissen wir nichts«, log Carl ohne jedes Zögern. »Wahrscheinlich hat man das Personal zum Zeitpunkt unseres möglichen Angriffs schon abgezogen, aber die Rauchentwicklung – ich vermute, du zielst darauf ab – ist eine angemessene Vorsichtsmaßnahme.«

»Was für eine Abwehr haben sie? Minen, Netze, Alarmanlagen, Taucher, die gegen angreifende Taucher eingesetzt werden können, zum Beispiel?« fragte Stålhandske militärisch kurz.

»Darüber wissen wir auch nicht viel«, erwiderte Carl. »Ich habe eine der Anlagen inspiziert und sie etwa eine halbe Stunde lang von einem Ende bis zum andern untersucht. Dabei habe ich keine aktiven Abwehrwaffen feststellen können, was aber daran gelegen haben mag, daß sie mich nicht bemerkt haben.«

»Also nur passive Lauschinstrumente«, stellte Lundwall fest.

»Soviel wir wissen, ja«, bestätigte Carl.

»Sie können also unsere Transportmittel an der Oberfläche hören, hören uns aber nicht, wenn wir vorrücken. Sie hören natürlich den Unterschied zwischen normalen Motorbooten und Marineeinheiten. Folglich werden wir mit normalen Motorbooten anrücken«, faßte Stålhandske zusammen, fügte aber eine weitere Frage hinzu, bevor Carl das Selbstverständliche hatte bestätigen können. »Wie lang wird unsere Anlaufstrecke, oder wie man das nennen soll?«

»Wir werden ein paar Tage tausend Meter trainieren. Wenn es nicht geht, müssen wir die Strecke verkürzen, aber ich hoffe, daß wir die tausend Meter schaffen. Irgendeine Art von Bereitschaft werden sie wohl haben, wenn sich etwas nähert, selbst bei kleinen Booten«, sagte Carl.

»Und dann setzen sie vielleicht ein paar Abwehrwaffen ein, die wir noch nicht kennen. Du bist also aus tausend Meter Abstand herangegangen?« fragte Lundwall leise und schnell.

»Ja«, erwiderte Carl. »Ich bin aus tausend Meter Entfernung vorgerückt, und bis dahin bin ich mit geräuschloser Fahrt gekommen. Unser Problem besteht darin, daß wir nur zu dritt sind und so viel zu schleppen haben, daß wir das wegen des Gewichts nur unter Wasser tun können. Sonst hätten wir zumindest bei zwei der Operationen direkt von Land ins Wasser steigen können.«

Die beiden anderen nickten stumm und schienen vollkommen konzentriert zu sein. Carl war guten Mutes, da ihre innere Einstellung ausgezeichnet zu sein schien und ihre Fragen gezeigt hatten, daß sie zumindest ihre Theorie beherrschten.

Und auch Stålhandskes nächste Überlegung zeigte, daß die theoretische Ausbildung in San Diego oder auf der *Sunset Farm* in seinem vielleicht gar nicht so trägen Hirn Spuren hinterlassen hatte. Er zeigte auf Carls Skizze und fragte, wie man im Dunkeln feststellen solle, daß die Ladungen exakt alle sechs Meter angebracht waren. Denn wenn diese Berechnungen nicht stimmten, riskiere man, ein Segment zweimal aufzureißen und ein anderes unbeschädigt zu lassen. Carl hatte diesem Problem nur einen flüchtigen Gedanken gewidmet, doch jetzt zeigte sich, daß sie es mit vereinten Kräften schnell lösen konnten.

Da das Ziel rechte Winkel aufwies, konnten sie von der einen Dachkante ausgehen und die Ladungen in Kompaßrichtung, exakt neunzig Grad von der Dachkante, auslegen. Wenn die Ladungen schon im richtigen Abstand zueinander befestigt waren, was ja unausweichlich war, da sie unten im Dunkeln keine Serienkopplung vornehmen konnten, brauchten sie die Sprengladungen nur wie eine lange Fischleine auszulegen, nämlich mit straffen Kabeln auf Kompaßkurs.

Während sie weiterdiskutierten, machte sich Carl in zwei Spalten Notizen; eine Spalte für schon gelöste Probleme, die zweite für Dinge, die noch zu bedenken waren.

Er hatte vier Tage für Übungen und Wiederholungen angesetzt, um die Männer in einen kampffähigen Zustand zu versetzen, kam aber bald zu dem Schluß, daß sich die Zeit um mindestens einen Tag abkürzen ließ. Es hing davon ab, wie es mit den Navigations- und Tauchübungen voranging und welche Fortschritte die beiden beim Einstellen der Detonatoren und einiger anderer Dinge machten, die sich am ersten Abend noch nicht überblicken ließen.

Gegen Mitternacht machten die beiden Feldwebel einen allzu erschöpften Eindruck. Die Zeitumstellung war ihnen offensichtlich nicht leichtgefallen. Carl sammelte Seekarten und Aufzeichnungen ein und verschloß alles in dem alten Panzerschrank im Nebenzimmer.

Dann kehrte er ins Wohnzimmer zurück und teilte mit, er selbst nehme das kleinere Schlafzimmer und die erste zweistündige Wache. Die anderen könnten sich das größere Schlafzimmer teilen.

Er zog sich gerade einen Mantel an und war mit den Gedanken ganz woanders, so daß er auf eine Bemerkung Stålhandskes erst mit Verzögerung reagierte:

»Dann werde ich mir zum Schlafen wohl vorsichtshalber ein Tampax in den Arsch stecken müssen.«

Carl saß vornübergebeugt und zog sich gerade warme Socken an. Er überlegte kurz, ob er tun sollte, als hätte er nichts gehört. Doch dann entschloß er sich, so hart wie möglich einzugreifen. Er erhob sich langsam, ging zu Stålhandske und brüllte plötzlich und überraschend los, er solle aufstehen. Der Befehl wurde natürlich mit blitzschneller amerikanischer Disziplin befolgt.

Stålhandske hatte Haltung angenommen und blickte mit ausdruckslosem Gesicht starr geradeaus. Carl ging um ihn herum, während er das Schweigen wirken ließ.

»Feldwebel Åke Stålhandske«, begann er dann betont langsam und leise. »Man hat dich für eines der wichtigsten und gefährlichsten Vorhaben ausgewählt, in das die schwedischen Streitkräfte je verwickelt gewesen sind, seit wir um deine alte Heimat gekämpft und verloren haben. Wir sind drei Personen, nur drei Personen. Wenn einer von uns versagt, versagen wir alle. Wenn einer von uns stirbt, werden vermutlich alle drei sterben. Wenn einer von uns etwas vermasselt, wird das böse Konsequenzen haben. Feldwebel Lundwall orientiert sich unter Wasser am besten von uns dreien, du bist der beste Taucher in extremen Tiefen, und ich bin der Chef. Hast du verstanden?«

Carl brüllte den letzten Satz mit voller Kraft, und Åke Stålhandske antwortete mit einem ebenso automatisch wie nervös gebrüllten *Yes Sir!*

»Also«, fuhr Carl mit leiser Stimme fort, »dieses Projekt, diese *Operation Big Red*, wird uns drei für immer vereinen. Ich kann nicht von dir verlangen, daß du uns magst, so wie wir dich vielleicht auch nicht mögen. Aber ich will verdammt sein, wenn ich nicht verlangen kann, daß sich diese Zusammengehörigkeit nicht bloß auf drei oder vier Tage beschränkt, sondern *für immer* gilt, bis wir uns in der Ewigkeit wiedersehen. Ich werde lieber das Risiko auf mich nehmen, einen etwas schlechteren Mann zu nehmen, als du es bist, als irgendwelche Unverschämtheiten hier im Base Camp hinzunehmen. Verstanden?« brüllte Carl und hob dabei wieder die Stimme zu voller Lautstärke. Stålhandske brüllte seine Bestätigung.

»Na also«, fuhr Carl in ruhigem Ton fort. »Entschuldige dich auf geeignete Weise. Mach dich bereit, die zweite Wache zu übernehmen. Wegtreten.«

Carl drehte sich schnell um, ging hinaus und schlug die Tür hinter sich zu. Draußen wehte ein feuchter, eisig kalter Wind, und im Baumschatten lagen hier und da noch weiße Schneereste. Carl bereute fast, eine Wache angeordnet zu haben. Doch einmal war es für jede Reue zu spät, zum andern fiel ihm ein, daß ihr gesamtes Zusammensein weitestgehend militarisiert und entpersönlicht werden mußte. Er war jedoch überzeugt, von Stålhandske zum absolut letzten Mal eine Anspielung auf Joar Lundwalls Homosexualität gehört zu haben. Es war natürlich höchst unsicher, ob diese Veränderung in Stålhandskes Verhalten die Beziehung der beiden wesentlich verbessern würde. Doch im Moment war eine kalte, berufsmäßige Beziehung eher nötig als eine kameradschaftliche und persönliche. Dafür blieb später noch Zeit genug, falls die *Operation Big Red* überhaupt stattfand.

Wenn die Tauch- und Orientierungsübungen wie geplant verliefen, blieben vielleicht weniger als drei Tage, bis er dem OP 5 den Übergang zu Alarmbereitschaft Rot melden konnte.

6

Der Ministerpräsident stand an seinem Fenster und sah auf das Wasser des Strömmen zwischen Rosenbad und Reichstagsgebäude hinunter. Vereinzelte Eisschollen passierten den kleinen Wasserfall unter der Riksbron. Der Ministerpräsident sah blaß und etwas grünlich im Gesicht aus, doch das lag vielleicht am Panzerglas.

Er war bekümmert, weil es ihm nicht gelungen war, die Standpunkte einander anzunähern, denn gerade dieses Talent, das seinem ermordeten Vorgänger gefehlt hatte, schrieb er sich als besonderes Verdienst zu. Sein Vorgänger hätte ohne viel Federlesens eine offizielle Linie festgelegt, und es wäre vermutlich die Linie gewesen, die Staatssekretär Peter Sorman jetzt befürwortete.

Hinter diesem denkbaren Beschluß stand nicht nur eine zynische realpolitische Haltung, es handelte sich auch um einen ziemlich kühnen außenpolitischen Plan, um etwas, was Sorman fast beiläufig, möglicherweise um der Angelegenheit besonders Gewicht zu geben, die Palme-Linie genannt hatte.

Die Beziehungen zur Sowjetunion waren ein mühsames Geschäft; sie erträglich zu halten, war für Schweden absolut lebensnotwendig. Das entscheidende Problem bestand darin, den Russen klarzumachen, daß Schweden tatsächlich neutral war, daß es *kein* inoffizieller NATO-Verbündeter war, wie die politische Rechte sowie ein großer Teil der militärischen Führung glaubte oder hoffte. Denn wenn die sowjetische Führung Schweden als NATO-Verbündeten betrachtete, nahm das Risiko zu, daß Schweden in einen eventuellen, nun ja, höchst eventuellen europäischen Großkrieg hineingezogen würde. Mit Säbelrasseln waren die Russen nicht zu erschrecken; vermutlich funktionierte das eher umgekehrt.

Wenn die Sowjetunion andererseits Schwedens Neutralität respektierte und an sie glaubte, zumindest an sie glaubte, verringerte sich die Kriegsgefahr entsprechend.

Diese Argumentation war auch auf die mehr oder weniger wilden Kriegsszenarien der großen Aktivisten unter den Verteidigungstheoretikern anwendbar. Ob nun ein isolierter Angriff gegen Schweden allein (um eine Verteidigung Norwegens unmöglich zu machen, was die Stellung der NATO im Atlantik schwächen würde) oder ein Überraschungsangriff in gleichermaßen heimtückischer Absicht – die Argumentation blieb die gleiche: Es war für Schweden lebenswichtig, mit politischen Instrumenten Tauben wir Falken in der militärischen Führung zu beherrschen, ebenso aber auch eine zunehmend großmäulige politische Rechte, die immer lauter krakeelte, wir müssen uns der NATO anschließen, weil es uns nicht gelingt, die russischen U-Boote ans Tageslicht zu holen.

Und hier nun lag eine Situation vor, in der sich diese gesamte Argumentation zuspitzte. Schweden hatte einen für die Sowjetunion offenbar sehr wichtigen Überläufer auf schwedischem Territorium. Das Entzücken der Militärs war nicht schwer zu verstehen.

Doch die Wahl bestand darin, den Überläufer in die USA entkommen zu lassen, was das russische Bild von Schweden als einem geheimen Alliierten der NATO verstärken würde. Oder aber den Überläufer an die Sowjets auszuliefern – rein formal hatte man ihm noch kein politisches Asyl bewilligt. Man konnte es als eine Art vorläufige Einreisegenehmigung in Erwartung einer Prüfung des Falls ansehen; nun ja.

Eine Auslieferung Koskows an die sowjetischen Behörden würde rein sachlich natürlich große Vorteile bieten. Ein solches Verhalten würde mit der sogenannten Palme-Linie gegenüber der Sowjetunion in Einklang stehen; zudem wäre es eine Geste, die Schwedens Unabhängigkeit von den USA bestätigen würde, folglich auch die schwedische Neutralität. Menschlich jedoch wäre es eine ziemlich zweifelhafte Maßnahme.

Überdies wäre sie mit offenkundigen innenpolitischen Problemen verbunden. Denn wenn diese Affäre bekanntwurde, würden solche Maßnahmen sich kaum rechtfertigen lassen. Und was sachlich gesehen kluge Neutralitätspolitik war, würde sich als Kriecherei vor einer Supermacht darstellen lassen, als Kniefall vor den Russen, und so weiter, bis in alle Ewigkeit.

In dieser Hinsicht stellte die Frage der Loyalität des Militärs unleugbar ein Problem dar. Wenn allzu vielen Militärs aufging, was da geschah, bestand die Gefahr einer Revolte. Die Militärs würden etwas durchsickern lassen. Dann wäre die Angelegenheit in der Presse, und die Militärs könnten sich dann absichtlich verplappern oder Grimassen schneiden, wenn sie wegen weiterer Kommentare an die Regierung verwiesen. Der Parteichef der Konservativen würde mit ziemlicher Sicherheit informiert werden, und damit wäre das Karussell in Gang.

Der Versuch, im Auswärtigen Ausschuß eine Einigung herbeizuführen, bedeutete, da waren sich alle vier einig, das gleiche, als würde man *Expressen* alles auf einem silbernen Tablett servieren. Alle früheren Erfahrungen sprachen da eine deutliche Sprache.

Eine Möglichkeit war, den Chef der Konservativen unter vier Augen ins Gebet zu nehmen und zu prüfen, ob er sich für das prinzipiell Richtige dieser unmenschlichen Maßnahme gewinnen ließ.

Während sie im Vorzimmer des Ministerpräsidenten warteten, las Peter Sorman ruhig das letzte Memorandum des Oberbefehlshabers zum zweitenmal durch.

Ihn machte es ebenso besorgt wie den Regierungschef, daß man sich bislang nur in einer Frage hatte einigen können: Nämlich bewaffnete Aktionen auszuschließen. Und die Möglichkeit, sich mit den Russen auf ein diplomatisches Spiel einzulassen – sich also langsam vorzutasten, um womöglich in letzter Sekunde den Vorschlag eines Tauschhandels in die Debatte zu werfen, Vizeadmiral gegen Rückzug der Basen –, erschien unsicher und noch abenteuerlicher. Dann bestand nämlich die große Gefahr, daß die Russen von Anfang an überreagierten.

Die Vorstellung der Militärs, die Russen würden eine bewaffnete Aktion hinnehmen, solange man sie nur geheimhielt, war vermutlich richtig – zumindest insofern, als ein bewaffneter Gegenschlag nicht in Frage kommen würde und die Russen vor neuen Bauvorhaben auf schwedischem Territorium vermutlich zurückschrecken würden. Nach militärischen Begriffen zumindest wäre das kurzfristig ein Gewinn.

Doch hier galt es, strategisch zu argumentieren. Schweden sollte nicht nur in den nächsten zehn Jahren eine bewaffnete Konfrontation mit der Supermacht erspart bleiben. Wenn Schweden überleben wollte, mußte es diese Möglichkeit für immer und ewig ausschließen. Das war es, was die Militärs nicht begriffen. Sie klammerten sich zu sehr an ihre Vorstellungen vom alleinseligmachenden Abschreckungseffekt der Gewalt fest. Während sie gleichzeitig darüber klagten, ihnen stünden zur Zeit viel zu wenige Waffensysteme zur Verfügung, um bis ins nächste Jahrtausend hinein schwedische Zweiter-Weltkrieg-Politik zu betreiben.

Was also jetzt bevorstand, war folgendes: Man mußte den Oberbefehlshaber in den Schwitzkasten nehmen und sehen, wieviel Prügel er vertrug. Und dann mußte die Diskussion von vorn beginnen.

Doch der Oberbefehlshaber erschien nicht allein, obwohl man ihn allein herbeordert hatte. In seiner Begleitung befand sich der Generalstabschef.

Als die beiden Offiziere den Raum betraten, überlegte der Ministerpräsident, ob er den Generalstabschef kurzerhand vor die Tür setzen sollte. Dem lag natürlich der Wunsch zugrunde, wegen eventueller künftiger Verwicklungen ohne Zeugen zu diskutieren.

Doch das wäre ein psychologisch unglücklicher Beginn des Gesprächs gewesen, und so begnügte sich der Ministerpräsident mit einigen sauren Grimassen und der kurz gemurmelten Bemerkung, soweit er sich erinnere, habe er den Oberbefehlshaber persönlich zum Vortrag geladen und niemanden sonst. Soweit er sich erinnern könne, wie gesagt.

Doch als die beiden Militärs sich setzten, von dem Tadel wegen mangelnder Disziplin sichtlich unberührt, beschloß er, sofort zum Angriff überzugehen.

»Um gleich zur Sache zu kommen: Wir haben eine Handlungslinie entwickelt«, begann er entschieden. »Wir haben beschlossen, daß bewaffnete Aktionen bis auf weiteres ausgeschlossen sind und daß es darauf ankommt, in sehr kurzer Zeit diplomatische Initiativen zu ergreifen. Dabei werden wir selbstverständlich verlangen, daß diese Einrichtungen zurückgezogen werden. Dabei haben wir zunächst nicht vor, die Sache öffentlich zu machen, und dies im Hinblick auf die Gefahr, daß die Russen eine Prestigeangelegenheit daraus machen könnten, aus der sie sich dann nicht mehr ohne Not zurückziehen können.«

Der Regierungschef hielt kurz inne, um zu beurteilen, welche Wirkung diese Nachricht hatte. Die beiden Offiziere sahen jedoch kaum besorgter aus, als er erwartet hatte.

Der Oberbefehlshaber, der jetzt den Eindruck hatte, als läge der Ball wieder auf der militärischen Spielhälfte, räusperte sich nervös, bevor er sich äußerte.

»Es erscheint uns wenig wahrscheinlich, daß sich die Russen ohne weiteres darauf einlassen. Unter anderem erhebt sich die Frage, wie wir uns zu den militärischen Operationen stellen sollen, wenn die sowjetische Seite oder Einheiten des Warschauer Pakts sich auf unser Territorium begeben, um die Forderung nach Rückzug der Stationen zu erfüllen. Unsere Beurteilung sieht so aus: Sie werden ihre Anlagen nicht zurückziehen, sondern höchstens ihr Personal herausholen, wenn wir zeigen, daß uns die Anlagen bekannt sind.«

Wie bei einem Pawlow'schen Hund, dachte Peter Sorman. Sie kommen immer mit technischen Einwänden, statt klar zu sagen, was sie eigentlich meinen.

»Ich bin überzeugt, daß sich die transporttechnischen Probleme schon einvernehmlich regeln lassen, wenn wir eine politische Einigung erzielt haben«, sagte er mit hörbar säuerlichem Unterton. »Ich möchte übrigens darauf hinweisen, daß der Inhalt dieses Gesprächs ein wenig sensibel ist. Es muß also nicht nur jetzt geheim bleiben, sondern selbst dann noch, wenn es ans Memoiren-Schreiben geht.«

»Danke für den Hinweis«, entgegnete der Oberbefehlshaber mit einer Aggressivität, die seinen bislang stummen Sekundanten erstaunte, »aber was Geheimhaltung betrifft, ist dies stündlich und täglich Bestandteil unserer Arbeit. Von unserem Standpunkt aus ist es jedoch von einiger Bedeutung, die Vernehmungen Koskows zu Ende zu führen, damit wir die dritte Position erfahren. Und wenn wir es vom politischen Blickwinkel aus betrachten, dürfte es Ihre Verhandlungsposition nur stärken, wenn Ihnen nachweislich alle drei Anlagen bekannt sind.«

»O ja, gewiß«, sagte der Ministerpräsident. »Natürlich ist es besser, drei Positionen zu kennen als nur zwei, doch wir dürfen wohl davon ausgehen, daß den Russen unbekannt ist, in welcher Klemme wir uns befinden, was diese dritte Basis angeht. Und wenn ich Sie recht verstanden habe, so bedeutet das, was Sie ein Abschließen der Verhöre nennen, daß Sie eine fremde Großmacht in die Sache hineinziehen? Stimmt das?«

»Ja, das stimmt«, gab der Oberbefehlshaber ohne Umschweife zu. »Nach dem Aufenthalt hier in Schweden gedenkt Koskow sich in die USA zu begeben, und dabei werden wir natürlich in gewissem Umfang helfen, ich meine, bei den rein praktischen Vorbereitungen. So wie wir es sehen, wäre das der beste Zeitpunkt für diplomatische Initiativen.«

»Wenn die Herren sich um Ihre Küstenkorvetten kümmern wollen, übernehmen wir die Diplomatie. Umgekehrt wäre es nicht so gut, wenn wir mal davon absehen, daß es auch gegen das Grundgesetz verstieße«, betonte Peter Sorman scharf. Und wie er vermutet hatte, wurde der Oberbefehlshaber bei der Nennung des Grundgesetzes sichtlich weich.

»Sind schon irgendwelche bewaffneten Aktionen vorbereitet worden?« stieß der Ministerpräsident nach, um die Offensive der Politiker fortzuführen.

»Es gibt mehrere denkbare Möglichkeiten, bewaffnet gegen die Einrichtungen vorzugehen, und natürlich haben wir auch die Möglichkeit, sie einfach auszubuddeln, um es mal so zu sagen«, erwiderte der Oberbefehlshaber sanft.

»Wie soll das zugehen, sie ausbuddeln?« fragte der Ministerpräsident mit einem plötzlichen Anflug von Neugier in den Augen.

»Nun ja«, sagte der Oberbefehlshaber. »Wir können die gesamte Region abriegeln, Kräne und Bergungsschiffe hinschicken und eine der Anlagen hochheben, als wäre es ein havariertes U-Boot etwa. Sie mit anderen Worten der Allgemeinheit zur Schau stellen.«

»Also der Öffentlichkeit preisgeben«, warf Peter Sorman ein.

»Ja, das könnte man sagen. Deswegen glauben wir auch nicht sosehr an diese Alternative«, fuhr der Oberbefehlshaber mit sichtlich beherrschter Ruhe fort. »Im übrigen stellen wir uns eher eine chirurgische Operation vor, also einen schnellen Ablauf ohne jede Öffentlichkeit. Wir könnten etwa ein präzise angegebenes Gebiet mit Wasserbomben belegen.«

»Das würde Verluste von Menschenleben bedeuten«, sagte der Ministerpräsident. Es war eher eine Feststellung als eine Frage.

»Ja. Wenn sich noch Personal in den Anlagen befindet und man sie mit Wasserbomben belegt, dürfte das vermutlich der Effekt sein, ja«, erwiderte der Oberbefehlshaber in dem gleichen beherrschten und ruhigen Tonfall wie zuvor.

»Das kommt vorläufig nicht in Frage. Das ist ein ausdrücklicher Befehl der Regierung, und ich hoffe, ich habe mich klar und deutlich ausgedrückt«, sagte der Ministerpräsident mit etwas mehr Schärfe in der Stimme.

Die beiden Militärs nickten zum Zeichen, daß sie verstanden hatten.

»Erwägen Sie womöglich, Koskow den Russen auszuliefern?« fragte plötzlich der Generalstabschef. Alle Anwesenden schienen gleichermaßen unangenehm berührt auf den unpassenden Einwurf des anwesenden Nicht-Eingeladenen zu reagieren. Doch die Frage war gestellt.

»Wissen Sie, welche Anklagen die sowjetische Regierung gegen Koskow erheben kann?« fragte Peter Sorman, als hätte er die Absicht, das Thema zu wechseln.

»Nein, außer Landesverrat, was inzwischen wohl sachlich gerechtfertigt sein dürfte. Aber gedenken Sie ihn an die Russen auszuliefern?« entgegnete der Generalstabschef, der sich offenbar entschlossen hatte, als Gewissen der Nation aufzutreten. Doch Peter Sorman ließ sich nicht irremachen. Als er antwortete, durchbohrte er den Generalstabschef mit seinem kühlen, wasserblauen Blick.

»Es lassen sich natürlich einige Verbrechen denken, die an und für sich nicht zu politischem Asyl berechtigen. Vielleicht hat er Schwarzmarktgeschäfte gemacht, vielleicht spielt Korruption eine Rolle, was weiß ich. Was uns betrifft, gilt nur eins: Wir müssen die Angelegenheit außerordentlich korrekt behandeln. Man könnte meinen, daß wir im Moment die Oberhand haben, aber gerade deshalb sollten wir nicht ohne Not Kapital daraus schlagen.«

»Das scheint mir eine reichlich optimistische Schlußfolgerung zu sein«, warf der Oberbefehlshaber so beherrscht ein, wie er vermochte; in ihm kochte es. »Denn in rein operativer Hinsicht sieht die Wahrheit ja so aus, daß die Sowjetunion im Moment eine tödliche Bedrohung gegen uns alle richtet, nicht nur gegen uns hier im Raum, sondern gegen die ganze Nation. Es ist folglich eine Bedrohung, der wir mit wirksamen Gegenmaßnahmen begegnen müssen, ob auf diplomatischem Weg oder sonstwie. Daß wir die Oberhand haben, kann man wahrlich nicht behaupten.«

»Nein, wenn man die Lage nach rein militärischen Stärkebegriffen einschätzt, natürlich nicht«, beharrte Peter Sorman ungerührt. »Denn wenn es um militärisches Zerstörungspotential geht, fehlt es der Sowjetunion gewiß nicht an Alternativen zu diesen Spionagestationen. Auf kurze und längere Sicht gilt für uns, keinen Streit vom Zaun zu brechen, um es mal einfach auszudrücken, damit uns die Sowjets nicht für eine militärische Bedrohung oder kräftemäßig zumindest für ein Irritationsmoment halten, falls es zu einer größeren und im Moment höchst unwahrscheinlichen Konfrontation in Europa kommt. Ich habe geglaubt, das sei ein ziemlich elementarer Grundsatz unserer Sicherheitspolitik.«

An dieser Stelle griff der Ministerpräsident ein, der seit ein paar Minuten unruhig dagesessen und gespürt hatte, daß die Situation ihm zu entgleiten begann. Streit, Ironie und unverschämte Anspielungen waren das letzte, worauf er sich jetzt einlassen wollte.

Wenn es Möglichkeiten gebe, warf er ein, sich diskrete Waffeneinsätze vorzustellen, sei es durchaus in Ordnung, wenn das Militär auch weiterhin eine solche Möglichkeit studiere, obwohl bewaffnete Aktionen ohne ausdrückliche Genehmigung der Regierung natürlich nicht in Frage kämen.

Mit diesem Bescheid schien der Ministerpräsident den Militärs zumindest eine Beschäftigung gegeben zu haben, die mit ihrem Bedürfnis nach vorwärtsgerichteter praktischer Tätigkeit in Einklang stand.

So gewinne man auch Zeit, fuhr der Regierungschef fort, und diese Zeit solle dazu verwendet werden, geeignete Formen eines diplomatischen Vorstoßes vorzubereiten. Während weitere Zeit verstreiche, sei es natürlich wünschenswert, möglichst viele Informationen zu sammeln, auch solche, die den dritten Standort beträfen, sowie alles andere, was in Verbindung mit einem möglichen Überraschungsangriff gegen Schweden zu planen sei.

Als die beiden Offiziere einwandten, die USA wüßten mit großer Wahrscheinlichkeit schon von Vizeadmiral Koskows Wunsch, weiterzureisen – seine Familie befinde sich ja schon in den USA; schon aus dem Grund müßten die entsprechenden amerikanischen Behörden sich vorstellen können, wo sich Koskow aufhalte, wie er nach Schweden gekommen sei und was er und seine Familie sich wünschten –, erwiderte der Regierungschef, dies seien diplomatische und politische Fragen und keine militärischen, und die Regierung wünsche auf diesen Gebieten keinerlei militärische Gastspiele zu erleben.

Doch alles, wozu sich Koskow an weiteren Enthüllungen überreden lasse –, ohne daß man ihn mit Vertretern der NATO zusammenbringe –, wäre natürlich von hohem, vorrangigem Interesse.

Damit meinte der Ministerpräsident den Militärs bis auf weiteres eine Beschäftigungstherapie verordnet zu haben, wie er seinem nicht ganz zufriedenen außenpolitischen Mitarbeiter mitteilte, sobald sie wieder allein waren.

Aber während das Militär damit beschäftigt sei, seine Aufgaben zu erfüllen, gelte es, konkrete und ziemlich schnelle politische und diplomatische Initiativen zu ergreifen, um vollendete Tatsachen zu schaffen. Andere, zumindest elegantere Möglichkeiten, zu verhindern, daß die Militärs den Finger am Abzug hätten, schienen nicht zu Gebote zu stehen.

Peter Sorman pflichtete ihm bei. Es gehe darum, schnell eine neue Situation zu schaffen, damit die Frage von »bewaffneten Aktionen« und all dem anderen Gewäsch keine konkrete Möglichkeit mehr darstelle. In dieser Hinsicht sei es nur gut, daß die Militärs bis auf weiteres ein kleines technisches Gewaltproblem zu lösen hätten.

Bei der Fahrt zum Generalstab saßen der Oberbefehlshaber und der Generalstabschef schweigend im Wagen, und die Grübeleien der beiden Männer zielten etwa in die gleiche Richtung.

Die Anweisungen der Regierung waren in wesentlichen Teilen widersprüchlich. Einerseits sollte das Militär versuchen, seinen armen Gefangenen auszuquetschen, denn in Wahrheit mußte man ihn jetzt wohl als Gefangenen ansehen und nicht als Gast, um weitere wertvolle Informationen und damit die Position der dritten Unterwasserbasis zu erhalten. Andererseits durften sie die mit ihm getroffene Vereinbarung nicht erfüllen, zumindest nicht auf ehrliche Weise.

»Meinen die wirklich, wir sollen ihn hereinlegen? Ihm einen falschen amerikanischen Diplomaten auf den Hals schicken, der ihm wertlose Zusicherungen macht, damit wir dann wieder mit ihm loslegen können?« fragte der Generalstabschef schließlich. Der Wagen hatte sich inzwischen durch den dichten Innenstadtverkehr bis zur Sturegatan vorgekämpft.

»Ich weiß nicht«, seufzte der Oberbefehlshaber. »Aufrichtig gesagt, ich weiß es nicht, Carl-Erik. Ich weiß nicht so recht, wie sie in dieser Hinsicht denken.«

»Ich hoffe, du hältst es für ausgeschlossen, ihn zu betrügen, um die fraglichen Informationen zu bekommen?«

Der Oberbefehlshaber schwieg eine Weile, bevor er antwortete. Oben am Karlavägen hielt der Wagen vor einer Ampel, einer dieser Ampeln, an denen es eine halbe Stunde Rot zu geben scheint, und das machte das Schweigen schließlich unmöglich.

»Auch das weiß ich nicht«, erwiderte der Oberbefehlshaber schließlich. »Es ist wahrhaftig kein angenehmer Gedanke, darüber brauchen wir kaum zu diskutieren. Doch wenn es um derart wichtige Erkenntnisse geht, bin ich mir nicht sicher, ob ehrenhaftes Verhalten unsererseits schwerer wiegt als die Interessen des Landes. Das ist eine verdammt unangenehme Frage, vor der wir uns nicht werden drücken können, fürchte ich.«

»Bist du denn der Meinung, daß die Regierung im Interesse der Nation handelt?« fragte der Generalstabschef im selben Moment, in dem es endlich Grün wurde und der Wagen die Sturegatan weiterfuhr, bis er vor der nächsten roten Ampel am Valhallavägen stehenblieb.

»Die Regierung handelt im Interesse der Nation, ob sie es nun tatsächlich tut oder nicht«, erwiderte der Oberbefehlshaber und sah dabei starr auf den Nacken seines Fahrers auf der anderen Seite der Trennscheibe. Er erwartete keine Antwort.

»Ich bin mir gar nicht sicher, daß wir überhaupt mit der Regierung gesprochen haben. Nein, versteh mich nicht falsch, aber wir sprachen mit zwei Kabinettsmitgliedern und zwei grünen Jungs. Nicht mal der Verteidigungsminister ist beteiligt. Kann man da noch sagen, daß wir mit der Regierung sprechen?« fragte der Generalstabschef kurze Zeit später, als der Wagen vom Lidingövägen abbog, vor dem Haupteingang des Generalstabs vorfuhr und hielt.

Der Oberbefehlshaber blieb noch kurz sitzen, ohne auszusteigen.

»Ja«, sagte er schließlich. »Trotz des begrenzten Kreises handelt es sich um die Regierung des Landes, so wie wir im Moment die militärische Führung repräsentieren. Ganz grundsätzlich muß man es so betrachten.«

Als der Fahrer den Wagen umrundet und auf beiden Seiten die Türen geöffnet hatte, stiegen die Männer schweigend aus.

Keiner von ihnen wußte, daß eins ihrer schwierigsten praktischen Probleme im selben Moment einer Lösung näherkam.

Vizeadmiral Koskow sprach unter vier Augen, wenngleich das Gespräch vom schwedischen Nachrichtendienst natürlich mitgeschnitten wurde, auf einer Insel in den Stockholmer Schären relativ ungestört und gemütlich mit einem Mann, den die wenigen beim schwedischen Generalstab, die ihn kannten, Texas Slim zu nennen pflegten.

Texas Slim, der übrigens aus Arizona stammte und nicht aus Texas, war ein angenehmer und in Stockholm beliebter amerikanischer Diplomat. Seine offizielle Funktion an der amerikanischen Botschaft war die eines Handelsattachés, obwohl eingeweihte Personen wußten, daß er Stationschef der CIA in Skandinavien war.

Im Verlauf des Gesprächs garantierte er Vizeadmiral Gennadij Alexandrowitsch Koskow politisches Asyl in den Vereinigten Staaten und versprach, möglichst umgehend einen offiziellen Bescheid des State Department an die schwedische Regierung zu veranlassen.

Nach dem Gespräch wurde er von seinem Gastgeber, Kapitän zur See Samuel Ulfsson, nach Stockholm zurückgefahren. Ulfsson war ein sympathischer, stiller Kollege, den er zuvor nur zweimal getroffen hatte.

Doch damals war es um Probleme gegangen, die vergleichsweise reine Bagatellen gewesen waren.

»Der Bursche schien recht guten Mutes, aber etwas müde zu sein, wie ich fand«, sagte der amerikanische Spionagechef zu seinem schwedischen Kollegen. »Habt ihr ihn so in die Mangel genommen?«

»Kommt darauf an, was du darunter verstehst«, entgegnete Samuel Ulfsson. »Wir haben ihn insofern in die Mangel genommen, als wir jeden Tag lange gearbeitet haben, doch das war ja notwendig, um möglichst viel aus ihm herauszuquetschen, solange wir ihn noch haben. Allerdings hatten wir gerade ein paar Tage Pause, und jetzt wird es wohl wieder losgehen.«

»Na ja, das ist eure Sache. Wann könnt ihr die Ware liefern?«

»Tja, was weiß ich? Drei oder vier Tage werden wir wohl brauchen, aber ich fürchte, daß die Entscheidung nicht auf meiner Ebene getroffen wird.«

Kriminalinspektor Rune Jansson war ein freches Manöver gelungen. Er hatte so getan, als wüßte er erheblich mehr, als ihm tatsächlich bekannt war, als er mit der bekümmerten Miene eines Mannes, der ein kollegiales Gespräch sucht, seinen Kollegen in der örtlichen Sicherheitsabteilung der Polizei von Norrköping aufsuchte. Allerdings war mehr als zweifelhaft, ob Rune Jansson diesen Kriminalinspektor Stig Langbratt, dessen alberner, erfundener Name ihm unter richtigen Polizeibeamten den Spitznamen »Lange Leitung« eingetragen hatte, als Kollegen ansah. Sie hatten zwar den Titel Kriminalinspektor gemeinsam, doch sonst gab es kaum etwas, was die beiden Männer verband.

Rune Jansson hatte geseufzt und gesagt, er könne einfach nicht kapieren, warum Säk diesen Offizier Hamilton schütze, und was sei der überhaupt für ein Typ?

In den öffentlichen Firmenregistern von Patentamt und Registergericht hatte Rune Jansson nämlich herausgefunden, daß der Eigentümer dieser EDV-Firma, die gar kein richtiger Software-Laden war, ein gewisser Korvettenkapitän Hamilton war. Und dieser Hamilton war als letzter verhört worden, und das Ergebnis war dieses letzte und merkwürdige Vernehmungsprotokoll der Stockholmer Sicherheits-Leute, das ja einen bestimmten Korvettenkapitän NN-6 betraf.

Und dieser NN-6 habe, so Rune Jansson, im Gegensatz zu den anderen das Mordopfer gekannt und die Frau sogar in ihrer Wohnung besucht. »Und trotzdem sollen seine Vernehmungen als abgeschlossen gelten?«

Langbratt war zunächst erstaunt gewesen, daß Rune Jansson den Namen überhaupt kannte – also hatte dieser richtig vermutet –, begann dann aber in Rätseln zu sprechen, was diese Säk-Leute oft zu tun pflegten, konnte sich aber trotzdem, was ebenfalls ins Bild paßte, nicht enthalten, zumindest mit ein paar Tatsachen herauszurücken.

Es sei darauf hinausgelaufen, so Langbratt, daß dieser Hamilton so was wie ein beschissener militärischer Held sei und daß man schon aus dem Grund nicht wagen dürfe, den Kerl anzufassen. Dahinter steckten Gründe, die die Sicherheit des Reiches beträfen, o ja, nämlich so und so.

»Er ist also einer von denen, die nichts weiter können, als Leuten den Hals durchzuschneiden?« fragte Rune Jansson geradeheraus, da er schon mehr erfahren hatte, als er hatte hoffen können.

Langbratt hatte etwas von der geheimsten Tätigkeit der schwedischen Streitkräfte gemurmelt, doch keineswegs geleugnet, was Rune Jansson in seiner Frage angedeutet hatte.

Dann hatte der Sicherheitsmann wieder in Rätseln gesprochen und auf Geheimhaltungsvorschriften verwiesen sowie auf Stockholm, und danach war nichts mehr aus ihm herauszuquetschen.

Anschließend begab sich Rune Jansson ohne Zögern direkt zu seinem Telefon und rief den Generalstaatsanwalt an, der sich seit mehr als einer Woche nicht mehr mit der Angelegenheit beschäftigt hatte. Es hatte ja unleugbar so ausgesehen, als sei die ganze Sache in irgendeinen Keller unterwegs, an dessen Tür die Aufschrift stand »Ermittlungen ergebnislos«. Die meisten Reichskriminaler waren um diese Zeit wieder zu anderen

Aufgaben zurückgekehrt. Diese Beamten waren der Meinung, jetzt bleibe nur noch etwas Papierkram, Erstellung ergänzender Verhöre und anderes, was nichts Neues ergeben würde.

Doch Rune Jansson schlug eine harte Linie ein und verlangte eine vorläufige Festnahme. Er hatte zwar nie angenommen, daß Generalstaatsanwalt Sievert Öhrnström noch einer von diesen Typen, die sich zu fein waren, mit einem Namen wie Jansson oder Andersson herumzulaufen – eine solche Forderung schlucken würde.

Doch die Frage einer Hausdurchsuchung schien sich besser zu eignen. Hier gab es einen Verdächtigen, der nicht ausreichend vernommen worden war. Der Verdächtige hatte das Opfer gekannt und die Frau sogar in ihrer Wohnung besucht. Ferner war der Verdächtige Soldat, und die halbherzigen Äußerungen von Säk, der Mann sei ein Held und so, paßten durchaus auf einen Mörder mit außergewöhnlichen Methoden. Die Verhöre dieses Mannes waren ein Witz gewesen. Zudem hatte man seine Wohnung nicht nach Beweismaterial durchsucht. Und was immer die Säpo dazu sagte, Mord war alles andere als erlaubt.

Der Generalstaatsanwalt zeigte keine große Begeisterung über die unerwartete Wendung in der Ermittlungsarbeit, die der Kriminalinspektor atemlos ins Telefon gebellt hatte. Doch als Jurist konnte er einige interessante Zusammenhänge nicht einfach übersehen. Und die Behauptung, Mord sei unerlaubt, was immer der Sicherheitsdienst für Nützlichkeitserwägungen anstelle, war unleugbar völlig korrekt.

Es sah also nach einem erneuten Verhör in Verbindung mit einer Hausdurchsuchung aus. Einen Festnahmebeschluß hingegen, so erklärte er, sehe er nicht ohne weiteres als begründet an. Einmal bestehe die Gefahr, daß man sich dabei blamiere, nämlich wegen der Aufmerksamkeit und der Publizität, die einer solchen Maßnahme folgen könnten. Zum andern liege jetzt, so lange Zeit nach dem Verbrechen, kein Risiko mehr vor, daß der Verdächtige sich aus dem Staub machen oder Beweismaterial beseitigen könne, das er nicht schon längst beiseite geschafft habe. Doch Hausdurchsuchung und neue Vernehmungen, das sei durchaus etwas, was man beschließen könne.

Der Staatsanwalt erklärte, sobald er einen schweren Rauschgiftfall erledigt habe – er müsse am folgenden Tag sein Plädoyer halten –, werde er sich sorgfältig überlegen, wie in dieser Sache weiter zu verfahren sei.

Er hat *in dieser Sache* gesagt, dachte Rune Jansson zufrieden. Er hat nicht gesagt, *in dieser Voruntersuchung.* Gut, allmählich kommt Bewegung in den Fall. Doch gerade als Rune Jansson sich hemmungslos seiner Begeisterung hingab, läutete das Telefon. Er riß schnell und fröhlich den Hörer an sich und meldete sich mit seinem Namen, was er sofort, wenngleich zu spät, bereute. Seine gute Laune war ebenso schnell verflogen wie sie gekommen war.

Der Anruf kam von der Kindertagesstätte »Eichhörnchen«. Er wurde aufgefordert, auf der Stelle ein viel zu verschnupftes und verrotztes Kind abzuholen. Den Regeln der Kindertagesstätte zufolge dürften solche wandelnden kleinen Infektionsherde nicht frei herumlaufen. Und diese Regeln seien zu befolgen.

Murrend wühlte er nach seinen Autoschlüsseln und ging zur Tür. Doch schon auf den grauen Treppenstufen kehrte seine gute Laune allmählich wieder. Endlich war eine hoffnungsvolle Perspektive in der anscheinend völlig vermasselten Voruntersuchung aufgetaucht.

Wenn jemand zufällig auf dem Bootsanleger neben dem Bootshaus gestanden und das frühlingsklare und fast vollkommen stille Wasser gesehen hätte, wäre ihm der Anblick in seiner stummen Gespensterhaftigkeit total unwirklich erschienen. Drei schwarze Schatten bewegten sich lautlos und ohne Wirbel oder Luftblasen auf die Tore des Bootshauses zu.

Doch um diese Zeit, Anfang Mai, waren die Schären noch fast menschenleer. Das Wetter war seit zwei Wochen unfreundlich gewesen, und überall auf der kleinen Insel verkündeten überdeutliche Schilder Ausnahmen vom Allmende-Recht. Kein Mensch war zu sehen.

Die drei Taucher nahmen einander in verabredeter Reihenfolge die Schwimmflossen ab, bevor sie im Bootshaus im Gänsemarsch die kurze Treppe hinaufgingen. An Land bewegten sie sich schwer und unbeholfen. Als sie sich die Gesichtsmasken heruntergerissen hatten, waren alle drei verschleimt und verrotzt. Sie hatten sich nicht etwa erkältet. Sauerstoffgas hat den Effekt, daß die Schleimhäute plötzlich meinen, das Klima sei warm und extrem trocken geworden.

Nach gut zwei Stunden in dem kalten Wasser, das nur drei oder vier Grad warm war, waren sie alle mehr oder weniger blaugefroren. Alle drei bewegten sich etwas unsicher, als sie einander bei den Reißverschlüssen halfen und sich von den schwarzen Gummianzügen zu befreien begannen. Sie gingen ihre Kontrolliste der Ausrüstung durch und legten ihre Sachen säuberlich auf einen Haufen, bevor sie mit Carls Erlaubnis die Gegenstände voll sichtbar im Bootshaus liegen ließen und steifbeinig in ihrer blauen Unterwäsche die zehn Meter zu der vorgeheizten Sauna gingen.

Doch dort genossen sie zunächst eine Weile die Wärme und massierten sich Mund und Gesicht, um wieder normal sprechen zu können, ohne zu lallen. Dann folgten sie der gewohnten Routine und überprüften ihren körperlichen Zustand.

Es folgte eine Einschätzung der Orientierungsübung. Bei vier Versuchen hatte die Abweichung in drei Fällen weniger als fünf Meter betragen, was angesichts der großen Entfernungen, die sie zurückgelegt hatten, und einer einzigen Oberflächen-Beobachtung pro Distanz ein sehr gutes Ergebnis war.

Es war klar geworden, daß sie bei der eventuellen Operation die amerikanischen Atemgeräte verwenden mußten. Im Hinblick darauf, daß es in einem Fall um eine Tiefe von 36 Metern und im zweiten Fall von 40–41 Metern ging, würde das schwedische ACSC-System ihnen nur eine Tauchzeit von etwa dreißig Minuten erlauben. Somit wäre die Gefahr einer Stickstoffvergiftung unannehmbar hoch.

Die amerikanischen Geräte waren größer und sperriger, doch da die drei damit auf Sauerstoffgastiefe bis zum Zielgebiet gelangen konnten, um dann zu tauchen – wenn das Mark-15-System automatisch auf Mischgas umstellte –, würden sie eine Tauchzeit erreichen, die eher von ihrer körperlichen Ausdauer und der Wassertemperatur bestimmt würde als von der Vergiftungsgefahr.

Sie brauchten nicht einmal zu Papier und Bleistift zu greifen, um zu diesem Schluß zu kommen, da die berechneten Spielräume weit von allen denkbaren Grenzwerten entfernt waren.

Das Problem war jedoch, daß sie nur drei Geräte hatten, zwar mit einer verbleibenden Tauchzeit von über sechs Stunden, aber wenn ein Gerät ausfiel, gab es keinen Ersatz.

Das Ergebnis der Orientierungsübung war mehr als annehmbar; Joar Lundwall hatte sehr gute Arbeit geleistet. Es konnte schon jetzt bestimmt werden, daß Joar für das Anlaufen von mindestens zwei der Ziele verantwortlich sein sollte. Eventuell konnte Carl die Führung zu dem dritten Ziel übernehmen, falls dies der Ort war, an dem er sich schon befunden hatte.

Es sei auch richtig, erklärte Carl, in Linie zu schwimmen statt nebeneinander. Joar Lundwall und Åke Stålhandske waren aus ihrer Zeit bei den schwedischen Küstenjägern gewohnt, zu zweit mit einer drei Meter langen Handleine zwischen sich zu arbeiten. Doch wenn drei Mann so schwammen, würde es ein ewiges Gezerre geben. Gerade bei einem solchen Versuch hatten sie ein Zielgebiet um fast zwanzig Meter verpaßt.

Also, entschied Carl, solle folgende Reihenfolge gelten: Joar Lundwall als erster, verantwortlich für die Orientierung. Dann Carl und zum Schluß Åke Stålhandske, der das Material bugsieren sollte, was am vernünftigsten war, da er die stärkste Physis besaß.

Während die drei Männer allmählich auftauten, fühlten sie zunehmende Zufriedenheit. Joar und Åke hatten bis vor kurzem intensive Tauchübungen absolviert, und die verbleibenden zwei Jahre in Kalifornien ließen bei der rein militärischen Seite der Ausbildung Schwerpunkte auf anderen Gebieten erwarten. Sie waren hervorragende Taucher, bewegten sich ruhig und gleichmäßig und schienen auch keine Schwierigkeiten mit dem recht komplizierten System von Rucksignalen für die Handleinen zu haben, das Carl entwickelt hatte. Eine andere Form der Kommunikation würde mit großer Wahrscheinlichkeit nicht möglich sein. Sie hatten noch etwa zwei oder drei Stunden Helligkeit zu erwarten. Als sie die Sauna verließen, aßen sie schnell einen kräftigen Lunch aus Fleischwurst und Eiern sowie Unmengen von Ketchup und tranken Leichtbier dazu.

Dann beschloß Carl, allein eine Erkundungstour mit dem schnellen Motorboot zu machen und befahl den beiden anderen, sich eine Lösung für den Waffentransport auszudenken. Er wollte nach Einbruch der Dunkelheit zurück sein. Sie würden den Bootsmotor hören.

Carl fühlte sich vom Essen erwärmt und leicht schläfrig. Als er sich einen dicken Overall anzog und wieder zum Bootshaus hinunterging, war er mit dem Tag schon sehr zufrieden. Von einer Mißstimmung zwischen den beiden anderen hatte er nichts bemerkt. Es hatte den Anschein, als würden sie sich jetzt total auf die Aufgabe konzentrieren und alles andere vergessen. Was auch eine sehr vernünftige Einstellung war.

Andere Boote waren kaum zu sehen, und der Seegang war angenehm mäßig. Das Boot schaffte etwa fünfundzwanzig Knoten und hatte eine gut funktionierende Heizung.

Carl brauchte eine gute Stunde, um das Zielgebiet zu erreichen, und was er sah, erschien ihm vorteilhaft. Die Küste der naheliegenden Insel Ornö war kaum bebaut. Auf den zwei letzten Kilometern sah er kein einziges Haus mehr, nur monotonen Felsenstrand mit niedrigem Kiefernbewuchs, der ein paar Meter vom Strand entfernt begann.

Carl verharrte eine Weile in einem Kilometer Abstand vom Ziel und notierte, welche Landmarken zur Orientierung verwendbar waren. Er vermerkte zwei alternative Ausgangspunkte für den Angriff. Das Risiko, daß Diebe oder Neugierige ihre Boote während ihrer Abwesenheit finden und untersuchen könnten, schien ihm sehr klein zu sein. Überdies gab es gute Möglichkeiten, zwischen Felsvorsprüngen ins Wasser zu gehen, so daß sie selbst dann keine Aufmerksamkeit erregen würden, wenn sie die Operation am Tag begannen. Dieses Ziel lag sehr viel günstiger als das Ziel oben im Abschnitt Trälhavet.

Bevor Carl wieder den Motor anließ, warf er einen Blick in die Bucht nebenan. Das war Hårsfjärden. Er selbst lag tausend Meter vom Ziel entfernt ein Stück im Mysingen. So gering war also der Abstand zwischen dem Schauplatz einer der aufsehenerregendsten U-Boot-Jagden und der sowjetischen Basis. Wenn man sich nur auf seinen Verstand verläßt, dachte Carl, kommt man ins Zweifeln.

Er kehrte mit mäßiger Geschwindigkeit und brennenden Positionslichtern auf der Landseite von Ornö zurück. Als er sich im Leerlauf dem Bootshaus draußen auf der Insel näherte, hatte er seine Nachtsichtbrille aufgesetzt und sah, wie Åke Stålhandske herunterkam, um die Tore zum Bootshaus zu öffnen. Das blonde, kurzgeschorene Haar war so klar zu erkennen wie bei Tageslicht.

Oben im Wohnhaus wartete eine Thermokanne mit Kaffee, und seine beiden Helfer schienen noch immer guter Laune zu sein. Sie legten ihm eine Reihe konkreter Vorschläge vor, die nicht ohne komische Pointen waren. Unter anderem schlugen sie vor, eiligst drei Kinderschlitten aus hartem Kunststoff zu bestellen, gegossene Exemplare in Stromlinienform und mit möglichst geräumigem Sitz, so daß beispielsweise Vater und Sohn bequem Platz fänden.

Oder genügend Raum boten für zwölf gekoppelte Sprengladungen amerikanischen oder schwedischen Typs mit zielgerichteter Sprengwirkung.

Bei dem Gedanken, was ihr Materialbeschaffer, der Fregattenkapitän, zu dieser Bestellung sagen würde, prusteten sie laut los.

Doch Carl zeigte sich von dem Vorschlag, der in all seiner Einfachheit fast genial wirkte, sofort begeistert.

Zunächst hatten die beiden gedacht, man müsse eine Art Schlitten bauen und ihn mit Flossen oder anderen Stabilisatoren versehen. Ferner hatten sie Bleigewichte wie bei den Tauchgürteln vorgesehen, um dem Auftrieb entgegenzuwirken.

Und was die Sprengladungen anging, sei es tatsächlich am einfachsten, jede Ladung mit einer Kunststofform zu ummanteln, damit sie dem Zustand dem Gewichtslosigkeit möglichst nahe kam.

Die drei Männer bastelten eine Weile an diesem Plan herum, während sie darauf warteten, daß Lallerstedt mit dem für heute erwarteten Material erschien.

Wenn man jede Sprengladung so austariere, daß sie unter Wasser nichts wiege, überlegte Åke Stålhandske, werde man sie nur schwer anbringen können. Er fuhr fort: »Doch dann können wir so verfahren, daß wir die Kunststoff-Form um jede Sprengladung mit einem Einschnitt versehen und sozusagen ein Stück Auftrieb abschneiden, wenn wir die Sprengladung befestigen. Der Kunststoff wird zwar gleich nach oben treiben und an die Wasseroberfläche kommen. Doch zwanzig kleine Kunststoffstückchen, die da oben schaukeln, wird man trotzdem nie mit dem in Verbindung bringen können, was wir da unten vorhaben. Falls sie überhaupt auffallen und beobachtet werden. Wir würden zwar zur Verschmutzung der Schären beitragen, aber im Vergleich zu dem, was einige dieser Strohköpfe im Stab sich ausgedacht haben, wäre es gar nichts: Die wollten doch die Stationen mit Wasserbomben-Teppichen belegen.«

In der nächsten halben Stunde wurden die drei immer ausgelassener. Was immer wieder zum Thema wurde, fast bis zum Überdruß, war die anscheinend komische Idee, beim endgültigen Angriff auf *The Big Red* Kinderschlitten zu verwenden.

Die drei hatten aufgehört, von der Sowjetunion oder den Russen oder dem Feind zu sprechen, jetzt hieß es nur noch *das Ziel* oder *die Operation* oder *The Big Red.*

Carl sah sich schließlich gezwungen, ein wenig die Zügel anzuziehen, damit sie sich auf die Vervollständigung der heutigen Bestelliste konzentrieren konnten, möglichst bevor Lallerstedt kam.

Also. Kinderschlitten aus Kunststoff, Metallbolzen mit Dichtungen, Holzbretter in bestimmten Maßen sowie Schrauben und Winkeleisen, falls sie gezwungen waren, die Schlitten nach der Lieferung zu modifizieren. Der gesamte Bedarf für jedes einzelne Ziel müsse, so Carl, auf einem einzigen Schlitten Platz finden. Die Sprengladungen hatten einen Durchmesser von knapp zehn Zentimetern, doch die Maße nach einer Ummantelung mit Kunststoff ließen sich nur schwer abschätzen. Es könne also, so Carl, sich als notwendig erweisen, die Schlitten umzubauen.

Åke Stålhandske erlitt einen kurzen Rückfall in seine frühere Heiterkeit, als er insistierte, sie sollten rote Schlitten bestellen, am liebsten mit kleinen Schwanzflossen. Die Flossen könne man mit der Forderung nach Stabilität beim Transport begründen, die Farbe hingegen sei ein etwas unklarer oder unmotivierter politischer Wunsch.

Carl entschied, daß sie eine dunklere Farbe, Blau oder Dunkelgrün, bestellen würden – falls ihnen zu dieser Jahreszeit überhaupt eine Wahl blieb, da die Warenhäuser wohl kaum noch Schlitten vorrätig hielten.

Er fuhr fort: »Es ist aber viel wichtiger, daß wir über ein weiteres Transportmittel nachdenken. Das erste Ziel können wir bequem mit dem Kutter erreichen. Wir wissen aber nicht, wo das unbekannte Ziel liegt, und deshalb brauchen wir ein Schlauchboot, um die letzte Strecke zum Ziel zurücklegen zu können, ohne allzuviel Aufmerksamkeit zu erregen. Wenn ein Hubschrauber oder ein Lenkwaffenträger den Transport besorgt, müssen wir bedenken, daß zwei gelinde gesagt seltsame Kinderschlitten geladen und gelöscht werden müssen, an denen außerdem sensibles Material festgezurrt ist, das wir nicht einfach durch die Gegend schmeißen können.«

Damit erhebe sich also die Frage, fuhr Carl fort, ob es Schlauchboote gebe, die komplett in die Großraumhubschrauber der Marine hineingehievt werden könnten.

Åke und Joar konnten diese Frage sofort beantworten. Von ihrer Zeit bei den Küstenjägern hatten sie Erfahrung mit verschiedenen Typen von Schlauchbooten mit Außenbordern. Zwei der Typen könne man sehr wohl in einen Hubschrauber hineinziehen, falls nötig sogar direkt aus dem Wasser.

Damit war das Problem gelöst. Sie würden zwei beladene Schlitten in einem Schlauchboot festzurren, eine Persenning darüberziehen und das Boot zum ersten Ziel ins Schlepp nehmen. Operation Nummer 1 würde damit von dem zivilen Kutter ausgehen, der an der Ausgangsposition zurückbleiben mußte. Zu Operation Nummer 2 würden sie dann per Schiff, Hubschrauber oder Schlauchboot gelangen. Bei der Operation Nummer 2 würde das Schlauchboot mit einem letzten Schlitten an der Ausgangsposition zurückbleiben. Nach Operation Nummer 3 würden nur ihre persönliche Ausrüstung, etwa ihre Zivilkleidung, im Schlauchboot zurückbleiben.

Folglich mußte Lallerstedt das geliehene Ferienhaus genau zu Beginn der Operation ausräumen – Carl ging davon aus, daß sie etwa zwei Stunden brauchen würden, um von ihrer Position zu dem nach jetzigem Kenntnisstand nächstgelegenen Ziel zu gelangen.

Nach Operation Nummer 3 solle Lallerstedt, so Carl, sie mit einem zivilen Fahrzeug und einer Transportmöglichkeit erwarten, um nicht nur sie selbst, sondern auch ihre Tauchausrüstung und das Schlauchboot wegzubringen.

Der Plan nahm allmählich Gestalt an.

Als die drei zum Bootshaus hinuntergingen, um eine Ladung Detonatoren und Stromkabel zu holen, um zur nächsten Phase übergehen zu können, dem Kopplungsschema und der Zeiteinstellung, erschien Lallerstedt.

Auch ihm fiel es schwer, ernst zu bleiben, als er ihre Bestellung sah, auf der Kinderschlitten eines bestimmten Typs obenan standen, vorzugsweise aus hartem Kunststoff.

Er versprach jedoch, bis zum nächsten Abend sein Bestes zu tun, und sagte, er habe das Gefühl, die Sache werde langsam ernst. Für Carl hatte er eine Mitteilung des Marinechefs in einem geschlossenen weißen und von Hand beschriebenen Umschlag mitgebracht, die sofort beantwortet werden solle.

Carl begab sich im Wohnzimmer ein wenig abseits, setzte sich vor das

Kaminfeuer und wog den Umschlag eine Zeitlang in der Hand, als zögere er vor etwas Unangenehmen. Dem Gewicht nach zu schließen war es eine kurze Mitteilung. Er hielt den Atem an und riß schnell den Umschlag auf.

Die Mitteilung bestand nur aus wenigen Zeilen. Zunächst wurde eine exakte Position im Erstaviken genannt, und dann folgten nur zwei Worte: *Station Bodisko.*

Dann wurde die Aktionsfolge *Tschitschagow–Bodisko–Apraksin* vorgeschlagen, ferner Transport von Ziel 1 zu Ziel 2 mit Lenkwaffenträger, von Ziel 2 zu Ziel 3 sowie zur Endstation draußen auf Lidingö per Hubschrauber.

Die an Carl gerichtete Frage lautete, ob er etwas gegen Reihenfolge und Transportmittel einzuwenden habe.

Er faltete die Mitteilung zusammen und steckte sie in die Brusttasche. Dann ging er zu den anderen hinüber, die soeben die Checkliste für den nächsten Tag durchgegangen waren.

»Die Antwort an den Marinechef ist nein«, sagte er ausdruckslos. »Nur das, und das genügt.«

Lallerstedt nickte zum Zeichen, daß er verstanden hatte, sammelte seine Papiere zusammen und ging. Die drei anderen blieben eine Weile still sitzen, bis sie hörten, wie unten am Anleger der Motor gestartet wurde.

»Worauf hast du mit nein geantwortet? Wird nichts draus?« fragte Åke Stålhandske schließlich. Sein Gesicht verriet zum erstenmal, soweit Carl sich zurückerinnern konnte, Anzeichen deutlicher Besorgnis.

»Nein, das bedeutet meine Antwort nicht. Ich habe die Frage beantwortet, ob ich gegen bestimmte Vorschläge etwas einzuwenden hätte. Wir haben soeben die dritte Position erhalten«, erwiderte Carl, ohne die anderen anzusehen.

»Es wird also langsam ernst«, stellte Joar Lundwall fest.

»Ja, das wird es«, sagte Carl. Er stand auf und ging zu dem großen Tisch mit ihren Planungsunterlagen, dem Tisch, der bislang, wie er vermutete, überwiegend Klagen über zu hohe Steuern gehört hatte.

Er breitete eine zivile Seekarte aus und legte eine militärische daneben. Dann zeigte er die Ziele.

»Hier liegt *Station Tschitschagow,* dort bin ich heute auf Erkundungstour gewesen. Hier liegt das neue Ziel, *Station Bodisko,* also vor Saltsjöbaden. Und hier oben in der Nähe eurer alten Ausbildungsbasis liegt *Station Apraksin.* Ihr müßt in eurer Wehrdienstzeit etliche Male darüber hinweggefahren sein. Von einer Position aus, die wir selbst wählen, geht es südöstlich von Björkö in den Erstaviken hinauf, mit dem Lenkwaffenträger der Marine, der uns etwa hier mit dem Schlauchboot aussetzt ... dann mit dem Hubschrauber zum Seeabschnitt Trälhavet, dann nach der Operation vom Trälhavet mit demselben Hubschrauber in Richtung Lidingö, und dann werden wir etwa hier abgesetzt. Das ist die Operation insgesamt. Berechnete Zeit soll unter zwei Stunden bleiben. Irgendwelche Fragen?«

Sie beugten sich schweigend über die Seekarten.

Alle fühlten sich motiviert und erleichtert, daß die Operation allmählich konkrete Züge annahm.

Und jetzt kannten sie alle drei Ziele.

Joar Lundwall rechnete mit Papier und Bleistift schnell eine Summe aus Schlafbedarf, Erkundung im bislang unbekannten Zielgebiet, Bauarbeit und Schlittentest unter Wasser, Anbringen der Sprengstoffe und weiteren Tauchübungen aus.

»Ich kriege heraus, daß wir frühestens in vierundzwanzig und spätestens in sechsunddreißig Stunden kampfbereit sind«, stellte er schließlich fest.

Die anderen nickten zustimmend. Die Berechnung kam ihnen angemessen vor. Sie fühlten sich ausgeruht, munter und aufgekratzt, als sie zum Bootshaus hinuntergingen und einige Ausrüstungsgegenstände ins Haus trugen. Sie wollten einen großen Teil der Nacht damit verbringen, zwei oder drei denkbare Methoden der Serien- oder Parallelschaltung der Sprengsätze zu erproben. Da gab es einige Möglichkeiten, je nachdem, ob sie schwedisches Material oder die ihnen bekanntere amerikanische Ausrüstung verwenden würden, die fast gleichzeitig mit ihnen aus Kalifornien eingeflogen worden war.

Leonard Söderberg hatte sich ins Turmzimmer zurückgezogen. Damit gab er dem Rest der Familie deutlich zu verstehen, daß er absolut ungestört bleiben wollte. Seine Frau und seine Tochter – das letzte der Mädchen, das noch zu Hause wohnte – hatten erneut einen Kicheranfall wegen etwas bekommen, was er scherzhaft Vaterlandsverrat zu nennen pflegte. Sie hatten die ironischen Kommentare der Nachrichtenmedien ernst genommen und über Seehunde, die von der Marine irrtümlich für Mini-U-Boote gehalten wurden, zu scherzen begonnen. Manchmal wurden auch Schwäne von Küstenjägern angeschossen, weil sie glaubten, es seien Russen.

Irgendein Publizist hatte in der den Streitkräften feindlich gesinnten Morgenzeitung einen Diskussionsbeitrag geliefert und irgendwie bewiesen, daß aufgrund irgendwelcher Dinge eine sowjetische Unterwassertätigkeit in Schweden nicht denkbar sei. Je weiter man sich zeitlich von dem bislang einzigen real nachgewiesenen sowjetischen U-Boot entfernte, das in den Schären von Karlskrona auf Grund gelaufen war, ließ die Besorgnis darüber im Lande nach. Was allerdings auch verständlich war.

Leonard Söderberg pflegte diese Scherze seiner Familie gutmütig aufzunehmen und hatte sie nie als etwas anderes angesehen als Familienscherze. Doch heute abend hatte er Frau und Tochter durch seine heftige Reaktion erstaunt. Anschließend hatte er sich allein ins Turmzimmer zurückgezogen.

Er wohnte in einem alten und pietätvoll renovierten verwinkelten Holzhaus mit zahlreichen Schnitzereien. Von dem hohen Turmzimmer aus hatte er eine glänzende Aussicht auf fast ganz Saltsjöbaden. Sein Blickfeld erstreckte sich vom Grand-Hotel über Badholmen zum Erstaviken.

Bodisko, dachte er. Bodisko ist es gelungen, ganz Gotland mit nur zweitausend Mann zu erobern. Das nenne ich mir einen Überraschungsangriff. Und Söderbergs Phantasie hatte keine Mühe, einen Zusammenhang zwischen Konteradmiral Bodisko und dessen Angriff vom Frühjahr 1808 und der nach ihm benannten Station herzustellen, die da draußen praktisch in Sichtweite lag.

Leonard Söderberg versuchte, die Summe seines Lebens zu ziehen. Er war siebenundfünfzig Jahre alt und hatte als Marinechef die Endstation seiner Karriere erreicht. Weiter würde er nicht mehr kommen.

Für das Personal draußen in *Station Bodisko* war er eins von etwa dreißig Personenzielen. Die meisten potentiellen Mordopfer waren ihm persönlich bekannt. Vermutlich würden die beiden Frauen dort im Untergeschoß ganz nebenbei als Verluste mitgezählt werden. Einige weitere Objekte wohnten ganz in der Nähe. Im Hinblick auf diese sehr spezielle Taktik war Saltsjöbaden ein glänzendes Ziel.

Station Bodisko war ausschließlich mit Berufssoldaten bemannt. Zwei Stabskompanien wechselten sich darin ab, die Station in Betrieb zu halten und ständig in Bereitschaft zu liegen. Allein *Station Bodisko* wies eine größere personelle Bereitschaft auf als die gesamte »Feuerwehr« der schwedischen Luftstreitkräfte.

Leonard Söderberg war stets ein überzeugter Demokrat gewesen. In einer Reihe von Fragen hatte er vielleicht eine andere Auffassung als die Partei, die in Schweden normalerweise die Regierung stellte. Vielleicht hatte er das auch wohlweislich verschwiegen, um die Admiralssterne tragen zu können, die er jetzt unwiderruflich trug.

Unwiderruflich?

Hatte er sich opportunistisch verhalten? Wie oft hatte er sich selbst gesagt, man müsse eine Zeitlang mit den Wölfen heulen, um von ihnen ernannt zu werden, um seinen Einfluß dann in wirklich positiver Richtung geltend zu machen?

Die Regierung des Landes neigte offenbar dazu, den Russen diskret dem Tod durch Erschießen auszuliefern, wenn die Russen im Gegenzug versprachen, ebenso diskret ihre Basen zu räumen. In der Regierung schienen sie nicht einmal zu begreifen, daß sie selbst die Personenziele der *Station Apraksin* waren. Es hatte den Anschein, als begriffen sie nicht den Ernst der Lage, als wollten sie ihn nicht begreifen.

Doch Leonard Söderberg war überzeugter Demokrat. Dazu gehörte die Einsicht, daß andere Parteien als die, die man selbst unterstützte, eine Regierung bildeten. Und die Streitkräfte waren selbstverständlich und unwiderruflich der Regierung des Landes unterstellt.

Unwiderruflich?

Ja. Alles andere wäre ein Staatsstreich. Diese Alternative war vollkommen schwachsinnig.

Die Russen würden so sanften Methoden jedoch nie nachgeben. Sie hatten mehr als ein Jahrzehnt daran gearbeitet, für ihre, wie jedermann glaubte, eingesperrte und in Kriegszeiten wirkungslose Ostseeflotte eine Funktion aufzubauen. Sie hatten etwas zustande gebracht, was mit ihren phänomenalsten technologischen Projekten in einem Atemzug zu nennen war. Denn auf einem Gebiet hinkten sie ja wahrlich nicht hinterher, nämlich dem der Militärtechnologie. Wenn sie wollten, konnten sie zum Mond fliegen und Schweden innerhalb weniger Stunden ausschalten, ohne daß das überhaupt als Krieg betrachtet werden mußte. Und das, obwohl sie nicht einmal so viel Getreide erzeugen konnten wie zur Zarenzeit.

Zu einem gegebenen Zeitpunkt, etwa Heiligabend (denn dort unten, vierzig Meter unter der Meeresoberfläche, dürften christliche Feiertage ebensowenig bedeuten wie etwa das Mittsommerfest), konnten sie von *Station Tschitschagow* aus den größten Teil der schwedischen Marine zerschlagen. Wie Tschitschagow es im Jahre 1790 fast auf eigene Faust geschafft hatte. Moderne Gewerkschaftsbestimmungen und Sparmaßnahmen hatten zur Folge, daß die Reste der schwedischen Marine in einem einzigen Zielgebiet um Berga und die Muskö-Basis versammelt lagen wie seinerzeit die Amerikaner in Pearl Harbor. Es würde eine Angelegenheit weniger Stunden sein oder noch kürzer, wenn sie den richtigen Zeitpunkt wählten.

Aber war es wirklich die gesetzliche Regierung des Landes, die jetzt agierte? War das nicht eher so etwas wie eine Ministerherrschaft, oder wie immer man das nennen sollte? Es verstieß jedenfalls gegen das Grundgesetz.

Sie waren schließlich nur vier Personen. Sollten vier Personen Entscheidungen, die das Interesse der ganzen Nation betrafen, auf eigene Faust fällen dürfen? War das Demokratie?

Wenn sie die falschen Entscheidungen trafen, was sollte dann geschehen? Waren diese vier Männer unter allen Umständen, auch unter den extremsten Gegebenheiten, die alleinigen Befehlshaber des ganzen Volkes, der ganzen Nation, Herren über die ganze Zukunft des Landes?

Und was war ein Mitglied der Streitkräfte, das gegen diese Ordnung verstieß?

Ein Landesverräter?

Aber wenn die Basen trotz des ausdrücklichen Verbots der Regierung gesprengt wurden, was würde das Kabinett dann tun? Den Landesverräter vor Gericht stellen? Wie sollten sie einen solchen Prozeß in Gang setzen, ohne daß etwas herauskam, und wie sollten sie diese Entschlüsse rechtfertigen?

Würde der Oberbefehlshaber es wagen?

Vielleicht, aber das war keineswegs sicher. Würde Carl-Erik es wagen?

Vielleicht, aber auch das war keineswegs sicher.

Die Operateure da draußen bei Smådalarö, wußten sie überhaupt etwas davon, daß aus ihrem Vorhaben nie etwas werden würde?

Das war keineswegs wahrscheinlich. Von solchen Voraussetzungen konnten sie kaum ausgegangen sein, da sie ja nicht daran arbeiten konnten, eine unmögliche Aktion vorzubereiten.

Leonard Söderberg hörte seine Tochter die Treppe heraufkommen. Sie klopfte vorsichtig an. Dann trat sie ein und umarmte ihn. Sie hatte auf einem Tablett Kaffee, seine Pfeife und Tabak mitgebracht. Bevor sie hinausging, küßte sie ihn noch auf die Wange.

»Du darfst das alles nicht so ernst nehmen, Papa. Du weißt, daß wir bei jedem Wetter zu dir halten. Eines schönen Tages wirst du schon noch ein U-Boot fangen«, zwitscherte sie ohne jede Spur von Ironie und tapste dann vorsichtig wieder die Treppe hinunter.

Leonard Söderberg zündete die Pfeife an und genoß eine Weile den Geschmack des Tabaks. Er hatte schon längst Lust gehabt zu rauchen, hatte aber weiteren Zusammenstößen dort unten aus dem Weg gehen wollen. Er blickte auf das dunkle Wasser hinaus. In diesem Augenblick entschied er sich.

Trotz des extrem ernsten Hintergrunds konnte sich Jurij Tschiwartschew ein leises Kichern nicht verkneifen, als er den Bericht über die gelungene Operation der vergangenen Nacht las. Es geschah nicht jeden Tag, daß das GRU in westlichen Werbeagenturen Einbrüche verübte, und die beiden speziell abkommandierten Experten des Direktorats für nasse Jobs in Moskau mußten das Unternehmen wohl etwas eigentümlich gefunden haben.

Sicherheitshalber hatten sie noch eine Menge Nebeninformationen gestohlen, etwa über den Lebensmittelbedarf von Familien mit kleinen Kindern und Eigentümern von Sportbooten der Preisklasse unter 200 000 Kronen sowie andere Dinge ähnlich verwirrenden Charakters. Die schwedische Polizei würde nie eine vernünftige Möglichkeit erhalten, überhaupt zu begreifen, was die eigentliche Beute war, welche Datenbänder so wertvoll waren. Noch weniger würde sie herausfinden, wer die ungewöhnlich kompetenten Diebe gewesen waren. Es war jedenfalls eine leichte Operation gewesen. Und jetzt hatte man Zugang zu sämtlichen schwedischen Eigentümern von Sommer- und Ferienhäusern. Es waren gewiß Hunderttausende von Namen. Doch die EDV-Experten behaupteten, es werde nicht viele Stunden dauern, die höchsten, beim Nachrichten- und Sicherheitsdienst in Stockholm angestellten Offiziere des Landes in den Computer einzugeben, ferner ihre nächsten Verwandten. Dann werde man die beiden Datenbanken abgleichen. Das erwartete Resultat lag zwischen fünfzig und fünfundzwanzig Häusern in einem Dreißig-Kilometer-Radius um Stockholm. Wenn man den Radius erweiterte, werde die Zahl der Häuser schnell steigen, doch sei es vernünftig, im Zentrum zu beginnen und sich dann weiter vorzuarbeiten.

Statt in einem Heuhaufen nach einer Nadel zu suchen werde man noch vor Ende des Tages eine stark reduzierte und präzise Zahl von Sommerhäusern und Adressen vorliegen haben.

Das war ein guter Gedanke. Die Theorie paßte zu der Tatsache, daß keiner der GRU-Agenten bei der Sicherheitspolizei etwas von Gennadij Alexandrowitschs Aufenthaltsort wußte. Jedenfalls war es eine systematische und damit aussichtsreiche Methode.

Und wenn Gennadij Alexandrowitsch geortet wurde, war der Rest für die Spezialisten für nasse Jobs vermutlich nur noch ein Kinderspiel.

Jurij Tschiwartschew prustete beinahe wieder los, als er sich die Konsequenzen vorstellte, falls man die Operateure während des Einbruchs bei der Werbeagentur erwischt hätte – das Risiko bestand immer, selbst die Besten konnten mal Pech haben. Doch neben diplomatischen und sonstigen Konsequenzen hätten beim schwedischen Sicherheitsdienst die Köpfe geraucht; was um alles in der Welt wollte das GRU durch einen Einbruch bei einer Werbeagentur gewinnen?

Nun, es war alles abgelaufen wie geplant.

Auf dem Weg zu seinem Kollegen, dem Tschekisten, summte Tschiwartschew ein Lied aus seiner Kindheit. Er hatte diesen Anatolij Wassiljewitsch nie gemocht. Dieser halbfette Typ mit schlotternden Anzügen, viel Schweiß auf der blanken Stirn, fetten, kurzen Fingern, und dazu unzuverlässig. Zudem war er ein Speichellecker mit der Neigung, sich manchmal aufzuspielen und so zu tun, als könnten die Tschekisten das GRU irgendwie herumkommandieren.

Leider hatte der KGB-Resident schon in dem Moment, in dem Jurij Tschiwartschew den Raum betrat, dieses hochmütige Gesicht aufgesetzt.

»Sieh an, guten Morgen, mein lieber Jurij Michailowitsch. Der frühe Vogel fängt den dicksten Wurm. Ich habe gute Nachrichten für dich, Jurij Michailowitsch«, grüßte der Feind mit einem Gesichtsausdruck, der unter dem gespielt freundlichen Lächeln irgendeinen eingebildeten Triumph verbarg.

»Guten Morgen, Genosse Subarow«, grüßte Jurij Tschiwartschew gemessen und setzte sich.

»Aber, aber, lieber Jurij Michailowitsch, jetzt bist du schon wieder so förmlich. Ich nehme an, du hast die gleiche Nachricht von zu Hause wie ich selbst?«

»Keine Ahnung. Von welcher Nachricht sprichst du?«

»Daß die Operation von nun an politische Priorität hat. Eure Tätigkeit im Fall Gennadij Alexandrowitsch soll abgebrochen werden, nicht wahr?«

»So kann ich es nicht deuten. Unsere Hauptaufgabe ist immer noch, ihn zu orten und das Todesurteil nach dem Willen des Politbüros zu vollstrecken.«

»Ja, ja, sucht ihr nur weiter, ihr werdet sicher Erfolg haben. Doch im übrigen seid ihr von der Operation abgekoppelt, nicht wahr?«

»Die Aufgabe ist schwer genug. Das solltest du wissen, Anatolij Wassiljewitsch. So gewichtige Aufträge bekommen wir ja nicht oft.«

»Schon gut, schon gut, sucht nur weiter. Doch das Problem wird eine politische Lösung finden, und ich bin sogar autorisiert, dir die allgemeinen Richtlinien dafür mitzuteilen. Ich vermute, du bist ganz Ohr?«

»Selbstverständlich, Anatolij Wassiljewitsch. Laß hören. Wie wollt ihr das Problem mit friedlichen Mitteln lösen?«

»Die schwedische Regierung hat in den letzten vierundzwanzig Stunden leider eine etwas schwankende Haltung eingenommen, aber wir werden morgen vermutlich durch unseren Botschafter verlangen, daß Gennadij Alexandrowitsch ausgeliefert wird. Uns vorliegenden Berichten zufolge hat er sich einer peinlich langen Liste von Verbrechen schuldig gemacht. Korruption, Schwarzmarktgeschäfte, Vetternwirtschaft, ungebührliche Ausnutzung seiner Stellung ...«

»Mir brauchst du solche Albernheiten nicht aufzuzählen«, unterbrach Jurij Tschiwartschew irritiert. »In Wahrheit ist Koskow des Landesverrats schuldig, was wohl auch für die schwedische Regierung der interessanteste Aspekt sein dürfte, oder?«

»Nein, lieber Jurij Michailowitsch, da solltest du nicht so sicher sein«, lächelte der Tschekist feindselig, was er nicht einmal verbergen konnte. »Er hat den Schweden offenbar einiges an Allgemeinplätzen und einige höchst geheime Angaben über bestimmte Aktivitäten fremder Militärs auf schwedischem Territorium aufgeschwatzt, und es hat den Anschein, als hätten wir davon gewußt. Wie ich höre, werden wir einen für beide Parteien höchst vorteilhaften Tausch zustande bringen. Folglich ist das Ganze von nun an eine politische Operation. Folglich unser Ressort.«

»War das alles, Genosse Subarow?« fragte Jurij Tschiwartschew, während er zur Seite blickte und die Zähne zusammenbiß.

»Aber, aber, lieber Jurij Michailowitsch, jetzt wirst du schon wieder so förmlich. Ja, das war alles. Ihr habt euch also nur noch der Ortung unseres kleinen Schwarzmarkt-Hais zu widmen.«

Jurij Tschiwartschew stand ohne ein Wort auf und ging. Aus dem Augenwinkel sah er, daß es dem Tschekisten gefiel, seine schlecht verhehlte Wut zu sehen.

Es war tatsächlich imponierend, daß es dem KGB gelingen konnte, direkt von der schwedischen Regierung, nun ja, vielleicht aus deren Örtlichkeiten, so schnell und effektiv Erkenntnisse einzuholen.

Aber offenbar verstanden die KGB-Leute trotzdem nicht, zu welcher Katastrophe es kommen konnte. Obwohl sie Moskau auf ihrer Seite hatten. Damit blieb für das GRU nur noch der Versuch, Gennadij Alexandrowitsch zu finden und das Todesurteil zu vollstrecken. Ganz gleich, mit welcher Begründung.

Wie es schien, blieben noch achtundvierzig Stunden.

Leonard Söderberg traf eine halbe Stunde früher als gewohnt im Marinestab ein. Er hatte schon ein paarmal angerufen, ohne den Chef der ersten Hubschrauberdivision draußen in Berga zu erreichen.

Er war fest entschlossen zu tun, was er tun mußte. Er rechnete damit, noch etwa achtundvierzig Stunden Zeit zu haben.

Schließlich erreichte er den erstaunten Fregattenkapitän, der es nicht gewohnt war, Anrufe des Marinechefs, und noch weniger, direkte operative Anweisungen von ihm zu erhalten. Es ging darum, bis übermorgen mittag spätestens einen Transporthubschrauber für einen kurzen, jedoch wichtigen Auftrag bereitzuhalten. Ja, es gehe um einen Transport. Ja, dann müsse man eben einen der Hubschrauber leerräumen, falls er zuviel Ausrüstung enthalte, in anderen Fällen gehe das ja schließlich auch.

An einer bestimmten Position im Erstaviken sollten zu einem später noch mitzuteilenden Zeitpunkt ein Schlauchboot und drei Taucher an Bord genommen und zum Trälhavet geflogen werden. Nach etwa einer Stunde solle auf die gleiche Weise ein weiterer Transport vom Trälhavet zu einer später noch zu nennenden Position in der Nähe erfolgen. Die Ortung der Taucher solle mit einem Suchgerät vom Typ 75 erfolgen. Aha, dann müsse man eben noch einen Mann in Bereitschaft halten. Ja, und dann Radar-Navigation, da der Transport auf schnellstmögliche Weise erfolgen müsse, möglicherweise im Dunkeln und in niedriger Höhe.

Ja, die Anweisungen würden noch schriftlich kommen, und zwar in einigen Stunden. Doch sei die Operation geheim. Es gehe um bestimmte Aufklärungsaufträge, die der Allgemeinheit nicht zur Kenntnis gelangen dürften. Es sei wohl nicht schwer zu begreifen, was das für denkbare Erkundungsobjekte sein könnten, genau. Die Angelegenheit sei aber streng geheim. Mit anderen Worten: Hinterher dürften keine Papiere in der Gegend herumfliegen.

Nach dem Gespräch zündete Leonard Söderberg eine Pfeife an und lehnte sich eine Weile in seinem Stuhl zurück. Er blickte mit ausdruckslosem Gesicht zur Decke. Jetzt hatte er die Initiative ergriffen. Jetzt hieß es nur noch weitermachen.

Entschlossen rief er den Chef der Ersten Angriffsflottille draußen in Berga an. Es gehe jetzt um einen bestimmten Transport mit einem Lenkwaffenträger von Punkt A südsüdöstlich von Björkö neben Ornö im Mysingen zu Punkt B vor Älgö im Erstaviken. Die Lenkwaffenträger waren die schnellsten Schiffe der schwedischen Marine, seitdem die Torpedoboote außer Dienst gestellt worden waren. Aber 42 Knoten würden wahrscheinlich genügen.

Der Kapitän zur See war noch nicht erschienen.

Irritiert rückte Leonard Söderberg einige Papiere auf seinem Schreibtisch zurecht, unter anderem einige, die etwas mit Kurzwellenkommunikation zu tun hatten.

In achtundvierzig Stunden ist es vorbei, dachte er.

Fregattenkapitän Johann F:son Lallerstedt hatte in seiner relativ langen Dienstzeit als Kommandant des Funkaufklärungsschiffs *Orion* im Auftrag des Nachrichtendienstes schon einige seltsame Dinge miterlebt. Doch dieser Tag übertraf alles, vor allem an Komik.

Er hatte den ganzen Morgen damit zugebracht, in Stockholm herumzujagen, um ein paar Kinderschlitten aus Kunststoff zu bekommen, die überdies bestimmte Maße haben mußten. Eine Verkäuferin hatte ihn vergeblich zu überzeugen versucht, daß die kleinen fliegenden Untertassen bei Kindern weit beliebter seien als die sperrigen Schlitten und billiger dazu. Die meisten Verkäuferinnen hatten über die Jahreszeit gewitzelt; es sei Mai, und draußen blühten die Leberblümchen, und auf Buschwindröschen und Schlüsselblumen brauche man auch nicht mehr lange zu warten, und so habe man die Schlitten aus natürlichen Gründen aus der vordersten Verkaufsfront zurückgezogen.

Schließlich fand er draußen im OBS-Warenhaus in Rotebro geeignete Schlitten. Vier waren noch am Lager, ein roter, ein gelber, ein dunkelblauer und ein hellblauer. Er wählte intuitiv die beiden blauen und den roten, die vermutlich weniger Licht reflektieren würden als der gelbe. Es gelang ihm sogar, sich einen großen Karton geben zu lassen – er sprach von Geburtstagsgeschenken und einer Wette –, und schleppte darin die zwar stapelbaren, doch peinlich aufsehenerregenden Kunststoffschlitten über den großen Parkplatz des Warenhauses. Als er das große Schlittenpaket in den Kofferraum seines Volvos warf, konnte er nicht mehr an sich halten, sondern prustete los.

Die Schlitten hatten kleine Flossen am Heck und hießen STAR WARS.

Er zweifelte keinen Moment, daß die Jungs draußen auf der Insel genau wußten, was sie taten. Geschickte Nachrichtendienstleute besaßen die Gabe, zu improvisieren und sich einfachen und unkonventionellen Materials zu bedienen.

Doch diese Kinderschlitten, die die tödliche Last tragen sollten, hatten Namen, die es unmöglich machten, über das, was tatsächlich eine reine Kriegshandlung werden konnte, zu lachen.

Und wie erwartet erregten die Schlitten später am Abend bei der Lieferung ebenfalls fast hysterische Heiterkeit. Das übrige Material hatte Lallerstedt bedeutend leichter beschaffen können.

Åke Stålhandske jaulte vor Lachen und schlug sofort vor, man solle die Fahrzeuge auf die Namen *HMS Star War I* bis *III* taufen. Besonders entzückt zeigte er sich darüber, daß er wenigstens einen roten Schlitten bekommen hatte, in der Farbe, die er vorgeschlagen hatte.

Die anderen konnten Stålhandskes ansteckendem Enthusiasmus nicht widerstehen. So wurden die Schlitten kurz zu Wasser gelassen und mit Leichtbier getauft, bevor die Männer das Bootshaus verließen, um sich wieder dem Ernst der Lage zu widmen.

Lallerstedt hatte auch einige neue Instruktionen mitgebracht. Sobald die letzten Vorbereitungen getroffen seien, nämlich Umbau und Vervollständigung von *Star War I* bis *III*, solle über Funk mitgeteilt werden, daß Alarmbereitschaft Rot gelte. Von dieser Mitteilung an sollten die drei in der Lage sein, vier Stunden nach Befehlserteilung die einleitende Phase der Operation zu beenden, das heißt die Zerstörung von Ziel Nummer 1. Das Sendegerät war ein RA 195 mit DART-Einheit, das Hamilton im Prinzip kannte und das sowohl Stålhandske als auch Lundwall aus ihrer Praxis als Zugführer bei den Küstenjägern vertraut war.

Die Nachricht wurde wie bei modernen Schreibmaschinen auf einer kleinen Tastatur geschrieben. Der Text erschien auf einem kleinen Bildschirm über der Tastatur. Wenn alles korrigiert und fertig war, brauchte man nur noch auf den Sendeknopf zu drücken, worauf der Klartext von einem EDV-Modul verschlüsselt und sofort an das Empfänger-Terminal übermittelt wurde, das den Text wieder entschlüsselte. Das Gerät war ein praktisches Spielzeug, mit dem man seinen Spaß haben konnte. Bei guten Empfangsverhältnissen konnte man per Kurzwelle mit der halben Welt kommunizieren, und alle Nachrichten konnten sofort und deutlich empfangen werden. Man brauchte nur irgendwo eine Antenne zu installieren, was Lundwall an der nächsten Kiefer in fünf Minuten erledigt hatte.

Vom kommenden Nachmittag an sollten sie zu jeder vollen Stunde empfangsbereit sein. Die drei Männer sahen Lallerstedt vermutlich zum vorletzten Mal, da alle Materialwünsche jetzt erfüllt zu sein schienen. Wahrscheinlich würden sie sich noch einmal spät in der Nacht oder gegen Morgen wiedersehen.

Lallerstedt hatte vom Generalstab den Befehl erhalten, Carl zu einer Besprechung nach Stockholm mitzubringen, worauf dieser zurückkehren sollte, falls grünes Licht gegeben wurde.

Åke Stålhandske und Joar Lundwall krempelten mit scherzhafter Übertreibung die Ärmel hoch, um sich unten im Bootshaus an den Umbau der Kinderschlitten zu machen. Carl bestieg mit seinem nächsthöheren Vorgesetzten das schnelle Motorboot.

Sie fuhren mit Höchstgeschwindigkeit und gelöschten Positionslichtern. Lallerstedt fuhr nach militärischen Seekarten und ohne das geringste Zögern schnurgerade an Brandungen und Untiefen vorbei. Wenn es etwas gab, was man in der schwedischen Marine wirklich beherrschte, dann diese Art der Navigation.

Die Fahrzeit mit Boot und Wagen nach Stockholm betrug nur etwas mehr als eine Stunde. Lallerstedt wußte nicht, worum es ging. Beide schwiegen auch im Auto noch, obwohl sie sich dort hätten unterhalten können, ohne zu schreien. Beide waren überzeugt, daß irgendeine Form von Entscheidung näherrückte. Doch was Carl erwartete, hätte er sich nicht einmal in den schlimmsten Alpträumen vorstellen können.

In einer konspirativen Wohnung des Nachrichtendienstes im Stadtteil Östermalm erwartete ihn eine Gesellschaft, die fast ausschließlich aus unbekannten Männern in Uniform bestand. Nur der Alte, ein weiterer Mann, der vermutlich eine Art Schutzwache war, sowie ein älterer Mann waren zivil gekleidet.

Der Alte nahm Carl im Empfang und führte ihn in einen kleinen Raum, wo er sofort und fast brutal direkt zu Sache kam.

»Ein solches Manöver haben wir bisher nur zweimal unternommen«, begann er, bevor sie sich überhaupt gesetzt hatten. »Die da draußen sind Juristen. Sie gehören fast sämtlich der Kriegsorganisation an. Sie kennen die Akten in deiner Sache und sind also bestens informiert, zugleich aber durch ihre Schweigepflicht gebunden. Du kennst ja das Formular. Keiner von ihnen kennt dich persönlich, so daß von Befangenheit keine Rede sein kann. Jetzt gelten also die Verordnungen der Menschen und nicht die Gesetze Gottes. So wolltest du es doch haben, oder?«

Der Alte betrachtete seinen nunmehr nicht mehr ganz unerfahrenen, aber trotzdem vollkommen überrumpelten jungen Rekruten fast zärtlich oder zumindest väterlich.

»Soll ich vor eine Art Kriegsgericht gestellt werden?« flüsterte Carl matt.

»Es ist ein Gericht, ja. Es hat allerdings keine formale Machtbefugnis, obwohl es schwedische Gesetze anwenden wird. Wie geht es draußen auf der Insel?«

»Wir können frühestens morgen nachmittag Alarmbereitschaft Rot melden. Aber zu was soll ich verurteilt werden, ich meine, *wofür* soll ich verurteilt werden?«

»Du wolltest doch, daß die Anklagepunkte gegen dich vor Gericht geprüft werden. Das tun wir jetzt. Entweder wirst du freigesprochen oder aber zu einer Strafe verurteilt, die wir irgendwie vollstrecken werden. Doch das ist eine spätere Frage. Ich möchte diese Angelegenheit ein für allemal aus der Welt haben. Wir haben so etwas schon früher getan, vergiß das nicht.«

»Und wie ist es damals ausgegangen? Ich meine, für die Angeklagten?«

»Du fragst nach geheimen Informationen, auf die du keinen Anspruch hast, junger Mann. Also – die Verordnungen der Menschen statt der Gesetze Gottes. Bist du bereit?«

Es war dunkel im Raum. Die Augenbrauen des Alten ragten wie gewohnt in die Höhe und verliehen ihm in dem schwachen Lichtschein, besonders jetzt, da er eine Brille trug, mehr denn je das Aussehen eines Uhus.

»Ja«, erwiderte Carl diszipliniert, als ginge es um die Vollstreckung eines Todesurteils an einem jungen adligen Offizier des 18. Jahrhunderts. »Ich bin bereit. Komm, laß uns reingehen.«

In dem größten Zimmer der Wohnung hatte man einen länglichen Eßzimmertisch aufgestellt, an dem drei Richter Platz genommen hatten, zwei in Generalsuniform, einer in der Uniform eines Obersten.

An einem kleineren Tisch vor den Richtern saß der ältere Mann in Zivilkleidung. Carl glaubte sich schwach zu erinnern, daß er ein pensionierter Staatsanwalt war, der früher für Spionagefälle zuständig gewesen war. Dem Staatsanwalt gegenüber stand ein weiterer Tisch, an dem offenbar Carl Platz nehmen sollte. Dort saß schon ein Mann in der Kapitänsuniform der Marine, der dem Alter und dem Aussehen nach zu schließen Reserveoffizier sein mußte.

Carl verbeugte sich unsicher. Der Gruß wurde von jedem einzelnen mit einem gemessenen Kopfnicken erwidert. Als Carl sich setzte, schlug der General, der am Richtertisch in der Mitte saß, mit seinem Hammer auf den Tisch und erklärte die Verhandlung für eröffnet. Einwände gegen die Eröffnung des Verfahrens seien nicht ersichtlich – er warf Carl einen fragenden Blick zu, doch dieser schüttelte stumm den Kopf. Das Urteil werde aufgrund der Aktenlage und der Aussagen des Angeklagten gefällt. Dann erteilte er mit einer eleganten Geste dem Staatsanwalt das Wort.

Dieser blätterte eine Weile in seinen Papieren und teilte dann mit, die Anklage bestehe aus zwei Teilen. Erstens gehe es im Fall Maria Szepelinska um Totschlag oder schwere Körperverletzung mit Todesfolge, zum andern um fahrlässige Tötung, nämlich im Fall des amerikanischen Staatsbürgers und Flugpassagiers Stephen Holmes. Die Beweise bestünden einmal aus den vorliegenden Akten, genauer den polizeilichen Ermittlungen in Norrköping sowie denen bei der Sicherheitsabteilung der Reichspolizeiführung in Stockholm, die allen Anwesenden mit Ausnahme des Angeklagten bekannt seien, zum andern stellten auch die Einlassungen des Angeklagten einen Beweis dar.

Damit verstummte der Staatsanwalt plötzlich. Der Generalmajor und Vorsitzende wandte sich zu Carl und fragte mit neutralem Gesichtsausdruck, der weder freundlich noch unfreundlich wirkte, wie der Angeklagte sich zu den Anschuldigungen stelle.

Carl blickte im Raum mal den einen, mal den andern an, ohne daß ihm ein Wort über die Lippen kam. An seiner Stelle antwortete sein Anwalt, der Reserveoffizier der Marine.

»Wir bestreiten die Anklage, Herr Vorsitzender. Der Tatbestand ist zwar erfüllt, doch es fehlt an Rechtswidrigkeit und Schuld. Im ersten Fall lag Notwehr vor, überdies fehlte es am Vorsatz. Und im zweiten Fall fehlte jeder Vorsatz. Und lassen Sie mich anmerken, daß sich eine Anklage nicht allein auf nebulose Schuldvorwürfe gründen läßt.«

Carl begriff nichts. Die Richter machten sich mit ausdruckslosen Gesichtern Notizen. Anschließend überließ der Generalmajor und Vorsitzende dem Staatsanwalt das Wort, der den Fall aus seiner Sicht vortrug.

So verging fast eine Stunde, eine unendliche lange Zeit für Carl, in der ihn abwechselnd sein totales Unverständnis und seine alptraumhaften Erinnerungen quälten. Mit pedantischer Sorgfalt begann der Staatsanwalt, die medizinischen Konsequenzen einer einzigen Sekunde in jener Nacht in Norrköping aufzuzählen.

Das Publikum in dem improvisierten Gerichtssaal bestand aus zwei Personen, dem Alten und Samuel Ulfsson.

Soweit Carl sich zu konzentrieren und der Argumentation des Staatsanwalts zu folgen vermochte, hörte sich das meiste vollkommen richtig an. Der Umstand, daß Teile des militärischen Personals eine Sonderausbildung durchlaufen hätten, um im Dienst mit Gewalt gegen Feinde des Reiches vorzugehen, könne keinesfalls dazu berechtigen, diese Fähigkeiten auch gegen unschuldige Zivilpersonen einzusetzen. Ein einfacher Vergleich: Falls ein paar Fallschirmjäger auf Urlaub sich etwa in den Kopf setzten, sich auf eigene Faust ein paar sogenannte Skinheads vorzunehmen, könne die nachfolgende Anklage wegen schwerer Körperverletzung natürlich nicht dadurch gemildert werden, daß die betreffenden Soldaten sich besonders gut auf ihr gewalttätiges militärisches Handwerk verstünden. Ganz im Gegenteil: Gerade Militärs mit einer Sonderausbildung trügen eine besonders schwere Verantwortung. Folglich sei eine andere Anklage als die wegen Totschlags schwer vorstellbar. Allein der mangelnde Vorsatz und das Fehlen niederer Beweggründe stünden einer Anklage wegen Mordes entgegen.

Was schließlich den zivilen Fluggast und amerikanischen Staatsbürger Stephen Holmes angehe, habe der Angeklagte den Tod dieses Mannes zumindest billigend in Kauf genommen, so daß die Staatsanwaltschaft sich erst nach langem Zögern dazu habe durchringen können, statt auf Totschlag auf fahrlässige Tötung zu plädieren. Das sei jedoch nicht von großer Bedeutung, da der zweite Anklagepunkt als Folge in den ersten Anklagepunkt aufgenommen werden könne.

Wie schlau der Plan auch erscheinen möge, fremde Terroristen die falsche Person ermorden zu lassen, um sich so selbst größeren Handlungsspielraum zu verschaffen, was Hamilton auf bekannte Weise und so effektiv getan habe, so sei es völlig unannehmbar, das Leben unbeteiligter Zivilpersonen durch taktische Schachzüge zu gefährden. In dem Moment, im dem Hamilton klar gewesen sein müsse, was der Platztausch mit Stephen Holmes bedeute, habe er einen klaren Vorsatz an den Tag gelegt und dadurch besagten Holmes bewußt einer Lebensgefahr ausgesetzt. Und tatsächlich sei der Tod des Amerikaners ja auch eingetreten. In Carls Kopf summte es, doch er fühlte sich fast bereit zu gestehen. Für ein Geständnis war es jedoch noch nicht die Zeit. Denn als der Staatsanwalt seine Darlegungen beendet hatte, begann eine Vernehmung Carls.

Zunächst stellte der Staatsanwalt die Frage, auf welche Weise Carl Maria Szepelinska getötet habe.

Carl schluckte nervös, bevor er leise mit einer Gegenfrage antwortete.

»Meinen Sie in rein technischer Hinsicht, Herr Staatsanwalt?«

»Ja, das auch. Beschreiben Sie die Situation.«

Carl hatte große Mühe, darauf die richtige Antwort zu finden. Er wußte nicht, welche Aussage jetzt falsch oder richtig sein würde. Er wollte ehrlich sein, wußte aber auch, daß alles, was er sagte, auf höchst unerwartete Weise gedeutet werden konnte.

Nach einiger Zeit ging es besser, und so beschrieb er nach und nach seine Beziehung zu Maria, wie er mit Rücksicht auf seinen Beruf die Beziehung habe beenden wollen, daß Maria nach seinem Urteil nicht die leiseste Ahnung von seinem militärischen Hintergrund gehabt habe, wie überraschend alles geschehen sei, und so weiter.

Während das Verhör weiterging, versuchte er an den Gesichtern der Anwesenden abzulesen, wie es um ihn stand. Doch diese Gesichter boten für Schlußfolgerungen wenig Anhaltspunkte. Von Zeit zu Zeit, manchmal an ganz unerwarteten Stellen, machten sich die Richter mit ihren Bleistiften Notizen. Aus irgendeinem unbekannten Grund verwendeten alle drei sorgfältig gespitzte Bleistifte.

Was dann diesen Stephen Holmes angehe, so betonte Carl, habe er eine Flugzeugentführung zwar für möglich gehalten, jedoch nicht damit gerechnet. Zudem habe er nicht geglaubt, daß man den Versuch machen werde, jemanden während des Flugs ums Leben zu bringen. Soviel ihm bekannt sei, sei dies noch nie bei einer Flugzeugentführung während des Fluges passiert. Schließlich beantwortete er die Frage, was er getan hätte, wenn er geglaubt hätte, daß eine Flugzeugentführung tatsächlich bevorstehe. Da erwiderte er wahrheitsgemäß, daß er dann nicht den Platz getauscht hätte. Wenn er geglaubt hätte, man wolle den sowjetischen Vizeadmiral töten, hätte er sich ganz anders auf einen möglichen Angriff eingestellt und wäre abwehrbereit gewesen.

Dann war sein Anwalt an der Reihe, Fragen zu stellen. Es wurde eine viel kürzere Fragestunde, deren juristische Relevanz Carl vollständig entging.

»Korvettenkapitän Hamilton«, begann der Anwalt und Reserveoffizier, »die Frage mag Ihnen merkwürdig erscheinen, aber ich will doch die Antwort hören. Wie lange Zeit verstrich zwischen dem Moment, in dem sie sich umdrehten und Maria Szepelinska mit einem erhobenen Messer sahen, bis zu dem Moment, in dem ihr unwiderruflich tödliche Wunden zugefügt wurden?«

»Etwa eine halbe Sekunde«, erwiderte Carl ohne zu zögern.

»Wie können Sie da so sicher sein?« fragte der Anwalt ruhig weiter.

»Weil dies ein Trainingsmoment ist, das ich Zehntausende von Malen geübt habe. Es darf einfach nicht länger dauern. Allerdings hat das ja keine Bedeutung, weil ...«

»Danke, danke, Korvettenkapitän Hamilton. Seien Sie so gut und beantworten Sie nur meine Fragen. Haben Sie die Freundlichkeit, mir Ihre Überlegungen zu ersparen«, unterbrach der Anwalt schnell.

»Ja, Herr Kapitän«, erwiderte Carl verlegen.

»Würden Sie in einer ähnlichen Situation genauso reagieren?«

»Das ist schwer zu beantworten. Wenn jemand so ein Messer hebt, ist es ja in der Regel ernst, würde ich meinen. In dem Fall ist die Antwort ja.«

»Wenn jemand von uns hier im Raum auf die Idee käme, sich von hinten mit einem erhobenen Messer an Sie anzuschleichen, liefe er also Gefahr, getötet zu werden?«

»Ja, ohne Zweifel«, erwiderte Carl erleichtert. Er glaubte, jetzt gestanden zu haben.

»Dann darf ich zu Stephen Holmes übergehen«, fuhr der Anwalt mit einem unerklärlich zufriedenen Gesichtsausdruck fort. »Was haben Sie selbst in dem Moment getan, in dem Stephen Holmes ermordet wurde?«

»Ich schlief«, erwiderte Carl tief verlegen. Es kam ihm vor, als hätte er zugegeben, auf seinem Posten eingeschlafen zu sein.

»Schliefen Sie tief?« fragte der Anwalt mit einem feinen Lächeln.

»Ja«, erwiderte Carl. Er spürte, wie er zu erröten begann. »Das kann ich nicht leugnen.«

»Ach nein. Wenn Sie aber geglaubt hätten, bewaffnete Entführer seien bereit, in der Maschine zuzuschlagen – hätten sie auch dann geschlafen?«

»Nein, natürlich nicht.«

»Nein, das hätten Sie nicht. Was hätten Sie statt dessen getan?«

»Ich hätte natürlich versucht, den Entführern in dem Moment zuvorzukommen, in dem sie hätten zuschlagen wollen.«

»Aha. Wo hätten Sie in dem Fall in der Maschine die beste taktische Ausgangslage gehabt?«

»Natürlich auf meinem Platz in der Ersten Klasse. Die Operation hätte ohne Zweifel dort begonnen.«

»In dieser hypothetischen Situation wäre Ihnen natürlich auch bewußt gewesen, daß Sie Ihr Leben riskieren?«

»Ja, das liegt in der Natur der Sache«, erwiderte Carl und lächelte zum erstenmal bei diesem Verhör. Er bemühte sich, sein Lächeln gleich verschwinden zu lassen, doch er sah, daß auch die Richter lächelten.

»Sagen Sie«, fuhr der Anwalt fort und blickte zu einem der Kronleuchter an der Decke hoch, »hätte der Umstand, daß Sie Ihr Leben aufs Spiel setzen, für Sie ein Grund sein können, mit Holmes die Plätze zu tauschen?«

»Nein, ganz und gar nicht. Das wäre so etwas wie ein Dienstvergehen gewesen, und es gehört zu meinem Dienst, Risiken einzugehen. Nein, niemals! Ich gebe allerdings zu, daß es meine Schuld war.«

»Darauf kommt es im Moment nicht an«, lächelte der Anwalt. »Danke, Herr Vorsitzender, keine weiteren Fragen«, schloß er.

Jetzt erhielt der Staatsanwalt das Wort, der seine Ansichten in einem Plädoyer zusammenfaßte. Zu Carls Bestürzung begann er damit, die Anklage nach Punkt 2, der Stephen Holmes betraf, zurückzuziehen, weil es offensichtlich an Rechtswidrigkeit und Schuld fehle.

Dann hielt er in einem langen, geschickten Plädoyer, dem Carl in fast allen Punkten zustimmen zu können meinte, daran fest, daß im Fall Maria Szepelinska Totschlag vorliege und keine Körperverletzung mit Todesfolge.

Dann hielt der Reserveoffizier sein Plädoyer.

Er begann mit einer langen Darlegung, die Carl ebenso peinlich wie irrelevant vorkam, und in der es hieß, jetzt habe man so etwas wie einen

Nationalhelden auf der Anklagebank, einen Mann, dem die Nation Unmenschliches abverlange, und so weiter.

Dann wandte er sich der Schuldfrage zu. Jede Form rechtswidrigen, schuldhaften Handelns, erklärte er, setze irgendeine Form von gedanklicher Tätigkeit voraus oder intellektuelle Berechnung. Beides liege in diesem Fall nicht vor. Es gebe keinerlei Anlaß, an Hamiltons an und für sich verblüffender Angabe zu zweifeln, daß jeder Mensch in der Lage von Maria Szepelinska im Verlauf einer halben Sekunde getötet worden wäre. Mit der Ausbildung Hamiltons hätten die Streitkräfte gerade die Absicht verfolgt, genau diese gespenstische Kompetenz zu erreichen.

Folglich könne bei Carl nicht von rechtswidrigem und schuldhaftem Handeln gesprochen werden. Daß Hamilton Maria Szepelinska vor bestimmten Fähigkeiten und Verhaltensweisen nicht gewarnt habe, könne man ihm nicht anlasten, so daß die Anklage auch in diesem Punkt fehlgehe. Der Anwalt schien damit ausdrücken zu wollen, daß niemand Maria Szepelinska getötet hatte. Sie hatte sich praktisch selbst den Hals durchgeschnitten.

Als der Anwalt seine Suada endlich beendet hatte, glaubte Carl, jetzt endlich ein Geständnis ablegen zu können. Doch statt dessen wurde die Verhandlung unterbrochen. Das Gericht zog sich zur Beratung zurück. Der Staatsanwalt packte seine Akten zusammen und übergab sie Samuel Ulfsson, der sie in eine Aktentasche steckte, die er dann verschloß.

Dann ging der Staatsanwalt zu Carl hinüber und gab ihm die Hand.

»Ich habe den tiefsten Respekt vor Ihnen, Korvettenkapitän«, sagte er und fuhr nach kurzem Zögern fort, »und ich hoffe, daß Sie mich nicht mißverstanden haben. Ich habe nur meine Arbeit getan. So sind wir Staatsanwälte nun mal. Wir müssen alles außer Betracht lassen, was mit der Sache nichts zu tun hat, und nur auf Dinge achten, die juristisch relevant sind.«

»Ja?« sagte Carl fragend. Er fühlte sich matt und ganz wirr im Kopf.

»Wie das Gericht auch entscheidet, ich habe nur mein Bestes getan, um meiner Aufgabe gerecht zu werden. Ich hoffe also, Sie können das akzeptieren, Korvettenkapitän Hamilton«, sagte der Staatsanwalt und drückte Carls Hand erneut zum Abschied. Dann ging er zur Tür. Er ging ein wenig gebeugt wie ein alter Mann. Er war grauhaarig und trug einen dunklen Nadelstreifenanzug mit altmodisch breiten Revers.

Samuel Ulfsson und der Alte gingen mit Carl in einen der kleineren Räume, in dem man inzwischen Kaffee und Kuchen aufgetischt hatte. Carl hatte keinen Hunger, goß sich aber schwarzen Kaffee ein, nachdem er zunächst seinem Vorgesetzten eingeschenkt hatte.

»Wie geht es da draußen?« fragte Samuel Ulfsson mit besorgten Stirnfalten, während er nach seinen Ultima Blend tastete. Im »Gerichtssaal« hatte er sich das Rauchen mit Mühe verkniffen.

»Gut«, erwiderte Carl leise. »Soweit wir es beurteilen können, haben wir alle technischen Probleme gelöst, und sämtliche Ziele sind erkundet. Ich meine von der Oberfläche aus. Dabei müssen wir allerdings voraussetzen, daß sie den gleichen Charakter haben wie die Anlage, die ich selbst untersucht habe.«

»Ich glaube, davon kannst du ausgehen«, erwiderte der Kapitän zur See und atmete genußvoll den ersten Rauch ein. »Ihr werdet also morgen nachmittag Alarmzustand Rot erreichen?«

»Ja, theoretisch. Doch vorher werden wir noch einige schwierige Tauchübungen absolviert haben. Ich glaube also nicht, daß wir uns dann in der besten Verfassung befinden, um gleich mit der Aktion beginnen zu können. Am folgenden Morgen allerdings ...«

»Ja ja, schon gut. Dann müßt ihr nur noch am Funkgerät sitzen und auf den Befehl warten.«

»Von wem wird der Befehl kommen?« wollte Carl wissen. Im Hinterkopf tauchte plötzlich ein merkwürdiger Gedanke auf.

»Wenn er kommt, von der Regierung des Landes«, erwiderte der Alte schnell. »Allerdings über uns, natürlich.«

»Wie beurteilst du die Risiken oder Chancen, daß er erteilt wird?« fragte Carl matt, da seine Konzentration plötzlich nachließ und er sich in Gedanken wieder dem Prozeß zuwandte.

»Schwer zu sagen«, murmelte der Alte. »Ich würde mal vermuten, höchstens fünfundzwanzig Prozent. Hauptsache, wir haben uns jetzt die Möglichkeit dazu verschafft und können sie den armen Teufeln anbieten, die versuchen sollen, mit den Russen zu verhandeln. Man muß denen wohl ein paar Korsettstangen einziehen. Ihr mit euren kleinen Schlitten – ich habe das mit den Schlitten gehört, lustige Sache, übrigens –, das gibt ihnen sozusagen etwas Stoff zum Nachdenken.«

»Habt ihr Hinweise darauf, daß die Tschekisten unseren Freund Gennadij Alexandrowitsch suchen? Wie geht's ihm übrigens?« fragte Carl.

»Na ja, wir gehen schon davon aus, daß sie ihn suchen, doch hoffentlich an den falschen Stellen, irgendwo in Militäranlagen oder bei der Säpo oder so. Er dürfte um diese Zeit schon etwas erschöpft sein, aber im übrigen geht es ihm gut. Immerhin will er bald abreisen«, erwiderte Samuel Ulfsson, der sich gleichzeitig an seiner alten Zigarette eine neue anzündete.

Der Alte bat Carl, ihm eine Einschätzung der beiden neuen Rekruten zu geben. Seine Absicht, Carl abzulenken, war ziemlich durchsichtig. Doch Carl nahm die Chance dankbar wahr, da er nichts dagegen hatte, abgelenkt zu werden. Er erzählte, bis es Zeit war, wieder in den »Gerichtssaal« zu gehen.

Die drei Richter hatten ihre Plätze eingenommen. Ihre Gesichter waren ausdruckslos und ernst. Nur der Vorsitzende sprach. Er hatte sich eine viereckige kleine Brille mit Stahlbügeln aufgesetzt, die im Raum scharfe Reflexe warf.

Er begann mit der Klarstellung, daß dieses aus gegebenem Anlaß einberufene Militärgericht kein Urteil mit formaler Rechtskraft erlassen könne.

Hingegen gebe es kein rechtliches Hindernis dafür, auf der Grundlage geltenden Rechts die Anklage zu prüfen, wie sie rubriziert und vorgelegt worden sei.

Das Gericht befand, Carl Gustaf Gilbert Hamilton habe im Fall Maria Szepelinska den Tatbestand der schweren Körperverletzung mit Todesfolge erfüllt. Angesichts der tödlichen Wirkung müsse die Körperverletzung als schwer gewertet werden.

Andererseits sei Hamiltons Handeln weder rechtswidrig noch schuldhaft gewesen, so daß man die Frage offen lassen könne, ob der Anklage Recht zu geben sei.

Die Umstände, auf die sich die Verteidigung berufen habe, müßten trotz der ernsten Konsequenzen der Straftat als außerordentlich mildernd gewertet werden.

Das Gericht sei zu keiner einhelligen Meinung gelangt. Die Minderheit habe sich für einen Freispruch eingesetzt, und so sei man zu dem Ergebnis gekommen, daß es sich um Körperverletzung mit Todesfolge handle.

Da das Gericht an geltendes Recht gebunden sei, kämen Bewährungsaufsicht oder ein Urteil auf Bewährung nicht in Frage, auch wenn dies aus individualpräventiver Sicht völlig ausreichend wäre. Folglich müsse zumindest eine Geldstrafe verhängt werden, und Korvettenkapitän Hamilton dürfe die Höhe der Geldstrafe ebenso festsetzen wie den Zweck, dem sie zugeführt werden sollte.

Im Anklagepunkt Stephen Holmes werde die Anklage abgewiesen, was nur der guten Ordnung halber mitgeteilt werde, da der Staatsanwalt seine diesbezügliche Klage schon während der Verhandlung zurückgenommen habe. Damit zog sich das Gericht zurück.

Die drei Richter verließen die Wohnung offenbar durch den Kücheneingang. Jedenfalls waren sie plötzlich verschwunden, ohne sich wie der Staatsanwalt noch an Carl zu wenden.

»Na also«, sagte der Alte, als er freundschaftlich vortrat und dem verstummten Carl auf den Rücken schlug. »Damit ist die Sache aus der Welt. Doch das bedeutet natürlich, daß du jetzt nicht loslaufen darfst, um vor irgendeinem anderen Gericht eine Wiederholung zu inszenieren, die übrigens das gleiche Ergebnis bringen würde. Von jetzt an unterliegst du der gleichen Schweigepflicht wie alle anderen im Raum. Hast du verstanden?«

»Aber ja doch«, seufzte Carl. »Ich habe verstanden. Wenn mich künftig jemand fragt, leugne ich eisern. Die Sache mit dem Geld regle ich selbst.«

»Genau«, lächelte der Alte fröhlich. »Denk dir irgendeinen guten Zweck aus und stifte ein paar Tausender oder was immer ein normales Gericht festgesetzt hätte. Und jetzt schnell wieder zurück zum Ernst des Lebens.«

»Auch das ist angekommen«, erwiderte Carl, der mit einemmal sein inneres Gleichgewicht und die Selbstkontrolle zurückgewann.

Dort draußen bei Smådalarö saßen Åke Stålhandske und Joar Lundwall und schnippelten an ihren Schlitten *HMS Star War I* bis *III* herum. Sie mußten sich inzwischen fragen, was Carl trieb. Er mußte auf dem schnellsten Weg zurück.

Er verabschiedete sich mit einem festen Händedruck von den beiden Spionagechefs, wonach keiner von ihnen mehr etwas sagte. Carl eilte auf die Straße hinunter, wo Lallerstedt in seinem Wagen wartete.

Sicherheitshalber wechselten sie noch zweimal die Autos, bevor sie zum Bootshafen in der Nähe von Smådalarö fuhren.

Es war zwei Uhr nachts, als Carl auf den Anleger neben dem Bootshaus sprang. Oben in dem großen Haus auf der Insel brannte immer noch Licht.

Lallerstedt fuhr sofort zurück und verschwand mit Höchstgeschwindigkeit in der Dunkelheit.

Es kommt nicht alle Tage vor, daß der Botschafter der Sowjetunion darum bittet, eilig bei Seiner Exzellenz dem Außenminister vorgelassen zu werden. Doch wenn es geschieht, bedeutet eilig tatsächlich eilig.

Die Anfrage war zwar wie ein Blitz aus heiterem Himmel gekommen, doch nach kurzer telefonischer Beratung mit dem Regierungschef und einem noch kürzeren Gespräch mit seinem Staatssekretär war der Außenminister bereit, den Botschafter zu empfangen. Peter Sorman sollte gleichfalls anwesend sein. Jetzt galt es, sich gerade zu halten. Es war anzunehmen, daß die Russen irgendeinen Plan verfolgten, der darauf hinauslief, daß sie die Initiative ergriffen und den Schweden zuvorkommen wollten.

Der Botschafter war recht kleinwüchsig und wirkte fast viereckig. Er war weißhaarig, hatte aber schwarze Augenbrauen, die fast an die Breschnjews erinnerten. Seine kleinen grauen Augen strahlten all die Kraft und das Selbstbewußtsein aus, die man von dem Vertreter einer Supermacht erwarten konnte.

Der Botschafter betrat den Raum mit festen Schritten und grüßte mit einem herzlichen Händedruck. Dann setzte er sich und kam sofort zur Sache.

»Exzellenz, wie Ihnen sicher klar ist, suche ich Sie in einer Angelegenheit von großem Gewicht auf. Dabei geht es sowohl um die Sicherheit Ihres Landes wie um die der Union der Sozialistischen Sowjetrepubliken«, begann er und wartete die Übersetzung des Dolmetschers ab. Dieser sprach einen fast perfekten Stockholmer Dialekt, genauso wie der Außenminister.

»Wir befinden uns in einer Lage, die uns großes Kopfzerbrechen bereitet. Wenn ich aufrichtig sein soll, ist sie uns auch höchst peinlich. Ein Verbrecher hat seinen Posten bei der sowjetischen Marine verlassen und ist nach Schweden geflüchtet. Wir haben Anlaß zu glauben, daß er unseren beiden Ländern großen Schaden zufügen kann, vor allem jedoch

Ihnen. Wir möchten mit aller Kraft versuchen, eine Krisensituation zu vermeiden.«

Nachdem der Dolmetscher übersetzt hatte, unterbrach Peter Sorman in der Absicht, das einleitende Geplänkel abzukürzen.

»Welche Forderungen stellen Sie, und wie begründen Sie sie?« fragte er höflich, jedoch mit betonter Kälte.

»Wir haben eine ganz bestimmte Forderung und möchten eine sehr ernste Warnung aussprechen«, fuhr der Botschafter fort, nachdem der Dolmetscher die Frage des Staatssekretärs übersetzt hatte. Er gab durch eine ungeduldige Handbewegung zu erkennen, daß er künftig nicht mehr unterbrochen werden wollte.

»Unsere Forderung betrifft den früheren Marineoffizier Gennadij Alexandrowitsch Koskow. Wir verlangen seine Auslieferung, und zwar aus dem Grund, daß er im Einklang mit unseren Gesetzen vor ein sowjetisches Gericht gestellt werden muß. Er ist wegen Korruption angeklagt, wegen Diebstahls staatlicher Geldmittel, wegen Begünstigung von Straftaten und zahlreicher anderer Dinge, auf die ich hier nicht einzugehen brauche. Am ernstesten ist jedoch, daß er unsere gemeinsame Sicherheit in Gefahr bringt.«

Die beiden Schweden beschlossen, das weitere abzuwarten, bevor sie eine Initiative ergriffen oder Fragen stellten.

»Sie fragen sich natürlich, Exzellenz, worin diese Gefährdung besteht. Ich teile es Ihnen mit einem gewissen Zögern mit. Gennadij Alexandrowitsch Koskow hat Kenntnis von bestimmten Stationen auf Ihrem Territorium, die nicht nur eine Bedrohung der Sowjetunion darstellen, sondern auch Ihres Landes. Es ist eine Frage, die wir gemeinsam lösen sollten, aber unsererseits haben wir bislang nicht den rechten diplomatischen Weg gefunden, so daß wir uns jetzt leider gezwungen sehen, unser Vorgehen mehr oder weniger zu improvisieren.«

»Unsere Forderung ist sehr bestimmt«, unterbrach der Außenminister mit einem unsicheren Seitenblick auf seinen brillanten Mitarbeiter, »wir verlangen nämlich, daß Sie Ihre militärischen Einrichtungen mit sofortiger Wirkung zurückziehen. Das ist eine Forderung, von der wir nicht abzurücken gedenken, unter gar keinen Umständen. Schlimmstenfalls werden wir uns gezwungen sehen, Gewalt anzuwenden.«

Die beiden Schweden wechselten einen aufmunternden Blick, während der Botschafter damit beschäftigt war, dem übersetzenden Dolmetscher zu lauschen und ihn anzusehen.

Damit hatte Schweden seine Position vorgebracht. Die Schweden hatten sich damit schon jetzt festgelegt, gleich zu Anfang, um mit Nachdruck zu betonen, daß man nicht zurückzuweichen gedachte.

Als der Botschafter die Äußerung des Außenministers voll und ganz erfaßt hatte, sah er bestürzter aus als erwartet.

»Aber Exzellenz«, sagte er in einem zunächst fast flehentlichen Tonfall, »es handelt sich nicht um Einrichtungen der Sowjetunion. Wir haben schon befürchtet, daß der Verbrecher Gennadij Alexandrowitsch Ihnen diese Auffassung vermitteln würde, um sich so leichter bestimmte Vorteile verschaffen zu können. In Wahrheit handelt es sich um NATO-Einrichtungen. Und das Schlimmste: Sie besitzen nukleare Kapazität. Soweit unser Nachrichtendienst in Erfahrung bringen konnte, sind sie mit dem gleichen Raketentyp wie die *Polaris*-U-Boote ausgerüstet. Sie sind für den Angriff auf Ziele in der Sowjetunion vorgesehen, und es scheint zur NATO-Strategie zu gehören, sie für unsere Streitkräfte unangreifbar zu machen, indem sie auf dem Territorium eines neutralen Staates angelegt wurden.«

Nachdem der Dolmetscher übersetzt hatte, fiel es den Schweden außerordentlich schwer, eine angemessene Reaktion zu zeigen. So konnte der Botschafter fortfahren, ohne von neuem unterbrochen zu werden.

»Das Schlimmste ist«, seufzte er schwer, sehr schwer, »daß wir vermuten, nein, wir haben sehr gute Gründe, das möchte ich betonen, sehr gute Gründe zu behaupten, daß diese Kernwaffenbasen Selbstzerstörungskapazität besitzen. Wenn sie angegriffen werden, wird eine Kernwaffendetonation ausgelöst, die für den gesamten Ostseeraum unübersehbare Konsequenzen haben wird, und das geht uns alle an. Dahinter steckt natürlich die Absicht, um jeden Preis einer Entlarvung zu entgehen. Wir gehen davon aus, daß die amerikanische Propaganda behaupten wird, es handle sich um sowjetische Einrichtungen. Aus diesem Grund möchten wir jetzt mit aller Entschiedenheit davor warnen, aus den Äußerungen des Verbrechers Gennadij Alexandrowitsch irgendwelche übereilten Schlüsse zu ziehen. Gleichwohl wünschen wir, daß er so schnell wie möglich an uns ausgeliefert wird.«

Der Botschafter teilte mit, er werde innerhalb von vierundzwanzig

Stunden wieder vorsprechen, um in der weniger wichtigen Frage einen Bescheid einzuholen, nämlich in der Frage Gennadij Alexandrowitsch Koskow. Anschließend stehe er zur Verfügung, falls die schwedische Regierung den Standpunkt der Sowjetunion in der Frage der gemeinsamen Kernwaffenbedrohung erfahren wolle. Dieser Gefahr müßten sich beide Staaten von nun an bewußt sein. Dann ging er.

»Entweder bin ich meschugge, oder ich habe tatsächlich gehört, was ich gehört habe. Kann das denn wirklich wahr sein?« fragte der Außenminister, als die beiden Schweden schon mehr als eine Minute in gespenstischer Stille dagesessen hatten.

»Vielleicht wahr, vielleicht nicht wahr und vielleicht nur eine Notlüge«, erwiderte Peter Sorman nachdenklich. »Erstens halte ich das mit der NATO für einen Bluff. Zweitens glaube ich tatsächlich, daß er uns allen Ernstes mit einer Form von Kernwaffeneinsatz droht, falls wir uns über ihre Spionagenester hermachen.«

»Gott sei Dank haben wir nicht direkt mit Gewalt gedroht«, sagte der Außenminister und atmete hörbar auf.

»Ja, Gott sei Dank. Doch auch so haben wir unleugbar eine Menge Probleme am Hals. Wissen wir überhaupt, wo sich dieser Russe aufhält? Auf irgendeiner Schäreninsel, war es nicht so?«

»Doch, ich glaube. Wir müssen die Militärs fragen. Verflucht, was für eine Wendung das alles genommen hat. Kernwaffen. Ich glaube, ich werde verrückt.«

7

Jurij Tschiwartschew war auf eigentümliche Weise außer sich vor Wut, zugleich jedoch strahlender Laune. Es war ein wildes Vabanque-Spiel gewesen, und doch hatte es sich gelohnt.

Endlich war Gennadij Alexandrowitsch geortet. Er hielt sich in einem kleinen roten schwedischen Sommerhäuschen auf einer kleineren Insel zwischen Djurö und Vindö auf.

Dem Bericht zufolge waren nur drei Personen in dem Häuschen, einem zweistöckigen Sommerhaus, das durch die Vegetation vor Einsicht vom Wasser her recht gut geschützt war. Der Spähtrupp hatte nicht mit letzter Sicherheit feststellen können, wer die Schweden in Gennadij Alexandrowitschs Gesellschaft waren, doch konnte man mit ziemlich großer Sicherheit annehmen, daß es sich um Vernehmungs- und nicht um Wachpersonal handelte.

Das war eine intelligente Methode, wie Jurij Tschiwartschew zugeben mußte. Es war besser, die Sicherheitsvorkehrungen auf ein Minimum zu beschränken, als durch übertriebene Bewachung Aufmerksamkeit zu erregen.

Das Sommerhaus gehörte einem der höheren Offiziere des Marinestabes; der Diebstahl der Datenbänder in der Werbeagentur hatte das Problem der Lokalisierung letztendlich also gelöst. Und das war das Schwierigste gewesen.

Der operative Einsatz bereitete erheblich geringeres Kopfzerbrechen. Sofern man natürlich nicht dem Vorschlag des Irren Michail Tscherentschewitsch Cholin folgte.

Cholin hatte eine Operation skizziert, die auf den Einsatz der Gruppe Niškow hinauslief. Persönlich hatte Jurij Tschiwartschew für kriminelle Elemente dieser Art nichts als Verachtung übrig. Ihre Einsätze mochten zwar manchmal notwendig sein – bei besonders nassen Jobs, die unter keinen Umständen mit der Sowjetunion in Verbindung gebracht werden durften. Doch auch wenn sich Jurij Tschiwartschew für so vorurteilslos hielt, wie sein Beruf es voraussetzte, mißfielen ihm doch die Methoden dieser Männer, die zudem immer riskante Elemente enthielten. Diese Burschen schienen es vorzuziehen, ihren Opfern die Köpfe abzuschneiden, sie in schwarze Müllsäcke zu stecken und weit vom Tatort entfernt irgendwo in die Landschaft zu kippen.

Nach dem vorliegenden Vorschlag sollten sie das ganze Haus niederbrennen und die drei oder vier dort anwesenden Personen mit ziemlich drastischen und geräuschvollen Methoden töten.

Es war ein idiotischer Plan, in seiner politischen Phantasielosigkeit zudem vollkommen wahnsinnig. Diesmal ging es um ein Ziel, das man sogar von Personal in der Uniform der Sowjetarmee hätte angreifen lassen können. Erstens war der Zusammenhang zwischen Motiv und Opfer kristallklar. Zweitens war es ein respektabler und verständlicher Einsatz. Falls die Verluste bei der Operation sich ausschließlich auf Gennadij Alexandrowitsch beschränkten, würden die Schweden kaum offiziell Beschwerde erheben. Vermutlich würde es in ihrem Interesse liegen, den Vorfall zu verschweigen, um allen Beteiligten peinliche Publizität zu ersparen.

Doch schwedische Verluste würden eine solche Entwicklung unmöglich machen. Ein aufsehenerregender Mordbrand und getötete schwedische Soldaten würden, so wie das System in Schweden nun mal funktionierte, zu einer unvermeidbaren und ungeheuren Publizität führen. Das war so banal und offensichtlich, daß es Jurij Tschiwartschew fast wie ein Rätsel vorkam, daß nicht einmal das in den dicken Schädel des Generalmajors Cholin hineinging.

Entschlossen forderte er den Generalmajor und dessen Stellvertreter auf, sich sofort zum Befehlsempfang einzufinden.

Die eifrigen und enthusiastischen Gesichtszüge der beiden Männer glätteten sich schnell, als sie eintraten und den Gesichtsausdruck ihres allmächtigen Chefs sahen. Sie nahmen vor seinem Schreibtisch Haltung an, und er zögerte demonstrativ mit der Aufforderung, Platz zu nehmen.

»Ich habe Ihnen einige Befehle mitzuteilen, Michail Tscherentschewitsch, und wünsche sie bis aufs i-Tüpfelchen ausgeführt zu sehen« begann Jurij Tschiwartschew ohne Umschweife. Dann bellte er seine Anweisungen mit wenigen Atemzügen hinaus.

»Überführen Sie die Gruppe Niškow sofort in die logistische Reserve. Führen Sie die Operation mit unseren beiden Spezialisten aus Moskau in der vordersten Linie durch und setzen Sie das restliche Personal für Transport und Verbindung ein. Niemand anders als Gennadij Alexandrowitsch darf zum Ziel eines bewaffneten Einsatzes werden, sofern es nicht aus Gründen der Selbstverteidigung unvermeidlich ist. Unter gar keinen Umständen Brandstiftung oder anderes Aufsehen. Keine Untersuchung des Hauses. Es ist nämlich wichtiger, daß unser Personal entkommt, als die Verhörprotokolle der letzten Tage oder derlei in die Hand zu bekommen. Die Schweden sind nicht so dumm, Tonbänder und Protokolle in dem gleichen Korb aufzubewahren wie das goldene Ei. Es ist von größter Bedeutung, daß die Operation innerhalb von vierundzwanzig Stunden durchgeführt wird. Habe ich mich klar genug ausgedrückt? Irgendwelche Fragen?«

Es wurden keine Fragen gestellt. Als sie gegangen waren, rief Jurij Tschiwartschew einen der Operateure aus Moskau zu sich, einen jungen Leutnant, den er vor einigen Tagen nur flüchtig begrüßt hatte.

Als der Leutnant eintrat, entschuldigte er sich überflüssigerweise sofort wegen seiner langen Haare, die er sich aus taktischen Überlegungen hatte wachsen lassen.

Jurij Tschiwartschew lächelte. Der Spetsnaz-Offizier wirkte wie ein Westeuropäer, was natürlich auch beabsichtigt war.

»Setzen Sie sich, Wladimir Iljitsch. Ihr Nachname läßt fast darauf schließen, daß Sie Eishockeyspieler sind«, sagte Jurij Tschiwartschew freundlich, während er auf seinem Schreibtisch einige Dokumente und Fotos sortierte.

»Nein, Genosse Oberst. Ich bin mit Anatolij Firsow nicht verwandt. Mein Sport ist Biathlon«, erwiderte der Leutnant kurz und militärisch.

»Nun, für Ihren Sport darf ich Ihnen später Glück wünschen, Wladimir Iljitsch. Jetzt geht es um die bevorstehende Operation. Ihnen ist klar, wer das Ziel ist und weshalb?«

»Ja, Genosse Oberst.«

»Sehr gut. Ich habe verfügt, daß dies eine rein militärische Operation zu sein hat, und unser einziges Objekt ist Gennadij Alexandrowitsch persönlich. Es geht darum, ein Urteil des Politbüros zu vollstrecken. Dessen sind Sie sich ebenfalls bewußt, mein junger Leutnant?«

»Ja, Genosse Oberst.«

»Ich will damit klarstellen, daß es sich hier nicht um irgendeine dubiose Aktion handelt. Das dürfen Sie nicht glauben. Und gerade deshalb ist es von allergrößter Bedeutung, daß die schwedischen Militärs keinerlei Verluste erleiden. Die Männer, die sich bei Gennadij Alexandrowitsch befinden, sind mit größter Wahrscheinlichkeit nur Vernehmungspersonal und Techniker. Soweit wir festgestellt haben, gibt es kein Wachpersonal.«

»Verzeihen Sie eine Frage, Genosse Oberst.«

»Bitte sehr, mein junger Leutnant. Es darf keine Unklarheiten geben, wenn wir mit dieser Operation beginnen.«

»Ist es wirklich möglich, daß sie kein Wachpersonal haben? Ich meine ... das kommt mir reichlich abenteuerlich vor.«

»Vollkommen richtig, junger Leutnant, das mag so scheinen. In Wahrheit ist es jedoch gar nicht dumm, müssen Sie wissen. Ich rechne nie damit, daß sich der Gegner dumm verhält. Folglich sollen Sie und Ihr Kollege eine möglichst saubere Operation durchführen. Das Ziel ist ausschließlich Gennadij Alexandrowitsch.«

»Verstanden, Genosse Oberst.«

»Es gibt jedoch eine wichtige mögliche Ausnahme«, fuhr Jurij Tschiwartschew fort, während er drei Fotos nebeneinander auf den Schreibtisch legte. »Abgesehen davon, daß Sie zum Zweck der Selbstverteidigung feuern dürfen, ist eine besondere Situation denkbar, falls Sie bei Ihren Erkundungen auf diese Person stoßen. Falls dieser Mann sich dort befindet, muß er leider Ziel Nummer eins werden, das läßt sich nicht vermeiden.«

»Verstanden, Genosse Oberst. Darf ich fragen, wer der Mann ist und welche Qualifikationen er hat?«

Jurij Tschiwartschew lächelte vergnügt über seinen tiefernsten jungen Kollegen. An dem Ehrgeiz des jungen Leutnants war nicht zu zweifeln. Es war sein erster nasser Job im Ausland.

»Selbstverständlich, mein junger Leutnant. Ich werde Ihnen sagen, wer der Mann ist. Er ist ihr bester Operateur. Er ist kein gewöhnlicher Wachposten, sondern Experte, und ich möchte Sie aufrichtig vor seiner Qualifikation warnen. Bei allem Respekt vor unseren eigenen Leuten muß ich davon ausgehen, daß er mindestens genausogut ist. Falls Sie verstehen, was ich meine?«

»Ich verstehe voll und ganz, Genosse Oberst. Die Anwesenheit dieses Mannes bringt die Operation in Gefahr, und deshalb muß er kampfunfähig gemacht werden, bevor wir das Ziel angreifen.«

»Recht so, mein junger Leutnant. Und dann noch etwas, falls das Schlimmste eintrifft und man Sie schnappt. Wir werden Sie als einen von uns anerkennen und Sie nach einem Jahr oder so austauschen können, vermutlich sogar früher. Ja, ich sehe Ihnen an, daß Sie das für ungewöhnlich und außerhalb der Routine halten, doch wir werden Sie anerkennen, da Sie im Dienst der Sowjetunion handeln und als Offizier einen ehrenhaften Auftrag in unserem nationalen Interesse durchführen. So liegen die Dinge. Nein, ich sage das nicht, um einen möglichen Mißerfolg anzudeuten, das dürfen Sie nicht denken, aber es ist trotzdem gut, wenn Sie Bescheid wissen. Die praktischen Details werden Sie später unten in der Abteilung erfahren. Noch irgendwelche Fragen?«

»Nein, Genosse Oberst.«

»Dann darf ich Ihnen für diesen schwierigen Auftrag im Dienst des Vaterlandes aufrichtig Glück wünschen«, schloß Jurij Tschiwartschew, während er seinem jungen Kollegen die drei Fotos überreichte.

Sie hatten den ganzen Morgen und den Vormittag mit Unterwasser-Manövern ihrer beladenen Kinderschlitten zugebracht. Vor allem kam es darauf an herauszufinden, um wieviel die Geschwindigkeit beim Transport reduziert wurde und welche Distanz unter Wasser maximal zurückgelegt werden konnte. Sie hatten herausgefunden, daß es unmöglich war, sich sicher zu orientieren, ohne auf jeder Etappe mindestens einmal über Wasser die Position zu bestimmen. Sie hatten sich darauf geeinigt, wo und wann dies bei welchen Landmarken geschehen mußte.

Anschließend hatte Carl Joar Lundwall fast feierlich gebeten, den Code zu senden, mit dem mitgeteilt wurde, jetzt herrsche *Alarmbereitschaft Rot*. Die Mitteilung war empfangen und mit der Nachricht erwidert worden, man habe verstanden, und Carl solle auf angegebene Weise zu jeder vollen Stunde auf Instruktionen warten.

Den Rest des Tages hatten die drei damit zugebracht, aufzuräumen, ohne Spuren zu hinterlassen. Ferner hatten sie alle Dokumente zerstört, die sie bei den Vorbereitungen verwendet hatten, mit Ausnahme der beiden Seekarten mit den Zielangaben. Dann hatten sie den Kutter mit Proviant und ihrer persönlichen Ausrüstung sowie einen der drei Schlitten mit einem verschlossenen Transportsack beladen, der die tödliche Last barg.

Am Heck des Kutters war ein Schlauchboot mit Außenbordmotor vertäut, und unter der geschlossenen Persenning befanden sich die beiden anderen Schlitten, *HMS Star War II* und *III*.

Es war ein recht schöner Abend mit aufbrechender Wolkendecke, und die Wetteraussichten waren der letzten Fünf-Tage-Prognose zufolge aus ihrer Perspektive günstig: mäßiger Wind, mäßige Strömungsverhältnisse und kein sonderlich hoher Seegang.

Vor dem Abendessen hatten sie das Grundstück abgekämmt, um ein letztes Mal zu kontrollieren, daß sie nichts vergessen oder verloren hatten. Und jetzt waren sie, mit einem überraschenden Gefühl kalter, innerer Leere, bereit.

Jetzt blieb nur noch, zu warten und möglichst viel zu ruhen. Sie gingen früh zu Bett und wachten abwechselnd. Sie schliefen schwer und – vielleicht sogar zu ihrem eigenen Erstaunen – traumlos.

Um 13 Uhr am nächsten Tag kam der Befehl.

Joar Lundwall, der am Funkgerät Wache hatte, rief die beiden anderen zu sich und wies stumm auf den Bildschirm. Auf dem kleinen Viereck sahen sie einige wenige, doch vollkommen klare Worte:

Führen Sie Operation Big Red befehlsgemäß aus. Zeitpunkt der Zerstörung von Ziel 1 16 Uhr. Haben Sie den Befehl verstanden?

Die drei Männer starrten ungläubig auf den kurzen Text auf dem grüngrauen Schirm. Dann blickten die zwei Carl an.

»Sende folgendes«, sagte er mit unsicherer Stimme: »Befehl verstanden. Einsatz gegen Ziel 1 wird um 16 Uhr erfolgen. Ist weitere Kontaktaufnahme nötig?«

Åke Stålhandske schlug unbeholfen ein paar Tasten an, möglicherweise aus Nervosität, vielleicht aber auch, weil Computer nicht gerade sein bestes Fach war. Er mußte mehrmals korrigieren, bevor er den Sendeknopf drückte. Dann warteten sie dreißig Sekunden in atemloser Stille, bis ein neuer Text auf dem Bildschirm auftauchte:

Antwort nein. Viel Glück.

Carl zögerte. Dann befahl er einen neuen Text:

Von wem kommt der Befehl?

Es dauerte weniger als fünfzehn Sekunden, bis die Antwort da war:

Vom Vaterland.

Sie starrten verblüfft auf die zwei Worte.

»Verdammt, das hört sich ja an, als sprächen sie von Finnland oder Rußland«, gluckste Åke Stålhandske nervös. »Welches Vaterland, zum Teufel?«

Carl beugte sich impulsiv über Åke Stålhandskes Schulter, hämmerte eine weitere Anfrage in die Tastatur und drückte den Sendeknopf:

Inhalt unklar. Bitte verdeutlichen.

Die neue Antwort folgte nach zwanzig Sekunden. Irgend jemand in Stockholm schrieb offenbar schnell und ohne zu zögern:

Schweden. Regierung und militärische Führung.

Carl schrieb schnell eine letzte Antwort:

Befehl verstanden, wird wie geplant durchgeführt. Alles verstanden. Ende.

Dann klappte er das Gerät zu, und die drei blickten sich stumm an. Sie sahen fast gleichzeitig auf die Uhr.

»Wir brechen sofort auf. Die restlichen Kontrollen erfolgen während der ersten Überfahrt«, sagte Carl. Es war eher eine Feststellung als ein Befehl.

Weniger als zehn Minuten später legten sie ab, nachdem sie das Bootshaus verschlossen hatten. In mäßiger Geschwindigkeit, sieben Knoten, ging es nach Süden. Im Kielwasser schwankte träge das Schlauchboot.

Sie fuhren an der Seeseite von Ornö entlang. Dort war das Risiko, beobachtet zu werden, am geringsten, obwohl die Transportstrecke so länger wurde, als wenn sie direkt an Dalarö vorbei in Richtung Mysingen gefahren wären.

Sie wiederholten nach und nach ihre verschiedenen Aufgaben und die Teilmomente der Operation, verloren jedoch rasch die Konzentration, als sich herausstellte, daß jeder von ihnen alles so sicher beherrschte wie das kleine Einmaleins.

Es waren nur wenige Segler auf dem Wasser, da das schöne Wetter nach einem langen, kalten und nassen Frühling überraschend schnell gekommen war. Von Zeit zu Zeit winkte ihnen jemand zu, und sie winkten zurück.

»Was tun wir, wenn uns plötzlich ein Zivilist in die Quere kommt?« fragte Åke Stålhandske. Es hörte sich an, als wollte er eher das lange Schweigen beenden, als wirklich eine Antwort erhalten.

»Wir werden den Betreffenden freundlich bitten, uns nicht auf die Pelle zu rücken. Wenn wir sicher sind, daß es tatsächlich ein Zivilist ist. Sollten da Zweifel bestehen, wenden wir Gewalt an«, erwiderte Carl. Sein Blick konzentrierte sich auf die Navigation und die blaue Linie auf der militärischen Seekarte, auf die er den Kutter gerade ausrichtete.

Åke Stålhandske nickte, kletterte ins Boot hinunter, nahm seine Pistole, steckte sie in den Hosenbund und kam wieder herauf. Als er am Steuerhäuschen vorbeiging, ergriff ihn Carl an der Schulter und sah ihm ein paar lange forschende Sekunden lang in die Augen.

»Okay?« fragte Carl.

»Ja, es ist alles in Ordnung, aber trotzdem habe ich ein unwirkliches Gefühl, Du nicht auch?«

»Doch, es kommt auch mir unwirklich vor. Ich habe da unten eben Magazine klirren hören.«

»Richtig.«

»Niemand eröffnet das Feuer, bevor ich den Befehl dazu gebe, verstanden?«

»Aber es muß nicht unbedingt dazu kommen, oder?«

»Nein, wahrscheinlich nicht. Es wäre ja schade, wenn sie wüßten, daß wir unterwegs sind.«

Beide kicherten über die unfreiwillig komische Untertreibung, und Stålhandske begab sich an Carl vorbei zu der offenen Plicht, in der Joar Lundwall mit einem lichtstarken Feldstecher saß und den vorübergleitenden Strand beobachtete.

Das Sonnenlicht warf auf den nicht allzu hohen Wellenkämmen starke Reflexe; ein schwarzer Kopf, der ein paar Sekunden aus dem Wasser ragte, würde wie eine Fata Morgana wirken oder wie ein Seehund, der kurz an die Oberfläche gekommen war.

Das letzte Stück von Ornö, das sie umrundeten, war völlig unbewohnt. Als sie in der Nähe der Stelle, an der sie anlegen sollten, die Insel passierten, sahen sie nur wenige Sommerhäuschen, die jedoch verschlossen und verriegelt wirkten.

Sie legten ein paar hundert Meter vom Ziel entfernt im Schutz einer hohen, felsigen Landzunge an und verankerten das Schlauchboot auf der Außenseite des Kutters, den sie an einer kleinen Krüppelkiefer gleich über der Wasserlinie vertäuten. Keiner sagte etwas. Carl nickte Åke Stålhandske zu. Der verstand den Befehl, ohne daß er ausgesprochen worden wäre, ging an Land und verschwand langsam im Gestrüpp. Eine Hand hielt er wie zufällig am Gürtel auf dem Rücken.

Während Stålhandske die Umgebung erkundete, begaben sich Carl und Joar Lundwall ins Roof hinunter, um die Ausrüstung auszupacken. Sie wuchteten den roten Kunststoffschlitten mit den kunststoffummantelten Sprengladungen in die Plicht hinauf, und Lundwall prüfte noch einmal die Serienschaltung, während Carl die Taucheranzüge und die sonstige Ausrüstung in drei Haufen sortierte. Daneben legte er einen Transportsack auf die Bodenplanken.

Åke Stålhandske kehrte zurück und schüttelte kurz den Kopf, um die unausgesprochene Frage zu beantworten. Keine Leute in der Nähe.

Anschließend zogen sie ihre Turnschuhe aus, nahmen die Armbanduhren ab und räumten ihre Taschen aus. Sie stopften alles in eine kleine schwarze Gummitüte, die sie verschlossen und in den Transportsack warfen. Sie zogen ihre Kleider aus, falteten sie zusammen und legten sie ebenfalls in den Transportsack. Dann streiften sie sich ihre blauen, wärmeisolierenden Helly-Hansen-Anzüge über.

Fast gleichzeitig steckten sie die Füße in die geschmeidigen Stiefel der Taucheranzüge und streiften dann die zähen schwarzen Gummihüllen über Beine und Schultern, bis sie nach gewohnter Mühe die Hauben über die Köpfe ziehen und um die Gesichter herum zurechtrücken konnten.

Bevor sie einander die Reißverschlüsse zuzogen, verschlossen sie den Transportsack mit ihren Kleidern und ihrer persönlichen Habe sowie den Feuerwaffen, für die sie von nun an keine Verwendung mehr hatten. Dann stieg Joar Lundwall vorsichtig aufs Deck und lockerte die Bugleine, so daß sie sich mit der Heckleine zu dem vor Anker liegenden Schlauchboot ziehen konnten. Stålhandske und Carl wuchteten den Transportsack gemeinsam ins Schlauchboot und bedeckten ihn mit einer straff sitzenden Persenning. Dann vertäuten sie die Boote erneut und kehrten ins Roof zurück. Sie schleppten den kleinen roten Schlitten aufs Oberdeck und kippten ihn behutsam über Bord. Sie befestigten ihn an einer Klampe neben einem blauen Gummifender, der während der ganzen Fahrt aus Nachlässigkeit außenbords gehangen hatte. Sie wechselten einen kurzen, verlegenen Blick und dachten vermutlich das gleiche: Es wäre schlimmer gewesen, wenn wir was anderes vergessen hätten.

Sie krochen ins Roof zurück und hockten sich gleichzeitig hin. Sie bemühten sich, möglichst viel Luft aus den Taucheranzügen zu pressen. Als sie aufstanden, saß die Gummihülle fast faltig an ihren Körpern.

Joar Lundwall schnallte sich als erster sein Atemgerät um, und die beiden anderen halfen ihm mit Riemen und Bleigürtel. Dann verließ er das Roof mit schweren Schritten und den Schwimmflossen in der Hand, um den beiden anderen Platz zu machen. Sie wiederholten die Prozedur. Als alle drei an Deck standen, schloß Carl die Rooftür und nickte stumm. Als wär dies das Signal zum nächsten Schritt gewesen, atmeten alle drei kräftig aus und sogen dann Sauerstoffgas aus ihren Gesichtsmasken. Sie wiederholten das viermal, um den Körper von allem Stickstoff zu befreien. Dann befestigten sie die Gesichtsmasken und begannen, reines Sauerstoffgas zu atmen.

Sie kippten sich mit Schwimmflossen an den Füßen und Kontaktleine in der Hand über Bord, und als sie einige Meter Tiefe erreicht hatte, öffneten alle drei das Ventil oben auf dem Kopf, um die letzten Luftreste aus dem Taucheranzug zu pressen.

Dann halfen sie einander in der gewohnten Reihenfolge, die Schwimmflossen anzuziehen. Die Sicht war immer noch klar; das Sonnenlicht glitzerte wie auf einer Taucher-Reklame, und einige neugierige Barsche mit aufgerichteten Rückenflossen umkreisten sie vorsichtig.

Dann war die Routine der Instrumentenprüfung dran, sie sahen gleichzeitig auf die Uhren und nickten. Joar Lundwall schwamm als erster los. Drei Meter hinter ihm folgte Carl, und als letzter mit dem Schlitten im Schlepptau Åke Stålhandske.

Sie hatten sich entschlossen, in fünf Meter Tiefe auf das Zielgebiet zuzuschwimmen, und konnten so einander immer noch vage erkennen. Sie schwammen aber zu tief, um von der unruhigen Wasseroberfläche aus gesehen zu werden.

Während der gesamten Vorbereitungsprozedur oben im Boot hatten sie kein Wort miteinander gesprochen, und jetzt war es zu spät. Doch keiner von ihnen glaubte, daß eine Notkommunikation notwendig werden würde. Es gab nur zwei Möglichkeiten: Entweder würde alles exakt nach Plan ablaufen oder vollkommen zum Teufel gehen. Alle drei waren völlig auf die eine Möglichkeit fixiert, die einzige, die in ihren Köpfen Platz hatte.

Nach siebzehn Minuten, auf die Sekunde exakt, signalisierte Joar Lundwall, er wolle nach oben schwimmen, um sich zu orientieren. Sie schwammen behutsam ein paar Meter höher, während er mit dem Kopf über Wasser ging.

Die Orientierung dauerte nur wenige Sekunden, worauf er mit den vereinbarten Handzeichen mitteilte, sie müßten ihren Kurs um zehn Meter nach links korrigieren. Das war eine erstaunlich große Korrektur. Folglich hatten sie die Abdrift falsch beurteilt und es war eine ausgezeichnete Idee gewesen, nach der Hälfte der Strecke eine Oberflächenorientierung vorzunehmen.

Nach genau eine Viertelstunde signalisierte Lundwall, sie müßten jetzt tiefer gehen, und tauchte als erster in einem Winkel von fünfundzwanzig Grad ab. Der zunehmende Wasserdruck preßte die Taucheranzüge gegen ihre Körper, während zugleich das letzte Licht erstarb, bis es um sie herum völlig dunkel war.

Carl erfuhr durch einen Ruck an der Handleine, daß Stålhandske ein Problem mit der Ladung hatte, und leitete die Meldung schnell zu Joar Lundwall weiter, der sofort anhielt. Carl blickte auf Uhr und Tiefenmesser und wußte, daß Joar Lundwall genau das gleiche tat, während Åke Stålhandske die Ladung von einem Bleigewicht befreite, um sie der neuen Tiefe anzupassen. Kurz darauf erhielt er von Stålhandske das O.K.-Signal, das er an seinen Vordermann weitergab, dann tauchten sie weiter in die Tiefe. Mindestens zwei von ihnen berechneten im Kopf Zeit, Abdrift, Tiefe und Geschwindigkeit, um die Verzögerung zu korrigieren.

Sie erreichten den Meeresgrund keine zehn Sekunden später als berechnet, und alle drei sahen automatisch auf ihre Tiefenmesser, die fünfunddreißig Meter anzeigten. Die Abweichung betrug einen Meter.

Sie bildeten eine Linie, kontrollierten ihre Kompasse und signalisierten dann, sie seien bereit. Sacht, sehr sacht und behutsam tasteten sie sich mit den Händen am Grund entlang. Besser, sich viel Zeit zu lassen, als ein Geräusch zu riskieren. Ihre Geräte hatten irgendwann unterhalb des Zehn-Meter-Niveaus automatisch auf Mischgas umgeschaltet, so daß sie statt

Sauerstoffgas jetzt Nitrox atmeten; für diese Gasmischung blieben ihnen etwa vierzig Minuten, und das mußte mehr als ausreichend sein.

Es war Åke Stålhandske, der das Ziel fand. Er gab es durch einen behutsamen Ruck an der Handleine zu erkennen. Während er sich am Ziel festhielt, zogen sich die beiden anderen an der Leine zu ihm heran. Sie betasteten das Ziel und diskutierten per Signal, in welche Richtung sie gehen sollten; ihr Signalsystem empfanden sie inzwischen fast als normale, ruhige Unterhaltung. Sie wurden sich schnell einig.

Drei Minuten später hatten sie die Schmalseite der Station gefunden, und wie vermutet stießen sie auf ein Eingangstor, wie Carl es beschrieben hatte.

Sie ermittelten einen exakten Kompaßkurs und schwammen drei Meter nach vorn. Und während Stålhandske den Schlitten hielt, entnahm Carl die erste Sprengladung und tastete behutsam nach einer gleichmäßigen Fläche, die er mit seiner bloßen Hand berührte. Eine glatte, gummiüberzogene Fläche. Er befestigte die erste Ladung und hielt sie mit der Hand gut fest, damit der Magnet nicht mit einem Schlag gegen die Wand prallte, signalisierte, alles sei klar, und behielt die Sprengladung in der Hand, bis die Leine in Kompaßrichtung gestreckt wurde.

Das bedeutete, daß seine Kameraden die nächste Position erreicht hatten. Die Prozedur wurde sacht und mit übertrieben langsamen Bewegungen wiederholt, wobei alle drei das Gehör aufs äußerste anspannten.

Als sie die siebte Sprengladung verlegt hatten, hörten sie ein schwaches Motorengeräusch. Sie hielten inne und lauschten, bis Carl signalisierte, sie könnten weitermachen. Das Geräusch schien konstant zu sein und hatte vermutlich nichts mit ihnen zu tun.

Als sie die neunte Sprengladung befestigt hatten, kam ein Signal von Joar Lundwall. Es bedeutete, daß er den Rand erreicht hatte. Carl zog die beiden anderen an der Leine zu sich heran. Dann befestigten sie ihre Reserveladungen neben der letzten Sprengladung. Schließlich zog Carl beide Handschuhe aus und stellte den Timer auf drei Minuten ein. Er wartete ab, bis die anderen bestätigten, die kleinen, leuchtend roten Digitalzahlen in der Dunkelheit gesehen zu haben.

Sie verständigten sich durch Rucksignale, um alle Zweifel wegen der Kompaßrichtung auszuschließen. Stålhandske schob den roten Kinderschlitten in die schwarze Leere, und Carl schaltete den Kontakt ein. Das war das Signal, daß sie mit höchstmöglicher Geschwindigkeit direkt nach oben schwimmen sollten. Sie durften jedoch achtzehn Meter pro Minute nicht übersteigen, so daß sie in anderthalb Minuten den Aufstieg beenden und geradeaus in Kompaßrichtung weiterschwimmen könnten.

Carl spürte, daß Joar Lundwall ihn fast bugsierte, und daß er wiederum Stålhandske hinter sich herschleifte. Es ging in schnellerem Tempo voran als berechnet, während die roten Ziffern dort unten auf dem Timer unerbittlich in Richtung Null zuckten.

Sie hatten vermutlich schon mehr als hundert Meter zurückgelegt und schwammen jetzt geradeaus und in fünf Meter Tiefe mit Sauerstoffgas, als die Detonation sie erreichte. Sie hatten das Gefühl, als stünden sie in einem großen Müllcontainer, auf den von allen Seiten gleichzeitig mit großen Hämmern eingeschlagen wurde. Die Trommelfelle bebten, ihre Körper vibrierten. Die drei Männer konnten nicht ausmachen, woher das Geräusch kam, obwohl sie es nach ihren Instrumenten genau wußten. Sie verringerten das Tempo und gaben einander durch Zeichen zu verstehen, daß sie unverletzt waren.

Als sie die Vertäuung des Schlauchboots lösten und es an den Strand schleppten, waren sie erschöpfter, als sie erwartet hatten. Sie hatten die erste Etappe in Richtung Ziel schneller als berechnet zurückgelegt.

Als sie sich kurz vor dem Strand die Gesichtsmasken vom Kopf rissen und die Geräte abstreiften, die sie nacheinander in das Schlauchboot kippten, sprachen sie zum erstenmal seit unendlich langer Zeit miteinander. Sie empfanden die gesprochene Sprache als genauso überraschend fremd, wenngleich bekannt, wie die Luft, die sie jetzt atmeten.

»Wir müssen noch mal kurz in Richtung Ziel zurück, bevor man uns aufnimmt. Da ist etwas, was ich noch prüfen will«, sagte Carl, ohne sich näher zu erklären. Sobald sie die Schwimmflossen ausgezogen und das Schlauchboot geentert hatten, startete Joar Lundwall den 50 PS starken Johnson-Motor mit dem ersten Anlasserruck und steuerte schnell auf das Zielgebiet zu; als sie sich dem Hårsfjärden näherten, sahen sie am Horizont einen schwarzen, schnell näherkommenden Punkt.

Im Zielgebiet entdeckten sie zunächst einige vereinzelte, auf dem Wasser schaukelnde weiße Kunststoffstücke und lächelten in heimlichem Einverständnis. Dann sah Carl, was er infolge einer plötzlichen Eingebung zu finden gehofft hatte – eine kleine grüne Boje mit einem Metallstab in der Mitte. Er zeigte darauf, und Joar Lundwall hielt auf die Boje zu. Carl zog sein Taschenmesser aus dem Gürtel, zerschlug einige Teile und zerstörte die Boje mit dem Messer, bis sie sank. Und dann kam das Donnern einer Gasturbine von 12 000 PS immer näher, die das graue Schiff mit vierzig Knoten direkt auf sie zutrieb. Das Schiff hielt seine Geschwindigkeit, bis es sie fast erreicht hatte. Sie glaubten schon, gerammt zu werden, als die Motoren auf volle Kraft rückwärts geschaltet wurden. Das riesige Kraftpaket bremste auf einer Strecke, die etwa der Länge des Schiffes entsprach. Der Bug sank tief ins Wasser, und das Schiff drehte sich so, daß das Heck zu ihnen herumschwenkte und sie den Matrosen, die neben der dreizüngigen schwedischen Marineflagge standen, ein Tauende zuwerfen konnten. Sie kletterten nacheinander an Bord und überwachten dann, wie das Schlauchboot mit einer Winde an Bord gehievt wurde. Sie zurrten es gemeinsam auf dem Achterdeck fest, bevor sie mit Carl an der Spitze auf die Kommandobrücke gingen.

Dort warteten warmer Kaffee in Plastikbechern und neugierige Blicke. Carl hatte vom Sauerstoffgas einen ausgetrockneten Mund und ein leichtes Kratzen in der Stimme, als er sich beim Kommandanten mit dem richtigen militärischen Dienstgrad, jedoch mit falschem Namen meldete.

Der Kommandant befahl den Kurs, nachdem Carl ihn bestätigt hatte, und dann ging es mit Höchstgeschwindigkeit los. Das Schiff umrundete Björkö mit kräftiger Schlagseite in der Kurve und nahm dann nördlichen Kurs auf den Erstaviken.

»Ich sollte wissen, was für Ausrüstung ihr in dem Schlauchboot habt, falls etwas dabei ist, was unter unsere Sicherheitsvorschriften fällt«, sagte der Kommandant mit einer Mischung aus Neugier und leichter Besorgnis.

»Es sind geheime Meßinstrumente, die wir gerade testen. Empfindliche Instrumente, aber bestens festgezurrt«, log Carl blitzschnell, als wäre es die Wahrheit und keine einstudierte Ausrede.

Dann halfen die drei Taucher einander bei den Reißverschlüssen und bewegten sich ein wenig, um Luft in die Taucheranzüge zu bekommen. Sie begannen, ihre unterkühlten Hände zu massieren. Es war für ihre Motorik und Selbstkontrolle wichtig, daß die Hände vor jedem Ziel voll funktionsfähig waren.

Der Kommandant verzichtete auf weitere Fragen. Taucher haben einen Spezialistenjob, der unter Marineoffizieren recht hohes Ansehen genießt, und welche geheimen Messungen hier auch vorgenommen wurden, so waren sie sicher von Bedeutung. Offiziere sind dazu erzogen, keine unnötigen Fragen zu stellen, und von nun an hatte der Kommandant nur den Auftrag, die Taucher so schnell wie möglich zu einer bestimmten Position zu bringen. Genau das tat er auch, ohne seine Gedanken in Spekulationen ausufern zu lassen. Er folgte einem persönlichen Befehl des Flottillenchefs. Das war alles.

Die drei Taucher standen stumm da und wärmten sich die Hände an den weißen Kunststoffbechern mit dem heißen Kaffee. Es hatte den Anschein, als hinge jeder von ihnen eigenen Gedanken nach, doch in Wahrheit dachten sie alle an das gleiche, nämlich an Ziel Nummer 2. An nichts anderes. Außer Ziel Nummer 2 hatten sie in ihren Köpfen alles ausgelöscht.

Die Nachmittagssonne wurde allmählich rot und warf schon lange Schatten, als der Lenkwaffenträger plötzlich langsamer wurde und im Leerlauf auf eine bestimmte Landzunge zuhielt.

Jetzt wiederholten die Taucher die gleiche Routine wie zuvor. Sie schlossen einander die schwarzen Reißverschlüsse, kauerten sich hin, preßten Luft aus den Taucheranzügen und rückten die Gummihaut um die Gesichter herum zurecht. Dann gaben sie den Kommandanten die Hand, gingen zum Heck und überwachten, wie ihr Schlauchboot behutsam ins Wasser gehievt wurde. Sie kletterten nacheinander hinunter, stiegen ins Schlauchboot und schoben es vom Schiffsrumpf weg. Sie starteten den Motor und verschwanden hinter der Landzunge, wobei sie zum Abschied durch ein Winken zu erkennen gaben, es sei alles in Ordnung. Der Lenkwaffenträger zog mit aufjaulenden Turbinen davon und nahm Kurs direkt nach Süden.

Die drei Männer zogen das Schlauchboot unter ein paar Erlenzweige, die ins Wasser hingen, und kehrten wie auf Kommando wieder zu ihrer stummen Kommunikation zurück. Sie wiederholten in etwa die gleiche Prozedur wie vor dem ersten Angriff. Als das nahegelegene Zielgebiet erkundet war – diesmal von Joar Lundwall –, zogen sie einen ihrer blauen Schlitten sowie ihre Aggregate aus dem Schlauchboot, das sie dann mit der Persenning abdeckten. Åke Stålhandske bugsierte es etwa fünfzehn

Meter aufs Wasser hinaus und vertäute es mit einem Karabinerhaken an einer freien weißen Boje, die jemand den Winter über im Wasser gelassen hatte. Etwa hundert Meter entfernt ragte eine flache Landzunge ins Meer, die sich als Landeplatz für den Hubschrauber eignete. Alles stimmte mit den Erkundungen von Åke Stålhandske und Joar Lundwall überein.

Sie wollten gerade ihre Körper vom Stickstoff befreien, als Joar Lundwall plötzlich etwas einfiel. Er durchbrach die lautlose Kommunikation mit einer Frage, die zu diskutieren keine Zeit geblieben war.

»Es war eine Notboje, nicht wahr? Mit Sender?« fragte er, und Carl nickte stumm.

»Rufen sie um Hilfe?« wollte Åke Stålhandske wissen und unterbrach abrupt seine Vorbereitungen.

»Wir müssen davon ausgehen, daß es wie in U-Booten funktioniert«, sagte Carl geschäftsmäßig. »Die Notboje treibt automatisch nach oben und beginnt, im Fall einer unerwarteten Katastrophe, ein allgemeines Notsignal zu senden. Es geht per Satellit zum Direktorat für kosmischen Nachrichtendienst in Moskau, von dort wird es nach Kaliningrad weiterbefördert, und dort denken sie wohl schon darüber nach, was zum Teufel hier passiert ist. Im schlimmsten Fall können sie auf Langwelle eine Warnung an unsere beiden anderen Ziele übermitteln. Wir werden es bald wissen.«

Damit begann Carl, seinen Körper vom Stickstoff zu befreien, und die anderen taten es ihm nach kurzem Zögern nach. Für Grübeleien war es jetzt zu spät. Die Operation hatte begonnen. Jetzt war Eile geboten und nichts sonst.

Die drei Männer gingen vorsichtig ins Wasser, öffneten die Ventile oben auf den Kopfhauben und halfen einander beim Überstreifen der Schwimmflossen. Sie ermittelten den Kompaßkurs und schwammen los.

Inzwischen war es schon in fünf Metern Tiefe dunkel, doch für die Orientierung spielte das keine Rolle.

Gennadij Alexandrowitsch Koskow saß mit seinen zwei schwedischen Vernehmern bei Tisch. Der Speisezettel war nicht sehr abwechlungsreich, da sie selbst kochen mußten. Koskow hatte nur sehr langsam seine Skepsis gegen die riskanten Sicherheitsmängel und die primitiven Arbeitsverhältnisse überwunden. Er hatte von den Schweden wahrlich etwas anderes erwartet.

Andererseits jedoch schien sich der Aufenthalt in Schweden allmählich seinem Ende zuzuneigen. Der eine Schwede, der übrigens ein erstaunlich gutes Russisch sprach und ohne jedes Zögern alle Spezialausdrücke verstand, hatte angedeutet, dies sei vielleicht ihr letzter gemeinsamer Abend. Im Grunde hätte das gefeiert werden müssen, doch es gab nicht viel, womit sie hätten feiern können.

Der zweite Schwede war gerade hinausgegangen, um an diesem Tag zum letztenmal zum Panzerschrank zu gehen. Er betrat das kleine Eßzimmer gerade mit einer Pfanne *Pyttipanna* und Roter Bete, als ein langhaariger junger Mann plötzlich in den Raum kam und etwas auf schwedisch sagte, was die beiden Schweden eher überraschte als erschreckte. Gennadij Alexandrowitsch Koskow vermutete, daß es sich um einen Segler handelte, der bei einer Tour die Orientierung verloren hatte, oder Wasser oder Treibstoff brauchte.

Doch als der Schwede mit der Bratpfanne gerade etwas sagen wollte, wurde er blitzschnell mit einem kräftigen Schlag bewußtlos geschlagen – von dem scheinbar harmlosen, langhaarigen jungen Mann, der sich urplötzlich in etwas schauerlich Wohlbekanntes verwandelt hatte.

Die Pistole, die er jetzt auf die beiden anderen Männer richtete, war dem sowjetischen Vizeadmiral nur zu vertraut. Er besaß selbst die gleiche Dienstwaffe.

Sein junger Landsmann bellte ein paar kurze Befehle, worauf zwei weitere Personen ins Zimmer kamen und den drei Gefangenen schnell Handschellen anlegten. Als sie gefesselt waren, trat der langhaarige junge Mann mit erhobener Pistole vor Gennadij Alexandrowitsch Koskow. Er wirkte vollkommen ruhig und beherrscht.

»Guten Tag, Herr Koskow, mein Name ist Leutnant Wladimir Iljitsch Firsow«, begrüßte ihn der junge GRU-Offizier, während seine beiden Landsleute damit beschäftigt waren, den beiden schwedischen Gefangenen Stoffetzen als Knebel in den Mund zu stopfen.

»Wie Sie vielleicht verstehen werden, Leutnant, habe ich inzwischen von Verhören die Nase voll«, erwiderte Koskow mürrisch. Er wußte sehr wohl, was ihm bevorstand; sie würden sich nie die Mühe machen, einen lebenden Koskow in die Sowjetunion zurückzutransportieren.

Während der Leutnant die Waffe auf ihn richtete, durchsuchten die beiden anderen schnell das Haus und meldeten bei ihrer Rückkehr, sonst halte sich niemand im Haus oder in der Nähe auf.

»Gut, sehr gut«, sagte der Leutnant und spannte den Hahn seiner Waffe. Er leckte sich nervös die Lippen, bevor er sich an seinen wehrlosen Gefangenen auf einem schwedischen Küchenstuhl in einem schwedischen Sommerhäuschen mit Schärenaussicht wandte.

»Herr Koskow«, sagte der junge Leutnant entschlossen, »ich habe Befehl vom Zweiten Direktorat, im Auftrag des Politbüros ...«

»Kommen Sie mir nicht mit diesem dummen Gewäsch, junger Herr Leutnant!« unterbrach ihn Koskow im Kommandoton. »Ich bin Offizier, außerdem Ihr Vorgesetzter, und weiß sehr wohl, was für Befehle Sie haben. Also los, tun Sie's schon!«

Diese verfluchten Schweden und ihre genialen Sicherheitsvorkehrungen, dachte der sowjetische Vizeadmiral. Es war das Letzte, was er dachte.

Korvettenkapitän Kent Malmström schwebte mit seinem Hubschrauber direkt über der Landeplatte neben der Basis der 1. Hubschrauberdivision draußen in Berga. Der zweimotorige *Yngve 64*, für seine heutige Aufgabe zum Transporthubschrauber umgebaut, war zum Einsatz bereit. Die Großhubschrauber der Marine, die irgendwann in den sechziger Jahren gebaut wurden, sind immer wieder neuen Verwendungszwecken angepaßt worden. Normalerweise werden sie bei der U-Boot-Jagd eingesetzt; der langweiligste Job ist der Transport von Passagieren, sofern es sich nicht um besondere Fluggäste handelt. Über der Luke am Seiteneingang prangte das Autogramm von Prinz Philip, dem Prinzgemahl der englischen Königin.

Sie waren vier Mann an Bord. Außer Malmström ein Copilot, ein Bordmechaniker und ein Radar-Navigator, da Befehl erteilt worden war, in möglichst niedriger Höhe mit höchstmöglicher Geschwindigkeit zu fliegen. Der Befehl war direkt vom Divisionskommandeur gekommen, der geheimnisvoll angedeutet hatte, der Marinechef persönlich habe den Flug angeordnet. Also mußte es mit dieser Tauchübung irgendeine seltsame Bewandtnis haben. *Übung unter realistischen Bedingungen* hieß es in dem Befehl, und das mochte glauben, wer wollte.

Der Tower erteilte die Startfreigabe. Der Hubschrauber stieg auf sechzig Fuß Höhe und nahm direkten Kurs auf den Hårsfjärden, wo er nach Norden abbog und die Geschwindigkeit auf 110 Knoten steigerte.

»Heizgebläse auf höchste Stufe schalten, auch wenn wir ein wenig ins Schwitzen geraten. Unsere tauchenden Kollegen können es vielleicht gebrauchen. Pfui Teufel, um diese Jahreszeit zu baden«, sagte Malmström in sein Kehlkopfmikrofon.

»Sie haben Trockenanzüge unter den Taucheranzügen. Es ist also nicht so schlimm. Trotzdem volles Gebläse, verstanden«, erwiderte der Copilot.

»Schöner Abend, ruhig und still, schönes Land«, überlegte Korvettenkapitän Malmström laut, ohne eine Antwort zu erwarten.

Es war angenehmes Flugwetter. Keine Segler draußen. Zwei Rotorblätter in Höhe der Masttoppen, das konnte schnell ins Auge gehen.

Bei Dalarö stiegen sie höher und nahmen strikt nördlichen Kurs über Land, um etliche Minuten einzusparen. Ein paar Nerzzüchter würden den Militärs hinterher die Hölle heiß machen, aber da es sich um einen streng geheimen Einsatz handelte, waren wütende Nerzzüchter leichter zu verkraften als ein wütender Divisionskommandeur.

Als sie das Zielgebiet erreichten, hatten sie noch keine Peilung von *Sök 75* erhalten, dem Notsender, der laut Befehl für die Orientierung auf der letzten Wegstrecke eingesetzt werden sollte. Aber als der Hubschrauber über dem Zielgebiet eine weitausholende Runde drehte, entdeckten sie ein Schlauchboot mit drei Tauchern, die mit einer Taschenlampe Morsesignale gaben. Der Hubschrauber drehte noch eine weitere Runde, während das Schlauchboot seine genaue Position suchte.

Unmittelbar darauf meldete der Radar-Navigator, er habe auf fast direkt nördlichem Kurs Kontakt mit *Sök 75*.

Als der Hubschrauber tieferging, waren die drei Taucher gerade dabei, ihr Schlauchboot auf einen flachen Felsen zu ziehen, der sich als Landeplatz gut zu eignen schien.

»Setz die Maschine dort auf, wo es am ebensten ist, und dann die Rampe ausklappen«, befahl der Korvettenkapitän.

Etwa eine Minute später zogen die Taucher und der Bordmechaniker das Schlauchboot über die Rampe, zurrten es fest und gaben durch Zeichen zu verstehen, man könne die Rampe einziehen und zu dem angegebenen Ziel starten.

Als der Hubschrauber abhob, lieh sich einer der Taucher ein Kehlkopfmikrofon. Der Chef an Bord sah nicht, mit wem er dort hinten im Laderaum sprach.

»Hier Korvettenkapitän Karlsson. Entschuldigt die Verspätung, aber wir hatten ein paar kleinere Komplikationen. Es ist aber alles in Ordnung. Uns geht es gut, und vielen Dank für die Heizung. Wie lange brauchen wir bis zum angegebenen Zielgebiet?« sagte die Stimme über Lautsprecher.

»Falls ihr tiefgefroren seid, schaffen wir es jedenfalls nicht mehr, euch aufzutauen. Wenn ihr Kaffee haben wollt: Wir haben eine Thermokanne an Bord. Kuchen auch«, erwiderte Korvettenkapitän Malmström, der in Gedanken schon mehr beim Flug und dem schönen Abend in den Schären war als bei irgend etwas anderem.

»Kaffee ist ausgezeichnet. Sehr aufmerksam, danke. Unsere Verspätung beträgt fünf Minuten, und die müssen wir beim Abholen berücksichtigen. Also fünf Minuten später als geplant«, sagte die Stimme im Laderaum.

»Verstanden, fünf Minuten später abholen«, erwiderte der Pilot, worauf kein Wort mehr gewechselt wurde. Der Hubschrauber flog mit geradem Kurs auf Vaxholm über Värmdö hinweg.

Die drei Taucher führten eine lautstarke Unterhaltung, von der keiner der behelmten Piloten oder Navigatoren ein Wort mithören konnte.

Als der Timer eingestellt gewesen war und die zwölf Sprengladungen der Detonation entgegentickten, hatten sich nur zwei der drei Männer auf direktem Weg vom Ziel entfernt. Joar Lundwall hatte sich losgeschnitten und war in weniger als zwei Minuten an die Oberfläche gestiegen. Das wichtigste war, im Augenblick der Detonation den Kopf über Wasser zu haben, damit die Trommelfelle nicht platzten. Er hatte das Gefühl gehabt, plötzlich von einer Riesenhand nach oben gehoben zu werden, ohne dabei auch nur einen Laut zu hören. Und dann war der Strom der Luftblasen gekommen, kurz darauf gefolgt vom Notsender. Er kam drei Meter von ihm entfernt an die Oberfläche und konnte nach menschlichem Ermessen nicht sonderlich viel gesendet haben, bis es Joar gelungen war, die Boje zum Schweigen zu bringen und zu versenken.

So hatten sie länger gebraucht, um wieder zueinander zu finden, was die Verspätung verursacht hatte. Doch sie waren sich einig, richtig gehandelt zu haben. Entweder hatte man in Kaliningrad nicht begriffen, was hier geschah, oder der Entscheidungsprozeß hatte mit der Entwicklung nicht Schritt gehalten. Beim dritten Ziel würde es natürlich keine Rolle spielen, ob hinterher ein Notsender funktionierte oder nicht. Obwohl man ihn mitnehmen konnte, und sei es nur, um aufzuräumen. Es werde auf jeden Fall einige merkwürdige Zeitungsmeldungen geben, falls man den Sender ein paar Tage später bei Vaxholm finde, meinte Carl. Joar Lundwall wandte ein, daß dieser Notsender sich nach dem Funksignal vermutlich selbst versenkte. Satelliten schliefen ja nicht, was die einmal registriert hatten, ging nicht mehr verloren.

Genau. Unter diesen Umständen mußten sie fast zwangsläufig bei Ziel Nummer 3 mit irgendeiner Form von Alarmbereitschaft rechnen.

Zwanzig Minuten später schaukelte ein einsames, mit einer Persenning abgedecktes Schlauchboot in der Abenddämmerung vor einer verlassenen, kahlen Schäre draußen im Trälhavet. Im Schlauchboot lagen ein Transportsack des Typs, den die Marinetaucher der schwedischen Küstenjäger verwenden. Der Sack enthielt Zivilkleidung und persönliche Habseligkeiten sowie – was möglicherweise mehr Aufsehen erregen würde – sechs Handfeuerwaffen verschiedener ausländischer Fabrikate.

In fünf Meter Tiefe schwammen die drei schwarzgekleideten Taucher mit einem hellblauen Kinderschlitten im Schlepptau.

Carl hatte die Spitze übernommen, als würde er sich besser »auskennen«, weil er das Ziel schon einmal erkundet hatte. Das war natürlich eher ein Gefühl als Wirklichkeit. Für die Konzentration der Männer war es jedoch gut, sich in den Aufgaben abzuwechseln. Jetzt schwamm Joar Lundwall als letzter und war damit für den Schlitten und seine allmähliche Gewichtsverringerung zuständig. Åke Stålhandske schwamm auf der leichtesten Position in der Mitte – sie war zumindest für das Gehirn die leichteste. Für die Muskeln dagegen war es recht ermüdend, daß immer wieder entweder von vorn oder von hinten an der Handleine gezerrt wurde.

Als Carl zu seiner kurzen Orientierung an die Oberfläche kam, schien ihm die untergehende Sonne in die Augen. So mußte er sich etwas mehr Zeit nehmen als berechnet, bevor er wieder tauchte und den anderen mitteilte, sie lägen exakt auf Kurs, die Abdrift sei gleich Null, da die Strömung von hinten komme; sie würden bis zum Ziel zwei Minuten weniger brauchen als berechnet; ferner habe er in der Nähe ein Boot gesehen, und es bestehe die Gefahr, daß ihn jemand entdeckt habe.

Carl bemühte sich, sich voll und ganz auf die Orientierung zu konzentrieren, konnte aber nicht verhindern, daß im Hinterkopf andere Gedanken rotierten. Was würde geschehen, wenn jemand mitten im Trälhavet den Kopf eines Tauchers gesehen hatte? Wie war die Alarmbereitschaft in Vaxholm? War es möglich, daß irgendein Boot auslief und sie suchte?

Als die Instrumente unerbittlich mitteilten, es sei Zeit, nach unten zu tauchen, signalisierte Carl das mit nur einem Ruck, da die anderen inzwischen genau wissen mußten, was zu tun war und wann und weshalb.

Der Taucheranzug preßte sich erneut gegen seinen Körper, um die Hoden herum wurde es ziemlich schmerzhaft. Er konnte dagegen kaum mehr tun, als die Zähne zusammenzubeißen, um den Schmerz zu unterdrücken. Er versuchte sich darauf zu konzentrieren, nicht an Tempo zu verlieren, da dies die Orientierung beeinflussen würde.

Als er mit einer Hand Grundberührung bekam, hörte er einen schwachen, surrenden Laut. Er kam vermutlich aus dem Inneren der Station, war bei der Orientierung jedoch keine Hilfe, da sich unmöglich ausmachen ließ, aus welcher Richtung er kam.

Carl teilte den anderen mit, sie sollten eine Linie bilden, um mit der Suche zu beginnen, doch kurz darauf schon stieß er mit der Hand auf ein bekanntes Material. Sie waren direkt vor dem Ziel.

Er teilte den anderen die Position mit, worauf sie nach einer Kante suchten, die sie zu einem der Eingänge führen würde. Es dauerte lächerlich lange, und Carl fürchtete fast schon ein Scheitern der Mission.

Schließlich gab einer der anderen durch einen Ruck an der Handleine das ersehnte Signal. Sie begannen zum drittenmal mit dem Anbringen der Sprengladungen. Ohne sich dessen bewußt zu werden, arbeiteten sie jetzt hektischer und nachlässiger und machten bei einer Gelegenheit sogar gehörigen Lärm. Dann noch ein lautes Geräusch, das in der Station zu hören sein mußte.

Sie hatten keine Wahl: Sie mußten weitermachen, als wäre nichts geschehen, und sich bemühen, ihre wachsende Nervosität zurückzudrängen.

Als sie mit der vorletzten Sprengladung beschäftigt waren, hörten sie ein plötzliches Knacken, ein Quietschen und sehr laute Geräusche. Carl signalisierte, sie könnten mit den Sprengladungen weitermachen. Im Schutz des Lärms konnten sie schnell und ohne Rücksicht auf Geräusche arbeiten.

Auf dem Schlitten lagen jetzt noch zwei Reserve-Sprengladungen und ein damit verbundener Reserve-Timer. Die Geräusche unter ihnen waren immer lauter geworden, aber sie konnten immer noch nicht ausmachen, was sie verursachte.

Während Carl den Timer befestigte und die Detonationszeit auf zwei Minuten programmierte, ging ihm plötzlich auf, wie das Geräusch zu deuten war. Es war irgendeine Hydraulik. Die Russen waren dabei, das Einfahrtstor an einem Ende zu öffnen, weniger als zwei Meter von ihrer Position entfernt.

Plötzlich tauchte ein kräftiger weißer Lichtschein auf, und sie hörten ein deutliches Motorengeräusch. Carl hatte den Eindruck, als sei etwas dabei, sich durch das Tor hinauszubewegen, irgendein bulliges Fahrzeug. Das Licht stammte entweder von dem Fahrzeug oder es stellte eine Art Lande- oder Startbeleuchtung der Station dar.

Carl zog die beiden anderen zu sich, zeigte auf den Timer und wartete, bis sie die Zeitangabe erkannt und bestätigt hatten: Anderthalb Minuten, neunzig Sekunden. Dann zog er sein Messer und schnitt die Handleine zu Åke Stålhandske durch und leinte sich selbst bei Lundwall an. Er koppelte eine normale Sprengladung ab und überreichte Stålhandske die Reserveladung zusammen mit dem Timer. Er ließ Joar Lundwall mit den Händen spüren, was geschah.

Das Licht unter ihnen wurde immer stärker, ebenso der Lärm, so daß sie einander vor dem blenden, flirrenden Hintergrund als Silhouetten zu erkennen begannen.

Carl zeigte auf das Licht und das Fahrzeug und schob Åke Stålhandske von sich weg. Dann betätigte er den Schalter der zusammengekoppelten Sprengladungen und zog Joar Lundwall in die festgelegte Kompaßrichtung mit sich, so daß sie sich schnell von Stålhandske entfernten. Carl schwamm schräg nach oben und versuchte, an nichts zu denken, während er die Augen schloß und unbewußt auch versuchte, die Ohren zu schließen.

Neunzig Sekunden sind anderthalb Minuten und ein sehr kurzer Zeitraum. Es wurde die längste Zeit, die Carl je gewartet hatte.

Als die Detonation endlich erfolgte, hatte er das Gefühl, von einem Panzer überfahren zu werden. Er erkannte, daß er sich an der Grenze zur Bewußtlosigkeit befand. Dann spürte er einen plötzlich aufquellenden pochenden Schmerz in den Ohren, vor allem in einem Ohr. Mindestens ein Trommelfell war zum Teufel. Ihm wurde plötzlich bewußt, daß er noch immer so schnell schwamm, wie er vermochte, und daß es ihm verdächtig schwer fiel. Er hielt inne und zog Joar Lundwall zu sich her, während er gleichzeitig auf den Tiefenmesser sah. Sie waren in fünf Meter Tiefe angelangt, und der Druck um die Hoden hatte nachgelassen. Was eine ziemlich dürftige Kompensation für die Schmerzen in den Ohren war. Als er Lundwall ganz in seiner Nähe hatte, beugte er sich vor und zog seinen Kollegen eng an sich, als wollte er ihn küssen. Lundwall wehrte sich zunächst, bis er begriff.

Carl drückte seine Maske dicht an die von Lundwall und schrie so laut er konnte.

»WIE GEHT'S DIR, KANNST DU NOCH HÖREN?«

»FLUCTUAT NEC MERGITUR. HABE SCHMERZEN, KANN ABER HÖREN«, brüllte Lundwall zurück.

»WAS?« schrie Carl.

»ZIEMLICH BENOMMEN, SINKE ABER NICHT UND KANN NOCH HÖREN!« wiederholte Lundwall.

»HAST DU DIE ORIENTIERUNG VERLOREN?« brüllte Carl.

»NEIN!«

»DU SCHWIMMST VORNEWEG!«

»VERSTANDEN«, beendete Lundwall ihre gebrüllte Konversation in intimer Umarmung. Dann schwamm er los, Carl mehr oder weniger im Schlepptau.

Als sie die Wasseroberfläche erreichten, wurde es schon dunkel. Sie waren noch mehr als fünfzig Meter vom Schlauchboot entfernt.

Sie sprachen nicht miteinander, als sie in das Schlauchboot kletterten und ihre Aggregate abschnallten. Sie spähten eine Weile über die Wasseroberfläche, sahen aber nichts, was vielleicht auch daran lag, daß ihnen die letzten Strahlen der untergegangenen Sonne direkt in die Augen schienen.

Carl aktivierte seinen Notsender, sobald sie in der Ferne den Hubschrauber hörten.

»Wie zum Teufel erklären wir, daß einer von uns fehlt?« fragte Lundwall leise.

»Wir müssen solange wie möglich suchen, dann können wir uns neu entscheiden.«

Damit gingen sie zu lautloser Kommunikation über, und das nicht nur aus Taucher-Routine.

Das Schlauchboot ließ sich diesmal schnell und leicht an Bord ziehen, und sobald Carl Kopfhörer und Kehlkopfmikrofon bekommen hatte, erkannte er, daß er auf dem einen Ohr völlig taub war. Ihm war kaum bewußt, was er zu dem Hubschrauberpiloten sagte, wurde aber plötzlich hellwach, als er die Antwort hörte.

»Und der Kollege da unten im Wasser, sollen wir den auch raufholen?«

»Anwort ja!« schrie Carl. Er riß sich Kopfhörer und Kehlkopfmikrofon ab, als der Hubschrauber sich in die Kurve legte.

»Stålhandske schwimmt an der Oberfläche. Er hat die Zapfen rausgezogen. Mach dich bereit, runterzugehen und ihm das Rettungsgeschirr anzulegen!« schrie er Lundwall zu. Dieser brauchte nur zu nicken.

Sie schwiegen unendliche Sekunden lang, während der Hubschrauber in zehn Meter Höhe auf den Taucher zuhielt, der seine Schwimmweste aktiviert hatte und an die Oberfläche gestiegen war. Beide Männer dachten das gleiche: Wer bei Bewußtsein ist, wenn er die Notbremse zieht, sollte auch überleben können. Als der Hubschrauber direkt über Stålhandske hielt, sahen sie zu ihrer Erleichterung, daß er winkte.

Das Rettungsgeschirr konnte er selbst, wenn auch mit einiger Mühe, um Tauchaggregate und Körper befestigen. Dann winkte er zum Zeichen, daß er fertig sei, wurde hochgezogen und in den Hubschrauber gehievt. Er war offenbar verletzt, doch sie sahen keine Löcher im Taucheranzug und kein Blut. Sie halfen ihm beim Ablegen des Geräts, öffneten den Reißverschluß auf dem Rücken und betasteten von je einer Seite systematisch Arme und Beine Stålhandskes, während dieser selbst vornübergebeugt und stumm dasaß, anscheinend kurz davor, das Bewußtsein zu verlieren.

Doch plötzlich blickte er mit einem herzlichen und sehr breitem weißen Lächeln hoch.

»Diesem Satan von Mini-U-Boot hab ich's aber gegeben. Ich war so nah dran, daß ich den Knall spürte!« rief er lachend.

»Was ist passiert? Erzähl!« rief Carl zurück.

Stålhandske lachte und wischte sich Rotz vom Mund, bevor er seinen etwas unkonventionellen Bericht erstattete.

»Wißt ihr was«, begann er in seinem singenden Finnland-Schwedisch, »ich bin direkt auf diese Scheißkerle runtergegangen und bekam irgendein Geländer zu fassen, als das Ding gerade startete. Das Gerät ging gerade vom Kabel- zum Propellerbetrieb über. Und da hing ich dann plötzlich wie irgend so ein dämlicher Wimpel direkt in der Strömung. Ich glaube, die liefen volle Pulle voraus. Es war ziemlich teuflisch, sich mit dem einen Arm festzuhalten und diese Scheißbombe mit der anderen Hand anzubringen. Aber damit waren die Probleme noch lange nicht zu Ende. Ich stellte den Timer auf dreißig Sekunden, wagte aber ums Verrecken nicht loszulassen, denn sie hatten ja den Propeller da hinten dran, und ich hatte keine Lust, als Filet Stroganoff an die Oberfläche zu kommen. Und dann schaltete ich den Timer ein und zog an der Schwimmweste, nein, erst befreite ich mich von dem Bleigürtel, und es schepperte ganz schön, als das Ding vom Propeller erfaßt wurde. In dem Moment war ich ein fast aufrechtstehender Wimpel. *Dann* zog ich an dem Auslöser der Schwimmweste, hielt fest, so gut es ging, und *dann* sauste ich wie so ein blöder Korken nach oben, was vielleicht nicht so gut ist, aber ich habe es getan. Auf dem Weg nach oben hab ich den Knall ganz deutlich gehört. Ja. Dann schaltete ich noch den Notsender ein, und hier bin ich.«

»Wäre das U-Boot aufgestiegen? Was glaubst du?« schrie Carl.

»Die wollten bestimmt aufsteigen. In vernünftiger Tiefe können diese armen Teufel natürlich besser navigieren. Für diese Hilfe muß ich mich bedanken, sonst wäre es mir bei dem Aufstiegstempo wohl nicht so gut ergangen.«

Stålhandske zeigte keine sichtbaren Symptome, sondern nur einige begreifliche Anzeichen der Erschöpfung. Der eine Arm mußte überdies erhebliche Prellungen abbekommen haben. Sie hatten aber schon festgestellt, daß nichts gebrochen war.

Plötzlich bemerkten sie, daß der Hubschrauber fast stillstand. Und als sie eine der dicht schließenden Gardinen an den Fenstern zu Seite schoben, sahen sie, daß sie im Landeanflug waren und direkt unter ihnen ein primitives Signal leuchtete.

Einige Sekunden später setzte der Hubschrauber auf. Sie schleppten ihre Ausrüstung schnell ins Freie. Carl, der die Maschine als letzter verließ, riß noch schnell ein Mikrofon an sich und schrie etwas von Dank für gute Zusammenarbeit und sprang dann hinaus. Er sah, wie der Hubschrauber aufstieg und eine Kurve zog, während gleichzeitig die Heckrampe hochgezogen und geschlossen wurde.

Carl sah einige Sekunden stumm hinter dem Hubschrauber her. MARINE stand es in weißen Blockbuchstaben an der Seite. Dann ging Carl auf Johan F:son Lallerstedt zu, der aus einem vollkommen unerfindlichen Grund eine Uniform angezogen hatte.

Lallerstedt sah ihn mit weit aufgerissenen Augen an, und sein Blick schrie förmlich tausend Fragen.

Carl ging ein paar torkelnde Schritte auf ihn zu, bis er weniger als einen halben Meter von seinem Vorgesetzten entfernt war.

»Herr Fregattenkapitän! *Operation Big Red* befehlsgemäß ausgeführt. Die Stationen wie geplant zerstört. Ein vermutetes Mini-U-Boot versenkt. Wir sind so gut wie unverletzt, könnten später aber ärztliche Hilfe brauchen.«

Dann salutierte er symbolisch und lächelte matt.

Sein direkter Vorgesetzter stand einige Augenblicke wie versteinert, bis er den Mund aufmachen konnte.

»Keine Probleme? Habt ihr alle Ziele geortet?« fragte er schließlich.

»Einige Probleme, aber wir haben die Ziele geortet und zerstört. Laß uns später quatschen. *Let's get the hell out of here*«, erwiderte Carl und sah sich um.

Die anderen hatten schon damit begonnen, das Schlauchboot in einem Volkswagenbus zu verstauen. In einigen hundert Metern Entfernung lag eine Villa, in deren Fenstern Licht brannte. Die Bewohner des Hauses mußten den Hubschrauber gehört haben. Sie mußte ziemlich neugierig geworden sein, und folglich mußte jetzt alles schnell gehen.

Die drei Taucher zwängten sich unbeholfen und steifgefroren aus ihren Taucheranzügen. Sie standen hinter dem kleinen VW-Bus, während Lallerstedt und seine Helfer den Transportsack herbrachten und die Kleidung der drei Männer in drei Haufen sortierten.

Jedes Stück Ausrüstung, das sie ablegten, wurde sofort in den Laderaum des VW-Busses geworfen. Dann zogen sie sich ihre Zivilkleidung an, nahmen ihre persönlichen Dinge an sich, zögerten kurz beim Anblick der Handfeuerwaffen, entschieden sich dann aber für einen Kompromiß. Jeder steckte seine Pistole ein. Die Revolver flogen in den Bus, und dann verschloß Lallerstedt die große Heckklappe, sprang auf den Fahrersitz und fuhr los.

»Hoffentlich haben die im Volvo den Schlüssel stecken lassen«, knurrte Joar Lundwall.

Der Schlüssel steckte. Joar Lundwall, der zweifellos noch die beste Kondition besaß, setzte sich ans Steuer und drehte den Zündschlüssel. Er stellte das Heizgebläse auf die höchste Stufe und fuhr los.

Lange Zeit sagte keiner ein Wort. Carl spürte den pochenden Schmerz in dem Ohr mit dem geplatzten Trommelfell und sah auf die in der Dämmerung vorübergleitende Landschaft. Das war Schweden. Es roch nach Frühling. Hier und da verbrannten die Leute Gartenabfälle. Alles war vollkommen normal, nichts wirkte ungewohnt, die Dinge sahen so wirklich oder unwirklich wie immer aus. Von Krieg keine Spur.

Als der Wagen leise über die Lidingöbron glitt – Joar Lundwall hielt sich vernünftigerweise an die Geschwindigkeitsbegrenzung –, war es fast schon dunkel. Nur am Horizont deutete ein blutroter Rand an, daß die Sonne gerade unterging. Es sah aus wie bei einem Brand.

Åke Stålhandske schaltete das Radio ein, stellte es aber nach kurzer Zeit wieder ab. Von ungelösten gesellschaftlichen Problemen mochte jetzt keiner von ihnen etwas hören.

»Eins wollte ich dich noch fragen«, sagte Joar Lundwall, als sie sich schon auf dem Lidingövägen in der Nähe des Generalstabs befanden.

»Bitte«, brummelte Carl, der eine Hand aufs Ohr gedrückt hielt.

»Wieviel Mann waren da unten? Ist das bekannt?«

Carl antwortete nicht. Nach kurzem Schweigen formulierte Lundwall seine Frage anders.

»Wir wissen doch, daß die Basen bemannt waren. Wie viele Soldaten haben sich da unten befunden?« fragte er in einem Tonfall, der erkennen ließ, daß er weiterbohren würde, bis er eine Antwort erhielt.

»Ich weiß es nicht«, erwiderte Carl schließlich. »Maximaler Personalbestand sollen dreihundert Mann sein. Insgesamt. Mindestbesatzung im

Winter fünfundsiebzig, ebenfalls insgesamt. Jetzt beginnt einerseits die Hochsaison, andererseits könnten sie sich veranlaßt gesehen haben, die Besatzung zu evakuieren. *My guess is as good as yours.*«

»Also zwischen hundert und zweihundert«, stellte Joar Lundwall fest.

Carl antwortete nicht.

Sie fuhren schweigend weiter. In der Altstadt, Gamla stan, parkten sie den Wagen an einer Stelle, wo es vermutlich einen Strafzettel geben würde, direkt vor dem Königlichen Schloß. Das letzte Stück, vorbei an St. Georg und dem Drachen, gingen sie zu Fuß.

In der Wohnung war es staubig und roch nach abgestandener Luft. Unter dem Briefschlitz lagen ganze Stapel von Werbesendungen. Carl bat die beiden, sich zu setzen, öffnete einige Fenster, holte eine Flasche Whisky und stellte den Plattenspieler an, ohne auch nur nachzusehen, ob eine Platte auf dem Plattenteller lag. Doch pflegte er seine Platte meist dort liegenzulassen, und Musik hatte er nun schon seit Ewigkeiten nicht mehr gehört.

Die drei Männer saßen immer noch stumm, als sie ihre Whiskygläser hoben und sich zuprosteten. Dann tranken sie schweigend. Die Musik, die aus den Lautsprechern ertönte, kam von einer verstaubten Platte: Glenn Gould, *Englische Suiten* von Bach.

Carl wußte, daß sie sich alle drei in einer Art Schockzustand befanden und ihre körperliche Verfassung überprüfen mußten. Er selbst spürte jetzt ein Jucken in den Fingerspitzen und um die Ellbogen herum. Die Schmerzen im linken Ohr hatten ihn dieses typische Symptom bis jetzt übersehen lassen.

Stålhandske nahm an sich das gleiche wahr. Sie wechselten einen kurzen Blick und zogen sich ihre Hemden aus. Auf dem Rücken zeigten sich leichte Spuren von Marmorierung: geplatzte Blutgefäße. Sie warfen Joar Lundwall einen fragenden Blick zu. Der schüttelte den Kopf und teilte damit mit, daß er bei sich nicht einmal diese ersten Symptome der Taucherkrankheit bemerkte.

»Es dürfte sich von selbst erledigen, aber wenn einer von uns im Verlauf der nächsten Stunde weitere Symptome spürt, muß er zum Arzt«, stellte Carl fest. Dann schwiegen sie wieder, bis sie ausgetrunken, nachgeschenkt und ihre Gläser fast wieder ausgetrunken hatten. Inzwischen hatte Carl die Platte umgedreht.

»Ich habe ein Gästezimmer, und die Betten sind bezogen«, sagte Carl. Er spürte, wie ihn plötzlich unwiderstehliche Müdigkeit befiel. »Außerdem habe ich euch noch gar nicht gesagt, daß ihr verdammt gut wart. Willkommen in der Firma.«

Sie antworteten nicht. Es hatte den Anschein, als kommunizierten sie wieder wortlos, wie unter Wasser.

Da läutete es an der Tür.

Alle drei erwachten augenblicklich aus ihrer Schläfrigkeit. Carl nickte nur, und die beiden anderen deuteten dieses Zeichen richtig. Sie zogen ihre Pistolen aus dem Hosenbund und entsicherten sie. Sie gingen automatisch in Kampfposition. Carl ging zur Tür. Er erwartete keinerlei Besuch.

»Wer ist da?« fragte er durch die geschlossene Tür, vermied es aber, sich davor zu stellen.

»Kriminalpolizei!« erwiderte eine Stimme draußen.

Carl überlegte kurz. Dann zog auch er seine Waffe und entsicherte sie leise. Da die beiden anderen hinter ihm das Geräusch hörten, brauchte er ihnen nichts weiter mitzuteilen.

»Ich mache auf!« rief er, drehte den Schlüssel, riß schnell die Tür auf und richtete die Pistole direkt auf das Gesicht von Kriminalinspektor Rune Jansson von der Mordkommission in Norrköping.

Hinter Rune Jansson standen zwei Männer. Alle drei waren angesichts des unerwarteten Empfangs zu Salzsäulen erstarrt.

»Zeigen Sie Ihre Ausweise«, sagte Carl und senkte gleichzeitig die Waffe. Mit einigem Zögern zogen alle drei ihre Plastikkärtchen mit dem kleinen Reichswappen aus der Tasche.

»Verzeihung, kommen Sie rein«, sagte er und ging vor den drei Kriminalbeamten in die Wohnung zurück.

»Alles in Ordnung«, sagte er zu seinen beiden Kollegen, die ihre Pistolen senkten, sie sicherten und wieder in den Hosenbund steckten. Die Polizeibeamten waren fassungslos.

»Setzen Sie sich. Worum geht es?« fragte Carl. Er zeigte auf das Sofa gegenüber den drei Sesseln. Die drei zögernden Polizeibeamten nahmen Platz.

»Ich heiße Rune Jansson und bin von der Mordkommission in Norrköping. Die Kollegen sind aus Stockholm«, begann Rune Jansson leise entschloß sich dann aber, etwas selbstbewußter aufzutreten. »Und jetzt ist es so«, fuhr er folglich mit lauterer Stimme fort, »daß wir eine Hausdurchsuchung vornehmen und Sie nochmals verhören werden, Herr Hamilton. Es geht um eine bestimmte Ermittlung, die Ihnen schon bekannt sein dürfte.«

Carl lachte laut los. Es war kein fröhliches Lachen, und es fiel allen Anwesenden aus verschiedenen Gründen gleich schwer, es zu deuten.

»Ach ja«, sagte Carl schließlich, schüttelte den Kopf und faßte sich an die Stirn, als wollte er wieder in die Wirklichkeit zurückfinden. »Ach, ja, ich weiß, worum es geht. Führen Sie ruhig Ihre Hausdurchsuchung durch. Es gibt allerdings ein Zimmer, das sie nicht betreten dürfen. Es ist militärisches Gebiet. Es enthält ohnehin nichts, was für Ihre Ermittlungen von Bedeutung sein könnte. Meine Kollegen hier sind Angestellte des militärischen Nachrichtendienstes und werden sich der Polizei gegenüber nicht ausweisen. Sie haben natürlich den Hausdurchsuchungsbefehl und die weiteren Formulare von der Staatsanwaltschaft?«

»Was zum Teufel soll das eigentlich? Sollen wir sie entwaffnen und rausschmeißen?« knurrte Åke Stålhandske. Carl machte schnell eine abwehrende Handbewegung. Es war ihm klar, daß es Stålhandske mit seiner Überlegung, eine Katastrophe auszulösen, vollkommen ernst war, und daß er keine Sekunde zögern würde.

»Von einer Beschränkung der Hausdurchsuchung auf einige Räume kann keine Rede sein. Wenn Sie uns nicht helfen wollen, werden wir Sie zur Kripo mitnehmen. Und wenn die beiden anderen sich nicht ausweisen, müssen sie zur Identifizierung mitkommen«, sagte Rune Jansson ebenso entschlossen wie unsicher; eine eigentümliche Mischung, deren Komik durch seinen Norrköpinger Dialekt noch unterstrichen wurde.

Carl seufzte und sah an die Decke. Dann schüttelte er den Kopf, als wollte er sich zur Ordnung rufen, und wandte sich an seine beiden Mitarbeiter und Kameraden.

»Ihr dürft unter keinen Umständen eure Namen nennen. Verweist auf Ulfsson im OP 5. Er wird kommen und euch auslösen. Vielleicht sollten wir uns selbst entwaffnen, um weitere Peinlichkeiten zu vermeiden.«

Carl legte seine Pistole auf den Tisch, überlegte kurz, zog das Magazin heraus und legte es neben die Waffe. Die beiden anderen folgten seinem Beispiel. Dann stand er auf.

»Nehmen wir ein Taxi, oder sind Sie mit dem Wagen gekommen?« fragte er Rune Jansson.

Sechs Stunden später befanden sich die Feldwebel Lundwall und Stålhandske, in einigen Voruntersuchungsprotokollen Feldwebel NN-7 und Feldwebel NN-8 genannt, wieder auf freiem Fuß. Weitere sechs Stunden später saßen sie in einer Maschine nach New York, von wo sie nach Kalifornien weiterfliegen sollten. Diesmal konnten beide während des Fluges tief und lange schlafen. Von den bis aufs Blut gereizten Kriminalbeamten waren sie nicht identifiziert worden. Da sie keiner Straftaten verdächtigt wurden und der Generalstab bezeugte, es handle sich um militärisches Personal in geheimer Funktion, gab es für die Polizei keine Möglichkeit mehr, sie länger festzuhalten.

Carls Weg in die Freiheit gestaltete sich etwas komplizierter. Kaum im Polizeihaus angekommen, verlangte er, allein in eine Zelle gesperrt zu werden, da er schlafen wolle. Er habe einen arbeitsreichen Tag hinter sich. Überdies begründete er seinen Wunsch damit, daß er nichts zu sagen habe.

Während Carl in seiner Zelle schlief, fand in seiner Wohnung eine Hausdurchsuchung statt. Die Polizisten leerten seine Kleiderschränke und konzentrierten sich dann auf eine verschlossene Stahltür. Sie mußte aufgeschweißt werden, was kostbare Zeit in Anspruch nahm. Aber was man hinter der Stahltür fand, weckte neue Hoffnungen. Es war ein geschlossener Raum mit verschlossenen Fenstern und Eisenjalousien. Der Raum war eine Mischung aus Turnsaal und Schießstand.

Außer zwei verschlossenen Waffenschränken enthält er nichts von Interesse. Wieder mußte der Schlosser bemüht werden, der die beiden Stahlschränke aufbohrte.

Deren Inhalt erzeugte eine Mischung aus Bestürzung und polizeilicher Begeisterung. Unter anderem konnten die Beamten fünfzehn verschiedene Schußwaffen und sechs verschiedene Messer sicherstellen. Die Gegenstände wurden numeriert und mit Zetteln bezeichnet, die man mit Klebeband an den Waffen befestigte. Das größte Interesse erregten ein Revolver und eine schwarze Pistole, in deren Kolben ein Adelswappen eingraviert war. Polizeibeamte interessieren sich für Waffen. Die Arbeit wurde durch einige technische Diskussionen verzögert, die sich um die möglichen Wirkungen der verschiedenen Waffen sowie die Lizenzbestimmungen für militärisches Personal entspannten.

Die letzte Frage ließ sich relativ schnell klären. Hamilton besaß einige Waffenscheine. Die übrigen Waffen waren als militärische Dienstwaffen anzusehen, für die keine Lizenz erforderlich ist, egal, um welche Waffen es sich handelt. Wenn der Generalstab es bestätigt hätte, hätte auch ein Panzer als Dienstwaffe durchgehen können. Und es war offenkundig, daß die erzürnten Vertreter der fraglichen militärischen Dienststelle bereit waren, im Fall Hamilton für alles zu bürgen.

Damit erübrigte sich auch die Frage, ob es legal sei, zu Hause so viel Munition zusammen mit den Waffen aufzubewahren. Beides war zuverlässig eingeschlossen, und bei einer entsprechenden Kontrolle würde jeder beliebige Heimwehrmann in weit größere Schwierigkeiten geraten.

Am Ende blieb nur noch eine Hoffnung. Die Untersuchung, zu der sich die Überstunden machenden Techniker freundlicherweise bereit erklärt hatten, ergab als vorläufiges Ergebnis, daß auf den beschlagnahmten Kleidungsstücken kaum Blutspuren oder ähnliches zu finden war. Hingegen wurden an einem Militärmesser Blutspuren entdeckt.

Um acht Uhr morgens wurde ein stoppelbärtiger Carl Hamilton, dessen Augen blutunterlaufen waren, von der Zelle im Keller ins oberste Stockwerk des Polizeihauses gebracht, wo ein ebenso stoppelbärtiger und rotäugiger Kriminalinspektor aus Norrköping in einem Vernehmungszimmer auf ihn wartete. Auf dem leeren Schreibtisch lag nur ein Foto. Es zeigte ein Messer mit schwarzblau eloxierter, rasiermesserscharfer Klinge aus japanischem Spezialstahl und mit tarnfarbenem Kunststoffschaft.

Als die Straftvollzugsbeamten die beiden Männer allein gelassen hatten, setzte Carl sich schwer hin, ohne ein Wort zu sagen. Er starrte mit leerem Blick, fast apathisch, vor sich hin, und es war nicht zu erkennen, ob aus Erschöpfung oder aus anderen Gründen. Doch Rune Jansson wußte, daß er endlich seinen Mörder bekommen hatte und daß die Blutspuren an dem Messer auf dem Foto vor ihm auf der Tischplatte wahrscheinlich zu einem entscheidenden Beweis und bei der kommenden Vernehmung mehr als wahrscheinlich zu einer Trumpfkarte werden würden.

Er entdeckte plötzlich, daß der Häftling am linken Ohr schwärzliches, geronnenes Blut hatte, was ihn so ablenkte, daß er nicht gleich auf seinen Triumph lossteuerte.

»Du blutest am Ohr«, stellte er fest.

»Ja«, sagte Carl leise. »Gestern nachmittag ist ein Trommelfell geplatzt.«

»Wie ist das passiert?«

»Ich fürchte, das wirst du nie erfahren. Ich weiß jedenfalls, worum es geht, da ihr mich schon vorher verhört habt! Ich habe meiner Aussage nichts hinzuzufügen, und falls ihr mich vorläufig festnehmen wollt, verlange ich einen Anwalt. Im übrigen verweise ich auf Kapitän zur See Samuel Ulfsson beim Generalstab. Das ist alles.«

Die beiden Männer sahen sich forschend, doch ohne Feindseligkeit an. Keiner von ihnen hatte Grund zur Antipathie. Beide taten nach bestem Wissen und Gewissen, was ihr Job von ihnen verlangte, und beide setzten voraus, daß der Gegenspieler dies wußte.

»Wie viele Menschen hat so einer wie du schon umgebracht?« fragte Rune Jansson, von einem ebenso plötzlichen wie unausweichlichen Impuls getrieben. Er bereute es zu spät.

»Diese Frage kann ich unmöglich beantworten«, sagte Carl fast flüsternd und wandte sich ab.

»Jedenfalls glaube ich, daß wir dich wegen dieses Mordes festnageln können«, sagte Rune Jansson ohne große Begeisterung, doch mit aufflammender Entschlossenheit.

»Das glaube ich nicht«, erwiderte Carl so leise wie zuvor und in einem Tonfall, als würde er diese Feststellung fast bedauern.

»Du glaubst wohl, an alles gedacht zu haben«, knurrte Rune Jansson.

»Das ist mein Job«, entgegnete Carl. Er blickte immer noch zur Seite und strich sich mit beiden Handflächen von der Stirn über die Augen, als hätte er Kopfschmerzen.

»Willst du damit sagen, daß es dein Job war, dieses Mädchen zu ermorden?«

Carl schüttelte nur den Kopf und sah mit einer vielsagenden Geste auf die Uhr. Gleichzeitig klopfte es an der Tür. Rune Jansson entschuldigte sich und verließ den Raum.

Es war der unerträglich smarte Sherlock-Holmes-Typ von der Reichspolizeiführung. Er hielt eine Kunststoffhülle in der Hand, die er Rune Jansson ohne Erklärung überreichte.

Dieser starrte sie an und buchstabierte sich dann langsam durch den

Text auf dem blau-weiß-roten Karton. *Carte d'accès à bord* hieß es da, darunter *Boarding Pass* auf englisch sowie *Air France* mit großen blauen Buchstaben unter dem Firmenlogo, schräge blaue, weiße und rote Linien. Es ließ sich mühelos erkennen, daß es der Beweis dafür war, daß jemand einen bestimmten Flug hinter sich hatte. Rune Jansson fiel es jedoch schwer, den Beweiswert der beschlagnahmten Bordkarte zu erkennen, was seiner fragenden Miene anzusehen war.

Der Stockholmer sagte nichts, sondern zeigte nur mit dem Daumen auf ein weißes Feld in der unteren linken Ecke. Dort stand in viereckiger Computerschrift AF 129. Rune Jansson ahnte mehr, als daß er verstand. Der Stockholmer nickte zur Bestätigung. Dann faßte er sich sehr kurz.

»Angesichts dieses Fluges ergibt sich eine spezielle Lage. Wie du vielleicht verstehst, hast du unseren schwedischen James Bond da drinnen. Und im Hinblick auf das, was sich während dieser Flugzeugentführung ereignet hat, verwette ich meinen Kopf darauf, daß an diesem Messer arabisches und kein polnisches Blut klebt. Ich meine, die Wahrscheinlichkeit, daß die beiden Opfer identische Blutgruppen haben, ist ziemlich gering. Wenn ich das Ganze recht verstanden habe, hat er einem der Entführer den Hals durchgeschnitten.«

Rune Jansson nickte stumm. Das alles traf auf höchst besorgniserregende Weise zu. Der Stockholmer hatte wohl wieder mal recht, wie üblich.

»Ich glaube trotzdem, daß er es ist«, brummelte Rune Jansson sauer.

»Natürlich ist er es, aber beweise es doch erstmal«, sagte der Stockholmer fröhlich, machte auf dem Absatz kehrt und ging.

Rune Jansson blieb eine Weile stehen und drehte die Kunststoffhülle mit dem deprimierenden Beweisstück in der Hand. Dann holte er tief Luft, ging wieder ins Vernehmungszimmer und packte den Stier entschlossen bei den Hörnern. Er zeigte auf das Foto.

»Also«, sagte er mit gespielter Entschlossenheit und inneren Zweifeln, »wir haben an diesem Messer Spuren menschlichen Blutes gefunden. Wie ist das zu erklären?«

Diese Behauptung war eine leichte Übertreibung. Bislang war es nur eine Vermutung, daß es sich um Spuren menschlichen Blutes handelte, und der Weg bis zur Blutgruppenbestimmung war noch lang und voller Unwägbarkeiten.

Carl war immer noch ebenso ausdrucks- wie aggressionslos, als er antwortete. Er schien sehr müde oder deprimiert zu sein.

»Als du rausgegangen bist, habe ich mir das Foto genau angesehen. Nein, es ist nicht ihr Blut. Das Messer auf diesem Bild ist eine Dienstwaffe, die ich nur im Dienst anwende. Es handelt sich nicht um das Messer, mit dem Maria Szepelinska der Hals durchschnitten wurde.«

»Woher weißt du überhaupt, daß ihr der Hals durchschnitten wurde? Das wissen nämlich nur wir und der Täter.«

»Das ist nicht schwer zu erraten. Ihr habt mich im Verdacht, und Dienstwaffen dieses Typs werden eben so angewendet. Stichwaffen haben eine ganz andere Form.«

»Jetzt hast du dich verplappert, würde ich sagen.«

»Du kannst denken, was du willst. Ich bin nicht hergekommen, um zu lügen, sondern um eine Straftat zu leugnen.«

Rune Jansson schwieg eine Zeitlang und versuchte zu bewerten, was Carl gesagt hatte.

Er beschloß, den absichtlichen Versprecher – denn er war mit Sicherheit absichtlich – als heimliche Bestätigung zu werten, etwa, als wollte der andere zugeben, er sei zwar der Täter, doch zu einem Geständnis im Sinne des Gesetzes würde er es nie kommen lassen.

»Was zum Teufel treibt ihr eigentlich, ihr Militärs?« fragte Rune Jansson schließlich. Er hatte schon resigniert.

»Erstens«, sagte Carl langsam, »hast du vermutlich gar kein Recht, mir solche Fragen zu stellen. Und zweitens habe ich auch kein Recht, sie zu beantworten. Du verstehst hoffentlich, was ich damit sagen will.«

Die beiden Männer blickten sich kurz an, beide erschöpft und rotäugig. Schließlich hob Rune Jansson das Foto von Carls *Dienstwaffe* hoch, hielt es kurz zwischen Daumen und Zeigefinger und ließ es dann in den Papierkorb fallen.

»Es ist merkwürdig«, sagte er ohne jeden Anflug von Cleverneß in der Stimme, »aber ich werde natürlich nie erfahren, weshalb du sie getötet hast. Vielleicht hast du auch das im Dienst getan. Vielleicht mache ich mich nur zu einem blöden Bullen vom Lande, der sich in geheime Angelegenheiten des Landes einmischt und sich einbildet, Mord sei ungesetzlich. Ich habe das komische Gefühl, daß ich nichts weiter bin als ein eifriges kleines Zahnrad ganz unten in der Maschinerie. Das Uhrwerk wird jedoch von den großen Zahnrädern in Bewegung gehalten, und mir bleibt nur, mich treiben zu lassen.«

»Dieser Gedanke ist mir auch schon gekommen«, sagte Carl. »Lustigerweise habe ich es mir selbst fast genauso vorgestellt. Hier sitzen wir also. Aber jetzt will ich nur noch eins: Entweder nach Hause gehen und schlafen, oder du bringst mich wieder zu dieser Plastikmatratze mit dem Papierlaken runter. Auch dort würde ich nichts weiter tun als schlafen. Wo, ist mir egal, aber schlafen muß ich.«

»Soll sich ein Arzt mal dein Ohr ansehen?«

»Nein, das wird nicht nötig sein. So was verheilt von selbst, und wenn nicht, kann ich einen Arzt aufsuchen, wenn ich wieder draußen bin. Wie du weißt, haben wir Militärärzte.«

»Gut, dann kannst du gleich nach Hause gehen. Ich werde dem Staatsanwalt Bescheid sagen«, seufzte Rune Jansson und schloß damit innerlich den Fall ab. In Gedanken verstaute er die Akten schon in ein paar braunen Pappkartons, die er mit der Aufschrift *Ermittlungen ergebnislos* in irgendeinen Polizeikeller schickte.

Epilog

Es war ein zutiefst erschütterter Oberbefehlshaber, der das Amtszimmer des Ministerpräsidenten in Rosenbad betrat, während Carl einen Kilometer entfernt ein Taxi bestieg.

Der sowjetische Vizeadmiral war ermordet aufgefunden worden. Aus irgendeinem Grund, der vermutlich mit seiner erregten Gemütsverfassung zu tun hatte, war dies das erste, was der Oberbefehlshaber mitteilte.

Der Ministerpräsident schenkte diesem Problem jedoch nur erstaunlich geringe Aufmerksamkeit und stieß statt dessen eine ganze Suada von Warnungen aus, sprach von »nuklearer Selbstzerstörungskapazität« und einer möglichen Bedrohung durch Kernwaffen in Verbindung mit den drei Unterwasserbasen. Es dürfte auf keinen Fall zu einem Angriff mit scharfen Waffen oder anderen Formen der Gewalt kommen.

»Seit sechzehn Stunden existiert das Problem nicht mehr«, erwiderte der Oberbefehlshaber leise und mit sehr trockenem Mund. Dann erläuterte er: »Taucher der operativen Abteilung des Nachrichtendienstes haben die Anlagen gestern nachmittag und abend gesprengt. Von Überlebenden oder Spuren ist uns nichts bekannt. Der militärische Funkverkehr der Sowjets ist völlig normal.«

Ein sehr langes Schweigen senkte sich über das Amtszimmer des Regierungschefs. Der setzte sich an seinen weißen Schreibtisch und sah aus dem Fenster. Draußen brauste das Leben wie gewohnt durch die Hauptstadt. Es war ein windiger Tag. Eine Frau, die gerade die Brücke vor dem Reichstagsgebäude überquerte, hätte um ein Haar ihren Regenschirm verloren, den ein Windstoß hochgedrückt hatte. Eine Million Bewohner der Hauptstadt lebten, wie diese Frau, in unbekümmerter Unwissenheit weiter, als hätte es den Abgrund, an dem sie alle in den letzten vierundzwanzig Stunden entlangbalanciert waren, nie gegeben; es stand zu hoffen, daß sie nie davon erfahren würden. Es war wieder eine vollkommen unwirkliche Situation.

Der Ministerpräsident nahm die Brille ab und rieb sich mit Daumen und Zeigefinger die Nasenwurzel. Dann gab er sich einen Ruck. Ihm standen eine Reihe von Beschlüssen und Initiativen bevor, denen er nicht ausweichen konnte.

Es wurde ein arbeitsreicher und effektiver Tag in der Kanzlei des Regierungschefs. Die Ergebnisse der Arbeit waren konkret und sichtbar. Nachdem der Oberbefehlshaber versichert hatte, er persönlich habe nicht Befehl gegeben, mit der Militäraktion zu beginnen, doch er habe den Verdacht, daß der Marinechef es getan habe, wurde beschlossen, der Sache nicht weiter nachzugehen und nicht mehr darüber zu sprechen.

Da der sowjetische Vizeadmiral tot war, sprach nichts dagegen, den Russen den Gefallen zu tun und Koskow in die Sowjetunion zurückzuschicken. Im übrigen durfte man fast dankbar sein, daß die Russen bei der Vollstreckung des Todesurteils die anwesenden Schweden verschont hatten; so war die Geheimhaltung wesentlich leichter.

Der bedauerliche Zwischenfall hatte überdies seine durchaus positiven Seiten. Erstens war es jetzt möglich, den Russen zurückzugeben. Und es blieb Schweden erspart, ihn an die USA weiterzureichen, was für den inneren politischen Führungskreis des Landes eine gewisse Erleichterung bedeutete. Dort hatte man sich schon um gewisse Aspekte der schwedischen Neutralitätspolitik gesorgt, wegen der Zusammenarbeit mit der einen Supermacht, die sich gegen die andere Supermacht gerichtet hätte.

Für den militärischen Nachrichtendienst Schwedens war die gelungene Operation des GRU gegen Vizeadmiral Koskow zugegebenermaßen eine peinliche Niederlage. Diese ließ sich jedoch ohne große Schwierigkeiten verkraften, da die sonstigen militärischen Erfolge der Sowjets erheblich größer waren und da der schwedische Nachrichtendienst jetzt auf untadelige Weise die Alleinverfügung über eine einzigartig wertvolle Handelsware erhalten hatte. Die Verhöre Koskows hatten mehr als 2000 Seiten an Protokollen und Analysen ergeben. Es war Information aus erster Hand, Aussagen eines der wichtigsten und ranghöchsten sowjetischen Überläufer aller Zeiten. Die Äpfel, die Schweden jetzt auf dem westlichen Nachrichtenmarkt anbieten konnte, würden vermutlich eine erhebliche Menge Birnen einbringen.

Was sich auch in der Zahlungsbilanz erfreulich niederschlagen würde.

Der Chef der Marine trat nicht zurück. Es wurden keine Nachforschungen angestellt, wie es zu einer bestimmten Entscheidung und der entsprechenden Befehlskette gekommen war. Weder Militärs noch Politiker verfolgten die Angelegenheit weiter.

Jede solche Untersuchung hätte nämlich die Gefahr mit sich gebracht, daß etwas durchsickerte, was wiederum die Russen hätte provozieren können. Und das würde zu einem ganzen Minenfeld voller politischer und militärischer Gefahren führen.

Folglich wurde allgemeine Übereinstimmung darüber erzielt, daß über die *Operation Big Red* nichts nach außen dringen dürfe.

Zu einem etwas bizarren und fast lächerlichen Spiel kam es, als der Chef des SSI zum zweitenmal innerhalb weniger Jahre beim Ministerpräsidenten vorstellig wurde, um der Regierung vorzuschlagen, bestimmten Personen die Königliche Medaille für Tapferkeit im Feld zu verleihen.

Der Regierungschef geriet zunächst spontan in Wut. Doch der Alte, der ihn in dieser Angelegenheit persönlich aufgesucht hatte, wartete ruhig das Ende des Wutanfalls ab und wies dann auf einige Punkte hin, die seiner Meinung nach eine gewisse Bedeutung hätten.

Schon der frühere Regierungschef habe ja gewissermaßen das Prinzip durchbrochen, als er höchstpersönlich beschlossen habe, Hamilton die Medaille zuzuerkennen, nach seinem nicht ganz spektakulären Einsatz gegen die Staatsterroristen einer fremden Macht, oder wie man diese Leute nennen solle.

Natürlich entsprach es normalem militärischem Brauch, verdientem Personal einen Gehaltszuschlag zu geben, da Orden in Schweden schon seit 1972 abgeschafft waren.

Natürlich gab es auch eine Medaille für Pflichteifer und Redlichkeit im Dienst des Reiches, auf die der Empfänger verzichten konnte, um dafür entweder zwei Kristallvasen von Kosta oder eine goldene Uhr in Empfang zu nehmen. Doch diese Medaille wurde allen Beamten nach fünfundzwanzig Dienstjahren verliehen, und derlei kam für die Jungs nicht in Frage.

Die jungen Operateure hätten immerhin eine glänzende Leistung vollbracht. Man müsse bedenken, daß sie in der festen Überzeugung gehandelt hätten, im Auftrag der Regierung und im Interesse der Nation zu handeln. Immerhin hätten sie ihr Leben aufs Spiel gesetzt.

Überdies – und das sei entscheidend – sei es von unerhörter Bedeutung, sich der absoluten Loyalität und des Schweigens der Operateure zu versichern. Und für Militärs bedeuteten diese kleinen Farbflecke auf der Uniform, die man Ordensspangen nenne, erstaunlich viel.

Natürlich – doch das sagte der Alte nicht laut – bedeutete es viel für ihn, daß seine Jungs von der Regierung belobigt wurden – das wiederum würde interne Auseinandersetzungen im Generalstab über Sein oder Nichtsein des taktisch-operativen Nachrichtendienstes in seinem Sinne beeinflussen.

Als entscheidend erwies sich das Argument, man müsse sich der Loyalität der drei jungen Leute versichern, sowie die unausgesprochene Drohung, welche Konsequenzen es haben könne, wenn sich einer der Beteiligten mißachtet fühle und es deswegen an Loyalität fehlen lasse. Der Alte drohte also mit *Expressen*, Öffentlichkeit und einer diplomatischen Krise.

Eine Zeremonie fand jedoch nicht statt. Es wurden auch keine neuen Medaillen mit dem Bildnis Carls XVI. Gustaf auf der Vorderseite geprägt, sondern man nahm, was vorrätig war, nämlich Medaillen mit dem Bildnis Gustafs V. Zwei Medaillen aus dreiundzwanzigkarätigem Gold wurden per Einschreiben an ihre jungen, sehr stolzen Empfänger in Kalifornien geschickt. Somit wurde sichergestellt, daß sie in allen Fragen, die mit der Operation zu tun hatten, die es nie gegeben hatte und die eigentlich nur sie selbst *Big Red* nannten, völlig loyal blieben.

Aus unergründlichen bürokratischen Gründen wurde auch die dritte Medaille per Einschreiben geschickt, diesmal jedoch an die Adresse Drakens gränd in der Stockholmer Altstadt.

Auch auf russischer Seite gab es keinen Grund, auf einen militärischen Einsatz Schwedens zu reagieren, den es nie gegeben hatte, da auch die Stationen *Apraksin*, *Bodisko* und *Tschitschagow* nie existiert hatten und folglich auch keine Havarie hatten erleiden können.

Der Resident des GRU, Oberst Jurij Tschiwartschew, war der einzige Mensch in Schweden und überdies einer der ganz wenigen Sowjetbürger, denen die Verlustziffer bekannt war. Es waren 228 Menschen, zufällig ebenso viele wie die Fluggäste in einem Airbus der Air France.

Als Tschiwartschew aus Moskau diese Nachricht erhielt, holte er eine Akte aus dem Panzerschrank. Er entnahm ihr Fotos von Carl Gustaf Gilbert Hamilton sowie eine Detailvergrößerung und die Erläuterung, was es mit SEAL-Schwingen an der Uniform auf sich hatte.

Offiziere westlicher Nachrichtendienste pflegten während ihrer aktiven Dienstzeit keine Auszeichnungen zu erhalten. Diese wurden ihnen meist erst bei der Pensionierung überreicht. Eine begreifliche Vorsichtsmaßnahme. Aber selbst auf diesem Gebiet schienen die Schweden offenbar von einer Art Öffentlichkeitsprinzip besessen zu sein.

Jurij Tschiwartschew kam zu dem Schluß, daß diese SEAL-Schwingen zumindest die Identität von einem der Militär-Taucher verrieten. Und Tschiwartschew kam der Gedanke, daß es von großem Interesse sein würde, ob der Kollege Hamilton jetzt eine neue Auszeichnung erhielt oder nicht. Die Erklärung der schwedischen Regierung an die Sowjetunion, Einsätze mit scharfer Munition seien aufgrund von Mißverständnissen und des Übereifers einzelner erfolgt, die man wegen der gebotenen Diskretion nicht bestrafen könne, war durchaus vernünftig. Sie konnte jedoch ebensogut ein geschickter diplomatischer Bluff sein.

Wenn sich aber Kollege Hamilton je mit einer weiteren Auszeichnung der schwedischen Regierung zeigte, würde es Zeit, zu völlig anderen Schlüssen zu kommen, dachte Jurij Tschiwartschew, als er die Akte langsam zuklappte.

Eine andere Möglichkeit war natürlich die, daß das antisowjetische Presseorgan auf der anderen Straßenseite wieder einmal zum Tummelplatz der Streitigkeiten zwischen dem schwedischen Sicherheitsdienst und dem Nachrichtendienst werden würde, mit der Folge, daß die wechselseitigen Beschuldigungen durchsickerten. Doch bei diesen Zwistigkeiten, die dem GRU zwar Nutzen und Freude brachten, ging es meist um Kleinigkeiten. Im jetzigen Fall aber war es weniger wahrscheinlich, daß irgendein Polizist oder Offizier zu der rechtsgerichteten Zeitung laufen und petzen würde. Es würde vernünftiger sein, den jungen Hamilton im Auge zu behalten und festzustellen, ob er bald mit einer neuen Auszeichnung auftauchte.

Jurij Tschiwartschew drehte in seinem Amtszimmer ein paar Runden und blieb zweimal mit auf dem Rücken gefalteten Händen stehen. Einmal vor der Aussicht auf die blaue Neonreklame von *Svenska Dagbladet*

Beim zweitenmal vor einem Ölgemälde, das einen alten russischen Seehelden darstellte, der die Hegemonie der schwedischen Marine in der Ostsee beendet hatte.

Ein einziger Journalist kam mit den Auswirkungen der *Operation Big Red* in Berührung, gewann jedoch nie Klarheit über die Zusammenhänge. Nachdem Carl ausgeschlafen und einen Arztbesuch hinter sich gebracht hatte, beauftragte er seine Bank, umgehend zwei Millionen Kronen in bar für ihn bereitzuhalten und die dafür notwendigen Dispositionen zu treffen, egal wie.

Anschließend hatte sich Carl mit dem einzigen Journalisten verabredet, mit dem er in den letzten Jahren Kontakt gehabt hatte.

Erik Ponti, der Carl einmal dabei geholfen hatte, Kontakt zum palästinensischen Nachrichtendienst herzustellen, war immer noch Auslandschef beim *Echo des Tages*. Was in der Schlußphase der israelischen Operation eigentlich geschehen war, war ihm später sowohl vom Alten wie von Carl persönlich bestätigt worden. Seinerzeit war Carl zu spät gekommen, um den Opfern zu helfen, hatte jedoch die vier Israelis getötet.

Seitdem hatten sich die beiden nicht wiedergesehen, und damals war Carl noch bei der Sicherheitspolizei angestellt gewesen.

Erik Ponti erschien auf die Minute pünktlich bei der Parkbank draußen im Djurgården. Er hatte in der Zwischenzeit einige graue Haare bekommen.

Carl stellte die Tasche zwischen sie auf die Bank und betrachtete eine Zeitlang die Umgebung, bevor er etwas sagte.

»Wenn ich als anonymer Informant Schutz verlange und dir dafür interessante journalistische Informationen gebe, wird meine Identität doch durch das Grundgesetz geschützt?« fragte Carl schließlich. Ponti nickte.

»Gut«, fuhr Carl fort. »Als wir uns zum letztenmal gesehen haben, arbeitete ich noch bei Säk, jetzt im OP 5. In dieser Tasche liegen zwei Millionen Kronen in bar. Das Geld stammt von Offizieren beim militärischen Nachrichtendienst. Es sind private Geldmittel. Von uns kann keiner das Geld der Afghanistan-Hilfe übergeben, aber du kannst es. Wenn du das getan hast, hast du die Story exklusiv. Du darfst aber nicht sagen, wer ich bin, du darfst nur erklären, das Geld sei eine private Spende von

Offizieren des schwedischen Nachrichtendienstes. Könnte das funktionieren?«

Ponti warf einen Seitenblick auf die Tasche und gab sich Mühe, beim Nachdenken ungerührt zu wirken.

»Du arbeitest also beim OP 5 und willst anonym bleiben?« fragte er schließlich, eher um Zeit zum Nachdenken zu gewinnen, als um die selbstverständliche Bestätigung zu erhalten; diesmal war es Carl, der nur mit einem stummen Kopfnicken antwortete.

»Wir wollen mal sehen«, fuhr Ponti fort. »Als du zuletzt den anonymen Informanten gespielt hast, war es wegen dieser Story mit den Israelis, die keine Libyer waren, und das ist ja gut ausgegangen ... für uns beide. Du warst doch derjenige, der sie erschossen hat?«

»Solche Fragen kann ich nicht beantworten.«

»Schon gut. Du bist also unser James Bond vom Flug AF 129. Schön, dich wiederzusehen. Aber woher soll ich wissen, daß dieses Geld nicht aus einem Raubüberfall stammt oder aus sonstwie dunklen Quellen? Du mußt schon entschuldigen, aber diese einzigartige Solidarität mit dem afghanischen Volk in Verbindung mit ebenso einzigartiger Freigebigkeit des Personals beim militärischen Nachrichtendienst kommt mir nicht sonderlich glaubwürdig vor, oder?«

»Hast du Angst, geleimt zu werden?«

»Ja, natürlich. Außerdem bin ich es nicht gewohnt, zwei Millionen in einem Aktenkoffer mit mir rumzutragen. Woher willst du wissen, daß ich mir das Geld nicht unter den Nagel reiße?«

»Das ist für mich unvorstellbar. Deswegen komme ich ja zu dir.«

»Aha. Und woher soll ich wissen, daß ich nicht geleimt werde?«

»Vergiß nicht die Publizität. Das ist ja gerade der Witz. Wenn zwei Millionen auf diese Weise überreicht werden und es öffentlich bekannt wird, weiß in meiner Umgebung jeder, was passiert ist. Wenn ich das Geld gestohlen hätte, würde man mich sofort haben. Wenn diese Geschichte faul wäre, gäbe es bei uns einen teuflischen Zirkus, daß ausgerechnet du damit an die Öffentlichkeit gehst. Du giltst doch als glaubwürdig. Meine Kollegen wissen schießlich, um was für Geld es sich handelt. Wenn du die Geldübergabe öffentlich machst, erhalten wir damit sozusagen eine Quittung. Du erweist uns einen Dienst und erhältst eine gute Geschichte.«

Erik Ponti bat um kurze Bedenkzeit. Sie saßen fast zehn Minuten nebeneinander auf der Bank und starrten vor sich hin. Sie sahen einander nicht an. Beide schienen tief in Gedanken versunken zu sein.

»Sei so nett und öffne die Tasche. Ich möchte das Geld sehen«, sagte Erik Ponti schließlich. Sie stellten schnell fest, daß sich in der Nähe kein Mensch aufhielt. Carl schloß die Tasche auf und klappte für einige Sekunden den Deckel auf, bevor er sie wieder schloß

»Rein beruflich würde ich es natürlich vorziehen, wenn du mir die Story der AF 129 erzählen würdest«, sagte Erik Ponti schließlich und nahm die Tasche an sich. Er stand auf und ging. Carl blieb sitzen und sah ihm nach.

Zwei Tage später, nach einer Besprechung mit dem Alten, der ihm eine plausible Erklärung gegeben hatte, konnte Kapitän zur See Samuel Ulfsson dem *Echo des Tages* in geheimnisvollen Formulierungen bestätigen, es sei bekannt, woher das Geld stamme, und es treffe zu, daß es sich um private Geldmittel von Militärangehörigen handle. Im übrigen kein Kommentar.

Der Alte war der Meinung, zwei Millionen seien für eine Körperverletzung mit Todesfolge reichlich viel. Andererseits konnte man nicht wissen, zu welchem Urteil ein ordentliches Gericht gelangt wäre. Dieses Spektakel in der Grevgatan war selbstverständlich arrangiert gewesen, nämlich im Interesse der Nation. Denn der Mann, der die *Operation Big Red* zu befehligen hatte, sollte in seiner Konzentration um keinen Preis gestört werden. Belanglose Rücksichten auf die Verordnungen der Menschen dürfen dem göttlichen Gesetz nicht in die Quere kommen.

Danksagung

Mein besonderer Dank gilt folgenden Personen und Institutionen:

Dem Oberkommandierenden der schwedischen Marine
1. Angriffsflottille/Berga
1. Hubschrauberdivision/Berga
UN-Bataillonsführung Camp Victoria/Larnaka, Zypern
Der schwedischen Botschaft in Kairo
Der Schiffsführung von HMS »Sjöbjörnen«
Informationsabteilung des Generalstabs
Informationsabteilung des Marinestabes
Kapitän zur See Ulf Samuelsson C OP 5
Fregattenkapitän Hans von Hofsten
Oberstleutnant Nil Alstermark
Oberstleutnant Birger Elmér
Oberstleutnant Vulf Hessulf
Major Jochen Seifert/Küstenjägerschule
Major Per Brissman
Korvettenkapitän Kenneth Lindmark
Korvettenkapitän Kenneth Malmberg
Fähnrich Micke Lundström
Kriminalkommissar Nils Joelsson, Morddezernat Norrköping
Kriminalkommissar Nils Nilsson, Morddezernat Norrköping
Paul Panaccione, US Embassy, Stockholm
sowie einigen Personen in geheimen Diensten, deren Namen ich hier nicht nennen kann.
Die umfassende Hilfe, die mir zuteil geworden ist, betrifft jedoch nur Tatsachen und technische Fragen. Irrtümer und Fehler sind ausschließlich mir zuzurechnen, was auch für fiktive Passagen und die Äußerungen reaktionärer oder linksgerichteter Ideologie gilt.

J. G.

»Zeitgeschichte und Erfindung sind bei Forsyth so brillant gemischt, daß man die Grenzen nicht sieht und sich letzten Endes fragen muß, ob man wirklich einen Roman vor sich hat oder eine Reportage aus unseren Tagen.«

DIE WELT

Frederick Forsyth

Die Akte ODESSA
Roman. Aus dem Englischen von Tom Knoth. 395 Seiten.
Serie Piper 5522

Die Hunde des Krieges
Roman. Aus dem Englischen von Norbert Wölfl. 436 Seiten.
Serie Piper 5529

In Irland gibt es keine Schlangen
Zehn Stories. Aus dem Englischen von Rolf und Hedda Soellner.
323 Seiten. Geb.

Der Lotse
Aus dem Englischen von Rolf und Hedda Soellner.
75 Seiten mit Illustrationen von Chris Foss.
Serie Piper 5503

McCreadys Doppelspiel
Aus dem Englischen von Christian Röthlingshöfer und Rudolf Hermstein. 495 Seiten. Geb.

Der Schakal
Roman. Aus dem Englischen von Tom Knoth. 438 Seiten.
Serie Piper 5511

Des Teufels Alternative
Roman. Aus dem Englischen von Wulf Bergner. 512 Seiten.
Serie Piper 5545

Der Unterhändler
Roman. Aus dem Englischen von Christian Spiel. 526 Seiten. Geb.

Das vierte Protokoll
Roman. Aus dem Englischen von Rolf und Hedda Soellner.
500 Seiten. Serie Piper 5506

SERIE PIPER

Sara Paretsky,

die amerikanische Queen of Crime

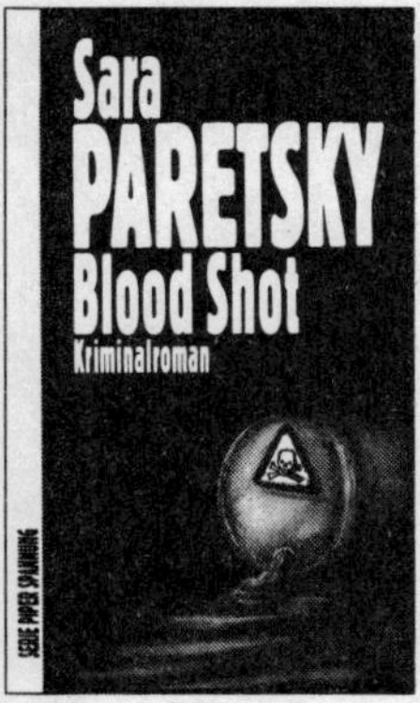

5589

5625

5602

5507

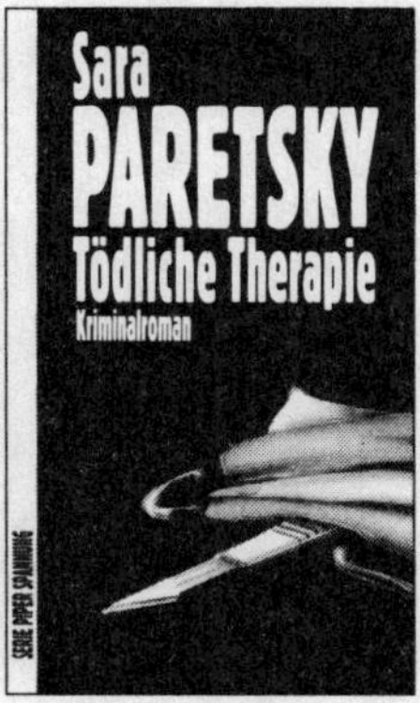

5535

5512